KB176270

몬테크리스토 백작 문장
백작의 문장(紋章)은 원작 소설에서 '골고다의 십자가와 함께 푸른 바다 위에 우뚝 솟은 황금 산'으로 묘사되어 있다.

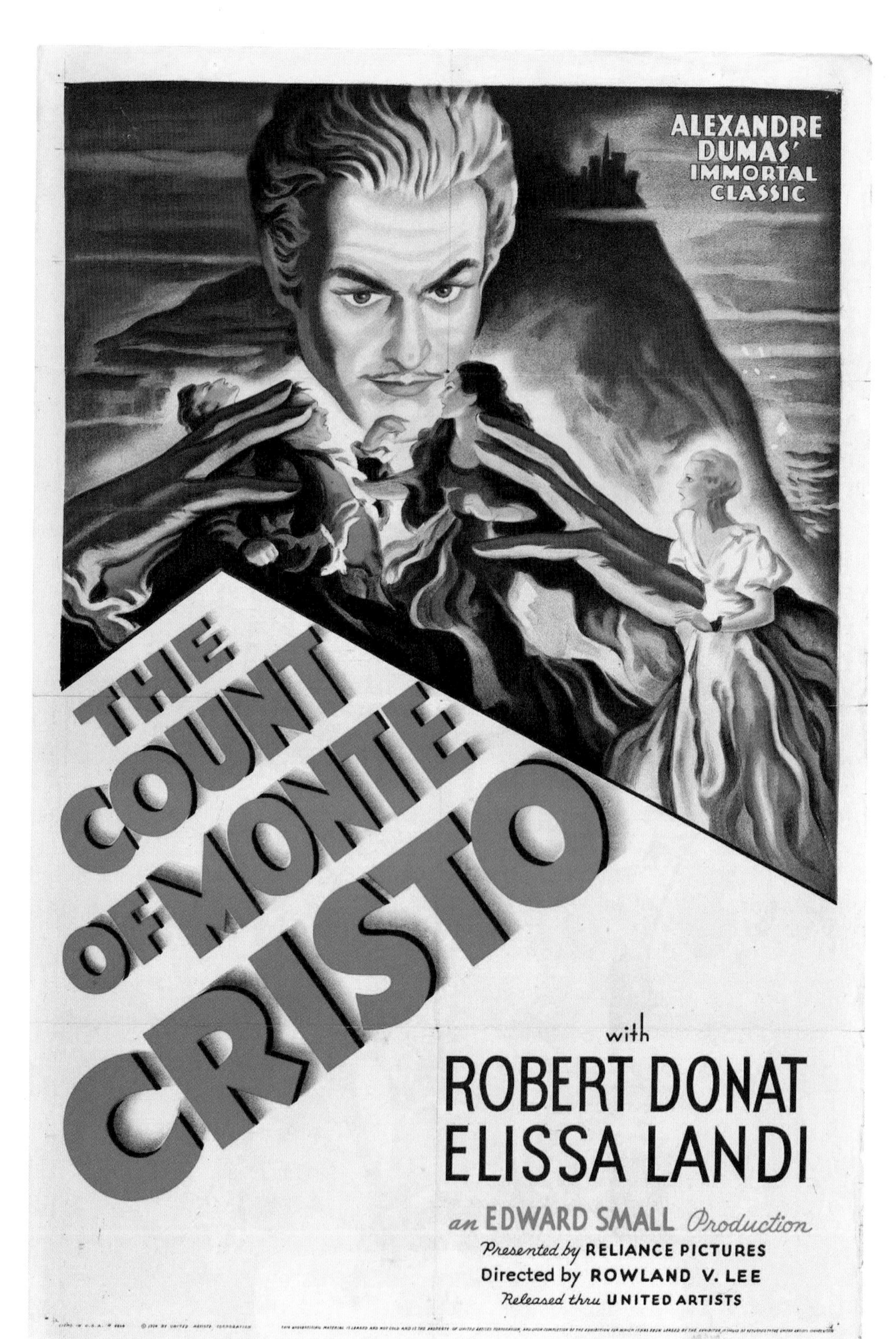

영화 〈몬테크리스토 백작〉 포스터 미국, 1934. 로우랜드 V. 리 감독, 로버트 도나트·엘리사 랜디 주연. 몬테크리스토 백작의 첫 번째 유성 영화

영화 〈몬테크리스토 백작〉 1934.

영화 〈몬테크리스토 백작〉 1934.

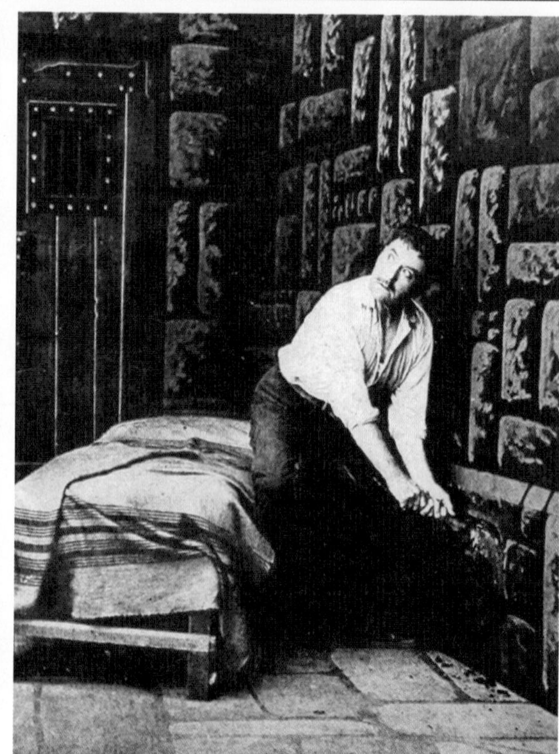

영화 〈몬테크리스토 백작〉 1913년작 한 장면

세계문학전집060

Alexandre Dumas père

LE COMTE DE MONTE-CRISTO

몬테크리스토 백작Ⅱ

알렉상드르 뒤마/이희승맑시아 옮김

동서문화사

몬테크리스토 백작 I II III

차례

몬테크리스토백작 II

몬테크리스토백작 I

몬테크리스토백작 III

오찬회

지난 장면을 떠올려 보면 알 수 있듯이, 백작은 남들과 먹을 때 매우 적게 먹는 사람이었다. 알베르는 그것에 대해 언급하면서, 너무나도 물질적이긴 하지만 또한 그렇게밖에 할 수 없는 자신의 입장으로 인해 여행자께서 파리 생활에 기분 상하지 않을까 두렵다며 운을 뗐다.

"백작님," 그가 말했다. "제가 불안해하고 있다는 것을 아실 겁니다. 이 엘데 거리의 요리가 에스파냐 광장의 요리만큼 마음에 들지 않으시면 어쩌나 걱정입니다. 취향을 여쭤보고 백작님이 좋아하시는 것으로 차렸어야 했습니다."

"저에 대해 좀 더 아시게 되면," 백작은 미소를 지으면서 말했다. "그런 걱정은 하지 않으실 겁니다. 저는 나폴리에서는 마카로니, 밀라노에서는 폴렌타,[*1] 발렌시아에서는 오야 포드리다,[*2] 콘스탄티노플에서는 필라프,[*3] 인도에서는 카레, 중국에서는 제비집을 먹었지요. 이런 것들을 차례차례 먹어보며 다녔던 저 같은 여행자에게 그런 배려는 거의 모욕이나 마찬가지입니다. 저 같은 세계인에게는 요리라는 것이 없습니다. 저는 어디를 가도, 아무거나 다 먹습니다. 다만, 아주 조금 먹지요. 아까도 제가 음식을 적게 먹는 것에 대해 좀 나무라셨는데, 오늘은 제 식욕이 왕성한 날에 속합니다. 어제 아침부터 아무것도 먹지 않았으니까요."

"예? 어제 아침부터요?" 일동이 소리쳤다. "24시간 아무것도 드시지 않았단 말입니까?"

"그렇습니다." 몬테크리스토 백작이 대답했다.

"님 부근에서 길을 잃고 여기저기 묻고 다니는 바람에 조금 지체해 버리고 말았습니다. 그래서 가능하면 가던 길을 쉬지 않으려 하다 보니."

---

*1 이탈리아식 죽의 일종.

*2 에스파냐식 잡탕 찌개의 일종.

*3 터키식 볶음밥의 일종.

"그럼 마차 안에서 식사를 하셨나요?" 알베르가 물었다.
"아닙니다, 마차 안에서는 잠을 잤습니다. 지루해서 기분을 달랠 의욕이 나지 않을 때나, 배는 고픈데 식욕이 없을 때, 저는 종종 그렇게 잠을 잡니다."
"그럼 잠을 마음대로 조절하신다는 겁니까?" 모렐 대위가 물었다.
"거의 그렇습니다."
"그렇게 하는 무슨 비결이라도 있으십니까?"
"확실한 방법이 있지요."
"그건 우리처럼 아프리카에서 생활하는 사람에게 꼭 필요한 겁니다. 아무 때나 먹을 것이 있는 것도 아니고, 마실 것조차 없는 일도 종종 있으니까요." 대위가 말했다.
"그렇습니다." 몬테크리스토 백작이 말했다. "하지만 유감스럽게도 제 방법은 특이한 생활을 영위하는 저 같은 사람에게는 안성맞춤이지만, 군대에서 사용하기엔 상당히 위험합니다. 필요한 시간에 맞춰 깨어나지 못할 수도 있으니까요."
"어떤 건지 얘기해 주실 수 없을까요?" 드브레가 물었다.
"그야 어렵지 않지요. 비밀 같은 것이 전혀 아니니까요. 그건 그 순수한 재료를 구하기 위해, 제가 직접 광동까지 가서 사온 질 좋은 아편과, 동양, 즉 티그리스, 유프라테스 이 두 강 사이에서 나는 순수한 최상품의 해시시를 섞어서 만든 겁니다. 그 환약을 필요로 할 때 삼키면 됩니다. 10분만 지나면 효과가 나타나지요. 프란츠 데피네 남작에게 물어보십시오. 그분도 전에 맛보신 적이 있으니까요."
"네," 알베르가 말했다. "저도 그 얘긴 들었습니다. 매우 유쾌한 추억도 가지고 있는 것 같던데요."
"그럼," 신문기자인 만큼 의심이 매우 강한 보샹이 말했다. "그 약을 언제나 몸에 지니고 다니시는군요?"
"언제나지요." 몬테크리스토 백작이 대답했다.
"실례지만, 그 귀한 약을 한번 보여주실 수 없는지요?" 보샹이 상대의 허를 찌르려는 듯이 말했다.
"그럽시다." 백작이 대답했다.
그는 호주머니에서 에메랄드를 통째로 파내서 만든 멋진 사탕통을 꺼냈다.

그것은 금으로 만든 나사로 잠겨 있었는데, 나사를 돌리면 완두콩만 한 초록빛 도는 작은 알맹이가 나오도록 되어 있었다. 그 알맹이는 맵싸하게 찌르는 듯한 냄새가 났다. 그 에메랄드 사탕통 안에는 같은 크기의 알맹이가 네댓 개 들어 있었는데, 열두 개 정도는 들어갈 것 같았다.

사탕통은 식탁을 한 바퀴 돌았다. 회식 자리의 손님들은 환약을 보고 냄새 맡으려고 하기보다는, 그 감탄할 만한 에메랄드를 살펴보기 위해 그것을 손에서 손으로 넘기고 있었다.

"이 진미를 백작님 댁의 요리사가 만들어 줍니까?" 보상이 물었다.

"아닙니다. 저는 제 진정한 향락이 비천한 자의 손에 좌우되도록 하지 않습니다. 화학에 대해 꽤 알고 있기에 제가 직접 만듭니다."

"정말 훌륭한 에메랄드군요. 제 어머니도 집안에 전해 내려오는 상당히 진기한 보석을 가지고 있지만, 이렇게 큰 것은 처음 봅니다." 샤토 르노가 말했다.

"저는 똑같은 에메랄드 세 개를 가지고 있었습니다. 하나는 폐하께 헌상하여 폐하의 칼을 장식하도록 했습니다. 또 하나는 교황께 바쳤는데, 크기는 제 것과 같지만 아름다움에 있어서는 비교가 되지 않는 또 하나의 에메랄드와 쌍을 이루도록 교황의 삼중관에 박아 넣으셨지요. 그 또 하나의 에메랄드란 나폴레옹 황제가 이전 교황이셨던 비오 7세에게 헌상한 것이었습니다. 그리고 이 세 번째 것은 저를 위해 남겨 두었는데, 세공을 했기 때문에 가치는 반으로 줄어버렸지만 사용하는 데는 아주 편리합니다."

일동은 놀라서 눈을 크게 뜨고 몬테크리스토 백작의 얼굴을 응시했다. 너무나 아무렇지도 않은 듯이 얘기해서, 도대체 사실인지 아니면 정신이 좀 이상한 건지, 둘 중의 하나로 생각되었다. 그러나 백작의 손에 있는 에메랄드를 보고 있으면, 자연히 첫 번째 가정으로 기울어지는 수밖에 없었다.

"그러면 그 두 분한테서는 그 훌륭한 선물에 대해 어떤 답례를 받으셨는지요?" 드브레가 물었다.

"폐하께서는 어떤 여성에게 자유를 주시고, 교황께서는 어떤 남자에게 자유를 주셨지요." 백작이 대답했다. "그러니 저도 태어나서 한 번은, 왕좌로 가는 길목에서 태어난 것만큼의 권력을 가져봤던 것이지요."

"그러면 그 남자가 바로 그 페피노였군요?" 알베르가 소리쳤다. "그 산적을 위해 특사권을 사용하신 거군요?"

"아마도." 몬테크리스토 백작이 미소를 지으면서 대답했다.

"백작님, 그 이야기를 듣고 제가 얼마나 기쁜지 아마 상상도 못하실 겁니다." 알베르가 말했다. "실은 미리 친구들에게 백작님을 이야기 속의 인물, 《아라비안나이트》 속의 마술사, 중세의 마법사 같은 분으로 얘기해 놓았습니다. 그런데 파리 사람들이란 불합리한 일을 따지는 데 아주 능란한 사람들이라서, 아무리 진실한 것이라도 일상생활 속에 적용되는 것이 아니면 멋대로 지어낸 공상 정도로 치부해 버리거든요. 이를테면, 여기 있는 드브레와 보샹 같은 친구들도, 백주대로에서 좀 지체하던 경마클럽 회원이 강도를 당했다느니, 생드니 거리와 생제르맹 거리에서 네 명이 살해되었다느니, 탕플 대로나 시저의 공중목욕탕 유적지에서 열 명, 열다섯 명, 스무 명의 도적이 붙잡혔다고 읽고 쓰고 하지만, 마렘[*4]이나 로마 교외, 또는 폰티노 늪지에 산적이 출몰한다는 말을 들으면 무조건 거짓말로 여기지요. 부디 백작님의 입으로 직접, 제가 그 산적들에게 붙잡혔었다는 것과, 그때 백작님의 그 친절한 중재가 없었다면 이렇게 이 엘데 거리의 작은 집에서 친구들을 오찬에 초대하는 것은 고사하고 지금쯤 아마 산세바스티아노 지하묘지 속에서 영원한 부활을 기다리고 있을 거라는 얘기를 들려주시기 바랍니다."

"이런!" 몬테크리스토 백작이 말했다. "그런 별것도 아닌 이야기는 절대 입에 올리지 않겠다고 약속하지 않았소?"

"저는 안 그랬습니다, 백작님!" 모르세르가 소리쳤다. "다른 사람에게 그런 비슷한 약속을 하시고는 저와 혼동하시는 것 같은데요. 그런 말씀 마시고 그때의 이야기를 들려주십시오. 백작님의 얘기를 들으면, 제가 물론 조금 알고 있기는 해도, 그 밖에 모르는 이야기들도 들을 수 있을 것 같은데요."

"하지만," 백작은 미소를 지으면서 말했다. "당신은 그 사건 때 상당히 중요한 역할을 하셨고, 저에 못지않게 모든 과정을 알고 계실 겁니다."

"그럼 이렇게 하지요, 일단 제가 알고 있는 것부터 얘기하겠습니다. 그 대신 제가 모르는 부분을 얘기해 주시겠다고 약속해 주시겠습니까?"

"좋습니다."

"사실은," 알베르는 다시 입을 열었다. "자존심이 좀 상하기는 하지만, 난 사

---

*4 이탈리아 해안 늪지대.

흘 동안이나 툴리아나 포파이아 같은 미인의 후예로 생각되는, 가면 쓴 인물에게 홀려서 끌려 다녔네. 다시 말해 한 시골 처녀에게 홀딱 반했다는 얘기야. 그런데 그 시골처녀는, 즉 내가 농촌 여자라고 생각했던 사람은, 나중에 알고 보니 열다섯이나 열여섯 정도의 나이에, 턱에 수염도 나지 않은 가녀린 소년산적이었어. 내가 흥분하여 어깨에 키스를 하려고 하자 느닷없이 내 목덜미에 권총을 들이댔지. 그러더니 7, 8명의 동료와 함께 나를 산세바스티안 지하묘지 속으로 데리고 아니 데리고 간 것이 아니라 끌고 가더군. 가니까 산적 두목이 있었어. 상당히 학식이 있는 사내로 마침 《갈리아 전기》를 읽고 있었는데, 읽던 책을 내려놓더니 만약 이튿날 아침 6시까지 4천 에퀴를 내놓지 않으면 6시 반에는 목숨이 없을 거라고 으름장을 놓는 거야. 그때의 편지가 지금도 있지. 프란츠가 가지고 있어. 거기에 내가 서명도 했고 루이지 밤파가 쓴 추신도 있지. 의심스러우면 그에게 물어봐, 그 서명을 증명해 줄 테니까. 내가 알고 있는 건 이것뿐이야. 그런데 아무리 해도 제가 알 수 없는 건, 백작님, 존경심 같은 건 아예 있지도 않은 그런 로마 산적들이 백작님한테는 어쩌면 그토록 깊은 존경심을 갖고 있는가 하는 것입니다. 프란츠도 저도 정말 놀랐습니다."

"그건 별것 아닙니다." 백작이 대답했다. "저는 그 유명한 밤파라는 산적을 10년 전부터 알고 있었습니다. 아직 나이도 어린 양치기였던 시절에 길을 가르쳐 준 것에 대한 답례로, 얼마였는지는 잊어버렸지만 돈을 준 적이 있었습니다. 그런데 그 소년은 그냥 받을 수는 없다면서 자기가 조각한 단검을 하나 저에게 주었습니다. 그건 제가 수집해 놓은 무기들 사이에서 보셨을 겁니다. 그 뒤 저와 인연을 맺었던 그 선물에 대해서 잊어버렸는지, 아니면 제 얼굴을 잊어버렸는지, 그 친구가 저를 납치하려고 했어요. 그런데 제 쪽에서 오히려 12명의 부하들을 포함하여 그를 붙잡아버렸지요. 범인을 처분하는 데 있어서는 손이 빠르기로 유명한 데다, 상대가 밤파인 만큼, 더욱 신속하게 일을 처리할 것이 분명한 로마 경찰에 넘겨줄 수도 있었지만, 저는 그렇게 하지 않았습니다. 저는 그 사람과 부하들을 그대로 돌려보냈습니다."

"두 번 다시 그런 짓을 하지 않겠다는 조건을 붙여서겠지요?" 신문기자가 웃으면서 말했다. "그리고 그놈들은 그 약속을 충실하게 지켰다는 얘기겠지요."

"아닙니다." 몬테크리스토 백작이 대답했다. "다만, 저를 포함하여 저와 관계가 있는 사람들한테 손을 대지 않는다는 조건을 붙였을 뿐이지요. 어쩌면 제가 말씀드리는 것이 이상하게 보일지도 모르겠습니다. 당신들은 사회주의지요, 진보주의자이고 인도주의자이시니 말입니다. 그러나 저는 동포를 배려하는 것 같은 일을 전혀 하지 않습니다. 사회를 지켜줄 생각도 전혀 없고요. 사회는 저를 보호해 주지도 않을 뿐더러, 제게 해를 끼칠 때를 빼면 보통 때는 제게 관심도 없다고 말할 수 있지요. 그러니 제가 그나마 그들을 존중해서 아예 생각을 안 하고 살고, 그들을 앞에 두고도 객관성을 유지하는 것입니다. 제 덕택을 보는 쪽은 오히려 사회와 동포인 것입니다."

"맞습니다!" 샤토 르노가 소리쳤다. "저는 이제야 비로소 당당하고 신랄하게 이기주의를 역설하는 용기 있는 사람의 말을 들었습니다. 브라보, 백작님!"

"적어도 매우 솔직한 말씀이군요." 모렐 대위가 말했다. "그토록 단호한 태도로 말씀하시기는 했지만, 그 원칙을 꼭 한 번 어겼다는 것을 후회하지는 않으시는 것 같은데요."

"제가 원칙을 어떻게 어겼다는 겁니까?" 몬테크리스토 백작이 물었다. 백작은 자신이 이따금 주의를 기울여 막시밀리앙을 바라보게 되는 것을 자제할 수 없었다. 백작의 맑고 투명한 눈길 앞에서 그 당당한 젊은이도 이미 두세 번 눈을 내리깔곤 했었다.

"하지만 제가 보기에," 모렐 대위가 말했다. "알지도 못하는 알베르 씨를 도와주신 건 곧 동포와 사회를 위해 봉사하신 것으로 생각되는데요."

"그리고 알베르는 그런 일에 최고로 멋진 장식이 되고요." 보샹은 샹파뉴 포도주 한 잔을 단숨에 비우면서 진지하게 말했다.

"백작님!" 알베르가 소리쳤다. "제가 알고 있는 한 가장 가차 없는 이론가이신데 이렇게 이론에 막혀 버리시다니요. 곧 백작님께서 이기주의자이기는커녕 박애주의자라는 것이 명백하게 드러날 것입니다. 아, 백작님, 백작님은 스스로 동양인, 근동인, 말레이인, 중국인, 야만인이라고 말씀하고 계시지요. 성은 몬테크리스토이고, 이름은 선원 신드바드라고 말씀하시고요. 그런데 보십시오, 파리에 발을 들여놓으신 첫날부터 벌써 괴팍한 우리 파리 사람들의 장점과 약점을 혼자서 터득하고 계십니다. 말하자면, 없는 결점을 마치 있는 것처럼 일부러 꾸미시는가 하면, 가지고 계신 미덕을 오로지 숨기려 하고 계시지요."

"알베르 자작," 몬테크리스토 백작이 말했다. "저는 저 자신이 지금까지 말하고 행동한 것 가운데, 지금 당신이나 여기 계신 분들한테서 칭찬받을 만한

사실을 아무것도 찾을 수가 없습니다. 당신은 저에게 모르는 사람이 아니었습니다. 왜냐하면 저는 당신을 알고 있었잖습니까. 당신에게 두 개의 방을 제공한 적도 있고, 오찬을 대접한 적도 있고, 또 마차를 한 대 빌려드린 일도 있었지요. 코르소 거리에서 가면을 쓴 사람들이 지나가는 것을 함께 구경한 적도 있고, 포폴로 광장 창문에서는 당신이 구역질을 느낄 만큼 강한 인상을 받으신 처형을 함께 본 적도 있지 않습니까. 그런데, 여러분에게 한번 물어보겠습니다. 제가 대접해 드렸던 그런 손님이 그처럼 무서운 산적의 손아귀에 들어간 것을 제가 잠자코 구경만 하고 있을 수 있겠습니까? 게다가 당신을 도운 것은 제가 파리를 구경하러 왔을 때, 파리의 사교계 사람들과 교제하는 데 이용할 수 있겠다고 생각해섭니다. 당신은 그런 제 생각을 그저 그때 나오는 대로 한 말이라고 생각하셨을지도 모릅니다. 하지만 이제 오늘이 되어서야 그 말이 진심이라는 것을 아셨을 여러분의 말이 성립되려면 이 사실을 수긍하셔야 할 겁니다."

"수긍하고말고요." 알베르가 말했다. "하지만 백작님께서 커다란 환멸을 느끼실까 봐 저는 그게 아주 두렵습니다. 변화무쌍한 풍광과 생동감 있게 벌어지는 일들, 경이로운 지평선 같은 것들에나 익숙해 계실 텐데 말입니다. 백작님 몸에 배어 있던 그런 재미난—모험 같은 생활에 비하면, 여기는 그런 종류의 일들은 눈을 씻고 찾아봐도 없답니다. 우리가 아는 침보라소*5는 몽마르트르 언덕이고, 우리가 아는 히말라야 산은 발레리안 언덕이며, 우리가 아는 대사막은 그레넬 평원입니다. 지금도 그곳에서는, 누군가가 목마른 대상들이 찾을 우물을 파고 있습니다. 사람들이 말하는 정도까지는 아니라도, 도적들도 꽤 있습니다. 하기는 그 도적은 영주보다는 보잘것없는 탐정을 더 무서워하지만요. 게다가 프랑스는 참으로 풍류가 없는 나라이고, 파리는 너무나 문명화된 도시이며, 85개의 행정구역—그렇습니다. 물론 코르시카를 빼서 85개입니다—우리나라에 있는 85개 행정구역 어디를 다녀 봐도 전선이 지나가지 않는 산이 없고, 경찰이 가스등을 켜지 않고 그냥 내버려두는 어두운 동굴은 단 하나도 없습니다. 그래서 백작님, 제가 해드릴 수 있는 일이라고 해야 단 한 가지밖에 없을 것 같습니다. 그것에 대해서만큼은 충분히 힘이 되어드릴 수 있습니다. 바로 당신을 곳곳에 소개해드리고, 제 친구들도 그렇게 하도록 하는 것입니다. 그건 인제 와서 새삼스럽게 말씀드릴 것도 없는 일이지요. 물론 백작님으로서는 누구의 힘도 필요하지 않으실 수도 있습니다. 훌륭한 이름이 있고, 재산이 있고, 그만한 성품이 있으시니(이때, 몬테크리스토 백작은 가벼운 비웃음을 띤 미소를 지으면서 고개를 잠시 숙였다) 어디든 얼굴을 내밀 수 있을 겁니다. 그리고 곳곳에서 큰 환영을 받으실 겁니다. 저는 파리의 생활에도 익숙하고, 쾌적한 곳에서 생활해본 경험도 있고, 친숙한 가게도 알고 있습니다. 제가 뭔가 도움이 될 수 있다면, 맨 먼저 적당한 집을 구해드리고 싶습니다. 입으로 이기주의를 주장하지는 않지만 뿌리부터 지극히 이기주의자인 저는, 로마에서 신세를 졌을 때처럼 집의 일부를 내드릴 수는 없습니다. 너무 좁아서 저 한 사람밖에는 도저히 머물 장소가 없으니까요. 물론 손님이 여성이라면 얘기가 달라지

*5 남미 에콰도르의 안데스 산맥 속의 휴화산.

지만."

"하하!" 백작이 말했다. "물론 부부라면 다르겠지요. 아참, 그러보니 무슨 혼담이 있다고 로마에서 들었는데요. 가까운 장래의 행복에 대해 미리 축하의 말을 드려도 될까요?"

"그런데 아직 얘기중일 뿐이어서요."

"얘기가 오가고 있다면 이미 성사된 거나 마찬가지지." 드브레가 말했다.

"무슨 소린가!" 알베르가 말했다. "하긴, 아버지도 매우 원하고 계시니까 가까운 시일 안에, 아내는 아니더라도 약혼자로서 외제니 당글라르 양을 소개할 수 있을 것 같습니다."

"외제니 당글라르 양이라고요!" 몬테크리스토 백작이 말했다. "잠깐만, 그렇다면 그분의 아버님은 당글라르 남작 아니십니까?"

"예." 알베르가 대답했다. "단, 벼락 귀족에 지나지 않습니다만."
"무슨 말씀을!" 몬테크리스토 백작이 대답했다. "국가에 작위에 오를 만한 공을 세웠다면 조금도 문제될 것이 없지 않습니까?"
"위대한 공로가 있었지요." 보샹이 말했다.
"자유사상을 가지고 있기는 하지만, 1829년에 샤를 10세를 위해 6백만 프랑의 국채를 일으켜 성공을 거두고 왕으로부터 남작 작위와 레지옹도뇌르 훈장을 받았지요. 그래서 그 약식훈장을 남들처럼 조끼 호주머니에 꽂고 다닐 줄 알았더니, 그것을 윗도리 단춧구멍에 당당하게 달고 다니더군요."
"어이, 이봐!" 알베르가 웃으면서 말했다. "보샹, 보샹, 그런 건 《르 코르세르》지(誌)나 《르 샤리바리》 지 같은 데나 쓰는 거야. 미래의 장인이니 적어도 내 앞에서만이라도 좀 잘 봐 주게."
그런 다음 몬테크리스토 백작에게 말했다.
"그런데 아까 그 사람의 이름을 말씀하셨을 때 아무래도 아시는 것 같던데요?"
"아니, 모릅니다." 몬테크리스토 백작은 딱 잘라 말했다. "하지만 아마 곧 알게 될 겁니다. 저는 런던의 리처드 앤드 블라운트, 비엔나의 아르슈타인 운트 에스켈레스, 로마의 톰슨 앤드 프렌치 상사 등의 예금을 그쪽에서 찾도록 되어 있으니까요."
그는 이 마지막 이름을 입에 올리면서 막시밀리앙 모렐을 슬쩍 바라보았다.
만약 백작이 그 말을 함으로써 막시밀리앙 모렐을 자극하려고 했다면, 그야말로 적중했다고 할 수 있었다. 막시밀리앙은 전기에 감전이라도 된 것처럼 몸을 움찔했다.
"톰슨 앤드 프렌치 상사! 백작님은 그 회사를 아십니까?" 대위가 물었다.
"그리스도교 국가의 수도에서는 거기가 제 거래은행입니다." 백작은 조용하게 대답했다. "그 회사 일로 뭔가 도움이 되어드릴 만한 일이라도 있습니까?"
"오, 백작님, 실은 지금까지 아무리 조사해 봐도 허사였는데, 어쩌면 백작님의 도움이 필요할지도 모르겠습니다. 옛날에 그 회사가 저희 회사를 위해 큰 도움을 준 일이 있습니다. 그런데 이유는 알 수 없지만, 그런 사실이 없다고 계속 부인하고 있네요."
"제가 도와드릴 수 있는 일이라면 무엇이든 말씀하십시오." 몬테크리스토 백작은 고개를 숙이면서 대답했다.

"그런데," 모르세르가 말했다. "화제가 묘하게 다른 데로 새버렸군요. 당글라르 씨 얘기를 하고 있었는데. 문제는 몬테크리스토 백작께 알맞은 저택을 찾아드리자는 것이었습니다. 자, 여러분, 한번 지혜를 모아 주시지 않겠습니까? 우리 파리 시의 귀한 손님을 과연 어디에 모시면 좋을까요?"

"그야 생제르맹 구역이지." 샤토 르노가 말했다. "그 근방이면 안뜰과 정원을 앞뒤로 가진 아담한 저택이 있을지도 몰라."

"무슨 소리야, 샤토 르노." 드브레가 말했다. "자네는 생제르맹 구역이 음산하고 외진 곳이라는 걸 모르는 거야? 백작님, 이 사람의 의견은 못들은 척하십시오. 쇼세당탱으로 하셔야 합니다. 그곳은 파리에서도 중심지나 다름없습니다."

"오페라 거리의 2층, 발코니가 있는 집이 좋지." 보상이 말했다. "백작님께서 그곳에 은빛 나사 쿠션을 갖다놓고, 치부크*[6]를 물거나 환약을 삼키시면서, 파리의 모든 시민들이 눈 아래로 행렬을 지어 지나가는 것을 구경하시는 게 좋지 않을까?"

"모렐 씨는 아직 의견을 말씀하지 않은 것 같은데, 뭐 좋은 생각이 없습니까?" 샤토 르노가 말했다.

"예," 청년이 웃으면서 대답했다. "있기는 하지만, 백작님께서 여러분이 내놓으신 좋은 의견 가운데 어느 한 가지로 결정하시기를 기다리고 있었습니다. 하지만 대답을 아직 하지 않으셨으니, 저희 누이동생이 1년 전부터 멜레 거리에서 빌린 산뜻한 퐁파두르 식의 작은 저택을 권해 드리고 싶습니다."

"아, 누이동생이 있습니까?" 몬테크리스토 백작이 물었다.

"예, 마음씨 고운 누이동생이 하나 있습니다."

"결혼하셨고요?"

"예, 그럭저럭 9년이나 되었군요."

"행복하게 살고 계십니까?" 백작이 다시 물었다.

"인간으로서 허락되는 한도 안에서 행복하게 살고 있습니다. 자기가 사랑하는 남자와 결혼했지요. 제 집안이 불행에 빠졌을 때도 변함없이 성실하게 일

---

*6 장죽.

해 주었던 엠마뉘엘 에르보라는 청년입니다."
백작은 눈에 보이지 않을 정도로 미소 지었다.
"저도 6개월의 영외 거주를 허가받았을 때 그 집에서 지냈습니다." 대위가 얘기를 계속했다. "매제인 엠마뉘엘과 함께 필요하실 땐 뭐든지 의논상대가 되어 드릴 겁니다."
"잠깐만요!" 몬테크리스토 백작이 대답할 틈도 없이 알베르가 소리쳤다. "모렐 씨, 그건 좀 생각해 봐야할 것 같습니다. 대위님은 선원 신드바드를 자처하시는 여행자를 가정생활 속에 가둬놓으시려 하고 계십니다. 파리를 구경하러 오신 분을 노인 취급하시려는 것이기도 하고요."
"아닙니다, 그렇지 않습니다." 대위는 미소 지으면서 대답했다. "누이동생은 스물다섯, 매제는 서른, 둘 다 젊은 사람들이고, 명랑하고 행복하게 살고 있습니다. 백작님도 자기 집같이 편안하게 지내실 수 있을 겁니다. 또 백작님 쪽에서 먼저 두 사람을 만나러 가시지 않는 한, 두 사람과 마주칠 일도 없을 겁니다."
"고맙습니다, 고마워요." 몬테크리스토 백작이 말했다. "소개해 주신다면 그 두 분을 만나보고 싶군요. 그런데 여러분의 친절하신 권고에 따를 수 없는 이유가 있어요. 실은 이미 거처를 준비해 두었습니다."
"예?" 알베르가 소리쳤다. "그럼 호텔에 머무시겠다는 겁니까? 상당히 불편하실 텐데요."
"제가 로마에서 그렇게 불편해 했었던가요?" 몬테크리스토 백작이 되물었다.
"그럼요!" 모르세르가 말했다. 로마에서 백작님은 방을 꾸미는 데 5만 피아스트르나 쓰셨어요. 그렇지만 매번 방을 새로 꾸미는 것으로 그렇게 돈을 쓸 수는 없다고 생각합니다."
"그런 점 때문에 결정한 일은 아니고, 저는 파리에 제 집을 한 채 갖기로 했습니다. 미리 하인을 보내 두었으니 벌써 집도 구하고 가구도 들여놓았을 겁니다."
"파리에 대해 잘 알고 있는 하인인가 보군요?" 보샹이 말했다.
"저와 마찬가지로 프랑스에는 처음 온 사람입니다. 벙어리 흑인이지요."
"그럼 그 알리 말입니까?" 모두들 놀라는 가운데 알베르가 물었다.
"맞습니다. 제 시중을 들어주고 있는 누비아 사람, 벙어리 알리입니다. 로마에서 만나보셨지요?"

"예, 물론 똑똑히 기억하고 있습니다. 하지만 왜 그런 누비아인을 시켜서 파리에 집을 사고 가구를 들여놓게 하셨는지요? 일이 잘못되면 어떻게 하시려고요?"

"그건 잘못 생각하시는 겁니다. 오히려 제 취향에 딱 맞는 것을 골랐을 걸요. 아시다시피 제 취향은 보통사람들과는 좀 다르니까요. 그 사람은 1주일 전에 도착했습니다. 아마 혼자서, 마치 사냥감을 찾아다니는 강인한 사냥개 같은 코로 탐색하면서 시내를 돌아다녔을 겁니다. 그리고 저의 변덕과 괴팍한 성격, 그리고 제가 무엇을 필요로 하는지도 하나부터 열까지 잘 알고 있으니, 아마 제 마음에 맞게 모든 것을 준비해 두었을 겁니다. 오늘은 제가 10시에 도착한다는 것을 알고 퐁텐블로 거리 입구에서 9시부터 저를 기다리고 있다가, 이런 쪽지를 주더군요. 제 새 집의 주소입니다. 자, 한번 보십시오."

백작은 그렇게 말하면서 알베르에게 쪽지를 건넸다.

"샹젤리제 30번지." 알베르가 읽었다.

"와, 그건 정말 제대로인데요!" 보샹이 자기도 모르게 소리쳤다.

"게다가 아주 호화로운 곳이에요." 샤토 르노가 덧붙였다.

"아니! 그런데 백작님은 그곳이 어딘지 아직 모르신다는 겁니까?" 드브레가 물었다.

"모릅니다. 아까도 말씀드렸듯이 저는 약속시각에 늦고 싶지 않아서 마차 안에서 준비하고 자작의 집 문 앞에 다다라 마차에서 내렸으니까요."

청년들은 얼굴을 마주보았다. 모두들 몬테크리스토 백작이 연극을 하고 있는 게 아닌지 도통 알 수 없는 기분이었다. 그러나 이 남자의 입에서 나오는 모든 말은 괴짜 같은 그의 성격에도 거짓말이라고 볼 수 없는 그런 순박한 특성을 가지고 있었다. 또 거짓말을 할 이유가 어디 있겠는가?

"그렇다면," 보샹이 말했다. "저희는 저희 힘으로 할 만한 잡다한 일이나 도와드리는 것으로 만족해야겠군요. 저는 신문기자의 자격으로, 백작님 앞에 파리에 있는 모든 극장의 문을 열어드리겠습니다."

"고맙습니다만," 몬테크리스토 백작이 웃으면서 말했다. "실은 집사에게 말해서 이미 곳곳의 극장 특별석을 예약해 두었습니다."

"그 집사라는 사람도 역시 누비아인 벙어리인가요?" 드브레가 물었다.

"아닙니다. 당신과 같은 나라 사람입니다. 물론 코르시카인을 여러분의 동포라 말할 수 있을 때 그렇다는 말입니다. 알베르 씨, 당신은 그 사람을 아실 겁니다."

"그럼 혹시, 능숙한 솜씨로 용케 창문을 빌려 놓았던 베르투치오 아닙니까?"

"맞습니다. 오찬에 초대했을 때 제 방에서 만나셨지요? 그는 매우 호인이지요. 한동안 군대에 있다가, 얼마간은 밀수도 하고, 사람이 하는 일이라면 뭐든지 조금씩 안 해본 것이 없는 사람이지요. 하찮은 칼부림 사건을 일으켜서 경찰 신세까지 졌을 정도니까요."

"그럼 세상에서 가장 정직한 그런 사람을 집사로 택하신 거로군요, 백작님." 드브레가 말했다. "해마다 백작님의 돈을 얼마나 축내고 있습니까?"

"그런데 다른 사람에 비해 크게 많이 드는 편이 아닙니다. 그건 확실합니다. 게다가 일을 잘해서 뭐든지 못하는 것이 없어요. 그래서 데리고 있는 거지요."

"그러니까," 샤토 르노가 말했다. "이제 완벽하게 구비된 집을 한 채 소유하신 셈이시군요. 샹젤리제에 저택이 있고, 하인들도 있고, 집사도 있으니, 없는 건 여자뿐이네요."

알베르가 미소 지었다. 그는 발레 극장과 아르헨티나 극장에서 백작의 특별석에서 만났던 그리스 미인을 떠올리고 있었다.

"전 더 좋은 것을 가지고 있습니다." 몬테크리스토 백작이 말했다. "바로 노예입니다. 여러분은 파리의 오페라극장이나 보드빌 극장, 바리에테 극장 등에서 돈을 내고 애인을 빌립니다. 저는 그 여자를 콘스탄티노플에서 샀습니다. 비싸게 치렀지만, 결국 한번 그렇게 해 두면 다시는 걱정할 필요가 없거든요."

"하지만 이걸 잊지 마십시오." 드브레가 웃으면서 말했다. "샤를 왕도 말했다시피, 우리는 '이름도 프랑*7 본성도 프랑*8'입니다. 프랑스 땅에 발을 디딘 이상, 백작님의 노예도 자유의 몸이 되지 않겠습니까?"

"누가 그런 것을 그 여자에게 가르쳐 주겠습니까?" 몬테크리스토 백작이 물었다.

"글쎄요, 누구든 상관없지요."

---

*7 프랑스 사람.

*8 솔직담백함.

"여자는 로마이크어*9밖에 할 줄 모릅니다."
"그렇다면 이야기는 달라지는군요."
"하지만 보여주기는 하시겠지요?" 보샹이 물었다. "하기는 이미 벙어리도 쓰고 계시니, 어쩌면 환관까지 쓰실지도 모르겠군요?"
"설마 그럴 리가요. 그렇게까지 동양풍을 고집하지는 않습니다. 제가 부리고 있는 사람들은 모두 자유롭게 떠나고 싶을 때 떠날 수 있습니다. 그리고 일을 그만 둔 뒤에는, 저는 물론이고 어느 누구의 도움도 받지 않아도 되도록 지원해 주고 있습니다. 그런 점이 오히려 떠나지 못하게 만드는 건지도 모르겠지만."
디저트가 나온 지도 한참 되었고, 이번에는 궐련이 나왔다.
"자네," 드브레가 자리에서 일어서면서 말했다. "벌써 2시 반이군. 자네 손님은 좋은 분 같아. 하지만 아무리 즐거운 상대라도 언젠가는 헤어져야 하는 법이지. 설령 시답지 않은 사람들이 있는 곳으로 돌아간다 해도 말이네. 이젠 사무실로 돌아가야 해. 백작님에 대해서는 내가 대신께 말씀드리겠네. 어쨌든 어떤 사람인지 확실하게 알아봐야겠어."
"조심하게." 알베르가 말했다. "날고 긴다 하는 사람들도 알아내지 못했으니까."
"걱정 말게! 3백만 프랑이나 되는 수사비용이 있으니까. 언제나 그 전에 다 써버리기는 하지만. 어쨌든 그런 건 상관없어, 5만 프랑 정도는 언제라도 있으니까."
"백작이 어떤 사람인지 알게 되면 나에게도 알려 주겠지?"
"알았네. 잘 있게, 알베르. 모두, 이만 실례."
그리고 방을 나오자마자 드브레는 옆방으로 가서 소리 높이 외쳤다.
"마차 대령해!"
"자," 보샹이 알베르에게 말했다. "난 의회에 가지 않겠네. 독자에게 당글라르 씨의 연설보다 더 괜찮은 것으로 제공할 것이 있으니까."
"제발," 알베르가 말했다. "부탁이니 보샹, 단 한 줄도 쓰지 말아주게. 백작을 소개하고 설명하는 영광을 나에게 양보해 달라는 소리야. 아무튼 상당히 호기

*9 근세 그리스어.

심 가는 분이지?"

"그 이상이네." 샤토 르노가 대답했다. "지금까지 만난 사람들 가운데 가장 비범한 인물이야. 모렐 씨, 가시겠습니까?"

"백작님께 명함을 드리고 오겠소. 멜레 거리 14번지의 집을 방문해주시겠다고 하셨거든요."

"꼭 찾아뵙겠습니다." 백작이 인사하면서 말했다.

막시밀리앙 모렐은 몬테크리스토 백작을 알베르 옆에 남겨두고 샤토 르노 남작과 함께 나갔다.

소개

“백작님.” 몬테크리스토 백작과 둘만 남게 되자 알베르가 말했다.

“백작님께 독신자가 사는 별채의 전경을 보여드리는 것으로, 안내자 역을 맡은 제 본분을 시작해도 되겠는지요. 이탈리아의 저택이 몸에 익으셨을 테니, 파리의 젊은이들이 사방 몇 자짜리 방에서 살고 있는지 가늠해 보는 것도 연구할 만한 일이실 겁니다. 그런데도 아주 고약한 데서 사는 걸로 인정되지도 않지요. 방을 하나씩 옮겨갈 때마다 창문을 열어서 숨을 쉬시게끔 해드리겠습니다.”

몬테크리스토 백작은 아래층에 있는 식당과 객실을 이미 본 상태였다. 알베르는 그를 데리고 먼저 아틀리에로 갔다. 그곳은 다들 알다시피 알베르가 가장 좋아하는 방이었다.

몬테크리스토 백작은 알베르가 그 방에 모아둔 온갖 물건에 대해 참으로 정확한 감식안을 보여주었다. 옛날 궤짝, 일본 자기, 동양의 직물, 베네치아의 유리그릇, 세계 각국의 무기 등, 그에게는 모두 친숙한 것들이었다. 그는 한번 보기만 해도 시대와 나라와 산지를 알아맞혔다. 모르세르는 자기가 해설자가 될 것으로 알고 있었는데, 오히려 백작의 지도 아래 고고학, 광물학, 박물학 등의 수업을 받은 셈이 되고 말았다. 두 사람은 2층으로 내려갔다. 알베르는 백작을 객실로 안내했다. 그 객실 벽에는 현대화가의 작품들이 가지런히 걸려 있었다. 긴 갈대가 무성하게 자라고, 나뭇가지가 길게 뻗어 있고, 소떼가 음매 울고, 아름다운 하늘색을 보여주는 뒤프레의 풍경화도 있었다. 흰 망토를 걸치고 반짝거리는 허리띠를 단단하게 조르고, 금속으로 상감한 무기를 들고, 말이 날뛰면서 서로 물고 있는 가운데, 서로 철퇴를 휘두르며 싸우고 있는 아라비아 기병을 그린 들라크루아의 작품도 있었다. 블랑제의 수채화는 파리 노트르담 성당의 전모를 보여주며, 그것을 소설로 그려낸 시인[*1]과 그 웅대함을 겨

*1 같은 제목의 소설을 쓴 빅토르 위고.

루고 있었다. 꽃을 실제의 꽃보다 아름답게, 태양을 실제의 태양보다 빛나게 그린 디아즈의 화폭도 볼 수 있었다. 살바도르 로사와 같은 색깔을 썼지만, 더욱 시정이 풍부한 드캉의 데생도 있었다. 천사의 머리를 가진 아이, 처녀의 얼굴을 한 부인을 그린 지로와 뮐러의 파스텔화도 있었다. 도자[*2]가 잠깐씩 틈날 때마다 낙타 등이나 이슬람사원의 둥근 천장 밑에서 스케치한 《동양여행기》의 앨범 속에서 뽑아낸 스케치도 있었다. 요컨대 거기에는 지나간 몇 세기와 함께 사라진 예술을 대신하여 현대 예술이 줄 수 있는 모든 것이 진열되어 있었다.

알베르는 자신이 이번만큼은 이 이상한 여행자에게 뭔가 새로운 것을 보여 주게 될 것으로 기대하고 있었다. 그러나 그가 깜짝 놀란 것은, 이 인물이 서명을 찾아볼 것도 없이, 거기에 있는 여러 작가들에 대해서 어떤 소개도 받지 않는다는 것이었다. 이름이 약자로만 쓰여 있는데도 그는 곧바로 해당 작품들의 작가들 이름을 대는 것이었다. 따라서 백작은 그 작가들의 이름만 알고 있는 것뿐 아니라, 작가들의 기량까지 평가하고 연구했다고 보기 쉬웠다.

두 사람은 객실에서 침실로 들어갔다. 그곳은 화려함과 엄격한 취미를 아울러 갖춘 전형적인 방이었다. 그곳에는 단 한 장의 초상화가 금빛 액자 속에 빛나고 있었다.

그 초상화가 무엇보다 먼저 몬테크리스토 백작의 눈길을 끌었다. 그는 방 안으로 서둘러 세 걸음 정도 걸어가서는, 갑자기 발걸음을 멈추어 버렸다.

갈색 얼굴에, 타는 듯한 눈빛을 고뇌에 찬 눈꺼풀 속에 감추고 있는 스물대여섯 살 정도 된 젊은 여성의 초상이었다. 여자는 검정색과 빨간색 윗도리를 입고, 머리에는 금 핀을 꽂은 채, 아름다운 카탈루냐 어촌 여자의 차림새로 바다를 바라보고 있었다. 그 부드러운 옆모습이 파도와 하늘의 쪽빛 배경 위에 선명하게 드러나 있었다.

방 안은 어슴푸레했다. 그렇지 않았다면, 알베르는 백작의 두 뺨에 번진 창백한 빛과 그의 어깨와 가슴을 스치고 지나가는 떨림을 이내 알아보았을 것이다.

잠깐 침묵이 흘렀다. 몬테크리스토 백작은 마치 빨려들 것처럼 그 그림을

*2 19세기 프랑스의 화가.

유심히 바라보았다.

“알베르 씨는 아름다운 연인을 두셨군요.” 몬테크리스토 백작은 무척 조용한 목소리로 말했다. “이 옷은 무도회 의상 같은데 정말 잘 어울리는군요.”

“백작님!” 알베르가 말했다. “이 초상화를 보시고 착각하시면 곤란한데요. 아직 모르시겠지만, 이 액자 속 여인은 바로 저의 어머니입니다. 이건 7, 8년 전의 어머니를 그린 것인데, 옷은 그때의 기분에 따라 이렇게 입으신 것 같습니다. 1830년 무렵의 어머니를 눈앞에 보여주는 것처럼 아주 잘 그려져 있지요. 어머니가 이 초상화를 그리게 하신 것은 아버지가 집에 계시지 않았을 때였다는데, 아마 아버지가 집에 돌아오셔서 놀라는 모습을 보고 싶은 마음에서 그렇게 하신 것 같습니다. 하지만, 이상하게도 아버지는 이 초상을 싫어하셨습니다. 보시는 바와 같이 이것은 레오폴 로베르의 그림 가운데 걸작의 하나인데,

그런 이 그림의 가치도 아버지의 완고한 반감을 덜어주지는 못했지요. 백작님, 이건 우리끼리 얘기인데요, 제 아버지 모르세르 백작께서는 프랑스 상원에서도 가장 근면한 귀족 중에 한 사람이고 이론가로 유명한 장군이긴 하셔도, 미술에 대해서는 전혀 문외한이십니다. 어머니와는 다르신 거죠. 어머니는 그림도 굉장히 잘 그리시니까요. 그래서 그 작품을 아주 훌륭한 것으로 평가하셔서 완전히 처분해 버리시지 못하고 저를 주셨습니다. 제 방에 두면 아버지의 심기를 불편하게 할 우려도 적지 않을까 하셨던 겁니다. 아버지의 초상은 그로*3가 그린 것이 하나 있습니다. 그것도 곧 보여드리겠습니다. 이런 가정사를 말씀드려서 죄송합니다. 이제 아버지가 계신 곳으로 안내해드릴 텐데, 아버지 앞에서 무심코 이 초상화를 칭찬하시는 것은 피해주셨으면 합니다. 게다가 이 초상화가 해로운 영향을 끼치는지, 어머니는 저에게 오실 때면 이 그림을 꼭 보고 가시는데, 보실 때마다 눈물을 흘리십니다. 저희 저택에 이 그림이 나타나 있었던 일이 부모님 사이에 일어난 유일한 불화였고, 결혼한 지 20년이 지났지만 지금처럼 여전히 아무 문제도 없고 평탄하게 지내십니다."

몬테크리스토 백작은 그 말 속에 무슨 저의가 있지 않은지 확인하려는 듯이 알베르를 흘깃 바라보았다. 그러나 청년은 별 생각 없이 그렇게 말한 것이 분명했다.

"그럼 백작님, 이것으로 제 보물은 다 보셨습니다. 변변치 않은 것들이기는 하지만 원하신다면 뭐든지 드리고 싶습니다. 댁에 계실 때와 똑같이 편안한 마음으로 계셨으면 합니다. 그리고 마음이 더욱 가벼워지실 수 있도록 아버지도 소개해 드리겠습니다. 실은 로마에서 여러 가지로 백작님께 신세진 것을 편지로 알려 두었습니다. 게다가 방문해주시겠다고 약속하신 것도 말씀드렸지요. 그래서 저희 부모님도 감사인사를 드리고 싶다며 오늘이 오기를 기다리고 계셨습니다. 모든 것에 조금은 흥미가 없으시다는 것을 압니다, 백작님. 가정에서 보이는 일들은 선원 신드바드가 경험한 것에 비하면 흥미진진한 것이 없습니다. 그런 다른 것들을 이미 많이 보셨겠지요! 제가 제안하는 이런 절차들을 그저 예의와 방문과 소개로 이루어져 있는 파리 생활의 첫걸음이라고 생각하시고 받아들여 주시기 바랍니다."

---

*3 18, 9세기 프랑스의 화가.

몬테크리스토 백작은 아무 대답도 하지 않고 머리를 숙였다. 거기에는 아무런 감격도 없었고, 그렇다고 특별히 거절하는 것도 아니며, 다만 인간으로서 지켜야 하는 사회적인 약속으로서 승낙한다는 의미만 담겨 있었다. 알베르는 하인을 불러 몬테크리스토 백작이 곧 방문한다는 사실을 모르세르 백작 부부에게 가서 알리게 했다.

알베르와 백작은 하인을 뒤따라 걸어갔다.

대기실에 들어서자, 객실로 들어가는 문 위에 문장이 걸려 있는 것이 눈에 들어왔다. 그 위엄 있는 장식과 방 장식의 조화를 통해, 저택의 주인이 그 문장을 얼마나 소중하게 여기는지 한눈에 알 수 있었다.

몬테크리스토 백작은 그 문장 앞에 발걸음을 멈추고 주의 깊은 눈길로 그것을 바라보았다.

"군청색 바탕에 띠 모양으로 늘어선 일곱 마리의 금 티티새. 이것이 혹시 댁의 문장입니까?" 그가 물었다. "많은 문장을 알고 있어서 대부분 짐작할 수 있지만, 사실 문장학의 내용에 대해서는 완전히 문외한이라서요. 원래 저는 생테티엔에 땅을 가진 게 좀 있어서 토스카나에서 백작 작위를 받았는데, 여행을 하기 위해선 그것이 필요하다는 소리를 수없이 듣지 않았더라면, 아마 귀족 같은 건 되지 않았을 겁니다. 세관원에게 조사를 받지 않기 위해서라도 마차 문에 뭔가를 붙여 둬야 하니까요. 이런 무례한 질문을 용서해 주십시오."

"무례하긴요," 알베르는 완전히 신뢰하고 있는 솔직한 태도로 말했다. "생각하신 대로 이것은 저희 집의 문장, 즉 아버지 조상의 문장입니다. 하지만 보시는 것처럼 은탑과 결합되어 있는 것은 어머니 조상의 문장이지요. 어머니 쪽으로 말하면 저는 에스파냐계가 됩니다. 하지만 모르세르 집안은 프랑스계로, 들은 바에 의하면 남프랑스에서 가장 오래된 가문의 하나라고 합니다."

"그러시군요. 티티새를 보니 알 것 같군요. 성지 원정을 시도하고, 또 그것에 성공을 거둔 무장한 순례자들은 거의 모두, 때로는 자신들이 몸을 바친 사명을 상징하는 십자가를 문장으로 하고, 때로는 그들이 고안하여 신앙의 날개를 타고 성취하려던 원정의 상징으로서 철새를 문장으로 삼았지요. 아버님의 조상 가운데 십자군의 일원이었던 분이 계신 모양입니다. 성왕 루이의 십자군만 해도 13세기나 옛날로 거슬러 올라갑니다. 아주 대단한 거지요."

"어쩌면 그럴지도 모르겠군요." 알베르가 말했다. "아버지의 거실 어딘가에

족보가 있습니다. 그것을 보시면 아실 겁니다. 저도 전에 그 족보에 의해 오지에와 조쿠르*4의 설을 참조하면서 해석해 보려고 한 적이 있습니다. 지금은 더 이상 생각해 보려고도 하지 않지만요. 그러나 백작님, 이건 안내자 역할을 맡은 사람으로서 말씀드리는 것인데, 우리의 민주적인 정부에서도 요즘은 그런 일에 상당히 관심을 가지기 시작했습니다."

"그래요? 그렇다면 정부에서도 곳곳의 건물에서 볼 수 있는, 그런 계보 상으로 아무런 의미도 없는 두 장의 표찰*5을 내걸기보다는 뭔가 더 세련된 것을 과거 속에서 찾는 편이 현명하겠군요. 하지만 자작, 당신은," 그는 다시 알베르와의 이야기로 돌아가서 말했다. "당신은 정부에 비해 훨씬 더 행복하신 겁니다. 댁의 문장이 매우 아름답고 여러 가지 상상을 불러일으키니까요. 참, 그렇지. 당신은 프로방스계인 동시에 에스파냐계 사람이죠. 그럼 이런 것을 상상할 수 있어요. 아까 보여주셨던 그 초상화가 실물과 닮았다면, 저를 그토록 감동시킨 그 아름다운 갈색은 고결한 카탈루냐 여인의 얼굴을 그리기 위한 색이라고 말입니다."

겉으로는 최고로 정중한 예의가 나타나 있지만, 백작이 자신의 말 속에 야유를 담아놓았다는 것을 알려면 오이디푸스나 스핑크스 정도는 되어야 했다. 따라서 모르세르는 그 말에 대해 미소로 사례했다. 그리고 안내하기 위해 앞장서서 문을 열었다. 그 문은 그 문장 바로 밑에서 열렸고, 이미 언급된 것처럼 객실로 통하고 있었다.

객실에서 가장 사람 눈길을 끄는 곳에 또다시 한 장의 초상화가 걸려 있었다. 서른다섯에서 서른여덟쯤 되어 보이는 남자의 초상화였다. 그는 장군의 군복을 입고 있었는데, 술이 달린 두 줄의 견장이 고위직이라는 것을 나타내고 있었고, 목에는 레지옹도뇌르 훈장이 리본에 매어 걸려 있어서 3등 훈장 수훈자라는 것을 나타내고 있었다. 또 가슴의 오른쪽에는 소뵈르 1등 훈장이, 왼쪽에는 샤를 3세 대훈장이 달려 있었다. 그것은 그 인물이 그리스와 에스파냐 전쟁에 출정했거나, 아니면 그 두 나라에 이만한 훈장을 받을 만큼 뭔가 커다란 외교적 공을 세운 사람이라는 것을 가리켰다.

몬테크리스토 백작은 이 초상화도 앞의 초상화만큼이나 주의 깊게 음미하

*4 모두 유명한 족보학자.
*5 프랑스공화국의 약자인 R.F를 쓴 판을 의미.

고 있었다. 그러고 있는데, 옆문이 열리더니 갑자기 모르세르 백작이 나타났다.

모르세르 백작은 마흔에서 마흔다섯 정도의 나이였지만 적어도 쉰으로 보였다. 새까만 수염과 눈썹이 군인처럼 짧게 깎은 반백이 다된 머리에 비교되어 유난히 시선을 끌었다. 평복을 입고 단춧구멍에 약장(略章)만 달고 있었는데, 그 색색의 끈으로 보아 많은 훈장을 받은 것을 짐작할 수 있었다. 모르세르 백작은 상당히 기품 있고 정중한 걸음걸이로 들어왔다. 몬테크리스토 백작은 자기 쪽에서는 한 발짝도 나아가지 않고 상대가 다가오는 것을 바라보았다. 시선은 오로지 모르세르 백작의 얼굴에 향한 채, 두 다리가 마치 바닥에 못이라도 박힌 것처럼 서 있었다.

"아버지," 청년이 말했다. "몬테크리스토 백작님을 소개하겠습니다. 언젠가 얘기했던 그 곤경에서 저를 구해주신 친절한 분입니다."

"어서 오십시오." 모르세르 백작은 웃는 얼굴로 몬테크리스토 백작에게 인사했다. “단 하나뿐인 상속자인 아들을 구해주신 은혜에 대해 저희 집안은 영원한 감사를 드리고 있습니다.” 이렇게 말하면서 모르세르 백작은 몬테크리스토 백작을 향해 안락의자를 권하고 자기도 창문을 향해 앉았다.

몬테크리스토 백작은 모르세르 백작이 가리킨 의자에 앉으면서, 커다란 벨벳 커튼 그늘에 되도록 몸을 숨기듯이 자리를 잡고 피로와 수심을 띤 모르세르 백작의 얼굴에서 나이에 따라 생긴 주름 하나하나에 새겨져 있는 고뇌를 읽으려고 했다.

“아내는 화장하던 중에 아들한테서 오신다는 연락을 받았으니, 아마 곧 내려올 겁니다. 10분 뒤에는 이 방에 당도할 겁니다.”

“파리에 도착한 첫날부터 이렇게 소문만큼이나 훈공을 가지신 분을 뵙게 되어 분수에 넘치는 영광으로 생각합니다. 그런 훈공을 보면 운명의 여신이 단 한 번도 실수를 저지르지 않았었나 봅니다. 하지만 운명의 여신은 지금도 여전히 미티자 평야와 아틀라스 산맥 부근에서 백작님께 바칠 원수의 지휘봉을 들고 있는 것 아닐까요?”

“아!” 백작은 얼굴을 약간 붉히면서 대답했다. “지금은 군적에서 물러났습니다. 저는 왕정복고 때 귀족에 서임되어 처음으로 전쟁에 출정하여 부르몽 원수의 지휘 아래 싸웠습니다. 그러니 원한다면 더 높은 사령권도 얻을 수 있었고, 지금도 직계 왕이 왕위에 있었다면 그렇게 되었을지도 모르지요! 그런데 7월 혁명이라는 게 너무나 대단한 것이어서 그까짓 은공쯤은 다 잊힌 것 같더군요. 제정시대의 것이 아니면 어떠한 공로도 깡그리 무시되고 말았지요. 그래서 저는 사퇴해버렸습니다. 그런데 사실, 전장에서 견장을 획득했던 사람이라도 살롱의 미끄러운 바닥 위에서는 처세에 완전히 서투른 법입니다. 저는 칼을 버리고 정계에 뛰어들었습니다. 지금은 산업에 몸을 바쳐 유용한 기술을 연구하고 있습니다. 군적에 있었던 20년 동안 그런 꿈을 가지고 있었으면서도 시간이 없어서 실현하지 못했지요.”

“과연 그런 생각을 가지신 분이 계시니까 이 프랑스가 다른 나라보다 위대한 거겠지요.” 몬테크리스토 백작이 대답했다. “훌륭한 집안의 귀공자로 태어나 막대한 부를 지니시고도, 일개 병사에서부터 출세의 계단을 올라갈 결심을 하는 건 참으로 보기 드문 일일 겁니다. 그렇게 장군이 되시고 프랑스의 귀족이 되시고, 레지옹도뇌르 훈3등까지 오르신 뒤, 또다시 이런 새로운 수련을 기꺼이 시작하셔서, 아무런 대가도, 희망도 없이 언젠가 인류에 도움이 될 것만을 바라고 계신다니…… 정말 존경스러운 일입니다. 아니, 그 이상으로 참 숭고한 일이라고 생각합니다."

알베르는 놀라는 눈빛으로 몬테크리스토 백작을 바라보면서 그 말을 듣고 있었다. 그것은 지금까지 몬테크리스토 백작의 입에서 이토록 감격에 찬 말이 나오는 것은 한 번도 들은 적이 없기 때문이었다.

"참 서글픈 일이지요!" 이 외국인은 계속했다. 이것은 어쩌면 자신의 말을 듣고 모르세르 백작의 이마에 미미하게 떠오른 그늘을 무마시켜주기 위한 것일 수도 있었다. "우리 이탈리아에서는 완전히 다릅니다. 우리는 자기가 속한 뿌리와 품종에 따라서 성장하다가, 결국엔 그것과 같은 잎, 같은 기지를 물려받습니다. 그리고 종종 인생 전반에 걸쳐 똑같은 무능함까지 물려받거든요."

"하지만," 모르세르 백작이 대답했다. "당신처럼 능력 있는 분이 이탈리아 국적으로 사시는 것은 부당하게 생각되는군요. 프랑스야말로 당신을 환영할 겁니다. 그 환영을 받아들이지 않으시겠습니까? 프랑스는 모든 사람에게 결코 은혜를 잊지 않습니다. 설령 자국민에는 가혹하게 대하는 일이 있어도 외국인들에게는 넓은 마음으로 환영하는 것이 보통이지요."

"아버지," 알베르가 미소 지으면서 말했다. "아버지는 몬테크리스토 백작을 모르시니까 그런 말씀을 하시는 거예요. 백작님은 이 세상 밖에서 만족을 찾고 계신 분입니다. 명예 같은 건 조금도 바라지 않으세요. 여권에 쓰기 위해서만 지니고 계시는 거죠."

"오, 그 말이야말로 저에 대해, 지금까지 한 번도 들어본 적 없는 매우 적절한 표현인 것 같군요." 몬테크리스토 백작이 대답했다.

"당신은 자신의 미래를 완전히 자유롭게 선택하신 겁니다." 모르세르 백작은 한숨을 내쉬면서 말했다. "게다가 지극히 깨끗한 길을 선택하셨고요."

"맞습니다." 몬테크리스토 백작이 응수했다. 그렇게 말하면서 지은 그의 미소는 어떤 화가라도 절대 묘사할 수 없고, 어떤 심리학자라도 분석을 단념할 만큼 미묘한 것이었다.

"만약 피곤하지 않으시다면," 모르세르 백작은 몬테크리스토 백작의 태도에 매료된 것처럼 말했다. "이제부터 의회에 모시고 가고 싶군요. 오늘은 현대식 상원 의원이 어떤 것인지 잘 모르는 사람들에게 상당히 흥미로운 회의가 있거든요."

"다른 날 그런 제의를 다시 해 주신다면 정말로 감사할 것 같습니다. 오늘은 백작부인께 인사드릴 것을 기대하는 것으로 족합니다. 기다리겠습니다."

"오! 어머니가 오셨어요." 자작이 소리쳤다. 몬테크리스토 백작이 얼른 돌아보자, 과연 모르세르 부인이 살롱 현관의, 자기 남편이 들어왔던 것과 반대쪽 문에 서 있는 것이 보였다. 미동도 하지 않고 창백한 얼굴을 하고 있던 부인은 몬테크리스토 백작이 자기 쪽을 돌아보자, 자기도 모르게 금빛으로 칠한 문설주를 잡고 있던 팔을 떨어뜨렸다. 부인은 얼마 전부터 그곳에 서서 그 교황의 나라에서 온 손님이 말하는 대화의 뒷부분을 들었던 것이다.

손님은 자리에서 일어나 백작부인을 향해 정중하게 인사했다. 부인도 아무 말 없이 깍듯하게 허리를 굽혔다.

"당신, 왜 그러는 거요?" 백작이 물었다. "이 객실 공기가 탁해서 속이 좋지 않은 거요?"

"어머니, 기분이 안 좋으세요?" 자작이 메르세데스 쪽으로 달려가면서 소리쳤다.

부인은 미소 지으면서 두 사람에게 인사를 했다.

"아니에요. 이분이 계시지 않았다면 우리는 지금쯤 깊은 슬픔에 잠겨 있었을 거잖아요. 그런 분을 뵙고 마음이 떨렸을 뿐이에요, 여보." 부인은 왕비 같은 위엄 있는 태도로 다가오면서 말했다. "덕분에 자식이 목숨을 건질 수 있었습니다. 백작님의 친절에 대해 하느님께 가호가 있기를 바랍니다. 그리고 이번에는, 제가 방금 백작님께 마음속 깊은 곳에서 우러나온 축복의 인사를 드렸던 것 같이, 그렇게 백작님께 감사할 기회를 주셨다는 것이 기뻐서 감사드립니다."

몬테크리스토 백작은 더욱 정중하게 허리를 굽혔다. 그의 얼굴은 부인의 얼굴보다 더욱 창백했다.

"부인," 몬테크리스토 백작이 말했다. "백작님으로부터도 부인으로부터도, 이렇게 하잘것없는 일에 대해 분에 넘치는 인사를 받았습니다. 한 사람의 인간을 도와 아버지의 걱정을 덜어주고 어머니의 슬픔을 없애주는 것은 결코 선한 일을 한 것이라고 할 수는 없습니다. 사람으로서 마땅히 해야 할 일을 했을 뿐입니다."

참으로 따뜻하고 겸손한 그 말을 듣고 부인은 침통한 목소리로 대답했다.

"아들이 백작님 같은 분과 알게 되어 얼마나 행복해하는지 모릅니다. 이렇게 만들어주신 하느님께 그저 감사드릴 뿐이에요."

부인은 한없는 감사의 빛을 띤 아름다운 눈으로 하늘을 우러러보았다. 몬테크리스토 백작은 그 두 눈에서 눈물방울이 반짝이는 것을 본 것 같았다. 남편인 모르세르 백작이 부인 쪽으로 걸어갔다.

"난 아무래도 실례를 무릅쓰고 지금 나가야 할 것 같소. 조금 전에도 사죄를 드렸지만 당신도 잘 말씀드려 주시오. 회의가 2시에 시작인데 벌써 3시에요. 게다가 난 연설을 해야 한다오."

"그럼 다녀오세요, 손님 접대는 저에게 맡기시고요." 부인은 감동한 목소리 그대로 말했다. 그리고 몬테크리스토 백작을 향해 말을 이었다. "이대로 남아 주실 거지요?"

"감사합니다, 부인. 하지만 제 처지를 보아서 양해해 주십시오. 더 이상의 제안에는 따를 수 없을 것 같군요. 저는 오늘 아침에 댁의 문 앞에서 여행 중이던 채로 마차에서 내렸습니다. 전 제가 파리에서 어떤 거처에 자리를 잡게 되었는지도 모르고 있답니다. 그 집이 어디에 있는지만 간신히 알고 있지요. 노파심인 줄은 알지만 그래도 걱정은 됩니다."

"그렇다면 다음에 꼭 다시 오겠다고 약속해 주시겠어요?"

몬테크리스토 백작은 아무 대답 없이 인사만 했다. 그러나 그 태도에서 승낙한 것을 알 수 있었다.

"그럼 붙잡진 않겠어요." 부인이 말했다. "감사드리고 싶은 마음이 오히려 무례를 범하거나 폐를 끼치게 될 것 같으니까요."

"백작님," 알베르가 말했다. "괜찮으시다면 로마에서 대접해주신 것에 대한 보답을 이 파리에서 하게 해 주셨으면 합니다. 마차가 준비될 때까지 제 마차를 사용해 주십시오."

"알베르 자작, 그 친절은 감사하지만 실은 제가 베르투치오에게 네 시간 반의 여유를 주었기 때문에 그가 그동안 마차를 마련해서 지금 문 앞에 와 있을 겁니다."

이러한 백작의 일처리에는 알베르도 익숙해져 있었다. 백작이 네로처럼 불가능한 일만 목표로 하고 있다는 것을 알고 있었기 때문에, 이젠 그리 놀랍지도 않았다. 그리고 백작의 명령이 어디까지 실현되는지 직접 보고 싶어서 문까지 따라 나갔다.

몬테크리스토 백작이 한 말은 한 치도 어긋남이 없었다. 그의 모습이 모르세르 백작 저택의 현관에 나타나자마자, 하인 하나가 갑자기 주랑 뒤에서 달려 나왔다. 로마에서 두 청년에게 백작의 명함을 가지고 와서 언젠가 백작이 찾아올 거라고 알려주었던 하인이었다. 따라서 저택 앞 계단 위에 다다른 몬테크리스토 백작은 마차가 이미 주인을 기다리고 있는 것을 볼 수 있었다.

그것은 케레르*[6]가 만든 박스형 마차였다. 또 그 마차에는 파리 사람이면 누구나 알고 있듯이, 어제까지 드레이크*[7]가 1만 8천 프랑에도 팔지 않았던 말이 매어져 있었다.

---

*6 당시 유명한 마차제조업자.

*7 당시 유명한 말상인.

"제 집까지 같이 가시자고는 하지 않겠습니다." 백작이 알베르에게 말했다. "아무튼 급히 마련한 집이어서요. 아시다시피, 무슨 일이든 번개처럼 해치우는 데는 좀 평판이 있는 편이긴 하지요. 그러니 하루만 기다려 주시면 그 다음에 초대하겠습니다. 그때는 주인으로서 접대할 자신도 조금 생길 테니까요."

"백작님, 하루라고 말씀하셨지만 백작님 솜씨는 잘 알고 있습니다. 그때 보여주실 것은 아마 보통 저택이 아니라 궁전 같은 것이겠지요. 실제로 정령이라도 마음대로 부리시는 게 아닌가 하는 생각이 듭니다."

"그렇게 생각하셔도 좋겠지요." 백작은 화려한 마차의 벨벳을 깐 발판에 발을 올려놓으면서 말했다. "그러면 여자들 앞에 나설 때도 틀림없이 힘이 되어 주겠군요."

그렇게 말하고 그는 훌쩍 마차 안으로 들어갔다. 곧 문이 닫히고 마차는 이내 화살처럼 달리기 시작했다. 그 순간에도 백작은 부인이 있는 살롱의 커튼이 희미하게 흔들리고 있는 것을 놓치지 않았다.

어머니에게 돌아간 알베르는 어머니가 거실의 커다란 벨벳 안락의자에 몸을 묻고 있는 것을 발견했다. 방 안은 벌써 어둠에 잠기기 시작했다. 그리고 곳곳에 장식된 액자의 금빛 틀만이 빛나고 있었다.

백작부인의 얼굴은 후광처럼 머리를 감싼 베일에 가려서 알베르에게는 똑똑히 보이지 않았다. 그러나 목소리만은 분명히 변한 것처럼 느껴졌다. 꽃병 속에 있는 장미꽃과 헬리오트로프의 향기와 함께 목구멍을 자극하는 셀 드 비네그르[*8]의 냄새도 느껴졌다. 아니나다를까 조각이 새겨진 벽난로 위, 백작부인의 상어가죽 주머니에서 작은 약병이 나와 있었고, 그것이 청년의 불안한 주의를 끌었다.

"어디 편찮으세요?" 방에 들어서자 청년이 소리쳤다. "제가 집을 떠나 있는 동안 몸이 나빠지신 거예요?"

"내가? 아니야, 알베르. 하지만 장미와 월하향, 오렌지 꽃은 날씨가 더워지기 시작하면, 그 더위에 익숙해지기 전까지는 냄새가 독해서 말이야……"

"그럼 어머니," 알베르는 벨을 누르면서 말했다. "꽃을 옆방으로 치우게 할 게요. 아무래도 기분이 좋지 않으신가 봐요. 아까 방에 들어오셨을 때도 안색이

---

*8 각성제.

무척 나빠 보였어요."

"내가 그랬니?"

"네, 창백한 안색이 어머니에게 무척 어울리기는 하지만, 아버지와 전 좀 놀랐어요."

"아버지가 너에게 그런 말을 하셨니?" 부인이 기침하면서 말했다.

"아니에요, 하지만 어머니께 그렇게 말씀하셨잖아요."

"기억이 안 나는구나."

그때 알베르의 벨소리를 듣고 하인이 들어왔다.

"이 꽃을 대기실이나 화장실로 옮겨주게. 어머니가 기분이 나쁘신 것 같으니까."

하인은 시키는 대로 꽃을 옮겼다.

꽃이 다 옮겨질 때까지 한동안 침묵이 계속되었다.

"몬테크리스토 백작이라는 이름은 도대체 어떻게 된 이름일까?" 하인이 마지막 꽃병을 들고 나가자, 백작부인이 그렇게 물었다. "그건 집안 이름이니, 나라 이름이니? 아니면 그냥 칭호인 거니?"

"칭호이겠지요. 작위에 붙인 단순한 칭호요. 백작님은 토스카나 군도에 있는 섬을 하나 사셨대요. 그리고 오늘 아침에 직접 말씀하시기로는, 그렇게 해서 백작의 가문을 세우셨다고 해요. 어머니도 아시겠지만, 피렌체의 생테티엔 훈장, 파르마의 생조르주 콩스탄티니엥 훈장, 말타 훈장도 마찬가지로 손에 넣을 수 있는 분이니까요. 물론 백작님은 귀족을 부러워하는 마음은 털끝만큼도 없어요. 로마에서는 신분이 아주 높은 귀족으로 소문이 났지만, 당신은 그저 벼락귀족에 지나지 않는다고 늘 말씀하고 계시죠."

"이곳에 계신 그 짧은 시간에 본 것만으로도 무척 훌륭하신 분 같더구나."

"네, 흠잡을 데가 눈 씻고 봐도 없는 분이죠. 제가 아는 한, 유럽에서 가장 존경을 받고 있는 영국, 에스파냐, 독일의 귀족사회에서 가장 귀족다운 사람들보다 훨씬 더 훌륭하신 분이에요."

백작부인은 뭔가 생각에 잠긴 기색이었다. 그러나 약간 망설인 뒤에 말을 이었다.

"알베르, 이건 엄마로서 물어보는 건데, 넌 몬테크리스토 백작님이 자신의 집에 계시는 것을 본 적이 있지? 너에게는 사물을 판단하는 능력이 있고, 사

람에 대해서도 통찰력이 있고, 같은 또래 청년들에 비해 예민한 판단력도 있다고 생각하는데, 백작님은 겉으로 보는 것과 같은 사람일까?"

"겉으로 보는 것과 같다니요?"

"지금 네가 말한 것처럼 훌륭한 귀족 출신일까?"

"전 다만 사람들이 말하는 대로 말씀드렸을 뿐이에요."

"하지만 알베르, 너 자신은 어떻게 생각하니?"

"솔직히 딱 꼬집어 말할 것이 없어요. 하지만 몰타 출신이라는 느낌은 들어요."

"출생을 묻는 게 아니야. 그분의 인성에 대해서 묻는 거란다."

"그래요? 그렇다면 얘기는 달라지지요. 그분에 대해서는 여러 가지 이상한 사실을 보았어요. 솔직하게 말하면, 커다란 불행 때문에 숙명적인 낙인이 찍힌 바이런의 작중인물 같다고 할까요? 맨프레드나 라라, 또는 웨르너처럼, 전통 있는 가문 출신이기는 해도 몰락하여 조상들의 재산을 모두 잃어버린 뒤, 나중에 자신의 모험적인 실력만으로 재산을 일굼으로써 사회의 규범마저 초월한 사람이라고 할 수 있겠죠."

"그게 무슨 소리니?"

"몬테크리스토는 지중해 한복판에 있는 어느 섬의 이름이에요. 그곳에는 주민도 없고 섬을 지키는 군대도 없어요. 다만 여러 나라의 밀수업자와 해적들의 은신처가 되어 있는 섬이지요. 그런 대담한 장사꾼들이 자기들을 숨겨주는 데 대한 대가로 그곳 영주에게 세금을 내고 있는 건지도 모르지요."

"그럴 수도 있겠구나." 부인은 생각에 잠긴 기색으로 대답했다.

"하지만," 청년은 말을 이었다. "밀수업자이든 아니든, 어머니도 만나 보셔서 아시겠지만, 백작님은 매우 비범한 인물이어서 파리 사교계에서도 상당히 인기를 얻을 거예요. 실제로 오늘 아침에도 제 방에서 사교계를 향한 첫걸음으로서, 샤토 르노가 혀를 내두르게 만들었거든요."

"나이는 얼마나 됐을까?"

부인은 명백하게 이 물음에 큰 기대를 걸고 있는 것 같았다.

"서른대여섯쯤 됐을 걸요."

"그렇게 젊다고! 설마." 부인의 이 말은 알베르가 한 말의 대답인 동시에 자신이 하고 있었던 생각에 대한 대답이었다.

"정말이에요. 서너 번, 그 무렵에는 내가 다섯 살이었다, 그때는 열 살이었다, 열두 살이었다, 하면서 미리 계산하지 않고 바로바로 말한 적이 있어요. 저도 그런 것에 관심을 가지고 나이를 계산해 보았는데, 언제나 딱 맞아 떨어지더군요. 그래서 나이 같은 건 없을 것 같은 그 이상한 인물이 분명히 서른다섯 살쯤 되었을 거라고 생각해요. 게다가 보세요, 눈에는 빛이 살아 있고, 머리도 검고, 안색은 창백하지만 이마에 주름살 하나 없잖아요. 몸만 젊은 것이 아니라 실제 나이도 무척 젊을 걸요."

백작부인은 끓어오르는 괴로운 생각을 견디지 못하겠는지 고개를 푹 꺾었다.

"그래, 그분은 너에게 친하게 대해 주시니, 알베르?" 그녀는 예민하게 몸을 떨면서 물었다.

"네."

"그리고 너도…… 네 쪽에서도 그분을 따르고?"

"그렇고말고요. 제 친구 프란츠 데피네는 저세상에서 돌아온 사람이라고 말하지만요."

백작부인은 무서운 듯이 몸을 떨었다.

"알베르," 그렇게 말한 부인의 목소리가 변해 있었다. "새로운 친구를 사귈 때는 조심하라고 늘 말하지 않았니? 너도 지금은 어엿한 성인으로서 나에게도 의견을 말할 수 있는 나이지. 하지만 거듭 말한다만 부디 조심하도록 해라, 얘야."

"충고는 감사하게 생각하지만, 무엇을 조심하라는 말씀이세요? 백작님은 도박도 좋아하시지 않고, 술도 물에 에스파냐산 포도주를 한 방울 섞어서 겨우 색깔만 낸 것을 마시는 게 고작이에요. 재산도 넘치도록 가지고 있다고 자기 스스로 말하고 있으니, 저에게 돈을 빌려달라고 했다가는 그야말로 스스로 웃음거리만 될 뿐이지요. 그런 백작님한테 조심해야 할 일이 뭐가 있겠어요?"

"그래, 네 말이 맞다." 백작부인이 말했다. "너를 도와주신 분인데도 내가 어리석은 걱정을 했구나. 그런데 아버지는 그분을 어떻게 대하시든? 그 백작님께는 아무리 친절하게 대접해도 부족할 텐데, 아버지는 이따금 바쁘신 데다 골치 아픈 일이라도 있으면 마음은 그렇지 않으면서도……."

"더할 나위 없이 잘 대접하셨어요." 알베르가 부인의 말을 가로막았다. "아버지는 백작님한테서 마치 30년이나 전부터 친구였던 것처럼, 일부러 맞장구를 쳐주는 것이 아닌 진심어린 인사를 받으시고 정말 기뻐하셨어요. 백작님이 자주 찬사를 보내셨는데, 그것을 들으시고 무척 기뻐하시는 것 같았어요." 알베르가 웃으면서 덧붙였다. "헤어질 때쯤 돼서는 완전히 친해지셔서, 아버지는 백작님을 의회에 모시고 가서 아버지가 하실 연설을 들려드릴 생각까지 하셨다니까요."

백작부인은 아무 대답도 하지 않았다. 깊은 생각에 잠긴 부인은 서서히 눈을 감았다. 청년은 부인 앞에 선 채, 마치 어린아이가 아직 젊고 아름다운 어머니에 대해 아들로서 느끼는, 여느 때보다 더욱 깊은 사랑을 눈빛에 담아 가만히 어머니를 응시했다. 이윽고 어머니의 눈이 감긴 것을 본 그는, 잠시 어머니가 미동도 하지 않고 부드럽게 숨을 쉬고 있는 것을 지켜본 뒤, 어머니가 잠든 것을 확인하자, 어머니는 그대로 두고 발끝으로 걸어 나와서 문을 닫았다.
"분명히 그분은 저쪽에 있었을 때도 말한 것처럼, 사교계에 큰 선풍을 일으킬 거야." 그는 머리를 끄덕이면서 중얼거렸다. "난 정확한 척도로 그분의 힘을 재고 있어. 어머니까지 그것을 눈치채신 걸 보니 확실히 비범한 인물일 거야."
그렇게 말하면서 그는 마구간으로 내려갔다. 그러나 마음속에서는 은밀하게 몬테크리스토 백작을 원망하고 있었다. 그것은 백작이 본의 아니게, 전문가의 눈으로 보아 그가 소유한 갈색 말이 2위로 밀려나지 않을 수 없는 훌륭한 말을 손에 넣었기 때문이다.
"확실히 인간은 모두 평등한 것만은 아니야. 아버지께 말씀드려서 그런 이치를 상원에서 피력해 보시라고 해야겠다."

집사 베르투치오

그사이 몬테크리스토 백작은 집에 도착했다. 오는 데는 6분 정도가 걸렸다. 이 6분이라는 시간은 이십 여명의 젊은 사람들이 그의 얼굴을 보기에는 충분한 시간이었다. 그들은 마차를 끄는 한 쌍의 말이 자기들은 살 엄두도 못내는 가격의 말이라는 것을 알고, 자기들의 말에 박차를 가해 도대체 십만 프랑짜리 말들을 가진 굉장한 귀족이 어떤 사람인지 잠깐이라도 보려고 했던 것이다.

알리의 안목으로 선택하고, 앞으로 몬테크리스토 백작의 저택이 될 그 집은 샹젤리제로 올라가는 길 오른쪽에 있었다. 집의 앞뒤로는 앞뜰과 정원이 있었다. 건물 정면은 앞뜰 한가운데에 빽빽이 서 있는 나무들에 가리어, 일부분밖에 보이지 않았다. 그 나무들 주위로 마치 팔처럼 두 개의 작은 길이 왼쪽 오른쪽으로 뻗어나, 문에서 현관까지 마차가 들어갈 수 있었다. 현관 앞 계단은 두 단으로 되어 있었고, 그 한 단 한 단마다 꽃이 활짝 핀 도기 꽃병들이 놓여 있었다. 이 집은 넓은 대지 한가운데 덩그러니 홀로 서 있었고, 정문 말고 퐁티유 마을을 바라보는 또 하나의 문이 있었다.

마부가 문지기를 소리쳐 부르기도 전에 돌쩌귀가 돌아가며 육중한 철문이 열렸다. 백작이 오는 것을 집 안에서 보고 있었기 때문이었다. 이렇게 백작은 로마에서나, 또 어디에서나 마찬가지로, 파리에서도 빛처럼 신속하게 모든 시중을 받고 있었다. 마부는 집 안에 들어서자 속도도 늦추지 않고 반원을 그리며 마차를 안으로 몰았다. 아직 마차 바퀴 밑에서 오솔길의 모래가 요란하게 밟히는 소리를 내고 있는데 철문은 어느새 닫혀 있었다.

마차는 현관 앞 층계 왼쪽에 섰다. 남자 둘이 마차 문 앞에 나타났다. 한사람은 알리였다. 그는 놀랄 만큼 진심으로 기뻐하며 자기 주인에게 환한 미소를 보냈다. 그러나 몬테크리스토 백작이 잠깐 시선을 던져준 것으로 보답 받을 뿐이었다.

또 다른 한 사나이는 공손하게 인사를 한 다음, 차에서 내리는 백작을 시중들기 위해 팔을 내밀었다.

"고맙네, 베르투치오." 백작은 세 단으로 된 마차의 발판을 가볍게 뛰어내리며 말했다. "그래, 공증인은?"

"작은 응접실에 와 있습니다, 나리." 베르투치오가 대답했다.

"그리고 명함은? 번지수를 알게 되는 대로 박으라고 그랬는데?"

"백작님, 다 되어 있습니다. 팔레 루아얄에서 가장 뛰어난 조각사에게 가서 제가 보는 앞에서 원판을 만들게 했습니다. 가장 먼저 나온 명함은, 백작님 분부대로 즉시 쇼세당탱 7번지의 하원의원 당글라르 남작께 보냈습니다. 그리고 나머지는 모두 백작님 침실 벽난로 위에 놓아두었습니다."

"좋아, 지금 몇 시지?"

"4시입니다."

백작은 아까 모르세르 백작 집에서 마차를 부르려고 응접실 밖으로 뛰어나갔던 그 프랑스인 하인에게 장갑과 모자와 단장을 내주었다. 그리고 길을 인도해 주는 베르투치오의 안내를 받아 작은 응접실로 들어갔다.

"이 방의 대리석들은 시원치 않은데? 모두 들어내게." 몬테크리스토 백작이 말했다.

베르투치오는 허리를 굽혔다.

집사의 말대로 공증인은 작은 응접실에서 기다리고 있었다. 정직한 얼굴을 한 그는 파리에서는 이등 서기지만, 파리 교외에서는 공증인이라는 아무나 뛰어넘을 수 없는 고위직에 있는 사람이었다.

"선생께서 제가 사려는 전원주택의 매매를 대리하는 공증인이십니까?" 몬테크리스토 백작이 물었다.

"그렇습니다, 백작." 공증인이 대답했다.

"매매 계약서는 다 되어 있나요?"

"네, 백작."

"그럼, 그걸 가지고 오셨습니까?"

"네, 여기 있습니다."

"좋습니다. 그런데 내가 사려는 그 집은 어디 있지요?" 백작은 아무렇지도 않게 물었다. 반은 베르투치오에게 반은 공증인에게 하는 말이었다.

집사는 잘 모르겠다는 듯한 몸짓을 해보였고, 공증인은 놀라운 듯이 백작을 바라보았다.

"아니, 그럼 백작께선 그 집이 어디 있는지도 모르신단 말씀입니까?"

"네, 모르고 있습니다." 백작이 대답했다.

"그럼, 어떤 집인지도 모르시겠군요?"

"제가 알 턱이 있겠습니까? 난 오늘 아침에 카디스에서 왔어요. 파리엔 와본 적이 없습니다. 프랑스에 발을 들여놓은 것도 이번이 처음이고요."

"그렇다면 모르시는 것도 무리는 아니군요." 공증인은 대답했다. "백작께서 사실 집은 오퇴유에 있습니다."

이 말을 듣자 베르투치오는 눈에 띄게 얼굴빛이 달라졌다.

"그럼, 그 오퇴유라는 곳은 어느 쪽에 있습니까?" 백작이 물었다.

"여기서 아주 가깝습니다, 백작." 공증인이 말했다. "파리에서 조금만 더 가면 있는데, 불로뉴 숲 한가운데 위치한 아주 아름다운 곳입니다."

"그렇게 가깝다고요!" 백작이 말했다. "그렇다면 전원이랄 것도 없군요. 베르투치오, 어쩌다가 그렇게 파리와 가까운 곳에다가 집을 골라놓았지?"

"제게 하시는 말씀이십니까?" 집사는 무슨 말인지 알 수 없다는 표정을 지으며 소리쳤다. "그 집을 고르는 건 제게 맡기신 일이 분명히 아닙니다. 기억을 더듬어 잘 생각해 보십시오."

"아, 참. 그렇지." 백작은 말했다. "이제 생각나는군! 내가 신문에서 광고를 보았었어. 그래서 그 전원주택이라는 제목에 그만 속아서 혹했었나 보군."

"아직 늦지는 않았습니다." 베르투치오가 재빨리 말했다. "나리께서 다른 데를 찾아보라고 하시기만 하면, 앙기앵이라든가 퐁트네오로즈라든가 벨뷔 같은 데서 좀 더 나은 집을 찾아보겠습니다."

"아니, 그럴 건 없네." 백작은 태평하게 말했다.

"이왕 하겠다고 했으니 그냥 그 집으로 하지."

보수를 놓치게 될까 봐 겁이 났던 공증인이 부리나케 말했다.

"지당하신 말씀입니다. 아주 좋은 곳이랍니다. 분수도 있고 울창한 숲도 있고 오랫동안 그냥 내버려두었던 집이긴 하지만 건물도 아주 아늑하죠. 게다가 가구만 보더라도, 낡긴 했지만 요새처럼 옛날 것을 귀하게 찾는 시대엔 오히려 가치 있는 것입니다. 아, 이거 실례의 말씀을 드렸군요, 용서하십시오. 백작께선, 지금 시대 것들을 좋아하시는 것 같으니 말입니다."
"얘길 계속해 보시죠." 백작은 말했다. "그렇다면 그런대로 괜찮은 집이로군요."
"그 정도가 아니죠, 아주 훌륭한 집입니다."
"좋아, 그렇다면 이런 기회를 놓쳐선 안 되지." 백작이 말했다. "그럼 계약서를 부탁드릴까요, 공증인 선생?"
이렇게 말하고 백작은 집의 소재지와 소유자의 이름이 기재되어 있는 곳을 힐끗 보더니 순식간에 서명을 했다.
"베르투치오, 공증인께 5만 5천 프랑 드리게."
집사는 자신 없는 걸음걸이로 나갔다. 그가 지폐 뭉치를 들고 돌아오자 공증인은 돈을 세어보았다. 이래 봬도 법적 수속을 끝내야만 돈을 받는다는 신조를 가진 사람의 태도였다.
"그럼, 이제 모든 수속은 이제 끝난 거지요?" 백작이 물었다.
"다 끝났습니다, 백작."
"열쇠 가지고 오셨습니까?"
"열쇠는 그 집을 지키는 문지기가 가지고 있습니다. 여기, 백작께서 그 집으로 가신다고 편지를 써놓았습니다."
"아주 잘하셨습니다."
그러고 나서 백작은 공증인에게 '당신은 이젠 필요 없으니, 가보십시오' 하는 듯한 표정으로 눈짓을 했다.
"그런데," 정직한 공증인이 말을 꺼냈다. "백작께서 잘못 아시고 계신 것 같습니다. 전부 5만 프랑이면 됩니다."
"그럼, 당신의 보수는?"
"그 금액 속에 포함되어 있습니다, 백작."
"하지만 오퇴유에서 여기까지 오신 게 아닙니까?"
"네, 그야 그렇지요."
"그렇다면 일부러 와주셨는데, 출장비를 드려야 되지 않습니까?" 백작이 말했다. 그러고는 공증인에게 나가도 좋다는 몸짓을 했다.
공증인은 뒷걸음질로 밖으로 나가면서 머리가 땅에 닿도록 절을 했다. 공증인 노릇을 시작한 뒤로 이런 손님을 대해 보기는 처음이었다.

"바래다 드리게." 백작은 베르투치오에게 말했다.

집사는 공증인의 뒤를 따라 밖으로 나갔다.

백작은 방 안에 혼자 남게 되자, 곧 주머니에서 자물쇠가 채워진 책을 꺼냈다. 그리고 언제나 목에 걸고 절대로 벗지 않는 조그만 열쇠로 그것을 열었다.

그는 잠시 그 책을 뒤적이다가, 그 사이에서 무엇인가 기록된 종이 한 장을 찾아내어, 그것을 테이블 위에 있는 매매 계약서와 대조해 보았다. 그는 기억을 더듬으며 말했다.

"오퇴유, 라퐁텐 거리 28번지. 맞았어, 바로 이거야. 자, 이제 이렇게 된 이상, 종교적인 공포를 줘서 자백을 받아낼까, 아니면 육체적인 고통을 줘서 자백을 받아낼까? 어쨌든 한 시간 뒤면 모든 걸 알게 되겠지."

백작은 나긋나긋한 손잡이가 달린 망치 같은 것으로 종을 쳐서 종소리를 날카롭고도 길게 울렸다. "베르투치오!"

집사가 문 앞에 나타났다.

"베르투치오," 백작이 말했다. "자네, 전에 나한테 프랑스를 여행한 적이 있다고 말하지 않았나?"

"네, 나리. 몇 군데 가보았습니다."

"그럼, 파리 근교를 알고 있겠군?"

"아닙니다, 나리. 잘 모릅니다." 집사는 대답했다. 그러나 인간의 감정 동요를 너무나 잘 알고 있는 몬테크리스토 백작은, 베르투치오가 이렇게 말하면서 심한 불안으로 몸을 떨고 있음을 이내 알아차렸다.

"유감이군, 자네가 한 번도 파리 교외에 가본 적이 없다니." 백작이 말했다. "오늘 밤에 곧바로, 새로 산 그 집을 보러 갈 생각이네. 자네도 나와 같이 가서 참고가 될 만한 얘기를 해주었으면 했는데."

"오퇴유에요?" 베르투치오는 그 거무튀튀한 얼굴빛이 거의 새파래질 정도로 질려서 소리쳤다. "제가, 오퇴유에 간다는 말씀입니까?"

"그래, 자네가 오퇴유에 간다는데, 그렇게 놀랄 게 뭔가? 내가 오퇴유에서 살게 되면, 자넨 내 집 사람이니 자네도 그곳으로 가는 게 당연하지 않나?"

베르투치오는 주인의 엄한 시선 앞에 고개를 떨어뜨렸다. 그리고 꼼짝하지 않고, 아무 대답도 하지 못했다.

"이보게, 무슨 일 있나? 마차를 준비시키고 싶은데, 내가 그것 때문에 벨을 또 한 번 울려야겠나?" 백작이 말했다. 그때 백작의 말투는 그 유명한, '짐은 하마터면 기다릴 뻔했노라'라는 말을 할 때의 루이 14세와 똑같았다. 베르투치오는 작은 응접실에서 현관까지 한달음에 뛰어나가, 쉰 목소리로 외쳤다. "마차 준비!"

몬테크리스토 백작은 두세 통의 편지를 썼다. 마지막 편지를 봉하고 있을 때 집사가 들어와 말했다.

"마차를 문 앞에 대령했습니다."

"좋아, 그럼 자네도 장갑과 모자를 가져오게."

"저도 같이 가는 겁니까?" 베르투치오가 소리쳤다.

"물론이지. 그 집에서 머무를 생각이니까, 자네가 여러 가지 집안일을 지시해 주어야겠네."

그가 백작의 명령에 말대답을 한 예는 지금까지 없었다. 집사는 단 한마디의 대꾸도 못하고 주인의 뒤를 따랐다. 백작은 마차에 오르자, 집사에게도 따라 오르라는 신호를 했다. 집사는 공손히 주인의 앞자리에 앉았다.

오퇴유 저택

몬테크리스토 백작은, 베르투치오가 현관 앞 층계를 내려오면서 코르시카 사람들이 하는 식으로 엄지로 십자가를 긋고, 마차에 올라 자리에 앉아서도 입속으로 짧은 기도문을 외는 것을 보았다. 호기심이 별로 없는 다른 사람들이었다면, 백작이 불쑥 생각해낸 이 외출에 대해서 성실한 집사가 이상하게 거부반응을 보인 것에 동정이나 하고 말았을 것이다. 그러나 지금 이 사람은 베르투치오가 아무리 그렇게 보인다 해도 거기 가는 것을 면제해주기엔 알고 싶은 것이 너무 많았다.

20분 만에 마차는 오퇴유에 도착했다. 집사의 마음은 점점 더 동요되고 있었다. 마을로 들어서자 베르투치오는 마차 한 귀퉁이에 틀어박혀 부들부들 떨면서, 창밖으로 스쳐가는 집들을 하나하나 살펴보기 시작했다.

"라퐁텐 거리 28번지 앞에서 차를 세우게." 백작은 이렇게 명령하며 싸늘한 시선으로 집사를 지켜보았다.

베르투치오의 얼굴에 땀이 배어 있었다. 그러면서도 그는 백작의 명령에는 복종하느라고 마차 밖으로 몸을 내밀며 마부에게 소리쳤다.

"라퐁텐 거리 28번지."

28번지는 이 마을의 제일 끝에 있었다. 여기까지 오는 동안에 밤이 되었다. 사실 밤이라기보다는, 번개를 머금은 시커먼 구름이 하늘을 뒤덮고 있다는 것이 맞을 듯했고, 그것이 아직 밤이 오지 않은 어둠 속에서 무엇인가 극적인 사건이 일어날 것 같은 예감과 엄숙한 분위기를 자아내고 있었다.

마차가 섰다. 마부가 마차 문 앞으로 뛰어나와 문을 열었다.

"왜 그러는가? 자넨 안 내려오나, 베르투치오? 마차 안에 그냥 있을 작정인가? 그런데 오늘 저녁엔 도대체 무슨 생각을 그렇게 하는 거야?"

베르투치오는 급히 마차에서 내려와 백작에게 어깨를 내주었다. 백작은 그의 어깨에 몸을 기대며 세 단으로 된 마차의 발판을 하나씩 내려왔다.

"문을 두드리고 내가 왔다는 걸 알리게." 백작이 말했다.
베르투치오는 문을 두드렸다. 문이 열리고 문지기가 얼굴을 내밀었다.
"무슨 일이시죠?" 문지기가 물었다.
"영감, 새 주인께서 오셨소." 마부가 말했다.
그러고 나서 공증인이 써준 승인서를 내주었다.
"그럼 이 집이 팔렸단 말씀입니까?" 문지기가 물었다. "그래서 이제부턴 이분이 이 집에서 사시게 되나요?"
"그렇소." 백작이 말했다. "영감이 전 주인을 아쉬워하지 않도록 잘 보살펴 주리다."
"원, 별말씀을 다 하십니다." 문지기가 말했다.
"전 주인 생각 같은 건 조금도 안 할 겁니다. 잘 만나 뵙지도 못했는걸요. 여기 오셨다 가신 지도 5년이 넘습니다. 그분은 이 집을 파시길 잘하셨어요. 그분에겐 아무 쓸모도 없는 집이었으니까요."
"전 주인은 성함이 어떻게 되셨나?" 백작이 물었다.
"생메랑 후작이라는 분입니다. 이 집을 안 팔고 계셨던 건 제값을 받지 못해서였을 겁니다."
"생메랑 후작이라!" 몬테크리스토 백작은 중얼거렸다. "모를 이름 같지도 않은데. 생메랑 후작이라……." 백작은 기억을 더듬는 듯이 보였다.
"나이가 많으신 분으로," 문지기는 말을 이었다. "부르봉 왕조에 충성을 바치셨지요. 따님이 한 분 있었는데, 빌포르라는 분에게 출가시키셨습니다. 빌포르라는 분은, 베르사유와 님에서 검사를 지내셨답니다."
몬테크리스토 백작은 베르투치오를 흘끗 보았다. 베르투치오의 얼굴은 그가 쓰러질까 봐 몸을 기대고 있는 벽보다도 더 창백해져 있었다.
"그런데 그 딸은 죽지 않았소? 죽었다는 소문을 들은 것 같은데." 백작이 물었다.
"예, 21년 되었지요. 그 뒤로 그 딱하신 후작님께선 이곳에 세 번밖에 오시지 않았습니다."
"그래, 됐고," 몬테크리스토 백작은 쓰러질 것만 같은 집사의 모양새로 보아 그가 더 오래 견디다가는 정신줄을 놔버릴 것 같다고 판단하고 말했다. "고맙네! 영감, 불이나 건네주게."

"따라가 드릴까요?"

"아니, 그럴 건 없소. 불은 베르투치오가 비춰줄 테니."

이렇게 말하며 백작은 금화 두 닢을 문지기에게 주었다. 그런데 돈을 받은 문지기는 감사해하면서도 계속 한숨을 내쉬었다.

"아! 그런데요," 문지기는 벽난로 선반 끝과 거기 붙어 있는 널판 위를 공연히 자꾸 찾아보더니 말했다. "그게 말이죠, 저한테 초가 없습니다."

"베르투치오, 마차의 램프를 가져오게. 그리고 집 안을 안내해 줘." 백작이 말했다.

집사는 아무 소리 못하고 시키는 대로 했다. 그러나 램프를 든 그의 손이 떨리는 것으로 보아, 그가 얼마나 괴로워하고 있는지를 알 수 있었다.

두 사람은 꽤 넓은 아래층을 여기저기 둘러보았다. 2층에는 응접실과 목욕실과 침실 두 개가 있었다. 침실 하나는 정원으로 내려가는 나선 층계와 통해 있었다.

"오, 비상구가 다 있군." 백작이 말했다. "이건 아주 편리한데. 베르투치오, 불을 좀 밝혀주게. 그리고 앞장서서 내려가 보게. 이 계단이 어디로 통하게 되어 있나 보세."

"백작님, 이건 정원으로 통하게 되어 있습니다." 베르투치오가 말했다.

"그걸 자네가 어떻게 알지?"

"그럴 것 같다는 말씀입니다."

"그럼, 어디 확인해 보세."

베르투치오는 한숨을 내쉬고는 앞장서서 걸었다. 과연 계단은 정원으로 나 있었다. 밖으로 통하는 문 앞에 오자 집사가 발을 멈췄다.

"가자니까, 베르투치오!" 백작이 말했다.

그러나 그 말을 들은 당사자는 멍하니 정신이 나간 것 같았다. 초점을 잃은 그의 눈이 무서운 과거의 흔적이라도 찾으려는 듯이 주위를 살피고 있었다. 그리고 주먹을 꽉 쥔 두 손은 마치 끔찍한 추억을 격퇴하기라도 하려는 것 같았다.

"왜 그러나?" 백작이 다그쳐 물었다.

"아닙니다, 아무것도 아닙니다!" 베르투치오는 안쪽 벽 한 귀퉁이를 손으로 짚으며 소리쳤다. "용서하십시오, 더는 못 가겠습니다!"

"무슨 말이지?" 조바심이 난 백작의 목소리가 선명하게 되울려왔다.
"아시겠지만," 집사가 말했다. "이건 결코 우연한 일은 아닌 줄로 압니다. 파리에서 집을 사시는데 바로 오퇴유에다 사시고, 오퇴유에서도 하필이면 라퐁텐 거리 28번지의 이 집이라니요! 아, 저는 왜 저쪽 집에서 진작 모든 것을 말씀드리지 않았을까요? 그랬더라면 이렇게 절 억지로 데려오시지는 않으셨을 텐데요. 전 백작께서 구입하신 집이 이 집만은 아니길 바랐었습니다. 마치 오퇴유에는, 살인이 있었던 이 집 말고는 집이 없기라도 한 것같이 되었군요."
"아니, 이런," 몬테크리스토 백작이 갑자기 걸음을 멈추며 말했다. "그게 무슨 끔찍한 소린가? 이 사람 보게, 코르시카 근성이 대단한 자로구먼. 늘 그런 이상한 소리나 미신 얘기만 하니 말이야. 자, 어서 램프나 들고 정원으로 가보세. 나하고 같이 가면 무섭지 않을 걸세!"
베르투치오는 다시 램프를 집어 들고 백작의 말에 따랐다. 문을 여니, 희끄무레한 하늘이 보였다. 달은 구름의 바다로 뒤덮인 채 거기서 빠져나오려고 안간힘을 쓰고 있었지만 소용없었다. 어두운 구름의 물결은 잠시 달빛을 받아 환해지더니, 이내 다시 더 깜깜한 무한의 암흑 속으로 잠겨 가고 있었다.
집사는 발길을 왼쪽으로 돌리려고 했다.
"아니 그쪽 말고." 몬테크리스토 백작은 말했다. "정원 길을 따라 가 봐서 뭘 하겠나? 여기 잔디가 아름답군. 이리로 곧장 가 보세."
베르투치오는 이마에 흐르는 땀을 닦았다. 그러면서도 백작의 말엔 복종했다. 그러나 여전히 걸음은 왼쪽 길을 따르고 있었다.
몬테크리스토 백작은 반대로 오른쪽 길로 접어들었다. 숲이 무성한 곳까지 오자 그는 걸음을 멈추었다.
집사는 이 이상은 어쩔 수가 없었다.
"백작님, 저리 비키십시오." 그는 외쳤다. "제발, 저리로 비키십시오. 거기가 바로 그 자리예요."
"무슨 자리라고?"
"그가 쓰러진 자리란 말씀입니다."
"베르투치오," 백작이 빙긋이 웃으며 말했다. "정신 차려, 여긴 사르텐이나 코르티가 아니란 말이야. 여긴 코르시카의 밀림이 아니라 영국식 정원이야. 좀 황폐해지긴 했지만, 그렇다고 있지도 않은 그런 음산한 얘길 할 필요는 없어."

“백작님, 거기 서 계시면 안 됩니다. 제발 비키세요. 부탁입니다.”

“아무래도 자네 미쳤군.” 백작은 냉담하게 말했다. “베르투치오, 그런 거라면 나한테 미리 얘길 하게. 큰일 나기 전에 정신병원에 입원시켜 줄 테니까.”

“아, 백작 나리!” 베르투치오는 고개를 저으며 기도하듯 두 손을 모아 잡았다. 만약 백작이 그 순간 더 흥미로운 것을 생각하고 그를 세심히 주시했다면, 이 지나치게 양심의 가책을 느끼는 사람의 속마음이 그대로 축소되어 드러나는 이런 행동에 웃음이 나왔을 것이다.

“오! 백작 나리, 큰일은 벌써 일어났는걸요.”

“베르투치오,” 백작은 말했다. “자네가 지금 줄곧 다른 몸짓을 하면서도 팔을 비비 꼬고, 마치 악마가 붙어서 떨어지지 않는 사람처럼 눈망울을 굴리고 있는 건 다 좋아. 그런데 말이야, 나는 가장 집요하게 들러붙어서 자기 자리를 지키는 악마란 무엇일까 하고 항상 생각해왔는데, 그건 바로 비밀이란 걸세. 난 자네가 코르시카 태생이라는 걸 알고 있었어. 또 난 자네한테 음산한 면이 있고, 늘 무엇인가 옛날의 복수 같은 걸 생각하고 있다는 것도 알고 있었어. 그래서 자네를 이탈리아로 보냈던 거지. 이탈리아는 그런 게 그런 대로 통하는 나라니까. 그러나 프랑스에서는 살인을 아주 지독한 악취미로 간주하고 있어. 여기에는 그런 자를 조사하기 위한 헌병이 있고, 그런 자를 처형하기 위한 재판관이라는 게 있고, 또 그런 자를 복수해주기 위한 사형대가 있네."

베르투치오는 두 손을 모았다. 그러나 이러한 갖가지 동작을 계속하는 와중에서도 램프 불빛에서 벗어나지 않아서 일그러진 그의 얼굴이 뚜렷이 드러났다.

몬테크리스토 백작은 로마에서 안드레아의 사형을 지켜볼 때와 똑같은 눈으로 베르투치오를 지켜보고 있었다. 그러고 나서 그는, 이 가련한 사나이의 온몸을 더욱 오싹하게 하는 차가운 목소리로 이렇게 말했다.

"그렇다면 부소니 신부가 나한테 거짓말했군. 신부는 1829년 프랑스를 여행하고 와서 자네를 나한테 보냈는데, 그때 자네의 좋은 점만 적은 소개장을 같이 보내왔었지. 좋아, 그렇다면 신부한테 편지를 보내야겠군. 그래서 자네에 대한 책임을 지게 해야겠어. 그러면 나도 그 살인 사건이라는 게 어떤 것인지 알게 되겠지. 그런데 베르투치오, 한 가지 미리 말해 두겠는데, 난 어느 나라에 가든지 그 나라에서 살 때엔 그 나라 법률에 따르는 습관을 가지고 있어. 그리고 또 하나, 자네 때문에 내가 프랑스 경찰과 나쁜 사이가 되고 싶지는 않다는 점을 말해 두겠네."

"오, 나리! 제발 그렇게 하진 말아주십시오. 전 충실히 백작님을 모셔오지 않았습니까?" 베르투치오는 절망적으로 외쳤다. "전 여태까지 거짓말은 하지 않았습니다. 그리고 힘닿는 데까지 바른 행동만 하려고 애써 왔습니다."

"자네 얘기가 거짓말이라는 건 아니네. 그런데 어째서 그렇게 흥분하고 있지? 그건 분명 바르지 않다는 증거야. 마음이 정말 깨끗하다면 그렇게 얼굴빛이 새파래질 리도 없고, 손을 그렇게 떨 이유도 없겠지……."

"하지만, 백작님." 베르투치오는 머뭇머뭇하면서 말을 이었다. "백작님께서도 전에 제게 말씀하시지 않으셨습니까? 님에 있는 교도소에서 제 고해를 들으신 부소니 신부님이 백작님께 저를 보내실 때, 책망 받을 만한 무거운 짐을 제가 마음속에 가지고 있다는 얘길 하셨다고요."
"그랬지. 그러나 자네를 나한테 보낼 때 자네가 좋은 집사가 될 것이라고 그러기에, 난 무슨 도둑질이라도 했었다는 줄 알았지."
"백작님! 무슨 말씀을 하시는 겁니까!" 베르투치오는 기가 막힌다는 듯한 어조로 말했다.
"아니면, 코르시카 사람이니까, 성미가 급해서 낯가죽 하나 만든 걸로 알고 있었지. 전국에서 사람 목숨 없애는 것을 반어법으로 그렇게 말하던데."
"사실은 그렇습니다. 백작님, 바로 그겁니다!" 베르투치오는 백작의 무릎 앞에 몸을 던지며 소리쳤다. "네, 복수였습니다. 맹세합니다만 단순히 복수였습니다."
"알았어. 하지만 한 가지 이해가 안 되는 점은, 어째서 이 집이 자네를 그처럼 흥분시키는가 하는 거야."
"백작님, 그야 당연하지 않습니까?" 베르투치오가 대답했다. "제가 복수를 한 것이 바로 이 집에서였으니까요."
"뭐라고! 내 집에서?"
"예, 그렇지만 그때는 백작님의 댁이 아니었지요." 베르투치오는 고지식하게 대답했다.
"그럼 당시엔 이 집이 누구 것이었지? 문지기는 생메랑 후작 소유였다고 하던데. 지금 나한테 생메랑 후작에게 복수했던 거라고 말할 셈인가?"
"아니, 생메랑 후작한테 복수한 것은 아닙니다. 다른 사람한테 한 거지요."
"듣고보니 이상한 우연이군," 백작은 생각에 잠긴 듯이 말했다. "그처럼 자네가 후회하고 있는 사건이 일어났던 집에, 뜻하지 않게 다시 오게 되다니!"
"백작님," 집사는 말했다. "이 모든 것이 운명의 장난이지요. 확실히 그렇습니다. 먼저 백작님께서 사신 집이 하필이면 이 오퇴유, 그것도 제가 살인을 한 바로 이 집이라는 점에서 그렇습니다. 백작님께선 그 사나이가 내려갔던 층계를 타고 정원으로 내려오신 겁니다. 그리고 그가 당한 바로 그 자리에 멈추셨습니다. 그리고 바로 그 옆의 이 플라타너스 나무 밑에는 그 사나이가 어린애를 파묻은 구덩이가 있습니다. 이 모든 것을 다 우연이라고 할 수는 없습니다. 이런 경우엔, 우연이란 것이 하느님의 뜻과 너무나 같으니 말씀입니다."
"그렇다면, 코르시카 친구, 하느님의 뜻이라고 해두지. 난 언제나 사람들이 하는 말을 그대로 믿는 버릇이 있단 말이야. 더군다나 괴로워하는 사람에게는 항상 관용을 베풀어야 한다는 것 또한 알고 있지. 자 그럼, 정신을 차리고, 그 얘기나 해보게."

"전 이 이야기를 단 한 번밖에는 말한 적이 없습니다. 부소니 신부에게만 말씀드렸습니다. 이런 얘기란," 베르투치오는 고개를 끄덕이며 덧붙였다. "고해성사의 비밀이 지켜지는 곳에서만 할 수 있는 얘기지요."

"자, 그럼, 베르투치오, 자네를 자네의 고해를 들어준 분한테 다시 보내주는 게 좋겠나? 그분한테 부탁해서 불로뉴 파나 생 베르나르 파의 수도승이 되는 게 어때? 그리고 거기서 자네의 비밀을 털어놓으라는 말이지. 난 그런 망령에 붙들려 괴로워하는 사람을 집에 두고 싶지는 않으니까. 내 집에 둔 사람이 저녁에 내 집 정원을 거닐 수 없다면, 그건 곤란하지 않은가. 그리고 솔직히 말해서 난 경찰서장이 집에 드나드는 것은 별로네. 왠지 알겠나? 이탈리아 경찰은 돈만 주면 가만히 있지만, 프랑스에서는 정반대거든. 돈을 주면 오히려 시끄럽게 한단 말이야. 제기랄, 난 자네가 다분히 코르시카 사람다운 데가 있다고 생각하고, 밀수업자 같은 면도 꽤 엿보이고, 또 집사로서는 아주 유능하리라고 생각했었지. 그런데 자네한텐 아직도 또 다른 많은 문제가 있었군그래. 그러니 베르투치오, 자넨 이제부터 내 집 사람으로 쓸 수가 없겠네."

"오, 백작님, 백작님." 집사는 이 위협적인 말에 부들부들 떨며 소리쳤다. "말씀을 드려야만 저를 써주시겠다면 모두 말씀드리겠습니다. 모든 걸 말씀드리지요. 백작님께서 저를 내보내신다면, 전 사형장으로 가야 합니다."

"그렇다면 얘긴 다르지." 백작은 말했다. "그러나 만약 거짓말하기만 해보게. 얘길 안 한 것만 못할 테니까."

"아닙니다, 백작님. 맹세하고 모든 걸 다 말씀드리겠습니다. 부소니 신부님도 사실 제 비밀의 한 부분밖에는 모르고 계십니다. 그러나 백작님, 우선 그 플라타너스 밑에서만은 비켜서 주십시오. 부탁입니다. 저기 좀 보십시오. 달이 구름을 하얗게 비추려 하지 않습니까. 그런데 그 자리에 서서 외투로 몸을 감싸고 계시니까, 게다가 그 외투가 꼭 빌포르 씨의 외투와 비슷하다 보니……."

"뭐라고!" 몬테크리스토 백작은 소리쳤다. "빌포르 씨……"

"그분을 아십니까, 나리?"

"전에 님에서 검사로 있던 사람?"

"네, 맞습니다."
"생메랑 후작의 딸과 결혼한 사람 말이지?"
"그렇습니다."
"법조계에선 청렴 강직하고 엄격하기로 이름났던 사람 아닌가?"
"그런데, 백작님." 베르투치오가 소리쳤다. "그 나무랄 데 없다는 평판을 받은 그 사람이……."
"그래, 그 사람이?"
"실은 야비한 사람입니다."
"당치도 않은 소리 말게." 백작이 말했다.
"하지만 말씀드린 대로 입니다."
"정말인가?" 백작이 말했다. "그렇다고 할 만한 증거라도 있나?"
"증거가 있었다고 말씀드릴 수 있습니다."
"그런데 지금은 서투르게 그 증거를 잃어버리고 말았단 말이지?"
"예, 그렇지만 잘 찾아보면 다시 나타날 수도 있을 겁니다."
"그래?" 백작은 말했다. "그렇다면 그 얘길 해보게. 흥미가 생기기 시작하는군."
백작은 이렇게 말하고 루치아의 소곡을 읊조리면서 벤치에 가서 앉았다. 베르투치오는 기억을 더듬으며 그의 뒤를 따랐다.
베르투치오는 백작 앞에 섰다.

피의 복수

“백작님, 어디서부터 얘길 시작할까요?” 베르투치오가 물었다.
“자네가 하고 싶은 데서부터 시작하게.” 백작이 대답했다. “어차피 난 아무것도 모르니까.”
“그렇지만 부소니 신부님한테서 이야기를 들으셨을 텐데요…….”
“응, 몇몇 세부사항을 듣긴 했네만 그게 벌써 7, 8년 전 얘기라서 전혀 생각이 안 나는군.”
“그럼, 얘길 다 이어서 해도 지루하지 않으시겠습니까, 나리?”
“그래, 해 봐, 베르투치오. 오늘 석간신문을 읽는 대신 듣지.”
“1815년의 일입니다.”
“아! 그런가! 1815년이라면 최근 일은 아니로군.” 백작이 말했다.
“네, 그렇지만 제겐 세세한 점까지 다 생생해서 어제 일 같은걸요. 제게는 형이 하나 있었습니다. 형은 황제 폐하의 군인이었지요. 형은 코르시카 사람들만으로 편성된 연대의 중위까지 지냈습니다. 형은 제게 단 하나밖에 없는 친구이기도 했지요. 제가 다섯 살이고 형은 열여덟 살일 때 우리는 고아가 되었으니까요. 그래서 저를 마치 자식처럼 길러주었습니다. 형은 1814년 부르봉 왕조 때 결혼했는데, 황제 폐하가 엘바 섬에서 돌아오자 다시 군대에 들어갔죠. 그 뒤 워털루에서 가벼운 부상을 입고, 루아르 강 뒤쪽까지 군대와 함께 후퇴했습니다.”
“베르투치오, 그건 마치 백일천하 때 이야기 같군. 내가 틀리지 않았다면 그 역사는 이미 끝난 이야기 아닌가?” 백작이 말했다.
“죄송합니다, 나리. 그러나 이 첫 부분의 얘기가 꼭 필요해서요. 지루하시더라도 참고 들으시겠다고 약속하셨기에…….”
“그래 계속하게, 난 약속은 지키는 사람이니까.”
“그런데 어느 날 저희 집에 편지가 한 통 날아왔습니다. 저희는 그때 코르시카 곶 끝에 있는 롤리아노라는 조그만 마을에 살고 있었지요. 편지는 형한테서 온 것이었습니다. 편지에는, 군대가 해산되어 자기는 지금 샤토루, 클레르몽페랑, 르 푸이, 님을 거쳐서 돌아오고 있는 중이니, 돈을 갖고 있으면 님에 있는 우리가 아는 주막집 주인한테로 갖다 달라는 내용이었습니다. 그 주인과 저는 약간 친분이 있었지요."

"밀수품으로 말이지?" 백작이 말을 받았다.

"예, 하지만 먹고 살아야 했었기 때문에 저도 어쩔 수 없이 한 일입니다."

"그야 물론이지. 자 그럼 계속해 보게."

"아까도 말씀드렸지만, 전 형을 정말로 사랑했습니다. 그래서 형한테 돈을 보내지 않고, 제가 직접 가져가기로 작정했습니다. 그때 제겐 1천 프랑가량 돈이 있었습니다. 그래서 5백 프랑은 형수인 아순타에게 남겨두고, 나머지 5백 프랑을 가지고 님으로 떠났습니다. 그건 어려운 일이 아니었지요. 저한텐 배도 한 척 있었고, 가다가 바다에서 짐을 싣는다는 구실도 있었으니까요. 모든 일이 다 척척 들어맞았지요. 그런데 짐을 싣고 나자 역풍이 일어서, 4, 5일이 지나도록 론 강에 도착하지 못했습니다. 그러다 얼마 뒤 배가 겨우 기슭에 닿긴 했지만, 아를까지 거슬러 올라갔기 때문에 벨가르드와 보케르 사이에 배를 매어두고, 님으로 걸어가게 되었던 것입니다."

"이제야 본론으로 들어가나 보군."

"예, 용서하십시오, 나리. 곧 아시게 되겠지만, 꼭 필요한 얘기라서 말씀드리는 겁니다. 그런데 그때는 바로 그 유명한 남프랑스의 학살이 있던 때였지요. 그때 트레스타이옹, 트뤼페미, 그라팡이라는 세 악한이 보나파르트 당원이라는 혐의가 있는 사람을 모조리 거리에서 학살했습니다. 이 학살 얘기는 백작님께서도 들어보셨겠지요?"

"대강은 들었지. 그때 난 프랑스에선 아주 멀리 떨어진 곳에 있었으니까. 자, 얘길 계속해 보게."

"님에 와서는, 문자 그대로 핏속을 걸어 다녀야만 했습니다. 여기저기 발만 디뎠다 하면 시체들이었으니까요. 살인자들이 떼를 지어 다니며 죽이고 약탈하고 불을 지르고 하던 판이었지요. 그런 살육의 장면을 보니 몸서리가 쳐지더군요. 제가 찔리는 구석이 있어서가 아니었습니다. 저야 코르시카의 고기잡이에 불과하니까 두려워할 일은 없었습니다. 제가 밀수업자이긴 해도 그 무렵은 오히려 우리 밀수업자들에게 아주 좋은 시절이었거든요. 그러나 제 형은 황제의 군인이고, 또 군복에 견장까지 달고 루아르 군에서 돌아오는 길이지 않습니까. 여러 위험에 놓여 있을 것이라고 생각하니 겁이 덜컥 나더군요.

그래서 주막집 주인한테 달려갔습니다. 가보니, 제가 걱정한 대로였습니다. 형은 그 전날 님에 도착했는데, 숙박을 청하러 간 주막집 문 앞에서 맞아죽었던 것입니다. 전 가해자를 찾느라 무척 애를 썼습니다. 그러나 아무도 가르쳐 주지 않더군요. 그만큼 모두들 겁을 먹고 있었지요. 전 그때 프랑스 경찰을 생각해 냈습니다. 프랑스 경찰은 무서워하는 게 없다고 들은 적이 있었거든요. 그래서 저는 검사를 찾아갔습니다."

"그 검사가 빌포르라는 사람이었다는 건가?" 백작은 아무렇지도 않은 듯이 물었다.

"예, 맞습니다. 그는 마르세유에서 검사 대리로 있다가 그리로 막 온 것이었습니다. 직무에 대한 열성이 대단해서 승진을 한 거죠. 사람들 말로는, 황제가 엘바 섬에서 돌아온 것을 최초로 정부에 고해바친 사람 가운데 하나라더군요."

"그래서," 백작은 말을 이었다. "그 사람 사무실로 갔었겠지?"

"네, 나리, 전 가서 이렇게 말했습니다. '검사님, 제 형이 어제 님 거리에서 살해당했습니다. 그런데 누가 죽였는지 알 길이 없어서, 그걸 좀 조사해 주십사고 왔습니다. 검사님께선 이곳 사법 관헌에서 제일 높으신 장관 어른이십니다. 관헌이 보호해 주지 못한 인간을 대신해 복수해주는 것이, 관헌이 베풀어야 할 일이지 않습니까.'

그랬더니 검사가 묻더군요.

'형이 누군데?'

'코르시카 대대의 중위입니다.'

'그럼, 찬탈자*1의 군인이란 말이지?'

'프랑스 군대의 군인입니다.'

'그래? 칼을 쓰는 사람은 칼로 목숨을 잃는 법이지.'

'그건 오해십니다. 형은 암살당한 것입니다.'

---

*1 나폴레옹을 말함.

'그래, 날더러 어떡하란 말이지?' 검사가 말했습니다.
'아까도 말씀드렸지만, 제 형의 원수를 갚아달라는 겁니다.'
'상대는 누군데?'
'살인자들 말씀입니다.'
'그 살인자들을 내가 안다고 생각하나?'
'검사님께서 찾아주셨으면 합니다.'
'그래서 어쩌겠다는 거야? 자네 형은 누구와 싸우기라도 하다가 격투 끝에 쓰러진 거겠지. 군인 출신이라는 자들은 걸핏하면 흥분한단 말이야. 제정 시대에는 그래도 괜찮았겠지만, 지금은 가당치도 않은 말이야. 그래서 우리 남프랑스 사람들은 군인이나 과격한 사람들이라면 질색을 하지.'
저는 또 이렇게 말했습니다.
'검사님, 제가 이렇게 와서 사정하는 건 저 때문이 아닙니다. 저야 울든가 복수하든가 하면 되지만, 제 형에겐 아내가 있습니다. 그러니, 만약 제 몸에까지 불상사가 생기는 날엔 불쌍한 제 형수는 굶어 죽고 말 겁니다. 이제까지는 순전히 형이 벌어서 먹고 살았으니까요. 조금이라도 좋으니, 그 여자를 위해서 정부의 보조금이라도 얻어주시면 고맙겠습니다.'
그러자 빌포르 씨는 말했습니다.
'혁명에는 으레 재난이 따르게 마련이네. 자네 형은 이번 혁명에서 희생자가 되었어. 재난이라고 할 수 있겠지. 그렇다고 정부가 자네 가족에게 어떻게 해주어야 할 의무는 없네. 나폴레옹의 도당들이 세력을 쥐고 있던 시기에 놈들이 왕당파 사람들한테 한 복수를 조사했다면, 자네 형이 오늘쯤 사형 선고를 받고 있을는지도 모르지. 그러니까 이번 일도 지극히 당연한 일이라고 볼 수 있네. 말하자면 보복의 법칙이라는 게 바로 그런 거니까.'
'아니, 뭐라고요? 법관이라는 분이 어떻게 그런 말씀을 하실 수 있습니까?'
'코르시카 사람들은 다 정신이 돌았군. 아직도 나폴레옹을 황제로 알고 있으니 말이야. 자넨 지금이 어떤 시대인 줄을 모르고 있군그래. 그런 얘기라면 두 달 전에 하러 왔어야지. 지금은 늦었어. 자, 돌아가게. 가지 않으면 끌어내게 할 테니까.'
저는 한번 애원해 보면 혹시 어떻게 될 수도 있지 않을까 싶어서 잠시 그의 얼굴을 살펴보았습니다. 그러나 그 사나이의 얼굴은 마치 돌처럼 차가웠습니다. 저는 그의 곁으로 다가가서 낮은 목소리로 이렇게 말했습니다.

'그럼, 좋아. 코르시카 사람들을 아신다니, 그렇다면 코르시카 사람은 자기가 한 말을 어떻게 지키는가도 아시겠군. 내 형이 보나파르트 당원이니까 그를 죽인 것도 잘한 짓이라고 생각한다 이거지. 당신은 왕당파니까 말이오. 그렇다면, 나도 보나파르트 당원으로서 한마디 해두지. 머지않아 당신의 목숨을 가져가겠소. 지금 이 순간부터 나는 당신에게 벤데타*2를 선언한다. 그러니 명심하시오, 몸조심하는 것이 좋을 거요. 우리가 다시 보는 날은 당신의 마지막 날이 될 테니까.'

저는 이렇게 말하고 나서 그가 놀라움에서 깨어나기도 전에 문을 열고 도망쳐 나왔습니다."

"음," 백작은 말했다. "벌레도 죽이지 못할 얼굴을 한 사람이 그런 소릴 했단 말이지, 베르투치오. 게다가 상대는 검사였는데! 그런데 그 사람이 그 벤데타라는 말의 뜻을 알았을까?"

"알고말고요. 그 뒤부터 혼자서는 걸어 다니지도 않고 집에만 틀어박혀 있었습니다. 그리고 나를 사방으로 찾도록 했는걸요. 다행히 저는 몸을 잘 숨겼기 때문에 들키지 않았지요. 그는 겁이 났던 것입니다. 님에 더 오래 있어서는 안 되겠다고 생각했는지 전임을 신청했습니다. 대단한 권력의 소유자였으니, 금세 베르사유로 발령받았지요. 그러나 아시겠지만, 복수를 맹세한 코르시카 사람에게 거리가 멀고 가까운 건 문제가 되지 않습니다. 그의 마차가 아무리 잘 달려봤자 절대로 저를 반나절 이상 앞서갈 수는 없었습니다. 더구나 저는 걸어서 따라잡는데도요.

문제는 놈을 그대로 죽이는 것만이 아니었습니다. 죽일 수 있는 기회는 얼마든지 있었지요. 그러나 놈을 죽이더라도 내가 들키거나 잡혀서는 안 되겠더란 말씀입니다. 저에게 제 몸은 제 것이 아니었습니다. 저는 형수를 돌보고 먹여 살려야 했었으니까요. 석 달 동안 저는 빌포르를 노리고 다녔습니다. 정말 그의 일거수일투족을 살폈습니다. 일요일 날 그가 잠깐 산책을 나가더라도, 그가 가는 곳마다 제 눈이 따라다녔으니까요. 그가 가는 곳마다 저도 따라갔었지요. 그러다가 그가 비밀리에 오퇴유에 온다는 것을 알게 되었습니다. 그를

*2 이탈리아어로는 단순한 '복수', 여기서는 코르시카어로 혈족의 원수를 갚는 '피의 복수'를 의미.

뒤따라와 보니 지금 우리가 있는 바로 이 집으로 들어오더군요. 그런데 다른 사람들처럼 거리로 난 정문으로 들어오는 것이 아니라, 말도 탔다가 마차도 탔다가 하며 다른 방향으로 가는 겁니다. 그러더니 타고 온 것들은 여인숙에 맡겨놓고, 바로 저 작은 문으로 들어오는 것입니다."

몬테크리스토 백작은 베르투치오가 말한 그 문이 어둠 속에서도 보이는 듯이 고개를 끄덕여보였다.

"저는 더 이상 베르사유에 있을 필요가 없었습니다. 저는 오퇴유에 와서 자리를 잡고, 여러 가지 조사를 시작했습니다. 그자를 잡으려면 함정을 여기다 파놓아야 했으니까요. 이 집은 아까 문지기가 백작님께 말씀드린 대로, 빌포르의 장인인 생메랑 후작의 집이었습니다. 그런데 후작은 마르세유에 살고 있어서 이곳이 별 의미가 없었지요. 그래서 이 집을 어느 젊은 과부에게 세를 놓았다고들 했는데, 그 여자는 그저 남작부인으로만 통하고 있었지, 이름은 알려져 있지 않았습니다.

정말 어느 날 밤에 담 위로 넘겨다보니, 젊고 아름다운 여자가 혼자서 정원을 산책하고 있더군요. 그런데 그 정원은 다른 집 창에서는 전혀 보이지 않는 곳이었습니다. 그 여자는 그 조그만 문 쪽을 자꾸 바라보더군요. 그래서 난 그 여자가 그날 밤, 빌포르를 기다리고 있다는 것을 알았습니다. 꽤 어두워서 얼굴을 잘 알아볼 수 없었지만, 알아볼 수 있을 정도로 여자가 가까이 왔을 때 자세히 살펴보았습니다. 여자는 열여덟이나 열아홉 살 정도 되어 보였고, 키가 훤칠하게 컸으며 금발이었습니다. 여자는 간단한 가운만 걸치고 있어서 몸의 윤곽이 그대로 드러났는데, 보니까 임신 중이더군요. 산달이 가까운 것 같았습니다.

조금 있으니까, 저 작은 문이 열리더니 한 남자가 들어오더군요. 여자가 급히 그 사나이에게로 달려갔고, 둘은 서로를 와락 얼싸안으며 뜨겁게 포옹했습니다. 그러고는 함께 집으로 들어갔습니다.

그 사나이가 바로 빌포르였지요. 그때 저는 여길 나가면서, 빌포르가 항상 밤에 나타날 것이고, 또 반드시 혼자서 이 정원을 가로질러 지나갈 것이라 생각했습니다."

"그래," 백작이 물었다. "그 여자 이름은 나중에 알았나?"

"아니요, 나리." 베르투치오는 대답했다. "여자 이름을 어디서고 들을 틈이 없었다는 걸 곧 아시게 될 겁니다."

"계속해 보게."

"그날 밤," 베르투치오는 말을 이었다. "검사를 죽일 생각만 있었다면 죽일 수도 있었을 겁니다. 그러나 저는 이 정원을 샅샅이 알지는 못했습니다. 혹시 단번에 죽이지 못해서 누가 소리를 듣고 뛰어오면 도망칠 수 없을까 봐 겁이 났습니다. 그래서 그들의 다음번 밀회를 기다리기로 했습니다. 그리고 세세한 일 하나까지 놓치지 않고 지켜볼 요량으로, 정원의 담벼락을 따라 나 있는 길 쪽에 작은 방을 하나 얻었습니다.

사흘 뒤 저녁 7시쯤 하인이 말을 타고 그 집에서 나와, 세브르로 가는 길을 따라 달리는 것이 보였습니다. 분명히 베르사유로 갈 거라고 생각했는데, 정말 생각한 대로였습니다. 하인은 세 시간 뒤에 먼지투성이가 되어 돌아오더군요. 자기 임무를 다 끝낸 모양이었습니다.

십 분쯤 지나니까, 다른 남자가 망토로 몸을 감싼 채 걸어오더니, 정원의 작은 문을 열고 들어와 문을 잠그더군요.

저는 급히 아래로 내려갔습니다. 꼭 빌포르의 얼굴을 본 것은 아닌데도 가슴이 뛰었습니다. 저는 길을 건너, 담벼락 모서리의 귓돌을 밟고 올라가 처음으로 정원 안을 넘겨다보았습니다. 이번에는 그냥 바라보고만 있을 수 없어, 주머니에서 단도를 꺼내 칼끝이 날카로운 것을 확인하고는 담을 넘었습니다. 먼저 만일의 사태에 대비하기 위해 문으로 달려가 보았습니다. 그자는 조심한답시고 자물쇠를 이중으로 단단히 잠그긴 했지만, 열쇠를 문 안쪽에 그대로 꽂아놓았더군요.

그러니까 그쪽으로 도망가는 건 문제도 아니었습니다. 저는 주위를 잘 살펴보았습니다. 정원은 직사각형이었고, 그 한가운데로 보드라운 영국 잔디를 깐 잔디밭이 죽 뻗어 있었습니다. 그리고 잔디밭 모서리마다 가을꽃이 듬성듬성

피어 있었고, 잎이 무성한 나무들이 빽빽이 들어서 있었습니다. 빌포르가 건물에서 작은 문으로 가거나 문에서 집으로 들어가려면, 들어갈 때든 나올 때든 간에 반드시 이 덤불숲 옆을 지나가야만 했습니다.

그때가 9월 하순이었습니다. 바람이 세게 불었고, 창백한 달빛은 하늘을 스쳐가는 커다란 구름에 계속 가려진 채 집 안으로 통하는 작은 길의 모래를 하얗게 비춰주고 있었습니다. 그러나 저 빽빽한 숲 속까지는 달빛이 비치지 않아서, 그 속에 한참 숨어 있더라도 들킬 염려는 없었지요. 저는 빌포르가 지나가리라고 생각되는 장소에 숨어 있었습니다. 그런데 제가 그곳에 가자마자, 머리 위로 나뭇가지를 흔들던 시끄러운 바람 소리에 섞여 무슨 신음 같은 것이 들려오는 듯했습니다. 백작님께서도 아시겠지만, 아니 어쩌면 전혀 모르실지도 모르겠지만, 사람을 죽이려고 기다리는 사람에겐 주위에서 나지막한 무슨 소리가 들리는 것만 같은 법입니다. 그렇게 두 시간이 지났는데, 그러는 사이에 그런 신음 소리를 여러 번 들은 것 같았습니다. 그러고는 자정을 알리는 소리가 들려 왔습니다.

그 마지막 울림이 아직도 음산하게 울리고 있을 때, 조금 아까 우리가 내려온 비밀 계단의 창문에 불빛이 비쳤습니다. 문이 열리면서 아까 그 망토를 입은 사나이가 다시 나타났습니다. 견디기 힘든 순간이었습니다. 그러나 오래전부터 이 순간을 마음먹고 기다렸던 터라, 마음은 조금도 흔들리지 않았습니다. 저는 칼집에서 칼을 뽑아 달려들 자세를 취했습니다.

그 망토의 사나이는 곧장 제 앞으로 걸어왔습니다. 그러나 그가 밝은 곳으로 나오자, 아무래도 그의 오른손에 무기가 들려 있는 것 같았습니다. 저는 겁이 덜컥 났습니다. 싸움이 무서워서가 아니라, 성공을 못할까 봐 두려웠던 겁니다. 그가 제 몇 발자국 앞까지 왔을 때에야 저는 제가 무기인 줄 알고 있던 것이 실은 한 자루의 삽이었음을 알았습니다.

저는 빌포르 씨가 왜 삽을 들고 나왔는지 알 수가 없었습니다. 그런데 그는 덤불숲 가장자리에 와서 발을 멈추고 주위를 한 번 둘러본 뒤, 구덩이를 파기 시작했습니다. 그제야 저는 그의 망토 속에 무엇인가 들어 있다는 것을 알아챘습니다. 그가 삽질을 하는 데 거추장스럽지 않게 하려고 망토를 잔디밭 위에 벗어놓았기 때문에 볼 수 있었죠.

이렇게 되자 솔직히 증오심 속에서도 약간의 호기심이 생겨났습니다. 빌포

르가 여기에 무엇을 하러 왔는가가 궁금해졌습니다. 저는 숨을 죽이고 가만히 기다렸습니다.

다음 순간 혹시나 하는 생각이 머리를 스쳐갔는데, 검사가 망토 밑에서 길이가 두 자, 폭이 여덟 치쯤 되는 조그만 상자를 꺼내는 것을 보면서 역시 제 생각이 맞았다는 것을 알았습니다.

저는 그가 상자를 땅속에 파묻은 다음, 다시 흙으로 메울 때까지 그대로 두고 보았습니다. 그는 새로 덮은 흙 위를 발로 밟아 그 야심한 밤에 자기가 작업한 흔적을 없애버리더군요. 바로 그때, 저는 그에게로 달려들어 그의 앞가슴에 칼을 꽂으며 이렇게 말했습니다.

'지오반니 베르투치오다! 내 형을 위해서 너의 목숨을, 그리고 내 형수를 위해선 네 재산을 받으러 온 것이다. 어때? 전에 약속한 내 복수가 철저하다는

걸 알겠지?'

저는 그가 이 말을 들었는지 못 들었는지는 모릅니다. 아마 못 들었던 것 같아요. 소리도 한 번 못 지르고 고꾸라졌으니까요. 저는 뜨거운 그의 피가 내 손과 얼굴 위로 튀어 오르는 것을 느꼈습니다. 저는 흥분해서 정신이 없는 상태였는데, 그 피가 오히려 저의 흥분을 차분하게 식혀주었습니다. 저는 순식간에 땅속에 있는 상자를 파내어, 내가 꺼내간 것을 다른 사람들이 알지 못하게 구덩이를 메우고 삽은 담 너머로 던져버린 다음, 문으로 뛰쳐나왔습니다. 그리고 밖에서 문을 이중으로 잠근 뒤에 열쇠를 가지고 도망쳐 나왔습니다."

"과연!" 백작이 말했다. "그러니까 못된 살인에 도둑질까지 한 셈이군."

"그건 아닙니다, 나리." 베르투치오는 대답했다. "복수하면서 부정 취득했던 것을 반환시키는 행위였지요."

"그래 돈은 꽤 들어 있었겠지?"

"그런데 그게 돈이 아니었습니다."

"그래, 생각나는군," 백작은 말했다. "어린애 얘기를 했었지?"

"맞습니다, 나리. 저는 궤짝 속에 든 것이 무엇인지 얼른 알아보고 싶은 마음에 급히 강가로 달려가서 언덕에 앉아 자물쇠를 칼로 땄지요.

궤짝 속엔 갓 태어난 아기가 리넨으로 된 배내옷에 싸여 있었습니다. 얼굴이 새빨갛고 손이 보랏빛으로 된 것을 보니, 목에 탯줄이 감겨 질식해 죽은 것이 틀림없었습니다. 그러나 아직 체온이 남아 있는 그 어린것을 발밑으로 흐르는 강 속에 선뜻 버릴 순 없었습니다. 그런데 조금 뒤 심장 근처가 약하게나마 뛰는 것을 느낄 수 있었습니다. 그래서 어린애 목에 감겨 있던 힘줄을 풀고 그런 경우에 의사나 할 만한 일을 했던 것이죠. 전에 바스티아 병원에서 간호사 노릇을 했던 적이 있었거든요. 저는 폐 속으로 부지런히 바람을 넣어주었습니다. 15분쯤 정신없이 그렇게 했더니 어린애가 숨을 쉬더군요. 그리고 가슴에서 가느다란 소리가 새어나왔습니다.

저도 그만 소리를 질렀습니다. 그것은 기쁨의 외침이었습니다. 저는 생각했습니다. '하느님은 나를 저주하시지 않을 것이다. 사람의 목숨을 죽인 나에게 그 대신 다른 생명 하나를 구하도록 허락해 주셨으니까!' "

"그래서 아이는 어떻게 했나? 도망쳐야 하는 사람한테는 거추장스러웠을 텐데."

"아이를 기를 생각은 추호도 없었습니다. 그러나 파리에는 그런 불쌍한 어린애들을 받아주는 양육원이 있다는 것을 알고 있었지요. 시의 경계를 지나갈 때 저는 그 어린애를 길에서 주웠다고 말했습니다. 그러면서 양육원으로 가는 길을 물었지요. 궤짝이 있으니까 제 말을 그냥 믿어주더군요. 고급 배내옷만 보아도 그 아기가 돈 있는 집 자식이라는 것도 알 수 있었고요. 제 몸에 묻어 있던 피도 어린애한테서 묻은 것같이 보였습니다. 그러니까 별로 시끄럽게 굴지 않고 양육원을 가르쳐주더군요. 양육원은 앙페르 거리의 끝에 있었습니다. 저는 배내옷을 두 쪽으로 갈라, 배내옷에 붙어 있던 두 개의 글자를 하나는 어린애에게 남겨놓고 하나는 제가 가졌습니다. 그러고는 어린애를 양육원의 아이 접수하는 창구에 내려놓자마자 벨을 울려 놓고, 급히 도망쳐 나왔습니다. 보름 뒤에 저는 다시 롤리아노로 돌아왔습니다. 그리고 아순타에게 이렇게 말했지요.

'형수님. 기뻐해 주세요. 형은 죽었지만 제가 그 원수를 갚았어요.'

그랬더니 아순타는 그게 무슨 소리냐고 묻더군요. 그래서 그동안 있었던 얘기를 모조리 들려주었지요.

그 얘기를 듣자 아순타는, '지오반니, 그 아이를 데려오지 그랬어요. 부모 없는 그 아이를 우리가 부모 대신 기를 수 있을 게 아니에요? 베네데토*3라고 이름도 지어주고, 그러면 하느님도 우리에게 정말로 복을 내려주실 텐데' 하더군요.

대답 대신 저는 가져온 아이의 배내옷 반쪽을 내주었습니다. 우리가 혹 부자라도 되는 날엔 가서 아이를 찾아올 수 있도록 그걸 가지고 있었던 겁니다."

"그 옷에 무슨 자가 적혀 있었는데?" 백작이 물었다.

"H와 N이었습니다. 그게 남작관이 그려진 문장 위에 찍혀 있었지요."

"허! 대단한데, 베르투치오. 문장의 전문 용어를 다 알고 있으니. 문장학은 그래, 어디서 배웠나?"

"뭘요, 백작님, 살다보면 뭐든 배우게 되는 거죠."

"얘길 계속해 보게. 알고 싶은 게 두 가지가 있으니."

"그게 무엇입니까?"

"그래서 그 사내아이가 어떻게 됐나 하는 것하고, 아참, 베르투치오, 자네가 그 아이가 사내아이였다는 얘긴 안 했던가?"

"네, 나리. 제 기억엔 안 한 것 같은데요."

"아, 그랬던가? 난 그렇게 들은 줄 알고 있었지. 내가 착각했구먼."

"아닙니다. 백작님 말씀이 옳습니다. 그 애는 사실 사내아이였으니까요. 그런데 아까 두 가지를 알고 싶다고 그러셨는데, 또 한 가지는 무엇입니까?"

"응 그건, 자네가 님에 있는 교도소로 잡혀 들어가 고해 신부를 만나게 해 달라고 해서, 그 요구에 따라 부소니 신부가 갔을 때는 무슨 죄를 짓고 있었는가 하는 것이네."

"그 얘긴 꽤 길어질지도 모릅니다, 나리."

"그러면 어때서? 이제 10시밖에 안 됐는데. 자네도 알다시피, 난 아직 잠자리에 들지도 않았고 또 자네도 별로 자고 싶지는 않을 것 같은데."

*3 이탈리아어로 '축복받은'의 뜻.

베르투치오는 머리를 끄떡이고는 다시 얘기를 시작했다.

"저는 머릿속에서 떠나지 않는 그 고통스러운 기억들을 몰아내기 위해, 그리고 한편으로는 불쌍한 제 형수를 먹여 살리기 위해, 다시 부지런히 밀수를 하기 시작했습니다. 혁명 뒤에는 으레 경계가 허술해지기 때문에 사업은 훨씬 순조롭게 잘돼 나갔지요. 특히 남프랑스 해안의 아비뇽이나 님이나 위제스 같은 데서는 폭동이 그칠 날이 없었으므로 경계가 더욱 허술했습니다. 저희는 정부가 베풀어준 이러한 휴전 상태를 이용해서 연안 각지와 모조리 관계를 맺게 됐습니다. 형이 살해당한 뒤로 저는 님 거리에 다시는 들어서고 싶지 않았습니다. 그랬더니 우리와 거래하던 그 주막집 주인은 우리가 자기네 집에 오지 않는 것을 보고 우리에게 왔고, 벨그라드에서 보케르로 가는 길에 '가르다리'라는 상호로 자기 주막의 지점을 하나 냈습니다. 그렇게 우리는 에그모르트, 마르티그, 부크에서 상품을 넣어두는 창고를 열두어 개쯤 가지게 되었죠. 여차하면 그것이 때로는 세관이나 헌병들을 피할 수 있는 피신처도 되었지요. 조금만 머리가 돌아가고 거기다가 용기까지 있으면, 밀수는 꽤 수지가 맞는 장사였어요. 그 뒤로 저는 헌병이나 세관에 걸려들까 봐 산속에서 살았습니다. 왜냐하면 일단 재판소에 끌려 들어가기만 하면, 모든 과거가 들춰지게 마련이기 때문입니다. 그렇게 되면 밀수한 담배나 통관 허가증 없는 브랜디 통 말고도, 그보다 더 무거운 죄가 드러나게 될 테니까요. 그래서 저는 잡힐 바에야 차라리 죽는 게 낫다고 생각해 어마어마한 일들을 했습니다. 그리고 결정을 빨리 내리고 용기 있게 척척 일을 해내야 하는 우리 같은 사람들에겐 몸조심하려고 애쓰는 것이 오히려 무엇보다도 큰 장애물이라는 것을 수없이 깨닫게 되었지요. 사실, 한번 목숨을 내던져 본 사람들은 보통 사람들과는 차원이 달라집니다. 말하자면, 다른 사람들은 이미 자기 상대가 될 수 없다고 생각하게 되지요. 그리고 그런 결심을 한 사람은 그때부터 순식간에 힘이 열 배가 되고, 자기 세계가 넓어진 것처럼 생각하게 되는 법입니다."

"그건 철학 강의군, 베르투치오!" 백작이 말을 가로챘다. "도대체 자네는 모든 직업을 골고루 해본 건가?"

"아! 죄송합니다, 나리!"

"아닐세, 아니야. 하지만 밤 10시 반에 철학 얘기를 하는 것은 좀 늦은 감이 있군. 하지만 이의는 없네. 자네 얘기가 옳다고 생각하니까, 게다가 모든 철학을 다 이야기할 수 있는 것은 아니니 말이야."

"따라서 활동 범위가 점점 넓어지고 수입도 점점 늘어갔지요. 아순타는 아주 뛰어난 살림꾼이어서, 조그맣던 우리 살림을 꽤 크게 늘렸습니다. 그러던 어느 날, 제가 일을 나가려고 하니까 아순타가, '다녀오세요. 돌아왔을 땐 깜짝 놀랄 일을 준비해 놓고 있을 테니까요' 하더군요. 그게 뭐냐고 암만 물어봐도 가르쳐주질 않았습니다.

그래서 저는 그대로 떠나왔습니다.

일은 거의 6주나 걸렸습니다. 루카에서는 기름을 싣고 리보르노에서는 영국 솜을 실었습니다. 그러고는 무사히 상륙했지요. 그래서 이익도 보고, 아주 기분이 좋아서 돌아왔습니다.

집에 돌아와 보니, 글쎄 아순타의 방 안에서 가장 눈에 뜨이는 곳에 무엇이 있었는지 아십니까? 그 방의 다른 가구들보다 비교적 호화스러운 요람 속에 한 7, 8개월쯤 된 어린애가 하나 있질 않겠습니까? 저는 반가워서 소리를 질렀습니다. 검사를 죽인 뒤 괴로웠던 것은 다만 그 아이를 버린 것뿐이었지, 제가 사람을 죽였다는 일 때문에 후회해 본 일은 없었으니까요.

아순타는 이런 제 마음을 모두 눈치채고 있었습니다. 그래서 아이를 양육원에 갖다 준 날짜와 시간을 잊지 않게 기록해 두었다가, 제가 없는 틈을 타 반쪽짜리 배내옷을 가지고 파리로 떠났던 것입니다. 아이를 돌려달라고 하니, 군소리 안 하고 돌려줬다고 하더군요.

아! 정말이지, 그때 그 아이가 요람 속에서 잠들어 있는 것을 보니 가슴이 뿌듯해지면서 눈물이 핑 돌았습니다. 저는 소리쳤습니다.

'형수님, 형수님은 정말 존경스러운 분이세요. 하느님의 은혜가 있으실 겁니다.'"

"하지만 그건," 백작이 말했다. "자네의 철학에 비하면 그다지 올바른 처사가 아니군. 사실 신앙심밖에는 이렇다 할 게 없으니까."

"백작님, 한심스러운 일입니다만," 베르투치오가 말을 이었다. "사실 말씀하신 대로입니다. 하느님께서는 제게 그 아이를 맡기심으로써 제 죄를 벌하신 것입니다. 세상에 근성이 나쁜 아이라 하더라도 그렇게 일찍부터 싹이 나타날 수는 없을 겁니다. 그렇지만 아무도 그 애를 잘못 키웠다고는 말하지 못할걸요. 제 형수는 그 애를 무슨 귀족의 자식처럼 길렀으니까요. 아이는 얼굴이 예쁘

게 생긴 데다, 전체적으로 피부가 뽀얗고, 눈은 중국 도자기처럼 파란색이었죠. 여간 조화를 잘 이룬 얼굴이 아니었습니다. 단지 금발 색깔이 너무 진해서 얼굴에 이상한 인상을 주었죠. 반짝반짝하는 눈과 짓궂은 미소가 더욱 두드러져 보이는 것이었습니다. 불행히도 '빨강 머리는 아주 선한 사람이거나 아니면 아주 악한 사람'이라는 속담이 있습니다. 그런데 베네데토의 경우엔 그 속담이 들어맞았습니다. 어렸을 때부터 그놈에겐 벌써 나쁜 기질만 보였습니다. 하긴 처음부터 제 어머니가 오냐오냐 하면서 길러서 그 애를 더욱 그렇게 만든 셈이긴 하지요. 그 녀석 어머니는 20킬로미터나 떨어진 시내의 시장까지 가서 햇과일이며, 맛있는 과자를 사오곤 했었으니까요. 그런데 그 녀석은 팔마의 오렌지나 제노바의 절임식품들보다는, 옆집 울타리를 넘어서 도둑질해 온 밤이나, 그 집 곳간에 말려놓은 사과 같은 걸 더 좋아했지요. 우리 집 과수원에도 사과나 밤은 얼마든지 있었는데도 말입니다.

베네데토가 대여섯 살 됐을 때의 일입니다. 이웃집 바실리오가 지갑 속에 있던 돈 1루이가 없어졌다고 투덜거렸습니다. 백작님께서도 아시겠지만, 코르시카는 도둑놈이라곤 없는 곳입니다. 그래서 바실리오도 늘 지갑이나 보석 상자를 잠그지 않고 다녔던 것입니다. 아마 계산을 잘못한 모양이라고 했더니, 그 사람은 분명 그 돈이 없어진 거라며 우겨댔습니다. 그날 베네데토는 아침부터 집에 없었습니다. 그래서 집에선 몹시 걱정하고 있었는데, 저녁 무렵에 원숭이 한 마리를 끌고 들어오질 않겠습니까. 어느 나무 밑에 매어 있는 것을 보고 데려왔다고 하더군요.

사실 한 달 전부터 그 녀석은, 무슨 생각이 들었던지 원숭이를 가지고 싶어 안달했습니다. 그즈음 사공 하나가 롤리아노에 왔던 일이 있었는데, 사공이 원숭이를 여러 마리 데리고 곡예하는 것을 그 녀석이 재미있어하더니, 아마 거기서 그런 엉뚱한 생각을 해냈던 모양입니다.

저는 '이 근처 숲에는 원숭이가 없다. 더군다나 나무에 원숭이가 매여 있을 리가 없으니, 어디서 났는지 바른대로 대라'고 추궁했지요.

그래도 베네데토는 계속 거짓말을 늘어놓더군요. 거짓말도 아주 세세한 데까지 잘 꾸며대어서, 그것이 정말이냐 아니냐 하는 것보다도 그 녀석의 상상력에 감탄할 지경이었습니다. 저는 약이 올라서 화를 내는데, 그 녀석은 싱글싱글 웃는 거예요. 그래서 막 달려들 기세를 취했더니, 뒷걸음질을 치면서 이렇게 말하는 겁니다.

'날 때릴 수 있을 줄 알아? 진짜 아버지도 아니면서.'

그 녀석한테 감추려고 그렇게 조심했는데, 그 탄생의 비밀을 누가 가르쳐주었는지 아무래도 알 수가 없었습니다. 어쨌든 베네데토의 노골적인 대답을 듣고, 너무나 어이가 없어서 전 때리려고 들었던 팔을 그냥 축 늘어뜨렸습니다. 그러니까 아이가 이긴 셈이지요. 그때 승리한 뒤로 아이는 점점 대담해져 갔고, 아이가 나빠지면 나빠질수록 형수의 사랑은 더욱 깊어갔습니다. 아순타의 돈은, 형수의 힘으로는 이겨낼 수 없는 그 녀석의 변덕과 더 이상 막아낼 기력조차 없는 그 녀석의 낭비에 몽땅 다 탕진되고 말았습니다. 그래도 제가 롤리아노에 머물러 있을 때에는 눈뜨고 못 볼 정도는 아니었습니다. 그러나 제가 그곳을 떠나기만 하면, 그 녀석은 당장 우리 집의 주인이 되어서 모든 걸 다 엉망으로 만들어버렸습니다. 나이가 겨우 열한 살이었는데도 그 녀석 친구라

는 놈들은 모두 열여덟에서 스물씩 된 바스티아나 코르티의 불량배들이었습니다. 그리고 아주 고약하고 심한 짓들만 해서, 경찰에서도 주의를 주곤 했었지요.

저는 겁이 났습니다. 조사를 받다보면, 제가 저질렀던 나쁜 일들이 전부 드러날 것만 같았습니다. 바로 그즈음에 저는 어떤 중요한 일을 처리하러 코르시카에서 멀리 떠나게 되었습니다. 그런데 한참 생각해 보니, 아무래도 그 사이에 불상사가 일어날 것 같은 예감이 들었습니다. 그래서 그걸 막으려면 베네데토를 데려가야겠다고 결심했습니다. 또 그 녀석의 정신이 아주 썩어버리지만 않았다면 밀수업자들의 고되고 부지런한 생활이나 배 안에서의 엄격한 규율 같은 것으로 그 썩어가는 근성을 고쳐볼 수도 있지 않을까 했던 거죠.

그래서 저는 베네데토를 따로 불러서 나와 함께 가지 않겠냐고 물어보았습니다. 그리고 열두 살 먹은 아이의 마음을 끌 수 있을 만한 달콤한 얘기를 여럿 들려주었죠.

그 녀석은 제가 하고 싶은 얘기를 한참 다 할 때까지 가만히 듣고 있다가, 깔깔거리며 웃으면서 이렇게 말하는 것이 아니겠습니까.

'미쳤어요, 삼촌?' 그 녀석은 기분이 좋을 때면 저를 삼촌이라고 불렀었지요. '내 생활을 삼촌이 하는 생활로 바꾼단 말이에요? 이렇게 기가 막히게 한가하고 좋은 생활을 그만두고 삼촌이 하는 그 무시무시한 일을 하란 말이에요? 밤엔 추워서 떨고 낮엔 또 더워서 못 견디고, 그저 밤낮으로 숨어서만 살다가, 들키는 날엔 총질을 당해야 하는데, 돈 몇 푼 벌자고 그런 걸 한단 말이죠? 난 돈이야 얼마든지 있는걸 뭐. 아순타 엄마는 내가 달라고만 하면 주니까. 내가 바보예요, 삼촌 말을 듣고 따라가게?'

저는 그 녀석이 당돌하게 이치를 따지는 데 그만 기가 막혀서 아무 소리도 못했습니다. 베네데토는 다시 제 친구들한테로 놀러 가더군요. 그러고는 그 애들한테 나를 손가락으로 가리키며 멍청이라고 말하는 것이 멀리서도 보였습니다."

"대단한 아이인데!" 백작이 중얼거렸다.

"그게 제 자식이었더라면," 베르투치오가 대답했다. "제 자식이었더라면, 아니 제 조카만 되었더라도 바른길로 이끌어 보았을 겁니다. 양심이 힘을 북돋아줄 테니까요. 그러나 아비를 죽여 놓고 그 자식을 때리려고 한다는 생각이 드니, 야단을 칠 수도 없었습니다. 저는 형수에게 여러 가지를 충고해 주었습니다. 형수는 우리 사이에서 무슨 말이 날 때면 언제나 그 불량한 놈의 편을 들어주었지요. 형수는 꽤 많은 돈이 여러 번 없어졌다고 하더군요. 그래서 저는 우리의 얼마 안 되는 재산을 안전하게 감출 수 있는 장소를 가르쳐주었습니다. 저에게도 나름대로 결심이 서 있었습니다. 베네데토는 읽기나 쓰기, 셈을 완전히 알고 있었습니다. 그 녀석이 어쩌다가 공부를 하기만 하면, 다른 아이들이 일주일에 배울 것을 하루 만에 다 해냈으니까요. 방금 말씀드렸지만 제겐 결심이 서 있었지요. 저는 그 녀석을 어느 원양 항해선의 서기로 집어넣을 생각이었습니다. 그 녀석한테는 아무 말 않고 있다가 갑자기 끌고 가서 배를 태울 작정이었지요. 그리고 선장한테 모든 걸 맡아달라고 부탁해 놓으면, 그 다음부터 그 애의 장래는 그 녀석 자신한테 달린 것이라고 생각한 거죠. 이렇게 계획하고 나서 저는 프랑스로 떠났습니다. 그때 해야 할 일은 리옹 항에서

하게 되어 있었습니다. 그 해 1829년은 일이 점점 힘들게 되어버린 때였습니다. 세상이 다시 평온해지자 연안 감시가 다시 어느 때보다도 더 철저해지고 엄해졌던 겁니다. 게다가 보케르 시장이 섰던 때라, 감시는 일시적으로 더욱 엄중해졌지요.

처음에는 일이 아무 탈 없이 잘 진전되어 갔지요. 저희는 밑바닥을 이중으로 만들어서 그 속에 밀수품을 가득 실은 배를 보케르에서 아를에 이르는 론 강 기슭에 대고, 거기에 가득 매여 있는 배들 사이에 매어놓았습니다. 그곳에서 저희는 밤이 될 때까지 기다렸다가 수입이 금지된 물품들을 육지로 내렸습니다. 그러고는 전부터 저희와 연락이 되어 있는 사람들과 저희가 짐을 두는 장소를 마련해 둔 여인숙의 손을 빌려 그것들을 마을로 운반하기 시작했습니다. 그런데 일이 잘되는 바람에 우리가 경계를 게을리해서 그랬는지, 아니면 배신한 놈이라도 생겨서 그랬는지 어느 날 오후 5시쯤 차라도 한잔 마시려고 하는데, 수습 선원 하나가 질겁해 가지고 달려와서는 세관 분대가 우리 쪽을 향해 오고 있다고 하는 것이었습니다. 그런 분대라면 실은 그렇게 깜짝 놀랄 것은 못 되었습니다. 당시는 분대들이 모두 수시로 론 강가를 돌아다니고 있을 때였으니까요. 그러나 그 분대가 사람 눈을 피해서 살그머니 오고 있더라는 그 선원의 말은 마음에 걸리지 않을 수 없었습니다. 우리는 순식간에 도망갈 준비를 했습니다. 그러나 때는 이미 늦었습니다. 수색의 목표가 되고 있던 우리 배가 벌써 포위당한 것입니다. 자세히 보니 세관들 사이에 헌병들도 몇 명 끼여 있더군요. 다른 군인들이라면 얼마든지 태연할 수 있었지만, 헌병을 보니 덜컥 겁이 났습니다. 저는 선창으로 내려가서는 창문을 나와 물속으로 빠져나갔습니다. 전 물속에 잠수하여 가끔씩만 숨을 쉬면서 헤엄을 쳤습니다. 그런 식으로 사람들 눈에 띄지 않고 론 강과 보케르에서 에그모르트에 이르는 운하를 연결하고 있는 어느 수로까지 왔습니다. 거기까지만 오면 살아난 거죠. 거기서는 남의 눈에 띌 걱정 없이 수로를 따라 걸어갈 수 있었으니까요. 그렇게 무사히 운하까지 왔습니다. 사실 제가 그 길로 그렇게 가게 된 것은 우연한 일이 아니라, 전부터 생각해 두었던 것이었습니다. 아까도 말씀드렸지만 님에 있던 주막집 주인이, 벨그라드에서 보케르로 가는 길에 조그만 주막을 차리고 있었기 때문입니다."

"그래, 기억하고 있네." 백작은 말했다. "그 은인이 자네의 거래처라고 했지,

아마?"

"그렇습니다." 베르투치오가 대답했다. "그런데 그때는 그 사람이 이미 7, 8년 전에 다른 사람에게 가게를 넘겨 버린 뒤였습니다. 가게의 새 주인은 옛날에 마르세유에서 양복집을 하다가 실패한 뒤로 다른 장사를 해서 돈을 모아볼까 하던 사람이었습니다. 물론 먼젓번 주인과 우리 사이의 약속은 그대로 물리기로 했었지요. 그러니까 저는 그 새 주인한테 숨겨달라고 부탁할 작정으로 간 거지요."

"그 사람 이름은 뭐지?" 베르투치오의 얘기에 다시 흥미를 느끼는 듯이 백작이 물었다.

"가스파르 카드루스입니다. 그 남자는 카르콩트 마을 여자와 결혼해서 살고 있었지요. 그 마을 이름대로 그 여자를 불렀는데 그것 말고는 그 여자 이름이 뭔지는 모르겠습니다. 그 여자는 불쌍하게도 말라리아에 걸려서, 기운이 다 빠져 죽어가고 있었지요. 주인이라는 남자는 마흔에서 마흔다섯 정도 된 건장한 사내로, 우리에게 어려운 일이 닥칠 때면 늘 재기와 용기를 보여주던 사람이었습니다."

"그런데 그 일이 있었던 것이," 몬테크리스토 백작은 물었다. "언제였다고 그랬지?"

"1829년입니다."

"몇 월이었나?"

"6월이었습니다."

"6월 초였나? 아니면 말이었나?"

"6월 3일 저녁이었습니다."

"그랬군!" 몬테크리스토 백작이 말했다. "1829년 6월 3일이라……. 좋아, 그래서 어떻게 됐지?"

"그래서 저는 숨겨달라고 할 작정으로 카드루스에게 갔습니다. 아무 일 없을 때라도 저희는 한길로 난 문으로는 드나들지 않기로 되어 있었습니다. 저도 그 관례를 깨뜨리고 싶지 않아서, 뒤뜰의 울타리를 넘었습니다. 그러고는 자그마한 올리브 나무와 야생 무화과나무 사이를 기어서, 혹시 카드루스가 다른 손님을 받아 놓았으면 어떻게 하나 걱정하며 1, 2층 중간에 있는 다락방으로 살살 기어 들어갔습니다. 그 방은 전에도 여러 번 푹신한 침대에서라도 자는 듯

푸근한 기분으로 밤을 지낸 일이 있는 곳이었지요. 그 다락방과 주막 1층의 공용 홀 사이에는 널판으로 된 가림막 한 장밖엔 없었죠. 우리가 모의를 하기로 한 날에는 거기에 난 구멍을 통해 우리가 와 있다는 것을 알려줄 수 있었던 겁니다. 저는 만약 카드루스가 혼자 있으면 제가 온 것을 알려주고, 세관들이 나타나서 식사를 다 못했기 때문에 그에게 밥을 얻어먹을 생각이었습니다. 그리고 그때 막 일려고 하던 폭풍을 이용해 론 강 기슭까지 다시 가서, 배와 배에 타고 있던 친구들의 소식을 알아 볼 생각이었습니다. 그래서 우선 다락방으로 기어 올라갔던 것이지요. 정말 그러기를 잘했어요. 바로 그때 카드루스는 어느 낯선 남자를 이제 막 데리고 들어오던 참이었으니까요.

저는 아무 소리도 내지 않고 가만히 때를 기다렸습니다. 제가 뭐 그 주인의 비밀을 몰래 염탐하려고 해서가 아니라, 도무지 다른 방도가 없어서 그랬지요.

게다가 그런 일이야 그때까지 수없이 해왔던 거고요.

카드루스와 함께 들어온 사람은 분명 그 지방 사람은 아니고, 남프랑스 지방 사람이었습니다. 보케르 시장에 보석을 팔러 와서는, 유럽 여기저기서 상인들이며 손님들이 몰려들어 시장이 열리는 한 달 동안 10만 내지 15만 프랑의 매상을 올리는 장사꾼 중의 하나였습니다.

카드루스가 부리나케 앞서 들어오더군요. 그러더니 아래층의 홀이 다른 때와 마찬가지로 비어 있고 개만 그곳을 지키고 있는 것을 보자, 갑자기 아내를 불렀습니다.

'이봐 카르콩트! 그 신부 얘기가 거짓말은 아냐. 다이아몬드가 진짜래.'

좋아서 소리치는 소리가 들려오더니 거의 동시에 삐걱거리는 층계 소리가 들렸습니다. 피로와 병으로 무거운 여자의 발이 내는 소리였습니다.

'뭐라고요?' 죽은 사람보다도 더 창백한 얼굴로 여자가 묻더군요.

'다이아몬드가 진짜였어. 여기 오신 이분이 파리에서도 일류에 드는 보석사이신데, 당장 5만 프랑에 사시겠대. 그런데 단지, 이 다이아몬드가 확실히 우리 것인지 납득이 가도록, 어떻게 해서 기적적으로 우리 손에 들어오게 됐는지 당신이 말하는 것을 듣고 싶다고 하시는군. 선생, 지금 이야기를 들려 드릴 테니 여기 좀 앉으십시오. 날씨가 무척 더우니 목을 축일 만한 걸 좀 갖다드리겠습니다.'

보석상은 주막의 내부며, 어느 귀족의 보석 상자에서 나왔음직한 그 보석을 자기에게 팔려는 사람들의 너무도 초라한 모습을 주의 깊게 살펴보았습니다. 그러고 나서 보석상은 카르콩트에게 말했습니다.

'부인, 얘기를 들어보죠.'

그 사람은 여자의 남편이 혹시 무슨 눈짓이라도 해서 여자의 얘기에 영향을 끼쳐서는 안 되겠다고 생각해, 남편이 없는 틈을 타 두 사람의 얘기가 꼭 들어맞는지 안 맞는지를 확인해 보고 싶었던 모양입니다.

'아이고, 글쎄, 깜짝 놀랐지 뭡니까?' 여자는 수다스럽게 말을 늘어놓았습니다. '꿈에도 생각지 못했던 하느님의 은혜였지요. 얘길 좀 들어보세요. 선생님, 우리 집 양반이 1814년인가 15년에 에드몽 당테스라는 선원과 가깝게 지낸 일이 있었답니다. 우리 집 양반은 그 사람 일을 까맣게 잊고 있었는데, 그쪽에선 잘 기억하고 있다가 죽을 때 우리 집 양반한테 아까 보신 그 다이아몬드를 남

겨준 거지요.'
'그런데 그 사람은 이 다이아몬드를 어떻게 해서 가지게 되었을까요? 감옥에 들어가기 전부터 갖고 있었던가요?' 보석상이 묻더군요.
'아뇨.' 여자가 대답했습니다. '그런 게 아니라, 그 사람이 감옥에 있을 때 어떤 영국 부자를 사귀었다나 봐요. 그리고 같은 감방에 있던 그 영국인이 병이 나서 당테스가 그 사람을 친 동기간같이 간호해 주었대요. 그래서 감옥에서 나올 때 그 영국인이 당테스에게 그걸 주었다는군요. 당테스는 그 사람만큼 운이 없어서 감옥에서 그냥 죽었는데, 죽을 때 그걸 신부님한테 맡기면서 우리에게 주라고 유언했대요. 그리고 그 신부님이 오늘 아침에 갑자기 우리 집에 와서 이걸 주고 가셨죠.'
'얘긴 똑같군.' 보석상은 중얼거리더니, '잠깐 들어서는 정말인지 모르겠지만 거짓말은 아닌 것 같네요. 그런데 가격이 맞질 않아서.'
'뭐라고요? 가격이 맞질 않는다고요? 제가 말씀드린 값으로 사시는 걸로 알고 있었는데요.' 카드루스가 소리쳤습니다.
'그러니까, 전 4만 프랑으로 말씀드렸는데.' 보석상이 말했습니다.
'4만 프랑이오?' 카르콩트가 소리쳤습니다. '그 값으로 드릴 순 없어요. 신부님은 5만 프랑은 나간다고 그랬는걸요. 테를 빼고도 말이에요.'
'그 신부 이름이 뭐죠?' 상대는 끈덕지게 물어보더군요.
'부소니라는 신부님이래요.' 여자의 대답이었습니다.
'그럼 외국 분이군요?'
'만토바 지방의 이탈리아 사람 같던데요.'
'그 다이아몬드 좀 봅시다, 다시 한 번 봐야겠어요. 보석이란 한 번만 봐서는 잘못 보는 수가 있으니까요.'
카드루스는 주머니에서 조그맣고 새까만 상자를 꺼내 그것을 열어 보석상에게 주었습니다. 꼭 조그만 개암만 한 다이아몬드를 보자, 지금도 눈에 선합니다만, 카르콩트의 눈이 탐욕으로 번쩍이더군요."
"그래, 그런 얘길 몰래 들으니 어떤 생각이 들던가?" 몬테크리스토 백작이 물었다. "그런 터무니없는 얘기가 진짜같이 믿어지던가?"
"예, 나리, 저는 카드루스가 나쁜 놈이라고는 생각하지 않았습니다. 더군다나 그 사람이 범죄를 저지르거나 도둑질을 한다는 건 생각하기 어려운 일이죠."

"그렇다면 자네도, 자네가 해온 일에 비하면 훨씬 선량한 마음을 가진 사람이란 말이로군. 그래, 그럼 자네도 그 문제의 에드몽 당테스라는 사람을 알고 있었나?"

"모릅니다, 나리. 그때 처음 들었고, 그 뒤로 님에 있는 교도소에서 부소니 신부님을 만났을 때 신부님께 들은 게 마지막이었습니다."

"그렇군! 그럼, 또 얘길 계속해 보지."

"보석상은 카드루스에게서 반지를 받아든 뒤, 자기 주머니에서 조그만 강철 핀셋과 구리로 된 조그만 저울 한 쌍을 꺼냈습니다. 그러고는 다이아몬드가 물려 있던 금테를 벌려서, 그 다이아몬드를 집어냈습니다. 그것을 저울 위에다 세밀하게 달아보더군요. '4만5천 프랑까지 드리죠. 그러나 그 이상은 안 됩니다. 이 다이아몬드면 값을 그 정도 쳐줄 수 있고, 제가 가진 돈도 딱 그 정도입니다.' 그 말을 듣자, 카드루스는 '아, 그야 문제가 되나요? 제가 보케르까지 따라가서, 나머지 5천 프랑을 받아오면 되죠' 라고 하더군요.

그랬더니 보석상은 반지와 다이아몬드를 카드루스에게 도로 돌려주며 말했습니다.

'천만에, 그 이상의 값어치는 없습니다. 더군다나 처음엔 못 봤는데 다이아몬드에 한 군데 흠까지 있네요. 그 가격도 손해 보는 느낌인 걸요. 하지만 어쨌든 전 한 번 했던 말을 번복하는 사람은 아닙니다. 4만5천 프랑이라고 말했던 건 취소하지 않겠습니다.'

'그 다이아몬드를 반지에 도로 끼워주세요.' 카르콩트가 날카롭게 말했습니다.

'그러죠.' 보석상은 다이아몬드를 반지에 다시 박아놓았습니다.

그러자 카드루스가 상자를 다시 주머니에 넣으며 말했습니다.

'됐습니다, 됐어요. 그럼, 다른 데 팔지요.'

'그렇게 하시죠. 그러나 다른 사람은 나처럼 그렇게 호락호락하게 넘어가지 않을 거요. 댁들한테 들은 얘기 정도만 가지고는 믿지 않을 겁니다. 댁 같은 분이 5만 프랑짜리 다이아몬드를 갖고 있다는 게 상식적인 일은 아니니까요. 틀림없이 관에 보고할 겁니다. 그렇게 되면 부소니 신부란 사람을 찾아내지 않으면 안 되겠지요. 2천 루이나 하는 다이아몬드를 남한테 줄 신부도 거의 없

을 테니 말이요. 더 윗선에서 손을 뻗치게 되면 당신은 교도소로 가게 되겠지요. 만약 죄가 없는 게 확실히 드러난다 하더라도, 깜깜한 그곳에서 서너 달은 갇혀 있다가 나오게 될 겁니다. 다이아몬드는 재판기록 보관소를 전전하다가 없어져 버릴지도 모르죠. 그렇지 않으면, 5만에서 5만 5천 프랑까지 할지도 모르는 이 다이아몬드 대신에 3프랑짜리 가짜 다이아몬드가 당신 손에 돌아올 수도 있지요. 그러니 잘 생각해서 하시오. 사실 이걸 사는 쪽도 어느 정도의 위험은 각오하는 겁니다.'

그 말을 듣고 카드루스와 그의 아내는 눈짓으로 서로 의논하더군요.

'그래도 안 되겠습니다. 우리는 5천 프랑을 손해 볼 수 있을 만큼 부자가 아니니까요.' 카드루스의 말에 보석상은, '좋도록 하십시오. 그러나 보시다시피 난 이렇게 현금을 가지고 왔습니다' 하면서 한쪽 주머니에서 금화를 한 움큼 꺼내 카드루스 앞에 슬쩍 내놓았습니다. 번쩍번쩍하는 금화를 보자 카드루스의 눈은 휘둥그레졌습니다. 보석상이 이번에는 다른 쪽 주머니에서 지폐 뭉치를 꺼내 보이더군요.

카드루스의 머릿속에선 치열한 다툼이 벌어지고 있었습니다. 지금 손 안에서 이리 돌리고 저리 돌리는 가죽 상자의 값어치가 지금 자기 눈을 아찔하게 유혹하는 저 막대한 금액과는 아무래도 맞지 않는 것처럼 생각되는 것 같았습니다. 그는 아내 쪽을 돌아보며 낮은 목소리로 말했습니다.

'어떡하지?'

'팔아버려요. 저 사람, 다이아몬드를 못 사고 그냥 보케르로 돌아가면, 분명 거기 가서 우릴 밀고할 거예요. 그리고 저 사람 말마따나, 누가 알아요? 부소니 신부를 영영 찾아낼 수 없을지?'

'그럼, 좋습니다!' 카드루스가 말했습니다. '4만5천 프랑에 드리죠. 그런데 안사람은 금 사슬을 하나 가지고 싶어 하고, 저는 은 버클 한 쌍만 있었으면 하는데요.'

보석상은 지금 말한 물건들의 견본이 들어 있는 길고 납작한 상자 하나를 주머니에서 꺼냈습니다.

'난 원래 일을 깨끗하게 하는 사람이니까. 자, 고르시오.'

여자는 5루이쯤 되어 보이는 금 사슬을 하나 고르고, 남자는 15루이쯤 되어 보이는 은 버클 한 쌍을 골랐습니다.

'이만하면 섭섭하진 않으실 겁니다.' 보석상이 말했습니다. 그러나 카드루스는 '신부님은 5만 프랑짜리라고 그랬는데' 하면서 중얼중얼하더군요.

'자, 이제 이리 주시오! 성가신 양반이로군!' 보석상은 주인의 손에서 다이아몬드를 빼앗다시피 하며 말했습니다. '4만5천 프랑을 준다는데. 그 돈이면 1년에 이자만도 2천5백 리브르요. 나 같은 사람도 눈이 벌게질 만한 거금인데, 그래도 군소릴 하다니.'

'그래, 그 4만 5천 프랑은 어디 있습니까?' 카드루스가 쉰 목소리로 말했습니다.

'자, 여기 있소.' 보석상은 테이블 위에 금화 1만5천 프랑과 지폐 3만 프랑을 내놓았습니다.

'기다려 주세요. 불 좀 켜고요. 깜깜해서 셈을 잘못하면 안 되니까요.' 카르콩트가 말했습니다.

보석 값을 흥정하는 동안 밤이 되었습니다. 그리고 어둠이 밀려온 것과 함께 한 30분 전쯤부터 비바람이 불고 있었습니다. 우렛소리가 멀리서 나직하게 들려왔습니다. 그러나 보석상, 카드루스, 카르콩트 이 세 사람 모두 돈에 눈이 멀어 그 소리에는 신경도 쓰지 않는 것처럼 보이더군요. 저까지도 그 금화며 지폐를 보고, 이상하게 아찔한 유혹을 느꼈으니까요. 저도 꿈을 꾸는 것만 같았고, 또 흔히 꿈을 꿀 때 그렇듯 몸이 한자리에 묶여 말을 듣지 않는 것 같았습니다.

카드루스는 금화와 지폐를 몇 번이고 세고 또 세어 본 다음에 그것을 아내에게 주었습니다. 그랬더니 이번엔 그 아내가 돈을 세고 또 세었습니다. 그러는 동안, 보석상은 다이아몬드를 램프 불에 이리저리 비춰보고 있었습니다. 다이아몬드는 번쩍번쩍 빛을 발했습니다. 그는 그 빛에 취한 나머지 폭풍우가 일기 전에 치는 번개로 창문이 환하게 번쩍이는 것조차도 모르는 것 같았습니다.

'자, 돈은 다 세어보셨소?' 보석상이 물었습니다.

'네.' 카드루스는 대답했습니다. '카르콩트, 서류 가방 좀 줘. 그리고 지갑도 가져오고!'

카르콩트는 장롱에서 낡은 가죽 가방과 지갑을 꺼내 왔습니다. 그들은 기름때가 낀 편지 몇 통을 그 가방에서 꺼내더니, 그 자리에 테이블 위에 있는 지폐를 채워 넣었습니다. 지갑 속에는 6리브르가 두세 장 들어 있더군요. 그게 아마 이 가난한 살림의 전 재산이었던 것 같습니다.

'자, 그럼.' 카드루스가 말했습니다. '한 1만 프랑쯤 손해 본 것 같지만, 그렇더라도 저녁 식사나 같이 하지 않으시겠습니까? 이건 진심으로 하는 말입니다.'

'아닙니다. 시간도 꽤 늦었으니 이만 가보겠습니다. 보케르로 돌아가지 않으면 집사람이 걱정할 테니까요.' 그러면서 보석상은 시계를 꺼내보더니 이렇게 말했습니다. '이거 야단났는걸, 어느새 9시가 다 되었네! 자정 안엔 돌아가지 못하겠는걸! 자, 그럼 안녕히들 계시오. 혹시 부소니 신부 같은 사람이 또 나타나거든, 나를 부르시오.'

'그렇지만 일주일만 지나면 보케르엔 안 계시지 않습니까! 장이 다음 주엔 문을 닫으니까요.' 카드루스가 말했습니다.

'아니, 그건 문제가 아니에요. 파리로 편지를 주시면 되니까요. 팔레 루아얄의 피에르 거리 45번지, 조아네스라고 쓰면 돼요. 올 만한 일이라면 억지로 시간을 만들어서라도 오겠소.'

그때 천둥소리가 우르릉거리며 눈이 부실 정도로 번개가 쳤습니다. 램프 불은 금방이라도 꺼질 것만 같았습니다.

'아니, 하늘이 저런데 떠나시려고요?' 카드루스가 말했습니다.

'천둥 같은 건 조금도 무섭지 않아요.' 보석상이 대답했습니다.

'그럼 도둑은요?' 카르콩트가 물었습니다. '시장까지 가는 길이 위험한 걸요.'

'흥, 도둑놈들이라면 이게 있습니다.' 조아네스는 주머니에서 탄환이 꽉 찬 권총 두 자루를 꺼내 보였습니다. '짖기가 무섭게 물어뜯는 개나 마찬가지지요. 이 다이아몬드를 노리는 최초의 두 놈에게 이걸 먹여줄 겁니다.'

그때 카드루스와 그의 아내는 음산한 눈빛으로 서로를 마주보았습니다. 동시에 어떤 무서운 생각을 떠올린 듯했습니다. '자 그럼, 안녕히 가십시오.' 카드루스가 말했습니다.

'고맙습니다.' 보석상이 말했습니다.

그러고는 낡은 장에 기대어 놓았던 지팡이를 들고 밖으로 나갔습니다. 그가 문을 열자 돌풍이 몰아치며 와, 하마터면 램프 불이 꺼질 뻔했습니다.

'어이고! 굉장한 날씨로군. 이런 날씨에 20리를 가야 한다니!' 보석상이 말했습니다.

'그러니까 가지 마시라니까요. 여기서 주무세요.' 카드루스가 말했습니다.

'네, 가지 마세요. 대접을 잘해 드릴게요.' 카르콩트도 떨리는 목소리로 말했습니다.

'아니에요, 잠은 보케르에 가서 자야죠. 자, 안녕히 계십시오.'

카드루스는 보석상을 배웅하기 위해 문어귀까지 천천히 걸어갔습니다. 벌써 집 밖으로 나가 있는 보석상이 그에게 말했습니다.

'하늘이고 땅이고 하나도 안 보이는군요. 오른쪽으로 가야 합니까? 왼쪽으로 가야 합니까?'

'오른쪽입니다. 못 알아볼 염려는 없을 겁니다. 길 양쪽으로 나무들이 쭉 늘어서 있거든요.'

'그래요? 알겠습니다.' 보석상은 벌써 꽤 멀리 가서, 목소리가 분명히 들리지

않았습니다.

'문 닫아요.' 카르콩트가 말했습니다. '천둥 칠 때, 문 열어 놓는 거 싫어요.'

'더군다나 집에 돈이 있으니 그렇다는 거지?' 자물쇠를 이중으로 채우며 카드루스가 말했습니다.

안으로 들어온 그는 장롱으로 가서 지갑과 가방을 도로 꺼냈습니다. 그러더니 카르콩트와 함께 금화와 지폐를 세 번째로 세어 보았습니다. 가물가물하는 램프 빛에 비친 탐욕스러운 두 사람의 얼굴이란! 전 그들이 그런 표정을 짓는 것을 정말 처음 보았습니다. 특히 그 여자의 얼굴은 정말 무어라 말해야 좋을지 모를 만큼 추하더군요. 늘 경련으로 떨리던 몸은 그날따라 더 심하게 떨렸고, 가뜩이나 창백하던 얼굴은 꼭 죽은 사람처럼 새파란 데다가, 움푹 들어간 눈은 번득번득하더군요.

'당신,' 카르콩트가 나지막한 소리로 물어보더군요. '그 사람한테 왜 자고 가라고 그랬어요?'

카드루스는 몸을 떨며 말했습니다. '그……그야……보케르까지 고생스럽게 가지 않게 하려고 그랬지.'

'응, 그랬군요.' 여자는 뭐라 말할 수 없는 표정을 지으며 말했습니다. '난 또, 다른 생각이 있어서 그랬는 줄 알았지.'

'아니, 이 여자가?' 카드루스가 소리를 지르더니, '아니, 어떻게 그런 생각을 한단 말이야? 설령, 그런 생각을 했더라도 왜 입 밖에 내는 거야?' 하더군요.

'마찬가지지 뭐.' 카르콩트는 잠깐 가만히 있더니 말했습니다. '당신은 사내도 아니야.'

'무슨 말이야?'

'당신이 사내대장부였다면, 그 사람을 이 집에서 내보내지 않았을 거란 말이에요.'

'뭐라고!'

'내보내더라도, 그 사람이 보케르까지는 가지 못하게 했어야 하지 않아요?'

'이 여자야!'

'길이 구부러져 있어서 그 사람은 길 모양대로 갈 수밖에 없지만, 운하를 따라가면 지름길이 있잖아요.'

바로 그때, 무시무시한 천둥소리와 함께 푸르스름한 번갯불이 방 전체를 확 비췄습니다.

'이봐, 하느님이 노하신 거야. 자, 저 소릴 들어봐!'

그런데 우렛소리는 차차 약해지더니, 마치 이 저주받은 집을 떠나는 듯이 사라져 버렸습니다.

'예수님!' 카르콩트는 가슴에 성호를 그었습니다.

그때, 갑자기 무서운 우렛소리가 난 뒤에 늘 따르는 정적을 깨고, 문을 두드리는 소리가 들렸습니다.

카드루스와 카르콩트는 깜짝 놀라 몸을 떨면서 서로 마주 보았습니다.

'누구요?' 카드루스는 일어서며 테이블 위에 널려 있는 금화와 지폐를 한데 모아 손으로 덮고 소리쳤습니다.

'나예요' 하는 목소리가 들려왔습니다.

'누구신데요?'

'날 모르겠소? 보석상 조아네스란 말이요.'

'흥, 그것 봐요.' 카르콩트는 무시무시한 미소를 띠며 말했습니다. '내가 하느님을 노엽게 했다고? 그 하느님이 저 사람을 우리한테 도로 보내주셨는데?'

얼굴이 새파래진 카드루스는 숨을 헐떡이며 의자에 다시 주저앉았습니다. 그와는 반대로, 카르콩트는 의자에서 몸을 일으켜 확고한 걸음걸이로 문 앞으로 가서 문을 열며 말했습니다.

'어서 들어오세요, 조아네스 씨.'

'아이고 고맙소.' 비에 흠뻑 젖은 조아네스가 들어왔습니다. '악마 같은 날씨가 오늘 밤에 보케르에 가게 두질 않는군요. 무모한 짓은 되도록 일찍 단념해야 하는 법인데. 카드루스 씨, 아까 자고 가라고 하셨죠? 말씀하신 대로 하룻밤 묵고 가려고 도로 돌아왔습니다.'

카드루스는 이마에 흐르는 땀을 닦으며 무어라고 속으로 중얼거렸습니다. 카르콩트는 보석상이 들어오자 문을 이중으로 단단히 잠갔습니다.

피를 뒤집어쓰게 된 경위

안으로 들어온 보석상은 주위를 살펴보았습니다. 그러나 떠나기 전과 다른 수상한 느낌을 일으킬 만한 것도 없었고, 또 설령 그런 일이 있었다 하더라도 그것을 뒷받침할 만한 것은 없었습니다.

카드루스는 여전히 금화와 지폐를 두 손으로 덮고 있었고, 카르콩트는 한껏 상냥한 얼굴로 손님에게 미소를 지어보였습니다.

'이런, 이런, 행여나 계산이 틀렸을까 봐 내가 떠난 뒤에도 그걸 셈해 보신 게로군요.'

'천만에요. 이런 재산을 손에 넣게 되었다는 것이 암만해도 믿기지가 않아서요. 눈앞에 놓고 그 증거를 보지 않으면 아직도 꿈속에 있는 것 같은 기분이기도 하고요.'

보석상은 빙그레 웃으면서 묻더군요.

'이 주막에 묵고 있는 손님들이 계십니까?'

'없습니다.' 카드루스가 대답했습니다. '저희 집에선 손님을 재우지 않습니다. 또 시내하고 너무 가까운 곳이라서, 아무도 여기서는 묵질 않거든요.'

'아, 그래요? 그렇다면 제가 너무 폐를 끼치는 셈이로군요.'

'폐를 끼치다니요?' 카르콩트가 상냥하게 웃으면서 말했습니다. '절대 그렇지 않아요, 믿으세요.'

'그럼 어디에서 잠을 자지요?'

'위층에 있는 방에서 주무세요.'

'하지만 거긴 두 분이 주무시는 방이 아닙니까?'

'괜찮아요. 그 옆방에도 침대가 하나 더 있어요.'

카드루스는 놀란 듯이 아내를 쳐다보더군요. 보석상은 콧노래를 흥얼거리며 벽난로에 등을 쬐고 있었습니다. 카르콩트가 손님의 젖은 몸을 말려 주겠다고 나뭇단으로 막 불을 지펴놓은 상태였습니다.

그동안 여자는 테이블 위에 테이블보를 펼쳐놓고 그 한구석에 저녁에 먹다 남은 마른 반찬을 차리고, 날계란 두세 개를 더 갖다 놓았습니다.

카드루스는 지폐는 가방 속에, 그리고 금화는 지갑 속에 다시 넣은 다음, 그것들을 모두 장롱에 갖다가 넣었습니다. 그러고 나서 생각에 잠긴 듯이 방 안을 왔다 갔다 하면서 가끔 고개를 들어 보석상을 바라보곤 했습니다. 보석상은 불 앞에 그대로 앉아, 김이 나는 한쪽 몸이 다 마르면 또 다른 쪽으로 몸을 돌리고 있었습니다.

'자,' 카르콩트는 포도주 병을 상 위에 놓으며 말했습니다. '식사를 하시고 싶으시면 아무 때라도 하세요.'

'댁들은요?' 조아네스가 물었습니다.

'저요? 전 안 먹습니다.' 카드루스가 이렇게 대답하자, 카르콩트는 당황해서 '저희는 저녁을 늦게 먹었는걸요' 하더군요.

'그럼, 저 혼자서 먹는 겁니까?' 보석상이 물었습니다.

'저희는 시중이나 들어드리죠.' 카르콩트는 여느 때와는 달리, 돈을 내고 먹는 손님들한테도 하지 않던 친절한 말투로 대답했습니다.

카드루스는 가끔 재빨리 아내를 슬쩍 돌아보았습니다.

폭풍우는 여전했습니다.

'저 소릴 좀 들어보세요. 들으셨죠?' 카르콩트는 말했습니다. '돌아오시길 정말 잘 하셨어요.'

'그래도 먹는 동안에라도 좀 잠잠해지면 다시 나가봐야죠.' 보석상이 이렇게 말하자, 카드루스는 고개를 저으며 이렇게 대답했습니다.

'웬걸요, 북풍이니까 내일까진 안 멎을 겁니다.'

그러고는 숨을 한 번 내쉬었습니다.

보석상은 다시 식탁 앞에 와 앉으며, '밖에 있는 사람들은 혼 좀 나겠는걸.' 하더군요.

'그럼요. 밤새 고생할 겁니다.' 카르콩트가 말했습니다.

보석상은 저녁을 먹기 시작했습니다. 카르콩트는 마치 자기가 세심한 여관 주인이라는 듯이 모든 것을 사사건건 시중들어 주었습니다. 평상시엔 그렇게도 변덕스럽고 까다롭던 그녀가 마치 친절과 예절의 표본이기라도 한 것 같은 모습이었지요. 만약 보석상이 그 여자를 전부터 알았더라면, 돌변한 태도에 깜짝 놀라 분명히 뭔가 이상하다고 의심했을 겁니다. 한편 카드루스는 아무 말도 하지 않고 여전히 방 안을 왔다 갔다 하면서, 손님을 바라보는 일조차 망설이는 것 같았습니다.

보석상이 식사를 마치자, 문을 열러 간 카드루스가 말했습니다.

'폭풍우가 이제 멎는 것 같습니다.'

그때 마치 그의 말을 뒤엎으려는 듯이 무서운 우레가 집 전체를 뒤흔들더니, 바람을 타고 빗줄기가 집 안으로 휙 몰려들어 램프 불을 꺼버렸습니다.

카드루스는 다시 문을 닫았습니다. 카르콩트는 다 꺼져가는 벽난로에 촛불로 불을 붙이며 보석상에게 이런 소릴 하더군요.

'자, 피곤하실 텐데, 침대에 흰 시트를 깔아놓았으니, 이제 올라가서 푹 주무세요.'

조아네스는 폭풍이 수그러들지 않는 것을 확인하려고 잠시 더 머물러 있었는데, 폭풍도 비도 점점 더해 가기만 하는 것을 보더니 두 사람에게 잘 자라는 인사를 하고 계단을 올라갔습니다.

그는 제 머리 위를 지나갔기 때문에, 제 귀에는 그가 계단을 디딜 때마다 삐걱거리는 소리가 들렸습니다.

카르콩트는 탐욕스러운 눈으로 그를 지켜보고 있었습니다만, 카드루스는 그를 등진 채 그가 있는 쪽은 쳐다보지도 않았습니다.

그 뒤로 수없이 제 머리에 떠오르던 사건이었지만, 그때는 제 눈으로 직접 보고 있어선지 별로 큰 인상을 받지 않았습니다. 다이아몬드 얘기만은 좀 이상하다고 생각했지만, 그 밖의 모든 일은 지극히 당연하다고 여겼습니다. 그래서 전 몸도 몹시 피곤하던 차에, 지금 몰아치는 폭풍이 멎을 때까지만 쉬자고 생각했습니다. 잠을 두세 시간 잔 뒤에, 밤이 깊어지면 그곳을 떠날 생각이었죠.

위층의 방에서는, 보석상이 가능하면 편안하게 자려고 잠자리를 준비하는 소리가 들렸습니다. 곧 침대가 삐걱거리는 소리가 나기에 이제 보석상이 자리에 누웠구나 하고 생각했습니다.

저도 모르게 눈이 감겨왔습니다. 별달리 의심스러운 일도 없었으므로, 자지 않으려고 굳이 노력할 필요도 없었습니다. 그리고 잠들기 전에 마지막으로 부엌을 한 번 내다보았더니, 카드루스는 긴 테이블 옆에 놓인, 시골 여인숙에서 흔히 볼 수 있는 의자 대용의 나무 걸상에 앉아 있더군요. 저를 등지고 있어서 얼굴 표정이 보이진 않았지만, 만약 이쪽을 보고 있었다 하더라도 머리를 두 손에 파묻고 있어 얼굴 표정은 보지 못했을 것입니다.

카르콩트는 잠깐 자기 남편을 바라보더니 어깨를 한 번 으쓱하고는, 그의 맞은편에 와서 앉았습니다.

바로 그때 다 꺼져가던 불길이 마지막 하나 남은 마른 나무에 붙어서 어둡던 실내가 갑자기 확 밝아졌습니다……. 카르콩트는 계속해서 남편을 응시하고 있었지만, 남편이 그대로 꼼짝도 하지 않는 것을 보자, 갈고리 같은 손을 뻗쳐 남편의 이마를 건드리는 것이 보였죠.

카드루스는 몸서리를 치더군요. 여자가 무어라고 입술을 놀리는 것 같았지만, 그 소리가 너무 낮아서였는지 아니면 내가 잠에 취해서 못 들은 건지, 얘기 소리는 들리지 않았습니다. 마치 안개 속에 있는 것을 보는 것만 같았습니다. 꿈을 꾸기 시작하고 있구나 하는, 처음 잠이 들 때의 그 막연한 기분이 들면서 눈이 스르르 감기자, 저는 이내 의식을 잃어버리고 잠이 들어버렸습니다.

잠이 깊이 들었던 저는, 갑자기 울린 총소리와 무서운 비명에 놀라 후다닥 잠에서 깨어났습니다. 마루 위에서 비틀거리는 발소리가 들려왔습니다. 그러더니 바로 제 머리 위에서 무엇인가 쿵하고 쓰러지는 소리가 났습니다.

저는 그때까지도 잠에서 완전히 깨질 못했습니다. 신음 소리가 나더니, 싸움이라도 하는 듯한 낮은 비명이 들렸습니다. 먼젓번 소리보다 더 높은 단말마의 비명이 약한 신음으로 변했을 때에야 정신이 번쩍 들었습니다.

팔을 짚고 일어나 눈을 떠보았으나, 깜깜해서 아무것도 보이질 않았습니다. 이마에 손을 대어보니, 마루판 사이에서 뜨뜻미지근하고 걸쭉한 비가 떨어지는 것같이 느껴졌습니다.

그 무서운 소리가 그치자, 사방이 쥐 죽은 듯이 조용했습니다. 머리 위에선 사람이 걸어가는 발소리가 나고 계단이 삐걱삐걱 소리를 냈습니다. 남자는 아래층 홀로 내려와 벽난로 앞으로 가서, 초에 불을 붙였습니다.

그 사나이가 다름 아닌 바로 카드루스였습니다. 얼굴은 새파랗게 질려 있었고 셔츠는 피투성이였습니다.

초를 켠 뒤 그는 다시 재빠르게 계단을 올라갔습니다. 또다시 빠르고 불안한 발소리가 들려오더니, 잠시 뒤 그가 손에 상자 하나를 들고 내려왔습니다.

그는 상자 속에 다이아몬드가 잘 들어 있는지 확인하고는, 어느 주머니에 넣을까 잠시 망설였습니다. 그러다 주머니에 넣는 것은 안심이 안 되는지, 다이아몬드를 붉은 손수건에 싸서 그것을 목에 둘렀습니다.

그러고는 장롱으로 달려가 그 안에서 지폐와 금화를 꺼냈습니다. 지폐는 바지 앞주머니에, 금화는 저고리 주머니에 각각 넣고, 셔츠를 두세 장 꺼낸 뒤 갑자기 문으로 달려가 어둠 속으로 자취를 감춰버렸습니다. 그제야 모든 일을 분명히 알 수 있겠더군요. 저는 마치 저 자신이 실제 범인이라도 되는 듯이, 방금 일어난 일에 대해 가책을 느꼈습니다. 신음 소리가 또 들려오는 것만 같았습니다. 운도 지지리 없는 그 보석상이 아직 죽지 않았을지도 몰라서, 내가 저지른 일은 아니지만 그를 도와주면 죄짓는 걸 말리지 못한 내 죄를 조금이나마 보상받을 수 있을지 모른다는 생각이 들더군요. 그래서 그때까지 제가 자고 있던 작은 공간을 분리시키고 있는 허술한 판자들 중에 하나를 어깨로 부딪쳐보았습니다. 그랬더니 판자들이 부서지며 저는 집 안으로 뛰어든 모양새가 되었습니다.

저는 촛불 있는 데로 달려갔습니다. 그리고 계단을 뛰어오르려고 하는데, 사람 하나가 계단을 가로막고 있었습니다. 자세히 보니 카르콩트의 시체였습니다. 제가 들은 총소리는 바로 그 여자를 쏜 것이었습니다. 총알이 목을 군데군데 관통하여, 앞뒤 상처에서 피가 콸콸 쏟아져 나올 뿐만 아니라, 입으로도 피를 토해 내고 있었습니다. 여자는 숨이 완전히 끊어져 있었습니다. 저는 시체를 넘어서 지나갔습니다.

방 안은 끔찍할 정도로 난장판이었습니다. 가구가 두세 개 쓰러져 있고, 시트는 방바닥에 널브러져 있었습니다. 운 없는 그 보석상이 그것을 움켜쥐고 있더군요. 그는 머리를 벽에 대고, 땅바닥에 쓰러져 있었습니다. 가슴에 난 세 군데의 상처에서 피가 쏟아져 나와, 그는 자기 피에 흥건히 잠겨 있었습니다.

네 번째 상처에는 긴 식칼이 박혀 있었는데, 칼자루만 보일 뿐이었습니다.

또 한 자루의 권총이 제 발에 채였습니다. 쏘지는 않은 거였지만, 화약은 아마 피에 젖어 있었을 겁니다.

저는 보석상 옆으로 가보았습니다. 아직 숨이 끊어지지는 않았더군요. 제 발소리와 마루가 흔들리는 소리에 그는 멍한 눈으로 잠시 저를 바라보더니, 무슨 말을 하려는 듯이 입술을 움직이다가 이내 숨을 거두었습니다.

이 끔찍한 광경에 저는 정신이 멍해졌습니다. 이젠 도울 수조차 없게 되자 달아나는 수밖에 없었습니다. 저는 머리를 움켜쥐고, 공포에 소리를 지르며 계단을 뛰어 내려갔습니다.

아래층에 내려와 보니 세관 관리 대여섯 명과 헌병 두세 명이 있었고, 모두 무장을 하고 있었습니다.

저는 체포되었습니다. 반항할 생각조차 못하고 있었죠. 저는 제정신도 아니었고, 뭐라 얘길 하려고 했지만, 정작 입은 의미 없는 말들만 우물거렸지요.

정신을 차려 보니 세관 관리들과 헌병들이 저를 손가락으로 가리키고 있었습니다. 그래서 제 몸을 내려다보았더니 온통 피투성이가 아니겠습니까. 계단의 마루판에서 저한테 무엇인가 뜨뜻미지근한 것이 흘러내리는 것 같더니, 바로 카르콩트의 피였단 말씀입니다.

저는 제가 숨어 있던 곳을 손가락으로 가리켰습니다.

'그게 뭐 어쨌다는 거지?' 헌병이 물었습니다.

그랬더니 세관 관리 하나가 가서 보고는, '저길 통해서 나왔다는 얘기겠죠' 하면서 정말로 제가 빠져나온 구멍을 가리켰습니다.

그제야 저는 사람들이 저를 살인범으로 취급하고 있다는 사실을 알았습니다. 저는 목소리가 다시 나오게 되었습니다. 힘도 새로 생기더군요. 그래서 저를 꽉 붙잡고 있던 두 남자의 손을 뿌리치고 소리쳤습니다.

'제가 아닙니다. 제가 아니에요!'

헌병 두 사람이 기총을 제게 겨눴습니다.

'움직이면 쏜다!'

'그렇지만 다시 말하겠습니다. 전 정말 아니라고요!'

'할 얘기가 있으면 님 법정에 가서 해. 지금은 조용히 하고 우리 뒤를 따라와. 그리고 한마디 얘기해 두는데, 저항하면 가만두지 않겠다!'

사실은 저항을 하려던 것도 아니었습니다. 전 그저 놀라고 무서워서 정신이 없었으니까요. 그들은 제게 수갑을 채우더니, 저를 말의 꽁무니에 매어 님으로 끌고 가더군요. 나중에 알고 보니, 사실은 세관 관리 하나가 계속 저를 미행했던 겁니다. 그러다가 그 집 근처까지 와서 저를 놓친 것입니다. 분명 그 집에서 밤을 지내려니 생각하고, 동료들을 부르러 갔었던 거죠. 그래서 동료들하고 같이 왔는데, 바로 그때 총소리가 났으니 저는 꼼짝없이 충분한 증거를 앞에 두고 잡히고 만 것입니다. 이렇게 된 이상 제가 아무리 결백하다고 말해봤자, 누명을 벗는 것이 어려울 거라는 사실을 깨달았지요.

마지막으로 예심판사에게 희망을 걸어보는 수밖에 없었습니다. 저는 판사에게 그날 낮에 가르 다리의 여인숙에 왔던 부소니 신부라는 사람을 사방으로 찾아달라고 부탁했습니다. 하지만 만약 카드루스가 그 얘기를 꾸며낸 것이라면, 그리고 부소니 신부라는 사람이 실재 인물이 아니라면, 카드루스 자신이 붙잡혀서 모든 것을 고백하지 않는 한 제 목숨은 달아나게 될 판국이있습니다.

그로부터 두 달 동안, 이건 그 판사의 명예를 위해서 말씀드립니다만, 그는 사방으로 그 사람을 찾아보아 주었습니다. 하지만 저는 이미 희망을 잃어 가고 있었습니다. 카드루스는 잡히지 않았고, 저는 마침내 1심 공판을 앞두게 되었습니다. 그런데 9월 8일, 그러니까 사건이 있은 지 석 달 닷새째 되는 날에,

단념하고 있었던 그 부소니 신부가 자기를 만나고 싶어 한다는 죄수가 있다는 소릴 듣고 일부러 교도소까지 왔더란 말입니다. 신부님은 그 소식을 마르세유에서 듣고 죄인의 소망을 들어주려고 부랴부랴 왔다는 겁니다.

그러니 제가 얼마나 감격해서 신부님을 맞이했겠습니까. 저는 제가 본 광경을 그분에게 모조리 얘기했습니다. 마음이 조마조마했지만 다이아몬드 얘기를 꺼냈지요. 그랬더니 글쎄 제 예상과는 반대로 그 얘기가 하나부터 열까지 다 정말이었던 것입니다. 그리고 또 제가 생각하던 것과는 반대로, 신부님은 제가 한 얘기 하나하나를 다 믿어 주었습니다. 그때 저는 그분의 따뜻한 자비심에 감동해서, 그리고 또 그분이 제 고향의 풍습을 이해하고 있다는 걸 알고서, 그분의 사랑에 넘치는 입을 통해서라면 제가 저지른 단 하나밖에 없는 그 죄도 용서받을 수 있으리라 생각했습니다. 그래서 오퇴유에서 저질렀던 사건을 상세하게 고백했지요. 마음에 감동을 받고 고백한 그 얘기가 결과적으로는 마치 제가 그것을 노리고 한 것처럼 되어버렸습니다. 그건 무슨 말씀인가 하면, 제가 꼭 얘기하지 않아도 될 그 먼젓번 살인 얘기를 참회함으로써, 신부님은 나중에 일어난 살인, 즉 카드루스네 집에서 생긴 살인이 제가 한 것이 아니라는 것을 인정해 주었단 말씀입니다. 그러고는 헤어질 때 제게 희망을 버리지 말라고 얘기하더군요. 또 제가 죄가 없다는 사실을 재판관들에게 납득시키기 위해서, 할 수 있는 일은 다 해보겠다고도 말씀해 주셨습니다. 그러고 났더니 옥중의 대접이 점점 부드러워졌습니다. 그리고 제 재판이 그때 마침 열리고 있던 다른 공판이 끝날 때까지 연기되었다는 사실을 알고, 그분이 정말로 제 일에 애를 써주셨다는 것을 알게 되었습니다.

그러는 동안에 하느님 덕분으로 카드루스가 외국에서 잡혀 프랑스로 돌려보내졌습니다. 그자는 모든 것을 자백하고서, 살인을 생각하게 하고 더구나 그것을 충동질한 것은 자기 아내였다고 말했습니다. 그 결과 그놈은 종신 징역형을 받고, 저는 무죄가 되었습지요."

"그럼, 부소니 신부의 편지를 가지고 나한테로 왔던 것이 바로 그때였나?" 백작이 물었다.

"그렇습니다, 나리. 그분은 저를 많이 걱정해 주셨습니다. 그래서 제게 말씀하셨죠.

'밀수입 같은 걸 하면 당신 신세를 망칠 거요. 그러니 감옥에서 나가거든, 그 짓은 그만두시오.'

'그럼 신부님, 어떻게 먹고 삽니까? 불쌍한 형수도 먹여 살려야 하는데 길이 있어야죠.'

그랬더니 신부님께서 이렇게 말씀하시더군요.

'내게 참회한 사람 중에 나를 매우 신뢰하는 분이 있소. 그분이 믿을 만한 사람이 있거든 하나 소개해 달라고 그랬는데, 어떻소, 그리로 가볼 생각은 없소? 내 잘 얘기해줄 테니.'

'아, 신부님! 정말 고마운 말씀이십니다.'

'그런데 나중에 나를 실망시키지 않겠다고 맹세할 수 있겠소?'

저는 맹세를 하려고 한 손을 들었습니다.

'그런 건 안 해도 좋소. 난 코르시카 사람들이 어떤 사람들인지 잘 알고 있고, 또 그들을 좋아하니까. 자, 이게 소개장이오.'

신부님은 몇 줄 쓱쓱 쓰시더니, 제게 주셨습니다. 저는 그 소개장 때문에 백작님의 일을 거들어드리게 된 거지요. 좀 건방진 얘기입니다만, 여태까지 제게 무슨 불만이라도 가져보신 일이 있으십니까?"

"아니." 백작이 대답했다. "솔직히 말해서 자넨 훌륭한 일꾼이야. 사람을 믿지 못하는 것 빼고는."

"백작님, 제가요?"

"그래, 자네가 말이야, 형수랑 얻어다 기른 아이가 있었다면서, 언제 내게 한 번이나 그 얘길 해본 일이 있었나?"

"백작님, 그건 제 인생에서 가장 슬픈 얘기를 해야만 하기 때문이었습니다. 저는 코르시카로 출발했습니다. 불쌍한 형수를 만나, 위로를 해주고 싶었으니까요. 그런데 롤리아노에 가보니, 집안에 무슨 일이 일어났는지 너무도 잠잠했습니다. 알고 보니, 사실 끔찍한 일이 일어났었던 겁니다. 이웃 사람들까지도 아직 기억하고 있을 정도니까요. 불쌍한 형수는 제 말을 따르려고, 베네데토에게 달라는 대로 돈을 주지 않았다는군요. 어느 날 아침에 그놈이 형수를 위협하고는 하루 종일 얼굴을 보이지 않았대요. 형수는 울면서 걱정했답니다. 착한 형수는 그 깡패 같은 녀석을 친아들처럼 생각했으니까요. 밤이 되어도 형수는 잠을 못 자고 그 녀석을 기다렸답니다. 밤 11시가 되니까 베네데토가 늘 같이 다니는 미친놈들 둘을 데리고 돌아왔지요. 형수가 그 녀석을 반기려고 팔을 벌렸더니, 그 세 놈이 형수를 붙잡고—그중의 한 놈이 필시 그 지긋지긋한 녀석이었을 겁니다—소리를 지르면서, '이래도 돈 있는 데를 말 안 하는지 한 번 놀아볼까?' 하더랍니다.

그런데 이웃집 바실리오는 바스티아에 가고 없어서, 그 집에 그의 아내가 혼자 집을 지키고 있었답니다. 그래서 우리 집에서 일어난 일을 보고 들은 사람이 그 여자 말고는 아무도 없었지요. 아이들 중 두 녀석은 형수를 꽉 붙잡고 있었습니다. 형수는 설마 그 녀석들이 그런 끔찍한 짓이야 할까 싶어 고문을 하려는 놈들에게 웃어 보였다고 합니다. 다른 한 놈이 문이며 창을 잠그고 왔는데, 형수가 심상치 않은 분위기에 겁이 나서 소리를 지르려 하자 입을 틀어막더라는 것입니다. 그러더니 아순타의 발을 불 옆으로 끌고 가서, 어디에 돈을 감추었는지 장소를 대라고 하더랍니다. 그런데 형수가 끌려가지 않으려고 몸부림을 치는 바람에 형수의 옷에 불이 붙어버렸다는군요. 그랬더니,

놈들은 자기네들한테도 불길이 옮겨 붙을까 봐 형수를 그냥 내팽개쳐 버리고 나가더랍니다. 형수는 온몸에 불이 붙은 채로 문으로 달려갔지만 문은 잠겨 있었지요. 그래서 이번엔 창으로 뛰어갔는데, 창문도 잠겨 있었고요. 옆집 부인은 그때 무서운 소리를 들은 것 같다고 했습니다. 그게 형수가 살려달라고 외치는 소리였지요. 그러더니 이내 그 소리가 신음으로 변하더랍니다. 그 이튿날 아침, 공포와 불안 속에 하룻밤을 지낸 바실리오 부인은 겁이 나지만 용기를 내어 경찰에 가서 사정을 말하고 저희 집 문을 열어달라고 했답니다. 문을 뜯고 들어가 보니, 아순타는 반쯤 새카맣게 불에 타서 겨우 살아 있더랍니다. 장롱은 억지로 부숴서 열려 있고, 돈은 없어졌더랍니다. 베네데토란 놈은 롤리아노를 떠나서 다시는 돌아오지 않았습니다. 그 뒤로는 그 녀석을 한 번도 보지 못했을 뿐 아니라 소문조차 듣지 못했습니다. 제가 백작님 댁에 간 것은," 베르투치오는 천천히 말을 이었다. "그 슬픈 소식을 들은 뒤였습니다. 제가 베네데토 얘기를 안 한 것은 그 녀석은 이미 없어진 놈이고, 형수도 세상을 떠났기 때문입니다."

"자넨 그 사건을 어떻게 생각했나?" 몬테크리스토가 물었다.

"제가 저지른 죄의 대가라고 생각합니다." 베르투치오가 대답했다. "아! 그놈의 빌포르란 집안의 씨알머리는 정말 저주받은 게 틀림없습니다."

"나도 그렇게 생각해." 백작은 침통한 어조로 중얼거렸다.

"이젠," 베르투치오는 말을 계속했다. "그 뒤로는 한 번도 와본 일이 없는 이 집 정원에서, 그것도 한 인간을 죽인 이 장소에서, 백작님이 이상하게 생각하실 만큼 제가 이상한 거동을 한 이유를 아시겠지요? 제 바로 앞에, 제 발밑에, 빌포르가 아이를 묻으려고 파놓은 구덩이 속에 빌포르가 들어 있다는 생각이 났던 겁니다."

"그럴 수도 있겠지." 백작은 지금까지 앉아 있던 벤치에서 몸을 일으키며 말했다. "그런데 사실," 백작은 낮은 목소리로 이렇게 말했다. "그 빌포르는 죽지 않았는지도 몰라. 어쨌든 부소니 신부는 자네를 내게 보내길 잘했어. 그리고 자네도 그 얘길 나한테 하길 잘했고. 나도 자네의 그런 일을 나쁘게 생각한다든가 하지는 않을 테니까. 그런데 베네데토란 놈, 이름이 잘못 지어진 그놈은 그 뒤로 찾아볼 생각을 해본 일이 없나? 그 녀석이 어떻게 됐는지 알아보려고도 안 했나?"

“아니요, 한 번도 안 했습니다. 만일 그 녀석 있는 데를 알았더라도 가보기는커녕, 괴물이라도 만난 듯이 오히려 제 쪽에서 피했을 겁니다. 다행히 아무 데서도 그놈 소식은 못 들었습니다. 차라리 죽었으면 좋겠다고 생각하기까지 했지요.”

“그런 건 생각해 봐야 아무 소용없어, 베르투치오.” 백작이 말했다. “나쁜 놈들은 그렇게 빨리 죽지도 않아. 하느님이 복수를 할 수 있게 하기 위해서 그런 놈들을 보호해 주시는 모양이야.”

“그래도 좋습니다.” 베르투치오가 대답했다. “저는 그저 다시는 그놈 얼굴을 보지 않게만 해달라고 빌고 있습니다. 이젠,” 그는 머리를 숙이며 말을 이었다. “모든 걸 다 말씀드렸습니다. 제가 저세상에 가면 하느님이 심판하시듯이, 백작님께선 이 세상에서 저를 심판해 주실 분입니다. 무슨 말씀으로든 저를 위로해 주시지 않겠습니까?”

"그렇지. 난 이렇게 얘기해줄 생각이네. 아마 부소니 신부도 나와 같은 얘길 하겠지만, 자네가 죽인 그 빌포르란 사람은 자네에게뿐 아니라 다른 사람들에게도 잘못을 저지른 일이 많았기 때문에 마땅한 벌을 받은 걸세. 만약 베네데토가 살아 있다면, 방금 말했듯이 하느님이 대신 복수해주시는 데 쓰였을 것이고, 그 다음엔 그 녀석 자신도 벌을 받을 거네. 사실 자네한테 잘못은 하나밖에 없어. 자네가 아이를 살려놓은 뒤 왜 그 애를 제 어머니한테 돌려주질 않았나 하는 거야, 베르투치오."

"맞습니다. 그것도 아주 큰 죄였습지요. 그 점에서 전 비겁한 놈이었습니다. 일단 아이를 살려놓았으면, 할 일은 하나밖에 없는 거지요. 백작님 말씀대로 그 아이를 제 어머니한테 돌려주어야 했던 겁니다. 그러나 그러려면 아이 어머니를 찾아야 되고, 그렇게 되면 제가 혐의를 받아 신상이 위태로워졌을는지도 모릅니다. 전 죽고 싶지 않았습니다. 그건 형수 때문이기도 했고, 또 하나는 복수를 하고도 아무 일 없다는 듯이 의기양양해지고 싶어 하는 우리 코르시카 사람들의 천성적인 자존심 때문이었습지요. 그런데 사실은, 단순히 살고 싶다는 마음과 죽기 싫다는 생각 때문이었는지도 모릅니다. 전 죽은 제 형처럼 그렇게 용감한 사람은 아닙니다!"

베르투치오는 두 손으로 얼굴을 가렸다. 몬테크리스토 백작은 뭐라 표현할 수 없는 시선으로 그를 한참 동안 바라보고 있었다. 시간도 시간이고 장소도 장소이니 만큼 엄숙한 침묵이 잠시 흘렀다.

이윽고 백작은 평소에는 볼 수 없었던 우울한 어조로 말했다.

"이 사건을 마지막으로 훌륭하게 결말을 지으려면, 베르투치오. 내가 하는 말을 잘 간직해 두게. '모든 고민에는 두 개의 약이 있다. 시간과 침묵이 그것이다.' 이 말은 부소니 신부의 입에서 수없이 들어온 말이야. 자, 이젠 베르투치오, 나 혼자 잠깐 정원을 산책하게 내버려두지 않겠나. 그 이야긴 이 무대에 선 적이 있는 자네에겐 가슴 아픈 고통이겠지만, 내게는 이 집값을 배로 올려주는, 거의 즐겁다고까지 말할 수 있는 감동을 주는 것이야. 베르투치오, 나무는 그늘을 만들어야 사람을 기분 좋게 해주고, 그늘은 그 속에 꿈과 환상이 가득 차 있어야만 사람의 마음을 끄는 법이라네. 난 단지 사방이 벽으로 둘러싸인 빈터를 하나 산다는 기분으로 이 정원을 손에 넣었는데, 그게 그렇질 않았단 말이지. 이 공터는 계약서에는 적혀 있지 않은 망령이 우글거리는 정원이었어. 그런데 난 그런 망령들을 좋아하거든. 죽은 사람들이 6천 년 동안 악행을 저지른다 해도, 산 사람들이 하루에 저지르는 악행만 하겠는가. 그랬다는 소린 여태 못 들었네. 자, 베르투치오, 자넨 들어가서 편안히 자게. 만약 자네의 임종 때, 참회 신부가 저 부소니 신부만큼 관대하지 못하거든, 내가 살아 있는 한 나를 부르게. 자네의 영혼이 영원이라고 불리는 괴로운 여정에 오를 때, 내가 자네의 영혼을 고이 잠들게 할 말들을 해줄 테니."

베르투치오는 백작 앞에 공손히 머리를 숙인 뒤 한숨을 쉬며 물러갔다. 몬테크리스토 백작은 혼자 남아, 두세 발 앞으로 걸음을 옮기면서 중얼거렸다.

"이 플라타너스 근처에는 어린애를 매장한 구덩이가 있고, 저쪽에는 정원으로 들어오는 조그만 문이 있다. 저 귀퉁이에는 침실로 통하는 비밀 계단이 있다. 이런 건 수첩에 기록해 둘 것까진 없지. 내 눈앞, 내 주위, 그리고 내 발밑에 하나의 도면이 생생하게 그려져 있으니까."

백작은 마지막으로 한 번 더 정원을 돌아보고는 마차 쪽으로 돌아갔다. 생각에 잠겨 있는 백작을 보자, 베르투치오는 아무 소리 없이 마부 옆자리에 앉았다.

마차는 파리를 향해 달렸다.

그날 밤, 샹젤리제의 저택에 도착하자, 몬테크리스토 백작은 마치 그 집에서 오랫동안 살아온 사람처럼 집 안을 두루 돌아보았다. 그는 내내 앞장서서 걸으면서도, 단 한 번도 문을 잘못 여는 일이 없고, 계단이나 복도를 잘못 들어서서 가려고 생각했던 곳이 곧바로 이어지지 않는 일도 없었다. 알리는 이 야밤의 검열에 백작을 수행했다. 백작은 집 안의 장식이나 장치 같은 것들에 대해 베르투치오에게 여러 가지 지시를 내렸다. 그러고 나서 시계를 꺼내보더니 대기하고 있던 누비아인에게 말했다.

"11시 반인데. 하이데가 늦지 않고 도착하겠지? 프랑스 하녀들한테도 그걸 알려줬나?"

알리는 아름다운 그 그리스 여인을 위해 준비된 방을 손으로 가리켰다. 그 방의 문은 벽걸이로 가려놓아서, 누가 집 전체를 둘러본다고 하더라도 객실과 방 두 개가 있을 줄은 생각도 못할 곳이었다.

알리는 그 거처 쪽으로 손을 뻗어, 왼쪽 손가락으로 셋을 가리켜 보이더니, 이번엔 그 손을 쫙 펴서 머리에 대고 눈을 감으며 잠자는 시늉을 해보였다.

“그래?” 알리의 그러한 말에 익숙해 있는 백작이 말했다.

“하녀들 세 명이 모두 침실에서 대기하고 있다는 얘기지?”

“네.” 알리는 고개를 끄덕여 대답했다.

“마님께서는 오늘 밤 피곤하실 거야.” 백작은 계속해서 말했다. “분명히 자고 싶을 테니 아무도 말을 걸지 않도록 해야 해. 프랑스 하녀들은 새 주인한테 인사만 하고 물러가도록 하고. 넌 그리스 하녀가 프랑스 하녀들하고 말하지 못하게 감시하도록 해.”

알리는 허리를 굽혔다.

곧 문지기를 부르는 소리가 들려왔다. 철문이 열리자, 마차 한 대가 정원 길을 달려와 현관문 앞에 멈추었다. 백작은 내려갔다. 이미 현관문은 열려 있었다. 금실로 가득 수놓인 녹색의 비단 망토를 머리까지 덮어서 몸에 걸친 젊은 여인에게 백작이 손을 내밀었다.

젊은 여인은 백작이 내민 손을 잡고, 존경 섞인 애정을 담아서 그 손에 입을 맞췄다. 두 사람은 무엇인가 두어 마디 주고받았다. 젊은 여인의 목소리는 상냥했다. 백작의 음성은 차분하고도 무게가 있었다. 그들이 말하는 낮게 울리는 언어는 마치 옛날 호메로스가 신들의 입에서 나오게 한 문구들 같았다.

그러고 나서 불이 켜진 분홍색 램프를 든 알리를 앞세운 채, 아름다운 그리스 여인이라는 것 말고는 알 수 없는 이 여인, 이탈리아에서 늘 백작과 동행하던 이 젊은 여인은 자기 침실로 안내를 받았다. 그리고 백작은 자기 거처로 돌아갔다.

밤 12시 반, 집 안의 모든 불이 꺼졌다. 모두가 잠든 것 같았다.

무제한 대출

이튿날 오후 2시쯤, 훌륭한 영국 말 두 마리가 끄는 마차 한 대가 몬테크리스토 백작의 저택 앞에 멈춰 섰다. 거기에 타고 있는 남자는 푸른 연미복에 같은 색의 비단 단추와 굵은 금줄이 달린 흰 조끼에 개암빛 바지를 입고 있었다. 지나치게 새까만 머리는, 이마의 주름을 감추려고 그랬는지 눈썹너머로 내려올 정도로 너무 길게 늘어뜨렸는데, 제대로 가려지지도 않았을 뿐 아니라, 머리카락 밑으로 드러나 보이는 주름과는 전혀 어울리는 색이 아니었기에 부자연스러웠다. 쉰에서 쉰 다섯으로 보이는 남자가 마흔 살쯤으로 보이게 하려고 애쓴 것 같았다. 그는 차체에 남작의 관이 그려진 마차 문에서 머리를 내밀고, 몬테크리스토 백작이 집에 계신지 가서 물어보라며 문지기에게 자기 마부를 보냈다.

그 남자는 마부가 돌아오기를 기다리며, 거의 실례가 될 정도로 집의 외관이며, 정원이며, 그곳을 왔다 갔다 하는 하인들의 제복을 뚫어져라 바라보았다. 사나이의 눈은 빛나고 있었다. 그것은 재기에 찬 눈이라기보다는 교활한 눈이었다. 입술은 너무나 얇아서, 입 밖으로 나와 있는 게 아니라 입안으로 말려 들어간 것만 같았다. 게다가 넓게 툭 튀어 나온 광대뼈는 영락없이 교활한 성품을 드러내고 있었다. 이마는 움푹 들어갔고 상스러운 큰 귀를 훨씬 지나서 뒤통수가 툭 튀어나와 있었다. 그의 거창한 머리 모양이며, 셔츠에 달려 있는 커다란 다이아몬드라든가, 윗도리의 한 단춧구멍에서 다른 단춧구멍까지 늘어진 붉은 줄 때문에 보통 사람들의 눈엔 신분이 대단히 높은 사람으로 보이겠지만, 관상가들이 본다면 누구든지 불쾌하기 짝이 없다고 할 그런 얼굴이었다.

마부가 수위실 문을 노크했다.

"여기가 몬테크리스토 백작 댁입니까?"

"그렇소, 나리께서는 여기서 사십니다." 문지기가 대답했다. "그런데……" 문지기가 알리에게 눈으로 뭔가를 물었다.
알리가 고개를 좌우로 흔들었다.
"그런데라니요?" 마부가 물었다.
"나리께서는 지금 손님을 만나시지 않습니다." 문지기가 대답했다.
"그러시다면 여기 저희 주인 되시는 당글라르 남작의 명함이 있습니다. 몬테크리스토 백작께 전해 주시고, 저희 주인께서 의회에 나가시는 길에 백작님을 뵙고자 일부러 들르셨다고 전해 주십시오."
"저는 직접 나리께 말씀드리지 못하고, 이 시종이 전해 줄 겁니다." 문지기가 말했다.
마부는 다시 마차 쪽으로 돌아갔다.
"어떻게 됐어?" 당글라르가 물었다.
마부는 방금 자기가 홀대를 받고 온 것을 적잖이 수치스러워하며 문지기의 말을 그대로 주인에게 전했다.
"그래?" 주인은 말했다. "자기를 나리라고 부르게 한다든가, 시종 말고는 가서 얘기도 못한다는 걸 보니, 무슨 왕족이라도 되는 것 같군. 하지만 아무려면 어때, 내게서 찾을 돈이 있으니 자기가 돈이 필요하면 싫어도 날 만나러 오겠지."
그러고 나서 당글라르는 마차 안으로 깊숙이 앉으며 길 건너까지 들릴 만한 목소리로 마부에게 외쳤다.
"의사당으로 가자!"
재빠르게 연락을 받은 몬테크리스토 백작은 자기가 거처하는 건물의 블라인드를 통해서 남작의 모습을 볼 수 있었다. 그리고 매우 성능 좋은 망원경으로, 당글라르가 집이며 정원이며 하인들의 제복을 유심히 살펴보던 것 못지않게 남작을 주의 깊게 관찰할 수 있었다.
"참으로," 그는 역겨운 듯이, 망원경을 상아로 된 상자 속에 도로 넣으며 중얼거렸다. "참으로 추악한 남자로군. 한 번만 척 봐도, 그 납작한 이마엔 뱀이 서린 게 보이고, 그 툭 튀어나온 뒤통수는 대머리 독수리 같고, 저 뾰족한 코는 꼭 솔개 같단 말이야."
"알리!" 그는 소리쳤다. 그리고 구리로 만든 종을 한 번 쳤다. 알리가 나타났다. "베르투치오를 불러줘!"

바로 베르투치오가 들어왔다.
“부르셨습니까, 나리?”
“응, 자네 조금 전 우리 집 문 앞에 와서 섰던 마차의 말들 보았나?”
“네, 나리, 아주 훌륭한 말이었습니다.”
“내가 파리에서 제일가는 말을 구하라고 지시했을 텐데,” 백작이 눈살을 찌푸리며 말했다. “어떻게 된 거지? 파리에 내 말하고 같은 정도로 훌륭한 말이 두 필이나 또 있고. 게다가 그 말이 우리 집 마구간에 있지 않다니.”
백작이 눈살을 찌푸리며 엄한 목소리로 말하는 것을 보고 알리는 머리를 숙였다.
“그건 네 잘못은 아냐, 알리.” 백작이 아랍어로 말했다. 그 목소리며 그 얼굴에서는 도저히 나올 성싶지 않은 부드러운 어조였다. “넌 영국 말들이 어떤지 모를 테니까.”
알리의 얼굴이 다시 평온해졌다.
“백작님.” 베르투치오가 말했다. “지금 말씀하신 말은 파는 게 아니었습니다.”
몬테크리스토 백작은 어깨를 으쓱하고는 말했다.
“이보게 집사, 돈을 낼 수 있는 자에겐 어떤 것이든 다 상품인 거야.”
“백작님, 당글라르 씨는 그 말 두 필을 1만6천 프랑에 사셨습니다.”
“그럼, 그 자에게 3만2천 프랑을 주겠다고 했어야지. 그 사람은 은행가네. 은행가란 놈들은 본전이 두 배가 되는 기회를 절대 놓치지 않는 법이거든.”
“백작님, 진심으로 하시는 말씀이십니까?” 베르투치오가 물었다.
백작은 감히 자기에게 그런 질문을 할 수 있는 사람이 있다는 데 깜짝 놀란 듯이 집사를 바라보았다.
“오늘 밤, 누구를 좀 만나러 갈 일이 있네.” 백작이 말했다. “지금 말한 두 필의 말에 새 마구를 씌워서, 내 마차에 매어놓도록!”
베르투치오는 인사를 하고 물러가다가 문 앞에 멈춰 서서 물었다. “백작님, 몇 시에 방문하실 생각입니까?”
“5시에.” 백작이 말했다.
“지금 2시인데요. 각하.” 집사는 조심스럽게 말했다.
“알고 있어.” 몬테크리스토 백작은 그렇게 대답하고서 알리 쪽을 돌아보며 말을 이었다. "말을 전부 마님 앞으로 끌고 가서, 제일 마음에 드는 말을 고르시라고 전해. 그리고 나와 함께 저녁을 드시겠는지 어떤지도 알아오고, 같이 드시겠다면 식사는 그쪽에서 하기로 하지. 아래로 내려가거든 시종을 내게 보내도록 하고."

알리가 사라지자마자 시종이 들어왔다.

"바티스탱," 백작이 말했다. "자네가 내 시중을 든 지도 벌써 1년이 됐다. 그 동안은 시험 기간이었어. 내 집에 오는 사람들에게 통상적으로 부과하는 기간이지. 자넨 합격이다."

바티스탱은 허리를 굽혔다.

"남은 게 있다면, 자네가 나한테도 합격점을 주겠는지 알고 싶다는 것이지."

"오, 백작님! 무슨 말씀이십니까?" 바티스탱이 당황해서 말했다.

"끝까지 얘길 듣게." 백작이 말을 이었다. "자넨 1년에 1천5백 프랑이나 받고 있다. 그건 날마다 목숨을 걸고 싸우는 용감하고 근면한 장교의 월급과 맞먹지. 그리고 네가 먹고 있는 것은, 자네보다 훨씬 격무에 시달리고 있는 국장이나 과장 같은 사람들도 부러워할 정도의 식사야. 또, 자넨 하인의 몸이면서도, 옷이며 주위의 자질구레한 것들을 거들어주는 가정부들을 부리고 있다. 그뿐인가, 자넨 연 1천5백 프랑의 급료 말고도 내 몸에 쓰는 물건들을 살 때 슬쩍슬쩍 하는 돈이 연간 1천5백 프랑은 넘지."

"오! 나리!"

"바티스탱, 그걸 가지고 내가 뭐라고 하진 않겠어. 그럴 수도 있겠지, 그렇지만 이제 그 정도에서 그치는 게 좋을 거야. 자네가 운 좋게 이 집에서 좋은 자리를 차지하고 있지만, 이런 자리는 다른 데서 절대로 찾을 수 없을 테니까. 난 내가 부리는 사람들을 때리거나 그들에게 욕하고 화내는 일은 하지 않아. 언제나 잘못은 용서해 주지. 그러나 태만하다든가 일을 잊어버린다든가 하는 것은 용서하지 않는다. 내 명령은 언제나 짧다. 그러나 명확하고 간결하지. 난 내 명령이 잘못 전달되느니 두 번이고 세 번이고 다시 말해 주는 편이 좋아. 내게는 내가 알고 싶은 것을 알아볼 만큼의 돈이 있어. 그리고 또 난 호기심이 많은 사람이야. 이건 미리 말해 두지. 그러니까, 만약 자네가 좋든 싫든 간에 내 얘기를 한다든가, 내 행동을 이러쿵저러쿵 얘기한다든가, 내가 하는 일을 지켜본다든가 하는 날엔, 그 즉시 이 집을 나가게 될 줄 알라는 말이다. 난 내 하인들에게 꼭 한 번만 주의를 주지. 그걸 명심하도록. 나가 봐!"

바티스탱은 절을 하고, 물러가려고 두세 발 내디뎠다.

"그런데 참," 백작이 말을 이었다. "자네한테 말하는 걸 깜박했는데, 난 해마다 얼마간의 돈을 내가 부리는 사람들을 위해서 따로 떼어 두고 있어. 해고당한 사람은 당연히 그 돈을 타지 못하네. 그 돈은 내 집에 남아 있는 사람, 즉 내가 죽은 뒤에 그 돈을 받을 권리가 있는 사람들에게 돌아간다. 내 집에 온 지 1년이 됐으니 이미 자네 몫도 쌓이기 시작했다는 걸 알아 둬. 그게 계속되길 바라네."

프랑스어를 하나도 모르는 알리는 이 훈계를 듣고도 아무렇지도 않았다. 그러나 프랑스 하인의 심리를 조금이라도 연구해 본 사람들이라면 알겠지만, 이 말은 바티스탱에게 즉각적인 효과를 가져왔다.

"어떠한 일이든 나리의 뜻에 맞도록 노력하겠습니다. 그리고 알리를 본받겠습니다." 바티스탱이 말했다.

"아, 그건 안 돼." 백작은 대리석처럼 싸늘하게 말했다. "알리는 장점도 많지만, 단점도 많은 사람이야. 그러니 이 사람을 표본으로 삼아선 안 되지. 알리는 예외야. 그에게는 급료도 주지 않아. 그는 하인이 아니라 노예니까. 내 개란 말이지. 만약에 알리가 제 할 일을 안 하는 날엔 해고하는 게 아니야. 죽이는 거지."

바티스탱의 눈이 휘둥그레졌다.

"거짓말인 줄 아나?" 백작이 물었다.

그리고 바티스탱에게 프랑스어로 한 얘기를 똑같이 알리에게 되풀이했다. 알리는 그 얘기를 듣더니, 빙그레 웃으며 주인에게 다가가 무릎을 꿇고 공손하게 그 손에 입을 맞추었다.

이러한 알리의 행동에 바티스탱은 몹시 놀랐다. 백작은 바티스탱을 나가게 하고, 알리에게는 자기를 따라오라는 신호를 했다. 백작과 알리는 거실로 들어가, 그곳에서 한참 동안 얘기를 했다.

5시가 되자, 백작은 종을 세 번 쳤다. 종을 한 번 치는 것은 알리를, 두 번은 바티스탱을, 그리고 세 번은 베르투치오를 부르는 신호였다.

집사가 들어왔다.

“말은?” 몬테크리스토 백작이 물었다.

“마차에 매어놓았습니다, 나리.” 베르투치오가 대답했다. “제가 모시고 가는 겁니까?”

“아니, 마부하고 바티스탱과 알리, 이 세 사람이면 충분해.”

백작이 아래로 내려오니, 아침에 당글라르의 마차에 매여 있던 말들이 그의 마차에 매여 있었다.

백작은 말 옆을 지나면서 말들을 한 번 쳐다보았다.

“과연 훌륭하군.” 그는 말했다. “사길 잘했어, 좀 늦은 감이 없진 않지만.”

“나리,” 베르투치오가 말했다. “그 말들을 간신히 손에 넣었습니다. 그리고 꽤 좋은 가격으로 샀습니다.”

“그렇다고 말이 훌륭하지 않기라도 하다는 건가?” 백작이 어깨를 으쓱하며 물었다.

"나리 마음에만 드신다면, 더할 나위가 없습지요." 베르투치오가 말했다. "그런데 어디로 행차를 하시는지요?"

"쇼세당탱 거리의 당글라르 남작 댁으로."

이러한 대화를 계단 위쪽에서 마치고, 베르투치오가 계단을 내려가고 있었다. "잠깐, 기다리게." 백작이 그의 발길을 막으며 말했다. "내가 노르망디의 해안 지대에 땅이 좀 필요한데, 예를 들면 르아브르와 불로뉴 사이 근처 말이네. 범위는 제한하지 않겠어. 단, 땅을 사게 되면 거기 조그만 항구와 내포와 만이 있어야 돼. 내 배가 들어가서 머무를 수 있게 말이지. 배의 흘수(吃水)는 15피트야. 그리고 밤이건 낮이건 간에 아무 때고 마음 내킬 때, 신호만 보내면 언제라도 출항할 수 있도록 하게. 여기저기 공증인한테 알아봐서, 지금 내가 말한 조건의 토지를 좀 찾아보라고. 그런 곳이 나타나기만 하면 곧바로 가보고, 자네 맘에 들면 자네 명의로 계약을 해 두게. 배는 지금 페캉으로 향하고 있는 거지?"

"저희가 마르세유를 떠나던 날, 바다로 나가는 것을 제가 보았습니다."

"그리고 요트는?"

"요트는 마르티그에 그냥 있으라고 명령했습니다."

"좋아! 그럼 수시로 배와 요트의 선장들과 연락하도록 하게. 잠이나 자고 있으면 곤란하니까."

"그럼 기선은 어떡할까요?"

"샬롱에 있는 것 말인가?"

"네."

"아까 그 범선 두 척과 똑같은 명령을 내리도록."

"알겠습니다."

"그 땅을 사거든, 즉시 북프랑스 가도와 남프랑스 가도에 100리마다 말을 대기시켜 놓도록."

"저만 믿으십시오, 나리."

백작은 만족한 표정으로 계단을 내려와 마차에 뛰어올랐다. 마차는 말에 이끌려 은행가의 집 앞까지 계속 달렸다.

당글라르는 철도에 관한 위원회의 중심이 되어 회의를 이끌고 있었다. 그때 몬테크리스토 백작의 방문이 전해졌다. 회의는 거의 끝나가던 참이었다.

백작이 왔다는 말을 듣고 당글라르가 일어섰다.

"여러분," 그는 회의장에 있던 사람들에게 말했다. 그들 중에는 상원이나 하원의 내로라하는 의원들도 여럿 있었다.

"실례하겠습니다. 실은 로마의 톰슨 앤드 프렌치 상사에서 내게 무제한 대출을 해줘도 좋다는 몬테크리스토 백작이란 사람을 소개했습니다. 이제껏 외국 거래처에서 이런 우스운 농담을 해온 상사는 없었습니다. 아시겠지만, 저로서는 호기심에 사로잡혀 지금도 궁금하기만 합니다. 그래서 오늘 아침에 자칭 백작이라는 그 사람 집에 들러보았죠. 그가 진짜 백작이라면 그렇게 돈이 많을 리 없습니다. 그런데 그 백작이라는 양반을 뵐 수가 없다는 겁니다. 집주인인 몬테크리스토 백작이라는 자는, 자기가 마치 무슨 왕족이나 귀부인이라도 되는 듯이 격식을 차리던데, 이거 어떻게들 생각하십니까? 하여간 샹젤리제에 있는 그자 소유의 집을 제 눈으로 직접 보았는데, 능력 있어 보이긴 했습니다. 그러나 무제한 대출이란," 당글라르는 천박한 웃음을 띠며 말을 이었다. "은행가로서 아주 구미가 당기는 액수를, 계좌를 열은 사람으로부터 환수하게 하지요. 그래서 한시라도 빨리 그 친구를 만나보고 싶은 겁니다. 꼭 뭐에 홀린 것 같습니다. 그러나 그쪽에선 용무를 볼 상대인 저에 대해 전혀 모르고 있습니다. 마지막에 웃는 자가 진정한 승자겠지요."

남작은 콧구멍을 벌름거리며 이렇게 수선스러운 말을 마치고는, 손님들 곁을 떠나 쇼세당탱 거리*1에서도 소문이 자자한 백색과 금빛으로 장식한 객실로 들어갔다. 그는 그 방에 들어서면 대번에 기가 죽도록 만들기 위해 손님을 그리로 안내하라고 일러두었던 것이다.

백작은 선 채로 알바네와 파토리의 모사화 몇 장을 보고 있었다. 그 그림들은 은행가가 진본인 줄로 알고 샀겠지만 모두 가짜였으며, 금빛의 상추 이파리들로 천장을 뒤덮은 것 같은 현란한 장식과 더불어 지독히도 눈에 거슬리는 것들이었다.

당글라르가 들어오는 소리에 백작은 뒤돌아보았다.

당글라르는 가볍게 고개를 끄덕이고는 금실로 돋을무늬가 수놓인 흰 새틴을 대고 금으로 도금한 나무의자를 가리키며 앉으라는 표시를 했다.

---

*1 파리의 고급 주택가.

백작이 앉았다.

"제가 영광스럽게도 말을 건네는 분이 몬테크리스토 씨이십니까?"

"그럼 댁이 하원의원이시며 레지옹도뇌르 훈장을 받으신 당글라르 남작이십니까?" 백작이 말했다.

몬테크리스토 백작은 남작의 명함에 쓰인 모든 칭호를 그대로 읊은 것이었다. 당글라르는 한 방 먹었다는 느낌을 받고 입술을 깨물었다.

"이거 실례했습니다. 제게 하신 것처럼 처음부터 작위를 붙여서 말씀드렸어야 했는데, 용서하십시오." 남작이 말했다. "그러나 아시다시피 지금은 민주정치의 세상이고, 또 저는 민중의 대표자라고 할 수 있지요."

"그래서," 백작은 말했다. "자신을 남작이라고 부르는 습관은 그대로 둔 채 남을 백작으로 부르는 습관은 없애버리셨다는 말씀이시군요."

"아니, 특별히 그런 생각은 없습니다." 당글라르는 기분이 좋지 않은 듯이 대답했다. "그저, 하찮은 공적 몇 가지 때문에 저를 남작이라고 불러주고 레지옹도뇌르까지 준 거죠……."

"그럼, 몽모랑시 씨나 라파예트 씨처럼 그 칭호를 다 포기하셨다는 겁니까? 아주 훌륭한 모범을 보이셨습니다."

"아주 그런 건 아니지요." 당글라르는 난처한 듯이 대답했다. "이해하시리라 생각합니다만, 하인들이 저를 부를 칭호는 있어야 하니까……"

"아, 그렇군요. 댁에서 부리는 사람들에겐 나리라 부르게 하고, 신문기자들 앞에선 '씨', 민중 앞에선 동지라고 하신다는 거지요. 과연 입헌정치 체제 아래에서 융통성이 많으시군요. 예, 이해하다마다요."

당글라르는 입술을 깨물었다. 하지만 이 방면에서는 아무래도 몬테크리스토 백작과는 겨룰 수 없다는 것을 깨달은 그는, 자기의 전문 분야로 얘기를 돌려보았다.

"그런데 백작, 제가 톰슨 앤드 프렌치 상사에서 소개장을 받았습니다." 당글라르는 약간 고개를 숙이고 말했다.

"그렇게 불러주시니 기쁩니다. 저도 댁에서 부리시는 사람들이 하는 것처럼 남작이라 부르는 것을 허락해주십시오. 남작이니 하는 것들이 아직도 남아 있는 나라들이 이런 좋지 않은 습관을 가지고 있긴 합니다만. 이제 앞으로는 남작 같은 건 생기지 않는 세상이니 말입니다. 어떻든 안심입니다. 저 자신은

소개하지 않아도 될 테니까요. 그게 꽤 성가신 일이라서요. 소개장을 받으셨다고 그러셨지요?"

"네, 받았습니다." 당글라르가 말했다. "그런데 솔직히 말씀드리면 그 편지의 내용을 확실히 이해하지 못했습니다."

"아, 그러세요?"

"백작께 설명을 좀 들어보려고 댁에 들렀었지요."

"제가 여기 있으니 말씀해보십시오. 어떤 것인지요."

"그 편지가……" 당글라르가 주머니를 뒤지며 말했다. "여기 있는 걸로 아는데. 아, 여기 있군요. 이 편지에는, 저희가 거래하는 상사가 몬테크리스토 백작께 무제한 대출을 해드리라고 하고 있습니다."

"그래, 어느 점이 애매하단 말씀이십니까?"

"애매한 데는 없습니다. 단지 그 '무제한'이란 단어가……"

"그 단어가 프랑스어가 아니었던가요? ……이해하시겠지만, 그 편지를 쓴 사람들은 영국계 독일인들입니다."

"아, 아닙니다. 문장이야 나무랄 데 없지요. 그러나 회계 측면에서 볼 때, 그게 그렇지가 않습니다."

"그럼 톰슨 앤드 프렌치 상사가," 백작은 아무것도 모른다는 듯한 표정으로 물었다. "남작 생각엔 그렇게 믿을 만한 데가 아닌 모양이로군요? 그렇다면 야단났는걸! 그 상사에 돈을 조금 넣어둔 것이 있는데."

"아, 믿을 만하긴 합니다." 당글라르는 거의 빈정대는 미소를 띠며 대답했다. "그러나 무제한이란 말이 금융계에선 대단히 막연한 의미라서……."

"말하자면 그 의미가 무한정하다는 말씀이신가요?" 백작이 물었다.

"바로 그겁니다. 그래서 그 점을 말씀드리고 싶었던 거지요. 그리고 그 막연하다는 것은 의심스럽다는 얘긴데, 현인들 말에는 의심스러운 일엔 손을 대지 말란 얘기가 있지요."

"그러니까," 백작이 말을 이었다. "톰슨 앤드 프렌치 상사가 바보 같은 짓을 할 수 있을지는 몰라도, 당글라르 상사만은 그것을 본받지 않을 거라는 말씀이로군요."

"어떻게 그런 말씀을 하십니까, 백작?"

"예, 틀림없습니다. 톰슨 앤드 프렌치 상사 사장님들은 숫자 같은 건 문제 삼지 않고 거래하는데, 당글라르 씨께선 거래에 제한을 둔다는 말씀이로군요. 방금 말씀하신 대로, 현자이시니까……."

"이거 보시오," 은행가는 오만하게 대답했다. "지금까지 누구 한 사람도 제 금고의 돈을 염려한 사람은 없었습니다."

"그렇다면," 백작이 냉담하게 대답했다. "제가 그 첫 번째 사람이 될 것 같군요."

"그건 또 무슨 말씀이신지?"

"제게 설명을 요구하셨으니, 그걸 보면 망설이고 계시다고밖에 생각할 수 없지요……."

당글라르는 입술을 깨물었다. 이 사나이에게 두 번째로 얻어맞은 셈이었다. 그것도 이번에는 자기 전문 분야에서 말이다. 그의 빈정거리면서도 깍듯한 예의는 가식에 지나지 않았고, 사실은 무례함에 너무도 가까운 이 상황에 충격을 받고 있었다.

그와 반대로 몬테크리스토 백작 쪽은 이를 데 없이 부드러운 미소를 띠고 있었다. 그리고 필요할 경우엔 소박한 태도까지도 보일 수 있었는데, 그것이 그의 입장을 유리하게 해주었다.

"그러시다면," 당글라르는 잠시 입을 다물고 있더니 말했다. "이해하려고 애써보겠습니다. 제 은행에서 받아 가시려는 금액을 직접 정해 보시죠."

"하지만," 몬테크리스토 백작은 이 토론에서도 단 한 걸음도 양보하지 않겠다는 듯이 말했다. "제가 댁의 은행에서 무제한 대출을 원했던 것은, 얼마나 필요한지 그 금액을 잘 모르기 때문이지요."

은행가는 이번에야말로 상대를 압도할 수 있는 기회가 왔다고 생각했다. 그는 안락의자에 몸을 뒤로 젖히고는 의젓하고 거만한 미소를 띠며 말했다.

"걱정 마시고 맘껏 말씀해 보십시요. 당글라르 상사의 돈이 한도가 있기는 하지만, 막대한 요구액에도 응할 수 있다는 걸 잘 알고 계실 겁니다. 1백만 프랑이라도 청하실 건가요?"

"뭐라고 말씀하셨죠?" 백작이 물었다.

"1백만 프랑이라고 말씀드렸습니다." 당글라르는 무지에서 오는 침착함을 한껏 발휘하며 되풀이했다.

"1백만 프랑으로 뭘 하게요?" 백작이 말했다. "농담은 그만두시죠. 겨우 1백만 프랑쯤이라면, 그 정도의 돈 때문에 왜 대출을 부탁하겠습니까? 1백만 프랑? 그 정도는 언제나 지갑이나 여행용 가방 속에 넣고 다닙니다."

이렇게 말하고 백작은 명함이 들어 있는 조그만 수첩에서, 국립은행의 50만 프랑짜리 자기앞수표 두 장을 꺼내 보였다.

당글라르 같은 인간은 흠씬 두들겨 패야지 감정을 약간 자극하는 것으로는 안 되었던 것이다. 그래서 이런 몽둥이 한 방이 효과를 보였다. 은행가는 현기증을 느끼며 몸을 비틀댔다. 그리고 커진 눈으로 얼떨떨하게 몬테크리스토 백작을 바라보았다.

"정말 톰슨 앤드 프렌치 상사를 믿지 못하고 계시군요." 백작은 말했다. "하지만 괜찮습니다. 그럴 수도 있다고 생각했었으니까요. 제가 아무리 이런 일에 문외한이라 하더라도, 이미 준비는 다해 두었습니다. 여기 당신이 받은 편지하고 똑같은 편지가 두 통이나 있습니다. 한 통은 비엔나의 레슈타인 운트

에스레스 상사가 로트쉴트 남작한테 의뢰한 편지이고, 또 한 통은 런던의 바링 상사가 라피트 씨에게 의뢰한 편지입니다. 그러니 한마디로 말씀해 주시죠. 심려는 끼쳐드리지 않을 테니까요. 전 이 두 상사 중에 어디든지 가면 되니까요."

승부는 끝났다. 당글라르는 보기 좋게 당하고 말았다. 그는 백작이 손가락 끝으로 집어서 내민 런던과 비엔나에서 발송된 편지들을 눈에 띄게 떨리는 손으로 펴보았다. 그리고 세심하게 그 편지의 서명 여부를 확인해 보았다. 만약 몬테크리스토 백작이 당글라르가 정신이 나가 있다는 것을 참작하지 않았다면 그러한 태도에 모욕을 느꼈을 것이다.

"대단하십니다. 이 세 개의 서명은 실로 수백만 프랑의 가치를 가지고 있습니다." 당글라르는 지금 자기 눈앞에 있는 황금과 권력의 화신이라고도 할 수 있는 이 사람에게 절이라도 하려는 듯이 몸을 일으켰다. "우리와 비슷한 은행에 무제한 대출이 셋씩이나 되다니! 백작, 아까는 실례했습니다. 절대로 의심하는 건 아닙니다. 그저 너무 놀라서."

"아니지요, 댁의 상사 같은 데서 그렇게 놀라실 건 못 됩니다." 백작은 공손하게 말했다. "그럼, 제게 돈을 좀 보내주실 수 있으시겠죠?"

"백작, 원하시는 금액을 말씀하시지요. 얼마든지 응해 드리겠습니다."

"그럼," 백작은 말을 이었다. "이젠 서로 양해가 된 거지요?"

당글라르는 고개를 끄덕였다.

"그럼 이제 의심하지 않으시는 거지요?"

"그럴 리가요, 백작님!" 당글라르는 외쳤다. "제가 언제 의심했던가요?"

"그렇진 않았죠, 그저 증거를 보고 싶으셨던 것뿐이죠. 그럼 서로 간에 양해도 됐고 의심하시지도 않으신다니, 이젠 첫 해의 총액을 한 번 정해 볼까요? 6백만으로 해둘까요?"

"6백만이라! 가능합니다." 당글라르는 숨이 막히는 것 같은 기분이었다.

"제가 더 필요할 경우엔," 백작은 기계적으로 말을 이었다. "금액을 올리기로 하지요. 그러나 제가 프랑스에는 1년만 있을 예정이라, 1년 동안에 그 액수 이상은 필요하지 않을 것 같습니다. 하긴 그때 가봐야 알겠지만…… 그럼, 우선 내일 50만 프랑만 보내 주십시오. 정오까지는 집에 있을 겁니다. 만약 제가 없다 하더라도 영수증을 제 집사에게 맡겨놓겠습니다."

"돈은 내일 아침 10시에 댁으로 보내드리겠습니다, 백작." 당글라르가 대답했다. "금화로 드릴까요, 지폐로 드릴까요? 아니면 은화를 쓰시겠습니까?"
"금화하고 지폐를 반씩 보내주십시오."
이렇게 말하고 백작은 자리에서 일어섰다.
"그런데 백작님, 솔직히 한마디 말씀드리고 싶은 게 있습니다만," 당글라르가 입을 열었다. "전 유럽의 대재벌은 모조리 알고 있다고 생각했는데, 백작의 재산이 그렇게 막대하리라곤 솔직히 전혀 생각지 못했습니다. 최근에 생기신 건가요?"
"아니죠." 백작이 대답했다. "최근이 뭡니까, 아주 오래된 재산인 걸요. 우리 가문 대대로 내려오는 재산이라 손을 대지 못하게 되어 있었지요. 그래서 이자가 이자를 낳아 본디 재산의 세 배 정도가 되었습니다. 그러다가 유언자가 정해 놓은 기간이 불과 2, 3년 전에 끝났지요. 그러니까 제가 재산을 만지기 시작한 것은 불과 2, 3년밖엔 안 됐습니다. 남작께서 모르고 계신 것도 무리는 아니십니다. 앞으로는 좀더 아시게 되겠지요."
백작은 이렇게 말하면서, 언젠가 프란츠 데피네가 그렇게 몸서리치도록 무서워하던 그 싸늘한 미소를 띠었다.
"백작과 같은 취미와 의향을 가지신 분은," 당글라르가 말을 이었다. "머지않아 파리에서 우리 같은 빈약한 조무래기 부자들의 코를 모두 납작하게 만들 호사를 보여주실 겁니다. 그런데 아까 제가 이리로 들어올 때 그림들을 보고 계시던 걸 보니 그림을 좋아하시는 모양인데, 제 화랑에 들러보지 않으시렵니까? 그림들은 모두 옛날 건데, 이름 있는 대가들의 작품입니다. 전 현대 화가들을 별로 좋아하지 않아서요."
"맞습니다. 현대 화가들은 일반적으로 말해서 큰 결점이 하나 있지요. 옛것이 될 만한 시간적 여유를 갖지 못한 점 말입니다."
"그럼 토르발센, 바르톨로니, 카노바의 조각 작품들을 보시지 않겠습니까? 모두 외국 작가들이지요. 지금 들어보셔도 아시겠지만 전 프랑스 예술가들에겐 별로 관심이 없거든요."
"그들에게 아무리 가혹한 생각을 하고 계시더라도 전 괜찮습니다. 그 사람들은 당신네 나라 사람들이니까요."
"그런 얘기는 더 나중에, 우리가 좀더 가까워지게 되면 그때 하기로 하십시다. 오늘은 백작께서 괜찮으시다면, 제 아내를 소개해 드리고 싶습니다. 이렇게 침착하지 못한 것을 용서하십시오. 그러나 백작 같은 손님은 한 집안 식구 같은 생각이 들어서요."

몬테크리스토 백작은 그의 부탁을 받아들인다는 표시로 고개를 숙여 예를 표했다.

당글라르는 벨을 울렸다. 화려한 제복을 입은 하인이 나타났다.

"마님 계시냐?" 당글라르가 물었다.

"예, 남작님!"

"혼자 계시더냐?"

"아닙니다, 손님과 함께 계십니다."

"손님이 있는 앞에서 백작님을 소개해도 괜찮겠습니까? 신분을 감추시려는 건 아니시지요?"

"아닙니다, 남작." 백작은 웃으면서 대답했다. "그럴 필요를 못 느끼니까요."

"마님과 같이 계신 분은 누구지? 드브레 씬가?"

당글라르는 아무렇지도 않게 물었다. 그러나 이 은행가 가정의 비밀을 이미 아는 백작은 그 말을 듣고 속으로 빙긋이 웃었다.

"네, 드브레 씨입니다, 남작님." 하인이 대답했다.

당글라르는 고개를 끄덕이더니 몬테크리스토를 보며 말했다.

"뤼시앵 드브레 씨는 저희 집안의 오랜 친구로, 내무대신 비서관을 하고 있는 사람이지요. 제 아내는 저와 결혼하면서 귀족이 아니게 되었지만, 이전엔 세르비외 집안의 딸로, 육군 대령 드 나르곤 후작의 미망인이었습니다."

"부인은 아직 뵙지 못했지만, 뤼시앵 드브레 씨는 전에 만난 일이 있습니다."

"그러십니까?" 당글라르가 말했다. "도대체 어디서요?"

"알베르 드 모르세르 댁에서요."

"아, 그 젊은 자작을 알고 계시군요?"

"사육제 때 로마에 같이 있었지요."

"아, 그랬군요." 당글라르가 말했다. "로마의 폐허에서 산적인가 도둑놈들인가를 만난 적이 있었다는 이상한 이야기를 들은 것 같군요. 기적적으로 거길 빠져나왔다지요? 그 얘기를 이탈리아에서 돌아왔을 때 제 아내와 딸에게 얘기하는 것 같더군요."

"마님께서 기다리십니다." 하인이 다시 와서 말했다.

"자, 그럼 제가 앞장서서 모시겠습니다." 당글라르는 고개 숙여 인사를 하며 말했다.

"그럼 전 따라가겠습니다." 백작이 말했다.

점박이 회색 말

남작은 앞장서서 사치스럽고 요란스러운 취미로 꾸며 휘황찬란하게 번쩍거리는 방들을 지나, 당글라르 부인의 거실까지 백작을 안내했다. 팔각형 방의 벽에는 붉은 새틴 천으로 감싼 벽장이 있었고, 그 위는 인도 모슬린으로 장식되어 있었다. 의자들은 오래된 금빛의 나무의자로, 고풍스러운 천으로 싸여 있었다. 문 위에는 부셰*1 풍의 양치기 그림이 그려져 있었다. 그리고 원형 액자에 든 아름다운 두 장의 파스텔화가 유일하게 품위 있어 보였다. 이 방은 당글라르와의 협의를 거쳐 유럽에서 가장 뛰어나고 이름난 한 건축가의 설계로 만들어진 것이었지만, 장식만은 남작부인과 뤼시앵의 생각에서 나온 것이었다. 그래서 당글라르는 집정관 정부*2 시대의 해석 방식대로 고대 미술을 예찬하며, 이 멋부린 작은 방을 몹시 경멸하고 있었다. 그는 누구와 동행하지 않으면 이 방에 들어올 수도 없었다. 그러니까 사실은 당글라르가 누구를 소개하는 것이 아니라, 자신이 오히려 소개를 받는 셈이었고, 손님의 용모가 남작부인의 마음에 드느냐 안 드느냐에 따라서 그에 대한 대접이 결정되는 판이었다.

서른여섯인데도 아직 아름다움을 논할 수 있을 만한 당글라르 부인은 상감 세공이 되어 작품이나 다를 바 없는 피아노 앞에 앉아 있었다. 뤼시앵 드브레는 탁자 앞에 앉아서 앨범을 뒤적이고 있었다.

백작이 들어오기 전에, 드브레는 백작에 대한 여러 얘기를 부인에게 들려줄 시간이 있었다. 독자 여러분은 알베르 집에서의 오찬 때 몬테크리스토 백작이 어떤 인상을 주었는가를 이미 알고 있을 것이다. 그다지 뚜렷한 것은 아니었지만 그때 받은 인상이 아직 드브레의 머릿속에서 지워지지 않고 있었기에, 그것이 그대로 남작부인에게 전달되었다. 전에 알베르에게서 자세히 들은 적도 있고, 방금 뤼시앵 드브레의 입에서 나온 새로운 사실들에 자극받기도 해서

---

*1 18세기의 프랑스 화가.

*2 프랑스 대혁명 뒤에 집권한 정부.

당글라르 부인의 호기심은 최고조에 달해 있었다. 그러므로 피아노와 앨범을 배치해 놓은 것은, 단지 자신들의 각별한 관심을 드러내지 않으려는 사교계 식의 경박한 눈가림이었던 것이다. 남작부인은 미소를 띠며 당글라르를 맞았다. 이것도 보통 때에는 부인이 절대로 하지 않는 행동이었다. 부인은 백작의 인사에 대해 예의를 갖추면서도 아주 다정한 태도를 보였다.

드브레는 백작과 안면이 있는 사람으로서 인사를 나누었고, 당글라르와는 꽤 친숙한 사이처럼 인사를 나누었다.

"여보," 당글라르가 말했다. "몬테크리스토 백작이시오. 백작께선 로마의 거래처로부터 간곡한 소개를 받고 오셨소. 내가 한마디만 입을 열면, 순식간에 모든 여성들의 인기를 모을 만한 분이지. 파리에 1년간 머무르실 작정으로 오셨는데, 그동안 6백만 프랑을 쓰실 작정이라오. 그러니 앞으로는 매일 밤 무도회나 만찬회나 야회 같은 것을 계속해서 베푸실 것 같소. 백작, 제 집에서도 조그만 연회가 있게 되면 반드시 초대하겠습니다. 그러니 백작께서도 연회가 있을 때마다 저희를 초대해 주시기 바랍니다."

지극히 교양 없는 찬사로 이뤄진 소개이긴 했으나, 한 사람이 왕의 재산과도 겨룰 수 있을 막대한 돈을 1년 동안 쓰려고 파리에 온다는 것은 그리 흔한 일이 아니었다. 당글라르 부인은 백작을 한 번 쓱 훑어보더니 적잖이 흥미롭다는 눈빛으로 물었다.

"언제 도착하셨는데요?"

"어제 아침에 왔습니다, 부인."

"소문을 들으니, 여느 때와 마찬가지로 세계의 끝에서 오셨다면서요?"

"이번에는 카디스에서 왔습니다, 부인."

"어머! 아주 기후가 나쁜 곳에서 오셨군요. 파리는 여름이 너무 좋지 않아요. 무도회도 모임도 연회도 아무것도 없거든요. 이탈리아 가극은 런던에 가 있고, 프랑스 가극은 어딜 가나 다 하는데 파리에서만은 하고 있지 않아요. 그리고 지금은 프랑스 극장도 열린 곳이 아무 데도 없어요. 그러니까 오락이라고는, 샹 드 마르스나 사토리 같은 데로 멀리 말을 타고 나가는 길밖엔 없답니다. 말은 다루실 수 있으시죠?"

"부인 저는," 백작은 말했다. "만약 누가 파리에서 하는 일들을 저한테 잘 가르쳐주기만 한다면, 모조리 다 해 볼 생각입니다."

"백작께선 말을 좋아하시나요?"

"제 생애의 일부분을 동양에서 보냈습니다. 아시다시피 동양인들이 이 세상에서 중요하게 생각하는 것은 단 두 가지밖에 없습니다. 바로, 기품 있는 말과 아름다운 여자지요."

"어머나, 백작님. 여자를 먼저 말씀해 주시는 친절 정도는 베풀어 주셔도 좋지 않으신가요?"

"이런 걸 보아도 아시겠죠. 방금 제가 프랑스식 예절을 가르쳐 줄 선생이 필요하다고 한 것도 바로 이런 이유에서입니다."

바로 그때 당글라르 부인의 최측근 시녀가 들어와서 부인에게 무엇인가 귓속말을 했다.

당글라르 부인은 얼굴빛이 변하더니 "설마!"라고 외쳤다.

"그렇지만 정말입니다, 마님." 시녀가 대답했다.

당글라르 부인은 그의 남편을 돌아보더니, "그게 정말이에요?" 물었다.

"뭐가?" 당글라르가 당황해하며 물었다.

"이 애가 한 말이 말이에요……."

"대체 뭐랬기에 그래?"

"마부가 마차에 말을 매놓으려고 마구간에 갔더니, 마구간이 비어 있더래요. 도대체 어떻게 된 거예요?"

"자, 내 말을 좀 들어보오." 당글라르가 말했다.

"그래요, 듣겠어요. 어찌 된 일인지 알고 싶어요. 여기 있는 분들에게 판결을 부탁할 생각이에요. 그러면 제가 먼저 어떻게 된 상황인지를 말씀드리기로 하지요. 여러분," 남작부인은 말을 이었다. "당글라르 남작은 마구간에 말을 열 마리 가지고 있습니다. 그 말 가운데 두 마리는 제 것이지요. 그 두 마리는 파리에서 가장 훌륭한 말입니다. 드브레 씨, 당신은 아시죠, 그 점박이 회색 말들 말이에요. 저는 내일, 빌포르 부인이 보아로 가신다기에 제 마차를 빌려드리기로 약속했단 말입니다. 그런데 갑자기 그 말들이 없어졌다는 거예요. 이건 분명, 당글라르 남작이 그 말을 이용해서 몇천 프랑의 이득을 보려고 파신 걸 거예요. 오! 가문의 수치지, 세상에! 투기꾼 같은 양반!"

"여보," 당글라르가 말을 받았다. "그 말들은 원기가 너무 지나쳐요, 이제 겨우 네 살이니까. 당신이 그걸 타는 걸 보면 걱정이 돼서 참을 수 없었다오."

"뭐라고요?" 남작부인이 말했다. "당신은 제가 한 달 전부터 파리에서 제일 가는 마부를 부리고 있다는 걸 잘 아시잖아요. 그 사람도 말하고 같이 팔지 않았다면 말이죠."

"내가 그와 비슷한 말을 사 주지, 더 좋은 말을 찾아줄게. 그러나 이번엔 조용하고 온순한 말로 말이오. 더 이상 그것들 때문에 마음 졸이고 싶지 않소."

남작부인은 멸시하는 듯한 얼굴로 어깨를 으쓱해 보였다.

당글라르는 이러한 부인의 태도를 부부로서의 허물없는 태도 이상으로는 생각하지 않는 듯이, 몬테크리스토 백작 쪽을 돌아보며 말했다. "정말이지, 좀 더 일찍 백작을 알게 되었더라면 좋았을걸. 이제 댁은 다 정리가 되셨습니까?"

"물론이죠." 백작이 대답했다.

"그랬더라면 제가 그 말들을 백작께 권했을 텐데요. 그것도 아주 거저 드렸을 겁니다. 그러나 아까 말씀드린 대로 그것들을 치워버리고 싶었습니다. 그 말은 젊은이들이나 타는 말이니까요."

"고맙습니다." 백작이 말했다. "사실 오늘 아침, 아주 좋은 말을 그리 비싸지 않게 샀습니다. 좀 봐주시겠습니까? 드브레 씨, 당신은 말에 대해선 잘 아시지요?"

드브레가 창가로 가는 동안에 당글라르는 아내 곁으로 갔다.

"여보, 생각을 좀 해보구려." 당글라르는 낮은 목소리로 말했다. "그 말을 엄청난 값으로 달라는 사람이 왔더란 말이오. 어떤 미친놈인지는 몰라도, 오늘 아침에 집사를 내게 보내왔습디다. 장본인이 누군지는 몰라도, 아무튼 난 그 덕에 1만6천 프랑을 벌었단 말이오. 그렇게 화내지 말아요. 그중에 4천 프랑은 당신에게 주고, 2천 프랑은 외제니를 줄 테니까."

당글라르 부인은 움츠러들 만큼 경멸하는 표정으로 남편을 쏘아보았다.

"아니, 저건!" 드브레가 소리를 질렀다.

"왜 그러세요?" 남작부인이 물었다.

"틀림없어요. 부인의 말이에요. 부인의 말이 백작 마차에 매여 있어요!"

"내 회색 점박이들이 매여 있다고요?" 부인이 소리쳤다.

그러고는 창가로 달려갔다.

"어머, 정말 제 말이네요." 부인은 말했다.

당글라르는 어이가 없었다. 몬테크리스토 백작은 놀란 시늉을 하며 말했다.

"그게 정말입니까?"

"설마!" 당글라르가 중얼거렸다.

남작부인은 드브레의 귀에다 무엇인가 소곤거렸다. 그러더니 드브레가 몬테크리스토 백작 곁으로 다가왔다.

"부인께서, 남작이 그 말을 얼마에 파셨는지 여쭈어보라고 하십니다."

"확실히는 모르지만," 백작이 대답했다. "그건, 우리 집 집사가 제 맘대로 한 일이라서…… 분명 3만 프랑이라고 했던 것 같은데요."

드브레는 몬테크리스토 백작의 대답을 남작부인에게 가서 전했다.

당글라르의 새파란 얼굴과 당황해하는 모습을 보고 백작은 안됐다는 듯한 표정을 지었다.

"남작," 그는 말했다. "여자들이란 참 은혜를 모르는 사람들이로군요. 남작께

서 그렇게 마음을 써주시는데도 부인은 마음을 움직이시질 않으니 말입니다. 은혜를 모른다기보다는 변덕스럽다고나 할까요? 하지만 할 수 없지 않습니까. 인간이란 항상 자기에게 해로운 것을 좋아하는 법이니까요. 그러니 남작, 가장 간단한 방법은 여자들이 무슨 짓을 하든 제멋대로 하게 내버려두는 수밖에 없습니다. 만약 어딜 다치게 된다 하더라도, 그건 결국 자기 책임이니까요."

당글라르는 아무 대답도 하지 않았다. 그는 조만간 파탄 날 정도로 심한 부부 싸움을 하게 될 것 같다고 예상하고 있었다. 벌써부터 눈살을 잔뜩 찌푸리고 있는 남작부인의 모습은 올림포스 산의 제우스가 폭풍우를 예고하기 위해 눈살을 찌푸리고 있는 것과 흡사했다. 사태가 점점 험악해질 것 같아 보이자, 드브레는 일이 있다는 핑계로 자리를 떴다. 몬테크리스토 백작은 너무 오랫동안 머물러서 모처럼 얻은 기회를 망치고 싶지 않았다. 그래서 그 또한 당글라르 부인에게 인사하고 남작을 부인의 분노 앞에 남겨놓은 채 물러났다.

'좋아!' 백작은 돌아오면서 생각했다. '내가 의도한 데까지 다가갔군. 이제 그 집안의 평화는 내 손안에 있는 것이다. 한 번 겨냥해서 당글라르와 그 부인 두 사람을 사로잡게 되는 거야. 잘됐어! 그런데,' 그는 계속 중얼거렸다. '외제니 당글라르 양을 소개받지 못했군. 가장 만나고 싶은 게 그 딸이었는데. 하지만,' 백작은 미소를 띠며 생각했다. '우린 다 같이 파리에 있으니 만날 기회는 얼마든지 있겠지……. 그건 나중으로 미루자!'

백작은 이런 생각을 하며 마차를 타고 집으로 돌아왔다. 그리고 두 시간 뒤에 당글라르 부인은 몬테크리스토 백작으로부터 기분 좋은 편지 한 장을 받았다. 편지에는 파리의 사교계에 처음 들어오자마자 아름다운 부인의 마음을 상하게 하고 싶지 않으니 부디 그 말들을 도로 받아달라고 쓰여 있었다.

돌아온 말들에는 그날 아침에 부인이 본 그 마구들이 달려 있었다. 다만 말들 귀에 걸린 꽃모양의 매듭마다 가운데에 다이아몬드가 하나씩 박혀 있었다.

당글라르 역시 편지를 받았다. 백작은 당글라르에게, 남작부인을 위해 백만장자로서의 기분을 낸 것에 대해 용서를 구하고, 말을 돌려보내는 방법을 동양식으로 한 것을 양해해 달라고 썼다.

그날 밤, 백작은 알리를 데리고 오퇴유로 떠났다.

이튿날 3시쯤, 알리는 자기를 부르는 벨소리를 듣고 백작의 방에 들어왔다.

"알리," 백작이 말했다. "너, 가끔 올가미를 잘 던지는 재주가 있다고 그랬었지?"

알리는 자랑스럽게 고개를 끄덕여 그렇다고 대답했다.

"호랑이도 그렇게 해서 잡을 수 있나?"

알리는 역시 고개를 끄덕였다.

"사자도?"

알리는 밧줄을 던지는 시늉을 하고, 또 올가미에 걸린 짐승 소리를 흉내 냈다.

"좋아, 알겠어." 백작이 말했다. "그럼, 사자를 잡아본 일이 있단 말이지?"

알리는 자랑스럽게 고개를 끄덕였다.

"그럼, 미친 듯 달리는 두 필의 말도 잡을 수 있겠군?"

알리는 미소로 답했다.

"그럼 얘길 들어봐. 조금 있다가 두 필이 끄는 마차가 한 대 지나갈 거야. 내가 어제 샀던 그 말이지. 치여 죽는 한이 있더라도, 그 마차를 우리 집 문 앞에서 멈추게 해야 돼."

알리는 거리로 내려가 문 앞의 포석 위에 줄을 그어놓았다. 그러고는 다시 안으로 들어와, 그것을 지켜보고 있던 백작에게 그 줄을 가리켰다. 백작은 알리의 어깨를 다정하게 두드려 고마움을 표시했다. 그러고 나서 이 누비아인은 집과 거리의 모퉁이에 있는 마차를 세우는 곳에 앉아 장죽으로 담배를 피웠다. 백작은 그 뒷일은 내버려두고 집 안으로 들어갔다.

그런데 5시쯤, 다시 말하면 마차가 지나가기를 기다리는 시간이 가까워오자, 백작은 눈에 띄게 초조해하기 시작했다. 그는 거리 쪽으로 난 방 안을 왔다 갔다 하며, 이따금 귀를 기울였다. 그런가 하면 또 때때로 창가로 가서 알리가 담배 연기를 내뿜는 것을 내려다보았다. 알리가 담배 연기를 규칙적으로 뿜어내는 것으로 보아 그 누비아인이 이 중책을 얼마나 열심히 생각하고 있는지 알 수 있었다.

그때 갑자기 멀리서 마차 바퀴 구르는 소리가 나더니, 금세 번개같이 마차 한 대가 나타났다. 미친 듯이 날뛰며 달리는 말들을 마부가 진정시키려 애썼지만, 말은 막무가내였다.

마차 안에서는, 젊은 부인과 일고여덟 살 난 사내아이가 서로를 꼭 껴안고, 너무나 무서워 소리도 지르지 못하고 있었다. 바퀴 밑에 돌 하나만 끼거나, 나뭇가지에만 걸려도 마차는 산산조각이 날 지경이었다. 마차는 큰길 한가운데를 달려오고 있었다. 여기저기서 그것을 본 사람들이 무서워서 소리를 질렀다.

갑자기 알리가 장죽을 내려놓더니 주머니에서 밧줄을 꺼내 휙 던졌다. 그 밧줄은 왼쪽 말의 앞다리를 세 번 휘감았다. 말은 달리던 관성이 있으니 서너 걸음 정도 끌려갔지만 곧 옆으로 쓰러지고 말았다. 그 말이 꼼짝도 못하게 되자 옆의 말도 달리던 것을 멈추고 서게 되었다. 마부는 마차가 움직이지 못하는 그 순간을 이용해서 자리에서 뛰어내렸다. 그러나 그때는 이미 알리가 그 억센 손으로 서 있던 말의 콧마루를 움켜쥐고 있었다. 말은 비명을 지르며, 쓰러져 있던 말 옆으로 경련하며 넘어졌다. 이 모든 일이, 겨우 총알이 목표물을 맞힐 정도의 짧은 시간 동안에 벌어졌다.

그러나 또한 그 사이에 이 사건이 일어난 장소 바로 앞집에서, 한 사나이가 하인들을 몇 거느리고 달려나왔다. 사나이는, 마부가 마차 문을 열자마자, 신속히 마차 안으로 들어가서 그 안에 있던 부인을 안고 나왔다. 부인은 한 손으로는 마차 안에 있던 쿠션을 꽉 움켜잡고, 또 한 손으로는 기절한 아들을 가슴에 꼭 껴안고 있었다. 백작은 그 두 사람을 응접실로 옮겨 긴 소파에 눕혔다.

"부인, 이젠 염려 마십시오." 백작이 말했다.

제정신이 든 부인은 대답 대신 눈으로 자기 아들을 가리켰다. 여자의 눈빛은 어떠한 기도보다도 더욱 호소력이 있었다.

어린아이는 아직도 정신을 잃고 있었다.

"알고 있습니다, 부인." 백작은 아이를 살펴보며 말했다. "안심하십시오. 다친 데는 없으니까요. 그저 놀라서 기절을 했을 뿐입니다."

"아!" 어머니는 소리쳤다. "절 안심시키느라 그러는 것 아니십니까? 저 새파란 얼굴빛을 좀 보세요. 아이고, 얘야, 에두아르! 엄마한테 대답 좀 해 봐. 이보세요, 의사 좀 불러주세요. 누구든지 아이만 살려준다면 제 재산을 모두 드려도 상관없습니다."

백작은 정신없이 눈물만 흘리고 있는 아이 어머니에게 손으로 안심하라는 표시를 했다. 그리고 상자 하나를 열어, 그 속에서 금박을 한 보헤미아 유리병을 꺼냈다. 병 속에는 핏빛같이 빨간 용액이 들어 있었다. 백작은 그것을 어린 아이의 입술에 한 방울 떨어뜨렸다.

아이는 아직 얼굴빛은 창백했지만, 곧 눈을 떴다.

어머니는 그것을 보자 거의 실성한 사람처럼 기뻐했다.

"여기가 어디죠?" 어머니는 소리쳤다. "그토록 무서운 일을 당하고 났는데, 이렇게 기쁘게 해주시다니, 도대체 제가 신세를 지고 있는 분은 누구신가요?"

"부인," 백작은 대답했다. "부인은 부인의 슬픔을 덜어 드릴 수 있게 되어 더할 나위 없이 행복한 사람의 집에 와 계십니다."

"아, 제가 이 쓸데없는 호기심에서," 부인은 말했다. "온 파리가 당글라르 부인의 말이 훌륭하다고들 이야기하기에, 저도 한번 그걸 타봐야겠다는 생각이 들었던 거지요."

"아니, 뭐라고요?" 백작은 짐짓 깜짝 놀란 듯이 소리쳤다. "그 말들이 남작부인의 말이었습니까?"

"네, 그래요. 그런데 남작부인을 아십니까?"

"당글라르 부인 말씀이죠? 알고말고요. 그 부인의 말이 하마터면 당신을 위험에 빠뜨릴 뻔했는데, 제가 구해 드리게 돼서 무척 기쁘게 생각하고 있습니다. 그 위험이 어느 정도는 제게도 책임이 있으니 말입니다. 사실 제가 어제 그 말을 당글라르 남작한테서 샀었습니다. 그런데 그 부인께선 말이 팔린 걸 몹시 서운해하시는 것 같기에, 제가 다시 부인께 선물로 돌려보냈지요."

"아니, 그럼 선생님이 바로 어제 에르민이 그렇게 많이 얘기하던 몬테크리스토 백작이신가요?"

"그렇습니다, 부인."

"그러세요? 전 엘로이즈 드 빌포르 부인입니다."

백작은 처음 듣는 이름인 듯한 표정으로 고개를 숙여 예를 표했다.

"아, 제 남편 빌포르가 얼마나 고마워하실까!" 엘로이즈가 말했다. "백작께선 저희 두 사람의 목숨을 구해 주셨으니까요. 백작께선 그이의 아내와 아들을 구해주신 거예요. 백작께서 이렇게 관대하게 도와주시지 않았더라면, 저희는 분명 죽었을 겁니다."

"정말이지, 아까 부인께서 당하실 뻔한 위험을 생각하면 지금도 오싹합니다."

"백작님, 아무쪼록 남편이 백작님의 은혜에 보답할 수 있도록 허락해 주시기 바랍니다."

"부인," 백작이 대답했다. "제발 제가 칭찬이나 보상 같은 걸로 알리를 우쭐하게 만들지 않도록 해 주세요. 그런 버릇을 들이고 싶지가 않아서요. 알리는 제 노예입니다. 두 분을 구해 드린 것은 곧 저를 구해 준 거나 다름없습니다. 그리고 알리로선 저를 섬기는 것이 그의 의무인걸요."

"하지만 그 사람은 목숨을 걸었던 게 아닙니까." 빌포르 부인은 이 주인의 말투가 이상하게 사람을 위압하는 것을 느끼면서 말했다.

"부인, 전 그의 목숨을 구해 주었습니다." 백작이 대답했다. "그러니 그의 목숨은 제 것이나 다름없죠."

빌포르 부인은 입을 다물었다. 첫 대면하는 사람에게 이처럼 깊은 인상을 심어주는 이 사나이에 대해 곰곰이 생각하는 것 같았다.

침묵이 흐르는 사이, 백작은 지금 이 부인이 껴안고 있는 어린아이를 충분히 관찰할 수 있었다. 아이는 마르고 자그마한 몸집을 하고 있었고, 빨간 머리의 아이들이 흔히 그렇듯 살갗이 하얬다. 그러나 별로 곱슬거리지 않는 짙은 색 머리털이 툭 나온 이마를 덮으며 얼굴 양 옆에서 어깨까지 늘어져 있어서, 어린아이다운 심술이 가득 밴 눈을 한층 더 두드러져 보이게 했다. 이제 겨우 핏기가 다시 도는 입술은 얇았고, 입은 커다랬다. 여덟 살밖에 안 된 이 아이의 얼굴은, 적어도 열두어 살은 돼 보였다.

정신이 든 아이는 대뜸 어머니의 팔을 홱 뿌리치더니, 백작이 조금 전 묘약이 들어 있는 약병을 꺼냈던 상자 쪽으로 다가갔다. 그러고는 언제나 제멋대로 변덕스러운 욕심을 채우는 것이 몸에 배었는지, 누구의 허락도 받지 않고 약병의 뚜껑을 열려고 했다.

"그건 만지면 안 된다, 얘야!" 백작이 격한 어조로 말했다. "그 약은 냄새만 맡아도 위험한 거란다."

빌포르 부인은 순식간에 얼굴빛이 변하여, 아들의 팔을 잡아 자기 쪽으로

끌어당겼다. 그러나 그 공포가 가라앉자마자 부인이 상자 쪽으로 의미 있는 시선을 힐끗 보내는 것을 백작은 놓치지 않았다.

그때 알리가 들어왔다. 빌포르 부인은 반가운 표정으로 아들을 더 꼭 안으며 말했다. "에두아르야. 이 친절한 사람이 아주 용감한 일을 해주었단다. 자기 목숨을 걸고 우리 마차를 끌고 있던 미치광이 말을 잡아서 막 부서지려고 하는 마차를 멈춰 주셨어. 감사드리렴. 이분이 아니셨더라면 우린 죽을 뻔한 거란다."

아이는 입술을 삐쭉 내밀고 깔보는 듯이 뒤돌아보며 말했다. "너무 못생겼어."

백작은 이 아이의 행동이 자기가 예상하던 대로라는 듯이 미소 지었다. 빌포르 부인은 아이를 꾸짖었다. 그러나 그 가벼운 꾸지람은, 만약 이 에두아르가 에밀*3이었다면 분명 장 자크 루소가 마음에 들어 하지 않았을 태도였다.

"이봐," 백작이 아랍어로 알리에게 말했다. "이 부인이 어린애한테 자기들 목숨을 구해 준 데 대해서 감사 인사를 하라고 했어. 그랬더니 아이 대답이, 네가 너무 못생겼다는군."

알리는 그 총명한 얼굴을 잠시 아이 쪽으로 돌렸다. 겉으로는 아무 표정도 드러나지 않았으나, 콧구멍이 조금 떨린 것으로 보아, 백작은 알리가 몹시 기분이 상했음을 알아챌 수 있었다.

"백작님," 빌포르 부인은 이제 자리를 뜨려고 몸을 일으키며 물었다. "늘 이 집에서 사시겠지요?"

"아닙니다, 부인. 이 집은 제가 임시로 머무는 집이고, 제 본집은 샹젤리제 거리 30번지입니다. 이젠 정신도 다시 차리셨으니 돌아가시려는 거군요. 방금 제 마차에 그 말을 매놓으라고 일렀습니다. 그 못생긴 남자한테요." 백작은 어린아이를 보고 웃으면서 말했다. "그 사람이 댁까지 모셔다드릴 겁니다. 아까 그 마부는 타고 오신 마차를 수선하도록 여기 남겨놓으시지요. 수선만 끝나면, 제 말을 매어서 직접 당글라르 부인께 보내드리겠습니다."

"그런데," 부인은 말했다. "아까 그 말이 끄는 마차를 다시 탄다는 것이 겁나네요."

"염려 마십시오. 보시면 아시겠지만, 알리가 끌면 그 말도 양처럼 순해지니까요."

알리는 향기로운 초산에 적신 스펀지를 손에 들고 사람들이 다시 일으켜 세워 놓은 말 옆으로 가서, 땀과 거품으로 범벅이 된 말의 코를 문질렀다. 그러자 말은 숨을 거칠게 내쉬며 잠깐 온몸을 부르르 떨었다.

마차가 부서지며 요란한 소리가 나는 통에 집 앞에 수많은 사람들이 모여들어 있었는데, 그 사람들 앞에서 알리가 백작의 마차에 말을 매고 고삐를 잡고 마부 자리에 올라앉았다. 사람들은 마치 회오리바람에 말려든 것 같이 날뛰던 말을 지금 알리가 세차게 채찍질하며 모는 것을 보고 깜짝 놀랐다. 그 유명한 회색빛 점박이가 이젠 화석처럼 굳어서 걸음도 제대로 걷지 못했다. 그래서 빌포르 부인이 집으로 돌아가는 데에는 거의 두 시간이나 걸렸다.

---

*3 루소의 교육 소설 《에밀》의 주인공.

집에 돌아와 가족들을 안심시킨 빌포르 부인은 당글라르 부인에게 다음과 같은 편지를 썼다.

친애하는 에르민

조금 전에, 우리가 어제 그렇게 많이 얘기했던 그 몬테크리스토 백작의 도움으로, 저와 제 아들이 기적적으로 목숨을 건졌습니다. 어제 당신은 그 분 얘기를 정신없이 했습니다. 그런데 제가 그분을 뵙게 되리라곤 꿈에도 생각하지 못했습니다. 저는 어리석게도 그분을 퍽 우습게 생각했었답니다. 그러나 오늘 저는 당신의 그 감격이 그분의 진정한 가치에 비하면 아무것도 아니라는 것을 깨달았습니다. 어제 당신의 말들이 라늘라 거리에서 마치 발광이라도 난 듯이 미쳐 날뛰었습니다. 가엾은 우리 에두아르와 저는 그때 길에 나무나 마을 경계석이 나타나기라도 했다면 아마 산산조각 나서

죽었을 것입니다. 그런데 마침 그때 백작의 하인 가운데 아랍 사람인가 누비아 사람인가, 어쨌든 흑인 한 사람이 날뛰는 말을 붙잡았습니다. 물론 백작의 지시였겠지만, 그 흑인은 목숨을 걸고 말을 세워 주었죠. 정말 그가 말에 밟혀 죽지 않은 것은 기적입니다. 그러자 다음에는 백작이 몸소 달려나와 저와 에두아르를 자기 집으로 데려가서, 정신을 잃었던 아들도 깨어나게 해주셨습니다. 그리고 저는 그분의 마차로 집까지 호송을 받았습니다. 당신의 마차는 그분이 내일 보내줄 겁니다. 그 사고가 있은 뒤 당신의 말들이 몹시 약해졌다는 것을 아시게 될 겁니다. 꼭 얼이 빠진 것 같아요. 사람의 손에 제압당하게 되면 스스로 위축될 수도 있다고 하더라고요. 백작께서는 말을 이틀 동안 집에서 쉬게 하고 사료로 보리를 먹여주면, 전처럼 기운이 나서 다시 사나워질 것이라고 당신에게 전해 달라고 하셨습니다.

그럼 안녕히 계십시오. 제 산책에 대해선 감사드리고 싶지 않군요. 그러나 생각해 보면, 당신의 말이 변덕을 부렸다고 당신을 원망하는 것은 은혜를 모르는 일인 것 같습니다. 왜냐하면 그 말들이 그렇게 변덕을 부려준 덕택에 제가 몬테크리스토 백작을 알게 되었으니까요. 그 유명한 외국 분은, 마음대로 움직일 수 있다는 수백만의 재산은 별도로 하더라도, 상당히 호기심이 가고 흥미로운 분입니다. 나는 이 알 수 없는 분을 어떤 대가를 치르더라도 연구해 볼 생각입니다. 설령 다시 당신의 말을 타고 숲으로 산책을 나가야 된다고 하더라도 말입니다.

에두아르도 굉장한 용기를 가지고 이번 사고를 견뎌냈습니다. 기절하긴 했지만 단 한 번도 소리를 지르지 않았고, 또 정신이 든 뒤에도 눈물 한 방울 흘리지 않았으니까요. 이런 소릴 하면 당신은 내가 자식에 대한 애정이 지나쳐서 눈이 멀었다고 생각하실까요? 그렇지만 그 아이는 몸이 약하고 작은데도 강철 같은 마음을 가지고 있어요.

우리 발랑틴이 댁의 외제니한테 안부 전해 달랍니다. 안녕히 계십시오.

엘로이즈 드 빌포르

추신 : 무슨 일을 만들어서라도 좋으니 댁에서 몬테크리스토 백작을 한 번 만나게 해주셨으면 고맙겠습니다. 꼭 그분을 다시 만나보고 싶습니다. 지금 막 남편 빌포르에게 그분을 방문해 보라고 했습니다. 우리 남편의 방문이 잘 성사되어야 하는데 말이에요.

그날 밤, 오퇴유에서의 그 사건은 모든 사람들에게 화제가 되었다. 알베르는 그 얘기를 자기 어머니에게 했고, 샤토 르노는 경마클럽에서, 그리고 드브레는 대신의 응접실에서 이야기했다. 보샹까지도 신문의 가십난에다 스무 줄가량의 기사를 써서, 그 영웅적인 외국인 귀족을 상류층 부인들 앞에 용맹스러운 기사의 모습처럼 소개하며 백작에게 경의를 표했다. 빌포르 부인에게는 많은 사람들이 명함을 보내왔다. 그것은 나중에 적당한 때에 부인을 방문하여 그 굉장한 사건을 직접 자세히 듣기 위해서였다.

한편 빌포르는 자기 부인의 말을 따라, 검은 연미복에 흰 장갑으로 예복을 갖추어 입고, 그날 밤 마차를 몰았다. 마차는 샹젤리제 거리 30번지의 저택 앞에 멈추었다.

관념론

몬테크리스토 백작이 좀 더 오래전부터 파리 사교계에서 생활해 왔더라면, 이 빌포르 방문이 어느 정도의 가치가 있는지 잘 이해할 수 있었을 것이다.

오늘의 왕이 정계이건 방계이건 간에, 그리고 현 정부가 순리파(純理派)이건 자유주의건 또는 보수주의적이건 간에, 궁정에서 빌포르의 평판은 언제나 수완이 있다는 것이었다. 정치적으로 실각해 본 일이 없는 사람이 일반적으로 능란하다는 평판을 받듯이 빌포르 역시 그러한 평을 받고 있어 많은 사람들에게 미움을 받았지만, 일부 사람들로부터는 굉장한 지지를 얻고 있었다. 그러나 누구에게서도 사랑은 받지 못하고 있던 빌포르는 사법계에서 꽤 높은 지위를 차지하고 있어, 마치 옛날의 아르네[*1]나 모레[*2]에 비할 만한 자리를 유지하고 있었다. 전처 사이에 난 이제 겨우 열여덟 살밖에 안 된 딸과 젊은 아내가 주관하고 있는 그의 살롱은, 파리에서도 위엄 있는 살롱 가운데 하나였다. 그 안에서는 전통이며 예의에 대한 존중이 옛날 그대로 지켜지고 있었다. 엄격한 예의며, 정부 방침에 대한 절대적인 복종, 이론이나 이론가에 대한 확고부동한 모멸감, 관념론자에 대한 깊은 증오, 이러한 것들이 공사(公私)를 막론하고 빌포르의 생활신조가 되었다.

빌포르는 단순히 사법관일 뿐만 아니라, 거의 외교관이라고도 할 수 있는 사람이었다. 그는 언제나 옛 궁정과 자신의 관계에 대해 장중한 어조로 경의를 표하며 이야기하여 현 궁정으로부터 존경과 신임을 받게 되었다. 또한 그는 많은 것을 알고 있어서 사람들로부터 존경받았을 뿐만 아니라, 종종 그에게 의견을 물으러 오는 사람들도 있었다. 만약 그가 그 자리에서 쫓겨난다면 그런 일은 아마 없어질 것이다. 하지만 그는 마치 군주가 다루기 어려운 봉건 시대의 영주처럼 도저히 무너뜨릴 수 없는 요새에서 살고 있었다. 그 요새란 것은

---

*1 파리 최고 재판장.

*2 유명한 사법관.

말하자면 검찰총장이라는 직책이었고, 그는 그 자리로 인해 여러 이익을 얻고 있었다. 그리고 그가 지금까지의 중립적인 입장을 버리고 대의원으로라도 나서려는 게 아니면 모를까, 그 자리를 떠난다는 것은 그에게 생각할 수도 없는 일이었다.

일반적으로 빌포르는 누군가를 방문하거나 누군가가 방문하는 일이 극히 드물었다. 방문할 일이 있으면 그의 아내가 대신했다. 이것은 사교계에서도 인정받고 있는 일이었다. 그런데 남들이 볼 때는 사법관이라는 중대하고도 번거로운 일 때문인 것 같지만, 사실은 그의 오만에서 오는 타산이었다. 귀족주의 정신에서 우러난, '스스로 가치 있는 사람의 티를 내라, 그러면 남도 그 가치를 인정할 것이다'라는 격언을 응용한 것에 불과했던 것이다. '너 자신을 알라'라는 그리스 격언은 오늘날의 사회에서 그보다 백배는 더 유효한 '남을 알라'는 처세술로 바뀌어 있었다.

빌포르는 친구들에게는 강력한 배경이 되었고 적에게 있어서는 교활하고도 신랄한 적수였다. 아무 연관이 없는 사람들에게는, 가차없이 응징하는 인간의 탈을 쓴 법률의 화신이었다. 오만한 태도, 감정이 드러나지 않는 표정, 광채 없이 흐리멍덩하다가도 어떤 때는 무례할 정도로 사람을 꿰뚫어 보며 무엇인가를 찾아내려는 듯한 시선, 이러한 것들이 바로 그 화신의 모습으로서, 이런 모습은 네 차례의 혁명을 통해서 능숙하게 차곡차곡 쌓여가며 만들어지더니 나중에는 확고하게 굳어져버렸다.

빌포르는 프랑스에서 매우 착실하고 섬세한 사람이라는 평판을 받았다. 그는 해마다 무도회를 개최했지만, 자기 자신이 그 자리에 얼굴을 내미는 것은 고작 15분뿐이었다. 왕이 궁정 무도회에 참석하는 시간보다도 45분이나 짧은 시간을 할애할 뿐이었다. 극장이든 음악회이든 그 외에도 일반인들이 모이는 장소엔 어떤 곳에도 모습을 나타나는 일이 없었다. 가끔, 아니 극히 드문 일이지만 휘스트*3를 할 때가 있었는데 그때는 으레 자신의 상대를 고르는 배려를 받았다. 말하자면 대사라든가, 대사제라든가, 공작이라든가, 의장이라든가, 혹은 공작 미망인 등등의 상대였다.

지금 몬테크리스토 백작의 집 앞에서 마차를 멈춘 사람이 바로 그런 인물

---

*3 트럼프 놀이의 일종.

이었다.

하인이 빌포르의 방문을 알리러 왔을 때, 백작은 커다란 테이블에 몸을 구부리고, 상트페테르부르크에서 중국까지 가는 여정을 지도에서 살피고 있었다.

검찰총장은 마치 법정에 들어설 때와 같이 엄숙하고 딱딱한 걸음으로 들어왔다. 이것은 바로 우리가 예전에 마르세유에서 검사보로 있을 때 보았던 그 사람의 모습, 아니 더 정확히 말하면 그 사람의 이어지는 모습이었다. 자연의 법칙은 일관성이 있기 때문에, 그라고 해서 그 흐름이 절대로 비껴가지는 않았다. 옛날에는 말쑥했던 그도 지금은 바싹 마르고, 창백하던 얼굴은 누래졌으며, 깊은 눈은 푹 파여 있었다. 눈 위에 걸려 있는 금테 안경은 마치 그의 얼굴의 일부분 같아 보였다. 흰 넥타이를 제외하곤 옷은 완전히 검은색이었다. 그 음산한 복장의 색조를 깨뜨린 것은 단지 정장 가장자리 부분에 테를 두른 붉고 가는 리본뿐이었다. 그것은 단춧구멍에 끼여 있었는데, 붓으로 피를 한 줄기 그어놓은 것 같이 보였다.

백작은 집주인으로서 그에게 인사를 받으며 눈에 띄는 호기심을 가지고 그를 살펴보았다. 남을 믿지 않을 뿐만 아니라, 특히 사회적인 화려한 행운 같은 것은 생각하지도 않는 검찰총장은, 이 외국인 귀족(백작은 이미 이렇게 불리고 있었다)을 마치 교황청의 고관이나《아라비안나이트》속 술탄처럼 생각하기보다는 뭔가 새로운 연기를 펼치려고 온 사기꾼이나, 아니면 제멋대로 거주지를 이탈한 범죄자일 것이라고 짐작하고 있는 것 같았다.

"선생," 빌포르의 어조는 변론 때 법관이 일부러 내는 날카로운 목소리로 바뀌어 있었다. 그런 말투가 일상 대화에서도 불쑥불쑥 튀어 나오곤 했지만, 그는 그 버릇을 고치지 못했고 또 애써 고치려 들지도 않았다. "어제는 제 안사람과 자식 놈이 많은 폐를 끼쳤습니다. 여러 가지로 감사의 뜻을 전하고 싶어 찾아뵈었습니다."

이런 말을 하면서도, 검찰총장의 매서운 눈길은 평상시의 그 거만한 기세를 버리지 못했다. 방금 내뱉은 그 말도 평상시에 검찰총장으로서 말하던 목소리로 또박또박 마디를 끊어가며 한 것이었고 어깨나 고개는 꼿꼿하기만 했다. 그러한 태도가 바로 앞에서도 말한 대로 그에게 아부하는 사람들이 그를 법률의 살아 있는 동상이라고 부르게 된 이유였다.

"아닙니다." 백작이 얼음장같이 냉정하게 말했다. "어머니가 아들을 잃지 않게 해드릴 수 있었던 것을 저로서는 대단히 기쁘게 생각하고 있습니다. 이 세상에 모성애처럼 귀한 것은 없다고 하니까요. 그런데 제게 그런 행복을 느끼게 해주셨습니다, 선생. 저는 분에 넘치는 영광입니다. 그 정도의 일로 빌포르 씨가 제게 특별대우를 다 해주시다니요. 듣자하니 좀처럼 방문 같은 건 안 하신다던데, 새삼스레 저를 기쁘게 해주실 필요는 없습니다."

백작의 이런 뜻밖의 반응에 빌포르는 몸에 걸친 갑옷 속까지 총알을 맞은 병사처럼 소스라치게 놀랐다. 그리고 그의 입술은 즉시 경멸스런 모양으로 일그러지며, 그가 몬테크리스토 백작을 예의바른 신사로 취급하지 않는다는 것이 드러났다.

그는 이렇게 말이 막히자, 중단된 화제를 이어보려고 사방을 둘러보았다.

그는 아까 들어올 때 백작이 들여다보고 있던 지도가 눈에 들어왔다.

"지도를 연구하고 계십니까? 흥미 있는 학문이죠. 더군다나 선생같이, 소문에 의하면 이 지도 위에 새겨진 수많은 나라를 다닌 분에겐 말씀입니다."

"그렇습니다, 선생." 백작은 대답했다. "당신이 매일 특별한 몇몇 인물들에 관해서 생각하는 것을 저는 인류라는 한 덩어리를 대상으로 삼아 연구해 보고 싶었던 겁니다. 말하자면 생리학적 연구지요. 제게는 부분에서 출발해 전체로 올라가는 것보다는, 전체에서 출발해 부분으로 내려오는 일이 훨씬 쉽지요. 대수 공식에도 그런 게 있지 않습니까? 기지수(旣知數)에서 미지수(未知數)로 풀어 가야지, 미지수에서 기지수로는 가지 말라…… 그건 그렇고, 선생, 자, 앉으십시오."

이렇게 말하면서 백작은 손을 뻗어 안락의자를 가리켰다. 검찰총장이 그 의자를 직접 끌어내느라 애쓰고 있을 때, 백작은 아까 검찰총장이 들어올 때 무릎을 짚고 있었던 그 의자에 아무렇지도 않게 다시 앉았다. 백작은 창을 등지고, 지금 화제의 대상이 되고 있는 지도 위에 팔을 괴며 손님 쪽으로 반쯤 몸을 돌렸다. 이렇게 해서 화제는, 경우야 달랐지만 상대가 볼 때는 모르세르 가와 당글라르 가에서 벌어진 것과 똑같은 상황에 놓이게 되었다.

"철학적이시군요." 빌포르는 잠시 말이 없다가, 다시 이야기를 시작했다. 그는 입을 다물고 있는 동안에 마치 무서운 적수를 만난 장사처럼 기운을 모았던 것이다. "그런데 말씀입니다, 선생, 제가 만약 당신처럼 이렇다 할 일이 없는 처지였다면, 좀 더 재미있는 일을 찾아보았을 겁니다."

"그럼요." 백작은 말했다. "인간이란 현미경으로 비춰보면 정말 추한 송충이 같은 존재지요. 그런데 빌포르 씨께선 방금 제가 아무 일도 안 한다고 말씀하셨는데요, 그럼 빌포르 씨께선 무언가 해야 할 일이 있다고 생각하십니까? 좀 더 확실히 말씀드려서, 빌포르 씨는 지금 하시는 일이 과연 무엇을 하고 있다고 말할 만한 가치가 있는 일이라고 생각하십니까?"

빌포르는 이 이상한 적수에게 또 한 번 크게 당하고는 더욱 깜짝 놀랐다. 지금까지 이렇게 신랄하게 비꼬는 소리를 들은 적은 없었다. 아니, 좀 더 정확하게 말하자면 이 정도로 빈정거리는 말을 듣는 것은 난생처음이었다.

검찰총장은 이 말에 대답을 해야만 했다.

"선생," 그는 말했다. "당신은 외국분이십니다. 그리고 당신이 말씀하셨듯이, 인생의 일부분을 동방의 여러 나라들에서 보내셨습니다. 그러므로 그런 미개

한 나라에서 적당하게 취급해 버리는 범인 처벌 문제가 우리나라에서는 얼마나 신중하고 치밀하게 취급되고 있는지 모르고 계실 겁니다."

"아니요, 선생, 그렇진 않습니다. 옛말에 '보복은 필연'*4이라는 말이 있습니다. 그런 것은 저도 알고 있습니다. 왜냐하면 저는 각국의 사법 제도를 조사해서 각국의 형법과 자연법을 비교한 적이 있으니까요. 그래서 한마디 말씀드리자면, 그런 미개한 국민들이 가지고 있는 법률, 다시 말하면 당한 것과 똑같이 복수해주는 처형방식이 제 생각에는 가장 신의 뜻에 맞는 것 같습니다."

"그러한 법률이 채택된다면, 선생," 검사총장은 말했다. "우리나라의 법전도 훨씬 간략해지겠지요. 그렇게 된다면, 확실히 우리 사법관들은 방금 당신께서 말씀하신 대로 이렇다 할 일 같은 건 없어지게 되겠지요."

"그런 시기가 올 겁니다." 백작이 말했다. "인간의 발명이란, 복잡한 것에서 단순한 것으로 나아가고 있으니까요. 그리고 단순한 것이야말로 가장 완벽한 것이 아니겠습니까?"

"그런데 그런 시대가 올 때까지는, 선생," 검사가 말했다. "우리나라의 법전은 갈리아 풍속법, 로마법, 프랑크의 관습법 등에서 온 모순에 가득 찬 조문들과 병행해서 존재할 것입니다. 그리고 그러한 여러 법률 지식들은, 아시겠지만 오랜 세월을 보내야만 얻을 수 있고, 또 그 지식을 얻으려면 오랜 연구가 필요할 테고, 게다가 일단 지식을 얻게 되면 이번엔 그것을 잊어버리지 않기 위해 무척이나 머리를 써야 할 게 아닙니까."

"동감입니다. 그런데 당신은 프랑스 법전에 관해서만 알고 계시지만, 저는 프랑스뿐만 아니라 세계 각국의 법전을 잘 알고 있습니다. 영국, 터키, 일본, 인도의 법전도 제게는 프랑스 법전이나 마찬가지로 익숙하지요. 그래서 제가 아까 비교적인 의미로, 아시겠지만 모든 것이 다 상대적인 거니까요, 지금까지 제가 해온 일과 비교해 볼 때, 당신이 하시고 있는 일은 아무것도 아니라고 말씀드린 겁니다. 제가 지금까지 공부해 온 것과 비교해 볼 때, 당신은 아직 배울 것이 많다는 말씀을 드리는 것이 꼭 틀린 말은 아니지요."

"그렇다면 무슨 목적으로 그렇게 많이 배우셨습니까?" 빌포르가 깜짝 놀라서 물었다.

---

*4 호라티우스의 말.

몬테크리스토 백작은 빙그레 웃었다. "알겠습니다." 그는 말했다. "세상 사람들이 당신을 뛰어난 사람이라고 떠드는 이유를 알겠습니다. 당신은 매사에 물질적이고 비속한 면만 보시면서, 사회가 인간에게서 시작해서 인간으로 끝나는 줄 아시는군요. 말하자면 당신은 인간의 지식으로 생각할 수 있는 보다 좁고, 보다 국한된 견지에서만 사물을 보고 있다는 겁니다."

"설명을 부탁드리겠습니다, 선생." 빌포르는 점점 더 놀라서 말했다. "무슨 말씀을 하시는 건지…… 잘 모르겠는데요."

"제 얘기는 이런 겁니다. 당신은 각 나라의 사회 조직을 보고 계십니다. 그러나 기계의 태엽만 보고 계신 것이지, 그 기계를 움직이는 귀한 직공은 보지 못하고 계시다는 겁니다. 당신은 자신의 눈앞이나 주위에 대신이나 왕이 서명한 사령장을 가진 지위 있는 사람들만 보고 계십니다. 그러니 그러한 사람들보다 더 높은 곳에 계시는 하느님으로부터 그런 지위 대신에 어떤 사명을 받은 사람들이 있어도, 당신의 근시안으로는 그런 사람들을 보지 못한다는 말씀입니다. 약하고 불완전한 기관밖엔 갖지 못한 인간에게는 그것도 당연한 결과겠지요. 토비*5는 시력을 돌려주러 온 천사를 그냥 보통 청년인 줄로만 알았지요. 많은 사람들이 아틸라*6를 자기네들을 전멸시킬 사람으로 보지 못하고, 그냥 평범한 다른 정복자 중의 하나인 줄 알고 있었습니다. 그들 스스로가 자신의 입으로 하늘의 사명을 띠고 왔다는 사실을 밝히지 않으면, 사람들은 그 사실을 모른다는 겁니다. 그래서 토비는 '나는 하늘의 천사다'라고 말하고, 아틸라는 '나는 하느님이 만드신 망치'라고 말해야 했던 겁니다. 그래야만 자신들의 신성이 사람들에게 알려졌으니까요."

"그럼," 놀란 빌포르는 지금 자기와 얘기하는 사람이 마치 하늘의 계시를 받은 사람이거나 혹은 미친 사람이라고 생각해 이렇게 물었다. "선생은 자신도, 지금 말씀하신 그 이상한 사람들 같은 존재라고 생각하시는 겁니까?"

"아니라고 할 이유는 없지요." 백작은 냉담하게 말했다.

"실례했습니다, 선생," 빌포르는 몹시 놀라면서 말을 이었다. "사실 저는 이렇게 지식이라든가 지혜가 상식을 초월한 위대한 학자의 집에 오게 되었다는 것은 정말 모르고 있었습니다. 저희처럼 문명에 타락해버린 불쌍한 인간들로서

*5 장님이 된 뒤에 하느님의 은혜를 입어 다시 광명을 찾았다는 유대인.

*6 5세기경의 유명한 정복자.

는, 당신처럼 엄청난 재산을 가진 분이, 이건 소문입니다만, 세상의 상식으로 보아 그렇게 부유한 분이 사회에 관한 고찰이라든가 철학적인 공상에 몰두하느라고 시간을 허비한다는 것은 생각할 수도 없는 일입니다. 그런 일은 이 세상의 부귀에서 밀려난 인간들이 그저 기분이나 달래려고 하는 걸로만 알고 있었으니까요."

"아, 그러셨습니까!" 백작이 대답했다. "그렇다면 당신은 지금의 높은 자리에 오르기까지 그런 특별한 예를 본 일조차 없으셨단 말입니까? 정밀하고 명확하지 않으면 안 되는 직업을 가지고 계시면서, 자신의 눈앞에 있는 인간이 어떤 사람이고, 누구인지 대번에 알아볼 만한 안목을 가지고 있지도 않았단 말인가요? 사법관이라면 법률을 정확하게 적용하거나 복잡한 소송을 교활하게 해석하는 사람이 되기보다는 먼저 인정을 잴 줄 아는 하나의 저울이나, 또는 화합물이 조금쯤 생기는 것을 피할 수 없는 개개인의 마음을 다루기 위해 시금석(試金石)이 되어야 하지 않을까요?"

"선생," 빌포르는 말했다. "놀랐는데요. 그런 얘기를 제게 하는 사람은 태어나서 당신이 처음입니다."

"그건 당신이 늘 상식적인 테두리 안에서만 갇혀 살았기 때문입니다. 또 하느님이 눈에 보이지 않거나 예외적인 인물을 무수히 살게 만들어 놓으신 높은 경지까지, 당신이 용감히 날갯짓하여 올라가 본 적이 없기 때문입니다."

"그럼 선생께서는 그런 사회가 존재하고, 또 눈에 보이지 않는 그런 예외적인 사람들이 우리 사회에 있다고 생각하시나요?"

"물론이죠. 공기가 눈에 보입니까? 우리가 늘 마시고 있고, 그게 없으면 살지 못하는 공기 말입니다."

"그렇다면 우리 눈엔 지금 말씀하신 그런 인물들이 보이지 않는단 말씀이십니까?"

"물론 보이죠. 하느님이 그런 인간들의 모습을 보이게 해 주실 때는요. 만질 수도, 옆으로 바싹 다가설 수도 있고, 얘길 걸면 대답도 하지요."

"허어!" 빌포르는 웃으면서 말했다. "만약 내가 그런 사람을 만나게 된다면 좀 일러주셨으면 좋겠는데요."

"다 듣지 않으셨습니까, 선생. 조금 아까도 들으셨지만, 지금 한 번 더 말씀드리죠."

"그렇다면 그건 당신 자신의 얘기시로군요?"

"그렇습니다. 제가 그런 특별한 인간입니다. 제가 알고 있는 한 오늘날까지 누구 한 사람 나 같은 지위에 서 본 사람은 없었습니다. 왕들의 영토는 산이나 강으로, 또는 다양한 풍속이나 언어의 변화로 말미암아 각각 그 한계가 있기 마련입니다. 그러나 제 왕국은 이 세계만큼이나 넓지요. 왜냐하면 저는 이탈리아 사람도, 프랑스 사람도, 인도 사람도, 미국 사람도, 스페인 사람도 아니기 때문입니다. 저는 말하자면 세계인입니다. 어느 나라도 제가 태어난 것을 보지 못했습니다. 오직 하느님만이 제가 어느 나라에서 죽게 될지 아십니다. 저는 모든 나라의 관습을 받아들이고, 모든 나라의 언어를 씁니다. 당신은 제가 당신과 같이 완벽한 프랑스어를 말하고 있으니, 제가 프랑스 사람인 줄 아실 겁니다. 그런데 제가 데리고 있는 누비아사람인 알리는 제가 아랍사람인 줄 알고 있습니다. 제 집사인 베르투치오는 저를 로마사람인 줄 알고 있습니다. 제 노예인 하이데는 저를 그리스사람으로 생각하고 있습니다. 그러니 아시겠지요? 제가 그 어느 나라에도 속해 있지 않고, 그 어느 나라 정부의 보호도 요구하지 않으며, 동포 하나 없지만, 저 권세를 가진 사람들이 몸을 사리는 조심성이라든가, 또는 약한 사람들을 주눅 들게 하는 장애 같은 것들이, 제게 어떠한 영향력도 행사하지 못하는 겁니다. 제게 적은 단지 두 가지뿐입니다. 그러나 그것들이 저를 정복한다는 얘긴 아닙니다. 왜냐하면 저는 누구보다도 끈질긴 근성으로 그것들을 굴복시키고 있기 때문입니다. 그 적들이란 바로 '거리'와 '시간'이죠. 그런데 제3의 적은, 그놈이 가장 무서운데, 그것은 바로 제 자신이 언젠가는 죽지 않으면 안 된다는 것입니다. 제가 걸어가는 길 위에서, 제가 지향하는 목표를 채 달성하기 전에 저를 막을 수 있는 것은 그것 말고는 없습니다. 그 외의 모든 것은 예견할 수 있지요. 인간이 운명이라고 부르는 것, 이를테면 파멸이라든가 변화라든가, 우연한 사건 같은 것들을 저는 전부 예견할 수가 있었습니다. 그리고 때때로 그런 것이 저한테 일어난다 하더라도, 저를 거꾸러뜨리진 못하지요. 죽지 않는 한은, 늘 지금 그대로의 저와 같을 것입니다. 그래서 저는 당신이 지금까지 왕한테서도 들어보지 못했던 얘기들을 할 수 있었던 거죠. 왜냐하면 왕은 당신을 필요로 한다지만, 그 밖의 다른 사람들은 당신을 두려워하니까요. 이렇게 가소로운 사회 조직에서는 어느 누가, '언젠가는 검사 앞에 설 일이 생길 수도 있으니 조심하자!' 하는 생각을

안 하겠습니까?"

"하지만 선생, 당신은 어떻게 감히 그런 소릴 하실 수 있습니까? 당신이 프랑스에 살고 있는 한은 어쩔 수 없이 프랑스 법률 아래에 있습니다."

"그건 저도 알고 있습니다." 백작이 대답했다. "그러나 저는 어느 나라에 가야 할 일이 있을 땐, 먼저 저만의 방법으로 무슨 일이건 부탁해야 할 사람과 제가 주의해야 할 사람들을 미리 조사합니다. 그러면 그들에 대해 본인들만큼이나, 또는 본인들 이상으로 잘 알게 되는 것입니다. 그래서 이번에 제가 만나뵙게 된 검찰총장님에 대해서도, 검찰총장님의 용무가 무엇이든 간에 분명 저보다 더 거북한 입장에 처하실 분이라는 결론을 얻었습니다."

"그 말씀은 곧," 빌포르는 머뭇거리며 말을 받았다. "인간의 본성이란 약한 것이기 때문에 모든 인간은 무엇인가 잘못을 저지르고 있다는 말씀이신가요……?"

"잘못이든지…… 아니면 죄악이든지요." 몬테크리스토 백작은 대수롭지 않은 듯이 대답했다.

"그렇다면, 당신 혼자만, 자신의 동포라고 인정치 않는 인간들 가운데서…… 아까 그렇게 말씀하셨는데," 빌포르는 약간 말투가 변하며 말했다. "당신 혼자만 완전하다는 말씀인가요?"

"아니죠, 완전하단 말은 아닙니다." 백작이 대답했다. "단지, 다른 사람들이 꿰뚫어 볼 수 없는 그런 인간이란 것뿐입니다. 그러나 얘기가 마음에 안 드신다면, 이 얘긴 그만둡시다. 당신의 사법권에 위협을 느끼지 않는 저에 비해서, 제게 간파당하고 있는 당신의 상태가 훨씬 더 위태로우니까요."

"아니, 아니, 선생!" 빌포르는 후퇴하는 듯한 기미를 보이고 싶지 않다는 듯이 황급하게 말했다. "아닙니다. 그저 지금의 그 훌륭하고 거의 숭고하다 할 만한 말씀을 듣는 것만으로도, 보통 수준에서 훨씬 높은 데까지 제가 올라간 것 같습니다. 이건 보통 얘기가 아니라 토론인데요. 그런데 당신도 아시겠지만, 소르본대학에서 강의하는 신학자들이나 철학자들이 서로 논쟁할 때 보면, 굉장히 가혹한 사실들을 아무렇지도 않게 떠드는 걸 볼 수 있습니다. 우리도 지금 여기에서 사회종교학과 종교철학을 얘기하고 있다고 가정하면, 이건 좀 신랄한 얘기 같지만 이렇게 얘기할 수 있겠지요. '형제여, 그대는 너무 오만하다. 그대는 다른 사람들보다 위에 있는지는 모르지만, 그러나 그대 위에는 하느님이 계시느니라' 하고 말입니다."

"저는 모든 사람들의 위에 있습니다!" 몬테크리스토 백작은 빌포르가 자기도 모르게 몸을 떨만큼 심각한 어조로 말했다. "저는 인간에 대해서는 오만합니다. 인간이란 뱀 같은 존재라 위로 지나가면서 재빨리 발로 짓밟아 죽이지 않으면, 이내 몸을 세우고 덤비는 법입니다. 그러나 하느님 앞에서 저는 그 오만을 버립니다. 하느님은 저를 허무 속에서 건져주시고, 지금의 저를 만들어주셨기 때문입니다."

"그렇다면 백작, 저는 백작을 존경하겠습니다." 빌포르는 이 이상한 대화를 하는 동안, 여태껏 이 낯선 상대에게 '선생'이라고만 불러오다가, 이제야 비로소 귀족의 호칭을 붙여서 불렀다. "예, 당신이 정말로 그렇게 강하고, 훌륭하고, 신성하고, 남이 들여다볼 수 없는 그런 분이라면 백작의 말씀이 옳으십니다. 거의 그대로 되겠네요. 계속 당당하게 밀고 나가십시오. 오만해지셔야지요. 그

것이 정복의 법칙입니다. 그런데 무슨 야심 같은 게 있으실 거라고 생각합니다만?"

"한 가지 있지요."

"뭔데요?"

"다른 사람들에게도 일생에 한 번은 일어나는 일이지만, 저 역시 옛날에 악마에게 이끌려 이 지상에서 제일 높은 산꼭대기까지 올라갔던 일이 있습니다. 거기까지 올라가자 악마는 제게 전 세계를 보여주며 옛날 그리스도에게 말했듯이, '인간의 자식이여, 네가 나를 경배하면 무엇을 줄까?' 하고 말하더군요. 나는 한참 동안 생각해 보았습니다. 사실 오래전부터 하나의 무서운 야심이 내 마음을 사로잡고 있었으니까요. 그래서 나는 대답했습니다. '나는 지금까지 신의 섭리라는 말을 들어왔다. 그러나 그것을 본 일도 없고 그와 비슷한 것도 보질 못했다. 그래서 나는 그것이 존재한다고 생각하지 않는다. 나는 나 자신이 신의 섭리가 되고 싶다. 왜냐하면 내가 아는 한, 이 세상에서 가장 아름답고 위대하고 숭고한 것은 자기 손으로 상벌을 주는 일이라고 생각하기 때문이다.'

그랬더니 악마는 고개를 떨어뜨리고 한숨을 쉬더니 이렇게 말하더군요. '그건 잘못된 생각이야. 신의 섭리는 존재한다. 다만 그것이 네 눈에 보이지 않을 뿐이다. 왜냐하면 그것은 신이 낳은 딸이기 때문에 그 아버지인 신과 마찬가지로 눈에 보이지 않는 것이다. 너는 여태까지 비슷한 것도 보지 못했다. 그건 섭리가 항상 숨겨진 방법으로 움직이고, 숨겨진 길을 걸어가기 때문이다. 내가 너를 위해서 할 수 있는 일이란, 너를 신의 사도 중 하나로 만들어주는 일이다.' 거래는 이렇게 이루어졌습니다. 그 교섭으로 나는 내 영혼을 잃어버리게 되었지요. 그러나 그건 아무래도 좋습니다." 백작은 다시 말을 이었다. "다시 거래를 해야 할 경우라도 나는 여전히 그렇게 할 겁니다."

빌포르는 이루 말할 수 없이 놀란 얼굴로 백작을 바라보았다. "백작, 당신은 부모님이 계십니까?"

"안 계십니다. 저는 이 세상에서 혼자입니다."

"안됐습니다."

"왜요?" 백작이 물었다.

"부모가 계셨다면 당신도 당신의 그 오만을 깨뜨리기에 알맞은 광경을 보실 수 있었을 테니까요. 죽음밖에는 두려운 게 없다고 그러셨죠?"

"죽음이 두렵다고 한 말은 아닙니다. 단지 죽음만이 나를 멈추게 할 수 있을 뿐이라고 말했습니다."

"그럼 늙는 건 어떻습니까?"

"내 사명은 내가 늙기 전에 다 끝날 겁니다."

"미치는 건요?"

"저는 이미 자칫하면 미친 사람이 될 뻔 했었습니다. 당신은 '일사부재리' 원칙을 알고 계실 거라고 생각합니다. 이것은 범죄에 관한 격언이니 당신 전문 분야이겠군요."

"하지만," 빌포르가 말을 받았다. "죽음이라든가, 늙는다는 것, 또는 미치는 것 말고도 두려운 것들은 있습니다. 이를테면 중풍만 해도 그렇죠. 그건 생명에는 지장이 없다 하더라도 한 번 걸리기만 하면 끝장입니다. 전과 다름없는 당신이면서도, 더 이상 당신 자신이 아니게 되는 것이지요. 아리엘*[7]처럼 천사에게 손을 댈 수는 있지만, 하나의 생명 없는 물체, 말하자면 칼리반*[8]처럼 짐승에 가까운 생명에 지나지 않게 됩니다. 조금 아까 말씀드린 대로, 그것을 보통 말로는 간단히 중풍이라고 일컫습니다. 백작, 백작의 뜻을 잘 이해하고, 또 당신의 그 주장을 깨뜨릴 생각이 있는 그런 상대를 한번 만나보고 싶으시면 언제 저희 집에 한번 오시지요. 제 아버지를 소개해 드리겠습니다. 누아르티에 드 빌포르라는 분이신데, 프랑스 혁명 당시의 열렬한 자코뱅 당원의 한 사람으로, 가장 센 조직체에 헌신하던 대담무쌍한 사람이었지요. 그 양반은 당신처럼 세계 각국을 다 보시진 못했지만, 세계에서 가장 강대한 나라 가운데 하나를 뒤엎는 데 힘을 쓴 사람입니다. 당신처럼 자기가 신이 보낸 사람이라거나 지고한 실재로부터 파견된 사도요, 신의 섭리라고 하진 않았지만, 운명으로부터 보내진 인간이라고 스스로 말하던 분이었습니다. 그런 분이 뇌혈관 파열로 하루도 아니고, 한 시간도 아니고, 단 1초 만에 모든 것을 잃고 파괴되셨습니다. 그 전날까지는 옛 자코뱅 당원과 옛 원로원 의원, 그리고 옛 카르보나리 당원으로서, 단두대를 비웃고 대포나 자객쯤은 코웃음 치던 누아르티에 씨였지요. 그분의 눈엔 프랑스도 혁명과 맞붙어서 싸우는 한 개의 커다란 장기판으로밖에 보이지 않아서 졸(卒)이건, 차(車)건, 기사건, 여왕이건, 왕이 밀려나게 되면 모조리 없어져버릴 것으로 생각했던 겁니다. 이렇게 무섭던 누아르티에 씨가 그 이튿날부턴 그저 불쌍한 누아르티에 씨로 변했습니다. 몸도 못 움직이는 늙은이가 되어, 집안에서도 제일 미약한 손녀 발랑틴이 시키는 대로 해야 하는 신세가 돼버렸지요. 말 한마디 못하고 몸이 싸늘해진 시체나 마찬가지였습니다. 그다지 고통스러운 데 없이 살아 계시기는 하지만, 큰 변화도 없이 육체가 분열될 마지막 순간까지 여정을 더듬어가는 것에 불과합니다."

"그것 참 안됐습니다." 백작이 말했다. "그런 건 제 눈으로 보고 제 머리로 생각해 볼 때, 조금도 신기한 일은 못 됩니다. 전 의학에 관심이 좀 있습니다. 그래서 내 동업자들과 마찬가지로, 살아 있는 사람과 죽은 사람에게서 그들

---

*7 셰익스피어 작품 《템페스트》에 나오는 천사.

*8 셰익스피어 작품 《템페스트》에 나오는 노예.

의 영혼을 조사해 본 일이 여러 차례 있습니다. 영혼이라는 것은 신의 섭리와 마찬가지로 눈에는 보이지 않지만, 마음속에는 뚜렷이 있는 것입니다. 소포클레스, 세네카, 성(聖) 오귀스탱 등 작가 수백 명이 시나 문장으로, 지금 당신이 말씀하신 것과 같이 서술해왔지요. 저도 한 아버지가 당하고 있는 고통이 그 아들의 심정에 큰 변화를 가져올 수 있다는 것은 알고 있습니다. 일부러 절 오라고까지 하시니, 한번 가서 그 광경을 보여주시면 제가 좀 겸손한 마음을 갖는 데 도움이 될 줄로 압니다. 댁의 가족 분들이 그 일 때문에 슬프시겠습니다."

"그렇습니다. 그러나 하느님은 커다란 보상 하나를 제게 주셨습니다. 그렇게 노인께서 몸을 끌며 무덤으로 내려가는 반면에, 한쪽에선 두 아이들이 나날이 커가고 있으니까요. 그중 하나가 발랑틴이라고, 제가 르네 드 생메랑과의 첫 결혼으로 생긴 딸이고, 또 하나가 바로 당신이 생명을 구해 주신 에두아르라는 아들이지요."

"그런데 당신은 하느님이 베풀어주시는 보상이란 걸 어떻게 생각하시는지요?" 백작이 물었다.

"전 이렇게 생각합니다." 빌포르가 말했다. "제 아버지는 혈기가 넘쳐서, 인간계의 정의에는 위배되지 않지만 신의 정의에는 위배되는 어떤 잘못을 저질렀습니다. 그래서 하느님은 단지 한 인간만을 벌하기 위해서 아버지 한 분만을 치신 겁니다."

몬테크리스토 백작은 입술에 미소를 띠고 있었지만, 가슴속에서는 무서운 분노가 일고 있었다. 만약 빌포르가 그 소리를 들을 수 있었더라면 질겁해서 도망쳤을 것이다.

"그럼, 이만 실례하겠습니다." 아까부터 일어선 채로 이야기를 하고 있던 검찰총장이 이렇게 말했다. "이젠 가봐야겠습니다. 처음 만나 뵙고 더없이 경탄하고 갑니다. 저를 좀 더 아시게 되면 이 일이 아마 마음에 드실 줄로 압니다. 왜냐하면 저도 결코 평범한 보통 인간은 아니니까요. 그리고 제 안사람도 당신을 영원한 친구로 생각하더군요."

백작은 고개를 숙여 답례했다. 그리고 서재의 문까지만 바래다주었다. 빌포르는 자기 하인 둘을 앞세우고 마차로 갔다. 하인들은 주인이 손짓을 하자 부리나케 마차 문을 열었다. 검찰총장의 모습이 보이지 않게 되자 백작은 지금까지 꾹 참았던 한숨을 내쉬며 말했다. “자, 저런 독소는 이것으로 충분해. 저런 걸 가슴속에 잔뜩 들이마셨으니 해독제를 찾아봐야겠군.”

그는 벨을 한 번 울려 알리에게 말했다.

“마님께 올라가겠다. 삼십 분 뒤엔 마차를 대기시키도록!”

하이데

멜레 거리에 살고 있는, 몬테크리스토 백작이 새로 사귄 사람들, 아니 사실 오래전부터 알고 있는 그 사람들이 누구인지는 이미 잘 알고 있을 것이다. 그들은 막시밀리앙과 쥘리와 엠마뉘엘, 이 세 사람이다.

백작은 이제 그 집을 방문해서, 앞으로 보내게 될 행복한 몇 시간을 생각하니, 지금까지 걸어온 지옥 같은 시간과 비교하면 마치 천국의 광명이 비쳐 들어오는 것만 같았다. 빌포르의 모습이 보이지 않게 되자, 백작의 얼굴에는 지극히 아름다운 평화의 빛이 감돌았다. 그래서 벨 소리를 듣고 달려온 알리는 모처럼 희색이 도는 주인의 얼굴을 보면서, 주인의 주위를 감돌고 있는 그 즐거운 기분을 방해하지 않으려는 듯이 숨을 죽여 발끝으로 가만가만 물러 나왔다.

정오였다. 백작은 하이데에게 가기 전에 한 시간 정도 여유를 두었다. 오랫동안 상심한 마음속에는 기쁨이 갑자기 찾아올 수 없는 법이라고들 한다. 또한 격한 감정을 앞두고 마음의 준비가 필요한 것과 마찬가지로, 기쁨은 즐거운 감정을 앞두고도 마음의 준비를 하게 하는 법이다.

그 아름다운 그리스 여자는, 앞에서도 말한 바와 같이 백작의 거처에서 완전히 떨어진 별채에서 살고 있었다. 그 여자의 거처는 전부 동양풍으로만 장식되어 있었다. 마루에는 두꺼운 터키 양탄자가 깔려 있고, 벽에는 금박의 천이 늘어져 있었으며, 방마다 벽을 따라 둘러 있는 긴 소파 위에는 아무데나 놓을 수 있는 쿠션들이 여러 개 놓여 있었다.

하이데에게는 프랑스 하녀 셋과 그리스 하녀 하나가 있었다. 프랑스 하녀 셋은 제1실에 대기하고 있다가, 작은 황금 벨 소리만 나면 곧 달려가서 그리스 하녀로부터 명령을 전달받도록 되어 있었다. 그리스 하녀는 이 세 명의 프랑스 하녀들에게 주인의 명령을 전할 정도의 프랑스 말밖에는 알지 못했다. 백작은 이 세 명의 하녀에게 하이데를 여왕처럼 모시라 명령했다.

하이데는 이 건물 안에서도 가장 구석방을 쓰고 있었다. 원형 규방의 일종인 그 방은 오직 천장을 통해서만 빛이 들어왔고, 그 빛도 장밋빛 격자 유리창을 통해서만 들어왔다. 여자는 은실로 수놓은 푸른 새틴 쿠션에 누워 소파 뒤로 몸을 반쯤 기대고, 오른팔을 부드럽게 뒤로 올려 머리를 받치고, 왼손으로는 입술에다 산호 튜브를 갖다 대고 있었다. 튜브에는 수연통의 부드러운 관이 끼워져 있어서, 여자가 가볍게 들이마시면 연기는 안식향(安息香) 물을 통과하게 되고, 그 향기가 배어 입으로 올라왔다.

그런 모습은 동양 여자에게는 지극히 자연스러운 자세이지만, 프랑스 여자에게는 아마 상당히 경박해 보였을 것이다.

입고 있는 옷은 이피로스[*1] 여자의 복장이었다. 장미꽃으로 수놓은 흰 새틴 바지 아래로 귀여운 발이 보였는데, 금과 진주로 장식된, 끝이 구부러진 조그만 샌들을 신고 있었다. 그 발을 움직이지만 않았다면 마치 대리석으로 만든 발 같다고 생각했을 것이다. 푸른빛과 흰빛의 긴 줄무늬가 있는 윗옷은 팔 있는 부분을 터놓은 넓은 소매에, 은 단춧구멍의 단추는 진주였다. 코르셋과 같은 옷은 가슴을 드러내도록 재단이 되어 있어, 목이며 가슴 윗부분이 다 드러나 보이고, 가슴 밑엔 세 개의 다이아몬드 단추가 있었다. 코르셋의 아랫부분과 바지의 윗부분은 멋쟁이 파리 여성들도 부러워할, 긴 비단술을 늘어뜨린 화려한 색깔의 허리띠 안에 가려져 있었다. 머리에는 진주를 박은 조그만 금빛 둥근 모자를 한쪽으로 비스듬히 쓰고 있었다. 그리고 그 비스듬히 기울어진 쪽 밑 부분에는, 아름다운 붉은 장미 한 송이가 검다 못해 푸른빛이 도는 여자의 머리카락 속에서 두드러져 보였다.

여자의 얼굴로 말하자면, 벨벳같이 검고 큰 눈에 오뚝한 코, 그리고 산호 빛 입술에 진주같이 흰 치아가 그리스 여인 본연의 완벽한 미를 갖추고 있었다.

게다가 이러한 아름다운 모습에는 싱싱한 젊음이 향기롭게 빛나고 있었다. 하이데는 열아홉이나 스물쯤 되어 보였다. 백작은 그리스 하녀를 불러, 하이데에게 들어가도 좋은지 알아보게 했다.

하이데는 대답 대신 하녀에게 문 앞에 늘어진 장식 직물을 걷어 올리라고 했다. 그러자 네모진 문틀 속에 마치 한 점의 화폭처럼 아름다운 여자가 누워

*1 그리스 북서부의 해안 지역.

있는 것이 드러났다. 백작은 들어갔다.

하이데는 수연통을 들고 있던 왼쪽 팔로 몸을 일으켰다. 그리고 백작에게 손을 내밀면서 웃음으로 맞이했다.

"웬일이세요?" 여자는 스파르타와 아테네 처녀들 특유의 낭랑한 목소리로 말했다. "웬일로 들어와도 괜찮겠느냐고 사람을 보내 물으셨어요? 이제 제 주인이 아니신가요? 제가 더 이상 백작님의 노예가 아니란 건가요?"

이번에는 백작 쪽에서 미소를 지었다.

"하이데, 당신은……"

"오늘은 왜 다른 때처럼 '너'라고 부르질 않으세요?" 그리스 처녀는 말을 막았다. "제가 무슨 잘못이라도 저질렀습니까? 그렇다면 저를 책망해 주실 것이지, 절 '당신'이라고는 부르지 말아주세요."

"하이데," 백작은 말을 이었다. "너는 우리가 지금 있는 곳이 프랑스라는 걸 알고 있겠지? 그러니까 이제 너는 자유의 몸이야."

"자유라니, 뭐가 자유란 말씀이신가요?" 여자가 물었다.

"자유로이 내게서 떠날 수 있다는 거지."

"백작님 곁을 떠나다니…… 왜 백작님 곁을 떠나야 하죠?"

"그건 나도 모르겠어. 우린 이제부터 많은 사람을 만나게 되겠지."

"전 아무도 만나고 싶지 않아요."

"그리고 네가 훌륭한 청년들을 많이 만나게 돼서, 그중에 마음에 드는 사람이 나타나면, 그땐 나도……"

"전 여태까지 백작님보다 더 훌륭한 남자는 만나본 적이 없어요. 지금까지 제 마음에 들었던 분은 아버지하고 백작님뿐이에요."

"그야," 백작은 말했다. "네가 여태까지 아버지와 나밖엔 얘길 해본 사람이 없었으니까 그렇지."

"그랬죠! 하지만 다른 사람들과 얘기할 필요가 있나요? 아버님은 저를 '귀여운 하이데'라 부르셨고, 백작님은 저를 '사랑스러운 하이데'라고 부르시지요? 그리고 또 두 분 모두 저를 '애야' 하고 부르십니다."

"하이데, 넌 아버님에 대해 기억하고 있니?"

하이데는 빙그레 웃었다.

"아버님은 여기 계십니다." 여자는 눈과 가슴 위에 손을 얹으며 말했다.

"그럼, 난 어디 있지?" 백작이 웃으면서 물었다.

"백작님은," 하이데는 말했다. "당신은 어디에나 계시지요."

백작은 하이데의 손에 입을 맞추려고 했다. 그러나 순진한 하이데는 손을 빼고 그 대신 이마를 내밀었다.

"자, 하이데, 이젠," 백작이 말했다. "넌 자유의 몸이 된 거야. 넌 자기 자신의 주인이고, 너 자신이 여왕이야. 이런 옷도 입고 싶으면 입고, 벗어버리고 싶으면 벗어도 좋아. 여기 있고 싶거든 여기 있고, 여기서 나가고 싶거든 나가면 돼. 마차 한 대는 늘 너를 위해서 준비해 둘 테니까. 알리와 미르토는 네가 어딜 가든지 데려갈 수가 있도록, 무엇이든 네 말에 따르도록 되어 있다. 단지, 부탁이 한 가지 있는데."

"뭔데요?"

"네 출신에 대해서만은 비밀을 지켜야 해. 네 과거 얘기만은 누구한테도 하지 않도록. 그리고 어떤 경우에라도 훌륭하신 네 아버님의 이름이나 어머님 이름을 입 밖에 내서는 안 된다."

"제가 이미 말씀드리지 않았어요? 전 아무도 만나지 않을 거예요."

"하이데, 내 얘길 들어봐. 이렇게 동양식으로 들어앉아만 있는 건 파리에선 안 될 거야. 그러니까 로마나 피렌체나 밀라노, 그리고 마드리드에서처럼, 이 북쪽 나라에 와서도 여기 생활에 익숙하도록 길을 들이지 않으면 안 돼. 그게 언젠간 네게 도움이 될 거야. 네가 여기서 계속 살게 되든, 아니면 혹시라도 동양으로 다시 돌아가든 말이야."

하이데는 눈물이 글썽해서 백작을 쳐다보다가 이내 대답했다.

"우리가 다시 동양으로 돌아가게 되든지 라고 말씀하신 거죠, 그렇죠?"

"그래." 백작은 대답했다. "너도 알다시피 내 쪽에서는 무슨 일이 있어도 너를 떠나지 않을 거다. 나무가 꽃에서 떨어져 나가는 법은 없어, 꽃이 나무에서 떨어져 나가지."

"전 절대로 백작님 곁을 떠나지 않을 거예요." 하이데가 말했다. "전 당신 없인 절대로 살 수 없을 테니까요."

"모르는 소리! 앞으로 10년만 있으면 난 노인이 될 거야. 그리고 넌 10년이 지나도 역시 아름다울 거고."

"제 아버지는 흰 수염이 길게 나 있었는걸요. 그래도 전 아버지가 좋았어요. 그리고 나이가 예순이신데도 제 눈엔, 제가 만난 어떤 젊은 남자들보다도 멋있었어요."

"어쨌든 너는 여기에 정이 들 것 같으냐?"

"여기 있으면 언제나 백작님을 볼 수 있는 거죠?"

"그럼, 날마다 볼 수 있지."

"그런데 그런 질문은 왜 하세요?"

"네가 따분할까 봐 걱정이 되어서 그렇지."

"아뇨. 아침이면 백작님께서 와주시겠지 생각하고, 저녁이면 백작님께서 오셨던 일을 돌이켜 생각하는 걸요. 그리고 혼자 있을 때도 여러 가지 추억이 많아요. 멀리 핀도스며 올림포스 산이 보이는 드넓은 전망, 그 거대한 모습들을 생각하지요. 게다가 제 마음속에는 싫증나지 않을 세 가지 감정이 있는 걸요.

슬픔과 그리움과 그리고 감사 말이에요."

"하이데, 넌 정말로 이피로스 처녀다운 아름답고 동정심 많은 여자로구나. 너는 그 나라 여신들의 피를 이어받고 있어. 안심해도 좋아. 난 네 젊음을 잃지 않도록 해줄 생각이야. 네가 나를 아버지처럼 좋아하고 있으니, 난 너를 딸처럼 사랑해 주겠다."

"그건 달라요. 전 아버지를, 지금 제가 백작님을 좋아하는 것처럼 좋아하지는 않았어요. 제가 백작님께 느끼는 사랑은 전혀 달라요. 아버지가 돌아가셨을 때 전 죽으려 하지 않았습니다. 그러나 만약 당신이 돌아가신다면 저도 죽을 거예요."

백작은 깊은 애정이 담긴 미소를 지으며 하이데에게 손을 내밀었다. 하이데는 여느 때처럼 그 손에 입술을 대었다.

이윽고 백작은 이제부터 모렐과 그 가족을 만나러 갈 생각으로, 다음과 같은 핀다로스*2의 시 구절을 중얼거리며 밖으로 나갔다.

'청춘은 꽃이요, 사랑은 그 열매이어라…… 행복할지어다, 수확하는 자여, 그대는 그 열매가 무르익는 것을 천천히 지켜보았으니!'

명령대로 마차가 준비되어 있었다. 그리고 백작이 올라타자 여느 때와 같이 곧장 달려갔다.

---

*2 고대 그리스의 시인.

모렐 가족

몇 분 뒤, 백작은 멜레 거리 7번지에 도착했다.

하얗고 밝은 그 집의 작은 안뜰, 두 개의 조그만 화단에는 아름다운 꽃이 가득 피어 있었다.

문을 열어준 문지기를 보자, 백작은 이내 그 사람이 코클레스 영감이란 것을 알아보았다. 그러나 코클레스는 애꾸눈인 데다가, 하나밖에 없는 그 눈마저도 지난 9년 사이에 시력이 약해져 백작의 얼굴을 알아보지 못했다.

마차가 현관까지 들어가려면 돌로 꾸민 연못 분수의 물줄기를 피하기 위해 한 바퀴 빙 돌아야만 했다. 그 연못은 무척 화려하고 아름다워서 이 거리 주민들의 부러움을 샀으며, 그 때문에 이 집을 '작은 베르사유'라고까지 부르게 되었다.

연못 속에는 빨갛고 노란 수많은 물고기들이 헤엄치고 있었다.

이 집은 지하에 주방과 지하창고가 있었고, 1층 말고도 층 두 개가 더 있었으며, 다락방도 여러 개 있었다. 이 집안의 젊은이들은, 집에 딸려 있는 커다란 아틀리에와 정원 중앙에 있는 두 개의 정자, 또 정원 자체와 함께 이 집을 산 것이다. 엠마뉘엘은 이 집을 보자마자 첫눈에 그 가치를 높이 평가했다. 그는 이 집과 정원의 절반을 자기가 있을 곳으로 정해 놓고, 거기에 선을 하나 그었다. 말하자면 그는 자기가 있는 곳과 세들어 있는 아틀리에며 정자, 거기에 딸린 정원 사이에 담을 쌓아 놓았던 것이다. 그렇게 해서 그는 돈도 얼마 들이지 않고 자기 집에서 살게 되었다. 또한 생제르맹 구역에 있는 저택의 가장 세심한 소유주만큼이나 자기 집에서 안락하게 지낼 수 있었다.

식당은 참나무로 꾸며져 있었다. 객실은 마호가니와 푸른 벨벳으로, 그리고 침실은 레몬나무와 녹색 다마스크 천으로 꾸며져 있었다. 그 밖에도 사실상 공부하는 것은 아니지만, 엠마뉘엘을 위한 서재가 하나 있고, 음악은 모르지만 쥘리의 음악실도 하나 있었다.

3층은 전부 막시밀리앙이 쓰고 있었다. 그곳에는 누이의 방들과 똑같은 방들이 있었다. 다만 식당만이 당구장으로 되어 있어, 그는 친구들을 그곳으로 불러들였다.

막시밀리앙은 직접 말 손질하는 것을 감독하면서, 뜰 입구에서 담배를 피우고 있었다. 그때 백작의 마차가 문 앞에 와서 멈추었다.

앞에서 말한 대로, 코클레스가 문을 열어주었다.

바티스탱은 마차에서 내려, 몬테크리스토 백작이 오셨는데 에르보 부부와 막시밀리앙 모렐 씨를 만나뵐 수 있겠느냐고 물었다.

"몬테크리스토 백작이라고?" 모렐은 담배를 버리고 손님 앞으로 달려갔다. "물론 만나보실 수 있고말고요! 감사합니다. 백작님, 정말 감사합니다. 약속을 잊지 않으셨군요."

청년 사관은 백작의 손을 정답게 꽉 쥐었다. 백작은 이 청년이 자신을 허물없이 솔직하게 대하고 있음을 알아차렸다. 게다가 자기를 무척 기다려주었다는 것과 열렬히 환영해 주고 있다는 사실을 분명히 느낄 수 있었다.

"어서 들어오세요, 어서요." 모렐이 말했다. "제가 안내해 드리겠습니다. 백작 같은 분을 하인이 모시고 가서야 되겠습니까? 제 누이는 정원에서 시든 장미를 솎아내고 있습니다. 매제는 누이 곁 여섯 발짝 떨어진 곳에서 〈프레스〉지(誌)와 〈데바〉지를 읽고 있지요. 사실 에르보 부인이 가는 곳 어디에나 4미터 이내에는 반드시 엠마뉘엘이 있다니까요. 그리고 파리고등공과대학에서 말하는 대로 그 '역(逆)'도 성립되지요."

발소리를 듣고 스물대여섯 된 젊은 부인이 머리를 들었다. 그녀는 비단 실내복을 입고, 정성껏 장미를 손질하고 있었다. 앞에서 쥘리 아가씨로 나왔던 이 여인은 톰슨 앤드 프렌치 상사의 대리인이 예상한 대로, 엠마뉘엘 에르보 부인이 된 것이다.

쥘리는 낯선 손님이 와 있는 것을 보고 깜짝 놀라는 소리를 냈다. 막시밀리앙이 껄껄 웃기 시작했다.

"그냥 계속해." 그는 누이에게 말했다. "백작께선 파리에 오신 지 2, 3일밖에 안 되셨지만, 마레 지구에서 이렇게 금리 수입으로 살고 있는 한 여인을 이미 알고 계시지. 혹시 모르신다면 네가 가르쳐드리도록 해."

"아이, 어쩌면!" 쥘리가 말했다. "백작님을 이렇게 갑자기 모셔오다니, 이건 배신이야, 오빠. 최소한의 치장도 못한 누이동생이 가엾지도 않나…… 페늘롱! 페늘롱!……"

벵골 산 장미 화단에서 삽질을 하고 있던 한 노인이 삽을 땅에 박아놓고는, 모자를 손에 들고, 씹던 담배를 입안 깊숙이 밀어 넣은 것을 들키지 않으려 애쓰며 이쪽으로 걸어왔다. 아직 숱이 많은 그의 머리에서 흰머리가 희끗희끗 보였다. 그러나 구릿빛 얼굴이며 건강하게 빛나는 눈 속에는 적도의 태양에 그을고 태풍에 꺼멓게 탄 늙은 선원의 모습이 역력했다.

"부르셨습니까? 쥘리 아가씨." 그는 말했다. 페늘롱은 아직도 자기 주인의 딸을 쥘리 아가씨라고 부르고 있었다. 그는 아무래도 에르보 부인이라는 말이 나오질 않았다.

쥘리가 말했다.

"페늘롱, 엠마뉘엘에게 가서 우리 집에 귀한 손님이 오셨다고 전해 줘요. 그 동안 오빠가 백작님을 객실로 안내해 주세요." 그 다음엔 백작을 돌아보며 물었다. "저 잠깐 실례해도 괜찮습니까?"

그러고는 백작의 대답도 기다리지 않고, 그녀는 꽃밭 뒤쪽으로 뛰어들어가 옆의 작은 길을 통해 집 안으로 들어가 버렸다.

"이거 원," 백작은 말했다. "집 안을 떠들썩하게 해드려서 미안하군요."

"저것 보십시오." 모렐이 웃으면서 말했다. "남편은 또 남편대로 저기서 윗도리를 프록코트로 바꿔 입는 것이 보이시죠? 오! 이건 바로 멜레 거리 사람들이 백작님을 알고 있다는 뜻이지요. 이미 백작님에 대해서 다 알려져 있다는 걸 알고 계시기 바랍니다."

"아주 행복한 가정처럼 보이는군요." 백작은 진심인 듯이 말했다.

"네, 그렇습니다. 그건 확실히 말할 수 있어요. 이 집에선 행복의 조건 가운데 무엇 하나 부족한 게 없습니다. 저 사람들은 젊고 기운도 넘치고 서로 사랑하고 있으니까요. 게다가 2만5천 리브르라는 연 수입이 있습니다. 꽤 많은 돈에 익숙한 두 사람이긴 하지만, 마치 로트쉴트 같은 대부호가 된 기분이지요."

"하지만 2만5천 리브르라면 좀 적군요."

몬테크리스토 백작의 이 다정한 말투는 막시밀리앙에게 마치 아버지의 목소리처럼 가슴에 스며들었다. 백작은 또 이렇게 말했다. "그렇지만 저 젊은 부부는 그 정도에서 안주하시면 안 됩니다. 이젠 백만장자가 되셔야지요. 매제께

서는 직업이 변호사인가요? ……아니면 의사신가요?"

"실업가입니다. 그리고 저희 아버지의 집을 상속받았지요. 아버지는 50만 프랑의 재산을 남기고 돌아가셨습니다. 그래서 반은 제가 갖고, 나머지 반은 누이에게 주었습니다. 우리 둘 말고는 자식이 없으셨으니까요. 매제는 누이와 결혼할 당시 재산이라곤 정직한 성품과 똑똑한 머리, 그리고 좋은 평판뿐이었습니다. 그러나 자기도 아내만큼의 재산을 가지고 싶었던 거예요. 그래서 25만 프랑을 모으기까지 열심히 일해서 6년이 걸렸지요. 보고 있자니 눈물이 날 지경이었죠. 그렇게 부지런한 저 두 사람이 마음을 합치면 굉장한 재산도 모을 수 있었을 텐데, 아버님이 경영한 상회의 전통을 조금도 바꾸지 않겠다고 고집을 부리는 바람에 남들은 2, 3년이면 될 것을 6년씩이나 걸렸습니다. 그렇게 용기 있는 희생정신에 관해서는 누구도 부정할 수 없기 때문에 마르세유에서 칭찬들이 자자하지요. 그러던 어느 날 엠마뉘엘이 계산을 막 끝낸 뒤에 아내한테 가서 이렇게 말했습니다. '쥘리, 여기 코클레스가 넘겨준 1백 프랑어치 동전 꾸러미가 있소. 이걸로 우리가 목표로 해온 25만 프랑이 다 된 거지. 어때, 당신은 이제부턴 이 정도의 돈만 들어온다 해도 만족하겠소? 내 얘길 들어봐요. 우리 상회는 1년에 1백만 프랑의 거래를 해서 4만 프랑의 이익을 올리고 있소. 그런데 우리가 생각만 있다면 한 시간 뒤에 우리 고객들을 30만 프랑에 팔 수 있어요. 여기 들로네 씨한테 편지가 와 있는데, 이 편지에서 우리 상회의 고객들을 자기네한테 넘겨주면 그 대가로 그 금액을 주겠다고 하고 있소. 어떻게 하면 좋겠는지 당신 생각 좀 들어봅시다.' 그러자 제 누이는 이렇게 말했죠. '여보, 모렐 상회는 모렐 집안 사람으로 운영되어야 해요. 지금까지 곤경을 헤쳐나가면서, 아버님의 이름을 한 번도 손상시키지 않았다는 것만으로도 30만 프랑 정도의 가치는 있다고 보지 않으세요?'

'나도 그렇게는 생각하고 있었어.' 엠마뉘엘이 말했습니다. '그래도 한번 당신 의견을 들어봐야겠기에.'

'그럼, 이렇게 하면 어때요. 이제 들어올 것도 다 들어왔고, 어음도 다 지급했으니, 이 2주 분의 계산 밑에서 마감을 하고 우리 거래 창구를 닫아도 상관없겠어요. 마감하고 우리 창구를 닫도록 해요.'

그래서 두 사람은 그 즉시 그렇게 하기로 결정했습니다. 그때가 오후 3시였습니다. 그런데 3시 15분쯤 고객 한 사람이 와서 배 두 척을 보험에 넣겠다고 신청하는 겁니다. 현금으로 1만5천 프랑이라는 이익이 생기는 일이었지요. 엠마뉘엘이 손님에게 말했습니다. '이 보험에 대해서는 저희 동업자인 들로네 씨에게 가서 말씀드려 주셨으면 고맙겠습니다. 저희는 이제 그 일을 그만두었습니다.'

'아니, 언제부터요?' 손님은 놀라서 물었습니다.

'한 15분 됐습니다.' "

막시밀리앙은 웃으면서 얘기를 계속했다. "이렇게 해서 제 누이와 매제는 연수입이 2민5천 리브르뿐이게 돼버린 것입니다."

백작은 청년의 말을 듣는 동안 가슴이 뿌듯해져 왔다. 그가 얘기를 막 끝냈을 때, 엠마뉘엘이 모자와 프록코트로 정장을 갖추고 나타났다.

그는 손님의 신분을 알고 있는 사람답게 인사했다. 그러고 나서 백작에게 꽃이 만발한 뜰 안을 한 바퀴 둘러보게 한 다음 집 안으로 안내했다. 객실은 벌써 꽃향기로 진동하고 있었는데, 몸체와 같은 재질의 손잡이가 달린 커다란 일본제 화병에 꽃들이 빽빽이 꽂혀 있었기 때문이었다. 쥘리는 겨우 10분 만에, 적당한 옷으로 갈아입고, 세련된 모자를 쓰고, 화장까지 모두 마친 뒤, 백작을 맞이하러 나왔다.

바로 근처에 있는 큰 새장에서 새소리가 들려왔다. 인조 흑단 나무와 아카시아 꽃의 가지가, 푸른 벨벳 커튼의 가장자리를 따라 뻗어 있었다. 새들의 지저귐에서부터 주인들의 미소에 이르기까지 평화로운 분위기가 이 아늑한 방 안에서 넘쳐흐르고 있었다.

백작은 이 집 안에 발을 들여놓으면서부터 이런 행복한 기분에 젖어버리고 말았다. 그래서 서로 인사들이 끝나고 화제가 중단되어, 그가 다시 말을 꺼내기만을 모두가 기다리고 있다는 사실도 잊어버린 채 마치 꿈을 꾸는 듯 조용히 있었다.

백작은 자기가 가만히 있는 것이 예의에 어긋난다고 생각되자, 애써 지금까지의 공상에서 벗어나며 입을 열었다.

"부인, 죄송합니다. 제가 너무 감동이 커서 그렇습니다. 지금 제가 여기서 느낀 이런 평화와 행복에 익숙하신 부인께서는 제가 이러는 게 이상하게 생각되시겠지요. 하지만 저 같은 사람에게는 사람의 얼굴에서 만족한 모습이 보이는 것이 너무나 신기하답니다. 그래서 부인과 바깥양반의 얼굴을 정신없이 보고 있던 겁니다."

"정말로 저희는 아주 행복합니다." 쥘리가 그 말에 대답했다. "그러나 꽤 오랫동안 고생도 많이 했지요. 행복해지기 위해서 저희만큼 고생을 많이 한 사람도 드물 겁니다."

백작의 얼굴에는 호기심의 빛이 떠올랐다.

"전에 샤토 르노 씨도 얘기한 거지만, 저희 집안에는 여러 가지 일이 많이 있었지요." 막시밀리앙은 말했다. "백작님, 당신같이 높은 신분에서 불행이나 화려한 행복을 많이 보아오신 분은 이러한 가정 내의 사소한 얘기에는 흥미가 없으실 겁니다. 그러나 방금 쥘리가 말한 대로, 이렇게 작은 집안에서 일어난 일이긴 하나, 정말 쓰라린 고통을 많이 맛보았습니다."

"그런데 하느님께서 모든 사람들한테 그러시듯이, 이 집안의 고통에도 위안을 베풀어주셨다는 얘긴가요?" 백작이 물었다.

"그렇습니다." 쥘리가 말했다. "그렇다고 말씀드릴 수 있지요. 왜냐하면 하느님께서 선택된 자들에게만 베풀어 주실 만한 일을 저희에게 해주셨으니까요. 하느님은 저희에게 천사를 보내주셨습니다."

백작의 얼굴이 확 달아올랐다. 그는 마음속에 일어나는 감동을 감추느라 기침을 하며 손수건을 입에 갖다 댔다.

엠마뉘엘이 말했다. "왕실의 요람 속에 태어나서 바랄 거라곤 아무것도 없는 사람들은 산다는 행복이 어떤 것인지 모를 겁니다. 마찬가지로 사나운 바다를 떠도는 배에 목숨을 내맡겨보지 못한 사람은 맑은 하늘의 진가를 모릅니다."

백작은 일어서더니 아무 대답도 하지 않고 방 안을 뚜벅뚜벅 걸었다. 만약 목소리가 떨리면 지금 가슴속에서 소용돌이치고 있는 감정의 동요가 드러날 수도 있었다.

"저희가 너무 열을 내서 얘기하는 게 우습지요?" 막시밀리앙은 백작의 안색을 눈으로 좇으며 말했다.

"아닙니다." 백작은 창백해진 얼굴을 하고는, 한 손으로 두근거리는 가슴을 꾹 누르고, 또 한 손으로는 청년에게 유리로 된 반구형 덮개를 가리켰다. 그 밑에는 비단 지갑 하나가 검은 벨벳 쿠션 위에 소중하게 놓여 있었다.

"사실은 저 지갑이 웬 걸까 생각하고 있었습니다. 무슨 편지 같은 것과 훌륭한 다이아몬드가 들어 있는 것 같은데요."

막시밀리앙은 엄숙한 얼굴로 대답했다.

"백작님, 그건 저희 집 가보 중에서 제일 귀중한 겁니다."

"과연 굉장히 훌륭한 다이아몬드로군요." 백작은 대답했다.

"오빠는 그게 10만 프랑의 값이 나가는데도, 저 다이아몬드의 가치에 대해선 얘기하지 않는답니다. 다만 저 지갑 속에 있는 것이 아까 말씀드린 그 천사의 유물이라고만 말씀드리고 싶은 거지요."

"무슨 말씀인지 잘 모르겠군요, 부인. 그렇다고 여쭈어볼 수도 없는 일이고." 백작은 고개를 숙이며 말했다. "죄송합니다. 무례한 말씀을 드리려던 것은 아니었는데."

"무례하시다뇨? 천만의 말씀이십니다. 오히려 그 말씀을 드릴 기회를 주셔서 기분이 좋습니다. 만약 저 지갑이 생각나게 해주는 그 훌륭한 일을 비밀로 하라고 했다면 그걸 저렇게 남의 눈에 띄게 놓아두지도 않았을 것입니다. 아! 오히려 저희는 보여주고 싶답니다. 온 세상에 전시하여 누군지 모를 그 친절한 분이 우리 앞에 나타나 주셨으면 하고 있습니다."

"아, 그러세요?" 백작은 목멘 듯한 소리로 말했다.

"이것은," 막시밀리앙은 유리 덮개를 들어, 정중하게 비단 지갑에 키스하며 말했다. "이것은 우리를 죽음에서 구하고, 한 집안을 파멸에서 구해 내신 분의 손이 닿았던 것입니다. 그분의 은혜로 가난과 비탄에 싸여 비참했던 우리가 오늘날 사람들로부터 행복하다는 소리를 듣게 됐답니다. 그리고 이 편지는……" 막시밀리앙은 그 지갑에서 편지 한 장을 꺼내 백작에게 보이며 말했다. "이 편지는 제 아버지께서 마지막으로 절망적인 결심을 하시던 날, 그분께서 손수 쓰신 편지입니다. 그리고 이 다이아몬드는 누군지도 모르는 그 친절한 분이 제 누이의 지참금으로 쓰라고 보내준 겁니다."

백작은 편지를 열어 형언할 수 없이 즐거운 표정으로 그것을 읽었다. 그것은 선원 신드바드라는 이름으로 쥘리에게 부친 편지였다.

"모르는 사람이라고 말씀하시는데, 그럼 당신들한테 그런 일을 베푼 사람이 누군지 아직 모르고 계시다는 말씀입니까?"

"그렇습니다. 불행히도 아직 그분하고 악수할 기회도 갖지 못했지요. 그래서 저희는 하느님께, 제발 그런 은혜라도 입게 해달라고 기도해 왔지요." 막시밀리앙은 말했다. "그런데 이 사건에는 저희가 아직 이해할 수 없는 이상한 일이 하나 있습니다. 모든 일이 마치 마법사의 손에 의한 것처럼 보이지 않는 강력한 손에 의해 조종되었던 것입니다."

"오!" 쥘리가 말했다. "저는 그분의 손이 닿았던 이 지갑에 입맞출 수 있듯이, 언젠가 그분의 손에도 입맞출 수 있으리라는 희망을 하루도 버리지 않고 있어요. 지금으로부터 4년 전 일이었습니다. 페늘롱은 트리에스테에 있었지요. 페늘롱은 백작께서 아까 보신, 손에 삽을 들고 있던 선원입니다. 그 사람은 부갑판장이었지만 이젠 정원사가 됐지요. 그런데 페늘롱이 트리에스테에 있을 때, 부두에서 어떤 영국인이 요트를 타러 가는 것을 보았답니다. 그런데 그 사람이 바로 1829년 6월 5일에 저희 아버지를 찾아왔던 분이고, 9월 5일에 이 편지를 제게 써 보낸 분임에 틀림없다는 겁니다. 페늘롱이 보기엔, 그 영국인이 바로 그분이라는 겁니다. 그러나 감히 말을 붙일 용기가 없었답니다."

"영국인!" 백작은 자기도 모르게 꿈꾸는 듯이 말하고는, 쥘리의 시선에 신경을 썼다. "영국인이라고 하셨습니까?"

"네," 막시밀리앙이 대답했다. "저희 집에 톰슨 앤드 프렌치 상사의 대리인이라고, 그때, 영국인 한 명이 찾아왔었죠. 그래서 전에 알베르 드 모르세르 씨 댁에서, 그 톰슨 앤드 프렌치 상사가 백작의 거래 은행이라고 말씀하셨을 때, 제가 그렇게 깜짝 놀란 겁니다. 이건 아까도 말씀드렸지만, 1829년에 일어난 일입니다. 백작께선 그 영국인을 아십니까?"

"그런데 그 톰슨 앤드 프렌치 상사에서는 당신네한테 그런 일을 해준 적이 없다고 부인한다고요?"

"그렇습니다."

"그렇다면 그 영국인이라는 사람은 당신의 아버지께서 베푸신 어떤 선행을 고마워하다가 결국 보답할 기회를 잡았던 게 아닐까요? 아버님 자신은 그것을 까맣게 잊어버리셨지만요."

"무슨 일이건 다 그럴싸하게 생각되는군요. 그런 경우도 가능하겠네요. 설령 그것이 기적일지라도 말입니다."

"그 사람 이름이 뭐죠?" 백작이 물었다.

"그저," 쥘리는 백작을 유심히 바라보며 대답했다. "편지 맨 밑에다 '선원 신드바드'라고만 써놓으셨습니다."

"그렇군요. 그건 진짜 이름이 아니겠군요. 가명이겠지요."

그러자 쥘리는 점점 더 백작을 유심히 쳐다보고, 재빠르게 살피면서, 백작의 목소리에서 몇 가지 어조를 추정해보려는 것 같았다.

"어떻습니까?" 백작이 말했다. "그 사람 키가 저만하지 않습니까? 아니면 저보다 약간 크고, 좀 더 날씬하고, 넥타이를 높게 졸라매고, 입이 무겁고, 조금 부자연스럽고, 늘 손에 연필을 들고 다니지 않던가요?"

"아! 그럼, 백작께선 그분을 알고 계시군요?" 쥘리는 기쁨에 눈을 반짝이며 소리쳤다.

"아닙니다." 백작은 말했다. "그저 상상해 보았을 뿐입니다. 저는 윌모어 경이라는 사람을 알고 있었는데, 그 사람이 그런 식으로 좋은 일을 하고 다녔었지요."

"자기 이름은 알리지도 않고요?"

"그 사람은 좀 묘한 사람이라, 이 세상에 보답같은 것이 있다는 걸 믿지 않았지요."

"어쩌면!" 쥘리는 벅찬 음성으로 말하며 두 손을 모았다. "그렇다면 그 사람은 무엇을 믿었을까요?"

"적어도 제가 그 사람을 알고 있을 당시엔, 그는 아무것도 믿지 않았습니다." 백작은 말했다. 그는 마음에서 우러난 쥘리의 말에 완전히 마음이 움직이고 있었다. "그러나 아마 그때 이후로는 보답이라는 것이 존재한다는 것을 믿을 만한 일이 있었던 것 같습니다."

"그럼, 당신은 그분을 알고 계시군요?" 엠마뉘엘이 물었다.

"만약 백작께서 그분을 알고 계시다면," 쥘리가 소리쳤다. "저희를 그분한테 데려다 주시겠습니까? 그분을 보여 주실 수 있나요? 어디 계신지 가르쳐주실 수 있으시겠지요? 오빠도, 엠마뉘엘도 저와 같은 생각이시죠? 언젠가 우리가 그분을 만나기만 한다면 그분도 은혜를 기억하는 마음이 있다는 것을 믿으실 것이 분명해요." 백작은 두 눈에서 눈물이 나는 것을 느꼈다. 그는 여전히 객실 안을 왔다 갔다 했다.

"부탁입니다!" 막시밀리앙이 말했다. "그분에 대해서 알고 계신 게 있거든, 부디 얘기해 주세요."

"유감스럽게도," 백작은 목소리로 번져 나오는 감동을 억제하면서 말했다. "당신들에게 친절을 베푼 그 사람이 바로 윌모어 경이라면, 그 사람은 영영 만날 수 없을 겁니다. 나는 그 사람과 2, 3년 전에, 팔레르모에서 헤어졌습니다. 그리고 그 사람은 굉장히 먼 나라로 떠났지요. 아마 다시는 돌아오지 않을 겁니다."

"아, 어쩌면 그렇게 잔인한 말을 하십니까?" 쥘리는 염려스러운 듯이 소리쳤다. 이 젊은 부인의 눈에는 눈물이 어렸다.

"부인," 몬테크리스토 백작은 쥘리의 볼에 흐르는 눈물방울을 바라보며 이렇게 말했다. "윌모어 경이 이런 광경을 보았더라면, 아마 그 사람도 인생을 사랑하고 싶은 기분이 들겠지요. 부인께서 흘리신 눈물은 틀림없이 그 사람을 이 세상과 화해시킬 수 있을 것입니다."

백작은 쥘리에게 손을 내밀었다. 쥘리는 백작의 시선과 그 말투에 끌려들어 그에게 손을 내주었다.

"그럼 그 윌모어 경이란 분은," 쥘리는 마지막으로 또 한 번 희망을 걸고 말했다. "고향이 있나요? 가족이나 친척이라도 있을까요? 알고 있는 사람이 있었

나요? 어떻게든 저희도……."

"아닙니다. 찾을 생각은 그만두시는 게 좋을 겁니다." 백작은 말했다. "제가 무심코 한 말 때문에 그런 여러 가지 생각을 하지 마십시오. 어쩌면 윌모어 경은 부인께서 찾으시는 그 사람이 아닌지도 모르니까요. 그는 제 친구였습니다. 그래서 저는 그 사람의 비밀은 다 알고 있지요. 그런 일이 있었다면 제게 얘길 했을 겁니다."

"그럼, 백작께 아무 얘기도 안 하셨던가요?"

"네, 아무것도."

"무엇인가 그 비슷한 얘기도 못 들으셨나요?"

"못 들었습니다."

"그렇지만 백작께선 아까 대뜸 그분 이름을 대지 않으셨어요?"

"그건……그럴 경우엔 여러 가지로 상상해 보게 되니까요."

"쥘리," 막시밀리앙이 백작의 편을 들어주었다. "백작님 말씀이 옳아. 아버지께서도 종종 얘기하시지 않았니? 그런 행복을 우리에게 준 건 결코 영국인이 아닐 거라고 말이야."

몬테크리스토 백작은 몸을 떨었다.

"아버지께서 그런 말씀을 하셨던가요? ……모렐 씨가?" 그는 다급하게 물었다.

"아버지께선 그 사건 속에서 기적을 보셨습니다. 아버지께서는 어떤 은인이 우리를 위해 무덤 속에서 나온 거라고 믿으셨습니다. 아, 그건 가슴 뭉클한 맹신입니다. 저 자신은 전혀 믿지 않았지만, 그것을 허물어뜨리고 싶진 않았습니다. 그 믿음은 아버지께서 숭고한 마음으로 간직하고 계셨던 것이었으니까요! 그래서 아버지께선 결국엔 잃고 말았지만 전에 아주 소중히 여기셨던 한 친구의 이름을, 잃어버린 그 친구의 이름을 나지막이 부르시면서 몇 번이나 헛소리를 하셨습니다. 그리고 임종이 가까워져서 곧 영원한 세계로 들어가려 할 때, 무덤 저쪽에서 빛이 비쳐와 아버지의 영혼을 비추자, 그때까지는 추측에 지나지 않던 그런 생각이 뚜렷한 확신으로 변했던 겁니다. 그러더니 마지막으로 숨을 거두시면서, '막시밀리앙, 그건 에드몽 당테스야!' 하고 돌아가셨지요."

아까부터 점점 창백해지던 백작의 얼굴은 이 말을 듣자 무서울 정도로 새파래졌다. 온몸의 피가 심장으로 몰려서, 입에서 한마디도 나오질 않았다. 그는 마치 시간을 잊고 있었다는 듯이 시계를 꺼냈다. 그리고 모자를 들고, 에르보 부인에게 무뚝뚝한 얼굴로 허둥지둥 인사를 하고, 엠마뉘엘과 막시밀리앙의 손을 잡으며 말했다.

"부인, 가끔 찾아뵐 수 있게 해주십시오. 댁이 참 마음에 듭니다. 후하게 대접해 주신 것도 감사합니다. 이렇게 즐거웠던 건 몇 년 만에 처음입니다."

그러고는 서둘러 밖으로 걸어 나갔다.

"몬테크리스토 백작이란 사람, 참 이상한 인물이군." 엠마뉘엘이 말했다.

"그래." 막시밀리앙이 대답했다. "그렇지만 친절한 분이라고 생각해. 게다가 우리를 좋아하는 건 확실한 것 같아."

"전!" 쥘리가 말했다. "그분의 목소리가 귀에 익어요. 더구나 그 목소리를 듣는 게 처음이 아니라는 생각이 두세 번이나 들었어요."

피라무스와 티스베[*1]

생토노레 구역을 3분의 2쯤 지나가다 보면, 이 부유한 거리의 아름다운 저택들 가운데서도 유난히 아름다운 어느 저택 뒤에 넓은 정원이 하나 펼쳐져 있는 것이 보인다. 정원 안의 잎이 무성한 마로니에가 높은 벽 위로 솟아 있어서, 봄이 오면 사각 기둥 위에 나란히 서 있는 홈 패인 두 개의 돌 화분에 그 마로니에의 붉고 흰 꽃들이 떨어지곤 한다. 양쪽 문기둥 사이에는 루이 13세 시대의 철문이 서 있었다.

그 두 개의 돌 화분 속에서는 아름다운 제라늄이 심겨 있어서 그 대리석 같은 잎사귀와 새빨간 꽃잎이 바람 부는 대로 살랑대고 있었지만, 이 집의 주인이 집 건물과 거리 쪽으로 난 나무가 있는 안뜰, 방금 설명한 철문으로 닫힌 정원만을 쓰게 된 뒤로는, 벌써 오래 전부터 그 커다란 철문은 닫혀 있었다. 또 그 철문 저쪽에 전에는 지금 있는 토지와 나란히 약 1아르팡가량의 멋진 채소밭이 있었다. 그러나 투기라는 악마가 금을 그어버렸다. 무슨 뜻인가 하면, 이 채소밭 끝에 길이 하나 나게 된 것이다. 그 길은 생기기도 전에 벌써 이름이 붙어 번쩍거리는 철판에 새겨졌다. 채소밭이 매입되어 도로공사가 진행되면, 이 파리의 훌륭한 간선도로를 두고 다툼이 벌어져, 미리 써 놨듯이 생토노레 구역 거리라는 이름으로 불릴 수 있을 것이라고 여겼던 것이다.

그러나 일반적으로 투기하는 건 인간이지만, 사실상 일을 처리하는 것은 돈인 법이다. 그리하여 그 거리도 이름까지 미리 붙여놓았지만, 세상에 나오자 이내 사라져버리고 말았다. 그래서 채소밭을 산 사람은 그 돈을 다 지급한 뒤에 다시 그것을 팔아보려 했으나 생각했던 값은 받을 수 없게 되었다. 결국 어느 때인가는 값이 올라 여태까지의 손실이며 깔려 있는 원금을 벌충하고도 남을 날이 오리라 생각하고, 당분간 그 땅을 연 5백 프랑에 채소 재배자들에

---

*1 오비디우스의 시에 나오는 젊은 남녀.

게 세를 놓았다. 연 5백 프랑이라면 연리 0.5퍼센트밖에 안 되는 금액이다. 5퍼센트에 놓는 사람도 많다는 것과 비교하면, 이 정도는 아주 빈약한 소득이라고 할 수 있었다.

어쨌든, 지금 말한 대로 그 채소밭에 붙어 있는 정원의 철문은 닫힌 채로 돌쩌귀가 녹슬어 있었다. 그뿐이 아니었다. 귀족들이 사는 이쪽 내부를 하층민인 채소 재배자들이 흘끔흘끔 들여다보지 못하게끔 높이가 6자나 되는 나무 담장까지 철책에 덧붙어 있었다. 사실 그 나무 널판은 이가 잘 맞지 않아서, 그 틈으로 슬쩍슬쩍 내부를 들여다볼 수 있었다. 그러나 그 집은 검소한 집이어서 그렇게 누가 무례하게 들여다본다고 해도 신경 쓸 일이 전혀 없었다.

채소밭에는 양배추, 홍당무, 무, 완두콩, 멜론 대신 키 큰 알팔파가 돋아나 있었는데, 이렇게 알팔파가 재배되는 것을 보면 그 버려진 땅이 아주 잊힌 것은 아니라는 걸 알 수 있었다. 작고 낮은 문이 길을 향해 비죽 열려 있어서, 사방이 담으로 둘러싸인 이 채소밭으로 들어갈 수 있었다. 그런데 지금은 임차인인 채소 재배자들이 채소 농사가 잘 되지 않는다고 땅을 다시 내놓은 상태였다. 이렇게 해서 그나마 있었던 0.5퍼센트의 수입조차도 일주일 전부터는 전혀 발생하지 않게 되어 버렸다.

저택 쪽은 앞에서 말한 대로 마로니에가 담 너머까지 덮고 있었다. 그러면서도 나무 사이사이로는 울창하고 향기로운 다른 나무들이 가지를 내밀고 있었다. 담 한쪽 모퉁이, 나뭇잎이 유난히 무성해서 햇빛도 거의 새어 들어올 수 없게 된 곳에, 이 집 사람들이 모이거나, 혹은 사람의 눈을 피해 찾아오는 장소일 것 같은 큰 돌 벤치 하나와 정원 의자 몇 개가 놓여 있었다. 그것은 집 건물 멀리 떨어진 곳에서 짙은 녹음 속에 푹 파묻혀서 눈에 띄지도 않았다. 이렇게 신비스러워 보이는 장소를 사람들이 좋아하는 것은 하나도 이상할 게 없다. 그곳은 햇볕이 없는 그늘이어서, 아무리 뜨거운 여름에도 서늘하고, 아름다운 새소리가 들리는 데다가 집과 거리에서, 다시 말하면 잡다한 문제들과 소음에서 멀리 떨어져 있는 장소였기 때문이다.

파리 사람들이 봄의 은혜를 입었다고 말하곤 하는 어느 따뜻한 봄날 저녁이었다. 그 돌 벤치 위에는 책 한 권과 양산 하나, 반짇고리 하나, 그리고 수를 놓다 말은 바티스티 손수건이 한 장 놓여 있었다. 벤치에서 멀지 않은 철문 옆 담장 앞에는 한 소녀가 서서, 판 사이에 눈을 대고 그 틈새로 앞서 말한 황폐

한 채소밭을 내다보고 있었다.

바로 그때 채소밭의 작은 문이 소리도 없이 열리더니 키가 크고 건장한 젊은 남자가 나타났다. 그는 거친 작업복에 벨벳 모자를 쓰고 있었지만, 검은 수염과 머리가 얌전하게 손질되어 있어 그 허름한 옷차림과 어울리지 않았다. 그는 누가 자기를 보고 있지는 않나 주위를 한 번 둘러보더니, 문을 닫고 급히 철책 쪽으로 다가갔다.

기다리던 사람의 모습을 본 소녀는 설마 상대가 그런 차림으로 나타나리라곤 생각지 못해서, 조금 놀란 듯이 뒤로 물러섰다.

그러나 청년은 사랑하는 사람끼리만 가질 수 있는 빠른 눈치로, 이미 담장 틈을 통해 흰옷과 하늘색 긴 허리띠가 나부끼는 모습을 보았다. 그는 담장 쪽으로 뛰어와 그 나무 틈에 입을 갖다 대고 말했다.

"겁내지 말아요, 발랑틴, 나요."

소녀가 가까이 다가갔다.

"어머나!" 소녀는 말했다. "오늘은 왜 이렇게 늦게 오셨어요? 이제 곧 저녁식사 시간 아니에요? 밤낮으로 감시하는 계모와 절 염탐하고 있는 하녀, 또 이리로 수를 놓으러 오려고만 하면 훼방을 놓는 동생 눈을 피하느라고 제가 별별 수를 다 써서 빠져나왔다는 거 아세요? 게다가 이 자수도 벌써 오래전부터 끝나가려고 해서 정말 걱정이에요. 늦게 오신 것이 미안하시다면 어째서 그런 차림을 하고 오시게 됐는지 설명해주세요. 그렇게 입으셔서 하마터면 못 알아볼 뻔했잖아요."

"발랑틴," 청년은 말했다. "당신은 내가 사랑할 상대로는 너무나 높은 신분이오. 그래도 만날 때마다 사랑한다는 말을 하지 않을 수 없군요. 그래야만 당신을 못 만나더라도 내가 한 말의 여운이 오래오래 울려서 내 마음을 부드럽게 달래주니까. 지금 당신이 나를 책망해 주신 것을 감사하오. 그 책망은 당신이 나를 기다리고 있었다고는 할 수 없더라도, 당신이 내 생각을 하고 있었다는 사실만은 확실히 증명해 주기 때문이오. 내가 어째서 늦었는지, 그리고 왜 이런 차림을 했는지 얘기해 보라고 그랬죠? 얘기하지요. 나는 직업을 바꾸었소."

"직업을 바꾸다니요? 막시밀리앙, 그게 무슨 말씀이세요? 우리가 지금 그런 농담을 할 정도로 한가한 처지라고 생각하세요?"

"오, 내 생활에 대해서 어찌 농담할 수 있겠어요? 하지만, 난 이젠 밭 가운

데로 달린다든지, 담을 기어오르는 일에는 지치고 말았습니다. 언젠가 당신도 말했듯이 당신 아버지께서 나를 도둑놈이라고 생각하시기라도 하면 어쩌나 겁이 난 겁니다. 그렇게 되면 프랑스군 전체의 명예를 더럽히는 일이 될 테니까 말입니다. 게다가 또 여긴 포위할 만한 조그만 요새 하나 없고, 방어해야 할 진지 하나 없는데, 알제리 기병 대위인 내가 이 주위를 배회하는 것을 누가 보면 어떡하나 생각하면 소름이 끼칩니다. 그래서 난 이제부터 채소 재배인이 될 생각입니다. 그래서 그 직업에 맞는 옷을 입은 거예요."

"어떻게 그런 터무니없는 생각을 하셨나요!"

"아니죠. 오히려 내 평생 가장 현명한 일을 했다고 생각합니다. 이것으로 우리는 안전해질 테니까요."

"도대체 어떻게 하셨다는 거예요?"

"나는 이 땅의 소유자를 찾아갔지요. 가보니 여태까지 이 땅을 빌려 쓰던 사람들과의 계약이 끝났더군요. 그래서 내가 새로 세를 낸 거죠. 그러니까 발랑틴, 이 알팔파 텃밭은 이제 내 것입니다. 이 풀밭에 오막살이를 하나 짓고, 이제부터는 당신 바로 곁에 살아도 아무도 간섭하지 않는다는 말이오. 아, 난 정말 기쁘고 행복해서 어쩔 줄을 모를 지경입니다. 아시겠어요? 발랑틴, 이런 것을 돈으로 살 수 있을 줄 아시오? 못 사지요, 안 그래요? 이런 즐거움, 이런 행복, 이런 기쁨을 위해, 어쩌면 내 생명에서 10년을 단축시킨다 해도 아깝지 않을 이 밭을 위해 내가 얼마를 치렀는지 아십니까?…… 1년에 150프랑, 그것도 석 달에 한 번 내는 거예요. 그러니 앞으로는 아무것도 겁낼 게 없습니다. 내가 지금 서 있는 곳은 내 땅입니다. 나는 내 담에 사다리를 세우고, 그 위로 내다볼 수가 있습니다. 그리고 또 지금까지 날 방해했던 정찰대를 신경 쓰지 않고 당신을 사랑한다고 말할 수 있어요. 그러나 이런 옷차림에 모자를 쓴 가난한 농부의 입에서 그런 소리를 듣는 것이 당신 자존심을 상하게 한다면 다른 방법을 생각해 보겠소."

발랑틴은 이 뜻하지 않은 기쁨에 숨죽여 환성을 올렸다. 하지만 곧 "그렇지만 막시밀리앙," 하고 슬픈 듯이, 마치 지금까지 그녀의 마음을 비춰주던 햇빛이 짓궂은 구름에 가린 듯 말했다. "그렇게 되면 우린 너무 자유로워지는 게 아닐까요? 너무 대담하게, 너무 지나치게 행복에 취해 버리는 게 아닐까요. 너무 안전한 나머지 오히려 우리를 위험에 처하게 하는 건 아닐까요?"

"어떻게 그런 소리를 하십니까? 당신을 알게 된 뒤로 내 머릿속에는 온통 당신 생각뿐이고, 내 생활은 당신 생활에 따라 좌우되는데 그런 내게 그런 소리를 하시다니요? 어째서 당신은 나를 믿게 되었죠? 내가 당신 때문에 행복해진다는 것을 알기 때문 아닌가요? 당신이 어떤 막연한 직감으로 아무래도 위태로운 지경에 빠지게 될 것 같다고 말씀하셨을 때, 내가 온갖 성의를 다해 당신을 대하지 않았던가요? 그때도 나는 당신에게 나를 바칠 수 있다는 행복 말고는 아무것도 바라지 않았습니다. 그 뒤로 당신을 위해서라면 죽어도 좋다는 많은 사람들 사이에서 특별히 나를 택하신 것을 후회하실 만한 일을 내가 말로나 행동으로나 단 한 번이라도 보여드린 일이 있었던 가요. 당신은 데피네 씨와 약혼했고, 그건 아버지께서 정해 주신 것이라고 말했습니다. 그 일은 거의 확정적인 것이나 다름없었습니다. 왜냐하면 빌포르 씨는 자신이 일단 마음

먹은 일은 틀림없이 이루는 분이시니까요. 그래서 나는 그늘 속에 숨어 있었던 겁니다. 그리고 모든 것은 내 의지도, 당신의 의지도 아닌 오직 하느님의 뜻에 맡기고 있었습니다. 그런데 당신은 나를 사랑하신 겁니다. 나를 불쌍히 생각해 주신 겁니다. 그리고 그 사실을 제게 말해 주셨습니다. 그 다정한 말을 듣고 얼마나 기뻤는지 모릅니다. 그 말을 가끔 되풀이해 주십시오. 그 말을 들으면 나는 모든 것을 잊을 수 있으니까요."

"그래서 이렇게 대담한 생각을 해내신 거로군요. 그리고 그것이 나를 이렇게 즐겁게도 하고, 슬프게도 하는 것이로군요. 저는 늘 생각해요. 그전처럼 계모가 나를 학대하고, 자기 아이만 맹목적으로 편애하는 것 때문에 슬퍼하며 지내는 편이 더 나았는지, 아니면 당신을 만난 뒤로 지금과 같은 위험한 행복을 맛보는 편이 더 나은지."

"위험이라고요!" 막시밀리앙은 소리쳤다. "어쩜 그렇게 가혹하고 부당한 말을 할 수 있습니까? 저만큼 당신에게 순종적인 노예를 보신 적이 있으십니까? 가끔은 당신에게 말을 걸어와도 괜찮다고 말씀하시면서도 뒤를 따라오면 안 된다고 하셨지요. 그래서 나는 그대로 했습니다. 내가 이 울타리 안으로 몰래 드나들고, 이 문을 통해서 당신과 얘기할 수 있게 되고, 또 얼굴은 못 보더라도 이렇게 가까이 있게 된 뒤로, 내가 당신의 옷자락 하나라도 철책 사이로 만져 보게 해달라고 한 적이 있었던가요? 이까짓 담장쯤은 내 젊음이나 내 힘으로 아무것도 아닌데도, 내가 언제 한 번이라도 이것을 넘어보려 한 적이 있었던가요? 당신 태도가 너무 야속하다고 불평 한마디 해본 적 없었고, 내 욕심을 입 밖으로 꺼내 본 적도 없었습니다. 나는 당신과의 약속에 마치 옛날 기사들처럼 꽁꽁 묶여 있었습니다. 적어도 이 점만은 인정해 주십시오. 내가 당신을 심술궂다고 생각하지 않도록 말입니다."

"그건 사실이에요." 발랑틴은 두 판 사이로 가는 손가락을 내밀며 말했다. 남자는 그 손가락에 입술을 갖다 댔다. "정말 당신은 반듯한 분이세요. 하지만 막시밀리앙, 그렇게 하신 것은 모두가 당신 감정에 충실해서 하셨던 일이 아닌가요? 당신도 잘 알고 계셨잖아요. 노예란 어느 날 자기에게 무언가 바라는 것이 생기면, 그 길로 모든 것을 잃어야 한다는 걸 말이에요. 당신은 제게 오빠로서의 사랑을 약속하셨죠. 친구라곤 없던 제게, 아버지께 잊히고, 계모한테 학대받는 제게요. 제게 위안이 되는 분이라고는 몸도 쓰지 못하고, 말도 못하고,

무표정한 할아버지 한 분뿐이에요. 할아버지는 제 손을 잡지도 못하시고, 한쪽 눈으로만 얘기하시죠. 온기가 조금 남아 있는 그 심장은 어쩌면 저 때문에 뛰고 있는지도 몰라요. 운명이 얼마나 절 가혹하게 조롱하면, 저보다 강한 사람들은 저를 원수같이 생각하고 괴롭혀요. 그런데 의지할 수 있는 친구라고는 송장이 다 된 할아버지밖엔 없어요! 아, 막시밀리앙, 정말 되풀이해서 말씀드리지만, 저는 너무나 불행해요. 당신이 당신 자신을 위해서가 아니라 나를 위해서 나를 사랑해 주시는 것을 알 것 같군요."

"발랑틴," 청년은 깊은 감동의 빛을 보이며 말했다. "난 이 세상에서 오직 당신만을 사랑한다곤 말할 수 없을 것이오. 나는 누이와 매부도 사랑하고 있으니까요. 하지만 그것은 조용하고도 정돈된 감정으로 사랑하는 것이기 때문에, 내가 당신에게 느끼는 감정과는 전혀 다르오. 당신을 생각할 때마다 나는 피가 끓어오르고, 가슴이 부풀고, 심장은 터질 것만 같습니다. 그러나 이런 힘과 정열과 초인적인 강렬한 힘은 오직 당신을 사랑하는 데만 써서, 언젠가 당신이 필요로 하실 날이 올 때까지 가만히 그대로 둘 것입니다. 프란츠 데피네 씨는 앞으로 1년 동안은 여기 없을 것이라고 하니, 그동안에 기회가 오겠지요. 여러 가지 상황들이 우리를 도와줄 거예요. 그러니까 희망을 갖자는 겁니다. 희망을 갖는다는 건 얼마나 유쾌하고 즐거운 일입니까! 그런데 발랑틴, 당신은 나를 이기적이라고 책망하시는데, 그럼 당신은 지금까지 내게 어땠었나요? 아름답고 차디찬 순결한 비너스 같은 분이셨습니다. 내가 당신에게 마음 바친 헌신과 복종과 자제에 대해 당신은 내게 무엇을 약속해 주셨던가요? 아무것도 해 주시지 않았습니다. 또 나에게 무엇을 허락해 주셨던가요? 허락해 주신 것도 정말 얼마 안 되지요. 당신은 내게 데피네 씨 얘기를 하고는, 어느 날엔가 당신이 그의 곁으로 가야 하는 걸 생각하며 한숨 지었습니다. 그렇다면 발랑틴, 당신 마음속에 있었던 생각은 그것이 전부였던 것인가요? 어떻게 그럴 수 있습니까? 나는 당신에게 내 목숨을 걸고, 내 영혼을 바치고, 또 내 심장의 가장 미미한 박동까지도 당신을 위해 뛰도록 만들고 있습니다. 그런데 내가 이렇게 당신에게 내 모든 것을 바치고, 만약 당신을 잃는다면 죽어버리겠다고까지 생각하고 있을 때, 당신은 다른 남자의 사람이 될 생각만 하고 저에 대해서는 조금도 걱정해 주지 않으니 말입니다. 오, 발랑틴, 발랑틴! 내가 만약 당신이라면, 그래서 지금 내가 당신을 사랑하고 있는 것을 당신이 확실히 느끼듯이 당신이 나를 사랑하고 있는 것이 느껴진다면, 나는 백 번이라도 이 철책의 창살 틈으로 손을 내밀어 불쌍한 막시밀리앙의 손을 잡고 이렇게 말했을 겁니다. '이 세상에서는 물론 저 세상에서까지도, 막시밀리앙, 저의 사랑은 당신, 오직 당신뿐이에요'라고."

발랑틴은 아무 대답도 하지 않았다. 그러나 청년은 소녀가 한숨지으며 우는 소리를 들었다. 막시밀리앙은 이내 마음을 바꾸었다.

"오, 발랑틴, 발랑틴!" 그는 소리쳤다. "내 말에 마음이 상했다면 잊어주시오!"

"아니에요, 당신 말씀이 옳아요." 여자는 말했다. "하지만 전 거의 남의 집이나 다를 바 없는 이 집에 버려진 불쌍한 존재예요. 아버지께선 남이나 다름없는걸요. 그리고 제 마음도 쇠붙이 같이 차가운 마음으로 저를 박대하는 사람들 때문에 10년 전부터 시시각각으로 부서져버리고 말았어요. 제가 이렇게 고통 받고 있는 사실을 아는 사람은 하나도 없고, 이런 얘기조차 당신 말고는 해 본 적이 없어요. 남들이 겉으로 보기에는 제가 좋은 것을 모두 다 누리고 사랑받고 있는 것처럼 보이지만, 사실 모두가 나를 적으로 생각하고 있어요. 세상 사람들은 '빌포르 씨는 사람이 너무 신중하고 엄격해서 딸한테 아주 다정하게 대하지 못하는 거야. 하지만 그 딸이 새어머니인 빌포르 부인한테서는 적어도 행복을 찾았겠지' 라고들 얘기하지요. 그러나 그건 아무것도 모르고 하는 소리예요. 아버지는 나한테는 관심조차 주지 않으시고 늘 나를 내버려두죠. 계모는 악착같이 나를 증오하고 있어요. 얼굴에 미소를 띠면 띨수록 그만큼 더 속으로는 지독히 증오하는 거예요."

"당신을 증오하다니! 발랑틴, 어떻게 당신을 증오할 수가 있단 말이오?"

"하지만!" 발랑틴은 말했다. "그런 증오심도 따지고 보면 무리는 아닐 거예요. 계모는 자기 친아들 에두아르를 너무나 사랑스러워하니까요."

"그래서?"

"당신하고 돈 문제를 얘기하고 싶진 않지만, 계모가 저를 미워하는 이유는 아마 그 때문일 거예요. 계모에게는 자기 재산이 없어요. 그런데 저는 친어머니한테서 받은 유산이 상당한데다가, 또 앞으로 생메랑 외할아버지와 외할머니한테서 받을 유산까지 합치면 친어머니에게 받은 유산의 두 배가 넘을 거예요. 계모는 그 유산을 탐내는 것 같아요. 아! 만약 그 재산의 반을 계모에게 드릴 수 있고, 그 대신 아버지 집에서 진짜 딸 같이만 살 수 있다면 전 당장에라도 그렇게 할 거예요."

"불쌍한 발랑틴!"

"저는 사슬에 매여 있는 것 같은 기분이에요. 그러면서도 저 자신이 상당히 약한 사람인 것 같은 생각이 들어서 그렇게 사슬에나 매여 있어야 그나마 지탱할 수 있을 것 같고, 그것을 끊기가 겁이 나요. 게다가 아버지의 뜻을 어겼다간 야단이 나실 겁니다. 아버지는 제겐 무서운 분입니다. 당신에게도 그럴 것이고, 왕에게까지도 강경하게 나가실 분이에요. 여태까지 비난받을 만한 일이라고는 한 번도 없으셨고, 또 누구한테도 공격받을 수 없는 지위에 계시니까요. 오, 막시밀리앙! 분명히 말해두지만 전 싸울 수 없어요. 그런 싸움 때문에 저뿐 아니라 당신까지도 위험해질 수 있으니까요."

"그렇지만 발랑틴!" 막시밀리앙이 말을 이었다. "어째서 그렇게까지 포기하려고 하나요? 어째서 앞날을 그렇게 어둡게 내다본단 말이오?"

"하지만 지금까지의 일을 생각해 보면 어쩔 수 없어요."

"생각해 보세요. 사실 난 귀족의 입장에서는 당신과 걸맞은 훌륭한 배필은 아닐지도 모릅니다. 하지만 여러 가지 점에서 당신이 속한 사회와 교섭이 있었습니다. 프랑스 내에 두 개의 프랑스가 있던 시대는 이제 지났습니다. 왕정 시대의 격식 높던 가문도 지금은 제정 시대의 가족 속에 녹아 버리고 말았습니다. 창을 지녔던 귀족들이 대포로 올라온 귀족들과 하나가 되었습니다. 제가 바로 대포로 귀족이 된 사람입니다. 저는 군 방면에서는 앞날이 창창하고, 대수롭지는 않지만 내 맘대로 할 수 있는 재산도 있습니다. 그리고 내 아버님께선 우리 고장에서 여태까지 보기 드물게 정직하기로 이름난 실업가로 지금도 존경받고 있습니다. 발랑틴! 내가 우리 고장이라고 한 것은 당신도 거의 마르세유 사람이나 마찬가지기에 한 말이에요."

"마르세유 얘긴 말아주세요. 그 말만 들어도 누구나 애석하게 생각하는 어머니 생각이 나요. 어머니는 천사 같은 분이셨어요. 어머니는 이 세상에 살았던 그 짧은 시간 동안 이 딸을 극진히 보살펴주셨지요. 하늘나라로 영원히 올라가신 지금도 저를 지켜주실 거예요. 아, 만약 어머니만 살아 계셨다면 아무것도 두려울 게 없었을 거예요. 그러면 제가 어머니에게 당신을 사랑한다는 얘기를 했을 것이고, 어머니는 우리를 보호해 주셨을 텐데!"

"하지만 발랑틴!" 막시밀리앙이 말했다. "만약 당신 어머니께서 살아 계셨다면, 난 당신을 만나지도 못했을 걸요. 만약 어머니께서 살아 계시다면 당신은 분명 행복할 것이고, 행복한 당신은 나 같은 사람을 높은 데서 경멸하는 눈으로 내려다볼 테니까요."

"오!" 발랑틴이 목소리를 높였다. "이번엔 당신이 심술궂은 말씀을 하시는군요!…… 그런데 저 한 가지 듣고 싶은 얘기가 있어요."

"무슨 얘긴데요?" 막시밀리앙은 발랑틴이 망설이는 것을 보며 물었다.

"저……" 소녀는 말을 이었다. "전에 마르세유에 살 때, 제 아버지와 당신 아버지 사이에 무슨 좋지 않은 문제가 있었나요?"

"잘 모릅니다. 그저 당신 아버지께서 열렬한 왕당파였던 데 반해서, 우리 아버지는 보나파르트 편에 기우셨던 것뿐이지요. 두 분이 서로 의견이 맞지 않았다면 그 점이었을 겁니다. 그런데 그건 왜 묻죠?"

"얘기해 드릴게요." 소녀는 대답했다. "아무래도 알아두시는 게 좋을 것 같으니까요. 바로 당신이 레지옹도뇌르 훈장을 타게 된 소식이 신문에 나던 날이었습니다. 우리는 모두 누아르티에 할아버지 방에 있었지요. 그리고 거기엔 당글라르 씨도 계셨어요. 알고 계시죠? 은행을 하시는 분인데, 전에 그분 마차를 탔다가 말이 뛰는 바람에 제 계모와 동생이 죽을 뻔한 일이 있었던 그 당글라르 씨말예요. 모두들 당글라르 양의 결혼식 얘기를 하고 있을 때, 저는 할아버지께 큰 소리로 신문을 읽어드렸습니다. 바로 당신에 관한 기사를 읽고 있었는데, 이미 전날 아침에 당신한테서 그 소식을 들어서 전 미리 다 알고 있었죠. 그래도 그 기사를 읽을 땐 정말 행복했어요…… 하지만, 한편으로는 당신 이름을 큰 소리로 발음하려니 떨리기도 했지요. 전 그냥 지나치고 싶었지만, 다른 사람들 눈에 그 기사만 빼고 넘겨버리는 것이 이상하게 보일까봐 그럴 수가 없었어요. 저는 용기를 내서 읽었어요."

"오, 발랑틴!"

"그런데 글쎄, 당신 이름이 나오자, 아버지가 휙 돌아보시더군요. 저는 모두가 충격을 받는 모습이 마치 벼락이라도 맞은 것 같다고 생각했어요. 저 바보 같죠! 아버지는 몸을 떠시는 것처럼 보였어요. 그리고 마찬가지로 그분에 대해서는 잘못 본 것 같기도 한데, 당글라르 씨도 그러시더라고요.

'모렐이라,' 아버지가 말씀하시더군요. '가만있자!' 아버지는 이맛살을 찌푸리셨죠. '저, 마르세유의 모렐 집안 녀석인가? 보나파르트 당원으로 미쳐서 날뛰

던 집안 아냐? 1815년에 그렇게 시끄럽게 굴더니.'

'그렇습니다,' 당글라르 씨가 대답하더군요. '옛날에 그 선주 아들일 겁니다.' "

"그게 정말이오?" 막시밀리앙이 물었다. "그랬더니 당신 아버지께선 뭐라고 대답하셨습니까?"

"아! 무서운 일이에요. 말씀드릴 수가 없군요."

"괜찮으니 얘길 해봐요." 막시밀리앙은 웃으며 말했다.

"아버지께선 여전히 눈살을 찌푸리시며 '황제는 그런 미친놈들을 어디에 배치해야 할지 다 알고 있었던 거야. 황제는 그런 놈들을 대포밥이라고 불렀는데, 격에 꼭 맞는 이름이지. 이번 새 정부 역시 그런 훌륭한 방침을 잘 활용하는 건 기분 좋은 일이지. 알제리 점령은 바로 그 때문이겠지만, 그 점은 정부를 축복할 일이야. 희생이 크긴 하겠지만' 하셨죠."

"그건 좀 난폭한 정책이긴 하지만," 막시밀리앙이 말했다. "아버지께서 하신 말씀에 얼굴을 붉힐 필요는 조금도 없어요. 그 점에 있어선, 저희 아버지도 당신의 아버님한테 지지 않으셨으니까요. 제 아버지도 늘 이렇게 말씀하셨죠. '황제 폐하께서는 여러 가지 좋은 일을 생각해 내셨는데, 왜 재판관이나 변호사들로 연대를 하나 만들어서 맨 앞에 총알받이로 내보낼 생각은 안하셨을까?' 하고 말입니다. 그 훌륭한 말재간으로 보나 우쭐한 사고 방식으로 보나 서로 엇비슷하네요. 그런데 아버지의 말씀에 대해서 당글라르 씨는 뭐라고 하셨습니까?"

"아! 그분이요. 그 독특하면서도 교활한 웃음소리로 웃기 시작하더군요. 인정머리 없는 사람 같다고 생각했어요. 그리고 조금 있다가 두 분은 곧 자리를 떴죠. 저는 그때 막, 할아버지가 아주 흥분해 계신 것을 보았어요. 그런데 막시밀리앙, 불쌍한 중풍 환자인 우리 할아버지의 감정은 나 말고는 아무도 눈치채지 못한답니다. 이젠 아무도 할아버지가 앞에 계시든 말든 신경 쓰지 않으니까요, 그래서 전 할아버지 앞에서 대화했던 내용이, 할아버지의 기분에 큰 영향을 준 모양이라고 짐작했지요. 황제를 나쁘게 말하는 것을 들으셨던 거겠죠. 할아버지는 황제를 숭배하셨던 것 같거든요."

"사실," 막시밀리앙은 말했다. "제정 시대엔 꽤 날리던 이름이셨지요. 당신 할아버지께선 상원의원이셨습니다. 그리고 당신도 아는지 모르지만, 왕정복고 때에 있었던 보나파르트 파의 모든 음모에는 거의 다 관계하고 계셨습니다."

"네, 저도 가끔 그런 소문을 듣고 이상하게 생각했지요. 할아버지는 보나파르트 당원인데, 아버지는 왕당파니 말이에요. 하지만 인제 와서 그게 어떻단 말이죠? 그래서 저는 할아버지 곁으로 다시 갔습니다. 할아버지는 신문 쪽을 눈으로 가리키셨지요. '왜 그러세요, 할아버지? 기쁘세요?' 물었더니, 할아버지께서는 고개를 끄덕여 그렇다고 하시더군요.

'아버지가 지금 하신 말씀이요?' 내가 물었습니다.

그랬더니 이번에는 아니라고 고개를 저으셨습니다.

'그럼, 당글라르 씨가 하신 말씀이요?'

할아버지는 여전히 고개를 저으셨지요.

'그럼 모렐 씨가, 전 감히 막시밀리앙이라고는 못했지요, 레지옹도뇌르 훈장을 타게 된 것 말씀이세요?'

할아버지께선 그제야 그렇다는 몸짓을 하셨습니다.
믿어지세요, 막시밀리앙? 당신을 아시지도 못하는 할아버지가 당신이 레지옹도뇌르 훈장을 받게 되었다고 좋아하시니 말입니다. 아마 정신이 이상해지신 게 아닌가 싶어요. 나이를 먹으면 노망이 난다고들 하잖아요. 그러나 어쨌든 할아버지가 그렇게 말씀하셔서 전 할아버지가 더 좋아졌어요."

'이상하군,' 막시밀리앙은 생각했다. '아버지는 날 미워하시는데, 할아버지께선 그 반대시라니...... 보통일은 아니야, 당파에 따른 사랑과 증오라니!......'

"쉿!" 발랑틴이 갑자기 소리쳤다. "숨으세요, 도망가세요, 누가 와요."

막시밀리앙은 재빨리 삽 있는 데로 달려가 사정없이 알팔파 밭을 파기 시작했다.

"아가씨, 아가씨!" 나무 뒤에서 부르는 소리가 들렸다. "마님께서 찾으십니다. 응접실에 손님이 오셨어요."

"손님?" 발랑틴이 움찔 놀라며 물었다. "손님이라니 누군데?"

"아주 높으신 귀족 분이십니다. 왕족이라는데 몬테크리스토 백작이시랍니다."

"곧 갈게." 발랑틴은 큰 소리로 대답했다.

몬테크리스토라는 이름을 듣자, 철책 저쪽에 서 있던 청년, 발랑틴의 '곧 갈게'라는 말로 언제나 밀회의 작별을 맛보았던 그 청년은 정신이 번쩍 들었다.

"그런데," 막시밀리앙은 삽에 몸을 기대며 생각에 잠겨 혼자 중얼거렸다. "몬테크리스토 백작은 어떻게 빌포르 씨를 알고 계신 거지?"

독물학

정말로 몬테크리스토 백작이 검찰총장의 방문에 대한 답례로 빌포르 부인을 찾아온 것이었다. 백작의 이름을 듣자, 온 집안이 발칵 뒤집힌 것이 당연했다.

백작이 왔다는 말을 전해들었을 때 빌포르 부인은 객실에 있었다. 그러자 부인은 백작에게 다시 한 번 감사의 말을 하기 위해 얼른 아들을 불렀다. 에두아르는 지난 이틀 동안 이 위대한 인물에 대한 얘기를 귀 따갑게 들었다. 아이는 어머니의 말을 따르기 위해서도 아니고, 백작에게 감사하기 위해서도 아니고, 단순한 호기심에서 뭔가 버릇없는 소리를 나불댈 만한 것이 없나 살피려고 허둥지둥 달려왔다. 아이가 그런 소릴 하는 것을 들을 때면 어머니는 언제나 이렇게 말했다. "이런, 이 애가 왜 이렇게 못돼먹은 거야! 하지만 용서해 줄 수밖에 없지, 저렇게 머리가 잘 돌아가는데!!"

한 차례 인사가 오고간 뒤에, 백작은 빌포르 씨의 안부를 물었다.

"남편은 오늘 법무대신 댁의 만찬에 참석하러 가셨답니다." 젊은 부인은 대답했다. "방금 나가셨어요. 백작님을 못 뵙게 된 것을 퍽 섭섭해하실 겁니다."

두 명의 손님이 백작보다 먼저 응접실에 와 있었는데, 그들은 백작을 자세히 뜯어보고 싶어서 예의와 호기심을 동시에 만족시킨다는 구실로 시간을 지체하고 나서야 물러났다.

"그런데 네 누이는 도대체 뭘 하는 거냐?" 빌포르 부인은 에두아르에게 물었다. "백작께 인사드려야 한다고 가서 일러라."

"부인, 따님이 계신가요?" 백작이 물었다. "아직 어리겠군요?"

"남편의 딸이지요." 젊은 부인이 대답했다. "전처와의 사이에 난 딸입니다. 이젠 다 컸고, 예쁜 처녀랍니다."

"그런데 우울해." 어린 에두아르가 말참견을 하면서, 아름다운 앵무새 깃털을 모자에 꽂으려고 새의 꼬리에서 털을 뽑았다. 금빛 나무 막대에 앉아 있던

새가 괴로운 듯이 소리를 질렀다.
그 말에 빌포르 부인은 그저 한마디만 했다.
"조용히 해라, 에두아르!"
그러고는 다시 백작을 보며 말을 이었다. "아이가 어려서 경솔하긴 해도 거의 맞는 말입니다. 얘는 저 때문에 그 말을 너무 여러 번 들어서 그렇답니다. 빌포르 양은 저희가 아무리 기분을 좋게 해주려고 해도, 본디 성격이 울적한 데다가 말이 없는 애여서 예쁜 얼굴까지 망치는 일이 많다니까요. 그런데 오질 않네, 에두아르, 왜 늦는지 좀 가보고 와라."
"누나가 없는 데만 찾아다니니까 그렇지."
"어디로 찾으러 갔는데?"
"할아버지한테."
"누이가 거기 없단 말이냐?"
"없어, 없어, 없어, 없어, 없어. 없단 말이야." 에두아르는 노래라도 하는 듯한 말투로 대답했다.
"그럼, 어디 있단 말이냐? 알거든 말해 봐라."
"마로니에 나무 밑에 있어." 심술궂은 아이는 어머니가 소리를 지르거나 말거나 살아 있는 파리들을 앵무새에게 주면서 대답했다. 앵무새는 그런 종류의 사냥감을 특히 좋아하는 것 같았다.
빌포르 부인은 하녀를 불러 발랑틴이 있는 곳을 가르쳐주려고, 종 쪽으로 손을 뻗었다. 바로 그때 발랑틴이 들어왔다. 정말 발랑틴의 얼굴은 슬퍼 보였다. 게다가 자세히 들여다보면, 소녀의 눈에는 눈물 자국이라도 남아 있는 것 같았다.
이야기가 빠르게 진행되다 보니 발랑틴이 독자들에게 소개되지도 않은 채로 다른 이야기에 묻혀 등장해버렸다. 발랑틴은 키가 크고 날씬한 열아홉 살 처녀로, 밝은 밤색 머리칼에 짙은 파란색 눈을 가졌고, 걸음걸이는 나른하면서도 우아함이 배어 있는 것이 꼭 제 친어머니를 닮았다. 게다가 손은 하얗고 가느다랗고, 목덜미는 진줏빛이었으며, 두 뺨은 색깔이 아스라이 사라진 대리석 같았다. 얼핏 보면 이런 외모는, 더할 나위 없이 시적인 비유로 물에 비친 백조로 표현되었던 저 영국 미인들 중에 한 명 같았다.
그런 발랑틴이 들어왔다. 그녀는 들어오면서 계모 곁에 그동안 수없이 소문

을 들어왔던 그 외국 사람이 있는 것을 보았다. 발랑틴이 인사를 할 때, 젊은 아가씨들이 하는 어떤 애교도 부리지 않고, 눈을 내리깔지도 않았는데도 그 모습이 우아했기 때문에 더욱 백작의 주의를 끌었다.

백작이 자리에서 일어났다.

"의붓딸인 빌포르 양입니다." 빌포르 부인은 소파에 앉은 채 몸을 기울여 발랑틴을 가리키며 백작에게 말했다.

"이분은 몬테크리스토 백작, 중국의 왕이고, 인도차이나의 황제이셔." 어린 녀석이 익살스럽게 말하면서 제 누이를 힐끗 쳐다보았다.

이번에는 빌포르 부인도 안색이 변했다. 부인은 이 집안의 골칫덩어리인 아들 에두아르에게 화를 냈다. 그러나 그와는 반대로 백작은 미소를 띠며, 소년을 재미있는 듯이 바라보았다. 그것을 보고 소년의 어머니는 기쁨과 감격이 절정에 이르렀다.

"하지만 부인," 백작은 다시 얘기를 계속하려고 빌포르 부인과 발랑틴을 번갈아보면서 말을 이었다. "두 분 다 전에 어디서 뵌 적이 없었던가요? 아까도 잠깐 그 생각을 했는데요. 방금 따님께서 들어오시는 것을 뵙자, 여태까지 희미했던 기억에 한 줄기 빛이 비추는 듯 느껴지더군요. 이런 말씀을 드리는 것이 실례인 줄 압니다만."

"그럴 리는 없을 겁니다, 백작. 이 애는 사교계를 별로 좋아하지 않아서 거의 나다니는 일이 없답니다." 부인은 대답했다.

"사교계에서 뵌 것은 아니었습니다. 따님뿐 아니라 부인이나 이 귀여운 장난꾸러기도 말입니다. 그리고 파리의 사교계는 전 아직 모르니까요. 이미 말씀드린 줄로 알고 있습니다만, 파리에 온 지 며칠 안 됩니다. 좀 생각을 더듬어보겠습니다……. 잠깐만 기다려 주십시오……."

백작은 기억을 더듬는 듯이 손을 이마에 갖다 댔다.

"맞아요, 집 밖에서였어요……. 그건…… 뭐랄까……. 아무래도 제 기억엔 아름다운 태양과 종교적 축제와 관련이 있는 것 같은데…… 따님은 손에 꽃을 들고 있었습니다. 아드님은 정원에서 커다란 공작을 쫓아가고 있었고…… 그리고 부인께선 포도넝쿨을 올린 정자 같은 곳 밑에 계셨습니다…… 부인, 부인께서도 생각을 좀 해주십시오. 지금 제가 드린 말씀에 뭐 생각나는 게 없으십니까?"

"생각이 안 나는데요." 부인은 대답했다. "하지만 혹 다른 데서 뵌 일이 있다면, 저도 백작님을 기억할 수 있을 텐데요."

"백작께선 저희를 이탈리아에서 보신 게 아닐까요?" 발랑틴이 수줍은 듯이 말했다.

"아, 정말 이탈리아라……. 그럴지도 모르겠군요." 백작이 대답했다. "아가씨께선 이탈리아를 여행해보신 일이 있으십니까?"

"어머니하고 2년 전에 갔었습니다. 의사가 제 폐가 좋지 않은 것 같다고 걱정하며 나폴리의 공기를 마셔보라고 권했습니다. 그래서 볼로냐와 페루자와 로마에도 갔었지요."

"아, 그렇군요!" 백작은 마치 그 한 마디만으로 기억이 떠오른 듯이 소리쳤다. "페루자에서였군요. 그리스도 성체성혈 대축일이었죠. 역에 있는 여관 뜰에서 우연히 부인과 아가씨와 도련님을 뵈었습니다. 거기서 만났었군요. 이제야 생

각이 납니다."

"페루자는 저도 생각이 납니다. 그리고 역에 있는 여관이며, 지금 말씀하신 축제도요." 빌포르 부인은 말했다. "하지만 아무리 생각을 더듬어보아도, 기억력이 나빠서 부끄럽지만 백작님을 뵌 기억이 도무지 나질 않는군요."

"이상한데요, 저도 기억이 안 나는군요." 발랑틴이 그 아름다운 눈으로 백작을 쳐다보며 말했다.

"아! 난 생각나!" 에두아르가 말했다.

"생각이 나도록 도와드리지요." 백작이 다시 입을 열었다. "그날은 아주 뜨거웠습니다. 여러분들은 축제 때문에 늦어지는 마차를 기다리고 있었지요. 그래서 아가씨께선 정원 안으로 깊이 들어가시고, 에두아르는 새 뒤를 쫓아갔지요."

"엄마, 내가 그 새를 잡았잖아!" 에두아르가 말했다. "내가 새 꽁지에서 깃털을 세 개나 뽑았어."

"그리고 부인, 부인께선 포도넝쿨 정자 밑에 계셨습니다. 부인께선 돌 벤치 위에 앉아 지금 말씀드린 대로 따님과 아드님이 곁에서 떨어져 있는 동안 누군가와 오랫동안 얘기를 하고 계셨었는데, 생각 안 나십니까?"

"아, 그렇게 말씀하시니," 젊은 부인은 얼굴이 새빨개지며 대답했다. "이제 생각이 나는군요, 긴 털외투를 입은 분과…… 그분은 아마 의사였을 겁니다."

"맞습니다, 부인, 그 사람이 바로 저였습니다. 전 2주일 전부터 그 여관에 묵고 있었는데, 열병에 걸린 하인과 황달이 든 집 주인을 제가 고쳐주었지요. 그래서 모두들 저를 굉장한 의사처럼 생각하고 있었습니다. 부인과는 여러 가지로 꽤 오랫동안 얘기를 했었지요. 페루지노[*1]나 라파엘에 대한 얘기, 또 민간요법이며, 그리고 저 유명한 독약인 아쿠아토파나 같은 얘기였지요. 그리고 그 약에 관해서는 페루자에서도 몇 사람 말고는 아직 아무도 모른다는 얘기를 했었지요."

"아, 그랬어요," 부인은 불쑥 대답했으나, 그 대답에는 불안한 빛이 역력했다. "생각납니다."

"그때 하신 말씀이 자세히 생각나진 않지만," 백작은 침착하게 말을 계속했다. "한 가지 지금도 생각나는 것은 부인께서도 다른 사람들처럼 저를 의사로 착각하시고, 따님의 건강에 대한 것을 물으셨지요."

"하지만 백작께선 정말 의사가 아니셨습니까? 그때 여러 사람의 병을 고쳐주셨는데요."

"부인, 몰리에르[*2]나 보마르셰[*3] 같으면 그 문제에 대해 이렇게 대답할 겁니다. 전, 의사가 아닙니다. 제가 환자를 고친 것이 아니라, 환자 쪽에서 병이 나은 것이라고 말입니다. 다만 한 가지 말씀드릴 수 있는 것은 전 화학과 자연과학 연구에 있어서는 꽤 일가견이 있습니다. 아마추어로서이긴 하지만."

바로 그때, 6시를 알리는 종이 울렸다.

"어머, 6시구나." 빌포르 부인은 눈에 띄게 당황해서 말했다. "발랑틴, 할아버님 식사 준비가 됐는지 가보렴."

---

*1 유명한 이탈리아 화가.

*2 17세기의 희극작가.

*3 18세기의 극작가.

발랑틴은 자리에서 일어나 백작에게 인사하고 아무 소리 없이 나가버렸다.

"부인, 제가 있어서 따님을 내보내신 게 아닙니까?" 백작은 발랑틴이 나가자 이렇게 물었다.

"그럴 리가요." 부인은 성급히 말했다. "사실 불쌍한 저 애 할아버지께 변변치 못한 식사를 드릴 시간이랍니다. 그걸 잡숫고 겨우 목숨을 유지하시는 거죠. 들으셨겠지만, 제 시아버님께선 정말 딱하게 되셨답니다."

"아, 빌포르 씨한테서 말씀 들었습니다. 중풍이시라고요."

"글쎄, 그렇답니다. 노인께선 조금도 움직이시질 못하십니다. 그저 영혼만이 인간이라는 기계 속에서 눈을 뜨고 있을 뿐, 그것도 희미하게 깜빡깜빡해서 금세 꺼지려고 하는 램프 같답니다. 용서하세요. 집안의 안 좋은 이야기를 해 드려서 죄송합니다. 백작께서 굉장한 화학자시라는 말씀을 하시던 참이었는데요."

"아니, 그런 말은 아니었습니다. 부인," 백작은 웃으면서 대답했다. "그와는 정반대죠. 전 동양에서 살 생각이었기 때문에 한번 미트리다테스 왕*4처럼 돼보고 싶어서 화학을 연구했던 겁니다."

"폰투스의 국왕 미트리다테스," 굉장히 좋은 화보집에서 그림을 오리면서 놀고 있던 산만한 녀석이 말했다. "아침마다 크림을 탄 독약을 한 잔씩 먹던 그 사람 말이지?"

"에두아르! 넌 참 고약한 아이구나!" 빌포르 부인은 아들의 손에서 망가진 화보집을 빼앗으며 말했다. "넌 정말 감당할 수 없는 아이야. 왜 이렇게 성가시게 구니? 어서 나가봐. 할아버지 계신 데 가서 누나하고 같이 있어라."

"그림책은……" 에두아르가 말했다.

"뭐, 그림책?"

"응, 그림책 달란 말이야."

"이 그림들은 왜 오려냈니?"

"재미있으니까 그랬지 뭐."

"가라고 했지, 어서 가!"

"그림책 안 주면 안 갈래." 아이는 언제나 떼를 쓰면 통하는 게 습관이 되어서 커다란 안락의자에 앉아 꼼짝도 하지 않고 말했다.

"자, 그 대신 얼른 나가거라." 빌포르 부인은 아들에게 화보집을 주며 말했다. 아이는 어머니에게 끌려서야 밖으로 나갔다.

백작은 눈으로 부인을 지켜보았다.

"아이가 나간 다음엔 문을 닫을 것 같은데 어디 한번 볼까." 백작은 중얼거렸다.

빌포르 부인은 아들이 나가자 아주 조심스레 문을 닫았다. 백작은 그것을 못 본 척했다.

부인은 잠깐 주위를 둘러본 다음 다시 긴 의자에 와서 앉았다.

"이런 말씀을 드리는 게 실례가 될지 모르겠습니다만," 백작은 평소의 그 친절한 태도로 말했다. "부인께선 장난을 좋아하는 귀여운 아드님께 너무 엄하신 것 같군요."

---

*4 해독제의 발견자.

"그러지 않을 수가 없어서요." 빌포르 부인은 어머니다운 침착한 말투로 대답했다.

"아까 에두아르 군이 미트리다테스 왕을 언급하면서 한 말은 코르넬리우스 네포스의 역사책을 암송한 것이었습니다." 백작은 말했다. "그것을 인용하려던 것을 막으셨습니다. 그런 걸 보니, 에두아르 군의 가정교사는 아드님과 공연히 시간을 낭비한 건 아니라는 것과 아드님도 나이에 비해서 퍽 영리한 편이라는 것이 증명되는군요."

"사실," 부인은 칭찬받은 것이 기분 좋아서 대답했다. "그 애는 재주가 있는 것 같아요. 뭐든지 생각만 있으면 다 외우는 아이니까요. 그저 한 가지 결점이 있다면, 너무 제 맘대로만 하려는 것이지요. 그런데 아까 그 애가 얘기한 것 말씀입니다. 미트리다테스 왕은 그렇게 예방을 한 것 같은데, 정말 그런 예방이 효과가 있었을까요?"

"그렇다고 볼 수 있습니다. 저도 나폴리, 팔레르모, 스미르나 같은 데서 독에 당하지 않으려고 예방을 했습니다. 그렇게 안 했다면 아마 서너 번은 목숨을 잃었을 겁니다."

"그래, 그 방법이 성공했단 말씀인가요?"

"그렇습니다. 완전한 방법이지요."

"그래요, 백작께선 페루자에서도 그와 비슷한 말씀을 한 번 하셨지요."

"제가 그랬던가요?" 백작은 깜짝 놀란 듯이 말했다. "까맣게 잊고 있었던 사실이군요."

"제가 그때, 똑같은 독약이 북방인들과 남방인들에게 똑같이 작용을 하느냐고 여쭈었었지요. 그랬더니 백작께선 차고 둔한 체질을 가진 북방인들에게는 풍만하고 활동적인 체질인 남방인들의 경우보다 효과가 즉각적으로 나타나진 않는다고 말씀하셨습니다."

"그렇습니다," 백작은 말했다. "저는 러시아사람들이 나폴리사람이나 아랍사람들 같았으면 먹고 죽었을 식물을 먹고도 끄떡하지 않는다고 알고 있습니다."

"그렇다면 우리 유럽인들이 동양인들보다는 효과가 더 확실하다는 말씀이군요. 그러니까 조금씩 늘려가며 독을 섭취한다고 했을 때, 우리나라와 같이 안개와 비가 많은 곳의 사람이 위도가 낮은 더운 지방에 사는 사람보다 더 쉽게 내성을 가질 수 있다는 거죠?"

"물론입니다. 물론 그렇긴 한데, 예방이 되는 것은 내성이 생긴 그 독에 대해서만 해당되는 일이겠지요."

"알겠습니다. 그런데 예를 들면 백작께서는 어떻게 내성이 생기셨는지요?"

"그야 어렵지 않지요. 그건 이를테면 자기가 어떤 독약에 당할 것인가를 미리 알고 있다고 가정해 보십시다……. 가령 그 독약이 브루신이라고 가정한다면……"

"브루신은 앙고스투라 나무껍질에서 추출하는 것 아닙니까?" 빌포르 부인이 물었다.

"그렇습니다," 백작은 대답했다. "그러고 보니 가르쳐드릴 필요도 없겠습니다. 정말 대단하십니다. 여자로서 그런 지식을 갖춘 분은 극히 드문데요."

"네, 사실은," 부인은 말했다. "전 신비학(神秘學)에 대단한 흥미를 가지고 있습니다. 마치 시처럼 상상력을 불러일으키고, 또 대수방정식처럼 수로 분해되거든요. 자, 얘기를 계속 들려주세요. 참, 재미있는 말씀이신데요."

"자, 그럼," 백작이 말을 이었다. "예를 들어 그 독약이 브루신이라고 가정해 보십시다. 그리고 그것을 부인께서 첫날에는 1밀리그램을 마시고, 다음 날엔 2밀리그램, 그렇게 해서 열흘이 되면 10밀리그램을 마시게 된다고 합시다. 그 다음 하루에 1밀리그램씩을 더 늘리면, 20일째에는 30밀리그램이 됩니다. 그 양은 부인에겐 아무 지장이 없는 양이지만, 미리 단련이 되어 있지 않은 사람이 단번에 마신다면 아주 위험한 양이지요. 이렇게 해서 한 달만 지나면, 같은 병의 물을 마시면서도 그 물을 나누어 마신 상대를 죽일 수가 있습니다. 그래도 부인 쪽에서는 그 물 속에 무엇인가 나쁜 것이 들어 있었구나 하는 정도로밖엔 느껴지지 않을 것이란 말씀입니다."

"다른 해독제는 모르십니까?"

"다른 건 모릅니다."

"전 미트리다테스 얘기를 여러 번 읽었지만," 빌포르 부인은 생각에 잠긴 듯이 말했다. "그냥 얘기인 줄로만 알고 있었는데요."

"천만에요. 그건 일반 역사의 경우와 달리 확실히 진짜입니다. 그러나 부인께서 지금 물어보신 얘기는 공연히 한번 물어보신 건 아닌 줄로 압니다. 왜냐하면 2년 전에도 지금과 똑같은 질문을 하셨거든요. 미트리다테스 얘기를 늘 생각하고 있다고 말씀하셨습니다."

“그건 사실입니다. 저는 처녀 시절에 식물학과 광물학을 좋아해서 공부를 했었습니다. 그런데 나중에 훨씬 늦게서야, 약초의 사용법으로 동양 민중의 역사와 동양사람 개개인의 모든 생활이 설명된다는 사실을 알게 되었지요. 그것은 그들이 꽃을 가지고 모든 사람의 감정을 설명한 것과 같은 맥락이었습니다. 그때 저는, 남자로 태어나지 못해서 플라멜*5이나 폰타나*6나 카바니스*7 같은 사람이 되지 못한 것을 얼마나 안타까워했는지 모릅니다.”

“게다가 동양사람들은,” 백작이 말을 이었다. “독을 미트리다테스처럼 갑옷으로 사용하는 것에 만족하지 않고, 단도처럼 쓰기도 합니다. 과학이 그들의 수중에서, 단지 방어무기로 끝나는 것이 아니라 공격무기도 되는 일이 허다합니다. 한편에서는 그것을 자신의 육체적인 고통을 고치는 데 쓰기도 하지만, 다른 한편에서는 그것을 자기들의 적에게 쓰는 것입니다. 아편이라든가, 밸라돈나 풀, 앙고스투라 나무껍질, 뱀나무, 라우로세라수스 벚나무 같은 것들을 가지고 동양사람들은 자신들을 위협하는 적을 잠재웁니다. 부인께서 착한 여자들이라고 알고 있는, 이집트나 터키, 그리스의 여자들 중에는 의사도 혀를 내두를 만한 화학 지식과 고해신부도 뒤로 넘어갈 만한 통찰력을 가지고 있지 않은 사람이 한 사람도 없을 정도입니다.”

“어머나?” 빌포르 부인은 이런 얘기를 듣자 눈이 이상하게 빛났다.

“그렇습니다, 부인.” 백작은 계속해서 말했다. “동양의 신비한 이야기들은 모두, 사랑을 불러일으키는 식물로부터 죽음을 가져오는 식물에 이르기까지, 그리고 천국을 펼쳐 보이는 식물에서부터 지옥으로 떨어뜨리는 식물에 이르기까지 이렇게 서로 얽혀 있는 것입니다. 인간의 기질 속에 육체적으로나 정신적으로 여러 가지 변덕이나 기이한 기분이 잠재되어 있는 것과 마찬가지로, 그런 약재들에도 여러 종류가 있습니다. 더 자세히 말씀드리자면, 그런 화학기술을 가지면 사랑을 갈망할 때나 복수하려고 할 때, 필요에 따라서 묘약이나 독약으로 적당히 배합할 수 있지요.”

“하지만 백작,” 부인이 말했다. “그렇다면 백작께서 사셨던 동양 사회는 그 나라의 구전설화처럼 정말 그렇게 신비스러운 것인가요? 사람을 감쪽같이 없앨

---

*5 15세기의 연금술사.

*6 18세기의 과학자.

*7 18세기의 철학자, 의사, 생리학자.

수가 있습니까? 그럼 정말 갈랑[*8] 씨의 이야기에 나오는 바그다드나 바스라에서처럼 되나요? 황제나 대신이나, 한 사회를 지배하고 있는 사람들, 우리 프랑스에서 말하자면, 정부에 있는 사람들이 과연 하룬 알 라시드나 자파르가 한 것같이 독살자를 용서해 줄 뿐 아니라, 일을 잘 치렀다고 재상 자리까지 주고, 그가 한 일을 금옥의 문자로 새기게 해서 심심할 때마다 읽을까요?"

"아닙니다. 그런 황당무계한 일은 이젠 동양에서도 없습니다. 동양에도 이름이나 옷차림만 다를 뿐 경찰관이나 예심 판사, 검사, 그리고 감정인들이 있습니다. 교수형도 있고, 참수형도 있고, 죄인 몸에 말뚝을 박아 죽이는 아주 괜찮은 형벌도 있지요. 그런데도 범인들의 속임수가 보통이 아니어서, 용케 법망을 피해 여러 가지 계획을 교묘하게 성공시키지요. 우리나라에서는 사람이 밉거나 물건에 욕심이 나서 적을 죽여버리고 싶다든가, 할아버지라도 없애고 싶은 바보 같은 놈은, 쥐가 들끓어서 잠을 잘 수 없다며 약재상한테 가명으로, 사실은 그게 진짜 자기 이름을 대는 것보다 더 들키기 쉬운 법인데, 비소를 5, 6그램 삽니다. 좀 약다는 놈들은 이런 식으로 약재상을 대여섯 군데 돌아다니죠. 그 결과로 대여섯 배쯤 자기 얼굴을 남에게 더 알려버리게 됩니다. 약을 얻게 되면, 이번에는 그 상대나 할아버지에게 마치 매머드나 마스토돈[*9]이라도 죽일 수 있을 만큼 다량의 비소를 씁니다. 그래서 비소를 먹은 사람이 온 거리가 진동할 만큼 터무니없이 요란한 신음을 하게 만들지요. 그러면 경찰과 헌병들이 떼로 몰려옵니다. 그리고 곧 의사가 오죠. 의사는 죽은 사람의 배를 가르고, 위와 장 속에 비소가 있는 것을 발견해냅니다. 이제 다음 날이 되면 신문이란 신문에는 모두 가해자와 피해자의 이름과 함께 그 사건이 보도되지요. 바로 그날 저녁부터 몇 군데 약재상이 출두해서, '그 사람에게 비소를 판 건 저올시다' 하고 말합니다. 비소를 산 사람의 얼굴을 모를 리가 없으니, 그 사람이 틀림없다고 골백번 말합니다. 이렇게 그 멍텅구리는 체포되고, 이제 감금되어 심문과 대질심문을 당하면 머리가 어리벙벙해진 채 판결이 나고, 사형대의 이슬로 사라지고 맙니다. 범인이 신분이 괜찮은 여자일 경우엔 종신형을 받습니다. 이것이 우리 북방인이 말하는 화학에 대한 지식이라는 거죠. 하긴,

---

*8 《아라비안나이트》의 프랑스 어 번역자 중에 한 사람.

*9 둘 다 원시동물.

데뤼*[10]는 지금 얘기한 것보다는 훨씬 나은 방법을 썼지요."
"어쩔 수 없죠!" 젊은 부인은 웃으면서 말했다. "자기 능력 밖의 일은 못하는 거니까요. 모든 사람이 메디치 가문이나 보르자 가문에 있었던 비법을 알고 있는 건 아니죠?"
"그런데 말씀입니다," 백작은 어깨를 으쓱하면서 말했다. "어째서 그런 어리석은 일들이 벌어지는지 말씀드릴까요? 그건 이 나라의 연극 때문입니다. 이건 다만 극장에서 상연되는 연극의 각본만 읽고 말씀드리는 것이지만, 등장인물이 병 속에 있는 것을 마시거나 반지의 보석 속에 채워져 있던 것을 마시면 순식간에 뻣뻣해져서 쓰러지는 겁니다. 그리고 5분만 지나면 막이 내리죠. 그러면 관람객들은 뿔뿔이 흩어집니다. 그리고 사람을 죽인 자가 그 뒤에 어떻게 되는지는 생각하지도 못합니다. 어깨에 현장을 두른 경찰의 모습도, 부하들을 넷씩이나 달고 다니는 헌병 하사의 모습도 나타나지 않으니, 머리가 텅 빈 바보 같은 인간들은 모든 일이 다 잘 된 줄로 아는 거죠. 그러나 프랑스를 벗어나서, 알레포나 카이로, 나폴리나 로마만 가보더라도 그렇진 않습니다. 거기서 겉으로 보기에는 건강하고 활기차며 혈색이 좋은 사람들이 거리를 걸어다니는 걸 볼 수 있을 겁니다. 그러나 그 사람 속에 들어 있는 절름발이 악마는 자기 망토에 스치는 사람한테 이렇게 속삭일지도 모릅니다. '이자는 3주 전부터 독을 먹었지. 이제 한 달 뒤엔 갑자기 죽을 거라고.' "
"그럼 그 사람들은 페루자에서 잃어버렸다던 그 유명한 독약 아쿠아토파나의 비밀이라도 알아냈다는 말인가요?" 빌포르 부인이 말했다.
"아, 부인, 이 세상에서 영원히 비밀로 남는 일이 있겠습니까? 기술이란 것은 자리만 옮기면서 온 세계를 일주하는 겁니다. 이름만 바뀔 뿐인데, 단지 그것만으로 세상 사람들은 속는 거지요. 그러나 그 결과는 늘 마찬가지입니다. 독이란 놈은 체내의 어느 특정 부분에 반드시 명중하는 놈입니다. 어떤 것은 위에서, 어떤 것은 뇌에서, 또 어떤 것은 장에서 활동하게 되어 있습니다. 그런데 어떤 독이 기침을 일으켰다고 합시다. 그 기침은 폐렴을 일으키거나, 버젓이 의사의 책에 수록되어 있는 다른 병을 일으킵니다. 그러니 기침만으로도 완전히 목숨을 잃기도 하는 것입니다. 설령 그것으로 목숨을 빼앗기진 않는다 하더

*10 18세기의 독살범으로 교묘하게 도망 다녔으나 마지막에 단두대에 올랐다.

라도, 무식한 의사의 처방으로 결국은 목숨을 잃게 되는 수도 있지요. 의사들 대부분은 약물에 대한 지식이 적으니까요. 그래서 병을 낫게 하는 수도 있지만, 병을 악화시키는 경우도 있습니다. 이렇게 해서 사람 하나를 법에 조금도 저촉되지 않고 교묘히 죽일 수 있게 됩니다. 따라서 재판소가 아무리 조사를 해보아도 전혀 단서가 잡히질 않습니다. 이건 제 친구 중에, 무서운 화학자라고 불리긴 하지만 시칠리아 섬 타오르미나에 아델몬테라고 훌륭한 사제가 살고 있는데, 그가 한 말입니다. 그 사람은 이탈리아에서 일어나는 이러한 현상을 깊이 연구했지요."

"무서운 일이군요. 그러나 참 대단하군요." 부인은 잔뜩 주의를 기울이며, 꼼짝도 하지 않고 말했다. "전 솔직히 말해서 그런 건 다 중세에 꾸며낸 얘기인 줄 알았어요."

"그렇습니다. 그러나 그런 이야기들은 오늘날 더욱 완벽에 가깝게 실현되고 있는지도 모릅니다. 여가, 격려, 포상, 훈장, 몽티옹 상 등이 도대체 어디에 쓸모 있다고 할 수 있겠습니까? 그런 것들 모두, 사회가 더 훌륭하게 완벽해지는 방향으로 가기 위해 하는 것들 아니겠습니까? 하지만 하느님처럼 창조하고, 하느님처럼 없애는 방법을 모르는 한, 인간은 완벽해지지 못하겠지요. 그런데 감쪽같이 없애는 방법을 알았으니 반은 달성된 것이네요."

"그렇다면," 빌포르 부인은 여전히 자기가 바라는 방향으로 이야기를 돌렸다. "현대 연극이나 소설에 많이 나온 보르자, 메디치, 르네, 루제리 집안 사람들이나, 시기적으로 좀 늦지만 트렝크 남작 같은 사람이 사용한 독약들은……."

"그건 다 기교를 부린 것이었습니다. 별다른 게 아니죠," 백작이 대답했다. "도대체 진정한 학자라는 사람이 시시하게 개인만을 상대로 만족할 수 있다고 생각하십니까? 그렇지 않지요. 화학은 물수제비뜨기와 같습니다. 이렇게 말해도 된다면, 화학은 힘든 곡예와 기발한 것을 좋아합니다. 그래서 방금 말씀드린 아델몬테 신부도 그 점에 관해선 놀랄 만한 실험을 했었습니다."

"그래요?"

"그렇습니다. 그중 한 가지만 이야기해 보지요. 신부는 채소, 꽃, 과일이 가득한 훌륭한 정원을 하나 가지고 있었습니다. 그는 그 정원에서 제일 적당한 채소, 예를 들면, 양배추 한 포기를 골라 사흘 동안 비소가 섞인 물을 주어보았습니다. 사흘째 되던 날에 양배추는 시들어 노랗게 되더랍니다. 잘라 내버려야 할 때가 온 거지요. 그러나 다른 사람 눈에는 그것이 아주 잘 자라서 잘 익은 것으로 보였습니다. 아델몬테 신부만이 그 양배추가 독을 먹은 사실을 알 수 있었고, 신부는 그것을 집으로 가져왔습니다. 그리고 토끼 한 마리를 붙잡았지요. 신부는 채소나 꽃이나 과일들을 기르는 열성 못지않게 토끼와 고양이와 생쥐도 종류대로 기르고 있었습니다. 토끼 한 마리에게 그 양배추 한 잎을 먹여보았더니, 토끼는 순식간에 죽었습니다. 이걸 가지고 이러쿵저러쿵 하는 예심 판사가 어디 있겠습니까. 마장디나 플루랑스*11 같은 사람들이 자기 집에서 토끼나 생쥐, 고양이를 죽였다는 사실을 일일이 조사하는 검사가 어디 있겠습니까? 어디에도 있을 리 없지요. 이렇게 해서 토끼는 죽었습니다. 관청에서는 모르게 말입니다. 토끼가 죽자, 신부는 식모에게 토끼 배를 가르라고 해서 그 내장을 거름더미에 던져 버렸습니다. 그랬더니 그 거름더미에 앉아 있던 암탉이 버린 창자를 먹고는 비실비실하더니 이튿날 죽고 말았습니다. 암탉이 죽으려고 괴로워서 버둥거리고 있을 때, 독수리란 놈이(아델몬테 신부가 살던 지방에는 독수리가 많았습니다) 그곳을 지나다가 죽은 암탉을 채어가서 먹어치웠습니다. 그러고 나서 사흘째 되던 날 독수리란 놈도 가엾게도 계속 몸 상태가 나빠져 하늘을 높이 날다 땅에 툭 떨어졌고, 그곳이 댁의 양어장이었다고 생각해 보십시다. 양어장에 있던 곤들매기, 뱀장어, 곰치 같은 놈들이, 뻔히 아시는 일이겠지만, 독수리한테 달려들어 아귀아귀 먹어치웁니다. 그 이튿날 댁의 식탁에 네 번째 단계로 독을 먹은 이 뱀장어나 곤들매기, 곰치가 나온다고 칩시다. 다섯 번째 단계로 독을 먹게 된 댁의 손님은 8, 9일쯤 지나면, 배가 아프고 가슴이 답답하고 유문에 종양이 생겨서 결국 죽어버릴 겁니다. 부검을 시킨다 해도, 의사들은 '신장염 아니면 장티푸스입니다' 하고 말하겠지요."

"하지만 지금, 차례차례로 독이 옮아간 과정을 말씀하셨는데, 그 동안 어떤 일이 생겨서 그런 과정이 틀어지는 수도 있지 않을까요? 이를테면 독수리가 마침 양어장 위를 지나가지 않았다든가, 또는 지나치더라도 양어장을 비껴가서 떨어지면 말입니다."

"그게 바로 기교라는 거지요. 동양에선 대화학자가 되려면 무엇보다 기회를 마음대로 조정할 줄 알아야 합니다. 그렇게 되면, 다 제대로 들어맞는 거지요."

---

*11 둘 다 당시 프랑스의 생리학자.

빌포르 부인은 무슨 생각이 난 듯이 귀를 기울였다.

"그렇지만," 부인은 말했다. "비소는 없어지지 않잖아요. 어떤 방법으로 먹든 간에 체내에 남을 텐데요, 그것도 사람이 죽을 정도의 양이 들어간다면 말이죠."

"맞습니다," 백작은 외쳤다. "바로 그겁니다. 사실 저도 그와 똑같은 말을 아델몬테 신부에게 했었죠. 그랬더니 신부는 잠깐 생각하고 웃더니, 시칠리아의 속담 하나를 인용하여 이렇게 대답해 주더군요. '이보게, 세상은 하루아침에 이루어진 것이 아니라 일주일 걸렸다네. 일요일에 다시 오게.' 제가 알기로는 프랑스 격언에도 비슷한 게 있는 것 같습니다. 그래서 저는 다음 일요일에 다시 갔습니다. 이번엔 양배추에 비소가 들은 물을 주는 대신 낮은 농도의 스트리크닌, 즉 학자들이 '스트리크노스 콜루브리나'라고 부르는 것이 들어 있는 소금 용액을 주어 놓았더군요. 이번에는 양배추가 조금도 병들어 보이질 않았습니다. 따라서 토끼도 이상한 점이 없었지만 5분쯤 지나자 역시나 토끼가 죽더군요. 그것을 또 암탉이 먹자, 이튿날 암탉도 죽었습니다. 이번에는 독수리가 할 일을 우리가 해보았지요. 암탉의 배를 갈라보았습니다. 어디에도 이렇다 할 증상 같은 건 전혀 없었습니다. 그저 일반적인 징후밖엔 보이지 않더군요. 내장의 어느 기관에도 특수한 증상이 나타나지 않았습니다. 신경 계통의 흥분뿐이었습니다. 뇌일혈의 흔적 말고는 아무것도 없었습니다. 말하자면, 닭은 독물 중독으로 죽은 것이 아니라 졸도로 죽은 것이지요. 닭에게 그런 일은 거의 없지만 말입니다. 그러나 어떻습니까, 인간 사회에서는 그런 일이 빈번히 일어나지 않습니까."

빌포르 부인은 점점 더 깊은 생각에 빠지는 듯했다.

"정말 다행이에요," 부인이 말했다. "그런 물질이 화학자에 의해서만 만들어질 수 있으니 말입니다. 보통 사람들도 할 수 있다면, 이 세상 사람의 반은 독살을 당할 게 아닙니까."

"화학자 또는 화학에 관심이 많은 사람들에 의해서죠." 백작은 대수롭지 않은 듯이 대답했다.

"그러나," 부인은 애써 머릿속의 생각을 떨쳐버리려는 듯이 말했다. "아무리 일을 교묘하게 꾸몄다 하더라도, 죄는 역시 죄가 되겠지요, 그리고 설령 사람의 눈은 용케 피할 수 있다 하더라도 하느님의 눈은 피할 수 없을 겁니다. 동

양인들은 양심의 문제에 대해서 우리보다 훨씬 둔감한가 봐요. 게다가 용의주도하게 지옥이란 걸 뇌리에서 지워버렸군요. 더 이상 할 말이 없네요."

"부인, 부인과 같이 정직한 분만이 그렇게 생각하십니다. 그러나 그런 생각도 이성적으로 생각하면 곧 뿌리가 뽑히고 말 겁니다. 인간 사고의 나쁜 면은 앞으로도 계속 장 자크 루소가 말한 역설로 요약될 것입니다. 부인도 알고 계시겠지요, 그는 '5만 리 떨어진 곳에서 손가락 끝만 까딱하여 중국의 관리를 죽인다'고 하지 않았습니까. 사람의 일생이 바로 그런 짓을 하느라 소비되고 있습니다. 지혜란 것도 그런 것을 생각해내느라 고갈된다고 볼 수 있지요. 동족의 가슴에 별안간 칼을 꽂으러 간다거나, 또는 방금 얘기한 것같이, 누군가를 이 지상에서 영원히 사라지게 하겠다고 비소를 먹이는 놈들은 거의 없다는 걸 잘 아실 겁니다. 그런 이야기는 정말 상식 밖의 일이거나 허튼 소리에 지나지 않습니다. 그런 짓을 하려면 피가 36도로 덥혀지고, 맥박은 90으로 뛰고, 정신이 나가야만 되는 것이죠. 하지만 문헌학에서 하는 것처럼 단어를 완화된 동의어로 바꾸면 단순히 제거만 하는 것이 됩니다. 그러면 비열한 살인을 저지르는 것이 아니라, 순수하고 간단하게 내가 가는 길에서 방해되는 자를 쫓아 버리는 것이 되지요. 게다가 그것이 충격적이지도, 폭력적이지도 않고, 상대가 고통스러워 하는 것을 볼 일도 없을 뿐 아니라, 단죄를 내리는 것처럼 되어 희생자를 하나의 제물로 만들고, 그 단어가 가진 모든 힘을 이용하여 파충류 한 마리에게 한 것 정도로 만들어 버린다면 어떻겠습니까. 또 피도, 울부짖는 소리도, 괴로움에 뒤틀린 얼굴도 없고, 특히 계획한 일을 처리하고 난 뒤에 신변에 느끼는 불안과 공포도 없다면 어떻겠습니까. 자, 그렇게만 된다면, 인간이 만든 법규 중에, '사회를 혼란시키지 말라!'는 법조항에서 빠져나갈 수 있게 되는 셈입니다. 동양인들은 이렇게 침착하게 일을 해내고 있습니다. 신중하고 냉정한 사람들이니까요. 중대한 계획일 경우에는 시간의 문제 같은 건 거의 염두에도 두지 않습니다."

"하지만 양심이라는 게 남아 있지 않습니까." 부인은 목소리를 떨며 억지로 참는 듯, 한숨을 내쉬며 말했다.

"그렇습니다," 백작은 말했다. "다행히 양심이라는 게 있지요. 그게 없으면 인생은 참 비참할 겁니다. 좀 거친 일을 하고 난 뒤에는 늘 양심이라는 것이 구원의 손을 내밀어 여러 가지 좋은 핑계들을 찾아주니까요. 그러나 좋은 핑계라는 것은 우리 자신이 정의 내린 것일 뿐입니다. 그런데 그런 이론은 두 다리 뻗고 잘 수 있게 할지는 몰라도, 재판관 앞에서 목숨까지 보장하기에는 불충분한 경우가 많습니다. 그 예가 바로 리처드 3세의 경우입니다. 그는 에드워드 4세의 두 왕자를 없애고 나서, 이른바 양심에 의해서 훌륭한 구실을 얻은 것이라고 생각합니다. 그는 이렇게 생각했을 겁니다. '잔인하게 국민을 박해한 왕의 아들들이며 그 아버지로부터 악덕을 물려받은 그자들을, 나는 그들의 어린 날의 소행으로도 알아볼 수 있었다. 영국 국민의 복지를 위해, 장차 반드시 불행을 가져올 이 두 왕자가 살아 있다는 건 나에게 큰 방해가 아닐 수 없다'고 말입니다. 한편 저 맥베스 부인의 경우도 그렇습니다. 셰익스피어가 뭐라고 하든, 자기 남편 대신 아들에게 왕위를 주려고 한 그 부인의 경우에도 분명 양심이 있었으리라 봅니다. 아! 모성애란 확실히 하나의 커다란 미덕입니다. 실로 강력한 동기입니다. 따라서 많은 경우, 단지 그것 때문에 용서를 받습니다. 덩컨을 죽인 뒤, 만약 맥베스 부인에게 양심이 없었다면 그녀는 퍽 불행했을 겁니다."

빌포르 부인은 백작이 그 독특하고도 노골적으로 이야기하는 이 무서운 교훈과 무시무시한 역설을 줄줄이 늘어놓는 것을 열심히 듣고 있었다.

이윽고 잠시 침묵이 흘렀다.

"백작," 부인이 말했다. "백작께선 참 대단한 이론가이시군요. 그리고 이 세상을 굉장히 창백한 빛을 통해서 보시는 것 같아요. 인간을 증류기를 통해서 들여다보시기 때문에 세상을 그렇게 판단하시는 게 아닐까요? 백작 말씀이 옳다고 생각합니다. 백작께선 대 화학자이십니다. 제 아들한테 먹이신 그 영약, 먹자마자 이내 정신을 회복하던 그 약은……"

"아! 부인, 그런 걸 너무 믿으시면 안 됩니다." 백작은 말했다. "아드님께선 그 약을 한 방울만 마시고 다시 정신이 든 것입니다. 그러나 세 방울을 마시면 피가 전부 폐로 몰려 폐가 심하게 뛰게 되고, 만약 여섯 방울을 마시면 숨을 못 쉬게 되어, 그때 그 상태보다도 훨씬 더 심한 혼수상태에 빠지게 됩니다. 그리고 열 방울을 마시면 죽는 거지요. 부인, 그때 아드님께서 그 약병을 만지려고 했을 때 제가 급히 병을 치웠던 이유를 이제 아시겠습니까?"

"그럼, 그게 무서운 독약이었나요?"

"아니요, 그렇지 않습니다. 먼저 이 점을 아셔야 합니다. 본디 독이란 건 없습니다. 의사들은 상당히 강한 독을 사용하고 있으니까요. 그러니까 어떻게 사용하느냐에 따라서 사람을 살리는 묘약이 되기도 한다는 말씀입니다."

"그럼, 그때 그 약은 무엇이었나요?"

"그것 말입니까? 그것은 그 아델몬테 신부가 지어준 기막힌 묘약입니다. 그 사람은 사용법도 가르쳐주었지요."

"그러세요?" 부인은 말했다. "그럼, 아마도 그건 아주 좋은 진정제겠군요."

"기막히게 잘 듣습니다. 그때 보신 대로지요." 백작은 대답했다. "저도 종종 그 약을 쓰지요. 물론 신중히 주의를 기울입니다만." 백작은 웃으면서 덧붙였다.

"그러시겠죠." 부인도 같은 어조로 대답했다. "저처럼 신경질적이고, 걸핏하면 기절하는 사람은 아델몬테 같은 분한테 부탁해서 자유롭게 숨을 쉴 수 있는, 그리고 언제 숨이 탁 끊어져 죽어버릴지 몰라서 걱정하지 않도록 무슨 좋은 방법을 생각해 주십사 부탁드리고 싶은데요. 그렇지만 그런 걸 프랑스에서 구하기는 어려울 테고, 또 아델몬테 신부님이 일부러 저를 위해 파리까지 와주시지는 않을 테니, 우선 플랑슈 씨의 진정제로 견디는 수밖엔 없겠지요. 그래서, 박하와 소랑의 호프만 광천수*12가 저한테는 굉장히 중요한 역할을 한답니다. 이것 보세요. 이것이 저를 위해서 일부러 만든 진정제예요. 두 번 복용할 분량이지요."

백작은 부인이 내민 대모갑 상자를 열어보았다. 그리고 아마추어일지라도 이 분야만큼은 잘 알고 있다는 듯이 냄새를 맡아 보았다.

"아주 훌륭합니다," 백작은 말했다. "그러나 이건 꼭 삼켜야만 되겠군요. 정신을 잃은 사람에게는 어렵겠는데요. 그러니까 제 약이 더 낫겠습니다."

"그렇고말고요, 그 약은 제가 그 효과를 확인했으니 물론 그쪽이 더 좋다고 생각됩니다. 하지만 제가 처방법을 여쭈어보는 건 실례가 되겠지요?"

"아닙니다, 부인," 백작은 자리에서 일어서며 말했다. "기꺼이 가르쳐드릴 용의가 있습니다."

"어머!"

"단, 이 점만은 기억해 두셔야 합니다. 이건 아주 조금만 쓰면 약이 되지만, 많이 쓰면 독이 됩니다. 요전번에도 보셨지만, 한 방울만 먹으면 정신이 돌아옵니다. 그러나 대여섯 방울쯤 되면 영락없이 죽습니다. 그것도 유리컵에 들어 있기 때문에 맛이 조금도 변치 않고, 따라서 그만큼 효과는 대단한 거지요. 그렇지만 여기까지만 말씀드리겠습니다. 마치 제가 권하기라도 하는 것 같아서요."

시계가 6시 30분을 알렸다. 부인의 만찬에 초대받은 여자 손님이 왔다는 전갈이 들려왔다.

"만약 오늘 만나뵌 것이 두 번째가 아니라 세 번째, 네 번째라고 한다면," 빌포르 부인이 말했다. "그리고 단지 은혜를 입은 사람으로서만이 아니라 저를 친구로 여겨주신다면, 오늘 저녁 만찬에 모시고 싶은데요. 한 번쯤 거절하신다고 해서 그냥 물러나진 않을 생각입니다."

"호의는 감사하게 생각합니다." 백작이 대답했다. "그런데 어길 수 없는 선약이 있어서요. 사실 친구 되는 그리스 왕녀 한 분이 아직 그랜드 오페라를 한

*12 호프만 박사가 개발한 체코의 약수.

번도 못 보셨다기에 안내하기로 약속했습니다. 오늘 저녁에 제가 같이 간다고 그쪽에서 굳게 믿고 있으니 가보아야겠습니다."

"그럼, 가보셔야지요. 그러나 그 약 처방만은 잊지 말아주세요."

"잊을 리가 있겠습니까! 그걸 잊어버린다면 오늘 나눈 이야기들을 모두 잊어버려야겠지요. 그러나 그런 일이 있을 수 있겠습니까?"

백작은 인사를 하고 밖으로 나갔다.

빌포르 부인은 생각에 잠겼다.

'참 이상한 사람인데,' 여자는 생각했다. '암만해도 저 사람의 세례명이 바로 아델몬테 같아.'

한편 몬테크리스토 백작의 입장에서 보면 생각했던 것보다 더 큰 결과를 수확한 것이었다.

"자," 그는 밖으로 나가면서 말했다. "땅이 좋으니 뿌린 씨가 싹이 나지 않을 리 없겠지."

이튿날, 백작은 부인에게 약속한 처방을 보내주었다.

악마 로베르

오페라에 간다는 핑계는 더할 나위 없이 훌륭했다. 그날 밤의 아카데미 루아얄 드 뮈지크*[1]는 평판이 높았기 때문이다. 르바쇠르가 그동안 몸이 안 좋아서 오랫동안의 공백을 깨고 그날 밤부터 다시 베르트람 역을 맡게 된 이유도 있지만, 유명한 작곡가의 이 작품은 여느 때와 마찬가지로 파리에서도 가장 화려한 관객들을 모조리 끌어들였다.

모르세르는 다른 부유한 집 청년들과 마찬가지로 특별석을 가지고 있었지만, 아는 얼굴들을 찾아가서 자리 하나 얻을 수 없냐고 하면 특별석 중에 즉석에서 얻는 것은 그만두고라도 열 자리 이상은 얻을 수 있었다.

샤토 르노의 자리는 알베르의 좌석 옆에 있었다.

보샹은 신문 기자라는 직업 때문에 자유로이 극장을 드나들며 아무 곳에나 앉을 수 있었다.

그날 밤, 뤼시앵 드브레는 대신의 좌석을 마음대로 이용해도 좋다는 허락을 받았다. 그래서 그는 그 자리를 모르세르 백작에게 주려고 했지만, 메르세데스가 거절하는 바람에 당글라르에게 주기로 했다. 그리고 만약 당글라르 부인과 딸이 그 자리에 온다면, 자기도 그날 밤 극장으로 가서, 거기서 만나게 될지도 모른다는 말을 해두었다. 당글라르 집 여자들은 그의 뜻을 대번에 받아들였다. 돈 많은 사람처럼 공짜 표를 탐내는 사람도 없을 것이다.

당글라르 자신은 정치적 견해 차이가 있고, 또 반대 당원이라는 입장 때문에 대신을 만나는 자리에는 갈 수 없다고 말했다. 그래서 당글라르 남작부인은 뤼시앵에게 그 자리에 와주지 않겠느냐고 편지를 했다. 물론 딸 외제니와 둘이서만 오페라에 갈 수 없었기 때문이다.

여자 둘이서만 갔더라면 말이 많았을 것이다. 그러나 당글라르 양이 어머니

---

*1 오페라 극장.

와 애인을 동반하고 오페라에 왔으니 조금도 문제가 되지 않았다. 모든 일은 그저 세상 관례대로 해야 하는 법이다.

막이 올랐다. 여느 때와 마찬가지로 관객석 거의가 텅 비어 있었다. 그리고 연극이 시작된 뒤에 들어오는 것이 파리의 유행이기도 했다. 그러므로 미리 들어와 있는 사람들에게 있어서 제1막은 연극을 보거나 듣는 것이 아니라, 늦게 들어오는 사람들을 구경하거나 그들의 문 여닫는 소리와 얘기 소리밖에는 듣지 못하고 지나가게 마련이었다.

"어!" 제1열의 옆문이 열리는 것을 보다가 갑자기 알베르가 소리를 질렀다.

"아니 G 백작부인 아냐?"

"G 백작부인이 누군데?" 샤토 르노가 물었다.

"뭐라고? 남작, 그런 질문을 하다니 용서할 수 없는데! G 백작부인이 누구냐고?"

"아, 참 그렇지!" 샤토 르노가 말했다. "그, 멋있는 베네치아 여자 말이지?"

"그래, 그래."

바로 그때 G 백작부인이 알베르를 알아보고 방긋 웃으면서 인사했다.

"저 여잘 알고 있나?" 샤토 르노가 물었다.

"응." 알베르가 대답했다. "로마에서 프란츠한테 소개를 받았지."

"그럼 로마에서 프란츠가 자네한테 베푼 그 호의를 자넨 나에게 이 파리에서 베풀지 않겠나?"

"응, 좋아!"

"쉿!" 누가 주의를 시켰다.

두 청년은 음악을 들으려고 열심히 귀를 기울이는 관객들에게는 무관심한 듯이 다시 얘기를 계속했다.

"저 여자, 샹 드 마르스의 경마에 왔던데." 샤토 르노가 말했다.

"오늘?"

"응."

"그래 참, 오늘 경마가 있었지. 자네도 걸었었나?"

"응, 아주 조금, 50루이 정도."

"그래, 누가 이겼어?"

"'노틸뤼스'였어. 내가 바로 그놈한테 걸었는데."

“그런데 경마가 셋 있었지?”

“그래, 경마클럽의 상품이라고 해서 황금 트로피가 나왔더군. 그런데 참 이상한 일이 있었어.”

“뭔데!”

“쉿!” 또다시 관객이 주의를 주었다.

“뭔데 그래?” 알베르가 또 물었다.

“전혀 모를 이름을 가진 말과 기수가 나타나서 몽땅 따버렸단 말이야.”

“어떻게?”

“이렇게 된 거야. 아무도 밤파라는 말과 조브라는 이름으로 출전한 기수한테 관심을 갖지 않았는데. 글쎄 갑자기 기가 막힌 밤색 말에, 단단하게 생긴 자그마한 기수가 나오더군. 주머니에 납을 스무 근이나 넣고 뛴다는 사실을 모두 잊어버릴 정도였지. 결승점에 들어왔을 때는 같이 뛴 아리엘과 바르바로를 저만치 떨어뜨리고 도착했어.”

“그 말과 기수가 누구 것인지 몰랐단 말이야?”

“모르겠어.”

“뭐라고 그랬더라, 그 말 이름이…….”

“밤파야.”

“그래?” 알베르는 말했다. “그렇다면 자네보단 내가 머리가 더 좋은데. 난 그 말이 누구 것인지 아는데.”

“거 조용히 좀 합시다!” 아래 객석에서 세 번째로 소리를 질렀다.

이번에는 매우 성난 목소리로 고함을 크게 질렀기 때문에, 두 청년도 그것이 자기들을 향해 지른 소리임을 깨달았다. 두 사람은 잠시 주위를 살펴보며 이 군중들 사이에서 자기들에게 그렇게 무례한 소리를 지른 것이 누구인가 찾아보았다. 그러나 아무도 다시는 그러지 않았다. 그래서 두 청년은 무대 쪽을 바라보았다.

그때 귀빈 좌석의 문이 열렸다. 당글라르 부인과 그 딸이 뤼시앵 드브레와 함께 들어와서 자리에 앉았다.

“아, 아!” 샤토 르노가 말했다. “자작, 자네가 아는 사람들이 아닌가. 왜 그렇게 오른쪽을 보고 있나? 저쪽에서 자넬 찾고 있는데.”

고개를 돌린 알베르의 눈이, 마침 인사를 하고 있는 당글라르 부인의 눈과

마주쳤다. 한편, 인사를 하고 있는 외제니 양은 그 커다란 검은 눈을 아래층으로는 거의 돌리지도 않았다.

"사실 난" 샤토 르노가 말했다. "서로 격이 맞지 않는다는 점 말고는 전혀 납득이 안 가는데, 그렇다고 그 점 때문에 자네가 그렇게 크게 고민하는 것 같지도 않고. 그러니 자네하고 저 아가씨가 결혼하기엔 맞지 않다는 것 말고는, 자네가 저 당글라르 양을 싫어하는 이유를 난 도무지 모르겠단 말이야. 굉장히 예쁘지 않아?"

"예쁘기야 굉장히 예쁘지." 알베르가 말했다. "그러나 솔직히 말해서, 아름답다는 것에 비하면 말이야, 난 더 상냥하고, 더 얌전하고 좀더 여자다운 것이 좋거든."

"그게 바로 젊다는 거네." 샤토 르노는 말했다. 그는 자기 나이가 서른이라

해서, 알베르에게 마치 아버지라도 되는 것처럼 말했다. "젊은 사람들은 절대로 만족이라는 걸 모르거든. 무슨 소리야? 모처럼 '사냥하는 디아나'*2 같은 색시를 골라주었는데도 이러쿵저러쿵하니 말이야."

"맞았어, 바로 그 점이란 말이야. 난 밀로나 카푸아의 비너스 같은 여자를 좋아하거든. 밤낮으로 님프 무리 사이에 둘러싸여 있는 '사냥하는 디아나'는 두려워. 자칫하면 나를 악타이온*3으로 취급할지도 모르니까."

사실 그 처녀를 보면, 방금 알베르 드 모르세르가 한 말을 이해할 수 있을 것이다. 과연 당글라르 양은 아름다웠다. 그러나 그 아름다움이란 알베르의 말마따나 다소 딱딱한 느낌을 주는 그런 아름다움이었다. 머리카락은 칠흑같이 새까맣지만, 자연스럽게 곱슬곱슬한 머릿결은 어딘지 모르게, 그 머리를 마음대로 어루만지려는 손길을 거부하는 구석이 있는 듯싶었다. 눈빛 역시 머리처럼 칠흑이었다. 이따금 눈살을 찌푸리는 것이 옥에 티랄까. 나무랄 데 없이 아름답게 가지런한 눈썹에 둘러싸인 눈과 그 눈길은 여인의 것이라고 보기 힘들 정도로 총명한 느낌이 들었다. 코는 마치 조각가가 헤라*4에게라도 붙여줄 만큼 균형이 잡혀 있었다. 단지 입만은 너무 큰 듯했지만, 아름답게 가지런한 이가 보이고, 창백한 얼굴빛에 비해 지나칠 정도로 새빨간 입술 때문에 더욱 두드러져 보였다. 마지막으로 입 한쪽 끝에 까만 점이 하나 있었다. 자연적으로 생겼다고 보기엔 너무 커서, 얼굴 전체에 결정적으로 강한 인상을 주었고, 바로 그 때문에 알베르가 질려버린 것이다.

당글라르 양은 그 밖의 다른 점에서는 지금 묘사한 얼굴 모습과 꽤 잘 어울렸다. 샤토 르노의 말대로 확실히 '사냥하는 디아나'와 똑같았다. 그러나 당글라르 양의 아름다움 속에는 그보다 더욱 단호하고 힘있는 무언가가 있었다.

한편 그녀가 받은 교육면에서 보더라도 만일 무엇인가 나무랄 데가 있다면, 그것은 그녀의 얼굴이 어떻게 보면 좀 남성적이라는 점일 것이다. 과연 당글라르 양은 두세 가지 외국어를 알며, 그림도 잘 그리고, 또 시도 짓고 음악도 잘했다. 그중에서도 특히 음악에 무척 열심이었다. 그녀가 음악을 함께 배운 친구는 궁핍했지만 분명히 훌륭한 가수가 될 수 있으리라는 평을 듣던 학생이었

*2 루브르 미술관에 있는 여신 디아나의 조각.

*3 디아나가 목욕하는 것을 본 죄로 사슴이 되었다.

*4 제우스의 아내. 결혼의 여신.

다. 소문에는 어느 유명한 작곡가가 그 소녀에게 거의 부모와 다름없는 관심을 가지고, 머지않아 그 목소리로 틀림없이 큰돈을 벌 수 있으리라고 생각하여 열심히 음악 공부를 시킨다는 것이었다.

그 젊은 가수는 루이즈 다르미라는 소녀였는데, 그녀가 언젠가는 무대에 서게 되리라고 생각한 당글라르 양은 그 친구를 집에서는 만났지만, 밖에는 결코 같이 다니지 않았다. 더구나 루이즈는 그녀의 집에서 친구라는 자유로운 지위를 가지고 있지 못했기 때문에, 그저 보통 가정교사보다 좀더 나은 대우밖에는 받지 못했다.

당글라르 부인이 자리에 들어서고 얼마 되지 않아서 막이 내렸다. 사람들은 30분간의 긴 막간을 이용해서 휴게실로, 혹은 아는 사람들을 찾으러 자리를 떠났으므로 아래층은 거의 텅 비어 있었다.

알베르와 샤토 르노는 막이 내리자 가장 먼저 자리에서 일어섰다. 알베르가 이렇게 급히 일어서는 이유가 자기들에게 인사를 하러 오는 것이려니 생각한 당글라르 부인은 딸에게 그들이 올 것이라는 얘기를 귓속말로 해주었다. 당글라르 양은 가볍게 미소를 띠며 고개를 끄덕여 보였다. 그러나 바로 그때, 외제니 양의 생각을 완전히 묵살해 버리려는 듯이 알베르는 제1열 옆 자리에 나타났다. 그것은 G 백작부인의 자리였다.

"어머나! 당신이었군요." G 백작부인은 오랜 친구 사이기라도 한 듯이 아주 친숙한 태도로 알베르에게 손을 내밀며 말했다.

"이렇게 날 알아보고 제일 먼저 찾아와 주시니 정말 고마운데요."

"부인," 알베르는 대답했다. "부인께서 파리에 와 계신 줄 알았더라면, 그리고 주소를 알았더라면 이렇게 늦게 찾아뵙진 않았을 겁니다. 그건 그렇고, 제 친구 한 사람을 소개해 드릴까 합니다. 이 사람은 샤토 르노 남작입니다. 프랑스에 남아 있는 몇 안 되는 귀족 중의 한 사람이지요. 그리고 방금 이 친구에게 부인께서 샹 드 마르스 경마에 가셨었다는 얘기를 들었습니다."

샤토 르노가 고개 숙여 인사했다.

"아, 경마에 가셨었군요?" 백작부인이 물었다.

"네, 부인."

"그럼," 부인은 성급하게 말을 이었다. "경마클럽상을 탄 말이 누구 것인지 아세요?"

"모르겠습니다." 샤토 르노가 대답했다. "그렇지 않아도 저 역시 조금 전에 알베르에게 똑같은 걸 물었습니다."
"백작 부인, 그것이 그렇게 알고 싶으십니까?" 알베르가 물었다.
"뭐가요?"
"말 임자가 누구인지요."
"그럼요, 알고 싶어 죽겠어요……. 한번 생각해 보세요…… 그런데 혹시 자작께선 알고 계신 것이 아니신가요?"
"부인, 뭔가 말씀하시려다 마셨습니까? 한번 생각해 보세요라고 하셨습니다."
"그래요, 생각해 보세요. 그 훌륭한 밤색 말과 붉은 모자를 쓴 기수를 보자마자 마음이 끌려서, 전 그 말과 기수를 위해 내가 내 재산의 반쯤이라도 건 듯이 기도했답니다. 그래서 그 말이 다른 말을 3마리나 물리치고 결승점에 다다랐을 때는 너무 기뻐서 그만 미친 듯이 손뼉을 쳤지요. 그런데 글쎄, 제가 집에 돌아오니까 저희 집 층계에 그 기수가 와 있질 않겠어요. 저는 그 기수도 우연히 나와 같은 집에 묵고 있나 보다 생각했는데, 응접실 문을 여니까 그 황금 트로피가 눈에 띄질 않겠어요. 누군지 모르던 그 말과 그 기수가 탄 그 상 말이에요. 그러니 제가 얼마나 놀랐을지 생각해 보세요. 그 컵에는 조그만 종이 쪽지가 들어 있었는데 그 쪽지에는 'G 백작부인에게, 루드벤 경'이라고 적혀 있었어요."
"그래요, 바로 그겁니다." 알베르가 말했다.
"아니, 바로 그거라뇨? 대체 무슨 얘긴지 모르겠군요."
"루드벤 경이 틀림없을 거라는 말씀입니다."
"루드벤 경이라니요?"
"그때 그 흡혈귀 말입니다. 아르헨티나 극장에서 본 그 사람 말이에요."
"어머, 어쩌면!" 백작부인이 소리쳤다. "그럼, 그 사람이 파리에 와 있단 말씀인가요?"
"그렇습니다."
"그럼, 당신은 그 사람을 만났단 말인가요? 그 사람 집에도 가고?"
"저의 친한 친구입니다. 이 샤토 르노 군도 아는 사이랍니다."
"그런데 어째서 경마에 이긴 게 그 사람이라는 거죠?"

"그 말 이름이 밤파였으니까요."
"그런데요?"
"전에 저를 볼모로 잡아갔던 유명한 산적의 이름을 잊어버리셨나요?"
"아 참, 그렇군요!"
"그때, 몬테크리스토 백작이 나를 기적적으로 그 산적한테서 구해 주었던 겁니다."
"그랬죠, 참."
"그 산적 이름이 밤파였거든요. 어떠세요? 그 사람이라는 게 납득이 가시겠죠!"
"그런데 그 우승컵을 왜 나한테 보냈을까요?"
"그건 우선 제가 그 사람한테 부인 얘기를 자주 해왔고, 또 한 가지는 동포를 만나게 돼서 반갑고, 게다가 동포인 부인께서 자기를 알고 있다는 게 기뻤기 때문일 것입니다."
"그런데 우리가 그분에 대해서 함부로 한 얘기를 설마 그분한텐 안 하셨겠죠?"
"그건 장담을 못하겠는데요. 그 트로피를 루드벤 경의 이름으로 보내온 걸 보면……."
"아이, 무서워라. 그럼 분명히 그 사람은 나를 원망할 거예요."
"그 사람이 부인한테 한 일이 어디 적에게 하는 방법인가요?"
"그렇진 않습니다."
"그렇다면야 뭐가 걱정이십니까?"
"그래서 그분이 파리에 있나요?"
"그렇습니다."
"평판은 어때요?"
"일주일은 여러 소문들이 많았습니다. 그런데 영국 여왕 대관식과 마르스 양의 다이아몬드 도난 사건이 터지는 바람에 그 뒤로는 얘기가 그리로 몰려버리고 말았지요."
"이봐," 샤토 르노가 말했다. "백작은 자네 친구잖아. 그러니까 자네가 그렇게 생각하는 거지. 부인, 이 알베르가 하는 말은 믿지 마십시오. 지금 파리에는 몬테크리스토 백작 얘기가 자자합니다. 맨 처음엔 당글라르 부인에게 3만 프랑짜리 말을 보냈습니다. 그 다음 빌포르 부인의 목숨을 구해줬습니다. 그리고 이번엔, 경마에서 우승을 했다는 겁니다. 알베르가 한 얘기와는 반대로 제가 보기엔 지금도 파리에서는 백작에 대한 얘기들을 하고 있습니다. 뿐만 아니라, 또 백작이 계속해서 그런 비범한 일을 한다면, 지금으로서는 그게 그 사람의 일상적인 태도 같지만, 아마 한 달 뒤엔 모두들 백작 얘기 말고는 다른 사람 얘기는 아예 안 하려고 들걸요."

"그럴지도 모르지." 알베르 드 모르세르가 말했다.

"그건 그렇다 치고, 러시아 대사의 특별석을 산 건 도대체 누굴까?"

"어느 특별석 말이에요?" 백작부인이 물었다.

"제1열의 기둥 사이에 있는 것 말입니다. 아무래도 다른 사람에게 넘어간 것 같아요."

"글쎄." 샤토 르노가 말했다.

"제1막 때 거기 누가 있었나?"

"어디?"

"그 자리에 말이야."

"아무도 없었는데요." 백작부인이 말했다. "난 아무도 못 봤어요, 그런데," 부인은 먼젓번 얘기로 다시 말머리를 돌리며 물었다. "경마에 이긴 것이 정말 당신이 말하는 그 백작일까요?"

"확실합니다."

"그럼 그 트로피를 내게 보낸 사람도?"

"틀림없을 겁니다."

"하지만 전 그분을 모르는데요." 백작부인이 말했다.

"그러니까 그 트로피를 다시 돌려보냈으면 좋겠어요."

"아, 그러지 않으시는 편이 좋습니다. 그럼 아마 다른 것을 또 보낼 겁니다. 그때는 사파이어로 만든 것이라든가, 루비로 조각한 것이라든가. 그게 백작의 수법이지요. 그러니 하는 수 있습니까? 그 사람은 그러려니 해야죠."

그때 제2막의 시작을 알리는 종이 울렸다. 알베르는 제자리로 돌아가려고 자리에서 일어섰다.

"나중에 또 뵐 수 있을까요?" 부인이 물었다.

"방해만 되지 않는다면 막간에 또 오겠습니다. 혹시 파리에서 제가 도움이

될 일이 있나 여쭈러 오지요."

"저," 부인이 말했다. "매주 토요일 밤에 리모리 거리 22번지에 있는 저희 집에서 친구들을 만나곤 하니 두 분 다 오실 수 있으면 오세요."

두 청년은 인사하고 자리를 떴다.

자리로 돌아온 그들은 관객이 모두 일어서고 모든 시선이 어느 한쪽으로 쏠려 있는 것을 보았다. 그들도 어느새 다른 사람들의 시선을 따라 이전에 러시아 대사의 자리였던 곳으로 눈길을 보냈다. 서른다섯에서 마흔쯤 된 검은 양복을 입은 남자가 동양풍으로 차린 여자와 함께 러시아 대사의 자리에 들어서는 것이 보였다. 여자의 아름다움이 뛰어난데다가 그 화려한 옷차림이 굉장해서, 그처럼 많은 사람들이 잠시 시선을 그리로 돌렸던 것이다.

"아니!" 알베르가 말했다. "몬테크리스토 백작하고 그 그리스 여자잖아?"

정말 그들은 백작과 하이데였다.

잠시 뒤 그 젊은 여인은 아래층 관객들뿐 아니라, 모든 관객의 주목을 받았다. 특별석의 부인들은 좌석 밖으로 허리를 굽히고 불빛에 별처럼 반짝이는 하이데의 다이아몬드들을 바라보았다.

제2막은 이렇게 많은 사람들의 모임 속에 무슨 사건이라도 일어난 것같이 술렁술렁한 가운데 상연되었다. 그러나 누구 한 사람 조용히 하라고 소리치는 사람도 없었다. 이 젊고 아름답고 눈부신 여자야말로 가장 신기한 구경 거리였기 때문이다.

이번에는 당글라르 부인이 알베르에게 손짓했다. 다음 막간에 이쪽으로 꼭 오라고 알베르에게 전했다. 알베르 드 모르세르는 곧 눈치챘다. 자기를 기다리고 있는 사람이 있다는 것을 알면서 상대를 더 이상 기다리게 할 수 없는 노릇이었다. 막이 내리자, 그는 급히 당글라르 부인의 자리로 갔다.

그는 두 여자에게 인사한 다음, 드브레에게 손을 내밀었다. 당글라르 부인은 상냥한 미소로 그를 맞아주었다. 외제니는 언제나처럼 냉담했다.

"사실은 말이지." 드브레가 말했다. "밑천이 딸려서 자네한테 구원을 청하려던 참이었네. 부인께서 자꾸 저 백작에 관한 질문을 하시는데, 어디 살며, 어디서 왔는지, 또 어디로 갈 것인지를 물으시거든. 하지만 난 '칼리오스트로*5'가 아니란 말일세. 너무 곤란해서 '모르세르한테 물어보십시오. 그 사람 같으면 백작 일은 환하게 아니까요'라고 말씀드렸거든. 그래서 부인께서 자네를 오라고 하신 거야."

"글쎄, 이럴 수가 있어요?" 남작부인은 말했다.

"비자금이 50만 프랑이나 되는데, 그 정도밖엔 모른다니 될 말이에요?"

"하지만 부인." 드브레가 말했다. "설령 50만 프랑이나 되는 비자금이 있다 해도 몬테크리스토 백작에 관한 조사보다는 다른 데 써야 할 게 아닙니까. 그 사람은 한갓 벼락부자로밖엔 보이지 않습니다. 그 밖엔 아무 의미도 없으니까요. 자, 이제 얘기를 알베르에게 넘겼으니, 두 분이 잘 얘기해보십시오. 이젠 전 모르겠습니다."

"하지만 엉터리 벼락부자라면 3만 프랑씩이나 하는 말을 두 필이나, 그것도 하나에 5천 프랑짜리 다이아몬드를 4개나 귀에 달아서 나한테 보내진 않았을

---

*5 이탈리아의 유명한 사기꾼.

거예요."

"아, 그 다이아몬드요?" 알베르가 웃으면서 말했다. "그건 그 사람의 버릇입니다. 포툠킨*6처럼 그 사람은 늘 주머니에 다이아몬드를 가지고 다니지요. 그리고 엄지동자*7가 길에다 조약돌을 뿌리듯이 다이아몬드를 가는 곳마다 뿌린답니다."

"아마 광산이라도 발견한 모양이죠?" 당글라르 부인이 말했다. "그 사람이 우리 주인의 은행에서 무제한 대출을 하고 있다는 사실을 아세요?"

"처음 듣는 얘긴데요." 알베르가 말했다. "하지만 있을 법한 얘기지요."

"게다가 그 사람은 파리에는 1년쯤 머무를 예정인데, 그동안에 6백만 프랑을 쓸 생각이라고 주인한테 말했다는군요."

"익명으로 여행 중인 페르시아 왕이라도 되는가 보죠."

"그리고 그 여자 말이에요, 뤼시앵 씨." 외제니가 말했다. "그 여자분 보셨어요? 굉장히 예쁘던데."

"과연 여자에 대해서 그처럼 공평하게 말할 줄 아는 사람은 내가 아는 한 당신밖엔 없을 겁니다."

뤼시앵은 코안경을 한쪽 눈에 갖다 댔다.

"기가 막힌데!" 그는 말했다.

"알베르 씨, 저 여자가 누군지 아시겠어요?"

"외제니 양," 알베르는 매우 솔직한 이 질문에 대답했다. "저 이상한 인물과 마찬가지로 어느 정도는 알고 있습니다. 저 여자는 그리스 여자입니다."

"그건 옷차림만 봐도 알 수 있어요. 그 정도는 여기 있는 모든 사람들이 다 알고 있는 거죠."

"안됐습니다. 안내인이 아무것도 몰라서요. 그러나 솔직히 말씀드리면, 제가 알고 있는 건 고작 그 정도뿐입니다. 그 밖에는 그 여자가 음악을 한다는 것뿐입니다. 왜냐하면 어느 날인가 그 백작 댁에서 점심을 먹는데 분명 그 여자가 타는 듯한 구즐라 소리를 들은 일이 있으니까요."

"그럼, 그 백작은 손님을 잘 청하나요?" 당글라르 부인이 말했다.

"그럼요. 무척 자주 청한답니다."

---

*6 러시아의 여제(女帝) 예카테리나 2세의 애인이자 총신.

*7 프랑스 동화 《엄지동자》에 나오는 인물.

"그럼, 우리도 주인 양반한테 말해서 그 사람을 만찬이나 무도회에 초대하라고 그래야겠는데요. 그러면 그쪽에서도 우리를 초대할 게 아니에요?"
"부인께서 그 사람 집에 가신다고요?" 드브레가 웃으면서 물었다.
"안 될 게 뭐 있어요? 남편하고 같이 갈 건데요."
"하지만 그 불가사의한 백작이란 사람은 독신입니다."
"그래도 좀 보세요, 그렇지도 않잖아요."
이번에는 당글라르 부인이 아름다운 그리스 여자를 손으로 가리켰다.
"그것은, 저 사람 말에 의하면 노예랍니다. 자네도 생각나지, 알베르. 그때 자네 집에서 점심을 먹을 때 그가 그렇게 말했었지?"
"하지만 드브레," 당글라르 부인은 말했다. "저 여자분 꼭 여왕이라도 되어 보이지 않아요?"
"《아라비안나이트》의 여왕이요?"
"《아라비안나이트》라고는 말하지 않았어요. 그런데 어째서 저렇게 여왕처럼 보일까요? 저 다이아몬드들 때문일 거예요. 다이아몬드로 휩싸여 있잖아요."
"다이아몬드가 지나치게 많군요." 외제니가 말했다. "다이아몬드가 없었다면 오히려 더 예뻤을 텐데요. 고운 목과 손목이 드러나니까요."
"넌 예술가로구나. 얘 좀 보세요." 당글라르 부인은 말했다. "이렇게 금방 열중해 버리잖아요?"
"아름다운 건 다 좋아해요." 외제니가 말했다.
"그럼 저 백작은 어떻게 생각하십니까?" 드브레가 물었다. "백작도 나쁘지는 않은 것 같은데요."
"백작이요?" 외제니는 마치 아직 백작은 볼 생각은 하지도 않았다는 듯이 대답했다. "얼굴이 너무 창백해요."
"바로 그겁니다." 알베르가 말했다. "저 창백한 얼굴 속에 우리가 찾고자 하는 비밀이 있는 겁니다. G 백작부인은 흡혈귀라고 말하지만."
"그럼, G 백작부인이 파리로 돌아왔나요?" 당글라르 부인이 물었다.
"바로 저쪽 측면 좌석에 있잖아요?" 외제니가 말했다. "거의 우리하고 정면으로 앉아 있는데요. 저기 아름다운 금발 여인이 바로 그분이에요."
"아, 그렇군요." 당글라르 부인이 말했다. "알베르 씨, 한 가지 부탁할 일이 있는데."

"무슨 일입니까, 부인."

"몬테크리스토 백작을 찾아가서 그분을 이리로 모셔오는 겁니다."

"왜요?" 외제니가 물었다.

"얘길 좀 하게 말이다. 넌 만나보고 싶지도 않니?"

"아뇨, 조금도."

"참 이상도 하다!" 부인이 중얼거렸다.

"아니, 어쩌면 저쪽에서 먼저 올 것 같습니다." 알베르가 말했다. "저것 보십쇼. 지금 부인을 보고 인사하고 있지 않습니까?"

당글라르 부인은 상냥하게 웃으며 백작에게 답례했다.

"자, 그럼." 알베르가 말했다. "제가 한번 나서볼까요? 제가 나가서 얘기할 여유가 되는지 살펴보겠습니다."

"그분 자리로 가면 되는 거 아니에요? 간단한 것을 가지고 뭘 그러세요?"

"하지만 서로 소개받은 적이 없어서요."

"누구하고 말이에요?"

"저 그리스 미인하고 말씀입니다."

"그 여자는 노예라면서요?"

"네, 그렇지만 부인께서도 말씀하셨다시피, 무슨 왕녀 같아서 말이에요. …… 차라리 제가 나가는 걸 보고, 백작께서 나와 주시면 좋겠는데."

"그러실 거예요. 자 어서 가보세요."

"그럼, 가보죠."

알베르는 인사를 하고 밖으로 나갔다. 과연 알베르가 백작의 좌석 앞을 지나가는데 문이 열렸다. 백작이 알리에게 아랍어로 몇 마디 하고 나서 알베르의 팔을 잡았다.

알리는 다시 문을 닫고, 그대로 문 앞에 서 있었다. 복도에 이 아랍 사람을 둘러싸고 사람들이 들끓었다.

"과연," 몬테크리스토 백작이 알베르에게 말했다. "파리라는 곳은 이상한 도시군요. 파리 사람들도 묘한 사람들이고, 마치 아랍 사람을 처음 본 것처럼 떠드니 말이에요. 뭐가 뭔지 몰라 어리둥절해하는 불쌍한 알리 주위로 몰려드는 저 사람들을 좀 보십시오. 하지만 저는 파리 사람이 튀니스나 콘스탄티노플이나 바그다드, 또는 카이로에 가더라도 저렇게 둘러싸이진 않을 것이라는 것을 보증할 수 있습니다."

"결국 동양인들은 모두 사리를 아는 사람들이라서, 볼 만한 가치가 있는 게 아니면 구경하지 않는단 말씀이로군요. 하지만 사실 알리가 저렇게까지 사람들의 인기를 끌고 있는 이유는 그가 당신의 사람이기 때문입니다. 지금 당신은 문제의 인물이니까요."

"정말입니까? 도대체 누구 덕분에 제가 그런 영광을 얻은 것이죠?"

"무슨 말씀을 하시는 겁니까? 그야 백작이 하신 행동들 때문이지요. 당신은 1천 루이짜리 말을 선사했고, 검찰총장 댁 가족의 목숨을 구해 주셨습니다. 게다가 또 브라크 소령이라는 이름으로, 아메리카산 작은 원숭이 같은 기수를 순종 말에 태워 황금 트로피를 타셨는가 하면, 이번엔 또 그 트로피를 아름다운 부인에게 주시지 않으셨습니까?"

"그런 바보 같은 소리는 누구한테 들으셨습니까?"

"우선 첫째로 당글라르 부인한테서 들었지요. 부인은 지금 저 특별석에서 백작을 뵙고 싶어서 야단입니다. 아니, 차라리 그보다도, 백작께서 부인의 좌석에 오시는 것을 남한테 보이고 싶은 거지요. 두 번째는 보샹 씨의 신문에서입니다. 그리고 세 번째는 제 상상력이지요. 자신의 신분을 감추고 싶으시다던 백작께서, 어째서 말을 '밤파'라는 이름으로 내놓으셨나요?"

"아, 그렇군요." 백작이 말했다. "그건 정말 경솔했군요. 그런데 참, 한 가지 묻고 싶은 게 있는데, 아버님께선 가끔 오페라에도 오십니까? 유심히 찾아보아도 통 안 보이시니."

"아마 오늘 밤에 오실 겁니다."

"어느 자리로 오십니까?"

"남작부인의 자리겠지요."

"부인과 같이 온 그 아름다운 여인이 그분의 따님이신가요?"

"그렇습니다."

"축하합니다."

알베르는 빙그레 웃었다.

"그 얘긴 나중에 자세히 합시다. 그런데 음악은 어떻게 생각하십니까?"

"무슨 음악이요?"

"방금 들으신 음악 말입니다."

"네, 인간인 작곡가의 손으로 만들어지고, 지금은 세상을 떠난 디오게네스*8의 말마따나, 날개 없는 두 발 달린 새들이 부르는 것으로는 꽤 훌륭한 것이라고 말할 수 있겠지요."

"허어! 대단하십니다. 그런 말씀을 하시는 걸 보니, 백작께선 마치 천상의 일곱 개의 합창이라도 마음대로 들으실 수 있는 것같이 생각되는데요."

"어쩌면 그럴지도 모르죠. 지금까지 인간의 귀로는 들어보지 못한 훌륭한 음악을 듣고 싶을 때는 난 한숨 잡니다."

"그렇다면 여기 오시길 잘 하셨습니다. 한숨 주무십시오. 백작, 사실 오페라란 잠이나 자기 위해서 만들어진 것이니까요."

"그런데 정말이지 당신네 나라 음악은 참 시끄럽군요. 지금 말씀드린 대로 한잠 자려면 매우 조용해야만 합니다. 그러고 나선 또 어떤 약도 좀 필요합니다……."

"아, 그 유명한 해시시 말입니까?"

"그렇습니다. 자작, 당신도 음악이 듣고 싶으실 때는 저희 집 만찬에 들러보십시오."

"하지만 벌써 전에도 점심을 먹으러 갔다가 들른 일이 있습니다." 알베르가 말했다.

"로마에서였던가요?"

"그렇습니다."

"아, 그건 하이데가 구즐라를 탄 것이었지요. 멀리 고향을 떠나온 그 불쌍한 여자는 가끔 자기네 나라 곡을 들려주면서 나를 위로해 준답니다."

알베르는 그 이상은 아무 말도 하지 않았다. 백작 쪽에서도 잠자코 있었다.

그때 종이 울렸다.

"그럼, 실례하겠습니다." 백작은 자기 자리 쪽으로 돌아가며 말했다.

"네, 어서 가보십시오!"

"G 백작부인께는 부인이 말씀하시는 흡혈귀가 안부 전한다고 전해 주십시오."

"그럼, 남작부인한테는?"

---

*8 그리스의 철학자.

"부인께서만 허락해 주신다면 오늘 저녁에 잠깐 인사드리러 가겠노라고 전해 주십시오."

제3막이 시작되었다. 3막이 진행되는 동안에, 약속대로 알베르의 아버지인 모르세르 백작이 당글라르 부인 자리에 나타났다. 백작은 그다지 관객들의 눈을 끄는 사람은 아니었다. 그래서 그가 자리로 들어온 것을 안 사람은 그 좌석 근처 사람들뿐이었다.

그러나 몬테크리스토 백작은 모르세르 백작이 들어온 것을 놓치지 않고 보았다. 그의 입술에 가벼운 미소가 떠올랐다.

일단 막이 오르자, 하이데의 눈에는 무대 말고는 아무것도 들어오지 않았다. 이런 것을 본 지 얼마 안 된 사람 모두가 그렇듯이, 하이데도 귀에 들리고 눈에 보이는 모든 것에 마음을 빼앗겼다.

제3막은 그저 그렇게 지나갔다. 노블레, 쥘리아, 르루 이 세 여배우가 늘 하는 앙트르샤*[9]를 추었다. 그라나다 왕은 로베르 마리오에게 도전을 당했다. 이윽고 이 당당한 국왕은 딸의 손을 끌고, 자신의 벨벳 망토를 보여주기 위해서 무대 위를 한 바퀴 돌았다. 그러고는 막이 내렸다. 관객석의 사람들은 이내 휴게실과 복도로 몰려나왔다.

백작도 자리에서 나왔다. 그리고 잠시 뒤, 당글라르 부인의 자리에 나타났다.

남작부인은 자기도 모르게 그만 반갑고 놀라서 가볍게 소리를 질렀다.

"아, 어서 오세요, 백작!" 당글라르 남작부인이 말했다. "언젠가 편지는 보내드렸지만 더 빨리 만나뵙고 인사를 드리고 싶었습니다."

"원, 부인께서도" 백작이 말했다. "아무것도 아닌 일을 뭘 여태까지 기억하고 계십니까? 전 벌써 잊어버리고 있었습니다."

"기억하다 뿐인가요. 게다가 그 이튿날은 그 말 때문에 큰일날 뻔했던 제 친구 빌포르 부인을 구해 주셨는데, 어찌 그런 걸 잊어버릴 수 있겠습니까?"

"그건 제가 감사받을 일이 아니올시다. 빌포르 부인을 구해 드린 것은 제 하인 알리입니다. 아랍사람이지요."

"그럼," 이번에는 모르세르 백작이 말했다. "제 아들을 로마 산적들한테서 구

---

*9 춤출 때 두 발을 마주 치며 공중으로 뛰는 무용.

해 준 것도 바로 그 알리라는 남자였던가요?"

"아니, 그건 다릅니다." 몬테크리스토 백작은 장군이 내민 손을 잡으면서 말했다. "그 일은 제가 인사를 받아도 될 만한 일입니다. 하지만 그 사건은 벌써 장군께서 치하해 주셨고, 또 저도 감사하게 받아들인 일입니다. 또 인사를 하신다면 오히려 제가 부끄럽습니다. 그런데 부인, 따님께 저를 소개해 주시지요."

"아, 이름뿐이었지만 벌써 소개한 것이나 다름없습니다. 요 2, 3일 동안은 백작 얘기만 해왔으니까요. 자, 외제니." 남작부인은 딸 쪽으로 고개를 돌리며 말했다. "몬테크리스토 백작님이시다."

백작은 머리를 숙였다. 당글라르 양은 고개를 까딱해 보였다.

"참 아름다운 여자하고 오셨는데, 따님이신가요?" 외제니가 물었다.

"아닙니다." 백작은 너무나 솔직하고 대담한 질문에 놀라 말했다. "불쌍한 그리스 여잔데 제가 후견인이지요."

"이름이 뭔데요?"

"하이데입니다." 백작이 대답했다.

"그리스 여자라!" 모르세르 백작이 중얼거렸다.

"네, 그렇대요." 당글라르 부인이 대답했다. "모르세르 백작, 전에 알리 테벨린 궁전에서 그렇게 공을 많이 세우셨을 때도 저렇게 아름다운 의상을 보신 일 있으세요?"

"아, 그럼." 몬테크리스토 백작이 말했다. "자니나에서 근무하신 적이 있으셨던가요?"

"네, 파샤 군대의 검열관으로 있었던 적이 있습니다." 모르세르가 대답했다. "제가 가지고 있는 얼마 안 되는 재산도 솔직히 말씀드리면, 그때 그 유명한 알바니아 왕의 후의로 얻은 것이지요."

"저기 좀 보세요!" 당글라르 부인이 또 입을 열었다.

"어디?" 모르세르가 웅얼거렸다.

"저기 말입니다." 몬테크리스토 백작은 이렇게 말하며, 모르세르 백작을 팔로 끌어안듯이 좌석 밖으로 몸을 내밀었다.

바로 그때, 이리저리 백작을 찾던 하이데의 눈이 창백한 백작의 얼굴 옆에 백작에게 안기듯이 앉아 있는 모르세르의 얼굴로 향했다.

그것은 이 소녀에게 마치 메두사의 머리라도 대한 듯한 강한 효과를 나타냈다. 그녀는 몸을 앞으로 약간 내밀어 두 사람을 삼킬 듯이 노려보았다. 그러더니 가느다랗게 소리를 지르며 몸을 다시 뒤로 돌렸다. 그 비명 소리는 작았지만, 가까이 있는 사람들과 알리에게까지 들렸다. 알리는 그 소리에 곧장 문을 열었다.

"어머나," 외제니가 말했다. "같이 오신 분께 무슨 일이 생긴 모양인데요, 백작님. 기분이 좋지 않아 보이세요."

"그렇군요." 백작이 대답했다. "그러나 걱정하실 건 없으십니다. 하이데는 아주 신경질적인 아가씨라 냄새에만도 퍽 민감하지요. 비위에 거슬리는 냄새만 맡아도 기절할 정도니까요. 하지만," 백작은 주머니에서 약병을 하나 꺼내며 말했다. "여기 약이 있습니다." 백작은 남작부인과 그 딸에게 한꺼번에 고개를 숙여 인사하고, 백작과 드브레와는 악수를 나눈 다음, 남작부인의 자리를 떠

났다.

백작이 다시 제자리로 돌아왔을 때, 하이데는 아직도 얼굴이 새파랗게 질려 있었다. 그리고 그가 나타나자마자 갑자기 백작의 손을 잡았다.

몬테크리스토 백작은 하이데의 손이 촉촉하면서도 얼음처럼 싸늘하다는 것을 깨달았다.

"같이 얘기하신 분이 누구시죠?" 하이데가 물었다.

"모르세르 백작이야." 백작이 대답했다. "너희 아버지 밑에서 일하고 있었던 그 사람 말이야. 아버지 덕분에 한 밑천 잡았다고 솔직하게 고백하더군."

"아니, 그렇게 뻔뻔스러울 수가!" 하이데가 소리쳤다. "바로 아버님을 터키 사람들한테 팔아먹은 그 장본인이에요. 그 재산이야말로 아버님을 배반하고 얻은 돈이고요. 그 사실을 모르시고 계셨던가요?"

"그 얘긴 벌써 에페이로스에서 잠깐 들어서 알고 있지." 백작은 대답했다. "하지만 자세한 내막은 일일이 모르니 돌아가서 그 얘기나 들어볼까? 재미있을 것 같군."

"네, 그래요! 가요, 가야겠어요. 더 이상 저 남자를 보고 있으면 죽을 것만 같아요." 이렇게 말하며 하이데는 자리에서 벌떡 일어나 진주와 산호로 수놓은 흰 캐시미어 망토를 둘러쓰고, 막이 오르려는데 급히 밖으로 나가 버렸다.

"저것 보세요. 저 사람은 다른 사람들이 하는 대로 하는 법이 없어요." 백작 부인은 자기 곁으로 돌아온 알베르에게 이렇게 말했다. "저 사람은 '악마 로베르'의 3막은 얌전하게 듣더니, 제4막은 막이 시작되려는데 그냥 나가버리네요."

주식의 등락

그러고 나서 몬테크리스토와 만난 지 며칠 만에 알베르 드 모르세르는 샹젤리제의 저택으로 백작을 찾아갔다. 그 집은 벌써 당당한 궁전과 같은 풍모를 드러내고 있었다. 백작은 그 엄청난 재력으로, 잠깐씩 머무는 집들까지도 그토록 훌륭하게 꾸며놓은 것이었다.

알베르는 당글라르 부인의 부탁으로 인사를 전하기 위해 왔지만, 부인은 이미 옛 이름을 넣어 '당글라르 남작부인, 에르민 드 세르비외'라고 서명한 편지를 전한 상태였다.

알베르는 뤼시앵 드브레를 데리고 왔는데, 드브레도 알베르의 말에 덧붙여서 공식적이지 않을 수도 있는 인사를 몇 번 했다. 그러나 백작의 날카로운 눈이 그 의중을 모를 리 없었다.

백작은, 뤼시앵이 이중의 호기심에 이끌려서 찾아왔다는 사실과 그 호기심의 절반은 쇼세당탱 가의 안주인에게서 나온 것이라는 사실까지 꿰뚫어보는 듯했다. 과연 백작의 생각은 전혀 틀리지 않았다. 당글라르 부인은 자기에게 3천 프랑짜리 말을 보내고, 1백 만 프랑이나 하는 다이아몬드로 치장한 그리스 여자 노예를 데리고 오페라에 가는 이 남자의 집을 자기 눈으로 볼 수 없으니, 원하면 언제나 출입이 가능한 드브레의 눈을 빌려서 보고를 받을 속셈인 것 같았다.

그러나 백작은 이러한 뤼시앵의 방문과 남작부인의 호기심 같은 것은 조금도 눈치채지 못한 척했다.

"당글라르 남작하고는 늘 연락하고 계십니까?" 백작은 알베르에게 물었다.

"네, 전에 말씀드린 대로 그렇습니다."

"그럼, 일이 잘돼 가는군요?"

"그럼요, 아주 잘돼 가지요." 뤼시앵이 대답했다.

"얘기는 다 되었습니다."

여기까지 말한 뤼시앵은 이 정도로만 얘기해 두면 그 다음엔 대화에 섞이지 않아도 될 것이라고 생각했던지, 대모갑 테 코 안경을 눈에 대고 단장 끝에 달린 금 손잡이를 만지작거리며, 벽에 걸린 무기와 유화들을 구경하며 방 안을 걷기 시작했다.

"아, 그래요?" 백작이 말했다. "하지만 전에 들은 얘기로 보아선 그리 빨리 성사되리라곤 생각지 못했습니다."

"웬걸요! 세상일은 다 남이 모르는 사이에 진행되어 가지요. 이쪽에선 그 일을 까맣게 잊고 있는 동안 저쪽에선 이쪽 생각을 세심히 하고 있는 경우가 있으니까요. 그래서 깜짝 놀라 정신을 차리고 보면 그땐 벌써 일이 한창 진행되어 버린 뒤가 되지요. 제 아버님과 당글라르 씨는 함께 에스파냐 전쟁에 출정했었지요. 제 아버지는 군대에서 복무했고 당글라르 씨는 군수품을 취급했었습니다. 그 전쟁 덕분에, 혁명으로 파산한 아버지와 그때까지 재산이라곤 한 푼도 없던 당글라르 씨가, 아버지는 정치적으로 또 군사적으로 기반을 잡았고, 당글라르 씨는 정치적으로 경제적으로 기초를 잡으신 것입니다."

"아, 그랬군요." 백작은 말했다. "제가 당글라르 씨를 찾아뵀을 때도 그 얘기를 들었습니다." 이렇게 말한 백작은 앨범을 뒤적거리고 있는 뤼시앵을 한 번 힐끗 보더니 다시 말을 계속했다. "게다가 따님도 아름다운 분이던데요? 이름이 아마 외제니였지요?"

"상당히 예쁘지요. 아니, 굉장한 미인이지요." 알베르는 대답했다. "하지만 전 그런 미인은 싫습니다. 전 그만한 가치가 없으니까요."

"마치 벌써 남편이라도 된 것같이 말씀하시는군요!"

"천만에요!" 알베르는 뤼시앵이 무엇을 하고 있는지 살피려는 듯 주위를 한 번 둘러보며 말했다.

"그런데 제가 보기에 당신은," 백작이 목소리를 낮추며 말했다. "이 결혼이 썩 마음에 드시질 않는 것 같아 뵈는군요."

"외제니 양은 저에 비해서 너무 돈이 많습니다." 모르세르는 말했다. "전 그게 겁이 나는 거죠."

"원!" 백작은 말했다. "당치도 않은 이유이십니다. 당신도 부자이시지 않습니까?"

"제 아버지는 연 약 5만 프랑의 수입이 있습니다. 제가 결혼하면 그중에서 아마, 1만이나 1만 5천쯤은 주시겠죠."
"과연 그건 그리 대단한 건 아니로군요. 더군다나 파리에서 사니까요." 백작이 말했다. "하지만 이 세상은 돈만이 전부가 아닙니다. 훌륭한 이름이라든가 사회적인 지위 같은 것도 그에 못지않은 거니까요. 당신은 이름도 훌륭하고 사회적 지위도 대단하십니다. 게다가 모르세르 백작께선 군인이십니다. 그러니 세상은 이 바야르*1의 강직과 뒤게클랭*2의 청빈이 결합되는 것을 보고 기뻐할 것입니다. 무용이야말로 가장 아름다운 햇빛이며, 그 빛에 비추어짐으로 인해 한층 더 귀하게 빛나는 것입니다. 저는 그런 뜻에서 이 결합이야말로 가장 잘 어울리는 결혼이라고 생각합니다. 당글라르 양은 당신에게 부귀를 드릴 것이고, 당신은 당글라르 양에게 명예를 드릴 수 있습니다."
알베르는 고개를 끄덕이며 잠시 생각에 잠겼다.
"사정이 또 하나 있습니다." 그는 말했다.
"사실," 백작이 말했다. "저로서는 당신이 그렇게 예쁘고 돈 많은 처녀에게 반감을 가지시는 이유가 납득이 잘 안 가는군요."
"오!" 알베르는 말했다. "만약 반감이 있다면 그 모든 게 제 탓만은 아닙니다."
"그럼, 또 무슨 이유가 있습니까? 아버지께선 이 결혼을 바라고 계셨지 않습니까?"
"어머니 쪽에 이유가 있지요. 어머니는 신중하고 확고한 눈을 가진 분입니다. 그런 어머니께서 이 결혼을 별로 탐탁해하지 않으셨습니다. 어머니께선 뭔가 당글라르 집안에 대해서 경계를 하고 계신 것 같습니다."
"아, 그러세요?" 백작은 짐짓 힘을 주며 말했다. "그 뜻은 알 것 같군요. 어머님께서는 뛰어난 신분이신 데다가 귀족이며, 또 우아한 분이시니까 투박하고 거친 평민과는 손을 잡기가 선뜻 마음이 내키지 않으시는 것도 당연한 일입니다."
"과연 그 때문인지는 저도 모르겠습니다." 알베르는 말했다. "다만 제가 아는 바로는 이 결혼이 만일 성사되면 어머니께서 우울해하실 거라는 겁니다. 사실 6주쯤 전에 의논을 하기 위해 모이기로 했었습니다. 그런데 제가 너무 골치가 아파서……."
"정말로 아프셨단 말입니까?" 백작이 빙그레 웃으면서 물었다.

*1 15~16세기에 걸친 프랑스의 전설적인 용장(勇將).
*2 14세기 프랑스의 용장.

"그럼요! 아마 겁이 났던 것이겠지요……. 그래서 두 달 뒤에 모이기로 했지요. 서두를 필요는 없으니까요. 전 아직 스물한 살도 채 못 되었고, 외제니씨도 이제 겨우 열일곱 살이거든요. 그런데 그 두 달 뒤라는 것도 이제 한 주일밖엔 안 남았습니다. 싫어도 결심을 해야겠지요. 백작께선 상상도 못하시겠지만, 전 정말 난처합니다……. 아, 자유의 몸이신 백작이 부럽습니다!"

"정 그러시다면 결혼을 안 하면 되지 않습니까? 도대체 그걸 누가 막는단 말입니까?"

"아! 제가 외제니 양과 결혼을 안 하면 제 아버님께서 여간 실망하지 않으실 겁니다."

"그럼 결혼하세요." 백작은 이상하게 한 번 어깨를 으쓱하며 말했다.

"그러면," 알베르가 대답했다. "어머니께선 실망 이상으로 슬퍼하실 겁니다."

"그렇다면 하지 마십쇼." 백작은 말했다.

"그렇게 해보겠습니다. 저와 의논을 해주시겠죠? 그리고 할 수만 있다면 저를 이 곤경에서 구해 주시겠죠? 아, 훌륭한 제 어머니를 슬프게 해드리지 않을 수만 있다면, 아버지하곤 사이가 나빠져도 괜찮을 것 같습니다."

백작은 고개를 돌렸다. 그는 크게 감동을 받은 것 같아 보였다.

"아니!" 백작은 드브레에게 말을 걸었다. 드브레는 객실 한 귀퉁이의 푹신한 안락의자에 파묻혀 앉아 오른손에는 연필을 그리고 왼손엔 수첩을 들고 있었다.

"뭘 하고 계십니까? 푸생*3의 그림을 스케치하고 계십니까?"

"저 말씀입니까?" 드브레가 침착하게 물었다. "스케치요? 전 유화를 참 좋아하지요. 그런데 지금은 그게 아닙니다. 그림과는 상관없이 계산을 하고 있지요."

"계산을요?"

"네, 계산을 하고 있습니다. 알베르, 이건 자네와도 간접적으로 관계가 있는 거야. 나는 지금 최근 아이티 주가가 올라감으로써 당글라르 집안이 얼마나 돈을 벌 것인가를 계산하고 있는 중이야. 단 사흘 동안에 206프랑에서 409프랑까지 올랐거든. 그 용의주도한 은행가는 200프랑에 잔뜩 사들였지. 아마 30

---

*3 17세기 프랑스 화가.

만은 벌었을 거야."

"그 양반한테 그 정도쯤은 그다지 대단하게 들어맞은 것도 아니야." 알베르가 말했다. "올해 에스파냐 공채로 100만 프랑이나 벌지 않았어?"

"이봐, 알베르." 뤼시앵이 말했다. "그런 소릴 하면 몬테크리스토 백작께서 이탈리아 사람처럼, 'Danaro e santita Meta della meta'[*4]라고 하실 것 아닌가. 하지만 그 정도만 해도 굉장히 번 걸세. 난 그런 얘기를 들으면, 그저 어깨를 으쓱하는 수밖엔 별 도리가 없단 말이야."

"아이티 주 얘기를 하셨지요?" 백작이 물었다.

"아이티 주는 보통 증권과 전혀 다릅니다. 그것은 프랑스 투기계의 에카르테[*5]지요. 부이요트[*6]가 좋아지고, 휘스트[*7]가 좋아지고, 또 보스턴[*8]에 열중하게 되다가도, 그 모든 것에 싫증이 날 때가 옵니다. 그때 언제나 다시 하게 되는 것이 에카르테입니다. 요리로 치면 전채요리 같은 것이겠지요. 당글라르 씨는 어제 406프랑에 팔아서 30만 프랑을 벌었습니다. 오늘까지 기다렸더라면, 250프랑으로 떨어져서 30만 프랑을 벌기는커녕, 20만에서 25만은 잃었을 겁니다."

"그런데 어째서 406프랑에서 205프랑으로 떨어졌을까요?" 백작이 물었다. "저는 주식 시장의 속셈은 전혀 모르고 있어서요."

"그건," 알베르가 웃으면서 말했다. "여러 정보가 잇달아 들어와도 서로 같은 게 전혀 없기 때문입니다."

"그래도," 백작이 말했다. "당글라르 씨는 단 하루에 30만 프랑을 벌기도 하고, 잃기도 하는 편이 아닙니까. 그러니 굉장히 부자인 셈이지요?"

"일을 벌이는 것은 당글라르 씨가 아닙니다." 뤼시앵이 날카롭게 말했다. "당글라르 부인입니다. 부인은 정말 무서운 게 없는 분이니까요."

"그렇지만 드브레, 자넨 분별도 있고, 또 정보망이 밝으니까 그 정보가 어느 정도 신빙성이 있는지 알고 있을 테니 부인이 하는 일을 막을 수도 있지 않나?" 모르세르가 빙그레 웃으면서 이렇게 말했다.

---

*4 돈 얘기와 품행이 방정하다는 것은 반의 반만 들으면 된다.
*5 두 사람이 하는 트럼프 놀이의 일종.
*6 트럼프 놀이의 일종.
*7 트럼프 놀이의 일종.
*8 트럼프 놀이의 일종.

"그렇지만 남편도 막지 못하는 일을 내가 어떻게 막는단 말인가?" 드브레가 물었다. "자네도 남작부인의 성미를 알지 않나? 누구의 말도 듣지 않는 사람이야. 그분은 자기가 하고 싶은 대로만 하는 사람이니까."

"내가 자네 입장에 있다면." 알베르가 말했다.

"그렇다면?"

"내가 그 성격을 고쳐놓을 텐데. 그럼 장차 사위 될 사람을 구원해 주는 셈이 되지."

"어떻게 고칠 건데?"

"그런 일엔 방법 같은 건 없어. 부인한테 교훈을 하나 주는 거지."

"교훈을?"

"그래, 자넨 대신 비서관이니까, 정보에 관해서는 대단한 권력을 가지고 있단 말이야. 자네가 한번 입을 열면, 주식 중개인들이 부리나케 자네의 말을 필기하지. 그러니 부인한테 계속해서 20만 프랑가량의 손해를 보게 하는 거야. 그렇게 되면 부인도 생각이 좀 신중해질걸."

"무슨 소린지 잘 모르겠는데." 뤼시앵이 입속으로 우물우물 말했다.

"아주 단순한 얘긴데 뭘 그래?" 젊은이는 순진하게 말했다. 그 얼굴에는 꾸밈이라곤 전혀 없어 보였다. "언제 한번, 자네밖엔 아무도 모르는 사실을, 무슨 전보 통신 같은 것을 부인한테 알려주라는 말일세. 예를 들면, 앙리 4세가 어제 가브리엘*9의 저택에 나타났다든가 하는 소식 말이야. 그렇게 되면 주가가 올라가지. 그리고 부인은 그 기회를 놓치지 않고 일을 크게 벌인단 말일세. 그런데 그 이튿날 보샹이, 자기 신문에 이런 기사를 쓰는 거야. '소식통이 전하듯이, 그저께 앙리 4세 폐하께서 가브리엘 저택을 방문하셨다는 사실은 전혀 사실 무근임. 폐하께서는 퐁네프*10를 건너신 일이 없음' 이렇게 말이야."

뤼시앵 드브레는 쓴 웃음을 지었다. 백작은 겉으로는 무관심한 체했으나, 실은 그 얘기를 한마디도 빼놓지 않고 들었다. 그리고 사람의 마음을 꿰뚫는 듯한 그 눈으로 당글라르 부인이 신임하고 있는 이 비서관의 당황한 얼굴 속에 숨어 있는 비밀까지 들여다보는 것 같았다. 알베르는 그것을 전혀 눈치채지 못했기 때문에 드브레는 서둘러서 이번 방문을 빨리 끝내기로 했다. 그는 기분

*9 루이 4세의 총비(寵妃).
*10 왕궁 앞에 있는 다리.

이 매우 언짢았다. 백작은 그를 배웅하면서 무엇인가 낮은 목소리로 몇 마디 얘기를 했다. 그러자 뤼시앵은 그 말에 이렇게 대답했다.

"기꺼이 받아들이겠습니다, 백작."

백작은 다시 모르세르에게로 되돌아왔다.

"그런데 생각해 보니," 백작은 알베르에게 말했다. "아까 드브레 씨 앞에서 당신의 장모님이 되실 분을 그렇게 말씀하신 것은 좀 잘못하신 거라고 생각지 않습니까?"

"아, 백작님," 모르세르가 말했다. "제발 다시는 그런 말씀 말아주십시오."

"그럼 정말로 이렇다 할 까닭도 없는데, 어머님께서는 그렇게까지 이 결혼을 반대하고 계신 건가요?"

"네, 남작부인도 저희 집엔 거의 드나들질 않을 정도니까요. 그리고 제 어머님께서도 두 번 다시는 당글라르 부인을 방문하시지 않으셨고요."

"그렇다면," 백작은 말했다. "당신한테 솔직하게 얘기할 용기가 생겼습니다. 당글라르 씨는 저와 거래하고 있는 은행가입니다. 빌포르 씨도 제가 우연한 기회에 그분을 도와드린 일이 있어서 감사하는 뜻으로 제게 친절하게 대해 주셨습니다. 그런 점으로 미루어보아, 제게 만찬회나 야회 같은 것을 계속해서 베풀어줄 것 같습니다. 그래서 제가 너무 호사스러운 것을 좋아하는 사람이라는 인상을 주지 않고, 또 선수를 치고 싶기도 하고 해서, 당글라르 부부와 빌포르 부부를 오퇴유에 있는 제 별장으로 초대할 생각입니다. 그런데 만약 그 만찬에 제가 당신과 부모님들을 함께 초대한다면 무슨 결혼 상담을 위한 모임 같은 느낌이 들 게 아닙니까. 거기다가 또 당글라르 씨가 따님까지 데리고 오신다면, 당신 어머니는 저를 미워하시게 될 거예요. 그러니 댁의 가족은 초대하지 않겠습니다. 그거야말로 저를 가장 곤란하게 만드는 것이지요. 앞으로 혹 기회가 있을 때마다 어머님께서 저를 나쁘게 생각하시지 않도록 간곡히 말씀드려 주십시오."

"저로선," 알베르가 말했다. "백작께서 그렇게까지 솔직하게 말씀해 주신 것을 감사하게 생각합니다. 저의 가족을 초대하지 않으시는 것도 이해하겠습니다. 백작께선 제 어머님한테 잘 보이고 싶다고 그러셨지요? 이미 어머님께선 당신을 더할 나위 없이 좋게 생각하고 계십니다."

"그럴까요?" 백작이 진지하게 물었다.

"네, 물론입니다. 지난번에 백작께서 저희 집을 다녀가신 뒤에 어머님과 한 시간 동안이나 당신 얘기를 했었거든요. 그럼, 다시 지금 얘기로 돌아가겠습니다. 만약 어머니가 백작께서 생각해 주신 그런 배려를 눈치채신다면, (저도 어머님께 그 얘길 해드리겠지만 말입니다) 매우 고맙게 생각하실 겁니다. 반면에 아버지께선 화를 내시겠지요."

백작이 웃기 시작했다.

"그럼 당신하곤 얘기가 된 셈입니다." 백작은 말했다. "하지만 생각해 보면 화를 내는 것은 비단 당신 아버님만이 아닐 겁니다. 당글라르 부부도 내가 무척 짓궂은 사람이라고 생각할 겁니다. 그분들은 내가 당신과 친하다는 사실과 또 내게는 당신이 파리에서 가장 오래된 친구라는 것을 알고 있습니다. 그런데 내 집에서 당신 가족이 보이지 않으면 어째서 초대하지 않았는지 물어보겠지요. 그러니 피치 못할 사정이 있는 것처럼 둘러댈 선약이라도 생각해 두세요. 그리고 그것을 두어 자 글로 적어 보내주십시오. 아시다시피 은행가라는 사람들은 글자로 씌어 있는 것이 아니면 신용을 안 하는 법이니까요."

"아니, 그보다 더 좋은 수가 있습니다." 알베르가 말했다. "어머니께선 바닷바람을 좀 쐬었으면 하십니다. 그런데 만찬은 언제죠?"

"토요일입니다."

"오늘이 화요일, 좋습니다. 그럼 내일 저녁에 출발하죠. 모레 아침이면 트레포르에 도착합니다. 백작, 이렇게 모든 사람들을 다 편안하게 해주시려고 애쓰시다니 정말 친절하십니다."

"과찬의 말씀이십니다. 저는 여러분들을 즐겁게 해드리고 싶을 따름입니다."

"초대장은 언제 보내셨는데요?"

"오늘 보냈습니다."

"그럼, 됐습니다! 전 지금 곧장 당글라르 씨 댁에 뛰어가서, 내일 어머니하고 제가 파리를 떠난다는 사실을 알려두겠습니다. 당신은 못 만난 것으로 해두고요. 그러니까 만찬회 초대는 전혀 모르는 것이 됩니다."

"그건 안 됩니다! 왜냐하면 당신이 오늘 여기 온 것을 드브레 씨가 보지 않았습니까?"

"아 참, 그렇군요!"

"오히려 제가 당신을 만나서 형식에서 벗어난 초대를 했는데, 당신은 트레포르로 떠나기 때문에 솔직하게 거절했다고 해두는 편이 낫습니다."

"그렇군요. 그럼, 그렇게 합시다. 그런데 백작님은 내일까지 제 어머님을 만나보실 생각은 없으십니까?"

"내일까지요? 그건 어렵겠는데요. 게다가 준비에 한창 바쁘실 텐데, 제가 간다는 것은 방해가 될 테니까요."

"그런 말씀 마세요. 지금까지 당신은 참 친절한 분이었습니다. 앞으론 존경할 만한 분이 되어주세요."

"그렇게 훌륭한 인물이 되려면 도대체 어떻게 해야 됩니까?"

"어떻게 해야 되느냐고요?"

"네, 그걸 얘기해 주십시오."

"오늘 당신은 공기처럼 자유로운 몸이십니다. 그러니 오늘 저녁에 저희 집에 오셔서 함께 저녁을 드시죠. 백작님과 어머니하고 저, 이렇게 셋이서만요. 이제까지 어머니와는 잠깐 만나보기만 하셨겠지만 이번엔 좀더 가까이서 만나시게 되실 겁니다. 어머니는 확실히 훌륭한 분이시지요. 한 가지 유감스러운 일은, 어머니보다 한 스무 살쯤 아래인 여자들 중에는 어머니 같은 여자가 없다는 겁니다. 그러나 좀 있으면 결국 모르세르 백작부인이나 모르세르 자작부인이 생길 겁니다. 제 아버님은 오늘 저녁엔 집에 안 계실 거예요. 오늘 저녁에는 위원회가 있어서 아버지는 회계 검사관 댁에서 만찬을 하실 겁니다. 오세요, 오셔서 여러 가지 여행 얘기나 하십시다. 전 세계를 구경하신 백작께서 재미있는 모험담들을 들려주십시오. 그리고 요전날 오페라에 데리고 오셨던 그 그리스 여자 얘기도 해주시고요. 당신은 노예라고 말씀하시지만, 꼭 여왕같이 취급하시던데요. 우리 이탈리아어나 에스파냐어로 대화해요. 제 뜻을 받아들여 주세요. 어머니도 기쁘게 생각하실 겁니다."

"감사합니다." 백작은 말했다. "매우 정중한 초대입니다만, 응해 드리지 못해 유감입니다. 저는 당신이 생각하시듯이 그렇게 자유로운 몸은 아니올시다. 실은 대단히 중요한 일로 사람을 만나기로 되어 있습니다."

"아니, 잠깐만요! 좀전에 백작께서는 만찬회 얘기를 하시면서 맘에 안 드는 초대를 어떻게 거절하는지 가르쳐주셨습니다. 제게도 증거를 보여 주십시오. 다행히 저는 당글라르 씨 같은 은행가는 아닙니다. 그러나 남의 말을 신용하지 않는 점에 있어서는 그분 못지않습니다."

"그럼, 증거를 보여드리지요." 백작은 말했다. 그러고 나서 백작은 종을 울렸다.

"흠!" 알베르가 말했다. "어머니와 함께 식사하는 것을 거절하신 것이 벌써 두 번째입니다. 의식적으로 그러시는군요, 백작."

백작은 몸을 부르르 떨었다.

"아닙니다! 그럴 리가 있습니까. 자, 여기 이렇게 증거가 있지 않습니까?"

바티스탱이 들어왔다. 그는 문 앞에 선 채로 명령을 기다리고 있었다.

"오늘 당신의 방문에 대해선 제가 전혀 모르고 있었던 일이지요?"

"백작께서는 사실 상대편에서 아무 소리 못하게 하는 데는 기가 막힌 명수이십니다."

"적어도 저는 오늘 당신이 저를 만찬에 초대하리라고는 꿈에도 생각하지 못했습니다."
"아, 하긴 그렇습니다."
"자, 바티스탱…… 오늘 아침에 내가 자네를 서재로 불렀을 때, 내가 뭐라고 그랬더라?"
"5시가 되면 문을 닫아두라고 하셨습니다."
"그 다음엔?"
"오! 이젠 됐습니다. 백작……." 알베르가 말했다.
"아니, 아니, 전 당신한테서 받은 정체불명의 사나이라는 평판만은 반드시 벗어나야겠습니다. 언제까지나 맨프레드 역을 한다는 것이 그리 즐거운 일이 아니니까요. 저는 유리 집 같은 데서 살고 싶은 심정입니다. 자, 그럼, 바티스탱…… 그 다음 얘기를 계속하지."
"그리고 바르톨로메오 카발칸티 소령님과 그 아들 말고는 아무도 들여보내지 말라고 말씀하셨습니다."
"들으셨지요? 바르톨로메오 카발칸티 소령이라고, 이탈리아의 아주 오래된 귀족 태생으로, 그 가계에 관해선 단테도 오지에*11처럼 여러 가지로 조사해 보았다는 얘기가 있습니다……. 기억하시는지 모르겠습니다만, 단테의 《지옥계》 제10가에 나오죠. 게다가 그 아들이라는 사람도 당신 나이 또래인데, 아주 멋진 청년입니다. 그리고 당신과 같은 자작 칭호를 가진 사람으로 아버지의 돈 수백만을 가지고 파리의 사교계에 나타났지요. 소령은 오늘 밤, 이탈리아에서는 콘티노*12라고 불리는 자기 아들 안드레아와 함께 저희 집에 오기로 되어 있습니다. 저한테 그 아들을 맡기겠다는 겁니다. 본인한테 무슨 특별한 재주가 있다면 뒤에서 밀어줄 생각입니다. 당신도 도와주실 거죠?"
"물론이죠! 그런데 그 카발칸티 소령이라는 분은 당신의 옛 친구이신가요?" 알베르가 물었다.
"그렇지는 않습니다. 소령은 대단히 예절바르고, 겸손하고, 또 사려 깊은 훌륭한 귀족입니다. 이탈리아에는 그런 사람들이 많은데, 모두들 아주 오래된 가문의 후손들이지요. 소령하고는 피렌체와 볼로냐와 루카에서 여러 번 만난 적이 있는데, 이번에 파리에 왔다는 소식을 알려온 것입니다. 여행 중에 사귄 친

---

*11 17세기 프랑스의 유명한 족보학자.
*12 자작.

구들이란 퍽 요구가 많은 법입니다.

우연히 아주 조금 보여준 우정을 아무데서나 요구하니까요. 상대가 누구든 간에, 한 시간가량 함께 지낸 문명인을 마치 마음속까지 다 줄 수 있는 상대로 생각해 버리지요. 이번에 오는 카발칸티 소령은 한 번 더 파리를 구경하고 싶다는 거예요. 제정 시대에 모스크바로 냉동되러 갔을 때*13 지나가며 파리를 본 일이 있었다더군요. 한번 멋진 만찬에 소령을 초대하려고 생각하고 있습니다. 아들은 저에게 맡기게 되겠지요. 난 소령의 아들을 돌보아주기로 약속했습니다. 나는 뭐든지 그가 하고 싶은 대로 하라고 내버려둘 생각입니다. 그것으로 서로의 용무가 끝나는 것이지요."

"참 잘된 일이군요!" 알베르가 말했다. "제가 봐도 당신은 소중한 조언자로 모시고 싶은 분이니까요. 자 그럼, 전 가보겠습니다. 일요일에 돌아오겠습니다. 그런데 참, 프란츠한테서 편지가 왔더군요."

"아, 그래요?" 백작이 말했다. "여전히 이탈리아가 좋답니까?"

"제가 보기엔 그런 것 같더군요. 다만 당신이 그곳에 안 계셔서 유감인 모양이에요. 프란츠 말이, 당신은 로마의 태양이니 당신이 없으면 로마가 온통 흐려진다는 겁니다. 비가 온다는 말까지 나올 것 같은 편지던데요."

"그럼 프란츠 씨가 저에 대한 생각을 다시 돌리셨나 보군요?"

"아뇨, 반대로 당신을 아주 기상천외하고 이상한 분으로 알고 있지요. 그래서 당신이 안 계신 것을 섭섭해하는 겁니다."

"기분 좋은 청년인데요!" 백작은 말했다. "난 처음 만나던 날 밤 그분이 야식을 드시고 싶으시다면서 제 초대를 기쁘게 받아들였을 때, 정말 그분이 좋아졌습니다. 데피네 장군 아드님이시죠?"

"그렇습니다."

"1815년에 비참하게 돌아가신 바로 그분이신가요?"

"네, 보나파르트 당원 손에 돌아가셨죠."

"그랬군요! 저는 정말 그분이 마음에 들어요. 그분한텐 아직 결혼 얘기가 없습니까?"

"있지요. 빌포르 씨 따님하고 결혼하게 되었죠."

*13 나폴레옹의 모스크바 원정에 참전했음을 뜻한다.

“정말입니까?”
“네, 제가 당글라르 양과 결혼하지 않으면 안 되듯이 말입니다.” 알베르가 웃으면서 말했다.
“웃으시네요.”
“그렇습니다.”
“왜 웃는 거죠?”
“그 사람의 결혼도 저와 당글라르 양의 경우와 마찬가지인 것 같아서 그러는 거지요. 그런데 백작, 마치 여자들이 남자 얘기를 하듯이 우리도 여자 얘기만 했군요. 이래서야 되겠습니까?”
알베르는 자리에서 일어섰다.
“가신다고요?”
“그렇게 물으시다니 참 친절하시군요. 벌써 2시간 동안이나 폐를 끼쳐드렸는데, 가냐고 물으실 수 있으시다니. 백작, 당신은 정말 이 세상에서 가장 친절하신 분입니다. 그리고 댁의 하인들까지도 훈련이 참 잘 되어 있습니다! 특히 바티스탱 말입니다. 전 아직 그런 사람을 한 번도 부려보지 못 했죠. 저희 집 사람들은 꼭 프랑스 극장의 하인들을 본 따 놓은 것 같아요. 대사라곤 단 한마디밖에 없는데 자꾸 무대 앞에 나오려고 하는 배우들 같단 말씀입니다. 혹시 그 사람을 안 쓰시게 되면 부디 제게 보내주십시오.”
“그렇게 하지요, 자작.”
“잠깐, 그리고 또, 사려가 깊다는 그 루카 출신의 카발칸티 디 카발칸티*[14] 각하께 제 인사 말씀 좀 전해 주십시오. 그리고 만일 아드님을 결혼시키시게 되시면 적어도 어머니 쪽만이라도 유복하고 품위 있는, 그리고 부친의 위력으로 남작부인 정도는 될 만한 아내를 찾아주도록 하십시오. 물론 그 일은 저도 도와드리겠습니다.”
“오!” 백작은 말했다. “그런 것까지 생각하고 계십니까?”
“그렇습니다.”
“그러나 세상일은 꼭 생각한 대로만 되는 것은 아닙니다.”
“오, 백작!” 알베르는 외쳤다. “앞으로 십 년만이라도 당신 덕분에 독신으로

---

*14 카발칸티를 좀더 정중하게 부르기 위한 호칭.

지낼 수 있다면 저는 얼마나 기쁠까요? 그러면 저는 당신을 지금보다도 훨씬 더 좋아할 겁니다!"

"안 될 거야 없겠지요." 백작은 엄숙하게 말했다.

알베르를 보내고 나서, 백작은 방으로 돌아와 벨을 세 번 울렸다.

베르투치오가 나타났다.

"베르투치오." 백작이 말했다. "토요일에 오퇴유 별장으로 손님을 청했네."

베르투치오는 미세하게 몸을 떨었다.

"알겠습니다."

"그래서 자네에게 부탁하겠는데," 백작은 말을 이었다. "모든 일을 적절하게 준비해 주게. 그 집은 아주 훌륭한 집이야. 훌륭하게 준비해야 해."

"그러려면 장식을 모두 갈아야만 할 겁니다. 벽지도 아주 낡았으니까요."

"그럼 모두 바꾸도록 하게. 단, 붉은 다마스크 천을 늘어뜨린 침실만은 그대로 두게. 그 방은 지금 상태 그대로 두어야 하네."

베르투치오는 머리를 숙여 대답했다.

"그리고 정원도 손을 대면 안 돼. 그러나 앞마당은 마음대로 해도 좋아. 아예 몰라볼 정도로 바꾸어 놓아도 좋네."

"마음에 드시도록 최선을 다하겠습니다. 만찬에 대해서도 지시해 주시면 더욱 안심이 되겠습니다."

"응, 그렇군." 백작은 말했다.

"자넨 파리에 온 뒤로 늘 우물쭈물하고 겁을 먹은 것처럼 보이는군. 자넨 나라는 사람을 모르나?"

"하지만 각하. 누구를 초대하시는 것인지 그것만이라도 말씀해 주실 수 없을까요?"

"아직은 몰라. 그리고 그걸 자네가 알 필요도 없고. '루쿨루스가 루쿨루스 집에서 만찬하나', 이것만 알고 있으면 되는 거야."*15

베르투치오는 인사를 하고 밖으로 나갔다.

---

*15 로마의 장군 루쿨루스는 어느 날 식탁에 진수성 찬이 없는 것을 보고, 집사에게 '너는 오늘 밤루쿨루스가 루쿨루스 집에서 만찬을 한다는 것을 잊 어버리고 있었나' 하고 야단친 것으로 유명하다.

카발칸티 소령

백작은 루카 태생의 소령이 방문한다는 것을 핑계 삼아 알베르의 만찬 초대를 거절했지만, 그 점에 있어서는 백작도 바티스탱도 알베르에게 거짓말을 한 것은 결코 아니었다.

막 7시가 되었다. 베르투치오는 백작의 명령대로 벌써 두 시간 전에 오퇴유로 떠나고 없었는데, 마침 그때 마차 한 대가 백작의 저택 앞에 와서 멈추더니, 쉰셋쯤 되어 보이고 유럽에서 영원히 없어지지 않을 것처럼 생각되는 검은 테를 두른 녹색 프록코트를 입고 있는 남자 하나를 내려놓고는 부끄럽기라도 하다는 듯 쏜살같이 달아났다. 푸른 나사로 된 넓은 바지에, 에나멜 칠도 엷어지고 창이 너무 두껍기는 하지만 아직은 상당히 깨끗해 보이는 장화, 사슴 가죽 장갑, 헌병을 연상케 하는 모자, 본인이 좋아해서 일부러 댄 것이 아니라면 쇠목걸이같이 보이는 흰 테를 두른 검은 옷깃. 문 앞에 나타난 이 사나이는 이렇게 요란스러운 복장을 하고 있었다. 그는 초인종을 누른 뒤 샹젤리제 거리 30번지의 몬테크리스토 백작 댁이 아니냐고 확인한 다음 문지기가 그렇다고 대답하자, 안으로 들어가 문을 닫고 입구 계단 쪽으로 걸어갔다.

자그마하고 울퉁불퉁한 머리에 희끗희끗한 머리털, 텁수룩한 회색 수염의 이 사나이를 보자, 미리 방문객의 상세한 인상에 대해 듣고 현관 밑에서 그를 기다리던 바티스탱은 금방 그 사람이 기다리던 손님임을 알아보았다. 그래서 손님이 이 영리한 하인에게 자기 이름을 대기가 무섭게, 손님이 왔다는 소식이 몬테크리스토 백작에게 전해졌다.

손님은 매우 간소한 객실로 안내되었다. 거기서 백작이 기다리고 있다가 웃으며 나와 그를 맞았다.

"잘 오셨습니다! 기다리고 있었습니다."

"정말입니까! 각하께서 저를 기다려주셨습니까?"

"그렇습니다. 오늘 저녁 7시에 오신다는 것을 알고 있었지요."

"제가 온다는 걸요? 그걸 알고 계셨습니까?"
"그럼요."
"아, 참 다행입니다. 사실 그런 대비가 없었나 해서 걱정을 하고 있었습니다."
"대비라니요?"
"제가 온다는 사실을 당신께 알려드리는 것 말입니다."
"천만에요! 다 알고 있었지요!"
"하지만 잘못 알고 계신 건 아닐까요?"
"틀림없습니다!"
"오늘 저녁 7시에 각하께서 기다리시는 사람이 분명 저입니까?"
"확실합니다. 확인해 볼까요?"
"아닙니다, 정말 저를 기다리신 것이라면 일부러 확인까지 해보실 건 없습니다." 루카 사람은 말했다.
"아니, 확인해 봅시다."
루카 사람은 약간 불안해 보였다.
"자!" 백작은 말했다. "당신은 바르톨로메오 카발칸티 후작이 아니십니까?"
"바르톨로메오 카발칸티." 루카 사람은 반가운 듯이 되뇌었다. "그렇습니다. 그게 바로 접니다."
"전에 오스트리아 군에서 소령으로 복무하셨지요?"
"제가 소령이었던가요?" 상대는 쭈뼛쭈뼛하며 반문했다.
"그렇습니다." 백작이 대답했다. "소령이었습니다. 이탈리아에서 가지고 계시던 계급을 프랑스에서는 소령이라고 부릅니다."
"좋습니다." 루카 사람이 말했다. "그 점엔 이의가 없습니다."
"그리고 당신은 자신의 의사로 여기에 온 게 아닙니다." 백작이 말을 이었다.
"네, 맞습니다."
"누군가의 지시를 받고 오신 것입니다."
"그렇습니다."
"그 친절하신 부소니 신부가 보내셨다는 거지요?"
"바로 그렇습니다!" 소령은 기뻐하며 소리쳤다.
"그럼 편지를 가져오셨나요?"
"네, 여기 있습니다."

"역시, 그걸 이리 주십시오."

백작은 편지를 받자 그것을 열고 내용을 읽었다.

소령은 깜짝 놀란 듯이 눈이 휘둥그레져서 백작을 바라보았다. 그리고 신기한 듯이 방 구석구석을 둘러보다가 다시 이 방의 주인에게로 눈을 돌렸다.

"틀림없이 그 다정한 신부님의 편지군요. '카발칸티 소령은 루카의 당당한 귀족이며 피렌체 카발칸티 가문의 후예로,'" 백작은 편지를 읽어 내려갔다. "'연수입 50만 프랑을 가지고 있으며……,'"

백작은 편지에서 눈을 떼고 고개를 숙여 예를 표했다.

"50만 프랑!" 백작은 말했다. "굉장합니다! 카발칸티 씨!"

"50만 프랑이라고요?" 소령이 물었다.

"분명히 그렇게 쓰여 있습니다. 틀림없을 겁니다. 부소니 신부는 유럽의 대

재산가의 일이라면 뭐든 알고 있는 사람이니까요."

"그럼, 50만 프랑이라고 해둡시다." 소령은 말했다. "하지만 실상 그렇게까지는 안 될 겁니다."

"그건 당신의 집사가 슬쩍 훔쳐내서 그렇습니다. 뭐 그런 일은 세상에 흔히 있는 일 아닙니까?"

"덕분에 저도 눈을 떴습니다." 소령이 정중하게 말했다. "그놈을 내쫓겠습니다."

백작은 계속해서 편지를 읽었다.

"'단, 그의 행복에서 한 가지 빠진 것이 있으니,'"

"아, 그렇습니다. 한 가지!" 소령은 한숨을 쉬면서 대꾸했다.

"'사랑하는 아들의 행방을 찾는 일이오. 사랑하는 아들! 그의 아들은 어릴 때 그 집에 원한을 품은 자나 집시의 손에 유괴된 것으로 보이고,'"

"다섯 살 때였지요." 소령은 깊은 한숨을 내쉬고 하늘을 쳐다보며 말했다.

"안됐네요!" 백작이 말했다.

"'나는 그에게 15년 동안이나 찾아보았으나 소용이 없었던 그 아들을 백작의 손으로 찾아주실 수 있을 거라고 말하여, 그에게 희망과 생기를 되찾아주었소.'"

소령은 표현할 수 없는 불안한 표정으로 백작을 바라보았다.

"제가 찾아보겠습니다." 백작이 대답했다.

소령이 벌떡 일어섰다.

"오, 오!" 그가 말했다. "그럼 이 편지 내용이 모두 사실입니까?"

"그럼, 당신은 그걸 의심하고 계셨단 말씀입니까?"

"그럴 리가 있겠습니까? 근엄하시고 신앙 속에서 사시는 부소니 신부님 같은 분이 어찌 그런 농담을 하시겠습니까? 그런데 아직 다 읽지 않으신 것 같은데요."

"그렇군요," 백작이 말했다. "추신이 있군요."

"그렇습니다." 소령이 되뇌었다. "네……추……신……이 있지요."

"'카발칸티 소령이 거래 은행에 예금을 이체시키는 수고를 덜기 위해 그에게 여비로 2천 프랑의 어음을 보내고, 귀하가 소생에게 지급할 4만8천 프랑을 그에게 신용 대출해 주실 것을 요망함.'" 소령은 겉으로 보기에도 불안해 보였다.

"그러네요!" 백작은 이 한마디뿐이었다.
"인정하시는군요!" 소령은 중얼거렸다. 그러고는 "저……" 하고 말을 이었다.
"네, 무슨 말씀이죠?" 백작이 물었다.
"저, 그 추신 말씀입니다만……"
"추신이 어떻단 말씀이신지?"
"그것도 편지의 다른 내용과 마찬가지로 받아들이시는 겁니까?"
"물론입니다. 신부님과는 돈 관계가 있습니다. 제가 신부님께 갚아드릴 액수가 정확히 4만8천 프랑인지 아닌지는 모르겠습니다만, 우리 두 사람 사이엔 몇 푼 안 되는 금액 정도는 문제도 아니지요. 그런데 소령께선 이 추신을 꽤 심각하게 생각하고 계셨군요?"
"사실," 소령은 대답했다. "부소니 신부의 서명만 믿고 있었기 때문에 따로 돈을 준비하지 않았습니다. 그러니까 혹시 이 문제가 순조롭게 풀리지 않는 날엔 파리에서 퍽 곤란해지는 거지요."
"당신 같은 분이 어딜 가신들 곤란을 당하시겠습니까?" 백작이 말했다. "농담이시겠죠!"
"하지만 파리엔 아는 사람이라곤 단 한 명도 없으니까요."
"그러나 당신을 알아보는 사람들이 있는걸요."
"하긴 저를 알아주는 사람들이 있긴 하죠. 그래서……."
"말씀하십시오."
"그 4만8천 프랑을 제게 주시는 것입니까?"
"청구하시는 대로 드리겠습니다."
소령은 어리둥절해서 눈이 휘둥그레졌다.
"자, 앉으십시오." 백작이 말했다. "정말 제가 정신이 나갔군요…… 15분씩이나 서 계시게 하다니."
"아닙니다, 신경 쓰지 않으셔도 됩니다."
소령은 안락의자를 하나 끌어다가 앉았다.
"이젠," 백작이 말했다. "뭘 좀 드셔야죠? 헤레스로 하실까요, 아니면 포르토나 알리칸테라도?"
"모처럼 권하시니, 그럼 알리칸테로 하겠습니다. 제가 좋아하는 포도주입니다."

"훌륭한 알리칸테가 있습니다. 비스킷을 내올까요?"
"네, 그럼 비스킷하고 같이 들겠습니다."
백작은 벨을 울렸다. 바티스탱이 나타났다.
백작은 바티스탱 앞으로 가서 "어떻게 됐어……?" 낮은 목소리로 물었다.
"젊은이도 저쪽에 와 있습니다." 하인도 같은 어조로 속삭였다.
"좋아, 그런데 어디로 들여보냈지?"
"말씀하신 대로 푸른 객실로 데려다 놓았습니다."
"됐어! 자 그럼, 알리칸테하고 비스킷을 가져오게."
바티스탱은 방을 나갔다.
"정말이지," 소령이 말했다. "폐를 끼쳐드려서 죄송합니다."
"원, 별말씀을!"
바티스탱이 잔과 포도주와 비스킷을 가지고 들어왔다.
백작은 잔에 술을 가득 부었다. 그리고 다른 잔에는 병에 든 새빨간 액체를 몇 방울 따랐다. 병에는 거미줄과 그 밖에도 얼굴의 주름살보다도 오래된 것임을 확실하게 말해주는 여러 증거들이 나타나 있었다.
소령은 잔 두 개 가운데서 자기 잔을 용케 알아내어 술이 가득 든 잔과 비스킷 하나를 들었다.
백작은 바티스탱에게 쟁반을 손님의 손이 닿는 곳에 놓아두라고 말했다. 손님은 우선 알리칸테를 입술로 맛보고는, 만족한 듯한 표정을 지어 보였다. 그리고 비스킷 한쪽을 가만히 잔 안에 담갔다.
"이렇게," 백작이 말했다. "당신은 루카에 사시고, 돈도 많으시고, 귀족이신데다 사람들의 존경까지 받고 계십니다. 그러니 행복에 필요한 조건은 모조리 가지고 계신 셈이군요."
"모든 것을요, 하나부터 열까지." 소령은 비스킷을 삼키며 대답했다.
"그리고 당신의 행복에 꼭 한 가지가 빠져 있다고 말씀하셨죠?"
"네, 단 한 가지가요."
"아드님을 찾는 일이었죠?"
"네," 소령은 비스킷 한쪽을 더 집으며 말했다. "그 한 가지야말로 제게는 가장 큰 괴로움이었지요."
소령은 점잖게 눈을 하늘로 향하고 크게 한숨을 내쉬었다.

"그런데 카발칸티 씨," 백작은 말했다. "그처럼 애태우고 계신 그 아드님은 도대체 어떤 분인가요? 얘기를 듣자니, 당신은 계속 독신으로 계신 모양이던데요."

"네, 다들 그렇게 알고 있지요." 소령은 대답했다. "그리고 저도 그렇게 알고 있었습니다……."

"알겠습니다." 백작이 말했다. "당신 자신도 그런 소문을 그대로 내버려둔 거로군요. 젊었을 때의 죄를 세상 사람들의 눈에서 감추고 싶으셨던 거겠죠."

소령은 몸을 일으켰다. 그리고 지극히 침착하고 당당한 표정으로, 태도를 흐트러뜨리지 않기 위해서인지, 또는 상상하는 데에 도움을 받기 위해서인지 백작을 한 번 흘끗 쳐다보고 겸손하게 눈을 내리깔았다. 그러나 백작은 입술에 미소를 잃지 않고 평소와 다름없는 친절한 호기심을 나타내 보였다.

"그렇습니다." 소령은 말했다. "그 잘못을 모든 사람의 눈에서 감추려고 했지요."

"당신 자신을 위해서 그랬던 건 아니겠지요?" 백작이 말했다. "남자야 그런 일쯤에는 초연할 수 있는 법이니까요."

"네, 물론 저 때문은 아니었습니다." 소령은 웃으면서 고개를 저으며 대답했다.

"그럼, 아이 어머니 때문이었겠군요?" 백작이 말했다.

"그렇죠, 아이의 엄마 때문이었죠." 소령은 이렇게 말하며, 세 번째 비스킷을 집었다. "불쌍한 그 애 어미를 위해서 그랬던 겁니다."

"자, 좀 드시죠!" 백작은 알리칸테를 한 잔 더 따르며 말했다. "마음이 많이 아프셨겠습니다."

"불쌍한 그 어미 때문이었습니다!" 소령은 이렇게 중얼거리며 의지의 힘으로 눈물을 짜낼 수 있는지를 시험해 보는 것 같았다.

"분명 이탈리아 일류 가문의 규수라고 들은 것 같은데요?"

"피에졸레 귀족 태생이었습니다. 피에졸레 말씀입니다."

"이름은요?"

"이름을 알고 싶으십니까?"

"아닙니다!" 백작이 말했다. "이름을 대실 필요도 없는 걸요. 전 다 알고 있으니까요."

“백작께선 뭐든지 다 알고 계시지요.” 소령은 고개를 숙이며 말했다.
“올리비아 코르시나리지요?”
“올리비아 코르시나리!”
“후작부인이셨지요?”
“후작부인이었습니다.”
“그리고 가족의 반대를 무릅쓰고 결혼을 하셨지요?”
“네, 그렇습니다. 그렇게 된 것입니다.”
“그런데,” 백작은 말을 이었다. “정식 서류를 가지고 계셨던가요?”
“서류라니요?”
“올리비아 코르시나리 양과의 혼인 증명서와 아드님 출생 증명서 말입니다.”
“출생 증명서라 말씀하셨습니까?”
“아드님 안드레아 카발칸티의 출생 증명서 말입니다. 안드레아라고 하셨지요?”
“네, 아마 그럴 겁니다.” 소령이 대답했다.
“아니, 아마 그럴 거라니요?”
“잃어버린 지가 하도 오래돼서, 어째 단언할 수가 없군요.”
“그러시겠군요.” 백작이 말했다. “하지만 그 서류들은 가지고 계시겠죠?”
“그런데 백작, 가지고 오지 못했습니다. 그런 서류들이 필요하다는 것을 몰랐기 때문에 가져오지 못했습니다.”
“그럼 큰일인데요!” 백작이 말했다.
“그게 꼭 필요합니까?”
“없어선 안 되는 것입니다.”
소령은 이마를 긁적거렸다.
“아, 그렇게 꼭 필요한 것이었습니까?”
“물론이고말고요. 만약 여기서 당신 결혼의 효력이나, 아드님이 있느냐 없느냐에 대해서 의심하려는 사람이라도 나타난다면!”
“그렇군요! 그런 의심을 할 수도 있겠군요!”
“그렇게 되면 아드님에게는 난처한 일이 되는 겁니다.”
“너무도 불행한 일이지요.”
“그렇게 되면, 좋은 결혼을 놓치는 수도 있겠지요.”

"아, 그렇겠군요!"

"아시겠지만, 프랑스에서는 그런 것이 꽤 까다롭습니다. 이탈리아에서처럼 단 둘이 신부님한테 가서 '저희 둘은 서로 사랑합니다. 그러니 결혼하게 해주십시오'라고만 해서는 안 됩니다. 프랑스에서는 민법상의 결혼이라는 게 있습니다. 그리고 그 민법상의 결혼을 하려면 신분을 증명하는 서류가 필요하지요."

"이거 큰일났군요. 그 서류들이 없으니 말입니다."

"그러나 다행히도 그걸 제가 가지고 있습니다."

"당신께서?"

"그렇습니다."

"당신이 그걸 가지고 계시단 말씀입니까?"

"가지고 있습니다."

"아니, 이럴 수가 있나?" 소령이 말했다. 그는 서류가 없어서 모처럼 온 여행의 목적이 물거품으로 돌아가고 4만8천 프랑에 대한 문제까지 틀어질까 봐 겁이 났던 것이다. "이건 정말 다행한 일입니다. 암, 그렇고말고요." 그는 다시 말을 이었다. "정말 큰 도움이 됐습니다. 전혀 생각지 못했던 일입니다."

"네, 그렇지요. 하나에서 열까지 일일이 챙길 수야 없지요. 하지만 다행히 부소니 신부님께서 당신을 위해서 그걸 챙겨주신 거지요."

"친절한 분이시군요."

"용의주도하신 분이지요."

"훌륭하신 분이군요." 소령이 말했다. "그래, 그분이 그걸 당신에게 보내셨나요?"

"보시다시피."

소령은 감탄의 표시로 두 손을 모았다.

"당신은 몬테 카티니의 산타 파울라 사원에서 올리비아 코르시나리 양과 결혼하셨습니다. 이것이 신부님의 증명서입니다."

"그렇군요, 확실히 이게 증명서입니다." 놀란 듯이 백작을 쳐다보며 소령은 말했다.

"그리고 이것이 안드레아 카발칸티 씨의 세례 증명서. 사라 베차 신부가 서명한 것입니다."

"모두 정식으로 되어 있군요." 소령이 말했다.

“그럼 이 서류들을 가져가십시오. 제겐 필요가 없으니까요. 이것을 아드님께 드리십시오. 그리고 소중하게 보관하라고 말씀하실 거지요?”

“그러도록 하겠습니다…… 만약 이걸 잃어버리기라도 하는 날엔……”

“만약 잃어버린다면?” 백작이 물었다.

소령이 말했다. “그땐 본국에 편지를 보내야 하겠지요. 새로 만들려면 시간이 많이 걸릴 테니 말입니다.”

“정말 힘든 일이겠지요.” 백작이 말했다.

“그건 거의 불가능하지요.” 소령이 대답했다.

“서류의 가치를 알아주셔서 대단히 고맙습니다.”

“무엇과도 바꿀 수 없는 것이라 생각하고 있습니다.”

“그런데 코르시나리 후작부인께선……?” 백작이 물었다.

“이것 참,” 소령은 또다시 난처한 지경에 빠져들어가는 듯이 말했다. “그분이 필요한 일이라도 생긴 겁니까?”

“아뇨.” 백작이 말했다. “게다가 그분은 이미……?”

“네.” 소령이 말했다. “그분은 벌써……”

“돌아가셨지요?”

“말씀하신 대로입니다.” 소령이 성급히 대답했다.

“저도 알고 있었습니다.” 백작이 말을 이었다. “10년 전에 돌아가셨지요?”

“하지만 전 지금도 울고 있습니다.” 이렇게 말하며 소령은 주머니에서 네모난 손수건을 꺼내어 먼저 양쪽 눈을 번갈아 닦았다.

“어쩔 수 없는 일이지요. 누구나 한 번은 죽으니까요.” 백작이 말했다. “그런데 카발칸티 씨, 프랑스에서는 당신이 15년 전부터 아드님과 헤어져 있었다는 사실을 말할 필요가 없습니다. 아이들을 데려간다는 집시 얘기는 이 나라에선 별 흥미가 없으니까요. 그러니까 당신은 아들을 시골학교에 보내서 공부시키고 있었는데, 그 공부를 마치고 이젠 파리 사교계에서 교육을 시키고 싶어서, 부인께서 돌아가신 뒤 여태껏 살아온 비아 레조를 떠나오신 것으로 해두면 충분합니다.”

“그렇게 생각하십니까?”

“물론이죠.”

“그럼 그렇게 하겠습니다.”

"그리고 만일 당신이 아드님을 잃어버린 사실을 누가 알고 있을 경우엔……"
"아, 그땐 뭐라고 그러죠?"
"나쁜 가정교사가 당신의 집을 노리고 있는 누군가의 수에 넘어가서……"
"코르시나리 집을 노리고 있는 원수들 말이지요?"
"물론이죠…… 당신네 가문의 대를 끊어버리기 위해 아드님을 유괴해 갔다고 말하면 됩니다."
"정말 그렇습니다. 외아들이었으니까요."
"자 그럼, 모든 상의도 다 제대로 되었고, 당신의 기억도 모두 새롭게 되었으니 생각이 어긋날 일도 없습니다. 그런데 당신을 깜짝 놀라게 할 일이 있는데, 짐작하시겠습니까?"
"좋은 일인가요?" 소령이 물었다.
"아, 과연!" 백작이 말했다. "역시 아버지의 눈이나 마음은 속일 수가 없군요."
"흠!" 소령이 말했다.
"은연중에 짐작하게 해드렸는지, 그보다는 당신 스스로 그 사람이 와 있는 것을 짐작하셨는지 모르겠군요."
"그 사람이라니요?"
"아드님이요, 안드레아 군 말입니다."
"그럴 줄 알았습니다." 소령은 아주 침착하게 말했다.
"그럼 그 애가 여기 있단 말씀입니까?"
"바로 이 집에 있습니다." 백작이 말했다. "조금 아까 하인이 들어와서, 아드님이 왔다는 걸 알려주었습니다."
"아, 이럴 수가! 아, 이럴 수가!" 소령은 이런 감격적인 소리를 낼 때마다, 프록코트의 장식을 여몄다.
"카발칸티 씨!" 백작이 말했다. "그토록 감격하시는 심정은 알겠습니다. 그런데 좀 진정하시지요. 그리고 아드님에게도 기다리고 기다리던 상봉을 위한 마음의 준비를 하게 해주어야지요. 그쪽도 당신 못지않게 초조할 테니까요."
"그렇군요."
"그럼, 한 15분 뒤에 만나기로 하지요."
"당신이 데려와주시는 겁니까? 당신이 직접 그 애와 저를 만나게 해주시는 겁니까?"

"아닙니다. 부자가 상봉하는 자리에 끼고 싶지는 않습니다. 두 분만 만나십시오. 그러나 안심하십시오. 설령 선뜻 가슴에 와 닿는 게 없다 하더라도, 아드님임에는 틀림없을 테니까요. 아드님은 저 문으로 들어올 겁니다. 금발에, 좀 지나친 듯한 금발에 공손하고 멋진 청년이지요."
"그런데," 소령이 말했다. "저는 부소니 신부가 주신 2천 프랑밖엔 없는데요. 게다가 그 돈도 오다가 여비로 써서……."
"그러니 돈이 필요하시단 말씀이시군요…… 카발칸티 씨, 그것도 무리는 아닙니다. 그럼, 아예 계산을 해버리기로 합시다. 여기 1천 프랑짜리 지폐가 여덟 장 있습니다."
소령의 눈이 홍옥처럼 빛났다.
"이제 4만 프랑만 드리면 되겠군요." 백작이 말했다.
"영수증을 써드릴까요?" 소령은 프록코트 안주머니에 지폐를 넣으면서 말했다.
"뭐 그럴 필요는 없습니다." 백작이 말했다.
"하지만 부소니 신부님께 그만큼 지급이 되었다는 것을 알려드려야 하지 않습니까?"
"그럼 나머지 4만 프랑을 받으신 뒤에 그 돈 전부에 대한 영수증을 써주십시오. 정직한 사람들 사이에선 사실 그런 건 필요 없습니다만."
"그야 그렇지요." 소령이 말했다. "정직한 사람들 사이에선 사실 그런 게 필요 없지요."
"그런데 마지막으로 한마디 드릴 말씀이 있는데요."
"말씀해 보십시오."
"제가 충고 한마디해도 괜찮겠습니까?"
"네, 말씀해 주십시오. 오히려 제가 충고를 부탁드리고 싶은걸요."
"그 양복은 안 입으시는 편이 나을 것 같아서요."
"이 옷이오?" 소령은 자신 있다는 태도로 자기 옷을 내려다보며 말했다.
"네, 그 옷은 비아 레조 사람들이 요즘도 입고 다니는 옷이고 멋지기는 합니다만, 여기 파리에서는 벌써 오래전에 유행이 지나버렸지요."
"야단났군요." 소령이 말했다.
"아니, 그 옷이 꼭 마음에 드시면 돌아가실 때는 도로 입으셔도 됩니다."

"그럼, 뭘 입으면 좋을까요?"

"트렁크 속에 가져오신 것이 좋겠지요."

"네? 트렁크요? 전 양복 가방 하나밖에 가져오지 않았는데요."

"직접 가져오신 건 그뿐이겠지요. 짐이 되는 건 귀찮으니까요. 게다가 군인 출신이시니까, 가벼운 차림으로 다니시는 걸 좋아하실 테고요."

"네, 맞습니다. 그래서……."

"그러나 당신은 용의주도하신 분이라 미리 트렁크를 보내 놓으셨지요? 그 짐들이 어제 리슐리외 거리의 왕자 호텔에 도착했습니다. 숙소를 거기다 정하셨지요?"

"그럼, 그 트렁크 속에?"

"당신은 세심하게 하인을 시켜 외출복과 군복을 트렁크 속에 모두 준비시키셨을 겁니다. 중요한 곳에 가실 경우엔 군복을 입으시는 게 좋을 겁니다. 훈장을 다는 것도 잊지 마십시오. 프랑스에서는 모두들 훈장을 비웃지만, 그러면서도 다 훈장을 달고 싶어 하니까요."

"좋습니다! 아주 좋습니다!" 소령은 경탄에 경탄을 금치 못하며 왔다 갔다 했다.

"자, 그럼," 백작이 말했다. "아무리 격한 감동이라도 받아들일 수 있는 각오가 되셨을 겁니다. 이제 아드님을 만나볼 준비를 하십시오."

그리고 백작은 좋아서 정신을 못 차리는 소령에게 상냥하게 고개를 숙이고는 벽걸이 뒤로 사라졌다.

안드레아 카발칸티

몬테크리스토 백작은, 좀 전에 바티스탱이 '푸른 객실'이라고 말한 바로 옆방으로 들어갔다. 그곳에는 30분 전에 이륜마차로 이 집에 온, 제법 옷을 우아하게 입은 훤칠한 용모의 젊은이가 백작보다 먼저 와 있었다. 바티스탱은 망설임도 없이 바로 그를 알아보았었다. 금발에 적갈색 수염, 검은 눈의 키가 큰 청년이었다. 불그레한 얼굴빛과 눈이 부실 만큼 흰 피부가 모두 백작에게 들은 그대로였다.

백작이 객실로 들어섰을 때, 청년은 소파 위에 아무렇게나 누워서 금 손잡이가 달린 단장 끝으로 장난삼아 장화를 톡톡 치고 있었다.

백작을 본 청년은 얼른 일어났다.

"몬테크리스토 백작이십니까?" 청년이 물었다.

"그렇습니다." 백작이 대답했다. "당신은 안드레아 카발칸티 자작이시지요?"

"네, 안드레아 카발칸티 자작입니다." 청년은 이렇게 대답하면서 거침없는 태도로 인사했다.

"소개장을 가져오셨겠지요?" 백작이 물었다.

"소개장 얘기는 아직 말씀 못 드렸는데요. 사실은 그 서명이 좀 이상해서요."

"선원 신드바드라는 서명이지요?"

"그렇습니다. 그런데 저는 《아라비안나이트》에 나오는 신드바드 말고 그런 이름을 가진 사람은 알지 못하는데요."

"그 사람은 《아라비안나이트》에 나오는 사람의 후손이지요. 돈이 아주 많은 제 친구로, 보통 이상할 정도를 넘어서 거의 신들린 사람 같죠. 영국인으로, 본디 이름은 윌모어 경이라고 하지요."

"아, 그렇군요!" 안드레아가 말했다. "그 말씀을 들으니 알겠습니다. 바로 그 영국 사람이군요. 제가 거기서…… 만난…… 그렇군요…… 백작, 그럼 뭐든지 시키시는 대로 하겠습니다."

"그럼 그 말씀에 따라서" 백작은 웃으면서 말했다. "당신과 당신 가족에 대한 얘기를 좀 자세히 해주시겠습니까?"

"아, 해드리고말고요." 청년은 마치 자기 기억에 대해 자신 있다는 듯 선뜻 대답했다. "말씀하신 대로, 저는 피렌체의 황금 문서에 기록되어 있는 카발칸티 집안의 후손 바르톨로메오 카발칸티 소령의 아들, 안드레아 카발칸티입니다. 저희 가정은 지금도 아버지가 50만 프랑의 연금을 받고 있어서 꽤 유복한 편이긴 하나, 지금까지 수없이 많은 불행을 겪어 왔습니다. 저는 대여섯 살 때 못된 가정교사에게 유괴를 당해서, 그 뒤 15년 동안 아버지를 만나뵙지 못했습니다. 제가 철이 들고 자유롭게 뭐든 할 수 있는 나이가 되어서 열심히 아버지를 찾아보았지만 헛일이었습니다. 그러던 중에 당신의 친구 신드바드 씨로부터 이 편지를 받고, 아버지께서 파리에 계신다는 소식을 알았습니다. 그리고 또 그 편지에는 당신을 찾아가면 아버지 소식을 알게 될 거라고 씌어 있었어요."

"정말, 얘길 들으니 퍽 흥미진진한 일이로군요." 백작은 악한 천사 같은 아름답고 근심 걱정 없어 보이는 이 청년의 얼굴을, 무슨 속뜻이 있는 듯이 만족스러운 표정으로 바라보며 말했다. "모든 일을 신드바드 씨 말대로 하길 잘하셨습니다. 아버지께선 정말 여기서 당신을 기다리고 계시니까요."

백작은 이 방에 들어온 뒤 청년에게서 한 번도 시선을 떼지 않고, 그 청년의 침착한 시선과 또렷또렷한 음성에 감탄하고 있었다. 그러나 청년은, '아버지께서 정말 여기서 당신을 기다리고 계십니다'라고 한 말에는 펄쩍 뛰면서 소리를 질렀다.

"아버지가? 여기서요?"

"그렇습니다." 백작이 대답했다. "아버지 바르톨로메오 소령말입니다."

청년의 얼굴 위에 떠올랐던 공포의 빛이 이내 가셨다.

"아, 네, 맞습니다." 청년이 말했다. "바르톨로메오 카발칸티 소령이 제 아버지입니다. 그런데 그리운 아버지께서 여기 와 계시단 말씀인가요?"

"그렇습니다. 그리고 한마디 덧붙여 말씀드리면, 제가 방금 당신의 아버지를 만나고 오는 길이라는 거죠. 오래전에 잃어버렸다는 아드님 얘기를 듣고 무척 마음이 아팠습니다. 정말이지 그 때문에 겪었을 아버지의 슬픔과 근심과 기대는 그야말로 감동적인 한 편의 시라고 할 수 있을 겁니다. 그런데 어느 날 유괴

범들한테서 아들을 돌려주거나 아들이 있는 곳을 알려주는 대신 막대한 돈을 내놓으라는 편지가 왔다고 합니다. 아버지께선 조금도 주저하지 않으셨습니다. 그 쪽에서 요구한 돈을 이탈리아 입국 허가 여권과 함께 피에몬테 국경으로 보냈답니다. 당신은 남프랑스에 계셨지요?"

"네," 안드레아는 눈에 띄게 당황한 얼굴로 대답했다. "네, 전 남프랑스에 있었습니다."

"마차가 니스에서 당신을 기다리게 되어 있었죠?"

"네, 그랬습니다. 전 그 마차를 타고 니스에서 제노바로, 제노바에서 토리노, 토리노에서 샹베리, 샹베리에서 퐁 드 보부아쟁, 그리고 또 퐁 드 보부아쟁에서 파리로 온 겁니다."

"잘됐습니다! 아버지께서는 도중에 당신을 만나려고 하셨던 겁니다. 아버지께서도 같은 길로 오셨으니까요. 그래서 당신이 오게 된 길도 그렇게 계획한 것이지요."

"하지만," 안드레아가 말했다. "혹 도중에 절 만나셨다 하더라도, 아버지께선 저를 알아보지 못하셨을 겁니다. 아버지와 떨어져 지내는 동안 제 모습이 많이 변했을 테니까요."

"하지만 한 핏줄인걸요." 백작이 말했다.

"네, 하긴 그래요." 청년이 대꾸했다. "한 핏줄이라는 생각을 미처 못했군요."

"그런데," 백작이 말했다. "지금 카발칸티 후작이 걱정하시는 게 있습니다. 그것은 당신이 아버지와 떨어져 사는 동안 당신이 무슨 일을 하고 있었는지 유괴범이 당신을 어떻게 다루었는지, 즉 그들이 가문에 알맞은 존경을 표시했는지, 또는 육체적 고통보다 백배나 더 괴로운 정신적 고통을 주어 당신의 타고난 재능을 줄어들게 하지는 않았는지, 그리고 당신이 세상에 나와서 자신의 신분에 맞는 지위에 되돌아왔을 때 그것을 훌륭히 견뎌낼 수 있을까 하는 따위의 불안이지요."

"백작," 청년은 당황해서 중얼거렸다. "누군가 거짓말이라도 퍼뜨려서……."

"내가 처음으로 당신 얘기를 들은 것은, 자선사업가인 제 친구 윌모어 경을 통해서였습니다. 그 사람은 당신이 뭔가 곤란한 처지에 놓여 있을 때 만났다고 했지만, 전 그것이 어떤 것인지는 물어보지 않았습니다. 전 본디 남의 일에 호기심이 많은 사람은 아니니까요. 윌모어 경은 당신의 불행에 대해 동정심이 들었다고 하더군요. 그러니까 결국 그의 마음을 움직인 것은 당신이었던 셈이죠. 그는 당신이 사교계에서 잃어버렸던 위치를 회복시켜 주고 싶고, 또 아버지를 찾아주고 싶고, 반드시 찾아주겠다고 말하더군요. 그러더니 과연 당신 아버님을 찾아낸 모양이에요. 여하튼 아버지께서 현재 여기 와 계시니까요. 그러고는 어제, 당신이 온다는 소식을 알려주었고, 동시에 당신의 재산 상태에 관해서도 여러 가지를 알려주었습니다. 이게 전부입니다. 정말 윌모어 경은 좀 특이한 사람입니다. 그러나 그 사람은 확실한 사람이고, 금광이라고 할 만큼 돈이 많아서 아무리 희한한 짓을 하더라도 파산할 염려는 없는 사람입니다. 그래서 나도 그의 말대로 따르겠다고 약속을 했던 거죠. 그런데 젊은이, 내가 묻는 것을 언짢게 생각지는 말아주십시오. 앞으로는 내가 당신을 조금이나마 돌봐 주어야 할 입장에 있기 때문에, 당신에 대해서 알고 싶을 뿐입니다. 당신의 의사와는 관계없이 일어났던 여러 불행한 일들이 걱정되어 그러는 겁니다. 물론 그 때문에 당신에 대한 존경이 조금도 줄어들지는 않겠지만 당신의 재산이나 그 이름이면 충분히 훌륭한 위치를 차지할 수 있는 이 사회에서, 그런 불행으로 당신이 혹 소외감을 가지게 되지나 않을까 걱정이 되어서 이러는 겁니다."

청년은 백작의 이야기를 들으면서 차츰 다시 용기를 회복하여 대답했다. "백작, 그 점에 대해서는 안심하십시오. 저를 아버지로부터 유괴한 악당들은 나중에 저를 다시 아버지에게 큰돈을 받고 넘길 생각이었는지, 제 가치를 고스란히 보존시켰고 오히려 되도록 저의 자질을 향상시키려 했습니다. 그래서 저는 꽤 훌륭한 교육을 받았습니다. 로마 시장에 비싼 값으로 팔기 위해 주인이 직접 문법학자, 의사, 철학자로 키운 중앙아시아 노예 같은 대우를 받았지요."

백작은 만족한 듯이 미소를 지었다. 그는 안드레아 카발칸티에게서 이 정도의 얘기를 들으리라고는 예상치 못했던 것 같았다.

"게다가," 청년은 말을 이었다. "만약 제게 교육상으로나 사교계의 관례상으로 부족한 점이 있다 하더라도, 그것은 제가 태어날 때부터 청년 시절에 이르기까지 계속되어 온 제 불행을 고려해서 양해해 주시기를 바랄 뿐입니다."

"그렇네요." 백작은 대수롭지 않게 대답했다. "그거야 좋으실 대로 생각하시면 될 겁니다. 당신은 자유의 몸이니 그건 당신 자신의 문제지요, 그리고 이 점만은 분명히 알아두십시오. 저는 당신의 그런 여러 사정에 대해선 단 한마디도 입 밖에 내지 않을 생각입니다. 마치 한 편의 소설 같은 이야기 아닙니까. 그런데 세상이란, 두 장의 노란 종이 표지 사이에 끼인 소설은 환영하지만, 살아 있는 인간의 가죽으로 제본된 것은, 그것이 비록 당신의 경우처럼 금으로 장식된 것이라 할지라도 이상하게 경계를 하거든요. 실례가 되겠습니다만 이 점이 꽤 어렵다는 것을 주의하셔야 합니다. 당신의 이 가슴 아픈 사연을 누구 한 사람에게라도 이야기하는 날에는, 그게 어느 틈에 터무니없는 얘기로 변해서 세상에 퍼지게 된다는 말씀입니다. 그렇게 되면, 당신은 그만 앙토니뒤마의 희곡 앙토니의 주인공. 사생아로 태어나, 사회의 차별에 대한 분노로 한 여자를 유혹하여 살해하고 만다와 같이 되고 말겠지요. 더구나 이제 앙토니의 시대는 낡아빠진 고물처럼 취급되고 있지요. 물론 처음엔 사람들의 호기심을 모을 수는 있겠지요. 그러나 사람이란 언제나 남들의 관심 대상이 되어 이러쿵저러쿵하는 말을 듣는 건 좋아하지 않습니다. 그렇게 되면 당신도 곧 진저리가 날 겁니다."

"과연 백작 말씀이 옳습니다." 청년은 백작의 줄기찬 시선에 자기도 모르게 얼굴빛이 변하며 말했다. "사실 그게 참 곤란하거든요."

"그러나, 그렇다고 그렇게 심각하게 생각할 필요는 없습니다." 백작이 말했다. "무슨 잘못이라도 저지르게 될까 봐 자꾸 피하다간 오히려 터무니없는 짓을 저지르게 되는 수가 있으니까요. 그냥 아주 간단한 행동 방침만 하나 세우면 됩니다. 더욱이 당신같이 총명한 사람 같으면 말입니다. 결국 그것이 당신의 이익과 관련이 있으면 있을수록 그런 방침을 세우기란 쉬워지는 겁니다. 남에게 증명을 받아 낸다든가, 또는 훌륭한 친구에게 부탁한다든가 해서 과거의 어두웠던 면을 지워버리고 극복해야 합니다."

안드레아는 눈에 띄게 당황하는 모습을 보였다.

"물론 저는 당신을 보증하는 일에 나서겠습니다." 백작은 말했다. "그런데 저는 아무리 친한 친구라도 일단 의심하는 버릇이 있습니다. 동시에 다른 사람들에게도 의심을 하도록 하지요. 그래서 배우 친구들의 말을 빌리자면, 별로 필요도 없는 역할을 하는 그런 사람이지요. 그러니 까딱하면 욕만 먹게 되지 않을까 걱정이 됩니다만, 그건 쓸데없는 일이겠죠."

"하지만 백작." 안드레아가 대담하게 말했다. "저는 윌모어 경한테서 소개장까지 받았고……."

"그건 그렇습니다." 백작이 대답했다. "하지만 윌모어 경은 당신의 청춘 시절이 파란만장했다는 사실도 알려주었거든요. 오!" 백작은 안드레아가 몸을 움찔하는 것을 보았다. "그렇다고 제가 당신한테서 참회를 듣자는 건 아닙니다. 그리고 루카에서 아버님이신 카발칸티 후작을 오시게 한 것도, 더 이상 당신이 다른 누군가의 도움도 받지 않게 하려고 한 것입니다. 이제 곧 아버님을 만나시게 되겠지만, 아버님께선 약간 완고하고 딱딱한 듯한 인상을 주지만, 군복 때문에 그렇게 보이는 겁니다. 18년이나 오스트리아 군에서 복무하고 계시니 그것도 무리는 아니지요. 우리 오스트리아 사람들은 그런 것엔 관대하답니다. 어쨌든 아버님은 좋은 분임에는 틀림없습니다."

"아! 그렇게 생각하신다니 안심입니다. 전 아버님과 떨어진 지가 하도 오래되어서 아버지에 대한 기억이 전혀 없어요."

"그리고 또, 돈 있는 사람은 모든 일에 다 좋게 보이는 법입니다."
"그럼 저희 아버지는 정말 부자인가요?"
"백만장자이십니다…… 연 수입이 50만 프랑이죠."
"그럼," 청년은 근심스러운 듯이 물었다. "저도…… 좋은 신분이 될까요?"
"아주 좋은 신분이 되지요. 당신이 파리에 계신 동안 1년에 5만 프랑은 드릴 겁니다."
"그렇다면 저는 언제까지라도 파리에 있겠습니다."
"하지만 인생이 어디 뜻대로만 됩니까? 생각은 사람이 하지만 결정은 하느님이 내리시는 걸요."
안드레아는 한숨을 쉬었다.
"그래도," 그는 말했다. "제가 파리에 있는 한, 그리고…… 피치 못할 사정으로 이곳을 떠나지 않는 한, 지금 말씀하신 그 돈은 확실히 받을 수 있는 건가요?"
"물론이죠."
"아버지가 주시는 건가요?" 안드레아가 걱정스러운 듯이 물어보았다.
"그렇죠. 그러나 그것은 윌모어 경의 보증에 의한 것이지요. 윌모어 경은 아버님의 의뢰를 받고, 파리에서 아주 확실한 은행가 당글라르 씨의 은행에 월 5천 프랑의 신용 계좌를 열어 주었습니다."
"그런데 저희 아버지께선 오랫동안 파리에 계실 작정이신가요?" 안드레아가 불안한 듯이 물었다.
"5, 6일 정도 계시겠지요." 백작이 대답했다. "근무 관계로 2, 3주일밖엔 자리를 비울 수가 없답니다."
"오, 훌륭하신 아버지!" 아버지가 곧 떠난다는 소리에 안드레아는 반색을 하며 이렇게 말했다.
"그래서," 백작은 안드레아의 이 말을 잘못 알아들은 사람처럼 이렇게 말했다. "두 분께서 만나는 시간을 더 이상 지체시켜선 안 되지요. 그럼, 아버님을 만나뵐 준비는 되셨습니까?"
"물론입니다."
"자, 그럼 객실로 들어가십시오. 아버님께서 기다리고 계십니다." 안드레아는 백작에게 정중하게 인사하고 객실로 들어갔다.

백작은 눈으로 청년의 뒤를 좇았다. 그리고 청년의 모습이 사라지자 그림틀에 달려 있는 용수철을 눌렀다. 그러자 그 속의 그림이 틀에서 밀려나면서 교묘하게 만들어진 좁은 틈 사이로 객실 안이 들여다보였다.

안드레아는 객실로 들어가 문을 닫고, 소령 앞으로 걸어갔다. 소령은 다가오는 발소리에 자리에서 일어섰다.

"아, 아버지!" 안드레아는 닫힌 문 이쪽에 있는 백작에게까지 들릴 정도로 크게 소리쳤다. "아버님이시죠!"

"오, 너냐!" 소령은 장중한 목소리로 대답했다.

"그렇게 오래 떨어져 있었는데," 안드레아는 계속 문 쪽을 바라보며 말했다. "이렇게 다시 만나뵙게 되다니 정말 기쁩니다."

"정말 오래도 떨어져 있었구나."

"아버지, 한 번만 안아주십시오!" 안드레아가 말했다.

"오냐!"

두 사람은 마치 테아트르 프랑세즈의 무대에서 포옹하듯, 서로의 머리를 어깨 위에 얹으며 얼싸안았다.

"이제야 다시 함께 있게 되었습니다." 안드레아가 말했다.

"그렇구나."

"이제 다시는 헤어지지 않을 수 있겠지요?"

"암, 그렇고말고, 그런데 너도 이젠 프랑스를 제2의 고향으로 생각하느냐?"

"그렇습니다. 죽어서도요." 청년은 대답했다. "절대로 파리를 떠나고 싶지 않습니다."

"하지만 난 너도 알다시피 루카를 떠나선 살 수 없다. 그러니 될 수 있는 한 빨리 이탈리아로 돌아가려고 한다."

"그렇지만 떠나시기 전에 제 혈통을 증명하는 데 필요한 서류들은 남겨두고 가십시오."

"암, 물론이지. 그것 때문에 일부러 온 거다. 그걸 너한테 주려고 얼마나 애를 써서 너를 찾아왔는지 모른다. 또다시 그런 일을 하려면 아마 내 나머지 생을 전부 바쳐야 할 거다."

"그 서류들은 어디 있습니까?"

"여기 있다."

안드레아는 빼앗듯이 달려들어 아버지의 혼인 증명서와 자기 자신의 세례 증명서를 손에 쥐었다. 그리고 정말 착한 아들답게 그것을 열심히 펴더니, 깊고도 자연스러운 흥미를 보이며 재빠르게 그리고 놀랄 만큼 능숙하게 읽어 내려갔다. 서류를 읽자마자 그의 얼굴은 이루 말할 수 없는 기쁨이 번졌다. 그리고 이상한 미소를 띠고 소령의 얼굴을 바라보면서, "아니!" 하고 뛰어난 토스카나 말*1로 말했다. "이탈리아에는 징역 제도가 없습니까?"

소령은 깜짝 놀라 몸을 일으켰다.

"그게 무슨 말이냐?"

"이런 서류들을 위조해도 죄가 안 되니 말입니다. 아버지, 프랑스에서는 이런 짓의 반만 해도 툴롱*2에서 5년은 썩어야 합니다."

---

*1 이탈리아 방언의 하나.

*2 교도소.

"도대체 그게 무슨 소리냐?" 소령은 근엄한 표정을 잃지 않으려고 애쓰며 말했다.

"카발칸티 씨." 안드레아는 소령의 팔을 꽉 쥐며 말했다. "당신은 내 아버지 노릇을 하는 데 얼마나 받았죠?"

소령이 무엇인가 말을 하려는데 안드레아가 "쉿!" 하고 소리를 죽여 말했다. "내 쪽에서 먼저 얘기를 해드리지. 난 당신 아들 노릇을 하는 대신 연 5만 프랑을 받기로 되어 있소. 그러니까 내 쪽에선 당신이 내 친아버지가 아니라는 말은 입 밖에 내지 않을 거요."

소령은 불안한 듯이 주위를 둘러보았다.

"염려 말아요. 우리 말고는 아무도 없으니." 안드레아가 말했다. "그리고 이탈리아어로 말하고 있지 않소."

"그럼 좋아! 나는," 소령이 말했다. "난 일시불로 5만 프랑을 받게 되어 있어."

"카발칸티 씨, 당신은 이런 요술 같은 얘기를 믿소?"

"전엔 안 믿었지만, 지금은 믿지 않을 수가 없어."

"그럼 무슨 증거라도 있습니까?"

소령은 안주머니에서 금화를 한 움큼 꺼내며 말했다.

"어때, 이만하면 확실한 증거 아냐?"

"그럼 나도 약속을 믿어도 좋을까요?"

"믿어도 좋을 거야."

"그리고 백작이 그걸 지킬까요?"

"꼭 지킬 거야. 단, 이 목적을 달성하기 위해선 우리도 우리 역할을 잘해 내야지."

"역할을 잘해 낸다는 건……?"

"난 다정한 아버지 노릇을 하고……"

"그리고 난 착한 아들 노릇을 한단 말이죠?"

"놈들이 자넬 내 아들로 만들어놓을 생각이니까……"

"놈들이라니요?"

"그야 전혀 모르지만. 자네한테 편지를 쓴 놈들이겠지."

"당신도 받지 않았습니까?"

"받았지."

"누구한테서 받았어요?"
"부소니 신부라는 사람한테서."
"그자는 당신을 모르는 사람이지요?"
"한 번도 만나본 일이 없는 사람이야."
"편지엔 뭐라고 적혀 있었어요?"
"당신이 나를 배반하진 않겠지?"
"그럴 리가 있어요? 서로 득과 실이 같은데."
"그럼, 읽어봐."
소령은 편지를 청년에게 건네주었다.
안드레아가 낮은 소리로 그것을 읽었다.

귀하는 빈곤하고, 귀하를 기다리는 것은 오직 불행한 노후뿐입니다. 부자는 못 되더라도 최소한 자립이라도 하고 싶지는 않으신지?

즉시 파리를 향해 출발하십시오. 그리고 샹젤리제 거리 30번지의 몬테크리스토 백작을 방문하여 귀하와 코르시나리 후작부인 사이에서 생긴 다섯 살 때 유괴당한 아들을 찾아달라고 하십시오.

아들의 이름은 안드레아 카발칸티.

필자의 호의에 당신이 의심을 품지 않도록 다음과 같은 것을 동봉합니다.

1. 피렌체 시 고치 씨 지급, 토스카나 돈으로 2천4백 리브르짜리 어음 한 장.

2. 몬테크리스토 백작 앞으로의 소개장 한 통. 백작으로부터는 4만8천 프랑을 받을 수 있도록 조치하겠음.

백작 댁에는 5월 26일 저녁 7시에 도착할 것.

부소니 신부

"이거예요!"
"이거라니, 무슨 말인가?" 소령이 물었다.
"나도 이것과 비슷한 편지를 받았거든요."
"자네가?"
"네, 저도요."
"부소니 신부한테서?"

"아니오."

"그럼, 누구한테서?"

"영국 사람인데, 윌모어 경이라는 사람입니다. 선원 신드바드라는 이름으로 통하고 있는……."

"그래, 내가 부소니 신부를 모르듯이 자네도 그 사람을 모른단 말이지?"

"아니요, 그 점에 있어선 당신의 경우보다는 내가 좀 나은 편이죠."

"그럼 그 사람을 만나보기라도 했단 말인가?"

"네, 딱 한 번."

"어디서?"

"그것만은 말할 수 없어요. 그렇게 되면 당신한테 모든 걸 다 가르쳐주는 셈이니까요."

"그래, 그 편지엔 뭐라고 적혀 있던가?"

"읽어보세요."

> 귀하는 빈곤하고, 귀하의 장래 역시 암담할 뿐이오. 이름도 얻고 자유의 몸이 되어 부유하게 살고 싶지는 않으신지?

"흐흠!" 청년은 몸을 흔들면서 중얼거렸다. "물으나 마나 아닙니까?"

> 제노바 문에서 니스 시를 떠나 그곳에 준비되어 있는 마차를 타시오. 토리노, 샹베리, 퐁 드 보부아쟁을 통과하시오. 샹젤리제 거리 30번지의 몬테크리스토 백작 댁으로 5월 26일 오후 7시에 가서 아버지의 면회를 요구하시오.
>
> 귀하는 바르톨로메오 카발칸티 후작과 올리비아 코르시나리 후작부인의 아들이 되는 거요. 그것은 후작에게서 받을 서류에 기재된 바로, 그 서류에 의해 귀하는 그 이름으로 파리의 사교계에 출입할 수 있을 것이오.
>
> 귀하의 지위는 연 5만 프랑의 수입으로 유지될 것이오.
>
> 니스 시의 은행가 페레아 씨가 지급한 5천 프랑의 어음과 몬테크리스토 백작 앞으로 소개장 한 장을 동봉함. 백작에게는, 귀하의 필요에 응해 원조를 베풀어줄 것을 의뢰해 놓았음.
>
> 선원 신드바드

"흠!" 소령은 말했다. "그거 아주 훌륭하군!"

"그렇죠?"
"자네, 백작을 만났나?"
"방금 만나고 오는 길이에요."
"그래 백작이 승인하던가?"
"네, 모두."
"무엇인가 마음에 짚이는 데가 있나?"
"잘 모르겠는데요."
"이 일에 누군가 사기당한 사람이 있다는 건데."
"하지만 당신이나 저는 아닌 것만은 확실하지요?"
"물론 아니지."
"그렇다면……"
"어쨌든 그런 건 아무래도 좋아."
"그렇죠. 나도 그 얘길 하려던 참이에요. 어디 끝까지 잘해 봅시다. 서로 마음을 합해서 말이에요."
"그래, 좋아. 내가 자네하고 한패가 되기에 손색이 없다는 것을 알게 될 거야."
"그 점은 처음부터 의심해 본 적이 없습니다, 아버지."
"이거 송구스러운 인사로구먼."
백작은 이때쯤이면 되겠지 생각하고 객실로 들어갔다. 백작의 발소리가 나자, 두 사람은 덥석 서로 끌어안았다. 백작은 포옹하고 있는 두 사람 앞을 보았다.
"어떻습니까, 후작!" 백작은 말했다. "기대하시던 대로의 아드님을 찾으신 모양이죠?"
"아, 백작! 매우 기뻐서 가슴이 터질 것만 같습니다."
"그리고 청년, 당신은?"
"아, 백작! 저도 행복해서 목이 메어옵니다."
"행복한 부자 간이시군요!" 백작이 말했다.
"그저 단 한 가지 섭섭한 것은," 소령이 말했다. "제가 곧 파리를 떠나지 않으면 안 된다는 겁니다."
"오! 카발칸티 씨." 백작이 말했다. "몇몇 친구들에게 소개를 시켜드릴 생각입니다. 그때까진 떠나지 않으셨으면 하는데요."
"네, 백작님의 지시대로 하겠습니다." 소령이 말했다.
"자, 그럼 이번엔 안드레아 씨, 털어놓고 말씀을 드리시지요."
"누구에게요?"
"아버님께 말입니다. 재정 상태를 설명해 드리셔야죠."
"아, 이런!" 청년이 말했다. "급소를 찌르시는군요."
"카발칸티 씨? 들으셨습니까?" 백작이 말했다.
"물론 들었습니다."
"무슨 뜻인지 아시겠습니까?"
"알고말고요."
"아드님께서 돈이 필요하다는군요."
"그런데 왜 저한테?"
"돈을 드려야 하지 않겠습니까?"
"제가요?"
"네, 카발칸티 씨가요."
백작은 두 사람 사이로 끼어들었다.
"자!" 백작은 안드레아의 손에 돈뭉치를 쥐여주었다.
"이게 어떻게 된 일입니까?"
"아버지께서 드리는 겁니다."
"아버지께서요?"
"네, 방금 돈이 필요하다고 그러시지 않았어요?"
"그랬습니다. 그런데요?"
"그래서 아버지께서 이 돈을 당신에게 드리라고 하셨습니다."
"제 수입에서 제하실 건가요?"
"아닙니다. 먼저 자리를 잡기 위한 비용으로 드리는 겁니다."
"아, 아버지 고맙습니다."
"쉿!" 백작이 말했다. "아버지께선 이 돈이 자신의 주머니에서 나온다는 것을 말하지 않았으면 하십니다."
"그렇게 마음 써주시는 것도 너무 기쁜걸요." 안드레아는 돈뭉치를 바지 주머니에 넣으며 이렇게 말했다.

“이걸로 다 됐습니다.” 백작이 말했다. “자, 이제 돌아가셔도 좋습니다.”

“그럼, 언제 또 만나뵙게 되죠?” 카발칸티가 물었다.

“아 참, 정말 언제 또 뵐 수 있을까요?” 이번에는 안드레아가 물었다.

“토요일은 어떠십니까…… 그래……토요일이 좋겠습니다. 마침 오퇴유의 퐁텐 거리 28번지의 제 별장에서 몇몇 손님들과 만찬을 하기로 되어 있습니다. 그중에서도 거래하고 있는 은행가 당글라르 씨가 오실 테니 소개해 드리죠. 거래상 그 사람하고는 인사를 해두시는 게 좋을 겁니다.”

“차려입고 가야 할까요?” 소령이 조그만 소리로 물었다.

“차려입으시는 게 좋겠지요. 군복에 훈장을 달고 짧은 바지를 입으시면 됩니다.”

“그럼 저는 어떻게 할까요?” 안드레아가 물었다.

“아, 당신은 간단하게 차려입는 편이 좋을 겁니다. 검은색 바지에 에나멜 구두, 흰 조끼, 검은색이나 푸른색 야회복, 그리고 긴 넥타이면 어떨까요. 옷에 대해서는 블랭이나 베로니크 상점에 얘기하시면 됩니다. 주소를 모르시면 바티스탱이 가르쳐줄 겁니다. 당신같이 돈이 있는 사람은 수수하게 입는 편이 오히려 더 돋보이는 법이니까요. 말을 사시려거든 드브되 상점에서 사세요. 마차를 구하시려거든 바티스트 상점으로 가시고요.”

“몇 시에 가면 좋을까요?” 안드레아가 물었다.

“6시 넘어서 쯤.”

“알겠습니다. 그때 찾아뵙겠습니다.” 소령은 모자에 손을 얹으며 말했다.

카발칸티 부자는 백작에게 인사를 하고 방을 나갔다.

백작은 창가로 걸어갔다. 두 사람은 서로 팔을 끼고 앞마당을 지나가고 있었다.

“정말,” 그는 말했다. “한심한 친구들이로군! 저 둘이 진실로 아버지와 아들 사이가 아닌 게 유감이야!”

그러고 나서 잠깐 침울하게 생각에 잠겼다.

“모렐 씨 집으로 가자!” 그는 말했다. “싫은 것은 미운 것보다 더 참을 수 없군.”

알팔파 텃밭

독자 여러분, 다시 저 빌포르 씨 집 옆에 붙어 있는 울타리 안으로 데려가는 것을 허락해 주셨으면 한다. 그러니까 여러분은 마로니에로 둘러싸인 그 철문 뒤에서, 이미 낯익은 사람들을 볼 수 있을 것이다.

이번에는 막시밀리앙이 먼저 와 있었다. 그리고 담장에다 눈을 대고, 깊은 정원 안의 나무와 나무 사이로 누군가의 그림자가 나타나지 않는지, 또는 정원의 길 위에서 발소리가 나지는 않는지 엿보고 있었다.

이윽고 기다리고 기다리던 발소리가 들려왔다. 그런데 한 사람이 아니라 두 사람의 그림자가 다가오고 있었다. 발랑틴이 늦게 온 것은, 당글라르 부인과 외제니가 왔기 때문이었다. 그래서 발랑틴은 약속을 어기지 않을 생각으로 당글라르 양에게 정원을 산책하자고 말한 것이다. 약속 시간에 늦는 것 때문에 애태우고 있을 막시밀리앙에게 약속 시간에 늦은 것이 자기 잘못이 아니라는 것을 보여주기 위해서였다.

젊은이는 연인들만이 가질 수 있는 직감으로 곧 모든 사정을 깨닫고, 비로소 마음을 놓았다. 발랑틴은 목소리가 들릴 정도로 가까이 오지는 않았지만, 자기가 왔다 갔다 하는 모습을 그가 볼 수 있는 거리에서 산책을 했다. 그리고 그의 옆을 지나칠 때마다, 옆의 친구 눈에 띄지 않게 철문 쪽을 바라보며, '좀 참으세요, 제 잘못은 아니니까요' 라는 뜻을 전했다. 그리고 젊은이도 그 뜻을 알아차렸다.

막시밀리앙은 지그시 참고 기다렸다. 그리고 두 처녀의 대조적인 모습에 깜짝 놀랐다. 한쪽은 금발에, 꿈꾸는 듯한 눈에 마치 아름다운 버드나무처럼 나긋나긋한 데 비해서, 그 옆의 갈색 머리 소녀는 오만한 눈매에 뻣뻣한 모습이 마치 포플러 같은 인상이었다. 그리고 이 정반대의 두 소녀 중에서 적어도 막시밀리앙의 마음을 더 끈 것은 두말할 것도 없이 발랑틴이었다.

한 30분쯤 산책하더니, 두 소녀는 안으로 사라졌다. 막시밀리앙은 당글라르 부인이 이제 돌아갈 시간이 되었다고 생각했다.

과연 얼마 안 있어, 발랑틴이 혼자서 모습을 나타냈다. 혹시 어느 입 가벼운 사람의 눈에 자기가 다시 돌아오는 것을 들킬까 봐 천천히 걸어오고 있었다. 그리고 철문 쪽으로 곧장 오질 않고, 안 보는 체하면서도 나무 이파리, 풀 한 포기를 유심히 살펴 오솔길의 제일 구석진 곳을 찾아 벤치에 가서 앉았다.

이렇게 미리 주의하고 나서야 소녀는 철문 쪽으로 갔다.

"안녕, 발랑틴!" 막시밀리앙의 목소리가 들려왔다.

"네, 막시밀리앙. 많이 기다리셨죠? 하지만 왜 그랬는지는 아셨죠?"

"그래요. 외제니 양이더군요. 그 여자와 그렇게 친한 줄 모르고 있었는데요."

"누가 우리들이 친하다고 그러던가요?"

"누구도 아닙니다. 하지만 당신이 그 여자와 팔을 끼고 걷는 모습이라든가, 같이 얘기하는 태도를 보고 그렇게 느낀 것이지요. 마치 서로 마음을 털어놓고 지내는 기숙사 친구 같더군요."

"우리는 정말 속마음을 얘기했어요." 발랑틴이 말했다. "외제니는 알베르 모르세르 씨와의 결혼이 마음에 내키지 않는다고 저에게 고백했고, 그리고 저는 프란츠 데피네 씨하고의 결혼이 너무 비참하다고 얘기했지요."

"귀여운 발랑틴!"

"그래서," 소녀가 말을 계속했다. "우리가 서로 마음을 털어놓고 지내는 사이처럼 보였을 거예요. 전 제가 사랑할 수 없는 사람 얘기를 할 때는 늘 마음속으로 제가 사랑하는 사람을 생각하거든요."

"당신은 정말로 매사에 착한 여자예요. 당신은 외제니 양에게 없는 것을 한 가지 지니고 있어요. 그것은 여자가 가지고 있는 한없는 매력으로서, 마치 꽃의 향기나, 과일의 단맛과 같은 것이지요. 꽃이 그저 아름답기만 하다든가, 과일이 그저 보기 좋기만 해선 안 되는 것과 마찬가지지요."

"당신이 저를 사랑해 주시기 때문에 그렇게 보이는 거예요, 막시밀리앙."

"아니에요, 발랑틴. 맹세할 수 있습니다. 저는 방금 두 분을 계속 지켜보고 있었습니다. 그리고 솔직히 말하도록 하죠. 당글라르 양의 아름다움은 인정하지만 어떤 남자도 그녀를 사랑하게 되지는 않을 것 같습니다."

"그건 당신이 말씀하신 대로 제가 그 옆에 있었기 때문에 당신이 불공평한 판단을 하신 거예요."

"아닙니다……. 그건 그렇다 치고…… 한 가지 물어보고 싶은 게 있어요. 외제니 양에 대해서 좀 생각난 게 있어서 그럽니다."

"오! 어떤 것인지는 몰라도, 아마 잘못 생각하고 계신 거겠지요. 남자들이 우리 여자들을 비평할 때는 절대 너그럽게 보아주는 법이 없으니까요."

"남녀가 서로에 대해 꽤 공평하게 보고 있군요."

"그건 대체로 우리 판단이 다분히 감정적이기 때문이에요. 그건 그렇다 치고, 아까 물으시던 얘길 하시죠."

"외제니 양이 따로 사랑하는 사람이 있어서 알베르 씨와의 결혼을 원치 않는 걸까요?"

"막시밀리앙, 말씀드렸죠, 외제니와는 친하지 않다고요."

"그렇지만," 모렐이 말했다. "젊은 사람들은 친한 사이가 아니어도 속마음을 이야기하잖아요? 당신도 그것에 대해 물어본 적이 있고요. 그것 봐요, 웃고 있으면서."

"어머. 그렇다면 둘 사이에 이 담도 아무것도 아니란 말이에요?"

"이봐요, 그 여자가 뭐라고 그러던가요?"

"사랑하는 사람은 없다고 하던데요." 발랑틴이 말했다. "결혼이 싫다는 거예요. 자유롭게 아무에게도 구속받지 않는 생활을 하는 게 소원이래요. 그래서 아버지가 재산을 다 잃더라도 자기는 친구인 루이즈 다르미 양처럼 예술가가 되었으면 한다더군요."

"그것 보세요!"

"그게 어떻단 말이에요?" 발랑틴이 물었다.

"아무것도 아닙니다." 막시밀리앙이 웃으면서 대답했다.

"그렇다면 이번엔 왜 당신이 웃기만 하시죠?"

"뭐, 당신도 알고 있으면서."

"그럼, 저 이만 갈까요?"

"아니, 아니, 가면 안 돼요. 자, 이젠 다시 우리 얘기로 돌아갑시다."

"정말 그렇게 해요. 앞으로 10분 정도밖엔 같이 있지 못할 테니까요."

"아니!" 막시밀리앙이 깜짝 놀라서 소리쳤다.

"네, 그래요. 그러시는 것도 무리는 아니라고 생각해요." 발랑틴이 쓸쓸하게 말했다. "충분히 행복하셔야 할 당신에게 이런 생활을 하시게 하다니 저 자신을 원망하고 있답니다."

"그런 건 문제도 되지 않아요, 발랑틴. 저는 이러는 게 행복하니까. 그리고 이렇게 오래 기다리더라도, 당신과 단 5분 만이라도 만날 수 있고 당신의 목소리를 조금이라도 들을 수 있다면, 그리고 하느님께서 이렇게 잘 맞는 두 마음을 만들어 주셨다는 것, 그것도 거의 기적적으로 맺어주신 것이, 나중에 우리가 서로 헤어지지 않으리라는 깊고 영원한 확신을 주시는 거니까요."

"저 너무 기뻐요. 우리 두 사람을 위해 희망을 계속 가져주세요. 그것만으로도 전 절반은 행복해지니까요."

"그런데 발랑틴, 왜 그렇게 빨리 돌아가려고 하는 거요?"

"글쎄요. 어머니가 제 재산의 일부에 관계되는 얘기가 있으니 오라고 하셨어요. 아! 재산 같은 건 차라리 다 가져가 버렸으면 좋겠어요. 전 너무 재산이 많으니까요. 돈을 다 가져가고 그 대신, 제발 저를 좀 자유롭게 내버려 두었으면 좋겠어요. 당신은 제가 가난해지더라도 절 사랑하시겠지요, 모렐?"

"언제까지나. 돈이 있건 가난하건 당신만 내 곁에 있어주고, 또 아무한테도 당신을 빼앗기지 않는다는 것만 확실하다면. 그런데 발랑틴, 혹시 어머니께서 하시겠다는 얘기가 당신 결혼 문제에 대한 게 아닐까요?"

"그렇진 않을 거예요."

"하지만 발랑틴, 만약 그렇더라도 조금도 겁낼 것은 없어요. 나는 평생 절대로 다른 여자에겐 가지 않을 테니까요."

"당신, 그런 말씀을 하시면 제가 안심할 거라고 생각하세요?"

"내가 잘못했소! 당신 말이 옳아요. 제가 무례한 소리를 했군요. 사실 저는 요전에 알베르 군을 만났다는 얘기를 하려고 했었는데."

"그래서요?"

"당신도 알다시피 프란츠 군은 그의 친구잖아요?"

"네, 그런데요?"

"그런데 알베르 군에게 프란츠 군이 보낸 편지가 왔다는군요. 거기엔 프란츠 군이 곧 돌아오겠다고 쓰여 있더랍니다."

발랑틴은 얼굴빛이 변했다. 그리고 손으로 철장을 잡았다.

"아! 만약 그렇다면!" 발랑틴은 말했다. "그렇지만 어머니의 말씀이 설마 그 얘기라고는 생각하지 않아요."

"왜요?"

"왜냐하면⋯⋯ 그건 잘 모르겠지만⋯⋯ 어머니는 이 결혼을 드러내놓고 반대는 안 하시지만, 흡족해하시는 것 같지도 않아요."

"그래요? 발랑틴, 그렇다면 빌포르 부인을 존경하고 싶어지는데요."

"오! 그렇게까지 성급해하실 건 없어요." 발랑틴은 쓸쓸하게 웃으며 말했다.

"하지만, 만일 어머니가 이 결혼을 흡족해하시지 않는다면, 혼담을 깨뜨리기 위해서라도 다른 혼담에 귀를 기울이실 게 아니오?"

"그렇게는 생각하시지 마세요, 막시밀리앙. 어머니가 꺼리시는 것은 남편 될 사람이 아니라, 결혼 그 자체를 원치 않으시는 거예요."

"뭐라고요? 결혼 그 자체라고요? 그렇게 결혼을 싫어하는 분이 왜 자신은 결혼하신 거지요?"

"당신은 내 말을 못 알아들으시는군요, 막시밀리앙. 1년 전에 제가 수도원에 들어가겠다고 말했을 때, 어머니는 뭐라고 하긴 했지만, 결국은 제 의견을 기쁘게 승낙하셨어요. 아버지도 어머니가 부추기셔서 동의하신 것 같고요. 할아버지만 반대하셨지요. 막시밀리앙, 당신은 제 할아버지께서 저를 바라보시는 눈길을 상상도 못하실 거예요. 할아버지는 이 세상에서 저 하나만을 사랑하고 계세요. 그리고 만약 이런 소리를 하는 것이 나쁜 것이라면 하느님께 용서를 빌어야겠지만, 이 세상에서 할아버지를 사랑하는 사람도 저 하나밖엔 없고요. 제 결심을 들으시고 저를 쳐다보시는데, 할아버지 눈 속에 보이던 그 책망하는 마음. 하지만 원망 한마디 안 하시고, 한숨 한 번 쉬시지 않고, 굳어버린 볼 위로 흐르는 눈물 속에 비친 절망의 빛이 얼마나 컸던지 당신은 짐작도 못하실 거예요. 아! 막시밀리앙, 그때 저는 후회 같은 것을 느꼈지요. 그래서 그만 할아버지 무릎에 몸을 던지며 이렇게 말했어요. '할아버지, 용서하세요! 무슨 일이 있더라도 할아버지 곁을 떠나지 않겠어요!' 그랬더니 할아버지께선 하늘을 바라보셨어요! ……막시밀리앙, 전 어떤 괴로운 일이라도 참을 수 있어요. 그때 할아버지의 눈을 본 것만으로도, 어떤 일도 참을 수 있을 것 같은 기분이 드는 거예요."

"발랑틴! 당신은 정말 좋은 사람이요. 비록 하느님을 불신한 사람들이라 할지라도 어쨌든 아라비아 원주민들을 함부로 찔러 쓰러뜨린 나 같은 사람이 어떻게 당신 같은 사람을 만나게 되었을까요? 그렇다면 발랑틴, 빌포르 부인께선 당신의 결혼을 반대해서 무슨 이익이 있는 것일까요?"

"아까 말씀드렸잖아요. 저는 지나치리만큼 돈이 많아요. 저는 제 생모의 유산으로 연 5만 프랑가량의 수입이 있어요. 그리고 제 외할아버지와 외할머니 생메랑 후작과 후작부인한테서도 아마 그 정도의 유산을 받게 되겠지요. 그리고 친할아버지께서도 분명 저 하나만을 상속인으로 정하고 싶어하시는 것 같아요. 그러니까 저한테 비하면, 동생 에두아르는 어머니로부터 아무런 재산도 받을 수 없을 테니 아주 가난한 셈이죠. 그런데 어머니는 에두아르를 눈에 넣어도 아프지 않을 만큼 사랑하거든요. 그래서 만약 제가 수도원으로 들어가면 후작과 후작부인의 재산과 또 제 재산을 모두 아버지가 물려받게 되니까 결국 제 재산 전체가 에두아르의 것이 되지요."

"아니, 그렇게 젊고 아름다우신 어머니가 그처럼 욕심이 많다니!"

"하지만 막시밀리앙, 그건 어머니 자신을 위한 것은 아니에요. 전부 아들을 위해서 그러시는 거죠. 그러니까 당신이 어머니의 결점으로 생각하고 비난하시는 것을 모성애로 보신다면 미덕이라고도 할 수 있겠죠?"
"그럼 발랑틴," 모렐이 말했다. "당신 재산의 일부를 에두아르에게 주면 어떨까요?"
"어떻게 그런 소리를 할 수 있겠어요?" 발랑틴이 말했다. "입으로는 욕심이 없다는 소리만 하시는 분인걸요."
"발랑틴, 나는 당신에 대한 나의 사랑을 언제나 신성한 것이라 생각하고 있었어요. 그래서 모든 신성한 것을 대하듯이, 그것을 존경의 베일로 싸서 마음속에 간직하고 있었지요. 이 세상의 누구도, 제 누이조차도 지금까지 숨겨온 당신을 향한 이 사랑을 모르고 있습니다. 그런데 발랑틴, 우리 사랑을 제 친구 한 사람한테만 얘기해도 될까요?"
"친구에게요?" 여자가 말했다. "아니! 그 소리를 듣는 것만으로도 몸이 떨려오는데요. 친구라니요? 그게 도대체 누군데요?"
"이봐요, 발랑틴. 당신은 지금까지 누군가한테 몹시 마음이 끌린 적이 있었소? 처음 만나는 사람인데도 어쩐지 오래전부터 아는 사람 같아서, 언제 어디서 본 사람인가 생각해 보지만 그 장소나 때는 떠오르지 않고 말이오. 그래서 전생에 알았던 사람인데, 이렇게 끌리는 것은 그때의 추억이 되살아나서 그런 건 아닌가 생각된 때가 없었느냐 말이오."
"네, 있어요."
"내가 처음 그 이상한 사람을 만났을 때, 그런 느낌이 들었어요."
"이상한 사람이요?"
"그래요."
"오래전부터 알고 계신 분인가요?"
"겨우 8일 전, 길어야 열흘 전에 알았소."
"안 지 8일에서 열흘밖에 안 된 사람을 친구라고 하세요? 전 당신이 친구라는 이름을 더 소중히 여기시는 분이라고 생각했어요."
"이치를 따지자면 당신 말이 맞아요. 하지만 당신이 어떻게 말씀하시더라도, 제가 본능적으로 느낀 그 감정은 변함이 없어요. 제 생각엔, 앞으로 제게 일어날 좋은 일은 모두 그 사람과 관계가 있을 것 같아요. 그리고 그 사람의 깊은 눈이 그것을 알아보았고, 그의 강한 손이 그것을 인도해 줄 것 같은 생각이 드는군요."

"예언자 같은 사람인가요?" 발랑틴이 웃으면서 말했다.

"사실대로 말하면," 막시밀리앙이 말했다. "종종 그런 게 아닐까…… 특히 좋은 일을 내다보는 눈을 가진 것 같다고 생각될 때가 있어요."

"오!" 발랑틴이 슬픈 듯이 말했다. "막시밀리앙, 그분을 저에게도 소개해 주시겠어요. 전 여태 괴로움만 당해 왔으니, 앞으로는 사랑받을 수 있는지 어떤지 그분에게 좀 여쭈어보게요."

"당신도 이미 아는 사람입니다!"

"제가요?"

"그래요. 바로 어머니와 동생의 목숨을 구해 주신 분이에요."

"몬테크리스토 백작이요?"

"그렇습니다."

"그래요?" 발랑틴이 소리쳤다. "그분은 절대로 제 친구가 되어 주시진 않을 거예요. 어머니하고 아주 친한 분이니까요."

"백작이 당신 어머니의 친구라고요? 제 직감이 그렇게 틀리리라고는 생각하지 않는데…… 분명 당신이 잘못 알고 있는 거요."

"오, 막시밀리앙! 당신은 모르고 계시군요. 저희 집에서 세력이 있는 사람은 에두아르가 아니라, 그 백작이에요. 어머니는 그분을 모든 지식의 총화라고 떠받들며 열렬히 좇아다니고, 아버지께서도 고고한 사상을 그렇게 잘 이야기하는 분도 없을 거라 하시면서 그분을 존경하고 계세요. 에두아르는 하느님처럼 떠받들지요. 백작의 검은 눈이 무섭다고 하면서도, 그분만 나타나면 당장에 달려가 그분의 손을 펴 보지요. 그러면 그 속에는 언제나 굉장한 장난감이 있어요. 저희 집에서의 백작은 빌포르 부인 집에 온 손님이 아니라, 자기 집에 온 것이나 다름없다시피 되어버린걸요."

"그렇다면 발랑틴! 당신 말대로라면, 당신은 백작이 나타남으로써 생기는 영향을 벌써 짐작했거나, 아니면 곧 짐작하게 되겠지요. 그분은 이탈리아에서 알베르 드 모르세르를 만났어요. 그를 산적들의 손에서 구해 주기 위해서였지요. 그리고 그분은 또 당글라르 부인을 만났습니다. 부인에게 굉장한 선물을 드리려고 했던 것이지요. 또, 당신 어머니와 동생이 그분의 저택 앞을 지났는데, 이

번엔 그분의 하인 누비아 사람이 그들을 구해 주지 않았어요? 그분은 확실히 다른 사람들에게 영향을 미치는 힘을 가지고 있습니다. 저는 여태까지 그런 간단한 취향과 그처럼 숭고하고 장대한 결과가 연결된 예를 본 일이 없습니다. 저를 대할 때의 미소란 아주 부드러워서, 남들이 그분의 미소를 무섭게 느낀다는 사실을 잊어버리게 되지요. 오, 발랑틴! 그분이 당신을 보고 그러한 미소를 띤 일은 없었나요? 그걸 보면 당신도 행복해질 거요."

"저를 보고요?" 소녀가 말했다. "오, 막시밀리앙, 그분은 저를 보시지도 않는걸요. 어쩌다가 그분 옆을 지나게 될 때도 그분은 저를 외면하세요. 그분은 절대로 착한 분이 아니에요. 그리고 사람의 마음속을 꿰뚫어 보는 눈 같은 건 가지고 있지 않아요. 그렇지 않다면 당신이 그분을 잘못 보고 계신 거예요. 만약 정말로 그분이 착한 분이라면 집 안에서 혼자 슬퍼하는 저를 그 힘으로 감싸 주셨을 게 아니에요? 그리고 당신 말대로 그분이 그렇게 태양 같은 분이라면, 제 마음을 따뜻하게 해주셨을 게 아니에요? 막시밀리앙, 당신은 그분이 당신을 사랑한다고 그러시지만, 그걸 어떻게 아나요? 남자들이란, 당신처럼 키가 크고 긴 수염에 큰 칼을 찬 당당한 사람을 보면 다정한 얼굴을 하지요. 그러나 눈물을 흘리는 가련한 소녀쯤은 아무렇지도 않게 짓밟아 버린다고요."

"오, 발랑틴! 그건 당신이 오해하고 있는 거예요. 확실합니다."

"만약 그렇지 않다면 막시밀리앙, 만약 그분이 저를 외교적으로 취급하려했다면, 다시 말해서 이 집에서 어떻게든 떠받드는 존재라면, 당신이 그렇게 칭찬을 하시던 그 부드러운 미소로 단 한 번이라도 저를 봐 주셨어야 했을 게 아니에요? 그런데 사실은 그렇질 않거든요. 그분은 제가 불행하다는 것을 알고 있어요. 그리고 제가 아무 도움도 되지 못한다는 것을 알고, 저를 쳐다보지도 않아요. 나중에는 어머니나 아버지나 에두아르의 환심을 사려고, 자기가 할 수 있는 범위 안에서 저를 괴롭힐 수도 있지 않을까? 솔직히 말해서 전 이런 식으로 이유 없이 무시당해야 할 여자는 아니라고 생각하거든요. 당신도 그렇게 말씀하시지 않았어요? 어머나, 이런 소릴 자꾸 하다니…… 용서하세요." 그녀는 막시밀리앙의 표정을 보더니 이렇게 다시 말을 이었다. "전 좋지 않은 여자예요. 그분에 대해서 마음에도 없는 소리를 했으니 말이에요. 사실 저도 당신이 얘기하신 영향이라는 것을 인정하고 있어요. 그리고 그분이 저한테까지 영향을 미치고 있다는 것도 인정하고요. 하지만 제 경우에는 좋은 생각을 해치거나 손상시키는 결과밖엔 되지 않아요."

"알았소, 발랑틴." 모렐은 한숨을 쉬면서 말했다. "이제 그 얘긴 그만 합시다. 그분께는 아무 얘기도 안 할 테니."

"어떡하죠? 마음이 언짢아지셨나 봐요. 아! 당신의 손을 붙잡고 용서라도 빌 수 있었으면! 전 확실한 것을 알고 싶어요. 도대체 몬테크리스토 백작이 당신을 위해서 무슨 일을 하셨단 말이에요?"

"무슨 일을 해주셨는지 질문하시면 곤란하군요. 물론 겉으로 드러나는 일은 아니었습니다. 그러니까 아까도 얘기했지만, 그 사람에 대한 애착은 순전히 직감적인 것일 뿐, 이렇다 할 이유는 없어요. 이를테면 태양이 저한테 해주는 것이 있나요? 그것은 저를 따뜻하게 해주고, 또 그 빛으로 당신을 볼 수 있게 해주지요. 그뿐입니다. 또 향기는 제게 어떤 일을 해주었다고 할 수 있을까요? 그것은 제 오관 중의 하나를 즐겁게 해 줄 뿐입니다. 어째서 이 향기가 좋냐고 물으시면 저는 아무런 할 말이 없습니다. 그분한테서 느끼는 친근감, 또 그분이 저에게 느끼는 친근감은 사실 이상한 것입니다. 이러한 예기치 못한 우리 둘의 우정에는 우연 이상의 무엇이 있다고 마음속에서 은밀한 소리가 말하는 것 같습니다. 그분의 아주 사소한 행동이나 숨겨져 있는 생각까지, 제 행동과 생각하고 뭔가 관계가 있는 것처럼 생각돼요. 발랑틴, 또 웃으실지 모르겠지만, 그분을 알고 난 뒤로는 제게 일어나는 좋은 일이 모두 그분 때문에 생긴 것 같은 이상한 기분이 들어요. 하지만 난 지금까지 그런 보호자 없이 30년이나 살아온 건 분명한데, 그건 그렇다 치고, 예를 들면 이런 일이 있었습니다. 그분은 저를 토요일 만찬회에 초대했지요. 그건 여태까지의 우리 두 사람 사이로 보아 지극히 당연한 일일지도 모릅니다. 그런데 그 뒤에 무슨 소리를 들었는지 알아요? 당신 아버님도 초대를 했고, 따라서 어머니도 가실 거라고 했어요. 그러니까 저는 당신 부모님들을 만나게 되는 거예요. 그런 인연으로 앞으로 무슨 일이 생길지 누가 알아요? 물론 이것은 겉으로 보기엔 아주 단순합니다. 그러나 저는 거기서 뭔가 깜짝 놀랄 일이 생길 것만 같은 느낌이 들어요. 이상한 희망이 생기는군요. 모든 것을 다 꿰뚫어 볼 수 있는 눈을 가진 백작이 일부러 저를 당신 부모님들과 만나게 해주려는 것 같아요. 그래서 가끔, 그분의 눈이 혹시 제 사랑을 이미 알고 있는 게 아닌가 눈치를 살필 때도 있답니다."

"아무래도 저는, 당신이 꿈이라도 꾸고 있는 것은 아닌가 하는 생각이 드는군요." 발랑틴이 말했다. "그리고 그런 얘기만 듣고 있자니, 당신의 정신이 이상한 것이 아닌지 걱정이 돼요. 그 만찬회에 무엇인가 우연 이상의 것이 있다고요? 그건 다시 생각해 주세요. 절대로 밖에 나가시지 않는 아버지께선 그 초대를 수없이 거절하셨어요. 그런데 어머니가 어떻게 해서든지 그 대단한 백만장자의 집을 보고 싶다 하셔서 겨우 아버지를 설득시켰거든요. 막시밀리앙, 전 이 세상에서 당신 말고는, 산송장 같은 할아버지밖엔 구원을 청할 사람이 없어요. 돌아가신 어머니밖에 의지할 분이 없다고요!"

"그 말은 정말 옳다고 생각해요, 참으로 일리가 있는 말이죠." 막시밀리앙이 말했다. "그러나 언제나 제게 무한한 힘을 가지고 있는 당신의 그 부드러운 목소리도 오늘만은 저를 설득하지 못하는군요."

"당신 목소리도 마찬가지예요." 발랑틴이 말했다. "다른 예를 들어 말해 주신다면 또 몰라도……."

"그런 예라면 하나 있어요." 막시밀리앙은 주저하면서 말했다. "그런데 발랑틴, 사실은 나 자신도 그렇게 생각하지만, 이건 앞서 들었던 예보다도 더 말이 되질 않아요."

"괜찮아요." 발랑틴이 웃으면서 말했다.

"하지만," 모렐이 계속해서 말했다. "10년이나 군대 생활을 계속해서 '앞으로 가!'라든가 '뒤로 가!' 같이 아주 조금 마음속에 떠오른 영감 덕분으로 명중할 뻔한 총알을 피해서 목숨을 건진, 영감과 느낌으로 살아온 나 같은 남자에게 그것은 확실한 것이라 여겨지기 때문이죠."

"막시밀리앙, 총알이 비껴나간 것을 왜 저의 기도 때문이라고 해 주지 않으시는 거예요? 당신이 그쪽에 가 계실 동안, 제가 하느님과 어머니께 기도드렸던 것은 저 자신을 위해서가 아니었어요. 전부 당신을 위해서였지요."

"그래요, 당신과 만나고부터는요." 모렐이 웃으면서 말했다. "하지만 만나기 전에는요?"

"심술궂기도 하셔라. 어쨌든 당신은 제 덕이라고 생각하고 싶진 않으신 거죠? 그건 그렇고, 자, 그 터무니없을 것 같다는 그 얘기나 해주세요."

"이 담 사이로 저 말들을 좀 보세요. 저 나무에 매여 있는 내가 타고 온 새 말 말이오."

"아! 참 훌륭한 말이네요!" 발랑틴이 말했다. "그런데 왜 이 철장 옆으로 데려오지 않으셨어요? 그랬더라면 얘기라도 해 보았을 것을."

"저건 굉장히 비싼 말이오." 막시밀리앙이 말했다. "당신도 알겠지만, 제 재산이라는 게 뻔하고, 또 저는 분별이 있는 사람입니다. 그런데 어느 날 말 가게에서 저 훌륭한 메데아를 발견했단 말이에요. 저는 '메데아'라고 이름을 지었답니다. 그래서 값을 물었더니, 4천5백 프랑이라는 거예요. 물론 저는 더 이상 넋을 잃고 바라보는 것을 멈추고 그 집을 나왔지요. 정말이지 마음이 아팠어요. 왜냐하면 그놈이 저를 아련하게 바라보면서 머리를 갖다 대고 비비더니, 저를 태우고 아주 다정하고 귀엽게 빙빙 돌아다니질 않겠어요? 그날 밤 집에 친구들이 왔어요. 샤토 르노며 드브레, 그리고 다행히 당신이 모르는 대여섯 명 정도의 불량한 친구들이 부이요트*[1]를 하자고 그러더군요. 전 노름을 하지 않습니

*1 트럼프 놀이의 일종.

다. 돈을 잃을 만큼 부자도 아니고, 또 돈을 따고 싶을 정도로 가난하지도 않으니까요. 하지만 제 집에서 모인 거니까 하는 수 없이 트럼프를 가지고 왔지요. 막 테이블에 앉으려는데, 몬테크리스토 백작이 나타났습니다. 그는 자리에 앉아 카드놀이를 했습니다. 제가 따게 되었습니다. 발랑틴, 솔직히 고백하기 좀 그렇지만, 제가 5천 프랑을 땄어요. 모두들 밤에야 돌아갔습니다. 전 아무래도 참을 수가 없어서 마차를 타고 곧장 말 가게로 갔습니다. 가슴을 두근거리며 초인종을 눌렀습니다. 나온 사람은 아마 저를 미친놈으로 알았을 거예요. 문이 열리자마자 안으로 뛰어 들어갔습니다. 마구간으로 가서 말 매어두는 곳을 쳐다보았어요. 아! 고맙게도 메데아는 꼴을 먹고 있더군요. 저는 달려가서 말 등에다 안장을 올려놓고 굴레를 씌웠지요. 메데아는 기쁘다는 듯이 순순히 응하더군요. 그러고는 어안이 벙벙해하는 상점 주인의 손에 4천5백 프랑을 쥐여주고는 돌아왔지요. 돌아왔다기보다는 밤새 샹젤리제를 돌아다녔어요. 그런데 백작 집의 창문에 불이 켜져 있질 않겠습니까? 커튼 뒤엔 백작의 그림자가 보이는 것 같았어요. 어때요, 발랑틴. 저는 꼭 백작이 제가 말을 가지고 싶어 하는 것을 알고, 그 말을 살 수 있도록 일부러 져준 것만 같아요."

"막시밀리앙." 발랑틴이 말했다. "당신은 꿈속에 사는 사람 같아요……. 당신은 저를 오래 사랑할 것 같지 않아요…… 당신처럼 그렇게 시적인 사람은 이렇게 우리의 단조로운 사랑에 만족하지 못할 거예요……. 아니, 누가 절 부르고 있어요! 저것 보세요."

"오, 발랑틴." 막시밀리앙이 말했다. "담장 틈새로 새끼손가락을 내밀어주오, 입을 맞추게."

"막시밀리앙, 우린 언제까지나 서로 두 개의 목소리, 두 개의 그림자라고 약속하지 않으셨어요?"

"그럼, 발랑틴, 당신이 좋으실 대로 하세요."

"당신 말씀대로 하면 기뻐해 주실 거예요?"

"네, 물론이죠."

발랑틴은 그곳에 있던 벤치 위에 올라갔다. 그리고 틈새로 새끼손가락을 내미는 대신 담장 너머로 손 전체를 내밀었다. 막시밀리앙은 기쁨의 탄성을 질렀다. 그리고 자기도 담장의 귓돌 위로 뛰어올라가, 그 그립던 손을 잡고 뜨거운 입술을 갖다 대었다.

그러나 금세 그 조그만 손은 그의 손에서 빠져나갔다. 그리고 갑자기 느낀 감정의 동요에 두려움을 느낀 듯이 발랑틴이 뛰어 도망가는 발소리가 들려왔다.

누아르티에 드 빌포르 씨

당글라르 부인과 그 딸이 떠난 뒤, 그리고 앞에 말했듯이 막시밀리앙과 발랑틴이 서로 이야기를 나누고 있는 사이에 검찰총장 빌포르의 집에서는 다음과 같은 일이 일어났다.

빌포르 씨는 부인을 데리고 아버지 방으로 들어갔다. 그때 발랑틴이 어디 있는지는 이미 말한 바 있다.

부부는 노인에게 인사를 하고 이미 20년도 넘게 이 집에서 시중을 들고 있는 늙은 하인 바루아를 밖으로 내보냈다. 그러고 나서 두 사람은 노인 옆에 앉았다.

누아르티에 씨는 밑에 바퀴가 달린 커다란 안락의자에 앉아 있었다. 아침이 되면 집안사람들이 노인을 이 의자에 앉혔다가 저녁이 되면 의자에서 옮기는 것이었다. 방 전체를 비추고 있는 거울 앞에 앉아 있는 노인은 부자유한 몸을 움직이지 않아도 방 안으로 누가 들어오며 누가 나가는지, 주위에 무슨 일이 일어나고 있는지를 다 볼 수 있었다. 노인은 죽은 사람처럼 움직이지는 않았지만, 그 총명하고 생기 있는 눈으로 빌포르 부부를 바라보았다. 그 엄숙한 태도로 보아, 노인은 무엇인가 뜻하지 않은 공식적인 일이 있다는 것을 직감할 수 있었다.

이미 4분의 3은 무덤 속에 묻혔다고 볼 수 있는 이 산송장 같은 노인에게는, 시각과 청각의 두 감각만이 마치 두 개의 불꽃처럼 아직도 살아 움직이고 있었다. 더군다나 이 두 개의 감각 중 하나만이 이 석상을 살아가게 하는 내부의 생명을 밖으로 나타내는 역할을 했다. 그리고 이 내부의 생명을 드러내는 눈길은, 밤중에 사막에서 길을 잃은 여행객에게 침묵과 어둠 속에서 아직 살아 있는 사람이 있음을 알려주는, 저 멀리 있는 단 한 점의 등불과도 같았다.

그러므로 비록 어깨 위로 길게 늘어진 머리카락은 완전히 하얗게 되었지만, 아직 검은 눈썹 아래 보이는 노인의 검은 눈 속에는, 다른 모든 기관이 모두

못 쓰게 되고 다만 그것만이 살아남아 있는 기관의 경우처럼, 이 노인의 육체와 정신 속에 충만한 모든 활동력, 모든 기지, 모든 힘과 모든 지혜가 집중되어 있었다. 사실 노인은 이미 팔을 들 수도, 소리를 낼 수도, 몸을 움직일 수도 없었다. 그러나 그 강한 눈빛 하나만으로, 마비된 다른 모든 기능을 보충할 수가 있었다. 노인은 무언가 명령하고, 인사할 때 모두 눈으로 했다. 마치 산 사람의 눈을 가진 송장과도 같았다. 그리고 그 눈 속에서 때로는 분노가 불타고, 또 때로는 기쁨으로 빛나는 그 대리석과도 같은 얼굴은 가끔 더없이 무섭게 느껴지는 것이었다. 중풍이 든 이 딱한 노인의 말을 알아듣는 것은 단지 세 명뿐이었다. 그것은 빌포르와 발랑틴과 앞서 말한 늙은 하인뿐이었다. 그러나 빌포르는 꼭 와야만 하는 경우가 아니면 아버지를 찾아오는 일이 없었고, 만나러 와서도 노인의 말뜻을 알아듣고도 그를 기쁘게 해주려고는 하지 않았다. 그래서 노인은 오직 손녀 한 사람에게서만 행복을 찾을 수 있었다. 그리고 발랑틴은 그 성실과 사랑과 인내의 힘으로, 노인의 눈만 보아도 노인이 생각하는 모든 것을 이해할 수 있게 되었다. 발랑틴은 목소리로 나오지 않는 노인의 말, 다른 사람은 아무도 이해할 수 없는 그 말에, 온갖 목소리와 표정과 진심을 가지고 대답해 주었다. 이렇게 해서 이 젊은 처녀와 이른바 흙이 다 된 노인, 아니 거의 먼지로 변해 버린 듯한 노인 사이에는 아직도 생생한 대화가 오갈 수 있었다. 하지만 노인은 아직도 광범위한 지식과 놀랄 만한 통찰력을 지니고 있었으며, 지금은 남을 복종시킬 수 없게 된 육체 속에도 완강한 의지만은 남겨 두고 있었다.

이렇게 발랑틴은 노인의 생각을 이해하고 자신의 생각을 상대에게 이해시키는 이 곤란한 문제를 해결할 수 있었다. 이런 노력의 결과, 일상생활에 관한 한 노인의 살아 있는 마음이 무엇을 원하고 있는지, 그리고 절반은 무감각하게 되어버린 이 송장 같은 노인이 필요로 하는 것이 무엇인지를 거의 정확하게 파악할 수가 있었다.

그의 늙은 하인으로 말하자면, 앞서 말한 대로 그는 20년간이나 노인을 섬겨왔기 때문에 노인의 습관을 너무도 잘 알고 있었고, 그래서 노인이 일을 시킬 필요조차 없었다.

빌포르는 노인과 얘기하러 올 때, 지금 말한 두 사람 중 어느 누구의 도움도 필요로 하지 않았다. 이미 말했듯이, 빌포르 자신이 노인의 말뜻을 완전히 이해할 수 있었기 때문이다. 그런데도 그런 기회를 가지지 않았던 것은 귀찮기도 하고 무관심했기 때문이었다. 빌포르는 발랑틴을 정원으로 내보내고, 하인 바루아를 물러가 있게 했다. 그리고 자기는 노인의 오른쪽에 앉고 아내는 왼쪽에 앉게 했다.

"아버님, 발랑틴을 여기에 있게 하지 않고, 또 바루아를 내보낸 것을 이상하게 생각진 마십시오. 실은 저희가 의논하려는 일을 딸아이나 하인이 듣게 하고 싶지 않아서 그런 겁니다. 저희 두 사람이 아버님께 보고드릴 게 하나 있습니다."

이렇게 말을 꺼내는 동안, 노인은 얼굴에 어떤 감정도 나타내지 않았다. 그에 반해서 빌포르의 눈은 노인의 마음속까지 꿰뚫어 보려는 것 같았다.

"이 보고로 말씀드리지만," 빌포르 검찰총장은 냉담하게, 마치 어떠한 이의도 받아들일 수 없다는 듯한 어조로 말을 이었다.

"저나 제 처는, 아버님께서도 분명히 찬성해 주실 줄로 믿고 있습니다."

노인의 눈은 여전히 아무런 표정도 나타내지 않았다. 그는 그저 듣고만 있을 뿐이었다.

"아버님," 빌포르가 말했다. "발랑틴을 결혼시키려고 합니다."

이 보고를 들었을 때 노인의 얼굴은 이루 말할 수 없이 차가워졌다.

"결혼식은 3개월 내로 하게 될 겁니다." 빌포르가 말했다.

노인의 눈은 여전히 아무 표정도 없었다. 이번에는 빌포르 부인이 급히 입을 열어 다음과 같이 말했다.

"저희는 아버님께서도 이 소식은 반겨주시리라고 생각했습니다. 아버님께선 늘 발랑틴을 사랑해 주시니까요. 저희는 그저 신랑의 이름만 알려드리면 될 줄로 압니다. 발랑틴에게는 더할 나위 없이 좋은 혼처지요. 재산도 있고, 가문도 좋고, 몸가짐이며 취미며, 틀림없이 그 애가 행복해질 거라고 생각합니다. 더군다나 아버님께서도 아시는 이름입니다. 데피네 남작, 프란츠 드 케넬이랍니다."

빌포르는 아내가 이야기를 하는 동안, 여느 때와 다르게 주의 깊은 눈으로 노인을 지켜보았다.

빌포르 부인이 '프란츠'라는 이름을 말하자, 빌포르가 너무나 잘 알고 있는 노인의 그 눈이 부르르 떨렸다. 그리고 무슨 말을 하려고 할 때의 입술처럼 벌어진 눈 속에서 번갯불 같은 것이 흘러나왔다. 아버지와 프란츠의 아버지 사이에 정치적으로 사이가 틀어졌던 것을 알고 있던 검사는 금세 노인의 흥분과 동요의 의미를 이해할 수 있었다. 그러나 그런 눈치는 조금도 보이지 않고, 그는 아내가 하다 만 이야기를 이어갔다.

"아버지," 그는 말했다. "아버님도 아시다시피, 발랑틴도 이제 곧 열아홉 살이 됩니다. 그러니 이제 제 짝을 찾아 주어야지요. 물론 이 혼담이 있을 때 아버님 생각을 안 한 건 아닙니다. 그리고 발랑틴의 남편 될 사람이 저희와 같이 사는 건 거북할 테고, 그러니까 제 말은, 발랑틴도 유난히 아버님을 좋아하고 아버님께서도 그 애를 사랑하시는 것 같으니, 아버님께서 그 애들과 같이 사시도록 발랑틴의 남편 될 사람과도 얘기해 놓았습니다. 그러니까 아버님께선 지금까지의 습관을 하나도 바꾸실 필요 없이, 오히려 이제 한 사람이 아니라 두 사람이 아버님 시중을 들어 드리게 되는 것이지요."

노인의 눈이 충혈되었다.

분명 노인의 마음속에서는 무언가 무서운 일이 일어나고 있었다. 분명 고통과 분노의 외침이 목구멍까지 치밀어 올랐던 것이다. 그런데 그것을 폭발시키지 못하니 노인의 목구멍이 지금이라도 꽉 막혀버릴 것만 같았다. 그 증거로 노인의 얼굴은 시뻘게지고 입술은 새파래졌다.

빌포르는 조용히 창을 열면서 말했다.

"상당히 덥군요. 이렇게 더운 건 몸에 좋지 않을 텐데요."

그러고는 다시 제자리로 돌아왔으나 자리에 앉지는 않았다.

"이 혼담은," 빌포르 부인이 덧붙여 말했다. "데피네 씨랑 그 가족들도 다 좋아하시는 것 같아요. 가족이라고 해봐야 큰아버지하고 큰어머니뿐이지만요. 프란츠 어머니는 프란츠를 낳자마자 곧 돌아가셨고, 아버지는 1815년에, 프란츠가 겨우 두 살밖에 안 되었을 때 암살당했으니까요. 그래서 프란츠는 뭐든지 마음대로 다 할 수 있게 되었지요."

"그런데 참 이상한 암살 사건이에요." 빌포르가 말했다. "범인은 모르는데 꽤 많은 사람에게 혐의가 가고 있어요."

노인은 무엇인가 애를 쓰는 듯 입술에 미소 같은 것이 떠올랐다.

"그런데," 빌포르가 말을 이었다. "만약 그 범인이, 정말로 죄를 지은 진범이, 살아선 인간의 손으로 벌을 받아야 하고 죽어선 신의 심판을 받아야 할 진짜

범인이 말입니다. 우리같이 프란츠 데피네와 딸을 결혼시킴으로써 혐의를 모면할 수 있다면 틀림없이 기뻐했을 거예요."

노인은 다 망가진 그 몸속에 숨어 있는 힘으로 자신을 억누르고 있었다.

'그래.' 노인은 눈으로 빌포르에게 이렇게 대답했다. 그 눈은 깊은 경멸과 모든 것을 꿰뚫어 보는 듯한 분노를 나타내고 있었다.

빌포르는 노인의 눈빛의 의미를 다 알면서도 가볍게 어깨를 한 번 으쓱해 보였다.

그러고는 아내에게 일어나라는 눈짓을 했다.

"그럼 아버님," 빌포르 부인이 말했다. "이만 실례하겠어요. 그리고 에두아르를 인사 드리러 오라고 해도 될까요?"

노인은 승낙의 뜻을 나타낼 때는 눈을 감고, 거절할 때는 눈을 몇 번 끔뻑끔뻑해 보이며, 무언가 요구할 것이 있으면 눈을 위로 치켜뜨곤 했다.

발랑틴을 부르고 싶을 때면 오른쪽 눈 하나만 감고, 바루아를 부를 땐 왼쪽 눈을 감기로 되어 있었다.

빌포르 부인의 말에, 노인은 눈을 급히 끔뻑거렸다.

분명한 거절의 뜻을 전해 받은 빌포르 부인은 입술을 깨물었다.

"그럼, 발랑틴을 보낼까요?" 부인이 물었다.

'그래.' 노인은 즉시 눈을 감아 보였다.

빌포르 부부는 인사를 하고 밖으로 나갔다. 그리고 발랑틴을 불러 오도록 했다. 사실 발랑틴도 그날 안에 노인에게 볼일이 있다는 것을 미리 알고 있었다.

빌포르 부부가 나가고 나서 발랑틴은 아직도 흥분이 가시지 않은 새빨간 얼굴로 노인의 방에 들어왔다. 발랑틴은 노인을 보자, 그가 얼마나 괴로워하고 있으며 자기에게 할 말이 얼마나 많은가를 알 수 있었다.

"어머, 할아버지!" 발랑틴이 소리쳤다. "무슨 일이 있었나요? 뭔가 할아버지를 화나게 할 만한 일이라도 있었군요. 아직도 화가 나 계신 거예요?"

'그래.' 노인은 눈을 감아 보였다.

"누구 때문에 화가 나셨어요? 아버지 때문에? 아니에요? 그럼, 어머니 때문인가요? 그것도 아니에요? 그럼, 저 때문인가요?"

노인은 그렇다는 눈짓을 했다.

"저요? 제가 어떻게 했기에 그러세요, 할아버지?" 발랑틴이 소리쳤다.

노인은 그 말에는 아무런 대꾸도 안 했다. 그녀가 또다시 물었다.

"저는 오늘 할아버지를 한 번도 만나뵙지 못했는걸요. 그럼 누가 와서 제 얘길 했군요?"

'그래.' 노인의 시선이 대답했다.

"아니, 무슨 일인데요? 저는 모르겠어요...... 아! 아버지하고 어머니가 왔다 가셨죠?"

'그래.'

"그분들이 할아버지를 화나게 할 만한 이야기를 했군요? 무슨 얘길 하셨는데요? 제가 가서 물어보고 할아버지께 잘못을 빌까요?"

'아니, 아니.' 노인이 눈으로 말했다.

"그래도 걱정이 되는걸요. 도대체 뭐라고 그러셨는데요?"

발랑틴은 잠시 생각했다.

"이제 알겠어요. 제 결혼 얘기를 하셨죠?" 노인의 옆으로 와서 낮은 소리로 말했다.

'그래.' 노인은 화가 난 눈빛으로 대답했다.

"이젠 알겠어요. 할아버지는 그동안 제가 아무 말도 안 해서 화가 나신 거죠? 아버지와 어머니께서 할아버지껜 아무 말씀도 드리지 말라고 그랬거든요. 그리고 저한테까지도 아무 얘기 안 해 주셨어요. 저는 그 비밀을 그저 어쩌다가 알게 된 것뿐이에요. 그래서 할아버지께 아무 말씀도 안 드렸던 거예요. 용서해 주세요, 할아버지."

또다시 무표정하게 고정된 노인의 시선이 이렇게 대답하는 것 같았다. "내가 마음이 괴로운 것은 네가 아무 말도 하지 않았기 때문만은 아니다."

"그럼 뭣 때문에 그러세요?" 소녀가 물었다. "제가 할아버지를 저버리고 갈 거라고 생각하신 건가요? 결혼하면 할아버지를 잊을까 봐서요?"

'아니.' 노인이 대답했다.

"그럼, 데피네 씨가 결혼해도 할아버지를 모시기로 승낙했다는 얘기도 들으셨어요?"

'그래.'

"그럼, 할아버지는 왜 화가 나셨어요?"

노인의 시선이 한없이 부드러워졌다.

"그래요, 알겠어요." 발랑틴이 말했다. "할아버진 저를 사랑하시니까 그러시는 거죠?"

노인은 그렇다는 표시를 했다.

"그런데 제가 혹시 불행해지지나 않을까 걱정이 되시는 거죠?"

'그래.'

"할아버진 프란츠 씨가 싫으세요?"

노인의 눈이 '그렇다, 그렇다, 그렇다'하는 표정을 세 번 네 번 되풀이했다.

"그래서 할아버지는 슬프신 거로군요?"

'그래.'

"할아버지!" 발랑틴은 노인 앞에 무릎을 꿇고 노인의 목을 끌어안으며 말했다. "저도 슬퍼요. 저도 프란츠 데피네 씨가 좋지는 않으니까요."

노인의 눈에 반짝하고 기쁜 빛이 돌았다.
"제가 수도원에 들어가려고 했을 때 할아버지가 화내셨던 것을 기억하세요?"
눈물 한 방울이 노인의 메마른 눈시울을 적셨다.
"그건 바로," 발랑틴이 말했다. "이 참을 수 없는 결혼을 하지 않으려고 그런 거예요."
노인의 숨결이 높아졌다.
"할아버지께서도 이 결혼을 슬퍼하고 계신 거예요? 아! 할아버지께서 저를 도와주실 수 있다면, 그리고 우리 두 사람이 힘을 모아 그분들의 계획을 무너뜨릴 수 있다면 얼마나 좋겠어요? 할아버지께선 정신도 맑으시고 의지도 확고하시지만, 그분들에게 맞설 아무 힘도 없으시잖아요. 저와 마찬가지로, 아니 저보다도 더 약하신데 어떻게 싸우실 수가 있겠어요. 아! 힘 있고 건강하셨을 때라면 저에게 더없이 든든한 보호자가 되어주셨을 텐데! 그러나 지금은 저를 이해하시고, 저와 함께 기뻐해 주시고 슬퍼해 주실 뿐이죠. 그것만이 하느님께서 걷어가는 걸 잊으신 단 하나 남은 마지막 행복이지만요."
이 말을 듣고 있던 노인의 눈에는 몹시 빈정거리는 듯하면서도 깊은 생각에 잠긴 듯한 표정이 떠올랐다. 발랑틴은 그 눈에서 다음과 같은 의미를 읽을 수 있는 것 같았다.
"그건 틀린 생각이야. 난 아직도 널 위해 힘을 쓸 수 있어."
"할아버지께선 저를 위해서 무슨 일인가를 해주실 수 있으세요?" 발랑틴이 노인의 생각을 말해 보았다.
'그래.'
노인의 눈은 하늘로 향했다. 그것은 노인이 무엇인가 요청이 있을 때의 표현이라는 것이 두 사람 사이의 약속이었다.
"뭘 말씀이세요?"
발랑틴은 잠깐 머릿속으로 생각한 뒤에, 짐작되는 생각을 입 밖에 표현해 보았다. 그러나 무슨 소리를 해도 노인은 그저 '아니야'라고만 대답했다.
"그럼," 소녀는 말했다. "이젠 마지막 수단을 써봐야겠는데요. 전 정말 바보로군요."
그러고 나서 발랑틴은 미소 지으며 알파벳을 A부터 N까지 하나하나 대며

노인의 눈에 물어보았다. N까지 대자 누아르티에 씨는 '그래'라는 표시를 했다.

"아!" 발랑틴이 말했다. "할아버지가 말씀하시려는 게 N자로 시작되는 단어로군요. N자를 조사해 볼까요? 그럼 N자 다음에는 무엇인가요? Na, Ne, Ni, No."

'그래, 그래, 그래.' 노인이 표시했다.

"No요?"

'그래.'

발랑틴은 사전을 가져다 노인의 책상 위에 올려놓았다. 그리고 사전을 펼쳤다. 다음에는 노인의 눈이 책상 위를 주시하는 것을 보면서 손가락으로 사전의 단어들을 죽 훑어내렸다. 노인이 지금과 같은 비참한 상태가 되고 나서 6년 동안 연습한 결과, 이러한 방법이 가장 손쉬운 방법임을 깨닫게 되었다. 발랑틴은 이 방법으로 노인 자신이 사전 속에서 찾아내는 것만큼이나 빨리 노인의 생각을 알아낼 수 있었던 것이다.

'Notaire'라는 단어에서 그는 '그만'이라는 신호를 했다.

"Notaire." 소녀는 말했다. "할아버지, 공증인이 필요하세요?"

노인은 자기가 필요한 것이 공증인이라는 표시를 했다.

"그럼, 공증인을 부를까요?" 발랑틴이 물었다.

'그래.' 노인이 대답했다.

"아버지께도 알릴까요?"

'그래.'

"급한가요?"

'그래.'

"그럼 곧 공증인을 불러오도록 하겠어요. 또 뭐 필요하신 건 없으신가요?"

'아니.'

발랑틴은 급히 일어나서 종을 울렸다. 하인을 불러, 아버지나 어머니를 할아버지 방으로 모셔오라고 일렀다.

"이젠 됐지요?" 발랑틴이 말했다. "정말 턱없이 어려웠죠?"

소녀는 마치 어린아이를 대하듯이 미소를 지었다.

빌포르 씨가 바루아를 따라 들어왔다.

"아버님 왜 그러시죠?" 빌포르 씨는 노인에게 물었다.

"할아버지께서 공증인을 불러달라고 하세요."

이 뜻밖의 이상한 요구를 듣자 빌포르 씨는 노인의 눈을 바라보았다.

'그래.' 노인은 확고하게 대답했다. 그 대답에서 발랑틴의 도움과 자기가 바라는 것이 무엇인가를 알고 있는 하인만 있으면, 얼마든지 싸울 수 있다는 마음을 엿볼 수 있었다.

"공증인이 필요하시다고요?" 빌포르가 되물었다.

'그래.'

"무엇 때문에요?"

노인은 그 말에는 대답하지 않았다.

"왜 공증인이 필요하시단 말씀이시죠?" 빌포르가 다시 물었다.

노인의 눈은 움직이지 않았다. 아무런 말도 하지 않은 것이다. 그것은 곧,

'자신의 생각대로 하겠다'는 것을 의미했다.

"우리가 하는 일에 무슨 장난을 치시려고 그러십니까?" 빌포르가 말했다. "지금 와서 뭘 어쩌시려고요?"

"그렇지만," 바루아는 늙은 하인들에게서 흔히 볼 수 있는 고집으로 이렇게 말했다. "영감님께서 공증인을 부르라고 하시는 건 분명 영감님께 필요해서 그러시는 겁니다. 그러니 제가 가서 불러오겠습니다."

바루아에게 주인이라고는 노인밖엔 없었다. 그래서 노인의 의사가 거부된다는 것은 그에게 결코 용납할 수 없는 일이었다.

'그렇다, 공증인을 불러오라는 거야.' 노인은 도전적인 태도로 어디 거역할 수 있으면 거역해 보라는 듯이 눈을 감아 보였다.

"그렇게까지 꼭 필요하시다면 공증인을 불러오십시다. 그러나 저도 제 입장을 공증인한테 얘기하고, 아버님의 경우도 얘길 하겠습니다. 그렇게 하지 않으면 아주 우스워질 테니까요."

"그건 어떻든 간에," 바루아가 말했다. "전 공증인을 부르러 다녀오겠습니다."

그렇게 늙은 하인은 의기양양하게 밖으로 나갔다.

유언

바루아가 방을 나갈 때, 노인은 발랑틴을 좀 언짢고 의미심장한 모습으로 바라보았다. 발랑틴은 그 시선의 의미를 알 수 있을 것 같았다. 빌포르도 그것을 알 수 있었다. 얼굴이 어두워진 빌포르는 이맛살을 찌푸렸다.

그는 의자를 가져와 노인의 방에 자리를 잡고 기다렸다.

노인은 완전히 무관심한 모습으로 그의 거동을 바라보았다. 그러나 발랑틴에게는 아무 걱정 말고 그대로 방에 있으라고 말했다.

45분쯤 되었다고 생각했을 때, 하인이 공증인을 데리고 돌아왔다.

"그런데," 빌포르는 인사가 끝나자 이렇게 말했다. "당신을 오시라고 한 것은 바로 여기 계신 제 아버님 누아르티에 드 빌포르 씨입니다. 중풍으로 말미암아 온몸을 마음대로 쓰지 못하셔서 손발도 움직일 수 없고 말도 못하십니다. 그래서 저희나 겨우 무슨 말씀을 하시려는 건지 단편적으로 알 수 있는 정도입니다."

노인은 눈으로 발랑틴을 불렀다. 그 진지하고 명령적인 부름에 발랑틴은 즉시 대답했다.

"전 할아버님이 하시는 말씀을 다 알아들을 수 있습니다."

"그렇습니다," 바루아가 거들었다. "아까 이리로 오실 때 제가 말씀드린 대로, 아가씨께선 뭐든 다 알아들으십니다."

"실례합니다만 선생님, 그리고 아가씨." 공증인은 빌포르와 발랑틴을 바라보며 말했다. "이것은 공증인으로서 무엇인가 위험한 책임을 지지 않고선 경솔하게 손을 쓸 수가 없는 경우입니다. 증서가 효력을 가지기 위한 제1 조건으로서, 공증인은 그것을 쓰게 한 분의 의사를 완전히 이해했다는 확신을 갖는 것이 필요합니다. 그런데 저로서는 말을 못하시는 분이 찬성이나 반대 의견을 표하는 것에 대해 전혀 확신을 가질 수가 없군요. 본인이 말을 하지 않으면 저는 그분의 희망이나 거부 의사를 확실히 알 수 없으니, 결국 제 직무란 무익한 것이며, 만약 그것을 시행하게 되면 위법이 되는 겁니다."

공증인은 돌아가려고 한 걸음 뒤로 물러섰다. 검찰총장의 입술에는 눈에 보이지 않는 승리의 미소가 떠올랐다. 한편 노인은 뭐라 표현할 수 없는 고뇌의 표정으로 발랑틴을 바라보았다. 발랑틴은 얼른 공증인의 앞을 가로막았다.

"저기, 제가 할아버지와 하는 말은 금방 알 수 있는 말들입니다. 그리고 제가 그 말을 알아들을 수 있듯이, 선생님께서도 곧 알아들으실 수 있습니다. 그런데 선생님의 양심에 거리낌이 없게 되려면 도대체 어떻게 하면 좋을까요?"

"증서가 유효하려면 필요한 것이 충족되어야만 합니다." 공증인이 대답했다. "다시 말해서 찬성과 반대에 대한 확인입니다. 육체가 병이 들어 있는 경우에도 유언은 되지만, 정신이 온전하지 않으면 유언은 성립되지 않습니다."

"그런 것이라면 문제없습니다. 단 두 가지의 신호만으로도 할아버지께서 지금 어느 때보다 온전한 정신으로 말씀하고 계시다는 걸 이해하실 수 있습니다. 말도 할 수 없고 몸도 움직일 수 없는 할아버지께선, '그렇다'를 말하고 싶으실 땐 눈을 감으시고, '아니다' 하실 때는 눈을 몇 번 깜빡거리십니다. 그것만 아셔도 할아버지와 이야기하실 수 있습니다. 한번 시험해 보세요."

그때 노인이 발랑틴을 바라보는 시선에는 사랑과 감사의 마음이 넘치고 있어서 공증인까지도 그것을 느낄 수 있었다.

"지금 손녀께서 얘기한 말뜻을 알아들으셨습니까?" 공증인이 노인에게 물었다.

노인은 조용히 눈을 감았다가 잠시 뒤에 다시 떴다.

"그럼, 노인께선 손녀가 말한 것을 인정하시는 겁니까? 다시 말해서, 지금 손녀 분이 설명한 신호는 당신의 생각을 전달하기 위한 것입니까?"

"그렇소." 노인은 이번에도 같은 표시를 했다.

"저를 부르신 게 노인이십니까?"

"그렇소."

"절 부르신 이유는 유언장을 만드시려고요?"

"그렇소."

"그러면 제가 유언장을 만들지 않고 가면 안 됩니까?"

노인은 황급히 여러 번 눈을 깜빡거려 보였다.

"어떠세요?" 소녀가 물었다. "안심하셔도 괜찮으시겠죠?"

그러나 빌포르는 공증인이 채 대답도 하기 전에, 그를 한쪽으로 끌고 갔다.

"선생," 그는 말했다. "제 아버님처럼 육체적으로 심한 타격을 입은 사람이 정신적으로는 전혀 타격을 입지 않을 수 있겠습니까?"

"제가 걱정하는 것은 그런 것이 아닙니다." 공증인이 대답했다. "전 본인의 대답을 얻기 위해서 어떻게 하면 그 생각을 추측할 수 있는지를 생각하고 있습니다."

"그건 보시다시피 불가능하지요." 빌포르가 대답했다.

발랑틴과 노인은 이들의 대화를 듣고 있었다. 노인은 발랑틴에게 단호한 시선을 보냈다. 그것은 분명 발랑틴에게 반박해달라고 요구하는 시선이었다.

"선생님," 발랑틴이 말했다. "그 점은 염려하실 것 없습니다. 선생님께서 할아버지의 생각을 알아듣기가 힘드시거나 어려울 것 같다는 생각이 드신다 하더라도, 제가 그 점에 대해서는 의구심이 생기지 않도록 밝혀드릴 테니까요. 전 6년 전부터 할아버지와 살고 있지만, 그동안 할아버지가 말씀하시는 뜻을 제가 못 알아들은 적은 한 번도 없었습니다. 그건 할아버지께서도 직접 증명해 주실 수 있습니다."

"없었지." 노인이 대답했다.

"그럼, 어디 해봅시다." 공증인이 말했다. "노인께선 발랑틴 양에게 통역을 부탁해도 괜찮으시겠습니까?"

노인은 괜찮다는 표시를 했다.

"좋습니다. 그럼, 노인께선 제게 원하시는 게 뭡니까? 어떤 증서를 만들어 드릴까요?"

발랑틴은 알파벳을 T까지 불러주었다.

T에 이르자, 누아르티에 노인은 눈으로 발랑틴의 말을 막았다.

"T로 시작되는 말이군요." 공증인이 말했다. "그렇다면 원하시는 게 무언지 알겠습니다."

"잠깐 기다려 주세요." 발랑틴이 말했다. 그러고 나서 할아버지 쪽을 보며 차근차근 다음 글자를 붙여서 소리내 읽어주었다.

"Ta…… Te……."

노인은 이 두 번째 말에서 손녀를 막았다.

그러자 발랑틴은 사전을 꺼내어 공증인의 주의 깊은 눈앞에서 페이지를 넘

졌다.

"Testament." 노인의 눈이 멎은 곳에서 소녀는 손가락으로 그것을 가리켰다.

"Testament! 유언이라!" 공증인은 소리를 높였다.

"이젠 알겠습니다. 노인께선 유언을 하고 싶다고 말씀하시는 겁니다."

"그렇소." 노인은 그렇다는 표시를 수없이 반복했다.

"놀라운데요! 그렇죠?" 공증인이 어리둥절해 있는 빌포르에게 말했다.

"그렇군요." 빌포르가 대답했다. "아마 그 유언의 내용은 더 놀랍겠지요. 왜냐하면 하나하나의 조항이 한 마디 한 마디 딸의 지혜를 빌리지 않고는 종이 위에 쓰일 수 없을 테니까요. 하지만 발랑틴은 아버님의 불명료한 의사를 정확하게 전달하기에는 이 유언과 너무 많은 이해관계가 있습니다."

"아니, 아니." 노인이 신호했다.

"뭐라고요?" 빌포르가 말했다. "발랑틴이 유언에 아무런 관계도 없단 말씀이십니까?"

"없다." 노인의 대답이었다.

"선생님," 공증인이 말했다. 그는 지금 이 실험에 정신이 팔려, 마음속으로 이 흥미로운 일을 모두 세상에 떠들어댈 생각이었다. "아까까진 불가능하다고 생각했었는데, 이렇게 되면 정말 쉽게 생각되는데요. 이 유언은 하나의 비밀 유언이 되는 겁니다. 다시 말하면, 그것이 일곱 사람의 증인 앞에서 읽히고, 유언자에 의해 증인들 앞에서 승인되고, 그리고 역시 증인들 앞에서 공증인의 손에 의해 봉인되면, 법률상으로도 인정되어 유효한 것이 됩니다. 단, 보통 유언장보다는 시간이 조금 더 걸리겠지요. 제일 먼저 정규 형식에 있어서는 다른 경우와 다를 것이 없습니다. 내용에 있어서는 유언자의 재산 상태와 그것을 관리하고 잘 알고 계신 당신이 대부분을 제공해 주셔야겠지요. 그리고 그 증서가 완벽해지려면 완전한 공정성을 갖추어야만 합니다. 관습에는 어긋나는 일이지만, 제 동료에게 도움을 받아 증서를 제작하는 데 입회해 주도록 부탁하는 겁니다. 어떻습니까? 이것으로 만족하십니까." 공증인은 노인을 보며 이렇게 말했다.

"그렇소."

노인의 얼굴은 자기 뜻을 알아준 데 대한 기쁨으로 빛나고 있었다.

'도대체 뭘 하려는 거지?' 높은 신분에 있느니만큼 자신을 자제해야만 했던 빌포르는, 과연 아버지가 바라는 것이 무엇인지를 도무지 짐작하지 못한 채 이렇게 생각했다.

그는 공증인이 지명한 두 번째 공증인을 불러오라고 시킬 생각으로 몸을 돌렸다. 그러나 그때는 모든 이야기를 듣고 이미 주인의 생각을 눈치챈 바루아가 벌써 떠나고 난 뒤였다.

그래서 검찰총장은 아내를 불러오라고 일렀다.

15분 뒤, 모두가 노인의 방에 모였다. 벌써 두 번째 공증인도 와 있었다.

두 공증인은 간단한 몇 마디 말을 주고받은 것만으로 상담이 끝났다. 먼저 노인에게 막연하고 평범한 유언의 형식을 읽어 주었다. 계속해서 노인의 지능검사라도 하려는 듯이 첫 번째 공증인이 노인에게 말했다.

"유언장이라는 것은 한 사람을 위해 만들어지는 것입니다."

"그렇소." 노인이 대답했다.

"노인께서는 자신의 재산이 어느 정도 액수에 달하는지 알고 계십니까?"
"알고 있지."
"지금부터 점점 수를 늘려서 불러보겠습니다. 노인의 재산을 나타내는 숫자까지 오면 거기서 멈추라는 신호를 하십시오."
"그러지."
질문에는 어떤 숙연함이 담겨 있었다. 그리고 지능과 육체의 투쟁이 이처럼 확연하게 나타났던 적은 없었다. 숭고하다고까지는 말할 수 없을지 모르나 적어도 진기한 광경임에는 틀림없었다.
모두가 빌포르를 중심으로 둘러앉았다. 두 번째 공증인은 테이블 앞에 앉아 서류를 쓸 자세를 취하고 있었다. 첫 번째 공증인은 노인 앞에 서서 질문을 했다.
"가지고 계신 재산이 30만 프랑을 넘습니까?"
노인은 그렇다는 신호를 했다.
"40만 프랑이십니까?"
공증인의 물음에 노인은 아무런 신호도 하지 않았다.
"50만 프랑?"
노인은 여전히 움직이지 않았다.
"60만? 70만? 80만? 90만 프랑?"
노인이 이제야 그렇다고 대답했다.
"90만 프랑입니까?"
"그렇소."
"그것은 부동산인가요?" 공증인이 물었다.
노인은 아니라는 표시를 했다.
"공채증서인가요?"
노인은 그렇다는 표시를 했다.
"그 증서는 노인께서 가지고 계신가요?"
노인이 바루아에게 눈짓을 하자 바루아가 나가더니 조그만 상자 하나를 가지고 들어왔다.
"이 상자를 열어봐도 되겠습니까?" 공증인이 물었다.
노인은 그러라고 대답했다.

상자를 열었다. 그 속에는 90만 프랑의 공채증서가 나왔다.
첫 번째 공증인은 증서를 한 장 한 장 동료의 손에 건네주었다. 정말 노인이 말한 액수가 그대로 들어 있었다.
"됐습니다." 공증인이 말했다. "틀림없이 완전한 지력을 가지고 계십니다." 그러고 나서 노인 쪽을 돌아보며 말을 이었다. "그렇다면 노인께선 90만 프랑의 자본을 가지고 계십니다. 또한 현재와 같이 그 자본을 투자해 놓으시면, 연간 대략 4만 프랑의 수입을 가지고 계신 겁니다. 맞습니까?"
"그렇소." 노인이 대답했다.
"이 재산을 누구에게 남겨 주시겠습니까?"
"오!" 빌포르 부인이 말했다. "그건 알고 있어요. 아버님께선 손녀만 귀여워하세요. 6년째 발랑틴이 할아버지를 돌보고 있습니다. 그동안 극진히 간호한 덕분에 할아버지의 사랑을, 사랑이라기보다는 감사의 마음까지 차지하게 되었지요. 지금까지의 헌신적인 간호에 대한 보상으로 발랑틴이 상을 타게 되는 건 당연한 일이겠죠."
노인의 눈이 반짝였다. 그것은 빌포르 부인의 거짓 태도에 절대로 속지 않겠다는 무언의 표시 같았다.
"그럼, 노인께선 발랑틴 양에게 이 90만 프랑을 물려주시겠습니까?" 공증인이 물었다. 그는 이 조문을 그대로 기재해버려도 되리라고 생각했지만, 만일을 위해 노인의 동의를 확인하고, 그 동의를 이 묘한 광경의 입회인 모두에게 확인시켜주려고 했던 것이다.
발랑틴은 한 걸음 뒤로 물러서서 눈을 내리깔고 눈물을 흘리고 있었다. 노인은 애정에 찬 눈으로 잠시 손녀를 바라보았다. 그러고 나서 공증인 쪽을 보더니 의미심장한 뜻을 담아 눈을 깜박여 보였다.
"그럼, 아닙니까?" 공증인이 물었다. "발랑틴 드 빌포르 양을 총괄 상속자로 삼지 않으시겠습니까?"
노인은 아니라고 표시했다.
"진실로 아니라는 말씀이십니까?" 공증인이 깜짝 놀라 외쳤다. "분명히 그렇지 않다는 뜻입니까?"
"아니야." 노인이 같은 대답을 되풀이했다.
발랑틴은 고개를 들었다. 발랑틴은 어리둥절했다. 상속자가 아니라는 것 때

문이 아니라, 자신의 어떤 행동이 노인으로 하여금 이러한 감정을 표시하도록 만들었는지 생각했기 때문이었다. 그러나 노인은 깊은 애정을 표시하며 발랑틴을 바라보았다. 그래서 소녀는 그만 큰 소리로 이렇게 말했다.

"할아버지! 전 알겠어요. 할아버지께선 제게 재산만 안 주시는 거죠? 그리고 할아버지의 마음은 늘 제게 주시는 거지요?"

"그렇다, 분명히 그렇단다." 노인은 눈을 감아 보였다. 발랑틴은 그러한 노인의 표정에서 노인의 감정을 쉽게 알아볼 수 있었다.

"기뻐요, 기뻐요." 소녀는 중얼거렸다.

한편, 노인의 이러한 거절은 빌포르 부인의 마음에 뜻하지 않은 희망을 생기게 했다. 부인은 노인의 앞으로 다가서며 물었다.

"그럼, 아버님, 손자인 에두아르에게 남겨주시겠지요?"

노인은 무섭게 눈을 깜박여 보였다. 거기에는 증오에 가까운 감정이 담겨 있었다.

“아니라고 말씀하십니다.” 공증인이 말했다. “그럼, 여기 계신 아드님 빌포르 씨에게 물려주시려고요?”

“아니야.” 노인이 대답했다.

두 공증인들은 어리둥절해서 서로 얼굴을 마주보았다. 빌포르 부부는 얼굴이 확 달아오름을 느꼈다. 한 사람은 부끄러움으로, 또 한 사람은 분노로 얼굴이 달아올랐던 것이다.

“할아버지, 저희가 할아버지께 뭘 잘못했나요?” 발랑틴이 물었다. “할아버진 이제 저희를 사랑하시지 않는군요!”

노인은 아들과 며느리를 쓱 보더니, 이번에는 애정 어린 부드러운 시선이 발랑틴에게 멈추었다.

“그렇다면 할아버지!” 발랑틴이 다시 말을 이었다. “할아버지께서 저를 사랑하신다면, 지금의 이 일과 그 사랑을 연관시켜 생각해주세요. 할아버지께서도 제가 할아버지의 재산에 대해서는 생각해 본 적도 없다는 걸 알고 계시지요? 그리고 전 어머니께 물려받은 유산만으로도 충분히 부자라고 들었습니다. 그러니 말씀을 해보세요.”

노인은 활활 타오르는 눈으로 발랑틴의 손을 응시했다.

“제 손 말씀이세요?” 발랑틴이 물었다.

“그렇다.” 노인이 대답했다.

“오, 손이라니요?” 모두들 한마디씩 그 말을 되풀이해 물었다.

“아! 여러분! 이제 아시겠죠? 다 소용없는 일입니다. 가엾은 제 아버지께선 실성하신 거예요.” 빌포르가 말했다.

“아!” 갑자기 발랑틴이 소리쳤다. “알겠어요. 제 결혼 얘기군요. 그렇죠?”

“그래, 그래, 그래.” 노인은 세 번이나 대답했다. 대답을 하느라고 눈을 깜박일 때마다, 그 눈에는 불빛이 번뜩였다.

“그 결혼을 싫어하시는 거지요?”

“그래.”

“무슨 그런 바보 같은.” 빌포르가 말했다.

“실례합니다만, 선생님,” 공증인이 말했다. “저는 이 모든 것을 지극히 논리적이고 훌륭하게 완전히 이해할 수 있습니다.”

"할아버지는 저와 프란츠 데피네 씨가 결혼하는 것이 싫으세요?"
"그래, 싫다." 노인의 눈이 대답했다.
"그러니까 발랑틴 양이 노인의 뜻에 맞지 않는 결혼을 하기 때문에 재산을 상속하지 않으시겠단 말씀이군요?" 공증인이 외쳤다.
"그렇소." 노인이 대답했다.
"만약 손녀께서 그 결혼을 하지 않으면 상속을 하시겠단 말씀이고요?"
"그렇소."
노인과 그 주위에는 무거운 침묵이 흘렀다.
공증인들은 서로 무엇인가를 상의하고 있었고, 발랑틴은 두 손을 모은 채 감사의 미소를 지으며 노인을 바라보고 있었다. 빌포르는 얇은 입술을 깨물고 있었다. 빌포르 부인은 기쁨을 참지 못해서 얼굴빛이 환해졌다.
"그러나," 빌포르가 이 침묵을 깨뜨렸다. "이 결혼을 위해 의견을 말할 권리가 있는 사람은 나뿐인 것 같소. 내 딸의 결혼에 간섭할 수 있는 것은 나밖에는 할 수 없습니다. 그런 내가 프란츠 데피네 씨와 결혼할 것을 원하고 있습니다. 따라서 반드시 저 애는 결혼해야 할 것입니다."
발랑틴은 의자에 주저앉아 눈물을 흘렸다.
"그러면," 공증인이 노인을 향해서 말했다. "발랑틴 양이 프란츠 씨와 결혼할 경우엔 그 재산을 어떻게 하실 생각이십니까? 역시 처분을 하려고 생각하십니까?"
"그렇지." 노인이 대답했다.
"가족 중 한 사람한테 주실 건가요?"
"아니야."
"그럼 가난한 사람들에게 주실 건가요?"
"그렇소."
"그렇지만," 공증인이 말했다. "알고 계시리라 생각합니다만, 가족들에게 전혀 재산을 상속하지 않는 것은 법으로 금하고 있다는 사실을 알고 계시죠?"
"알지."
"그럼, 법률이 허락하는 정도의 재산만을 처분하시려는 겁니까?"
노인은 아무 대답도 하지 않았다.
"그럼 재산 모두를 처분하시려고요?"

"그렇소."

"하지만 당신이 돌아가신 뒤에 가족들이 유언을 지키지 않으면 어떡하죠?"

"안 되지."

"아버진 저를 잘 알고 계십니다." 빌포르 씨가 말했다. "아버지는 자신의 유언이 제게 있어서 절대적이라는 사실을 알고 계십니다. 더군다나 저 같은 지위에 있는 사람은 가난한 사람들을 상대로 소송할 수 없다는 것도 알고 계시니까요."

노인의 눈에 승리의 빛이 떠올랐다.

"그럼, 어떻게 하시겠습니까?" 공증인이 빌포르에게 물었다.

"난 아무 할 말도 없소. 아버지가 결정하신 겁니다. 저는 아버지께서 한 번 정하신 것은 절대로 굽히지 않으신다는 것도 알고 있죠. 전 단념하겠습니다. 90만 프랑의 돈은 우리 집에서 떠나고, 그 돈은 병원에 쓰이겠지요. 그러나 제가 노인의 변덕에 양보할 수만은 없습니다. 제 양심이 시키는 대로 따를 생각입니다."

이렇게 말하고 나서 빌포르는 노인이 마음대로 유언을 하도록 내버려두고, 아내와 함께 밖으로 나갔다.

유언장이 작성되었다. 곧 입회인들이 불려와 노인의 유언을 승인하고, 모두가 보는 앞에서 유언장을 봉인한 뒤에 이 집안의 공증인인 데샹 씨가 이를 보관하게 되었다.

전신중계탑

자기들 거처로 돌아온 빌포르 부부는 몬테크리스토 백작이 찾아와 이미 객실에서 기다린다는 말을 들었다. 부인은 곧장 객실로 들어가기에는 아직 흥분이 가라앉지 않았으므로 먼저 침실로 들어가기로 했다. 그러나 부인에 비해 훨씬 침착한 검찰총장은 곧 객실 안으로 들어갔다.

그러나 그가 아무리 흥분을 억제하고 태연한 표정을 지어도 얼굴 위에 드리워진 어두운 그림자는 감출 수 없었다. 환한 미소를 띤 백작은 곧 빌포르의 침울하고 생각에 잠긴 표정을 눈치챘다.

"오! 이런!" 인사말이 끝나자 백작은 이렇게 말했다. "빌포르 씨! 무슨 일이라도 있으십니까? 무슨 중대한 기소장이라도 작성하시는데, 제가 와서 방해한 건 아닙니까?"

빌포르는 억지로 웃었다.

"아닙니다, 백작. 피해자는 바로 접니다. 제가 패소한 것이고, 변덕과 고집 그리고 광기 같은 것 때문에 논고를 망쳤습니다."

"무슨 말씀이시지요?" 백작은 일부러 흥미 있는 척하며 물었다. "정말 무언가 좋지 않은 일이 생기신 모양이군요."

"아뇨." 빌포르는 침통하지만 침착하게 말했다. "뭐, 얘기할 만한 거리도 못 됩니다. 아무것도 아닙니다. 그저 사소한 금전적인 손실일 뿐입니다."

"그렇군요." 백작이 대답했다. "금전상의 손실이라면, 당신같이 재산도 많고 높은 지성을 가진 분에게는 정말 아무것도 아니겠죠."

"그러니까," 빌포르가 말했다. "금전 문제에 속이 상한 건 아닙니다. 사실 90만 프랑쯤 되면 확실히 약이 오르거나 적어도 억울할 만한 돈이긴 하죠. 하지만 제가 마음이 상한 건 운명이랄까, 우연이랄까, 또는 숙명이랄까...... 어쨌든 뭐라 말해야 좋을지 모를 힘에 제가 한 방 먹었고, 행운을 향한 희망이 무너지고, 멍청한 노인의 변덕이 내 딸의 장래까지도 망쳐버릴지 모른다는 사실 때문입니다."

"네? 그건 또 무슨 말씀이십니까?" 백작이 외쳤다. "90만 프랑이라고 그러셨습니까? 그 정도면 조금 전 당신이 말씀하신 대로 아무리 지성이 높은 사람이라도 약이 오를 만한 액수지요. 그런데 누구 때문에 그렇게 되셨나요?"

"아버님 때문이죠. 아버님에 대해서는 전에 말씀드린 일이 있었죠?"

"누아르티에 씨 말인가요? 분명 그때 당신은 누아르티에 씨께선 전신불수가 되어 거의 모든 기능을 못 쓰게 되어버렸다고 하셨던 것 같은데요."

"네, 육체적인 기능은 그렇죠. 몸을 움직이시지도 못하고, 말도 못하십니다. 그러면서도 자신의 생각이라든가, 무엇인가 바라는 점이 있을 땐, 행동으로 나타낼 수 있단 말씀입니다. 지금도 막 아버님께 갔다 오는 길인데, 아마 지금쯤 아버님은 공증인 두 사람에게 유언장을 쓰게 하고 계실 거예요."

"아니, 그럼 말씀을 할 수 있게 되셨나요?"

"말씀은 못해도 의사를 전달할 수가 있습니다."

"아니, 어떻게요?"

"눈으로요. 눈은 여전히 살아 움직이니까요. 그 눈으로 이렇게 사람도 죽이실 수 있답니다."

"여보," 방 안으로 들어온 빌포르 부인이 남편에게 말했다. "당신은 문제를 너무 부풀려서 생각하시는 거 아니에요?"

"오, 부인." 백작은 인사하며 말했다.

빌포르 부인도 매우 우아한 미소로 백작에게 답례를 했다.

"빌포르 씨에게 들었는데, 도대체 어떻게 된 일이지요?" 백작이 물었다. "도대체 이 무슨 영문도 모를 일입니까? 무슨 역정이라도 나셨나요?"

"영문도 모르는! 바로 그겁니다." 검찰총장은 어깨를 으쓱하며 말을 이었다. "순전히 노인네 변덕이지요!"

"그럼, 생각을 돌리시게 할 방법이 없나요?"

"있지요." 빌포르 부인이 말했다. "남편만 그렇게 하려고 마음먹으면, 발랑틴에게 불리한 그 유언서를 유리하게 만들 수도 있지요."

백작은 이들 부부가 무엇인가 말을 돌려서 얘기하자 일부러 다른 생각을 하는 체하며, 에두아르가 새장 물통에 잉크를 붓는 모습을 감탄한 표정으로 주의 깊게 보았다.

"이봐요," 빌포르는 아내에게 말했다. "당신도 알다시피, 난 집에서 가장 행세를 하고 싶지도 않고, 또 세상일이 내가 머리를 한 번 끄덕한다고 해서 그걸로 결정되리라고는 생각해 본 일도 없소. 그러나 이번 일은 내 결정이 존중되었어야 한단 말이요. 그래서 노인의 망령이나 변덕 때문에, 내가 몇 년 전부터 마음속에 결정해 놓은 계획이 뒤집혀서는 안 되는 거요. 당신도 알고 있듯이 데피네 남작은 내 친구요. 그러니 그 사람 아들과의 혼인이라면 더 바랄 게 없지 않느냔 말이오."

"당신은," 부인이 말했다. "발랑틴이 아버님하고 같은 생각인 줄 아세요? ...... 사실 그 애는 늘 이 결혼을 반대해 왔어요. 그러니 조금 전에 우리가 보고 들은 일들이 다 두 사람이 짜놓은 계획을 실행한 것일지도 모르잖아요?"

"그렇지만," 빌포르가 말했다. "그런 일로 90만 프랑이라는 재산을 버릴 리는 없지 않아?"

"그 애는 이 세상이라도 버릴 수 있는 아이예요. 1년 전에도 수도원으로 들어가려고 했잖아요."

"그런 건 아무래도 괜찮아." 빌포르가 말했다. "어떻든 난 이 결혼을 꼭 성사시켜 보일 테니까."

"아버님의 뜻을 거역하고서라도 말이에요?" 부인은 다른 쪽에서 공격해 왔다. "큰일 날걸요."

몬테크리스토 백작은 아무것도 들리지 않는 척하면서 실은 그들 사이에 오가는 말을 단 한마디도 놓치지 않았다.

"나는," 빌포르가 다시 말했다. "늘 아버님을 존경해왔다고 말할 수 있어. 그건 내가 자식이라는 감정과 아버지의 정신력이 우수하다는 사실을 알고 있기 때문이지. 다시 말해서 아버지란 존재는 우리를 태어나게 해준 사람이고 우리의 스승이라는 두 가지 의미를 가진 신성한 존재란 말이야. 그러나 오늘에 와서 난, 아버지를 조금 증오했다고 해서 자기 아들까지 증오하려는, 노인네 맘속에 있는 이성의 존재를 인정할 수 없어. 내가 아버지의 노망에 따라 행동한다면 그건 웃음거리밖엔 안 될 테니까. 앞으로도 아버지에 대한 내 깊은 존경심은 변하지 않을 것이오. 그러니까 아버지가 내게 내린 금전상의 처분은 아무 소리 않고 받아야지. 그러나 내가 결정한 일만은 조금도 굽힐 수 없소. 그리고 어느 쪽이 옳았는가에 대해선 세상이 가려 주겠지. 그러니까 난 내 딸

을 프란츠 데피네 남작에게 시집보내겠소. 내가 보기에 더할 나위 없이 좋은 결혼이니까. 그리고 무엇보다도 난 내 딸을 내가 좋아하는 사람에게 줄 생각이고."

"뭐라고요?" 검찰총장으로부터 줄기차게 눈으로 동의를 해달라는 청을 받은 백작이 말했다. "누아르티에 씨께선 따님이 데피네 남작과 결혼한다면 상속하지 않겠다고 그러셨다고요?"

"그렇죠! 그게 이유라는군요." 빌포르는 어깨를 으쓱하면서 말했다.

"적어도 표면상의 이유는 그렇지요." 부인이 말했다.

"그게 바로 진짜 이유라오. 난 아버지라는 분을 잘 알지."

"그게 믿어지세요?" 부인이 말했다. "그렇다면 한 가지 물어보겠는데, 아버지께선 왜 데피네 남작을 싫어하시는 거죠?"

"정말 그렇군요." 백작이 말했다. "프란츠 데피네 남작이라면 저도 만나본 일이 있어요. 케넬 장군의 아드님으로, 샤를 10세 때 남작이 된 분이죠?"
"그렇지요." 빌포르가 말했다.
"그 젊은이는 아주 훌륭해 보이던데요."
"그러니까 그건 핑계에 지나지 않는다는 거예요." 빌포르 부인이 말했다. "노인네들은 귀여워하는 것에 대해서는 아주 폭군이거든요. 그러니까 그토록 아버님은 손녀를 시집보내고 싶지 않으신 거예요."
"하지만 노인께서 프란츠 데피네 남작을 증오하시는 데는 뭔가 이유가 있지 않을까요?"
"그런 거야 대체 누가 알 수 있겠습니까?"
"이를테면 정치적 반감이라든가?"
"하긴, 제 아버님과 데피네 씨의 아버지는 파란만장한 시기를 같이 겪으신 분들이죠. 저야 그런 시대가 끝나갈 무렵밖에는 알지 못하지만 말입니다." 빌포르가 말했다.
"아버님께서는 보나파르트 파가 아니셨던가요?" 백작이 물었다. "언젠가 그런 얘길 하셨던 걸로 기억하는데요."
"제 아버님은 자코뱅 당원이었지요." 빌포르는 감동한 나머지 저도 모르게 신중함을 잃고 말을 이었다. "그러니까 나폴레옹한테서 받은 원로원 제복은 다만 아버지의 모습만 바꿔놓았을 뿐, 인간마저 바뀌었던 것은 아니죠. 아버지가 음모를 꾸몄다고 하더라도 그것은 나폴레옹을 위해서가 아니라, 순전히 부르봉 왕가에 반기를 들기 위해서였습니다. 아버님은 굉장히 무서운 생각을 품고 계셨습니다. 그러니까 아버님께선 지금까지 실현 불가능한 꿈을 위해서 싸우신 적은 단 한 번도 없고, 늘 실현 가능한 것만을 위해 싸워오셨습니다. 그리고 그것을 성공시키기 위해서는 어떤 수단이라도 가리지 않는다는 무서운 산악당(山岳黨)*1의 이론을 실행해 왔습니다."
"그겁니다!" 백작이 말했다. "바로 그 점이죠. 부친께선 데피네 씨와 정치적으로 충돌했던 것이군요. 데피네 장군은 나폴레옹 군대에 복무하고는 있었지만, 마음속으로는 왕당파에 동조했던 게 아닐까요? 그래서 장군은 동지를 만나려고 자신을 부른 나폴레옹 클럽에 갔다가 돌아오는 길에 암살당한 게 아

*1 지롱드 당과 손을 잡았던 프랑스 혁명기의 과격파. 후에 지롱드당과 분열하여 비교적 온건한 공화주의를 신봉했음.

닐까요?"

빌포르는 공포에 가까운 얼굴로 백작을 바라보았다.

"제 생각이 틀렸습니까?" 백작이 물었다.

"아닙니다." 빌포르 부인이 말했다. "말씀하신 대로입니다. 백작께서 지금 말씀하신 그 사건 때문에, 남편은 딸아이를 그리로 시집보내어 아버지들끼리의 증오를 자식들의 사랑으로 없애버리려는 것이지요."

"참 훌륭한 생각이십니다!" 백작이 말했다. "자비가 넘치는 생각이십니다. 세상 사람들도 격찬할 겁니다. 발랑틴 양이 프란츠 데피네 부인이라고 불리게 된다면 참 아름다운 일이겠군요."

빌포르는 몸을 떨며 백작이 과연 어떤 저의에서 그런 말을 했는지 그 속마음을 꿰뚫어 보기라도 하려는 듯 그를 바라보았다.

그러나 백작은 여느 때와 조금도 다름없는 상냥한 미소를 띠고 있었다. 그러나 검찰총장은 이번에도 백작의 웃는 표정밖에는 아무것도 포착할 수 없었다.

"그래서," 빌포르는 말을 이었다. "발랑틴에게는 할아버지의 재산을 받을 수 없는 것이 큰 불행이겠지만, 그것 때문에 결혼을 안 할 수는 없다고 생각합니다. 그리고 데피네 군도 이러한 금전상의 손실 때문에 물러서지는 않을 거고요. 그에 대한 약속을 지키기 위해서 이렇게 금전까지 희생하고 나선 것을 높이 사주겠지요. 그리고 발랑틴이 그녀를 몹시 귀여워하는 외할아버지 생메랑 후작부부가 관리하고 있는 어머니의 유산을 상속받으면 그것만으로도 충분히 부자라는 것도 생각하고 있을 테고요."

"그 생메랑 후작부부도, 발랑틴이 할아버지께 했듯이 신경을 쓰고 시중들어 드려야 할 분들이지요." 빌포르 부인이 말했다.

"게다가 그분들은 이제 한 달만 있으면 파리에 오시거든요. 발랑틴도 이번에 이렇게 할아버지한테 모욕을 당했으니, 이제부터는 그전처럼 할아버지의 시중을 들지 않아도 되겠지요."

백작은, 부인이 자존심 상하고 이해관계가 완전히 사라진 사실 때문에 제정신이 아닌 듯한 말투로 이야기하는 것을 재미있는 듯이 듣고 있었다.

"하지만," 백작은 잠시 침묵한 뒤에 말했다. "이제부터 말씀드릴 내용에 대해서 미리 용서를 빌겠습니다만, 부친께서 발랑틴 양이 자기가 미워하는 사람의 아들과 결혼하기 때문에 재산을 상속하지 않으시겠다면, 저 귀여운 에두아르한테까지 안 주실 이유는 없지 않을까요?"

"그렇죠?" 빌포르 부인이 뭐라고 설명하기 어려운 목소리로 말했다. "그래선 안 되는 거죠? 말도 안 되는 일이죠? 에두아르도 발랑틴과 똑같은 저희 자식인데 말이에요. 그런데도 아버님께선 만일 발랑틴이 프란츠와 결혼하지 않는다면 재산을 모두 발랑틴에게 주시겠다는 거예요. 에두아르는 집안의 명예를 지니고 있고, 게다가 발랑틴은 할아버지의 유산을 물려받지 못하더라도, 에두아르보다 3배나 부자가 아닌가요."

이야기가 적중한 것을 보고, 백작은 얘기를 듣기만 할 뿐 아무 대꾸도 하지 않았다.

"자, 백작," 빌포르가 말했다. "이런 시시한 집안 얘기는 이제 그만두십시다. 앞으로 우리 집 재산으로 가난한 사람들의 주머니를 두둑하게 해주겠지요. 그런데 사실 가난하다는 사람들이 오늘날에는 더 부자이니 말입니다. 아버님은 이렇다 할 이유도 없이 저에게서 정당한 희망을 거두어 가시려나 봅니다. 하지만 저는 이성이 있고 인정도 있는 인간으로서 행동할 생각입니다. 이미 프란츠 데피네 군에게 연간 그 금액을 준다고 약속했습니다. 나 자신이 궁핍한 생활을 하게 되더라도 그것만은 꼭 지키려 합니다."

"하지만," 빌포르 부인은 마음속으로 끊임없이 속삭이고 있는 그 생각으로 되돌아와 말했다. "그보다는 데피네 씨에게 이번 일을 털어놓고 얘길 하는 편이 낫지 않을까요? 그래서 그쪽에서 먼저 약속을 취소하게 하는 게 어떨까요?"

"그렇게 되면 큰일이지!" 빌포르가 말했다.

"큰일이라니요?" 백작이 물었다.

"물론 큰일이지요." 빌포르는 다시 침착한 태도로 말했다. "파혼이란 건 그게 만일 금전상의 이유 때문이라 해도 나이 어린 처녀에겐 큰 오점이 되니까요. 게다가 내가 지워버리려고 하던 옛날 그 소문이 다시 되살아날 거고요. 아니, 큰일은 안 일어날 겁니다. 데피네 군이 정말 훌륭한 청년이라면, 발랑틴이 유산을 물려받지 못하게 됐다는 것을 듣고 전보다도 더 태도가 확실해질지도 모르지요. 그렇지 않으면 순전히 돈이 목적이었던 것이 될 테니까요. 그런 일은 절대로 없을 겁니다."

"저도 빌포르 씨 말씀에 동감입니다." 백작은 계속 빌포르 부인을 바라보며 말했다. "만약 제가 그분에게 충고할 수 있는 정도의 친구라면, 이 일이 다시는 잘못되지 않도록 단단히 마음을 정하라 권하고 싶습니다. 데피네 씨가 곧 돌아올 것 같다는 얘길 들었으니 말입니다. 어떻게든지 빌포르 씨의 체면이 설 수 있도록 제가 도와 드려야겠는데."

빌포르는 눈에 띄게 기분이 좋아져서 일어섰다. 한편 빌포르 부인은 얼굴빛이 조금 변했다.

"고맙습니다," 빌포르가 말했다. "이거야말로 제가 바라던 바입니다. 저로서는 당신 같은 분의 의견에 따르고자 합니다." 이렇게 말하면서 그는 백작 쪽으로 손을 내밀었다. "그럼, 우리 모두 오늘 일은 전혀 없었던 것으로 합시다. 즉 우리의 계획에는 어떤 변화도 없는 겁니다."

"빌포르 씨," 백작이 말했다. "세상이란 공평하다고는 할 수 없지만, 당신의 결심에는 반드시 만족하리라 생각합니다. 당신의 친구분들도 분명 자랑스럽게 생각할 테고요. 그리고 데피네 씨도, 설마 그렇게야 안 되겠지만, 혹시 발랑틴 양과 진짜로 지참금 없이 결혼하게 되더라도 약속을 지키고 의무를 다하기 위해서, 이렇게까지 희생을 감수할 줄 아는 분들의 가족이 되는 것을 틀림없이 좋아할 겁니다."

이렇게 말하면서 백작은 자리에서 일어나 떠날 준비를 했다.

"가시려고요?" 빌포르 부인이 말했다.

"가 봐야겠습니다. 오늘은 토요일의 약속을 잊지 마시라고 들렀을 뿐입니다."

"저희가 잊어버릴 줄 아셨어요?"

"부인께선 아주 친절하십니다. 그러나 주인께선 중요하고 또 시급한 용무들이 있으실 테니까요."

"남편도 약속하셨는걸요." 부인은 말했다. "보시다시피 모든 걸 다 잃게 되는데도 약속만은 지키는데, 모든 일이 잘되면 말할 것도 없지요."

"그럼," 빌포르가 물었다. "모이는 곳은 샹젤리제의 저택에서인가요?"

"아닙니다." 백작이 말했다. "와주시겠다니 기쁘게 생각합니다만, 실은 시골 별장에서 모입니다."

"시골이라고요?"

"그렇습니다."

"어딘데요? 파리에서 멀지는 않겠지요?"
"근교입니다. 파리 시문에서 한 반 시간쯤 가면 되는 오퇴유라는 곳입니다."
"오퇴유!" 빌포르가 소리쳤다. "그렇지, 집사람한테서 오퇴유에 사신다는 얘길 들었습니다. 거기서 집사람을 도와주셨지요. 그런데 오퇴유의 어디쯤입니까?"
"퐁텐 거리입니다."
"퐁텐 거리라!" 빌포르가 목멘 소리로 말을 이었다. "몇 번지지요?"
"28번지입니다."
"그럼," 빌포르가 소리쳤다. "생메랑 후작의 집을 산 게 당신이었습니까?"
"생메랑 후작 댁이라뇨?" 백작이 물었다. "그럼 그 집이 생메랑 후작의 것이었습니까?"
"그렇습니다." 빌포르 부인이 대답했다. "그런데 백작께선 그런 생각 안 드세요?"
"무슨 생각 말입니까?"
"아름다운 집이라고 생각되지 않으세요?"
"아주 아름다운 집이라고 생각합니다."
"그런데 이 양반은 거기서는 절대 살려고 하질 않으셨답니다."
"그래요?" 백작이 말했다. "무슨 선입견이라도 있으신 건지 알 수가 없군요."
"전 오퇴유를 좋아하지 않습니다." 검사는 애써 자신을 억누르면서 말했다.
"그렇지만," 백작은 걱정스러운 듯이 말했다. "그렇다고 해서 안 오시는 건 아니시지요?"
"그럴 리가요…… 되도록이면…… 아니, 어떻게든지 가도록 하겠습니다." 빌포르가 더듬으며 대답했다.
"오!" 백작이 말했다. "나중에 다른 말씀하시면 안 됩니다. 토요일 6시에 기다리겠습니다. 만약 안 오시면, 글쎄, 뭐라고 말씀드리면 좋을까요? 20년째 사람이 살지 않은 그 집에 무엇인가 불길한 전설이나 피비린내 나는 이야기라도 있다고 생각하겠습니다."
"갈 겁니다. 백작, 가겠습니다." 빌포르가 다급하게 대답했다.
"감사합니다." 백작이 말했다. "그럼, 이만 가보겠습니다."
"참, 가 봐야 한다고 그러셨죠." 빌포르 부인이 말했다. "그리고 왜 가셔야 하

는지도 말씀하시려고 했는데, 얘기가 그만 다른 데로 빠졌네요."

"그랬습니다, 부인." 백작이 말했다. "이제 어디에 가는지 들어주시겠습니까?"

"어머! 말씀해 주세요."

"지금까지 시간 가는 줄도 모르고 생각해 오던 것을 보러 갈까 합니다."

"그게 무엇인데요?"

"전신중계탑입니다. 이런, 그만 말하고 말았군요."

"전신중계탑이라고요?" 빌포르 부인이 물었다.

"네, 그렇습니다. 전신중계탑 말입니다. 저는 가끔, 아주 맑은 날이면 길 끝이나 언덕 위에서 전신중계탑이 커다란 딱정벌레의 다리처럼 까맣게 구부린 팔을 올리고 있는 것을 보았습니다. 그런데 그걸 보면 늘 마음이 싱숭생숭해지는 거예요. 왜냐하면 저는, 그런 미묘한 신호가 공중을 정확히 날아가서, 어느 책상 앞에 앉아 있는 사람의 알지도 못할 의사를 3백 리나 떨어진 곳의 또 다른 테이블 앞에 앉아 있는 저쪽 사람에게 전하기 위해, 전능한 인간의 의지로 검은 구름이나 푸른 하늘 위에 그려져 있는 것이 상상되기 때문입니다. 전, 그것이 정령이나 요정, 지정(地精), 신통력이라고까지도 생각했습니다. 그리고 즐거워하지요. 이제까지는 흰 배와 검고 가느다란 다리가 달린 그 거대한 벌레를 좀 더 가까이 가서 보고 싶다는 생각은 해본 적도 없었지요. 왜냐면 그런 돌로 만들어진 벌레의 날개 밑에서, 점잔을 빼고 박식이라는 것을 코에 걸고, 학문과 요술 또는 마술로 꽉 찬, 인간이라는 이름의 조그만 정령을 발견하는 것이 두려웠기 때문입니다. 그런데 어느 날, 이러한 전신중계탑을 움직이고 있는 것이 일 년에 1천2백 프랑의 급료를 받고 일하는 가난한 전신기사란 사실을 알았지요. 그 남자는 하늘을 바라보는 천문학자나 물을 들여다보는 낚시꾼이나 또는 멍하니 경치나 바라보는 그런 사람들처럼, 그곳에서 4, 5리나 떨어진 곳에서 똑같이 하얀 배에 검은 다리를 하고 있는 상대편 전신중계탑을 온종일 바라보며 살고 있었어요. 그러자 저는, 그러한 번데기 같은 사나이에게 좀 더 가까이 다가가서, 자기 고치 속에서 또 다른 번데기를 향해 몇 가닥의 실을 계속적으로 뽑아내고 있는 모습을 보고 싶은 충동을 느꼈지요."

"그래서 가 보시려고요?"

"그렇습니다."

"어디 있는 전신중계탑인가요? 내무성의 것인가요? 천문대의 것인가요?"

"그런 데는 아니지요. 그런 곳에 가면 알고 싶지도 않은 것을 억지로 가르쳐 주려는 사람들, 그리고 이쪽 기분 같은 건 아랑곳하지도 않고 자기도 모르는 이상한 것의 정체를 설명해 주겠다는 사람들이 많을 테니까요. 그런 건 딱 질색입니다. 저는 벌레라는 환상만을 언제까지나 가지고 싶은 겁니다. 인간에 대한 환상을 이미 잃어버렸으니까요. 그래서 내무성의 전신중계탑이나 천문대의 전신중계탑에는 가지 않을 생각입니다. 제가 가보고 싶은 곳은 벌판 한가운데에 있는 전신중계탑입니다. 그곳에 가서 그 전신중계탑 속에서 화석같이 되어 가고 있는 순수한 인간을 만나보고 싶은 겁니다."

"대 귀족치고 정말 특이한 분이시군요." 빌포르가 말했다.

"어느 선이 좋겠습니까?"

"지금 가장 많이 사용되고 있는 선이 좋겠지요."

"좋아요. 그럼, 에스파냐 선이겠군요?"

"그렇지요. 그럼 대신의 소개장을 받아서 설명이라도 들으시겠습니까?"

"아니요, 괜찮습니다." 백작이 대답했다. "아까도 말씀드렸다시피, 전 아무것도 알고 싶지 않습니다. 만약 무엇인가를 알게 되면 거기엔 이미 전신중계탑이 없어지고, 단지 '텔레 그라페인'*2이라는 두 자의 그리스어가 되어, 뒤샤텔 씨나 몽탈리베 씨로부터 바욘 지사에게 보내는 신호만 남을 테니까요. 저는 저 검은 다리를 가진 벌레나 무언가 무서운 기분이 들게 하는 말을 언제까지나 순수하고 감탄할 만한 것으로 가지고 싶은 것입니다."

"그럼, 슬슬 가 보셔야지요. 두어 시간만 있으면 밤이 되서 아무것도 안 보일 테니까요."

"이런, 이거 야단났는데, 그럼 어디가 제일 가까울까요? 바욘 선이 있나요?"

"네, 바욘 선으로 가보세요. 샤티옹 전신중계탑일 겁니다."

"샤티옹 다음은요?"

"아마 몽레리 탑일 겁니다."

"고맙습니다. 그럼, 안녕히 계십시오. 토요일에 그 인상에 대해 말씀드리죠."

문 앞에서 백작은 두 공증인과 마주쳤다. 두 사람은 방금 발랑틴을 상속인에서 제외하는 수속을 끝내고, 자기들로서는 굉장히 자랑스러운 일을 끝마치고 기분이 좋아져 물러가는 길이었다.

---

*2 '멀리 쓰다'라는 뜻의 그리스어.

복숭아 갉아먹는 들쥐 걱정에서 정원사를 벗어나게 해주는 법

그가 말한 것과는 달리, 그날 저녁이 아닌 그 이튿날 아침, 몬테크리스토 백작은 앙페르 경계를 지나 오를레앙 한길로 나섰다. 전신중계탑이 길고 비쩍 마른 팔을 움직였는데도 그 앞에서는 멈추지 않고, 그는 리나 마을을 지나쳐 그대로 사람들이 다 알고 있는 이름으로 불리며 벌판의 가장 높은 곳에 서 있는 몽레리 탑에 도착했다.

백작은 언덕 아래 이르자 차에서 내려, 두 자가량 되는 너비의 구부러진 오솔길을 따라 산을 오르기 시작했다. 산꼭대기에 오른 백작은 분홍 꽃이나 하얀 꽃에 이어 새파란 열매가 열려 있는 어느 울타리 앞에 섰다.

이 작은 울타리 안으로 통하는 입구를 찾고 있던 백작은 어려움 없이 그것을 찾아낼 수 있었다. 그것은 조그만 나무문인데, 버들가지로 된 돌쩌귀를 돌리게 되어 있어, 못에다 끈을 매어서 잠그게 되어 있었다.

백작은 금세 이 문을 여닫는 방법을 알아냈다. 그리고 문을 열었다. 들어가 보니 길이 20자, 폭 12자가량의 자그마한 뜰이 나타났다. 그 뜰 한쪽은, 지금 문이라고 말한 묘한 장치가 되어 있는 울타리로 둘러싸여 있었고, 다른 한쪽엔 송악덩굴이 잔뜩 덮이고 개망초와 꽃무리가 피어 있는 낡은 탑이 있었다.

이 탑은 마치 손자들로부터 생일 축하를 받고 있는 할머니처럼, 주름살투성이인 데다가 꽃으로 둘러싸여 있었다. 벽에도 귀가 있다는 옛날 속담대로 이 탑에 그 무시무시한 귀와 입이 있다 하더라도, 자신이 본 무시무시한 참극을 이야기할 것 같지도 않았다.

정원은 붉은 흙이 깔린 길을 따라서 돌게 되어 있었다. 그리고 현대의 루벤스라고 불리는 들라크루아[*1]의 눈을 즐겁게 해줄 듯한 색조를 띤, 수년 묵은 오래된 나무가 정원 가장자리에 서 있었다. 정원 길은 8자 모양으로 되어 있어

*1 19세기 프랑스의 유명한 낭만파 화가.

서, 겨우 20자의 정원에서 60자나 되는 정원에서처럼 산책할 수 있도록 되어 있었다. 로마의 훌륭한 정원사들이 밝고 싱싱한 여신이라고 할 만한 초목도, 여태까지 이 작은 정원에서만큼 정성껏 순수하게 가꾸어지진 않았을 것이다.

이 화단을 이루고 있는 스무 그루의 장미나무 가운데, 파리가 앉았던 흔적이 있는 잎은 하나도 없었고, 습지에서 자라는 식물을 해치고 좀먹는 청목의 진디가 붙어 있는 줄기 하나 보이지 않았다. 그렇다고 해서 이 정원에 습기가 없는 것은 아니었다. 그을음처럼 새까만 땅과 불투명한 나무들의 잎이 그것을 충분히 증명하고 있었다. 그리고 정원 한쪽 모퉁이에 물이 가득 찬 물통이 묻혀 있는 걸 보아, 자연 그대로의 습기가 부족하다 하더라도 인공적인 습기로 보충했을 터였다. 통 속 양쪽 모퉁이의 그 푸른 수면 위에는 서로 성미가 맞지 않는지 개구리와 두꺼비가 계속 등을 돌리고 앉아 있었다.

게다가 정원 길에는 풀 한 포기 없었고, 화단에도 잡초 하나 찾아볼 수 없었다. 한 가정의 주부도 도기 화분에 심어진 제라늄, 선인장, 석남들을 아직 모습을 보이지 않는 이 집 주인보다 잘 보살펴주진 못했을 것이다.

몬테크리스토 백작은 끈을 다시 못에 꽂아 문을 닫은 뒤 걸음을 멈추고는 정원을 한번 둘러보았다.

"전신기사는 아마," 그는 말했다. "해마다 정기적으로 정원사를 쓰는 게 틀림없어. 그런 게 아니라면 스스로 원예 일을 돌보는 거겠지."

갑자기 그는 나뭇잎을 실은 손수레 뒤에 무엇인가 웅크리고 있는 것을 보았다. 상대는 놀라서 소리를 지르며 벌떡 일어섰다. 백작 앞에 나타난 것은 쉰 살가량에 딸기를 주워 포도 이파리 위에 늘어놓고 있던 호인으로 보이는 사나이였다.

거기에는 포도 이파리 열두 장과 그와 비슷한 개수의 딸기가 있었다.

사나이는 일어서다가 딸기와 포도 이파리 접시를 떨어뜨릴 뻔했다.

"딸기를 따고 계시군요?" 백작이 웃으면서 물었다.

"용서하십시오," 상대는 모자에 손을 갖다 대며 말했다. "자리를 비워서 죄송합니다. 하지만 지금 막 내려온 길입니다."

"방해할 생각은 없소." 백작이 말했다. "자, 아직 딸 게 더 있거든 계속 따시오."

"아직 열 개가 남았습니다." 사나이가 말했다. "여기 열 개가 있습니다. 작년에 비해 다섯 개가 늘어서 스물한 개가 열렸습니다. 그도 그럴 것이 올 봄은 따뜻했거든요. 딸기에 가장 중요한 건 따뜻함이니까요. 그래서 작년엔 열여섯 개였는데, 올핸 벌써 열한 개를 땄으니까 남은 건 열둘, 열셋, 열넷, 열다섯, 열여섯, 열일곱, 열여덟이라. 어, 두 개가 모자라네. 어제만 해도 있었는데, 분명 두 개가 더 있었습니다. 제가 세어 보았거든요. 시몽 할멈 아들이 훔쳐갔구나, 오늘 아침에도 이 근처를 얼씬거리더니 이런 고약한 놈! 정원에 들어와서 훔쳐 가다니! 그 녀석, 어떻게 될지도 모르고 있겠지."

"정말," 백작이 말했다. "심각하네요. 하지만 젊어서 한창 먹을 때라 그런 거니 봐주셔야죠 뭐."

"그야 그렇지요." 정원사가 말했다. "하지만 기분이 나쁜 건 변하지 않습니다. 그런데 실례합니다만, 이렇게 기다리시게 한 분이 혹시 제 상관님은 아니신지요?"

이렇게 말하며 정원사는 백작의 얼굴과 그 푸른 옷을 조심조심 살펴보았다.

"안심하십시오." 백작은 여느 때와 같이 미소로 답했다. 그의 미소는 그가 마음먹기에 따라 무섭게도 보이기도 하고 상냥하게 보이기도 했지만, 지금의 미소는 그저 상냥하기만 했다.

"전 감찰 나온 상관이 아닙니다. 난 여행자인데, 호기심에 들어와 봤을 뿐입니다. 오히려 제가 시간을 빼앗은 것 같아 사과하려던 참인 걸요."

"아닙니다, 아닙니다. 제 시간 같은 거야 아무래도 괜찮습니다." 사람 좋게 생긴 그 사나이는 쓸쓸하게 웃으며 대답했다. "하지만 이것도 나라의 시간이니 함부로 낭비해선 안 되겠지요. 그러나 한 시간 동안 쉬어도 좋다는 신호를 받았습니다. (이렇게 말하며 그는 해시계 쪽을 보았다. 몽레리의 정원에는 하나부터 열까지 모든 게 다 있어서 해시계까지도 있었다) 그리고 아직도 10분이나 시간이 더 있지요. 그런데다 딸기도 익었고, 만일 하루만 더 있으면……. 그런데 들쥐가 딸기를 먹는다는 것을 생각해 본 적이 있으신가요?"

"글쎄요, 없는데요. 그런 건 생각해 본 적도 없습니다." 백작은 진지하게 대답했다. "들쥐는 아주 귀찮은 존재입니다. 로마 사람들같이 그놈을 꿀에 재어서 먹지 않는 우리에게 있어선 말입니다."

"아니! 로마 사람들은 그걸 먹습니까?" 정원사가 물었다. "그 사람들이 들쥐를 먹었단 말씀입니까?"

"저도 페트로니우스*2의 책에서 읽었죠." 백작이 대답했다.

"그게 정말인가요? '들쥐처럼 살찐다'는 말이 있긴 하지만, 별로 맛이 없을 것 같은데요. 그리고 선생님, 들쥐가 살이 찌는 건 하나도 이상한 게 아닙니다. 낮에는 잠만 자다가, 밤이 되면 일어나서 밤새도록 갉아먹으니까요. 작년엔 살구가 네 개 있었는데, 그중 하나를 들쥐가 먹어 버렸지요. 천도복숭아도 하나 있었습니다. 그건 하나밖에 없었지요. 천도복숭아는 굉장히 귀한 과일이 아닙니까. 그런데 벽 쪽으로 난 것 중 반을 그놈들이 먹어 버렸지요. 맛도 아주 좋았습니다. 그렇게 맛있는 건 태어나서 처음 먹어 보았으니까요."

"그걸 먹었다고요?" 백작이 물었다.

"반 남아 있던 걸 먹었습니다. 얼마나 맛있던지. 들쥐란 놈들은 맛없는 열매

*2 로마의 역사가.

는 먹지 않더군요. 시몽 할머니의 아들도 똑같아요. 그 녀석도 좋지 않은 딸기는 안 따갔거든요. 그렇지만 올해는," 정원사는 말을 이었다. "그런 일이 없을 거예요. 열매가 익을 만하면 밤을 새워서라도 망을 볼 테니까요."

백작은 이로써 그 사람을 충분히 알 수 있었다. 사람은 누구나 마음 밑바닥까지 그를 갉아먹는 도락이라는 게 있다. 과일에게는 그 과일을 파먹는 벌레가 있듯이, 이 전신기사에게는 바로 정원이 그것이었다. 백작은 햇빛을 받지 못하게 포도송이를 가리고 있는 잎사귀들을 따기 시작했다. 이렇게 함으로써 그는 정원사의 마음을 샀다.

"전신중계탑을 보러 오셨습니까?" 사나이는 말했다.

"그렇습니다. 법이 금하지 않는다면 말입니다."

"금하다니요?" 사나이는 대답했다. "아무도 우리가 하는 말을 알아듣지 못하고, 또 알아들으려 해도 소용도 없고, 위험할 것도 없는걸요."

"하긴," 백작이 말했다. "전신기사들이 모르는 신호가 있으면 자꾸 되풀이만 한다면서요."

"그렇습니다. 그리고 결국 그렇게 하는 게 좋거든요." 전신기사는 웃으면서 대답했다.

"왜 그렇게 하는 게 더 좋죠?"

"그렇게 하면 이쪽에서 책임질 일이 없으니까요. 전 기계 이상의 아무것도 아닙니다. 그러니 움직이고만 있으면 그 이상 책임은 없는 거죠."

'이것 참,' 백작은 생각했다. '이렇게 되면 아무 야심도 없는 사나이한테 걸려든 셈인데, 이거 낭패로군.'

"그런데," 정원사는 해시계를 쳐다보며 말했다. "10분이 다 되어 가는군요. 제자리로 돌아가야겠어요. 선생께서도 저하고 같이 올라가시겠습니까?"

"올라가 보지요."

백작은 3층으로 나뉜 건물 속으로 들어갔다. 맨 아래층에는 삽이며 쇠스랑, 물뿌리개 같은 농기구들이 벽에 세워져 있었다.

이것들이 실내 장식의 전부였다.

2층은 전신기사가 늘 쓰는 방, 아니 방이라기보다는 침실에 가까웠다. 그곳에는 몇 가지 초라한 가구들이 있었다. 침대가 하나, 테이블이 하나, 의자가 둘, 돌로 된 물통이 하나, 그리고 천장에 매달려 있는 건초. 백작은 그것이 종자로 쓰기 위해 말려 둔 완두콩과 에스파냐 강낭콩임을 알 수 있었다. 그것들은 모두 식물원의 식물학자가 붙인 것처럼 면밀하게 패가 붙어 있었다.

"신호술을 배우려면 꽤 시간이 걸릴까요?"

"그리 오래 걸리지는 않습니다. 수습 기간이 좀 걸리지요."

"수당은 얼마나 받나요?"

"1천 프랑입니다."

"대단한 액수는 아니군요."

"네, 하지만 보시다시피 주거가 해결되니까요."

백작은 방 안을 둘러보았다.

'이 사람이 이 방에 미련을 안 가졌으면 좋겠는데.' 백작은 중얼거렸다.

3층으로 올라갔다. 그곳은 전신실이었다. 백작은 두 개의 쇠로 된 핸들을 번갈아 보았다. 그것으로 전신중계탑을 움직이는 것이다.

"재미있는 기계군요." 백작이 말했다. "그러나 이런 생활이 계속되면 좀 단조롭다는 생각은 안 드나요?"

"예, 그렇습니다. 처음엔 계속해서 바라보기만 하니까 고개가 다 굳어지지요. 그렇지만 1, 2년 지나면 익숙해집니다. 게다가 휴식 시간이나 휴일이 있으니까요."

"휴일이요?"

"예, 그렇습니다."

"언제가 휴일입니까?"

"안개가 끼는 날입니다."

"아, 그렇군요!"

"그런 날이 제게 있어선 명절입니다. 그런 날엔 정원에 내려가서 나무를 심고, 깎아주거나 다듬어주기도 하고, 벌레도 잡아주다 보면 시간이 금세 지나가지요."

"이곳엔 언제부터 계셨소?"

"10년째입니다. 거기다가 수습 기간이 5년이니까, 합해서 15년입니다."

"연세는?"

"쉰다섯입니다."

"앞으로 연금을 받으려면 얼마나 더 근무해야 하나요?"

"총 25년 있어야 합니다."
"얼마나 받게 되는데요?"
"100에퀴지요."
'참 딱하군!' 백작은 중얼거렸다.
"네?" 전신기사가 물었다.
"그냥 참 재미있다고 그랬습니다."
"뭐가요?"
"제게 보여주신 것들이 말입니다……. 그런데 당신은 신호 자체의 의미에 대해선 전혀 모르신단 말씀인가요?"
"전혀요."
"알려고 해보신 적은 없습니까?"
"한 번도요, 그럴 필요도 없습니다."
"하지만 직접 당신한테 보내는 신호도 있을 거 아닙니까?"
"그야 물론이죠."
"그것을 당신은 알 수 있나요?"
"그거야 늘 똑같은 신호이니까요."
"그건 어떤 신호죠?"
"'이상 없음…… 한 시간의 여유 있음……'이라든가 아니면 '그럼, 내일' 같은 거지요."
"간단한 것들이로군요." 백작이 말했다. "그런데 저것 보세요. 저쪽 전신탑이 움직이고 있는 게 아닙니까?"
"아, 그렇군요. 고맙습니다."
"무슨 신호인가요? 당신이 아실 만한 신호입니까?"
"네, 준비는 되었는지 묻고 있습니다."
"그럼 이쪽에서는 어떻게 대답하지요?"
"오른쪽 전신중계탑에서 준비가 되었다는 것을 알려오면, 동시에 왼쪽 전신중계탑으로 준비하라는 신호를 보냅니다."
"꽤 훌륭하게 되어 있군요." 백작이 말했다.
"자, 이제 보십시오." 사나이는 신이 나서 말했다. "5분만 있으면 저쪽에서 신호가 올 테니까요."

"그럼, 아직 5분은 남아 있군요." 백작이 말했다. "5분이면 충분하겠네요. 저기, 뭐 하나 물어보고 싶은 게 있는데 괜찮겠습니까?"
"네, 물어보십시오."
"영감님께서는 정원 가꾸기를 좋아하십니까?"
"무척 좋아합니다."
"그럼, 20자밖에 안 되는 땅보다는 2에이커쯤 되는 토지가 있다면 더 좋으시겠군요."
"그렇다면 지상낙원을 만들겠습니다."
"그건 그렇고, 1천 프랑 수입으로는 살기가 좀 어려우실 거 같은데요?"
"어렵지요. 그러나 어떻게든 살기는 합니다."
"정원이 빈약하군요."
"그건 그래요. 정원이 좁아요."
"그런데다 들쥐가 많아서 몽땅 갉아먹으니."
"글쎄, 그게 재난이지요."
"좀 여쭈어보고 싶은 게 있는데 오른쪽 중계탑에서 신호를 보낼 때, 불행히도 당신이 한눈을 팔게 될 경우엔 어떻게 되나요?"
"못 보게 되지요."
"그럼 어떻게 되죠?"
"같은 신호를 다시 보내지 못하게 되겠지요."
"그럼 어떻게 되는데요?"
"신호를 보내지 않았다는 이유로 벌금을 물게 됩니다."
"얼마나요?"
"100프랑입니다."
"수입의 1할이라, 그건 적지 않네요."
"그렇죠?" 전신기사가 말했다.
"여태까지 그런 일이 있었습니까?" 백작이 물었다.
"딱 한 번 있었습니다. 마침 개암나무를 접붙이고 있다가 그만."
"그래요? 그럼, 만약에 당신이 신호를 바꾸거나 다른 신호를 보내게 될 경우엔 어떻게 되나요?"
"그렇게 되면 얘긴 달라집니다. 저는 면직당하고 연금까지 없어지거든요."

"300프랑의?"
"예, 100에퀴짜리지요. 그러니까 그런 짓은 절대로 안 하게 되겠지요."
"그럼 수당의 15년분을 받는다면 어떻게 하시겠습니까? 그건 좀 생각해 볼 일이 아닐까요? 안 그렇습니까?"
"그럼, 1만5천 프랑이란 말씀인가요?"
"그렇죠."
"절 놀라게 하시려고 그런 말씀하시는 겁니까?"
"천만에!"
"그럼, 유혹하시려는 겁니까?"
"그렇습니다. 1만5천 프랑! 아시겠습니까?"
"잠깐만 실례하겠습니다. 오른쪽 수신 장치를 좀 보아야겠습니다."
"아니, 그걸 보지 말고 이걸 좀 보시오."
"그게 뭡니까?"
"이걸 모른단 말씀입니까?"
"그건 지폐가 아닙니까?"
"그렇소, 이게 15장 있소."
"이건 누구 겁니까?"
"원하신다면 드릴 수도 있지요."
"저한테요?" 전신기사는 목이 멘 듯이 소리쳤다.
"그렇지요. 전부 드리는 겁니다."
"아, 오른쪽 수신 장치가 움직이고 있군."
"내버려 두시오."
"방해하시지 마십시오. 이러다간 벌금을 내야 합니다."
"벌금은 100프랑 아니오? 이 지폐 15장을 받는 편이 나을 텐데요."
"오른쪽 전신기사가 재촉합니다. 신호를 또 보내왔어요."
"내버려 두시오. 그리고 어서 이걸 받으시오."
백작은 지폐 뭉치를 전신기사의 손에 쥐여주었다.
"그리고," 백작이 또 말했다. "이게 다가 아니오, 1만5천 프랑으로는 충분히 살 수 없을 테니."
"하지만 제겐 직업이 있는데요."

"아니, 이 직업은 잃어버리게 될 거요. 왜냐하면 저쪽 신호와 다른 신호를 보내게 될 테니까."

"아니 그럼, 절더러 뭘 하라는 말씀입니까?"

"어린애 장난 같은 일이지요."

"하지만 강제로 시키지 않는 이상……."

"실은 강제로라도 그 일을 시킬 생각이오."

백작은 주머니에서 다른 지폐 뭉치 하나를 더 꺼냈다.

"여기 또 1만 프랑이 있소." 그는 말했다. "주머니 속의 1만5천 프랑과 합치면 2만5천 프랑이오. 5천 프랑으로는, 예쁘고 아담한 집 한 채와 2에이커짜리 정원을 사는 거요. 그리고 나머지 2만 프랑으로는 해마다 1천 프랑의 이자 수입을 얻을 수 있단 말이오."

"2에이커짜리 정원이오?"

"그리고 매년 1천 프랑이오."
"오오, 맙소사!"
"자, 어서 받아 둬요."
이렇게 말하며 백작은 1만 프랑을 전신기사의 손에 쥐여주었다.
"도대체 뭘 하는 건데요?"
"대단한 일은 아니오."
"뭔데요?"
"이 신호를 되풀이해 주기만 하면 되는 거요." 백작은 주머니에서 종이 한 장을 꺼냈다. 거기에는 세 개의 신호와 그것을 보내는 순서가 적혀 있었다.
"어때요, 별로 길지도 않지요?"
"하긴 그렇군요. 하지만……."
"이것만 하면 천도복숭아든 뭐든 다 손에 넣을 수 있단 말이오."
이 한마디가 결정적이었다. 사나이는 흥분으로 얼굴이 빨개져서 구슬땀을 흘리며, 오른쪽 전신기사의 무서운 연락 중단의 신호에도 불구하고 백작이 지시한 세 가지 신호를 차례대로 보냈다. 오른쪽 중계탑 전신기사는 이 갑작스러운 변화가 왜 일어났는지 전혀 몰랐기 때문에, 이쪽 전신기사가 미치기라도 한 줄로 생각하고 있었다. 한편, 왼쪽 중계탑 전신기사는 충실하게 같은 신호를 되풀이했다. 그 신호는 그대로 내무성에 접수되었다.
"자, 이제 당신은 부자가 됐소." 백작이 말했다.
"그렇죠." 전신기사가 대답했다. "하지만 도대체 어떻게 되는 걸까요?"
"이보시오." 백작은 말했다. "난 당신이 후회하게 하고 싶지는 않소. 내 말을 믿으시오. 나는 맹세코 누구에게도 잘못한 게 없어요. 오직 하느님의 뜻을 받들었을 뿐이오."
전신기사는 지폐 뭉치를 바라보며 그것을 만지작거리다가 세어보았다. 그의 얼굴빛이 붉어졌다 파래졌다 했다. 이윽고 그는 물을 마시려고 자기 방으로 달려갔다. 그러나 물 있는 곳에 가기도 전에 마른 강낭콩이 깔린 방한가운데서 정신을 잃고 쓰러졌다.
전신이 내무성에 도착하고 5분쯤 흘렀을 때, 드브레는 마차에 말을 매어 당글라르의 집으로 달렸다.
"당글라르 씨께선 에스파냐 공채를 가지고 계시죠?" 그는 남작부인에게 물

었다.

“그래요. 600만 프랑.”

“그걸 가격에 상관 말고 팔아버려야 해요.”

“왜요?”

“돈 카를로스가 부르주에서 도망갔어요. 그래서 에스파냐에 돌아왔단 말씀입니다.”

“어떻게 그걸 아셨어요?”

“원, 부인도!” 드브레는 어깨를 으쓱하며 말했다. “정보에 관해서라면 뭐든 알고 있습니다.”

부인은 두 번 듣지 않고 바로 남편에게 달려갔다. 남작은 또 남작대로 중개인한테 달려가 값은 얼마가 되어도 좋으니, 공채를 모조리 팔아달라고 했다. 당글라르 남작이 공채를 판다는 소문이 나자, 에스파냐 공채의 값은 순식간에 뚝 떨어졌다. 당글라르는 소문이 나자 50만 프랑을 손해 봤다. 그러나 공채 전부를 팔아치웠다.

그날 저녁 〈메사제〉지에는 다음과 같은 전보문이 떴다.

> 전보
>
> 돈 카를로스 왕은 부르주에서 감시의 눈을 피해 달아나서, 카탈로니아 국경을 거쳐 에스파냐로 귀환하였다. 왕을 위해 바르셀로나는 봉기하였다.

그날 밤, 가는 곳마다 공채를 판 당글라르의 선견지명에 대해, 이렇게 큰 변동이 있는데도 50만 프랑의 손해밖에 안 본 그의 행운이 놀랍다는 얘기가 자자했다.

그에 반해, 공채를 팔지 않은 사람들이나 당글라르의 공채를 산 사람들은 파산하였다고 생각하여 아주 고통스러운 밤을 보냈다.

그런데 이튿날 〈모니퇴르〉지에는 또 다음과 같은 기사가 났다.

> 어제 〈메사제〉 지에서 돈 카를로스가 탈출해 바르셀로나에서 반란을 일으켰다는 보도는 사실 무근이다. 돈 카를로스는 부르주에 있으며, 에스파냐 반도는 지극히 평온하다.
>
> 짙은 안개 때문에 신호를 잘못 수신한 데서 비롯된 오보이다.

공채는 떨어졌던 값의 곱절로 뛰어올랐다.

이로 말미암아 당글라르는 손해 본 것과 투자의 기회를 놓친 것으로 말미암아 결국 100만 프랑의 손해를 보았다.

"됐어!" 백작은 당글라르가 큰 손해를 본 주식 시장의 기이한 급전환 소식을 들었을 때 자기 집에 와 있던 막시밀리앙 모렐에게 이렇게 말했다. "요컨대 난 2만5천 프랑으로 10만 프랑에 필적할 만한 것을 발견했습니다."

"뭘 발견하셨습니까?" 막시밀리앙이 물었다.

"복숭아를 갉아먹는 들쥐 걱정에서 정원사를 벗어나게 해주는 법을 발견했지요."

유령

잠깐 보아서는, 더군다나 바깥에서 보면, 오퇴유 집에는 호화로운 구석이 없었다. 사치스러운 몬테크리스토 백작의 집이라고 생각될 만한 것은 하나도 찾아볼 수 없었다. 그러나 이렇게 평범하고 간소해 보이는 것도, 집의 외관은 조금도 바꾸지 말라는 주인의 명령 때문이었다. 그것은 집에 들어가 보면 알 수 있었다. 사실 문만 열면 전혀 다른 광경이 펼쳐진다.

베르투치오는 실내장식의 취미나 꾸미는 속도 면에서 언제나 그 사람이라고는 믿을 수 없을 정도로 놀라운 솜씨를 보여 왔다. 마치 옛날에 당탱 공작이 루이 14세의 눈에 거슬리던 가로수길의 가로수들을 단 하룻밤 사이에 다 베어 버렸듯이, 베르투치오는 단 사흘 동안 완전히 벌거벗었던 정원에 나무를 가득 심어놓았던 것이다. 커다란 뿌리째 실려 온 훌륭한 포플러며 단풍나무들이 저택의 정면에 그림자를 드리우고 있었다. 집 앞쪽에는 반쯤 풀잎으로 덮인 포석 대신 잔디밭이 쭉 펼쳐져 있었다. 그날 아침에 깔린 그 잔디밭도 넓은 카펫을 이루고 있었다. 그리고 그 위에 뿌린 물이 방울져 빛나고 있었다.

이러한 명령도 모두 백작의 입에서 나온 것이었다. 백작 자신이 베르투치오에게 심어야 할 나무의 수와 장소, 그리고 포석을 빼고 깔 잔디밭의 모양과 넓이까지 지시되어 있는 설계도를 주었던 것이다. 이렇게 하고 보니, 전과는 전혀 다른 집같이 되었다. 베르투치오 자신도 이렇게 온통 푸른빛으로 둘러싸여 있으니, 먼젓번 집처럼 보이지는 않는다고 했다.

베르투치오는 자기가 이 집에 있는 동안 정원을 꾸며보고 싶었지만, 백작이 조금도 손대어서는 안 된다는 강경한 명령을 내렸던 것이다. 베르투치오는 그 대신 현관, 계단, 벽난로 위에 꽃을 잔뜩 늘어놓았다.

베르투치오의 뛰어난 솜씨와 주인의 좋은 머리 덕분에, 20년 동안 사람이 살지 않아 어제까지만 해도 음산하고 싸늘했던, 마치 시대의 냄새같이 기가 빠진 냄새만 가득했던 이 집은 단 하루 만에 생기 넘치고 주인이 좋아하는 향기로 가득한, 일상생활의 즐거운 분위기까지 풍기는 집으로 변하게 되었다. 그리하여 백작은 이 집에 들어서자마자 손에 책과 무기를 쥘 수 있게 되었고, 눈을 들면 그가 좋아하는 그림들을 볼 수 있었다. 현관에는 정답게 달려드는 개들이 있었고, 즐겁게 지저귀는 새들이 있었다. 그리고 《잠자는 숲 속의 미녀》에 나오는 궁궐처럼 오랫동안 긴 잠에서 눈을 떠 생기가 넘치고 노래도 하고, 꽃이 활짝 핀 것 같았다. 이를테면 갑자기 재난을 만나 떠나게 되었지만 자신도 모르게 마음을 남겨놓은 듯한 정든 집 같았다.

많은 하인이 이 아름다운 궁정 안을 유쾌하게 왔다 갔다 하고 있었다. 그중 일부는 주방 담당자들인데, 마치 오래전부터 이 집에서 살아온 사람처럼 바로 어제 수리를 끝낸 계단을 바쁘게 오르내리고 있었다. 또 다른 하인들은 마차 창고 담당이었다. 마차 창고 안에는 번호가 붙은 정비된 마차들이 마치 50년 전부터 그곳에 있었던 것처럼 늘어서 있었다. 마구간에선 시렁에 매어 놓은 말들이 마부들과 얘기를 주고받고 있었다. 마부들은 주인을 대하는 것만큼이나 깊은 존경을 담아 말을 대하고 있었다.

서재의 양쪽 벽에 줄지어 서 있는 책장 두 개에는 2천 권가량의 책이 꽂혀 있었다. 책장의 일부는 현대 소설로 가득 차 있었고, 최근에 출판된 책들까지 벌써 금빛과 붉은빛을 과시하면서 적절한 자리에 꽂혀 있었다.

집의 반대쪽, 다시 말하면 도서실과 마주 보는 곳에는 온실이 있었는데, 그곳에는 커다란 일본 도자기 꽃병에 진기한 꽃들이 꽂혀 있었다.

그리고 눈과 코를 동시에 즐겁게 해주는 온실 한가운데 당구대가 있었고, 그 위에는 약 한 시간 전까지 당구를 치고 있었던 것처럼 당구대 카펫 위에 당구공들이 굴러다니고 있었다.

그런데 딱 하나 베르투치오도 손을 대지 못한 방이 있었다. 이층 왼쪽 모서리에 자리 잡고 있는 그 방은, 올라가려면 커다란 층계로 올라가야 하고, 내려올 때에는 비상계단으로 내려와야만 했다. 하인들은 호기심을 가지고 그 방 앞을 지나다녔고 베르투치오는 그럴 때마다 공포가 엄습해 왔다. 백작은 5시 정각에 알리를 데리고 오퇴유의 저택에 도착했다. 베르투치오는 주인이 오기를 불안하고 초조한 마음으로 기다리고 있었다. 그는 주인이 혹시 눈살을 찌푸리지나 않을까 걱정하면서도, 한편으로는 칭찬해주기를 기대하고 있었다.

백작은 정원에 마차를 세우고는 집 안을 돌아보았다. 칭찬이든 불평이든, 말

한마디 없이 정원을 한 바퀴 돌았다.

그는 잠긴 방 맞은편에 있는 침실로 들어가 조그만 자단 가구의 서랍으로 손을 뻗었다.

그것은 그가 처음으로 이 집에 왔을 때 이미 보아두었던 것이다.

"여긴 장갑 정도밖에 안 들어가겠는걸." 그는 말했다.

"말씀하신 대로입니다." 베르투치오는 기쁜 듯이 말했다. "열어 보십시오, 그 속에 장갑을 넣어 두었습니다."

백작은 다른 가구들 속에서도 자기가 있었으면 하는 물건들, 향수병이며 담배며 보석들을 발견했다.

"됐어!" 그는 말했다.

베르투치오는 만족해서 밖으로 나갔다. 백작이 그의 주위 사람들에게 미치는 영향은 크고 강하고 직접적이었던 것이다. 6시 정각에 말발굽 소리가 문밖에서 들려왔다. 그것은 메데아를 타고 온 알제리 기병 대위였다.

백작은 미소를 띠며 입구의 계단에서 그를 기다리고 있었다.

"제가 제일 먼저 왔지요?" 막시밀리앙 모렐이 소리쳤다. "사실은 딴 분들이 오시기 전에 잠깐 백작과 단 둘이 만나려고 일부러 이렇게 일찍 온 겁니다. 쥘리와 엠마뉘엘이 안부를 전해 달라더군요. 백작, 집이 굉장히 좋군요! 그런데 제가 타고 온 말을 하인들에게 좀 돌봐달라고 했으면 좋겠는데요."

"염려 마십시오, 다들 잘 알고 있으니까요."

"왜냐하면 몸을 짚으로 비벼주어야 하기 때문에 그렇습니다. 굉장히 빨리 달려왔거든요. 마치 회오리바람처럼요."

"어련하시겠어요, 5천 프랑짜리 말인데."

백작은 아버지가 자식에게 말하는 듯한 어조로 말했다.

"그래서 억울하신가요?" 막시밀리앙은 언제나처럼 순수한 미소를 띠며 물었다.

"내가요? 농담이시겠죠." 백작이 대답했다. "난 혹시 말이 괜찮은지 걱정했을 뿐입니다."

"말은 아주 좋습니다. 프랑스에서도 말 잘 타기로 이름난 샤토 르노와 내무성의 아라비아 말을 타고 오는 드브레 씨도 다 제 뒤로 처졌죠. 그리고 보시다시피 그분들은 이렇게 한참 걸리지 않습니까. 게다가 그 뒤로는 당글라르 남작부인의 마차가 시속 2.4킬로미터로 따라오고 있는 걸요."

"그럼, 그분들이 모두 당신 뒤에 오고 있단 말씀입니까?" 백작이 물었다.

"보세요, 저기 오는군요."

정말 바로 그때, 거품을 뿜는 말에 끌려오는 마차 한 대와 숨을 헐떡거리는 말 두 필이 집 철문 앞에 도착했다. 문이 열렸다. 곧 마차는 마당에서 원을 그리며 두 사람이 서 있는 돌계단 앞에 멈췄다. 그 뒤로 기수 두 명이 도착했다.

드브레는 말에서 내리더니 마차 문 앞으로 갔다. 그는 남작부인에게 손을 내밀었다. 부인은 마차에서 내리면서 그에게 어떤 몸짓을 했는데, 그것은 백작 말고는 아무도 알아채지 못했다. 백작은 무엇 하나 놓치지 않았다. 백작은 남작부인의 이러한 몸짓과 함께, 다른 사람의 눈에는 뜨이지 않았지만 하얀 종이 한 장이 살짝 빛나면서 아주 유연하게 부인의 손에서 비서의 손으로 슬쩍 건네지는 것도 보았다.

부인의 뒤를 이어, 이번엔 당글라르 씨가 마차에서 내렸다. 그는 마차에서 내린 게 아니라 마치 무덤에서 나온 사람처럼 창백한 얼굴이었다.

당글라르 부인은 마치 무엇을 탐색하기라도 하는 듯이 주위를 둘러보았다. 그것을 놓치지 않고 본 것 역시 백작 한 사람뿐이었다. 부인은 단 한 번의 시선으로 안뜰과 주랑과 집의 정면 모습을 보았다. 그리고 만약 얼굴빛이 잘 변하는 여자였더라면 틀림없이 얼굴에 나타났을 가벼운 놀라움을 감추고 돌계단 위를 올라가며, 막시밀리앙에게 이렇게 말했다.

"당신이 만약 제 친구라면 그 말을 나에게 팔지 않겠느냐고 물어보았을 것 같은데요."

막시밀리앙은 떫은 미소를 지었다. 그리고 이 난처함에서 구해 달라는 듯이 백작 쪽을 바라보았다. 백작은 그 뜻을 바로 알아차리고 당글라르 부인에게 말했다.

"오! 부인. 어째서 그 말씀을 제게는 하지 않으셨습니까?"

"백작께는 아무것도 부탁하질 못하겠어요. 뭐든지 당장 주시니까 말이에요. 그래서 막시밀리앙 모렐 씨에게 부탁해 본 거지요."

"그런데 불행히도," 백작은 말을 이었다. "전 막시밀리앙 씨가 그 말을 양보할 수 없다는 것을 알고 있습니다. 모렐 씨는 명예를 걸고 그 말을 가지고 있지 않으면 안 되거든요."

"왜죠?"
"막시밀리앙 씨는 메데아를 반년 안에 훌륭하게 길들여 놓겠다는 내기를 했습니다. 아시겠지만, 만약 그 말을 남의 손에 넘겨버리면 내기에서 지게 됩니다. 그뿐 아니라 남들은 그가 말이 무서워서 그랬다고 할 게 아닙니까. 물론 여인의 기분을 만족시켜 주기 위해 그것을 포기한다는 것은 세상에서 가장 신성한 일 가운데 하나라고는 생각하지만, 그래도 그런 소문이 난다는 것은 참을 수 없는 일일 테니까요."
"그런 것입니다, 부인……." 막시밀리앙 모렐은 백작에게 고맙다는 미소를 보내며 부인에게 말했다.
"게다가 말이야," 당글라르는 쓴 미소로는 잘 가려지지 않는 퉁명스러운 어조로 아내에게 말했다. "말은 충분히 가지고 있잖아?"
지금까지의 당글라르 부인이라면 그런 비난을 받고 가만히 있을 리가 없었지만, 이번에는 놀랍게도 그러한 비난을 못 들은 체하고 아무 대꾸도 하지 않았다.
남작부인이 전혀 어울리지 않게 겸손한 태도로 침묵하고 있자, 백작은 그 모습을 보고 미소 지으며 커다란 중국 도자기 두 개를 보여주었다. 도자기에는 해초들이 꾸불꾸불 얽혀 있었는데, 그 크기나 뛰어난 솜씨가 자연의 힘이 아니면 상상도 할 수 없으리만큼 훌륭했다.
남작부인은 눈이 휘둥그레져서 말했다.
"오오! 튈르리 왕궁의 마로니에를 갖다 심어도 될 만큼 큰 도자기군요."
"아, 부인 그건," 백작이 대답했다. "우리같이 작은 동상이나 얇은 유리 그릇 같은 것을 만드는 사람들한테 말해 가지곤 안 되지요. 이건 다른 시대의 작품입니다. 말하자면 대지와 바다의 정령이 만들어낸 것 같다고나 할까요."
"어떻게 만들었을까요? 그리고 어느 시대 걸까요?"
"모릅니다. 그저 이걸 굽기 위해서 중국 황제가 일부러 아주 큰 화덕을 하나 만들게 하고, 이와 똑같은 화병 열두 개를 굽게 했다는 얘기만 들었죠. 그중 두 개는 가마의 열로 깨지고, 나머지 열 개를 해저 300발 밑에 가라앉혔답니다. 바다는 이러한 뜻을 알고, 도자기에다 해초와 산호를 넣고 조개로 덮어 지켜온 것입니다. 이렇게 하여 도자기는 깊고 깊은 바다 밑에서 200년이란 세월을 잠들어 있었습니다. 왜냐하면 이런 시험을 생각해 낸 황제가 혁명으로 밀려나고, 그 뒤엔 그저 도자기를 구웠다는 사실과 그것을 바다 밑에 가라앉혀 두었다는 기록밖엔 남지 않았기 때문입니다. 그로부터 200년 뒤에 그 기록이 발견되어 도자기를 꺼내게 되었습니다. 수많은 잠수부들이 특별한 기계를 가지고, 도자기를 가라앉혔다는 만에서 그것을 찾기로 했습니다. 하지만 열 개 중에 세 개밖엔 찾아내지 못했습니다. 나머진 파도에 밀려 어디론가 없어져버리거나 깨져버렸습니다. 저는 이 항아리를 참 좋아합니다. 잠수부들이 아니면 볼 수 없는 이상하고 무섭고 신비한 괴물이 그 음산하면서도 차가운 눈으로 들여다보거나, 또는 적을 피해서 피난 온 물고기들이 잠을 자고 있다고 상상하곤 합니다."

그러는 동안 골동품에 취미가 없는 당글라르는 아름다운 오렌지 나무에서 기계적으로 꽃을 따고 있었다. 오렌지꽃을 다 따고 나자, 이번에는 선인장에 손을 댔다. 그러나 선인장은 오렌지꽃처럼 잘 따지지 않아서 오히려 그는 손만 잔뜩 찔렸다. 그는 놀라서 꿈에서 깨어난 듯이 눈을 찌푸렸다.

"당글라르 씨," 백작이 웃으면서 말했다 "남작께선 그림을 좋아하셔서 훌륭한 그림들도 많이 가지고 계시니 제가 가지고 있는 거야 뭐, 보여드릴 만한 것도 없습니다. 하지만 호베마가 두 장, 폴 포터가 한 장, 미에리스가 한 장, 제라르 도가 두 장, 라파엘로가 한 장, 반 다이크가 한 장, 주르바란 한 장 그리고 무리요가 두세 장 있습니다. 이쯤이면 볼 만한 가치는 있으실 거라 생각합니다만."

"아, 여기 있는 호베마 그림은 본 적이 있는데." 드브레가 말했다.

"그렇습니까!"

"분명 누군가가 미술관에 팔러 왔던 것이었습니다."

"미술관에는 없었지요?" 백작이 불쑥 말했다.

"없습니다. 사지 않았거든요."

"왜죠?" 샤토 르노가 물었다.

"자네도 참, 정부에 그럴 만한 돈이 없는 게 당연하잖아?"

"무슨 소리야!" 샤토 르노가 말했다. "그런 소리라면 10년째 매일 듣고 있지만, 그래도 난 아직 그 말이 귀에 와 닿지 않는걸."

"곧 알게 될 걸세." 드브레의 말이었다.

"설마." 샤토 르노가 대답했다.

“바르톨로메오 카발칸티 소령, 안드레아 카발칸티 자작께서 오셨습니다!” 바티스탱이 알려 왔다.

재단사의 손길이 갓 떠난 검정 새틴 옷깃에 잘 깎은 수염과 반백의 콧수염, 침착한 눈매에 훈장 세 개와 십자훈장 다섯 개를 단 소령 제복. 한마디로 말해 어디 한군데 나무랄 데 없는 완벽한 노군인의 복장을 한 남자가 나타났다. 우리가 이미 잘 알고 있는 그 상냥한 아버지였다.

그의 옆에는 똑같이 새 제복을 입고 입가에 미소를 머금은 안드레아 카발칸티의 모습이 보였다. 이는 앞서 본 그 공손한 아들이었다.

세 젊은이는 이야기를 주고받고 있었다. 세 사람의 눈은 아버지에게서 그의 아들로 옮겨갔다. 그리고 자연히 아들을 계속 바라보며 그를 자세히 관찰하기 시작했다.

“카발칸티!” 드브레가 말했다.

"훌륭한 이름이군요." 모렐이 말했다.
"정말 그러네요." 샤토 르노가 대답했다. "이름들은 모두 훌륭한데, 옷 입은 건 별로군."
"자넨 너무 까다로워." 드브레가 말했다. "저 옷들은 굉장히 잘 만든 옷들이야. 아주 새 것이고."
"바로 저게 마음에 들지 않는다는 거야. 마치 오늘 처음 옷을 입어 본 사람 같지 않아?"
"도대체 어떤 분들입니까?" 당글라르가 백작에게 물었다.
"아까 들으신 대로 카발칸티 아버지와 아들이지요."
"네, 이름은 알고 있습니다만."
"아, 당신은 이탈리아 귀족들을 잘 모르시는군요. 카발칸티는 왕가 혈통입니다."
"자산가입니까?"
"어마어마하지요."
"어떤 일을 하시나요?"
"아무리 써도 다 쓸 수가 없어 곤란할 정도이지요. 그리고 그저께 제게 와서 이야기하기를 당신의 은행에 대한 신용장을 가지고 있다 하더군요. 사실 당신을 생각해서 저분들을 초대한 겁니다. 소개해 드리지요."
"하지만 순수한 프랑스어를 잘하는 것 같던데요." 당글라르가 말했다.
"아들은 남프랑스의 학교에서 교육을 받았으니까요. 마르세유나 아니면 그 근처 어디서였을 겁니다. 그 젊은이는 지금 아주 열중해 있을 겁니다."
"어떤 것에요?" 남작부인이 물었다.
"꼭 프랑스 여자와 결혼하고 싶으시답니다."
"그건 참 좋은 생각이군요!" 당글라르는 어깨를 으쓱하며 말했다.
당글라르 부인은 심상치 않은 표정을 지으며 남편을 쳐다보았다. 다른 때 같았으면 폭풍이 몰아칠 표정이었지만, 이번에도 부인은 한마디도 하지 않았다.
"남작께선 오늘은 기분이 별로 좋지 않아 보이는데요." 백작이 부인에게 말했다. "누가 대신이 되라고 말하기라도 한 겁니까?"
"아니에요, 그건 아직입니다. 아마 주식으로 손해를 봐서 어떻게 해야 할지를 모르고 있는 것 같아요."

"빌포르 씨 부부이십니다!" 바티스탱이 소리쳤다.

그 두 사람이 들어왔다. 빌포르 씨는 자신을 억누르고는 있었지만, 그래도 놀란 듯 보였다. 그의 손을 잡은 백작은 그 손이 떨리는 것을 느꼈다.

'확실히 감정을 감출 수 있는 건 여자밖에 없군.' 당글라르 부인이 빌포르에게 미소 지으며, 빌포르 부인에게 키스하는 것을 보고 백작은 이렇게 생각했다.

인사가 끝났을 때, 백작은 그때까지 부엌에서 일하고 있던 베르투치오가 사람들이 모두 모인 살롱으로 들어가는 것을 보았다.

백작은 그의 곁으로 갔다.

"왜 그래, 베르투치오?"

"손님이 몇 분인지 아직 듣지 못해서요." 그는 물었다.

"그랬었지."

"몇 분이나 되시는지요?"

"자네가 세어 보지."

"이젠 모두 오신 겁니까?"

"그래."

베르투치오는 빠끔히 열린 문틈으로 들여다보았다.

백작은 그를 지켜보고 있었다.

"오, 오!" 베르투치오가 외쳤다.

"왜 그래?" 백작이 물었다.

"저 여자예요…… 저 여자입니다."

"누구?"

"흰옷을 입고 다이아몬드를 잔뜩 단 여자 말이에요. ……저 금발 여자 말씀입니다."

"당글라르 부인 말인가?"

"이름은 모르겠습니다만, 저 여자입니다. 백작님, 저 여자예요."

"그 여자라니?"

"정원에 있던 여자 말이에요! 임신한 여자 말입니다. ……상대를 기다리며 왔다 갔다 하던 여자 말이에요!…… 상대를 기다리면서……."

베르투치오는 입을 벌린 채 얼굴빛이 변하고, 머리끝이 곤두섰다.

"기다리다니, 누구를?"

베르투치오는 아무 대답도 하지 않고 손가락으로 빌포르를 가리켰다. 그것은 흡사 맥베스가 반코*[1]를 가리키는 몸짓과도 같았다. "오!…… 오!…… 보이십니까?" 그는 중얼거리듯 말했다.

"어? 아니, 누구 말인가?"

"저 남자 말입니다."

"저 남자?…… 빌포르 검찰총장 말이야? 응, 물론 보이지."

"제가 저 사람을 죽이지는 못했군요."

"무슨 소릴 하는 거야? 미친 거 아닌가, 베르투치오." 백작은 말했다.

"그럼 저 사람은 죽지 않았단 말씀입니까?"

"무슨 소리야? 저기 저렇게 살아 있잖아? 자넨 사람들의 관습대로 여섯 번째와 일곱 번째 갈비뼈 사이 대신에, 분명히 그보다 좀 위나 아니면 아래를 쳤을 거야. 게다가 저런 사법관 녀석들은 만만치 않은 놈들이니까. 그렇지 않으면, 자네가 한 얘기가 정말이 아니라 상상력으로 빚어낸 꿈이나 머릿속에서 그려낸 환각일지도 모르지. 복수에 눈이 먼 채 잠을 자서 그 생각에 위가 짓눌려 악몽을 꾼 게 아닐까? 자, 자, 진정하게. 그리고 손님 수를 세어 보지. 빌포르 부부 두 사람에 당글라르 부부까지 해서 네 사람, 샤토 르노 씨, 드브레 씨, 막시밀리앙 모렐까지 일곱에, 바르톨로메오 카발칸티까지 여덟."

"여덟 명." 베르투치오가 되뇌었다.

"잠깐, 잠깐! 왜 이렇게 급히 가려고만 서두르나. 손님 한 분은 빼먹고 말이야. 몸을 좀 왼쪽으로 기울여 봐. ……자, 안드레아 카발칸티 씨가 있잖아? 무리요의 성모화(畫)를 보고 있는 검은 양복의 젊은이 말이야. 이쪽을 보는군."

이번에는 베르투치오가 하마터면 소리를 지를 뻔했다. 그러나 백작과 눈이 마주치자, 가까스로 입에서 나오려는 걸 삼켜 버렸다.

"베네데토!" 그는 낮은 소리로 중얼거렸다. "운명의 장난이야!"

"자, 6시 반을 치는군." 백작은 엄격한 어조로 말했다. "6시 반에 식사를 차려 놓으라고 일러두었지. 기다리는 건 좋아하지 않는다는 걸 알고 있을 텐데."

---

*1 셰익스피어의 《맥베스》에 나오는 인물.

백작은 손님들이 기다리고 있는 객실로 돌아갔다. 그리고 베르투치오는 겨우겨우 벽에 몸을 기대며 식당으로 갔다.

5분 뒤에 객실문 두 개가 열렸다. 베르투치오가 모습을 나타냈다. 그는 마치 샹티이 성의 바텔*[2]처럼 괴로워하며 비장한 용기를 내어 말했다.

"식사 준비가 다 되었습니다."

백작은 빌포르 부인에게 팔을 내밀었다.

"빌포르 씨," 그는 말했다. "당글라르 부인을 상대해 주시지요."

빌포르는 백작의 말을 따랐다. 그리고 모두 다 식당으로 들어갔다.

*2 왕궁 조리장이나 천부적인 연회 기획가로 샹티이 성의 향연에서 실력발휘를 제대로 못한 것에 비관해 자살했다.

만찬

식당으로 들어가면서 손님들은 명백히 같은 기분에 사로잡혀 있었다. 그들은 한결같이 자신들이 어떤 기이한 힘에 이끌려 이 집에 오게 되었는지를 의아하게 생각했다. 이곳에 와서 놀라기도 하고 불안하기조차 했지만, 오지 않았더라면 좋았을 거라고 여기는 사람은 하나도 없었다.

그러나 아직 오래되지 않은 사이인 데다 백작의 특이한 독신 생활 그리고 정체를 알 수 없는 꿈같은 엄청난 재산 등을 생각하면, 남자들은 그를 조심해야 한다 생각했고, 여자들은 손님을 맞아줄 안주인이 없는 이런 집에 드나들면 안 되겠다고 생각하고 있었다. 하지만 남자들은 그들대로 조심성을 잃고 여자들은 그녀들대로 지켜야 할 예의를 잊어버렸다. 오직 강한 호기심이 이끄는 대로 모든 것을 까맣게 잊어버리고 말았다.

카발칸티 집안의 아버지와 아들도 마찬가지였다. 아버지는 어색해하고 아들은 경망스럽긴 했지만 자기들이 무슨 이유로 이 집에 초대되었는지는 모른 채, 처음 보는 사람들과 함께 하게 된 일을 그리 이상하게 여기지조차 않는 눈치였다.

당글라르 부인은 백작의 권유대로 빌포르 씨가 자기의 팔에 손을 걸 수 있게 해주러 가까이 오는 것을 보고 움찔했다. 빌포르 씨 또한 자기의 팔 위에 남작부인의 팔이 닿는 것을 느끼자, 금테 안경 밑으로 자기도 모르게 눈동자가 떨렸다.

백작은 이런 두 사람의 움직임을 하나도 놓치지 않았다. 그는 이렇게 사람들이 접촉하고 있는 상태를 목격하고 있는 것만으로도 충분히 흥미로웠다.

빌포르 씨의 오른쪽에는 당글라르 부인이, 그 왼쪽에는 막시밀리앙 모렐이 앉았다.

백작은 빌포르 부인과 당글라르 남작 사이에 자리를 잡았다. 다른 자리에는 카발칸티 부자 사이에 드브레가, 빌포르 부인과 모렐 사이에는 샤토 르노가

자리를 잡았다. 식사는 정말 훌륭했다. 백작은 파리식 메뉴를 완전히 뒤바꿔 손님들의 식욕보다는 차라리 호기심에 부응하는 식사를 마련했던 것이다. 마련된 식사가 동양식 성찬이었다고는 하지만 그것은 마치 아라비아 동화 속에 나오는 향연 같았다.

세계 곳곳에서 유럽으로 가져올 수 있는, 맛이나 모양이 조금도 변하지 않은 싱싱한 과일들이 중국 꽃병과 일본제 접시 위에 피라미드 모양으로 쌓아올려져 있었다. 반짝반짝 빛나는 아름다운 날개가 그대로 달린 진기한 새들, 은반 위에 놓인 커다란 물고기, 그 모습을 보기만 해도 맛있을 것같이 보이는 묘한 병에 든 다도해, 중앙아시아, 남아프리카산의 여러 가지 술이, 옛날 아피키우스*[1]가 손님들과 맛본 대향연에서처럼 지금 이 파리 손님들 앞에 하나씩 하

*1 로마 시대의 유명한 미식가.

나씩 나오고 있었다. 이렇게 클레오파트라처럼 진주 녹인 것을 먹거나 로렌초 디 메디치처럼 황금을 녹인 것을 마시면, 열 명의 손님만 초대해도 1천 루이의 금이 순식간에 사라진다는 것을 손님들은 알고 있었다.

백작은 손님들이 모두 놀라는 것을 보고 껄껄대며 큰 소리로 웃었다.

"여러분들께선 이 점을 인정하시겠지요. 즉, 재산이 어느 단계에 이르게 되면 쓸데없는 것만 갖고 싶어진다는 사실 말입니다. 부인들께서도 인정하시겠지만, 감격이라는 것도 어느 정도까지 달하면 더 바랄 거라곤 이상 말고는 아무것도 없다는 사실을 말입니다. 과연 우리가 정말 손에 넣고 싶은 부(富)란 도대체 어떤 것일까요? 우리가 손에 넣을 수 없는 것, 바로 그것입니다. 그래서 저는 이해할 수 없는 것을 보는 것, 제 손에 넣을 수 없는 것을 손에 넣는 것을 제 일생의 연구과제로 삼고 있습니다. 그리고 그러한 것을 달성하는 데 있어서 저는 물질과 의지라는 두 가지 방법을 가지고 있습니다. 저는 한 가지 생각을 실현하려고 할 때, 여러분과 다르지 않게 열심히 임합니다. 예를 들면, 당글라르 씨가 새로운 철도 노선을 만들어보려고 생각할 때나 빌포르 씨가 한 인간에게 사형을 선고하려고 할 때, 드브레 씨가 하나의 왕국을 평정시키려고 할 때, 샤토 르노 씨가 한 여자의 마음을 사로잡으려고 할 때, 그리고 막시밀리앙 모렐 씨가 아무도 타지 못하는 말을 타고 싶어할 때의 열의, 저는 그런 열의도 뛰어넘을 만한 정열을 가지고 있습니다. 이를테면, 여기 있는 이 물고기 두 마리를 보십시오. 하나는 상트페테르부르크에서 50해리 떨어진 곳에서 태어난 것입니다. 그리고 또 하나는 나폴리에서 5해리 떨어진 곳에서 태어난 것입니다. 이 둘을 같은 식탁 위에 모아놓은 것도 재미있지 않습니까?"

"그런데 이 생선들은 무슨 생선들이죠?" 당글라르가 물었다.

"여기 러시아에서 살아보신 샤토 르노 씨가 계십니다. 이 생선 이름을 가르쳐 주실 겁니다. 또 저 생선 이름은 이탈리아 분인 카발칸티 씨가 말씀해 주실 겁니다." 백작은 대답했다.

"이건," 샤토 르노가 말했다. "철갑상어 같은데요."

"그렇습니다."

"그럼 이건," 이번에는 카발칸티 소령이 말했다. "내 눈이 틀림없다면 칠성장어입니다."

"맞습니다. 이번엔 당글라르 씨, 두 분께 이 고기들을 어디서 잡았는지 물어봐 주십시오."
"철갑상어는 볼가 강에서만 잡을 수 있는 건데요."
"이렇게 큰 칠성장어라면," 이번에는 카발칸티가 말했다. "푸사로 호수에만 있는 줄 아는데요."
"그렇습니다. 하나는 볼가 강에서, 또 하나는 푸사로에서 온 것입니다."
"그럴 수가!" 손님들은 일제히 소리쳤다.
"바로 그겁니다. 이것이 제가 흥미를 느끼는 것이지요." 백작이 말했다. "저는 네로 같은 사람입니다. 즉, '불가능한 것을 원하는 사람'입니다. 그리고 지금 여러분이 흥미를 갖는 것이기도 합니다. 그래서 사실은 농어나 연어만도 못할지 모를 이 고기가 굉장히 맛이 있을 것처럼 생각되실 겁니다. 그것은 여러분이 생각할 때 이런 것들이 쉽게 손에 넣을 수 없는 것들인데 이렇게 눈앞에 있으니 그런 것이지요."
"그런데 이 물고기들은 어떤 방법으로 파리에 운반해 오신 거지요?"
"그야 아주 간단하지요. 하나는 강가의 갈대와 강풀을 넣었고, 다른 하나에는 호수의 등심초와 풀들을 큰 통 속에 가득 넣었습니다. 그리고 그것을 특별 화차에 실어 오셨습니다. 그래서 철갑상어는 이틀 동안, 칠성장어는 여드레 동안 살아 있었지요. 요리사가 하나는 우유 속에, 또 하나는 포도주 속에 담가서 잡을 때까지도 살아 있었습니다. 당글라르 씨, 믿어 주실 수는 없겠습니까?"
"의심하지 않을 수가 없는데요." 당글라르는 여전히 어색한 웃음을 지으며 대답했다.
"바티스탱!" 백작이 말했다. "또 다른 철갑상어하고 칠성장어를 가져오도록 하게. 다른 통에 들어 있는, 아직 살아 있는 걸로 말이야."
당글라르의 눈이 휘둥그레졌다. 손님들 모두 박수를 쳤다.
하인 네 사람이 해초를 채워 놓은 통 두 개를 가져왔다. 통 속에서는 식탁 위에 나온 것과 똑같은 생선들이 팔딱팔딱 뛰고 있었다.
"왜 두 마리씩이나 가져오신 거죠?" 당글라르가 물었다.
"혹시 하나가 죽을지도 모르니까요." 백작은 선뜻 이렇게 대답했다.
"참으로 놀라운 분이십니다." 당글라르가 말했다. "철학자들이 아무리 떠들어봤자 소용없군요. 돈이 많은 것이 최고네요."

"거기다 머리까지 좋으시니." 당글라르 부인이 말했다.
"아니 부인, 그건 과찬이십니다. 이 방법은 로마 사람들이 잘 쓰던 방법입니다. 플리니우스*2의 기록을 보면, 그 사람들은 오스티아에서 로마까지 물루스라는 생선을 노예의 머리에 이게 해서 릴레이식으로 보내왔다더군요. 거기 기록된 것으로 보아 그 생선은 아마 도미 같아요. 그것을 산 채로 손에 넣는다는 것까지는 사치고, 죽는 걸 보는 것만도 큰 구경거리였답니다. 왜냐하면 죽으면서 서너 번 색깔이 변하거든요. 그것이 사라져가는 무지개처럼 프리즘에 비치는 갖가지 색깔을 차례차례로 낸다고 합니다. 그러고 나서야 조리장으로 보내진다는 거예요. 그 죽음의 고통을 지켜보는 것이 중요한 것이었죠. 살아 있는 것을 봐야지 죽은 것은 가치가 없다는 거지요."
"그렇군!" 드브레가 말했다. "하지만 오스티아에서 로마까지는 7, 80리밖엔 안 될걸요."
"그렇습니다." 백작이 말했다. "그러나 루쿨루스*3보다 1,800년이나 늦게 태어난 사람이 그 이상으로 해야지, 그렇지 않으면 무슨 재미가 있겠습니까?"
카발칸티 부자는 눈이 커다래졌다. 그러나 한마디도 입 밖으로 내지 않았다.
"그저 모든 게 놀랍기만 합니다." 샤토 르노가 말했다. "그중에서도 감탄한 것은, 언제 이렇게 굉장한 준비를 놀라우리만큼 빠르게 하셨는가 하는 점입니다. 백작, 이 집은 겨우 5, 6일 전에 사지 않으셨습니까?"
"거의 그렇지요." 백작이 대답했다.
"그런데 그 일주일 사이에 집이 몰라보게 변했습니다! 제 기억이 틀리지 않다면 이 집의 입구는 다른 곳에 있었고, 앞뜰에는 돌만 깔려 있고 다른 건 아무것도 없었는데, 지금은 어느새 잔디가 깔려 있고 그 주위에는 백 년은 됐음직한 큰 나무들이 심어져 있으니 말입니다."
"제가 나무와 나무 밑 그늘을 좋아합니다." 백작이 말했다.
그러자 이번에는 빌포르 부인이 말했다. "정말 그러고 보니 전에는 한길로 난 문으로 들어왔었는데요. 그리고 제가 기적적으로 구출된 날도, 지금 생각해 보니 한길 쪽으로 들어왔던 게 기억나네요."

---

*2 로마의 유명한 박물학자.
*3 로마의 장군. 사치스러운 미식가로 이름이 났음.

"그렇습니다, 부인. 그런데 철문을 통해서 불로뉴 숲을 내다볼 수 있도록 하고 싶어져서요." 백작이 대답했다.
"그것을 나흘 사이에 바꾸셨습니까? 기적에 가까운 일인데요!" 막시밀리앙이 이렇게 말하자 샤토 르노도 거들었다.
"정말 그렇군요. 헌 집을 새 집으로 만들어 놓으시다니! 이건 정말 기적인데요! 게다가 이 집은 음침할 정도였으니까요. 지금도 생각나지만, 2, 3년 전에 생메랑 씨께서 이 집을 내놓으셨을 때 어머니가 가보라고 하셔서 와본 일이 있습니다."
"생메랑 씨요?" 빌포르 부인이 물었다. "그럼 이 집은 백작께서 사시기 전에 생메랑 씨 것이었나요?"
"그런 것 같습니다."
"그런 것 같다니요? 그럼, 이 집을 누구한테서 사셨는지 모른단 말씀입니까?"
"모릅니다. 그런 사소한 일은 모두 제 집사가 알아서 처리하는 거니까요."
"적어도 이 집에 사람이 안 산 지가 벌써 10년은 됐을 겁니다. 철문은 다 잠기고, 문이란 문은 다 닫혀 있고 뜰에는 풀 한 포기 없어서 정말 형편없었습니다. 이 집이 검찰총장 장인의 집만 아니었더라면 무슨 무서운 범죄라도 있었던 흉가라고 소문이 났을 겁니다." 샤토 르노가 말했다.
빌포르는 그때까지 자기 앞에 놓인 희한한 서너 종류의 포도주 잔에 손도 대지 않더니, 갑자기 잔 하나를 들어 단숨에 마셔 버렸다.
백작은 얼마 동안 잠자코 있었다. 그러나 샤토 르노의 말이 침묵을 깨뜨렸다.
"이상하군요," 당글라르 남작이 말했다. "제가 이 집에 처음 들어왔을 때도 저도 그런 생각을 했습니다. 집이 너무나 음산해서, 제 집사가 사놓지만 않았어도 아마 안 샀을 거예요. 아무래도 집사란 놈이 공증인한테 돈을 받은 것 같아요."
빌포르가 억지로 웃어 보이며 말했다. "있을 법한 얘기네요. 하지만 전 그런 부정과는 아무런 관계가 없습니다. 생메랑 후작께서는 손녀의 지참금 중 일부인 이 집을 팔아버리려고 한 겁니다. 이대로 3, 4년만 더 내버려두면 집이 다 망가져 버리고 말 테니까요."

이번에는 막시밀리앙의 얼굴색이 변했다.

"더군다나," 백작은 말을 이었다. "방 하나는 겉으로 보기엔 다른 방들과 조금도 다를 게 없는 붉은 다마스크 천이 도배된 방인데, 웬일인지 무슨 사연이 있어 보였어요."

"왜죠? 무슨 사연이 있다는 거죠?" 드브레가 물었다.

"본능적으로 느낀 것이라 왜 그런지는 잘 모릅니다. 예를 들면 그냥 쓸쓸해지는 장소가 있잖아요? 어떤 추억에 얽혀서라고 할까, 아니면 현재 우리와는 아무 관계도 없는 어떤 시간이나 장소로 우리를 몰아가는 관념의 유희 같은 것 때문이겠지요. 그 방은 제게 강주 후작부인*4의 방이나 데스데모나*5의 방을 연상케 합니다. 그럼 식사도 끝났으니 지금부터 그 방을 보여 드리지요. 그 다음에 정원으로 내려가 커피를 드십시다. 식사가 끝나면 눈을 즐겁게 해야 하니까요."

백작은 이렇게 말하며 손님들 의향을 물었다. 먼저 빌포르 부인이 자리에서 일어났다. 그리고 백작도 일어섰다. 그러자 모두가 그들을 따라 일어섰다.

빌포르와 당글라르 부인은 마치 의자에 못이 박힌 듯이 움직이지 않았다. 그 두 사람은 싸늘하게 말없이 얼어붙은 듯 서로 눈과 눈을 마주보았다.

"들으셨어요?" 당글라르 부인이 말했다.

"가지 않을 수 없어요." 빌포르는 일어서서 부인에게 팔을 내밀며 대답했다.

사람들은 호기심에 이끌려 집 안 여기저기에 흩어져 있었다. 왜냐하면 백작이 지금 말한 그 방뿐 아니라, 궁전으로 변신시킨 이 집의 다른 곳도 구경해도 될 것이라 생각했기 때문이다. 사람들은 문이 열려 있는 곳이면 아무 데고 다 뛰어들어가 보았다. 백작은 늦게 나오는 두 사람을 기다렸다. 그리고 그 두 사람까지 다 나오자 묘한 웃음을 지으며 뒤따라갔다. 만약 그 웃음을 손님들이 깨달았더라면, 그들은 지금 보러 가는 방에서 느끼는 공포와는 또 다른 공포로 몸을 떨었을 것이다.

그들은 방을 두루 돌아다니기 시작했다. 동양풍으로 꾸며 놓은 몇 개의 방. 그곳에는 침대 대신 소파와 쿠션들이, 그리고 가구 대신에 파이프와 무기가 장식되어 있을 뿐이었다. 옛날 대가들의 유명한 그림들이 벽에 줄지어 걸려 있

---

*4 루이 14세 때 실존했던 여성으로 남편의 형제에게 독살당했다.

*5 셰익스피어의 《오셀로》의 여주인공. 남편의 손에 죽는다.

는 살롱, 환상적인 모양과 기발한 배색을 한 눈부신 중국 천으로 꾸민 규방, 이러한 방들을 거쳐 마지막으로 문제의 그 방에 다다랐다.

그것은 별로 달라 보이지 않는 평범한 방이었다. 다만 날이 어두워졌는데도 불이 켜져 있지 않다는 점, 그리고 다른 방들은 모조리 새로 단장되었는데 그 방만은 오래된 그대로라는 점 말고는 이렇다 할 아무 특징이 없는 방이었다. 그러나 이 두 가지만으로도 그 방은 뭔가 불길한 느낌을 충분히 뿜어내고 있었다.

"아유! 정말 무서운 방이네요." 빌포르 부인이 소리쳤다.

당글라르 부인이 무슨 말을 한두 마디 하려고 했지만 들리지 않았다.

여러 의견들이 오갔지만, 결국 붉은 다마스크 천으로 도배한 이 방은 정말 음산해 보인다는 것으로 일치했다.

“그렇지요?” 백작이 말했다. “이 침대의 위치를 좀 보십시오. 이상하게 놓여 있지요? 또 커튼 색깔은 또 얼마나 음침한지, 꼭 핏빛 같지 않습니까! 게다가 습기 때문에 빛이 바랜 두 장의 파스텔 초상화가 푸르스름한 입술과 무시무시한 눈으로 꼭 ‘난 보았다!’고 말하는 것 같지 않아요?”

빌포르는 새파랗게 질려 있었다. 당글라르 부인은 벽난로 옆에 놓인 긴 의자에 털썩 주저앉았다. 그러자 빌포르 부인이 당글라르 부인에게 웃으면서 말했다.

“어머나! 부인은 살인이 났을지 모르는 그 의자에 그렇게 앉으시다니 대단한 용기시군요.”

당글라르 부인은 서둘러 일어났다.

“게다가 이게 전부가 아니랍니다.” 백작이 말했다.

“그럼, 이것 말고 뭐가 또 있습니까?” 드브레가 물었다. 그도 당글라르 부인이 동요된 것을 눈치챌 수 있었다.

“그 밖에 또 어떤 것이 있지요?” 당글라르가 물었다.

“이 정도로는 아직 뭐 그리 대단하게 생각되는 건 없으니 말입니다. 카발칸티 씨는 어떻게 생각하시나요?”

“오! 우리나라엔 피사에 우골리노[*6] 탑이라는 것이 있고, 페라라에는 타소[*7]의 감옥이 있으며, 리미니에는 프란체스카와 파올로의 방[*8]이라는 것이 있지요.”

“그렇지요. 하지만 당신네 나라에는 이런 비밀 계단은 없을 겁니다.” 백작은 커튼 뒤에 아무도 모르게 만들어진 작은 문을 열어 보였다. “이걸 좀 보십시오. 그리고 감상을 들려주십시요.”

“정말 음침한 나선형 계단이로군요!” 샤토 르노가 웃으면서 말했다. “저는 키오스의 포도주를 마시고 조금 취해서 그런지 몰라도, 어쩐지 이 집이 음침해 보이는군요.”

막시밀리앙 모렐은 발랑틴의 지참금 얘기가 나온 뒤로는 풀이 죽어 한마디도 하지 않았다.

---

*6 피사 시의 폭군. 결국 반대파에 잡혀 자식들과 함께 탑에 유폐되어 죽었다.

*7 잔혹하기로 이름난 16세기 이탈리아의 유명한 시인.

*8 단테 《신곡》 중의 유명한 한 구절. 프란체스카와 파올로의 비련이 싹텄다는 방.

백작은 말을 이었다. "어떻습니까? 오셀로나 강주 사제[9] 같은 사내가 캄캄한 밤에 무엇인가 불길한 짐을 지고 하느님의 눈까지는 못 피하더라도 적어도 사람의 눈을 피해 이 계단을 한 발 한 발 내려가는 모습 같은 게 상상이 안 되십니까?"

당글라르 부인은 빌포르의 팔에 매달린 채 정신이 반쯤 나가 있었다. 빌포르도 벽에 몸을 기대지 않고서는 서 있을 수 없었다.

"아니, 부인! 왜 그러십니까! 얼굴빛이 안 좋으십니다!" 드브레가 소리쳤다.

"부인께서요?" 빌포르 부인이 말했다. "백작께서 저희를 무서워 못 견디게 만드시려고 그런 무서운 얘기를 하셨기 때문이에요."

"그래요, 백작. 부인들이 떨고 있질 않습니까." 빌포르가 덧붙여 말했다.

"왜 그러세요?" 드브레가 당글라르 부인에게 물었다.

"아무것도 아니에요." 부인은 겨우 대답했다. "바깥 공기를 쐬고 싶어요. 그뿐이에요."

"그럼 정원으로 내려갈까요?" 드브레는 부인에게 팔을 내밀고 비밀 층계 쪽으로 가며 말했다.

"아니에요. 여기 있는 게 좋겠어요."

"부인, 정말 그 얘기가 그렇게 무서우십니까?"

백작이 묻자 당글라르 부인이 대답했다.

"아뇨. 그렇지만 그런 일이 정말로 있었던 것처럼 당신이 너무 생생하게 말씀하셔서."

"그랬던가요?" 백작이 웃으면서 말했다. "이건 순전히 상상해서 만들어낸 얘깁니다. 반대로 이 방을 선량하고 정숙한 어머니의 방이라고 상상할 수도 있지 않습니까? 새빨간 커튼을 내린 침대는 여신 루키나[10]가 방문한 곳이라 치고, 이 비밀 계단은 회복을 위해 자고 있는 산모가 방해받지 않도록 의사나 간호사, 또는 잠든 아기를 안은 아기 아버지가 조용히 살짝 드나들던 계단이라고도 생각해 볼 수 있지 않습니까?"

이 얘기를 들은 당글라르 부인은 그러한 부드러운 묘사에 마음을 가라앉히기는커녕, 신음 소리를 내더니 그대로 정신을 잃고 말았다.

---

*9 앞에 나온 강주 후작 부인을 독살한 시동생.

*10 출산의 여신.

"당글라르 부인이 몸이 안 좋으신 모양이니 마차로 옮기는 게 좋지 않을까요." 빌포르가 중얼거렸다.

"저런! 내가 약병을 잊어버리고 왔군!"

백작의 말에 빌포르 부인이 얼른 대답했다.

"제 것이 있습니다."

그리고 백작의 손에 빨간 액체가 가득 든 약병을 건네주었다. 그것은 백작이 에두아르에게 먹여서 효과를 보았던 그 약과 같은 것이었다.

"아!" 백작은 빌포르 부인의 손에서 그 약병을 받아들면서 말했다.

"네, 그래요," 부인이 나직하게 말했다. "백작께서 처방해 주신 대로 만들어 보았어요."

"그래, 성공하셨습니까?"

"그런 것 같은데요."

당글라르 부인은 옆방으로 옮겨졌다. 백작은 부인의 입술에 빨간 액체를 한 방울 떨어뜨렸다. 부인은 다시 정신이 들었다.

"오! 너무 무서운 꿈을 꾸었어요!" 부인이 말했다.

빌포르는 꿈을 꾼 것이 아니라는 것을 부인에게 깨우쳐 주려고 그녀의 손목을 꽉 잡았다.

모두가 당글라르 씨를 찾았다. 그러나 시적인 것에 흥미가 없는 그는 정원으로 내려가 카발칸티 소령과 리보르노, 피렌체 간의 철도에 대한 계획을 이야기하고 있었다. 백작은 당황해하는 것 같더니 당글라르 부인의 팔을 잡고 정원으로 나갔다. 당글라르 씨는 카발칸티가의 아버지와 아들 사이에 자릴 잡고 커피를 마시고 있었다.

"정말 부인께선 제 얘기가 그렇게 무서우셨습니까?" 백작이 당글라르 부인에게 물었다.

"아닙니다. 하지만 아시잖아요. 얘기란 듣는 사람의 기분에 따라서 여러 방향으로 들린다는 걸 말이에요."

빌포르는 억지로 웃었다. "그렇지요. 세상에는 작은 상상이나 꿈같은 얘기로도 그만……."

"아니, 믿으시건 안 믿으시건 간에 저는 확실히 이 집에서 어떤 범죄가 일어났었다 믿고 있습니다." 백작이 말했다.

그러자 빌포르 부인이 말했다. "하지만 조심하셔야 합니다. 여기 검찰총장이 계시니까요."

"그렇다면 오히려 잘됐습니다. 제가 고발하겠습니다." 백작이 말했다.

"고발이라니요?" 빌포르가 말했다.

"그렇습니다. 증인들 앞에서 말입니다."

"그거 아주 재미있는데요." 드브레가 말했다. "만일 정말로 범죄가 일어났었다면 한번 확실하게 파헤쳐 봅시다."

"범죄가 있었습니다. 모두 이리로 오십시오, 빌포르 씨도. 고발이 법적 효력을 가지려면 빌포르 씨에게 고발해야 할 테니까요."

백작은 그렇게 말하면서 빌포르의 팔을 잡았다. 그리고 다른 쪽 팔 밑에는 당글라르 부인의 팔을 단단히 끼고 빌포르를 가장 그늘이 짙은 그 플라타너스 나무 밑으로 데려갔다.
다른 손님들도 그 뒤를 따랐다.
"이건," 백작이 말했다. "바로 여깁니다. (그는 발로 땅을 두들겼다) 이미 고목이 된 이 나무들을 다시 살려 보려고 땅을 파고 비료를 묻었지요. 그런데 인부들이 땅을 파다가 금고라고 해야 하나, 아무튼 금고의 철판을 발견했습니다. 그런데 그 철판 속에 갓난애의 뼈가 들어 있질 않았겠습니까. 그건 환상이 아니란 말씀입니다."
백작은 당글라르 부인의 팔이 뻣뻣해지고 빌포르의 손목이 떨리는 것을 느꼈다.
"갓난애라고요?" 드브레가 말했다. "저런! 심상치 않은데요."
"그것 봐! 내가 아까 집이라는 것도 사람과 마찬가지로 마음과 얼굴을 가지고 있어서, 그 표정에 속이 다 나타난다고 하지 않았어! 이 집이 음침해 보이는 것도 뭔가 후회하고 있기 때문이야. 후회한다는 것은 여기에 범죄가 숨겨져 있다는 소리지!" 샤토 르노가 짐짓 확신에 찬 듯이 말했다.
"하지만 그게 범죄인 줄 누가 압니까." 빌포르가 마지막 힘을 다해서 말했다.
"무슨 말씀입니까? 살아 있는 아기를 정원에 묻은 것이 범죄가 아니란 말씀입니까? 그럼, 검찰총장께선 그런 행위를 뭐라고 하시죠?" 백작이 외쳤다.
"그러나 산 채로 묻었다는 걸 어떻게 아느냐는 말씀입니다."
"죽은 아이라면 왜 여기에 묻겠습니까? 이 정원은 무덤이 아닌데."
"이 나라에선 영아 살해자를 어떻게 처벌합니까?" 카발칸티 소령이 순진하게 물었다.
"뭐, 두말할 필요 없이 단두대지요." 당글라르가 대답했다.
"단두대라고요?" 카발칸티가 말했다.
"그렇게 되는 줄로 생각합니다만…… 안 그렇습니까, 빌포르 씨?" 백작이 물었다.
"그렇습니다." 빌포르가 대답했다. 그러나 그 어조에서 인간적인 면이라곤 전혀 찾아볼 수 없었다.
백작은 자신이 마련한 이 연극을 그들이 더 이상 감당할 수 없으리라는 것을 알았다. 그래서 우선은 이 정도로 해두자는 생각에서 이렇게 말했다.
"아, 그렇지, 여러분. 커피를 깜빡 잊고 있었군요."

그는 잔디밭 한가운데에 준비된 테이블로 손님들을 안내했다.

당글라르 부인이 입을 열었다. "정말, 백작. 제가 신경이 너무 약해서 부끄럽습니다만, 그런 무서운 얘기를 들으니 그만 정신이 다 아찔했었어요. 실례지만 의자에 앉겠어요."

이렇게 말하고 나서 부인은 의자에 앉았다.

백작은 부인에게 인사한 뒤 빌포르 부인에게로 갔다.

"당글라르 부인에게 아까 그 약을 좀 더 드려야 할 것 같습니다."

그러나 빌포르 부인이 당글라르 부인에게로 가까이 오기 전에, 검찰총장은 이미 당글라르 부인에게 귓속말 몇 마디를 했다.

"할 얘기가 있소."

"언제요?"

"내일."

"어디서요?"

"내 사무실에서……. 아니면 검사실이나. 거기가 가장 안전하니까."

"찾아뵙죠."

바로 그때 빌포르 부인이 가까이 왔다. 당글라르 부인은 억지로 미소를 지으며 말했다.

"고마워요. 이젠 괜찮아요. 깨끗이 나았어요."

거지

밤이 깊어갔다. 빌포르 부인이 파리로 돌아가고 싶다고 말했다. 당글라르 부인은 기분이 썩 좋지 않았지만 차마 그 말을 꺼내지 못하고 있었다.

아내의 요구대로 빌포르가 먼저 돌아가자고 제의했다. 그는 자신의 아내가 간호해줄 테니 걱정 말라며 당글라르 부인을 자기 마차에 태웠다. 한편 당글라르 씨는 카발칸티 씨와 사업 얘기를 하는 데 열중해 있었기 때문에, 그날 저녁에 일어난 일에는 관심조차 없었다.

백작은 빌포르 부인에게 약병을 받으러 가면서도, 빌포르 씨가 당글라르 부인 곁으로 다가가는 것을 보았다. 그리고 그가 당글라르 부인에게도 들릴까 말까한 낮은 목소리로 속삭였지만 뭐라 말하는지 느낄 수 있는 위치였기에 모두 짐작할 수 있었다.

그는 손님들이 하는 대로 내버려두었다. 막시밀리앙 모렐과 드브레, 그리고 샤토 르노는 말을 타고, 부인들은 빌포르 씨의 마차를 타고 떠났다. 당글라르는 카발칸티 소령과의 얘기에 점점 더 마음이 끌려서, 그에게 자기 마차를 같이 타고 가자 권했다. 한편 안드레아 카발칸티는 문 앞에서 기다리고 있는 이륜마차 쪽으로 걸어갔다. 영국식으로 차려입은 마부가 장화를 신고 발끝으로 서서 말을 붙잡고 있었다.

안드레아는 식사 중에 말을 별로 하지 않았다. 머리 좋은 이 젊은이는 부자나 권력 있는 사람들만 모인 자리에서 말실수를 할까 봐 걱정이 되었던 것이다. 게다가 손님들 중에는 검찰총장도 있다는 것을, 눈을 크게 뜨고 있던 이 젊은이가 못 보았을 리도 없었다.

또 그는 당글라르 씨에게 붙잡혀 있었다. 왜냐하면 목이 뻣뻣한 늙은 소령과 아직도 머뭇머뭇하는 그 아들을 한번 슬쩍 본 당글라르는, 몬테크리스토 백작의 초대를 받았으니 이들은 굉장한 부자일 테고, 하나밖에 없는 아들을 사교계에 내놓기 위해 파리에 온 것이 틀림없다고 생각했다. 그래서 당글라르는 말할 수 없이 기쁜 마음으로, 소령의 손가락에서 빛나고 있는 커다란 다이아몬드를 바라보고 있었다. 소령은 조심성이 많고 세상을 잘 알고 있었기 때문에, 은행권을 가지고 있다가는 혹시 무슨 일이 생기지 않을까 두려워 그것을 당장 물건으로 바꾸어놓았던 것이다. 식사가 끝나자 당글라르는 공업과 여행 얘기를 핑계 삼아 카발칸티 집안의 아버지와 아들에게 그들의 생활 형편에 대해 이것저것 물어보았다. 아버지는 4만8천 프랑의 보증 수표를, 아들은 5만 프랑의 연 수입을 당글라르 은행에서 받게 되어 있었으니, 그들은 되도록 상냥하고 싹싹하게 이 은행가를 대해 주었고, 심지어 그의 하인들과도 악수하고 싶은 것을 꾹 참았다. 두 사람은 그 정도로 은행가에게 감사의 마음을 표시하지 않을 수 없었다.

더욱이 어떤 한 가지 점이, 당글라르가 카발칸티를 존경하게 되는, 아니 존경이라기보다는 차라리 숭배에 가까운 기분이 들게 하는 이유가 되었다. 호라티우스의 '어떤 일이 있어도 놀리지 않는다'는 말을 신조로 삼고 있었던 카발칸티는 최상품의 칠성장어가 어느 호수에서 잡히는지 자신의 지식을 과시했다. 그리고 자기 몫으로 온 칠성장어를 먹으면서도 말 한마디 하지 않았었다. 그것을 본 당글라르는 이런 종류의 사치는 카발칸티 집안의 후예에게는 조금도 신기할 것이 못 된다는 결론을 내렸던 것이다. 또 마치 백작이 푸사로 호수에서 칠성장어를 잡아 오고, 볼가 강에서 철갑상어를 갖다 먹는 것과 마찬가지로, 카발칸티는 스위스로부터 루카로 송어를 가져오고, 브르타뉴에서 대하를 실어다 먹을 것이라고도 생각했다. 그래서 카발칸티가 한 다음과 같은 말을 아주 정중하게 받아들였다.

"용건이 있으니 내일 찾아뵙겠습니다."

"기꺼이 기다리겠습니다."

당글라르는 카발칸티에게 아드님과 따로 가도 괜찮다면, 자기가 왕자 호텔까지 바래다주겠다고 말했다.

이 말에 카발칸티는, 이미 오래전부터 아들을 자립심 있는 젊은이로 키워 왔으며, 또 자기 말과 마차를 따로 가져온데다가, 올 때도 같이 오지 않았으니 따로따로 돌아가도 괜찮다고 대답했다.

이렇게 해서 소령은 당글라르의 마차를 탔다. 그리고 그의 옆자리에 앉았다. 은행가는 카발칸티가 아들에게 해마다 5만 프랑씩 주는 것으로 보아 그의 연

수입이 적어도 5, 60만 프랑은 될 거라 생각했다. 그리고 그가 질서와 절제까지 아는 사람이라 여겨지자 점점 더 그에게 반해 버렸던 것이다. 한편 안드레아는 딱 보아도 잘난 체하려는 모양으로 우선 마부에게 호통을 쳤다. 현관 앞까지 모시러 오지 않고 문 앞에서 기다리고 있어, 몸소 30보나 걸어야 했다는 이유에서였다.

마부는 공손히 꾸지람을 들으면서, 발을 구르며 흙을 차는 말을 달래느라 왼손으로는 재갈을 붙잡고 오른손으로는 안드레아에게 고삐를 내주었다. 안드레아는 고삐를 잡은 뒤, 가볍게 에나멜 장화로 발판 위에 올라갔다.

바로 그때, 누군가가 그의 어깨 위에 손을 얹었다. 안드레아는 당글라르나 몬테크리스토 백작이 무엇인가 할 말이 생각나서, 막 떠나려는 찰나에 그 말을 하러 온 줄 알고 돌아보았다.

그러나 당글라르도 백작도 아니었다. 햇볕에 그을리고 굉장히 수염이 많이 난 이상한 얼굴이었다. 그는 석류석처럼 빛나는 눈에 비웃는 듯한 웃음을 짓고 있었다. 그리고 그 입속에서는 빠진 데 없이 쭉 고르게 놓인 서른두 개의 하얀 이가 빛나고 있었다. 마치 이리나 자칼의 이처럼 뾰족하고 짧아 굶주린 듯했다.

먼지투성이의 뿌연 머리는 네모진 빨간 손수건으로 덮여 있었다. 몹시 더럽고 찢어져 너덜너덜한 작업복이 비쩍 마르고 굵은 뼈만 남은 사나이의 몸을 가리고 있었다. 그의 울퉁불퉁한 뼈들은 마치 해골처럼, 걸어 다닐 때 삐걱삐걱 소리라도 낼 것 같았다. 그래서 안드레아의 어깨 위에 얹힌, 가장 먼저 눈에 들어온 그 손도 굉장히 커 보였다. 마차 불빛에 비친 그 사나이의 얼굴을 알아보아서인지, 아니면 단지 그 무시무시한 형상에 가슴이 섬뜩해졌기 때문인지, 안드레아는 몸서리를 치더니 후다닥 뒤로 물러섰다.

"뭐냐?" 안드레아는 물었다.

"실례합니다, 나리," 그 사나이는 머리에 쓴 붉은 손수건에 잠깐 손을 갖다 대면서 말했다. "폐가 되겠지만, 잠깐 드릴 말씀이 있어서요."

"구걸은 낮에만 하거라." 마부는 이 불청객을 주인 앞에서 쫓아내며 말했다.

"젊은 친구, 난 구걸하는 게 아냐." 마부가 잘 알지 못하는 이 낯선 사나이는 비웃는 듯한 웃음을 지으며 마부에게 말했다. 마부는 그 웃는 표정에 가슴이 섬뜩해져서 뒤로 물러섰다. "난 지금 나리께 할 얘기가 있어서 그러는 거야. 한

2주일 전에 나한테 부탁하신 일이 있거든."

"이봐," 안드레아는 자신의 동요를 마부가 눈치채지 못하게 제법 힘있는 어조로 말했다. "무슨 일이야? 얼른 말해!"

"그러니까, 그러니까……." 붉은 손수건을 쓴 사나이는 아주 낮은 목소리로 말했다. "한 가지 부탁이 있어. 파리까지 걸어가지 않도록만 해줘. 너무 지쳐서 그래. 너처럼 잘 얻어먹지도 못했으니, 지금도 겨우 서 있는 거야."

안드레아는 이런 허물없는 말투에 깜짝 놀랐다.

"그래, 뭘 해달라는 거지?" 그가 물었다.

"그러니까 저 훌륭한 마차에 날 태워서 데려다 달라는 거야."

안드레아는 안색이 변했다. 그러나 아무 대답도 하지 않았다.

"오! 이를 어쩌나, 그래," 붉은 손수건을 쓴 사나이는 주머니에 손을 넣은 채

도전적인 눈으로 안드레아를 쳐다보며 말했다. "그러려고 온 거야. 알겠나, 베네데토."

베네데토라는 이름을 듣자 안드레아는 생각이 난 듯했다. 그는 마부에게 가서 말했다.

"그래, 그래, 사실 내가 저 친구한테 심부름을 시켰던 일이 있어서 그에 대한 보고를 하라고 했었어. 넌 시문(市門)까지 걸어가도록 해라. 거기 가서 마차를 잡아타고 너무 늦지 않게 돌아오도록 해."

마부는 깜짝 놀라며 물러갔다.

"자, 어두운 데로 가자." 안드레아가 말했다.

"그런 거라면 내가 좋은 곳에 데려가 주지." 붉은 손수건의 사나이는 말했다.

사나이는 말의 재갈을 붙잡고, 어두운 곳으로 마차를 끌고 갔다. 과연 거기는 안드레아가 그 사나이에게 당하는 광경이 누구의 눈에도 띌 수 없는 장소였다.

사나이가 말했다. "아, 내가 이런 훌륭한 마차를 타 보고 싶어서 그런 건 아니네. 단지 너무 지쳐서 그러는 거지. 그리고 일에 대해 할 얘기도 좀 있고."

"자, 어서 타시지." 안드레아가 말했다.

지금이 낮이 아니어서 유감이었다. 왜냐하면 젊고 똑똑한 안드레아가 마차를 몰고, 그 옆에 부랑배가 수 놓인 쿠션 위에 당당히 앉아 있는 모습은 실로 진기하고 이상한 장면이었기 때문이다.

안드레아는 마을을 다 빠져나올 때까지, 아무 말도 하지 않고 말을 몰았다. 사나이는 이런 훌륭한 마차를 탄 것이 신이 난 듯 웃고 있었지만 그러면서도 침묵을 지키고 있었다.

일단 오퇴유를 벗어나자, 안드레아는 보는 사람도 듣는 사람도 없다는 것을 확인하기 위해서인지 주위를 둘러보았다. 그러더니 마차를 멈추고 붉은 손수건을 쓴 그 사나이 앞에서 팔짱을 끼었다.

"그런데 왜 날 귀찮게 구는 거요?" 그가 말했다.

"그럼, 넌 왜 나를 경계하는 거냐?"

"내가 뭘 경계했다는 거요?"

"뭘 그러느냐고? 이제 와서 그걸 말이라고 해? 우리가 바르 다리에서 헤어질 때 너는 피에몬테와 토스카나로 간다고 했잖아? 그런데 엉뚱하게 파리로 오다니!"

"그게 무슨 피해라도 주었소?"

"천만에! 오히려 그쪽이 나한텐 더 좋아."

"허!" 안드레아가 말했다. "그러니까 날 이용하겠다는 말씀이시군!"

"뭐! 무슨 말도 안 되는 소리야."

"하지만 그건 잘못된 생각이요, 카드루스 씨. 그러니까 내가 미리 말하지 않았소?"

"이봐, 화낼 필요는 없어. 아직 혈기왕성하군. 그런데 너도 불행이라는 게 어떤 건지를 알아두어야 해. 불행이라는 건 질투가 생기는 거야. 난 네가 여행안내원이라도 돼서 피에몬테나 토스카나를 돌아다닐 걸로만 생각하고 있었거든. 난 너를 진심으로 동정했어. 내 친자식처럼 생각하고 말이야. 너도 알지, 내가 늘 널 내 자식이라고 부르던 걸 말이다."

"그래서? 어떻다는 건데?"

"인내심을 가져봐, 이 화약고 같은 자야."

"인내하고 있잖소? 자, 그 다음 얘기를 해보시지."

"난 네가 마부가 끄는 마차를 타고 새 옷을 빼입고 봉좀므 문 앞을 지나가는 것을 보았단 말이야. 굉장하던데! 자네, 금광이라도 찾아냈나? 아니면 주식중개인의 주식이라도 샀나?"

"그러니까 아까 말한 대로 질투가 났다 이 말이군?"

"아니지, 난 아주 기뻐. 그래서 축하라도 해주려고 했던 거야. 그러나 난 제대로 차려입지도 못했으니, 널 창피하게 만들까 봐 기회를 봐서 온 거지."

"퍽도 신경 써 주셨군!" 안드레아가 말했다. "그래서 내 마부 앞에서 말을 걸어왔구먼!"

"어쩔 수 없잖아. 널 붙잡을 수 있을 때 말을 걸어봐야 할 게 아냐? 말은 빠르고 마차도 가볍잖아. 게다가 넌 워낙 뱀장어같이 미끄러운 놈이니까. 만약 오늘 밤에 널 붙잡지 못했다면 까딱하다 다신 만날 수 없었을 테지."

"보다시피 난 도망가거나 숨어 다니진 않소."

"넌 참 행복한 놈이야. 나도 그렇게 말해 주려고 했었어. 난 숨어 다니고 있어. 난 네가 나를 알아보지 못할 거라고 생각했었는데, 네가 날 알아보았던 거지." 카드루스는 심술궂은 웃음을 띠며 덧붙였다. "넌 정말 친절해."

"그런데," 안드레아가 말했다. "용건이 뭐요?"
"너, 기분 나쁘게 자꾸 말을 높이는데, 우린 오래된 친구잖아. 그러지마, 베네데토. 조심하는 게 좋을 거야. 안 그러면 소란스러워지는 수가 있어."
이 위협적인 말에 안드레아는 화났던 마음이 위축되고 말았다. 위압적인 기운이 자신 위로 휙 지나가는 것을 느꼈다.
그는 다시 말을 몰았다.
"카드루스," 그가 말했다. "너야말로 옛날 친구를 대하는 태도가 틀린 거 아냐? 너는 마르세유 태생이고, 난……."
"너, 어디 태생인지 알았냐?"
"몰라. 하지만 난 코르시카에서 자랐어. 넌 나이도 많고 고집도 세지만, 난 젊고 굽힐 줄 모르는 놈이야. 그러니까 우리 같은 사이엔 협박 같은 게 통하지 않아. 만사를 잘 타협해 보는 게 어때? 넌 평생 운이 나쁜데 나만 운이 좋은 게 내 잘못은 아니잖아?"
"진짜로 좋은 일이 생겼단 말이지? 그럼, 마부며 마차며 그 옷들도 모두 빌린 게 아니란 말이야? 대단한데!" 카드루스는 부러운 듯이 눈을 반짝였다.
"흥, 대번에 보고 알았을 텐데! 그러니까, 날 따라온 게 아냐?" 안드레아는 점점 흥분을 억제할 수가 없었다. "만약 내가 너처럼 머리에 붉은 손수건을 쓰고 어깨엔 누더기 작업복을 걸치고 구멍 난 신발을 신고 있었다면, 넌 날 아는 체도 안 했을걸."
"너, 날 무시하는데, 난 그렇지 않아. 이렇게 일단 널 찾아냈으니, 나도 남들처럼 엘뵈프 천으로 만든 양복을 입게 되는 거지. 넌 친절하니까. 옷 두 벌이 생기면 하나는 날 주겠지. 난 네가 배고팠을 때 내 수프와 콩을 나누어주었으니까."
"그랬었지." 안드레아가 말했다.
"그땐 먹성이 좋았지! 지금도 예전처럼 먹성이 좋은가?"
"좋지." 안드레아가 웃으면서 대답했다.
"지금 초대받고 나온 공작 댁에서도 실컷 먹었겠군."
"공작이 아냐, 그저 백작이지."
"백작? 그럼 돈도 많겠네?"
"그래. 하지만 안심할 수 있는 상대가 아니야. 보통 사람이 아니니까."

“그런 건 걱정 마! 그 백작한테 어쩌자는 게 아냐. 그 친구는 너 혼자서 맡아도 좋아. 하지만,” 카드루스는 전에도 그 입술 위를 스쳐간 심술궂은 웃음을 지으며 말을 이었다. “그 대신 뭘 좀 줘야겠어. 무슨 소린지 알겠지.”

“뭘 말인가?”

“그저 한 달에 100프랑만 있으면…….”

“그게 있으면 뭐?”

“어떻게든 살아갈 수는 있겠는데…….”

“100프랑이라고?”

“물론 충분하지는 않을 거야, 적어도…….”

“적어도?”

“150프랑이면 아주 좋겠는데.”

“자, 200프랑.”

안드레아는 카드루스의 손에 금화 10루이를 쥐여주었다.

“고마워.” 카드루스가 말했다.

“매달 1일에 문지기한테 와서 받아 가, 받아갈 수 있도록 해 둘 테니.”

“이봐, 너 또 날 창피주려고 그러는 구나.”

“왜 그러는 거야?”

“날 하인과 상대하게 하겠다니 말이야. 그건 안 되지. 난 너하고만 상대하겠어.”

“그래 좋아! 날 찾아와. 매달 1일에 나한테 수입이 있는 한은 줄 테니까.”

“됐어! 역시 내 눈은 틀림없단 말이야. 넌 참 훌륭한 젊은이야. 그러니, 너 같은 사람한테 좋은 일이 생긴다는 건 순전히 하느님의 은혜지. 자 그럼, 어쩌다가 이렇게 운이 트였는지 얘기 좀 해봐.”

“그건 알아서 뭘 하게?”

“허어! 또 날 경계하는군!”

“그렇진 않아. 사실은 아버지를 찾았어.”

“진짜 아버지야?”

“흠! 돈을 계속 주는 한은…….”

“존경하고 숭배한단 말이지. 좋아, 그런데 아버지란 사람의 이름은?”

“카발칸티 소령.”

"저쪽에서도 네가 마음에 들었나?"
"지금까지는 그런 것 같은데."
"누가 아버지를 찾아주었지?"
"몬테크리스토 백작."
"지금 갔다 온 그 집 주인?"
"그래."
"그럼, 한 가지만 더 들어줘. 날 할아버지라 하고 그 집으로 데려다 주면 안 돼?"
"좋아, 한번 얘기해 보지. 그런데 앞으로 뭘 어쩌려고 그러는 거지?"
"나 말야?"
"그래, 너 말야."
"그런 것까지 생각해 주니 고마운데." 카드루스는 말했다.
"너도 내 얘길 듣고 싶어 했으니," 안드레아가 말했다. "나도 네 얘길 들어봐도 되겠지."
"번듯한 집에 방 하나를 빌릴 작정이야. 그리고 제대로 옷을 입고, 날마다 면도를 하고, 카페에 가서 신문을 읽을 거야. 저녁이 되면 오페라 극장에 가고. 이를테면 은퇴한 빵집 주인같이 사는 거지. 이게 내 꿈이야."
"좋아! 네가 그 계획을 실행에 옮기고 얌전히만 살아준다면 모든 게 다 잘 되겠지."
"이봐, 이봐, 지금 설교하시는 건가?…… 근데 넌 뭐가 되는 거지?…… 프랑스 귀족이라도 되는 거냐?"
"흠! 그걸 어떻게 알겠나."
"카발칸티 소령은 귀족임에 틀림없겠지?…… 그러나 유감스럽게도 세습 제도는 이젠 없어져 버렸거든."
"정치적인 얘기는 그만두지! 이젠 소원대로 다 된 거고, 여기까지 같이 왔으니 마차에서 내려서 어서 사라져줘."
"싫은데."
"뭐? 싫다고?"
"생각을 좀 해보란 말야. 머리에는 붉은 손수건을 쓰고, 신발도 거의 맨발이나 다름없고, 여권도 없지. 내 주머니에는 나폴레옹 금화 한 닢, 전부터 갖고 있던 건 별도로 하더라도 꼭 200프랑이 있어. 그러니 성문을 통과할 때 틀림없이 붙잡힐 거야. 그렇게 되면 신분을 증명하느라고 어쩔 수 없이 난 이 나폴레옹 금화를 너한테서 받았다고 말할 수밖에 없어. 그렇게 되면 당장 신원 조회다, 조사다 해서 내가 툴롱 감옥을 도망쳐 나왔다는 게 드러날 거란 말이야. 결국 경찰에서 경찰로 넘어가 지중해 연안까지 도로 끌려가게 되겠지. 그러면 다시 옛날의 106호 죄수가 되는 거야. 그리고 은퇴한 빵집 주인이라는 꿈은 물 건너가는 거지! 그건 싫어. 난 멋지게 파리에서 살고 싶다고."

안드레아는 미간을 찌푸렸다. 스스로 생각해 봐도 자신은 카발칸티 소령의 가짜 아들로서 제법 자부심이 강한 사람이었다.

그는 잠깐 마차를 멈추고 재빨리 주위를 살펴보았다. 그러고는 슬쩍 손을 조끼 주머니에 넣어 포켓용 권총의 방아쇠를 더듬었다.

한편 카드루스는, 그에게서 눈을 떼지 않고 두 손을 등 뒤로 돌려, 만일의 경우에 대비해 늘 지니고 다니던 긴 에스파냐 칼을 몰래 뽑았다.

서로를 잘 아는 두 사람인지라, 그들은 곧 상대의 속셈을 알아차렸다. 안드레아는 아무 일 없었다는 듯이 주머니에서 손을 꺼내 자신의 갈색 수염을 슬슬 문질렀다.

"자, 카드루스. 이제 넌 잘 살게 되는 거지?"

"할 수 있는 대로 해볼 셈이야." 가르 다리 여관의 주인 카드루스도 칼을 칼집에 꽂으며 말했다.

"자, 그럼 같이 파리로 돌아가지. 그런데 어떻게 하면 성문을, 의심을 안 받고 통과하지? 글쎄, 그런 꼴로는 걸어가는 것보다 마차를 타는 게 더 위험할 것 같은데?"

"잠깐 기다려봐." 카드루스가 말했다. "이렇게 하는 거야."

그는 안드레아의 모자를 빼앗아 쓰고, 마차에서 쫓겨난 마부가 제자리에 놓고 간 망토를 집어 자기 어깨에 걸쳤다. 그러고는 주인이 손수 모는 마차를 탄 양반집 하인 같은 포즈를 취했다.

"그럼 난 어쩌란 말인가? 모자도 없이 가란 말이야?" 안드레아가 물었다.

"흥," 카드루스의 말이었다. "바람이 세군. 모자는 바람에 날린 줄 알겠지?"

"알았어, 그 정도로 끝내지."

"마차를 멈춘 건 누구지?" 카드루스가 물었다. "난 아닌 것 같은데."

"쉬!" 안드레아가 말했다.

두 사람은 무난히 성문을 통과했다.

첫 번째 교차로에서 안드레아는 마차를 멈추었다. 카드루스가 마차에서 뛰어 내렸다.

"이봐!" 안드레아가 말했다. "내 마부 옷하고 내 모자는 어쩔 셈이야!"

"아니!" 카드루스가 대답했다. "나보고 감기에 걸리라는 거야?"

"그럼, 난?"

"너에겐 무엇보다 젊음이 있잖아. 난 이제 곧 노인이라고. 자, 그럼 또 보세, 베네데토!"

카드루스는 이렇게 말하고 골목 안으로 사라졌다.

"제기랄!" 안드레아는 한숨을 내쉬며 중얼거렸다. "이 세상에 완전한 행복이란 없군!"

부부 싸움

세 젊은이는 루이 15세 광장에서 헤어졌다. 막시밀리앙 모렐은 큰 거리 쪽으로, 샤토 르노는 혁명다리로, 그리고 드브레는 강기슭을 따라 갔다.

막시밀리앙 모렐과 샤토 르노는, 지금도 의사당 단상에서 행해지는 연설이나 리슐리외 거리 극장에서 상연되는 점잖은 연극에 나올 법한 '가정'으로 저마다 돌아갔을 것이다. 그러나 드브레는 그렇지 않았다. 루브르 입구까지 온 그는 왼쪽으로 말을 돌려 급히 카루젤 광장을 가로질렀다. 생로슈 거리로 들어가 미쇼디에르 거리로 나온 그는 당글라르 집 앞에서 멈춰 섰다. 바로 그때, 빌포르 씨의 마차는 생토노레 구역에서 당글라르 부부를 내려준 뒤 이제 막 당글라르 남작부인을 그 집까지 데려다 주고 오는 길이었다.

드브레는 이 집과는 허물없이 친한 사이인 듯 주저 없이 뜰 안으로 들어갔다. 그러고는 하인에게 말고삐를 맡기고, 다시 당글라르 부인을 맞으러 문 앞으로 나가, 부인이 집 안으로 들어오는 것을 돕기 위해 팔을 내밀었다.

문이 닫히고 남작부인과 뜰 안으로 들어선 드브레가 물었다.

"에르민, 왜 그래요? 백작이 한 얘긴 지어낸 건데, 그 얘기에 왜 기분이 나빠진 거예요?"

"오늘 밤엔 몸 상태가 좋지 않았어요."

"하지만 에르민," 드브레가 다시 말을 이었다. "그건 믿어지지 않는걸. 백작 집에 도착했을 때, 당신은 기분이 보통 좋은 게 아니었잖소. 당글라르 씨가 기분이 좋지 않아 보였지만, 난 당신이 남편의 기분 같은 건 신경 쓰지 않는다는 걸 알고 있소. 누군가가 당신 기분을 나쁘게 만든 거야. 얘길 해봐요. 누가 당신한테 무례하게 굴었다면 내가 가만히 보고 있지만은 않을 거란 걸 알지 않소?"

"뤼시앵, 당신이 잘못 생각한 거예요." 당글라르 부인이 말했다. "내가 얘기한 그대로예요. 남편의 기분이 언짢았던 것 때문이에요. 하지만 그런 건 얘기할 만한 가치도 없어요."

분명 당글라르 부인은 여자들에게 흔히 나타나는, 자기 자신도 깨닫지 못하는 신경성 홍분이 일어난 것이거나, 아니면 드브레가 추측한 대로 누구에게도 말하고 싶지 않은 어떤 남모를 동요를 느끼고 있었음에 틀림없었다. 망상을 여자들 생활의 한 요소라고 인정해 온 드브레는 다음에 때를 보아서 다시 물어보거나, 아니면 저쪽에서 자발적으로 속을 털어놓으리라 생각하고 지금은 굳이 캐묻지 않기로 했다.

부인은 자신의 방문 앞에서 코르넬리와 마주쳤다.

그녀는 부인이 신용하고 있는 하녀였다.

"아가씨는 뭘 하고 계시냐?" 부인이 물었다.

"저녁 내내 공부를 하시더니 지금은 쉬고 계십니다." 코르넬리는 대답했다.

"피아노 소리가 나는 것 같던데?"

"아가씨께서 쉬시는 동안 루이즈 다르미 양이 치고 계신 겁니다."

"그래? 나 옷 좀 갈아입을 테니 거들어다오."

그들은 방으로 들어갔다. 드브레는 커다란 소파 위에 누웠다. 그리고 부인은 코르넬리를 데리고 드레스실로 들어갔다.

"뤼시앵 씨," 부인이 드레스실 커튼 너머로 말했다. "당신은 외제니가 한 번도 말을 걸지 않아 불만이신가요?"

"부인," 뤼시앵은 남작 부인의 강아지와 장난하며 대답했다. 강아지는 뤼시앵이 이 집 사람들과 친구라는 것을 알고, 늘 그를 보면 재롱을 부렸다. "그런 불평을 하는 건 저 혼자만이 아니올시다. 언젠가 모르세르도 따님이 말을 한마디도 걸어오지 않아 불만이라고 하소연하는 것 같던데요."

"맞아요. 하지만 머지않아 모든 게 달라질 거예요. 그리고 외제니가 당신 사무실로 찾아가게 될 테고."

"제 사무실요?"

"그러니까 내무대신의 사무실에 말이에요."

"왜요?"

"오페라 극장과의 계약을 부탁하러요. 정말 그 정도로 음악에 미친 아인 없을 거예요. 사교계의 젊은 여자로선 좀 이상할 정도니까요."

드브레는 미소 지었다.

“좋아요,” 그는 말했다. “당신네 부부의 허락만 있으면 와도 좋습니다. 그럼 계약을 도와드리죠. 따님같이 재능 있는 분이 연주해 주신다면, 충분하지는 않겠지만 어떻게든 격에 맞는 대우를 해 드리도록 노력해 보겠습니다.”

“코르넬리. 이젠 가도 좋아, 네가 할 일은 이젠 없을 것 같으니.”

코르넬리가 나가자 잠시 뒤에 부인은 아름다운 실내복 차림으로, 드레스실을 나와 뤼시앵 옆에 와서 앉았다.

그러고 나서 부인은 꿈이라도 꾸는 듯한 모습으로 조그만 스패니얼*1을 쓰다듬기 시작했다. 뤼시앵은 잠깐 아무 말 없이 부인을 바라보았다.

“자, 에르민느,” 잠시 뒤 그가 말했다. “사실대로 말해 봐요. 무언가 기분 나

*1 개의 일종.

빴던 일이 있었죠?"

"아니요, 아무 일도요."

그렇게 말하면서도, 부인은 가슴이 답답한 듯 자리에서 일어나 숨을 한 번 크게 들이마시고는 거울 앞으로 갔다.

"오늘 밤 내 얼굴이 아주 무섭군요." 부인이 말했다.

드브레가 미소를 띠며 부인을 달래주려고 자리에서 일어서려는데, 바로 그 때 갑자기 문이 열렸다.

당글라르 씨가 나타난 것이다. 드브레는 다시 의자에 앉았다.

문소리에 부인은 홱 돌아보았다. 그리고 남편의 모습에 깜짝 놀랐지만 그 놀라움을 감출 생각은 하지 않았다.

"편안하오, 부인?" 은행가는 아내에게 말했다. 그리고 이어서 드브레에게도 인사했다. "편안한가, 드브레."

부인은 남편이 갑자기 찾아온 것이 어쩌면 자기가 낮에 입 밖으로 내뱉었던 난폭한 말에 대해 사과라도 하기 위해서일 거라고 생각했다.

부인은 당당한 자세로 남편에게는 대꾸도 않고 뤼시앵 쪽으로 돌아서며 말했다.

"그럼, 제게 책을 읽어주세요." 드브레는 처음 당글라르가 나타났을 때는 불안을 느꼈지만, 부인의 침착한 모습을 보자 자신도 마음을 가라앉혔다. 그리고 조개에 금박을 입힌 편지칼이 끼여 있는 책 한 권을 집으려고 손을 내미는데, 은행가가 말했다.

"잠깐, 실례합니다. 이렇게 늦게까지 안 자고 있으면 피곤할 텐데. 벌써 11시요. 그리고 드브레 씨는 집도 멀고."

드브레는 어리둥절했다. 당글라르 씨의 어조가 너무나 침착하고 정중했기 때문이 아니라, 그런 침착함과 정중함 속에 오늘 밤엔 지금까지와는 달리, 아내의 의사를 무시하고 자기 의사를 관철시키겠다는 속뜻이 드러났기 때문이었다.

부인도 역시 깜짝 놀라서 그 눈에 놀라움의 빛을 띠었다. 만약 남편이 신문을 들여다보고 그날 주식의 마감 상황 기사를 찾고 있지 않았더라면 분명히 알아차렸을 정도였다.

그래서 오만한 부인의 날카로운 시선은 허무하게 허공에 떨어진 채 아무 효과도 거두지 못했다.

"뤼시앵 씨," 부인은 입을 열었다. "분명히 말해 둘게요. 난 조금도 졸리지 않아요. 그리고 오늘 밤에 당신한테 할 얘기가 너무나 많아요. 그러니까 서서 자는 한이 있더라도 오늘 밤 내 말을 들어주세요."

"당신 뜻에 따르겠습니다, 부인." 드브레는 냉정하게 대답했다.

"드브레 씨," 이번에는 은행가가 말했다. "무리를 하면서까지 오늘 밤 아내의 바보 같은 얘기를 들을 필요는 없습니다. 내일 들어도 되는 거니까. 오늘 밤은 내게 양보해 주세요. 미안하지만 중대한 문제가 있어 집사람하고 내가 얘길 좀 해야겠군요."

이번에야말로 얘기가 단도직입적이어서, 뤼시앵도 부인도 둘 다 어리둥절할 수밖에 없었다. 두 사람은 이러한 공세에 도움이라도 구하려는 듯이 서로 눈을 마주 보았다. 그러나 가장의 위력 덕분에 승전가는 남편의 것이었다.

"하지만 내가 쫓아내려고 한다고는 생각지 말아주십시오." 당글라르는 말을 이었다. "뜻밖의 일이 생겨서 오늘 밤에 집사람하고 꼭 해야 할 얘기가 있어서요. 이런 일은 좀처럼 없는 일인데. 부디 나쁘게 생각지는 말아주십시오."

드브레는 뭐라고 두세 마디 중얼거리며 인사를 하고는《아탈리》*2에 나오는 나탕처럼 방 모서리에 여기저기 부딪히면서 밖으로 나갔다.

"믿을 수 없는 일이군!" 그는 방을 나서자 이렇게 말했다. "우리 눈에는 그렇게 바보같이 보이는 남편들이 갑자기 우리보다 우세해지다니!"

뤼시앵이 나가자, 당글라르는 소파의 자기 자리에 앉아 펼쳐져 있던 책을 덮었다. 그러고는 역겨우리만큼 거만한 모습으로 개와 장난치기 시작했다. 그러나 개는 주인과는 드브레만큼도 정이 들지 않았기 때문에 그를 물려고만 했다. 그는 개의 목덜미를 잡고 방 한 구석에 있는 소파 위에 던져버렸다.

개는 날아가면서 소리를 질렀다. 그러나 소파 위에 떨어지자 쿠션 밑에 쭈그리고 앉아, 지금껏 당해 본 적 없는 이 난폭한 대우에 간담이 서늘해져서 아무 소리도 못 내고 꼼짝도 안했다.

"여보," 부인은 눈썹 하나 까딱하지 않고 말했다. "당신 상당히 발전하셨네요. 다른 땐 무례하기만 하더니, 오늘 밤엔 난폭하기까지 하니 말이에요."

---

*2 라신의 비극.

"오늘 밤엔 평소보다 기분이 아주 나빠서 그래." 당글라르가 대답했다.
에르민느는 더할 나위 없이 경멸에 찬 눈으로 남편을 바라보았다. 여느 때 같으면 이러한 시선은 오만한 남편을 격분시켰을 테지만, 오늘 밤의 그는 그런 것엔 신경도 쓰지 않는 눈치였다.
"그래, 당신 기분이 나쁘니 나더러 어떡하란 말이죠?" 부인은 남편의 냉정한 태도에 약이 올라서 대꾸했다. "그게 나하고 무슨 상관이에요? 당신 기분 나쁜 건 속으로만 생각하시든지, 당신 사무실에서나 풀어보시지 그래요. 월급 주고 부리는 행원들이 있을 테니 자기 기분은 그 사람들한테나 가서 푸시지요."
"그럴 수야 없지." 당글라르가 말했다. "당신 충고는 형편없어. 그러니 거기엔 따를 수 없소. 내 사무실은, 데무티에 씨 말마따나, 내겐 팍톨*3 강이니까, 그 흐름을 깨거나 조용한 물을 흐려 놓고 싶진 않아. 행원들은 모두 정직할 뿐 아니라 내 재산을 모아주거든. 버는 것에 비하면 일한 대가를 형편없이 싸게 쳐주고 있지. 그러니 내가 어찌 그들에게 화를 낼 수 있겠소. 내가 화내야 할 사람은 그들이 아니라, 내 집에 와서 만찬이나 먹고 내 말을 타고 내 금고를 텅텅 비게 하는 놈들이지."
"도대체 당신 금고를 텅텅 비게 하는 사람이 누구죠? 좀 더 구체적으로 설명해 보세요."
"걱정할 것 없어. 내 말이 어려웠다면, 곧 알 수 있게 해줄 테니까." 당글라르는 말을 이었다. "내 금고를 거덜 내는 자들이란 한 시간 만에 50만 프랑이나 금고 돈을 축낸 놈들이지."
"무슨 소린지 하나도 모르겠군요." 부인은 목소리가 떨리고 얼굴이 달아오르는 것을 애써 감추며, 이렇게 대답했다.
"잘 알고 있을 텐데. 그것도 아주 확실히." 당글라르가 말했다. "계속 모른 체한다면 분명히 말해 주지. 난 에스파냐 공채에서 70만 프랑을 손해 봤어."
"그래요?" 부인은 비웃듯이 말했다. "그래서 그 책임이 나한테 있단 말이에요?"
"그럼, 아니란 말야?"
"70만 프랑을 손해 본 게 내 죄란 말이에요?"

*3 리지아의 강으로 거대한 자산을 상징한다.

"어쨌든 내 죄는 아닌 것 같은데."

"마지막으로 말하겠는데," 부인은 신랄한 어조로 말했다. "내 앞에서 절대 돈 얘기 꺼내지 말라고 지금 분명히 말했어요. 내 친정에서도 전남편한테서도 그런 얘기를 하는 법은 배워본 적이 없다고요."

"그야 그렇겠지," 당글라르가 말했다. "그 사람들은 돈이라곤 한 푼도 없었으니까."

"더군다나 여기서 아침부터 밤까지 귀에 못이 박이도록 듣는 은행 용어 같은 것도 배워본 일이 없어요. 밤낮 세고 또 세고 하는 돈 얘기엔 진저리가 나요. 그보다 더 싫은 건 당신 목소리예요."

"그것 참 이상한데!" 당글라르가 말했다. "내 일에 지대한 관심을 갖고 있는 줄 알고 있었는데."

"내가요? 그런 바보 같은 소릴 누가 하던가요?"

"당신이."

"말도 안 돼."

"틀림없이 당신이 그랬어."

"도대체 내가 언제 그랬는지 얘길 해봐요."

"그야 간단하지. 지난 2월에 당신은 내게 아이티 주식 얘길 제일 먼저 했어. 당신은 꿈에 배 한 척이 르아브르 항에 들어오는 것을 보았다고 했어. 그리고 그 배가 무기 연기되어 있던 지불이 시행된다는 소식을 가져왔다고 얘기했지. 난 당신의 꿈이 잘 맞는다는 걸 알고 있으니, 부랴부랴 아이티 주식을 살 수 있는 대로 다 사 들여서 40만 프랑의 이득을 보았지. 그래서 그중 10만 프랑은 기분 좋게 당신한테 주었어. 당신은 그 돈을 마음대로 다 썼지만, 그건 내가 상관할 바 아니지.

3월에는 철도 불하 문제가 있었지. 세 회사가 똑같은 보증을 제시했어. 당신은 투기에는 전혀 문외한이라고 말하면서 어떻게 그런 방면에 그렇게 날카로운 직관을 가지고 있는지 모르겠지만, 어쨌든 당신은 직관적으로, 철도 불하는 남프랑스 회사라는 데에 낙찰될 거라고 그랬단 말이지. 그래서 난 곧장 그 회사 주식의 3분의 2를 신청했지. 그랬더니 정말 그 회사가 낙찰되었거든. 그리고 당신이 추측한 대로 주가는 세 배나 뛰었고, 그래서 난 100만 프랑을 벌었지. 그중 25만 프랑은 화장품 값으로 쓰라고 당신한테 주었어. 그런데 그 25만 프랑을 어떻게 했지?"

"도대체 무슨 말씀을 하시는 거예요?" 부인은 분노와 초조에 떨면서 남편에게 소리쳤다.

"가만있어 봐, 이제 곧 알게 돼."

"맘대로 해 봐요, 어디."

"4월이 되자 당신은 대신 집 만찬에 초대를 받았지. 거기서 에스파냐 문제가 나왔는데, 당신은 그때 비밀 얘기를 엿들었지. 돈 카를로스 추방 계획에 대한 이야기였어. 그래서 난 에스파냐 공채를 샀지. 그런데 그 계획도 들어맞아서 난 샤를 5세가 비다소아 강을 다시 건넜다던 그날 60만 프랑을 벌었어. 그 돈에서 또 당신한테 50만 에퀴*4를 떼주었고. 물론 그건 당신 돈이지. 어디다 어떻게 썼는지는 묻지도 않을 거야. 말해두고 싶은 건 올해 당신이 나한테서 받은 돈이 50만 프랑이라는 사실이야."

"그래서 그게 어쨌단 말이죠?"

"그게 어쨌느냐고? 그 다음부터가 큰일이라고."

"말투가 점점 이상해지는군요. 당신 정말……."

"난 내가 생각하고 있는 것만 잘 전달된다면…… 말투 같은 건 문제가 아냐. 그 다음 일은 오늘로부터 사흘 전이지. 사흘 전, 당신은 드브레 군과 정치 얘기를 하다가 돈 카를로스가 에스파냐로 돌아왔다는 뉴스거리를 잡았다고 했어. 그래서 난 주식을 전부 팔아버렸지. 그 소문이 나자 공황이 일어났고, 이젠 파는 게 아니라 그냥 주는 거나 마찬가지가 됐거든. 그런데 다음날, 그 정보가 거짓이라는 게 밝혀졌어. 그래서 난 그 거짓 정보 덕분에 70만 프랑이라는 돈을 잃었단 말이야."

"그래서요?"

"돈을 벌었을 때마다 난 4분의 1을 당신한테 주었어. 그러니 이번엔 당신이 나한테 4분의 1을 주어야겠어. 70만 프랑의 4분의 1은 17만5천 프랑이야."

"터무니없는 말을 하시는군요. 그리고 그 얘기에 드브레 씨는 왜 갖다 붙이는지 모르겠군요?"

"만약 당신한테 내가 말하는 그 17만5천 프랑이 없다면 당신 친구들한테 빌

---

*4 15만 프랑.

려오는 게 좋을 거야. 그리고 드브레 씨도 당신 친구 중에 한 사람이지."
"뭐라고요, 기가 막혀!" 부인이 소리쳤다.
"과장된 행동이나 말은 이제 그만두지. 진저리가 나니까. 별로 말하고 싶지는 않지만, 사실 당신 속은 빤히 들여다보인단 말이야. 드브레 군은 당신한테 받은 50만 프랑을 옆에 놓고 웃으면서 속으로 생각하겠지. 아무리 재주 좋은 노름꾼도 알아내지 못하는 수단, 다시 말해 노름판에 끼지 않으면서도, 이길 때엔 따고 설령 진다하더라도 손해 보지 않을 수 있는 수단을 발견했다고 말이지."

남작부인은 폭발이라도 할 기세였다.

"비열한 인간," 부인이 말했다. "지금에야 나한테 그 일을 책망하다니 당신은 여태까지 모르고 있었다는 거예요?"

"알고 있었어도 말 안 해 줄 거고, 모르고 있었어도 말 안 해 줄 거야. 내가 하고 싶은 얘긴 이 말뿐이야. 당신이 내 아내 노릇을 하지 않고, 내가 당신 남편 구실을 안 하고 지낸 이 4년 동안 내가 하는 모든 것을 지켜보았다면 그 일들이 늘 합리적이었는지 아니었는지는 당신도 잘 알 거야. 우리 사이가 나빠지기 얼마 전, 당신은 이탈리아 극장에서 화려하게 데뷔한 유명한 바리톤 가수한테 음악을 배우고 싶다 말했어. 난 나대로 런던에서 평판이 높은 무희에게 춤을 배우고 싶다고 생각했고. 그래서 우리 둘에게 10만 프랑이 들었지. 난 그때도 아무 소리도 하지 않았어. 가정엔 조화가 필요하니까. 남편과 아내가 춤과 음악을 공부하는 데 10만 프랑은 그리 큰돈이 아냐. 그런데 당신은 갑자기 노래에 싫증이 나서 이번엔 대사 비서관한테 외교 공부를 하겠다고 했어. 난 그래도 가만 내버려두었어. 난 아무래도 좋았으니까. 수업료는 어차피 당신 주머니에서 나오는 거니까. 그런데 이젠 그 돈을 내 주머니에서 뽑아내려 하고 있단 말이지. 그 돈이 자그마치 한 달에 70만 프랑이야. 집어치워! 그렇게는 못 해! 그 외교관 친구가 거저 가르쳐준다면 몰라도, 그게 아니라면 다시는 내 집에 발을 못 들여 놓게 할 거야! 알겠지?"

"정말 너무해요." 에르민느는 목이 메어 외쳤다. "어디 야비함의 끝까지 가보시지."

"아무튼 난," 당글라르가 일어나며 말했다. "당신이 얌전히 '여필종부'의 격언을 따라준 걸 고맙게 생각하오."

"모욕하지 말아요!"

"당신 말이 맞아. 사실을 확실하게 밝히고, 우리 냉정하게 한번 생각해 봅시다. 난 여태까지 당신을 위하는 것 말고는 당신이 하는 일에 뭐라고 해 본 적이 없었소. 당신도 그렇게 하도록 하시오. 당신은 내 재산 같은 것엔 관심도 없다 그랬지? 그럼 좋아. 당신 재산만 가지고 맘대로 해보구려. 내 재산을 불리려고도 줄이려고도 하지 말고. 이번 일만 하더라도 무슨 정치적인 장난인지도 몰라. 대신이란 놈이 내가 반대파인 게 싫고, 게다가 내 인기에 샘이 나서 드브레와 짜고서 날 파산시키려고 한 짓인지도 모르지."

"설마!"

"아니, 틀림없어. 지금껏 그런 일이 있었느냐 말이야. 신호가 잘못 전해지는 일이 생기다니, 그건 거의 불가능한 일이지. 마지막 두 군데 전신중계탑이 전혀 틀린 신호를 보내다니! 이건 분명 날 골탕 먹이려고 일부러 한 짓이 틀림없어."

"하지만 여보," 남작부인은 아까보다 겸손하게 말했다. "당신도 아시잖아요. 그 전신기사는 해고되었어요. 그리고 고소까지 당하고 체포령까지 내렸는데, 도망갔대요. 도망간 걸로 보아, 그 사람은 미쳤거나 아니면 일부러 죄를 저지른 게 틀림없어요. 그건 확실히 신호를 잘못 보낸 거였어요."

"그야 그렇지. 바보 같은 놈들을 웃겨주고, 대신에게는 밤잠을 설치게 하고, 사무관 놈들한테 산더미처럼 많은 서류를 만들게 한 거짓 정보였던 거야. 덕분에 난 70만 프랑을 손해 보았어."

"하지만," 갑자기 부인이 말했다. "그게 다 드브레 씨가 그런 거라면, 왜 직접 그 사람한테 말하지 않고 나한테 그러는 거죠? 남자가 나쁘다고 하면서 왜 그 책임을 여자에게 묻느냐 말이에요?"

"내가 드브레 씨와 아는 사이야? 응?" 당글라르가 말했다. "알고 지내고 싶기라도 할 것 같아? 내가 그 자한테 지혜를 빌릴 줄 알았어? 내가 그 작자 말대로 움직일 거라 생각해? 그리고 내가 투기라도 하려는 줄 아냐고? 천만에! 그런 짓을 하는 건 당신이지 난 아냐."

"하지만 내가 볼 땐 당신도 그 사람 덕을 보는 것 같던데요……."

당글라르는 어깨를 으쓱했다.

"미친 소리! 하긴 여자들이란 한 명이든 열 명이든 은밀한 연애상대가 파리

전역에 방이 붙지 않게 처신한다고 해서 자기들이 천재인줄 아니 말이야. 당신은 별의별 짓을 다 해도, 남편인 나한테 안 들킬 거라 생각하는 모양인데, 그러니까 당신은 초보인 거야. 남편이라는 사람들은 말이야. 대개 알면서도 모르는 척하지. 그런 시시한 일들에 대해서 남편들은 대체로 별로 알고 싶어하지도 않고……. 당신은 파리 사교계 여자들이 하는 짓의 반 정도를 겨우 흉내 내는 축에 낄 뿐이야. 그러나 내 경우엔 문제가 좀 다르지. 난 그 꼴을 계속 보아왔으니까. 근 16년 동안 당신은 조그만 생각까지도 나한테 숨겨왔겠지만, 난 당신의 일거수일투족, 작은 실수 하나까지도 다 이 눈으로 지켜보고 있었어. 당신은 당신이 능란하게 해냈다 생각하고 내가 일일이 속아 넘어간 것으로 믿고 있었겠지만, 그 결과가 어떻게 됐는지 알아? 내가 모르는 체하고 있었더니 빌포르부터 드브레에 이르기까지 내 눈치를 보는 놈이 한 놈도 없더군. 나를 이 집의 가장으로 취급하는 놈이 한 놈도 없었어. 내가 당신한테 요구하는 건 그것밖에 없는데도 말이지. 그리고 지금 내가 당신한테 그놈들 얘기를 하듯이, 당신한테 내 얘기를 하는 놈 하나 없었고. 당신이 나를 싫어하는 건 당신 자유지만, 날 바보로 취급하는 건 용서 못해. 그리고 무엇보다도 확실히 말해 두겠는데, 날 파산시키면 안 돼."

빌포르라는 이름이 남편의 입에서 나오기 전까지 부인은 제법 침착할 수 있었다. 그러나 그 이름을 듣자 얼굴빛이 싹 변하더니 용수철처럼 벌떡 일어나서는 마치 망령을 떨쳐버리기라도 하듯 두 팔을 벌렸다. 그러고는 남편 쪽으로 세 발짝 다가가, 당글라르가 그 비밀을 정말 모르고 있는지, 아니면 가증스러운 술수를 부려 일부러 완전히 말하지 않고 짚이는 것 몇 가지로 나머지 전체를 알아내려는 건지 캐어보려고 했다.

"빌포르 씨라니요? 무슨 소리죠?"

"말하자면 이런 거지. 당신의 전남편 드 나르곤 씨는 은행가도 철학자도 아니었지. 아니면 그 둘 다였는지도 몰라. 상대가 검찰총장이었으니 어쩔 수 없었겠지. 9월 휴가 이후에 당신이 임신 6개월이라는 것을 알자 마음이 아파서였는지, 화가 나서였는지는 몰라도 자살을 한 거지. 난 좀 난폭한 사람이야. 그건 나도 알고 있어. 그뿐만 아니라 그걸 자랑스럽게까지 생각하고 있지. 이 난폭한 성격은 내가 장사에서 성공할 수 있었던 하나의 수단이었으니까. 그런데 왜 그가 상대를 죽이지 않고 자살했는지 알아? 재산이 없었기 때문이야. 나에겐 재산이 있어서 그게 무엇보다도 큰 힘이 되지. 그건 그렇고, 협력자인 드브레 군이 나한테 70만 프랑을 손해 보게 했어. 그러니 손해 본만큼을 그쪽에서 감당해 줘야지. 그러면 앞으로도 계속 일을 같이 할 거야. 그러기 싫다면 17만 5천 프랑으로 그를 파산시켜 버리겠어. 그는 아주 사라져버리게 되는 거지. 그 친구의 정보가 들어맞을 땐 괜찮은 젊은이였지. 하지만 그 정보가 들어맞지 않을 땐, 그보다 좋은 친구들이 세상에 널렸다는 걸 알아야 해."

당글라르 부인은 얻어맞은 기분이었다. 그러나 이 공격에 대응하기 위해서 여자는 마지막 힘을 다했다. 부인은 의자에 주저앉아 빌포르며, 만찬에서 일어난 일이며, 조용한 가정을 뒤집어놓은 이 며칠 사이의 여러 사건들을 생각했다. 당글라르는 아내가 곁에서 기절하려고 해도 쳐다보는 척도 하지 않았다. 그리고 단 한마디도 하지 않고 자기 방으로 돌아가 버렸다. 반쯤 기절 상태에 있다가 제정신으로 돌아온 부인은 마치 악몽에서 깨어난 것만 같았다.

점찍어 둔 결혼상대

이런 일이 있은 그 다음 날이었다. 드브레가 언제나 출근하기 전에 잠깐씩 당글라르 부인을 방문하러 오는 시간인데도 그의 마차는 뜰에 나타나지 않았다.

바로 그 시간인 12시 반쯤, 당글라르 부인은 마차를 타고 외출했다.

당글라르는 커튼 뒤에 숨어 예상했던 대로 아내가 외출하는 것을 지켜보고 있었다. 그는 하인에게 아내가 들어오면 곧바로 알려달라고 지시했다. 그러나 아내는 2시가 되어도 돌아오지 않았다. 2시가 되자, 그는 마차를 타고 의회에 나가서 반대 연설을 하겠다는 뜻을 알렸다. 당글라르는 정오부터 2시 사이에는 서재에 앉아 속속 들어오는 전보를 뜯어보면서 점점 어두워지는 얼굴로 수없이 계산을 하고 또 했다. 그리고 손님들 중에서 카발칸티 소령만 만나 보았다. 그는 어제 약속했던 그 시각에 여전히 푸른 옷을 입고, 꼿꼿한 태도로 빈틈없이 일을 정리하기 위해 나타났다.

의회에서 몹시 흥분하여 어느 때보다도 맹렬하게 내각을 공격한 당글라르는, 의회를 나오자 마차에 타고는 마부에게 샹젤리제 거리 30번지로 가라고 일렀다.

몬테크리스토 백작은 집에 있었다. 다만 손님이 와 있어서 잠깐 객실에서 기다려달라고 전해 왔다.

당글라르가 기다리고 있는데, 문이 열리더니 신부복을 입은 남자가 들어왔다. 그 사람은 당글라르처럼 기다리지 않고 이 집안과 훨씬 더 친하고 스스럼없는 듯, 그에게 인사를 한 다음 저쪽 방으로 들어가 버렸다.

잠시 뒤, 조금 전의 그 신부가 들어간 문이 또 한 번 열리더니, 이번에는 백작이 나타났다.

"미안합니다, 남작." 백작이 말했다. "보셨겠지만, 아까 이리로 지나간 제 친구 부소니 신부가 방금 파리에 왔습니다. 너무 오랜만에 만나서, 금방 헤어질 수

가 있어야죠. 기다리시게 한 것을 용서하십시오."

"별말씀을요." 당글라르가 말했다. "그런 일로 뭘 그러십니까? 오히려 제가 때를 잘못 잡았습니다. 곧 돌아가려던 참입니다."

"아닙니다, 아닙니다. 염려 마시고 앉으십시오. 그런데 무슨 일이십니까? 걱정이 있어 보이시는데. 저까지 걱정이 되는군요. 우울한 얼굴을 한 자본가를 보니 혜성이라도 나타나서 세상에 무슨 큰 불행이라도 예고하는 것 같아서요."

"실은," 당글라르가 입을 열었다. "4, 5일 전부터 제가 운이 아주 나쁩니다. 좋지 않은 소리만 들리는군요."

"허어!" 백작이 말했다. "가지고 계신 주식 값이 떨어졌습니까?"

"아니, 그건 이제 회복되었습니다. 이번엔 트리에스테에서의 파산 때문에요."

"정말입니까? 혹시 그 파산한 사람이 자코포 만프레디 아닙니까?"

"그렇습니다. 벌써 여러 해 전부터 일 년에 8, 90만 프랑의 거래를 해온 사람

이지요. 여태껏 계산 착오나 연체하는 일 한 번 없이 지금까지 시원하게 지급해 온 사람입니다. ……그래서 100만 프랑을 융통해 줬는데, 그 사람이 지급 정지가 된 겁니다."

"그게 정말입니까?"

"기가 막힌 재난을 당한 겁니다. 60만 프랑을 꺼내려고 했더니, 지급이 안 된 채 되돌아왔습니다. 게다가 전 그 사람 명의로 이달 말 파리에 있는 그 사람의 거래인에게서 받기로 되어 있는 40만 프랑짜리 어음을 가지고 있습니다. 오늘이 30일이라서 돈을 받아오라고 사람을 보냈더니, 글쎄 그 사람도 자취를 감추었다는군요. 에스파냐 공채 건에다 이 일까지 겹쳤으니, 이 달엔 정말 운이 나빴어요."

"하지만 그 에스파냐 공채 건은 정말 손해를 보신 겁니까?"

"예, 70만 프랑이 날아가 버렸으니까요."

“노련한 살쾡이 같으신 남작께서 어쩌다가 그런 실수를 하셨습니까?”

“그게 다 제 아내 때문이었죠. 돈 카를로스가 에스파냐로 돌아온 꿈을 꾸었다더군요. 아내는 늘 꿈을 믿어요. 제 딴에는 일종의 영감이라더군요. 자기가 꿈에서 본 일은 반드시 현실에서 일어난다는 확신을 가지고 있지요. 전 그걸 믿고 투기하는 걸 내버려두었습니다. 집사람은 집사람대로 자기 재산도 있고 중개인도 알고 있지요. 그래서 한 번 투기를 해본 적이 있는데 실패했습니다. 그건 제 돈으로 한 게 아니라 자기 돈으로 한 겁니다. 아무튼 70만 프랑이란 돈이 집사람 주머니에서 날아가 버리면 남편 되는 사람도 다소 신경은 쓰일 게 아닙니까. 그런데 그 사건을 모르고 계셨습니까? 소문이 굉장했는데요.”

“예, 그 얘긴 들었습니다만, 자세한 내용은 모릅니다. 게다가 전 주식에 대해선 전혀 문외한이라서요.”

“그럼 백작께선 투기를 안 하십니까?”

“할 겨를이 있어야죠. 수입을 정리하는 데에도 손이 모자라는걸요. 집사 말고도 서기 한 사람과 회계 한 사람을 써야 할 판인데요. 그런데 에스파냐 주식 문제 말입니다만, 부인께서만 돈 카를로스의 귀국을 꿈꾼 건 아니었을 텐데요. 신문 같은 데도 그 일이 보도되지 않았던가요?”

“허허, 백작께선 신문을 믿으십니까?”

“아니오, 전혀요. 그러나 그 〈메사제〉 지만은 예외라고 생각합니다. 그 신문은 정확한 보도와 전보만 실으니까요.”

“그게 말입니다. 도무지 그게 알 수 없단 말씀입니다. 그 돈 카를로스의 귀국 기사가 바로 전보에 의한 것입니다.”

“그래서 결국 이달에 170만 프랑을 손해 보셨단 말씀이로군요.”

“대충 그쯤 되는 게 아니라, 정확히 그만큼 손해 보았습니다.”

“저런,” 백작은 동정 어린 어조로 말했다. “삼류급의 재산가에게는 정말 굉장한 타격이겠는데요.”

“삼류라니!” 당글라르는 약간 모욕당한 기분으로 말했다. “그 말씀은?”

“말 그대로입니다.” 백작이 말했다. “저는 재산에 일류 이류 삼류, 이렇게 세 등급을 매깁니다. 일류 재산이란, 손에 쥐고 있는 보물, 토지, 광산, 또는 프랑스, 오스트리아, 영국 같은 나라에서 들어오는 수입으로 이루어진 재산을 말합니다. 그리고 그 수입은 총액 1억 프랑에 달해야 하죠. 이류 재산이란, 공장이나 회사에 의한 사업, 그리고 수입 150만 프랑을 넘지 않는 총독령이나 공영지 같은 데서 생기는 수입으로서, 그 총액이 5천만 프랑에 달하는 것을 말합니다. 그리고 마지막으로 삼류 재산이란, 복리 계산을 통해 늘어나는 자산, 타인의 의사나 우연한 사건 같은 데 지배당하는 이익, 이를테면 파산에 부닥치면 손해를 입거나, 단 한 장의 전보에도 영향을 받는 정도를 말입니다. 게다가 삼류 재산은, 우연에 의한 투기나 자연력이라고 할 수 있는 불가항력에 비해, 가항력(可抗力)이라고 불러도 좋을 운명의 장난에 지배당합니다. 그리고 총액이 현실 자본, 가상 자본을 합해서 1천5백만 프랑 정도 되는 것이지요. 남작의 경우가 아마 이 정도 아닐까요?"

"사실 그렇습니다!" 당글라르가 대답했다.

"그러니 이런 월말이 여섯 달만 계속되면," 백작은 침착하게 말을 이었다. "삼류 부호는 망하게 되는 거죠."

"오!" 당글라르는 힘없는 미소를 띠며 말했다. "심한 말씀을 하시는군요."

"그럼, 7개월이라고 해둡시다." 백작은 여전히 같은 어조였다. "남작께선 170만 프랑이 일곱 번 모이면 약 1,200만 프랑이 된다는 걸 생각해 본 일이 있으십니까? 없으시다고요? 하긴 그렇겠지요. 그런 걸 생각하다간 자본을 투자하지 못할 테니까요. 자본, 그것은 자본가에게 있어서 문명인의 피부와도 같은 것입니다. 우리는 모두 어느 정도까지는 훌륭한 옷을 입고 있습니다. 그것이 우리의 신용입니다. 그러나 인간은 죽으면 가죽밖에 남지 않지요. 그와 마찬가지로, 남작께서 사업을 그만두시면 현실의 재산밖에 남지 않습니다. 이럭저럭 5, 6백만 프랑은 되겠지요. 왜냐하면 삼류 재산이란 건 겉으로 나타난 재산의 삼분의 일이나 사분의 일밖에 안 되거든요. 마치 기관차가 연기 속에 싸여서 실제 크기보다 커 보이지만, 사실은 단단한 기계에 지나지 않는 것과 마찬가지죠. 그런데 남작께선 현실 재산인 5백만 프랑 중에서 거의 2백만 프랑을 손해보셨습니다. 그러니 그만큼 가상 재산이나 신용도 줄었을 겁니다. 다시 말하면, 당글라르 씨께선 피부가 찢어져서 출혈을 하신 셈입니다. 이런 일이 서너 차례 계속되면 생명을 잃게 되겠지요, 그러니 조심하셔야 합니다. 돈이 필요하시겠지요? 그렇다면 제가 빌려드리면 어떨까요?"

"그건 계산 착오입니다." 당글라르는 침착해 보이려고 필사적으로 노력하며 소리쳤다. "지금도 다른 데 투기한 것이 성공해서 돈은 원상태로 돌아왔지요.

빠져나간 피는 영양식으로 보충되었습니다. 에스파냐에서도 망하고 트리에스테에서도 실패했지만, 인도 함대는 큰 범선을 몇 척 손에 넣었고, 멕시코 원정대도 어딘가에서 금 광산이라도 발견해 주리라 생각하고 있습니다."

"참 다행이십니다! 하지만 상처는 남아 있습니다. 손해를 보시면 또다시 드러날 겁니다."

"염려 없습니다. 틀림없는 길을 걷고 있으니까요." 당글라르는 길거리의 상인처럼 말도 안 되는 광고를 길게 늘어놓았다. "나를 거꾸러뜨리려면 먼저 세 나라의 정부가 망해야 할 걸요."

"아, 그렇군요!"

"모든 대지에서 아무런 수확도 거두지 못하게 된다면 몰라도."

"살찐 소 일곱 마리와 말라빠진 일곱 마리의 소 이야기를 상기해 보시죠?"

"그렇지 않으면 파라오*[1] 시대처럼 바다가 말라 버리지 않는 한 문제 없습니다. 그렇더라도 바다는 몇 개씩 있으니 대상의 대열처럼 배를 차례차례 갈아타면 되니 문제없습니다."

"참 다행이십니다. 정말 좋으시겠습니다, 당글라르 씨." 백작은 말했다. "제가 착각을 했군요. 남작의 재산은 이류는 되시겠습니다."

"그 정도의 자격은 있을 겁니다." 당글라르는 여느 때와 같이 틀에 박힌 미소를 지으며 말했다. 그 모습을 보고 있던 백작은 서투른 화가들이 폐허를 묘사할 때 으레 그리는 허연 달을 떠올렸다.

"그건 그렇고, 사업 얘기가 나왔으니," 당글라르는 화제를 바꿀 기회가 온 것을 반가워하며 이렇게 말했다. "카발칸티 씨께는 어떻게 해드리면 좋을까요?"

"당신 앞으로 된 어음을 가지고 있고, 그것이 옳은 것이라 생각하시면 돈을 지급해 드려야겠죠."

"그렇지요! 그가 오늘 아침 부소니 씨 이름으로 된 당신의 일람불(一覽拂) 어음 뒷면에 당신 이름이 붙어서 나한테로 돌아온 4만 프랑의 어음을 가지고 왔더군요. 저는 즉각 1천 프랑짜리 40장을 드렸습니다만."

백작이 동의의 표시로 고개를 끄덕여 보이자 당글라르는 말을 이었다.

"게다가 그분은 아들을 위해서 은행에 계좌를 만들었습니다."

---

*1 이집트 왕의 칭호.

"실례지만 아들에게 한 달에 얼마씩 준답니까?"
"한 달에 5천 프랑이오."
"일 년에 6만 프랑이라. 그럴 줄 알았습니다." 백작은 어깨를 으쓱하면서 말했다. "카발칸티란 자들은 하나같이 인색하군요. 그 5천 프랑으로 그 아들이란 사람은 뭘 한답니까?"
"만약 그 아들이 저더러 5천 프랑보다 더 많은 돈을 내달라고 하면 어쩌죠?"
"내버려두십시오. 아버지는 당신이 마음대로 주었다고 그럴 겁니다. 당신은 이탈리아의 백만장자들을 모르십니다. 그 사람들은 그야말로 수전노죠. 그런데 그 사람한테 어음을 낸 사람은 누구죠?"
"아, 피렌체에서도 이름난 펜지 상사지요."
"아무것도 당신이 손해를 보시게 될 일은 없겠지만, 먼저 신용장에 약속된 대로만 하시는 게 좋을 겁니다."
"그럼, 카발칸티 씨를 신용하지 않으시는군요?"
"제가요? 전 그 남자 서명만 있으면 1천만 프랑이라도 내줄 겁니다. 그 사람은 아까 제가 말씀드린 이류 재산가엔 드는 사람이니까요."
"그런데도 어쩌면 그렇게 겉으로는 표가 나지 않을까요? 전 일개 소령밖에 안 되는 줄로 생각했습니다."
"그 말을 들으면 기뻐하실 겁니다. 말씀하신 대로 그분이 좀 볼품없긴 하니까요. 저도 그분을 처음 만났을 땐, 곰팡이가 슨 견장을 달고 있는 늙은 중위일 거라고 생각했었지요. 이탈리아 사람들은 모두 그렇습니다. 동양의 마술사처럼 광을 내지 않았을 땐 늙은 유대인들 같지요."
"젊은이가 더 낫군요." 당글라르가 말했다.
"네, 아마도 더 겁은 좀 많지만요. 어쨌든 그 정도면 괜찮은 것 같아요. 사실은 걱정하고 있었지만."
"아니, 왜요?"
"왜냐하면 남작께서 그 청년을 처음으로 저희 집에서 만났을 때 그 사람은 사교계에 막 발을 들여놓았거든요. 적어도 그런 얘기인 것 같았어요. 굉장히 엄격한 가정교사와 여행을 하면서 지금까지 한 번도 파리에 온 적이 없다고 하더군요."
"그렇게 신분이 높은 이탈리아 사람들은 언제나 친척끼리 결혼을 한다지요?"

아무렇지도 않은 듯이 당글라르가 물었다. "서로의 재산을 함께 합치자는 거겠죠?"

"관습상으로는 그렇습니다. 하지만 카발칸티란 사람들은 특이해서 뭐든지 남들과는 다르게 하는 것을 좋아하지요. 신붓감을 구해 보라고 아들을 프랑스로 보낸 것만 해도 그렇죠."

"그렇게 생각하십니까?"

"틀림없습니다."

"백작께선 그분의 재산에 대해 들어보신 적이 있으십니까?"

"그게 사실 문제지요. 어떤 사람들은 몇백만이라고 하고 어떤 사람들은 한 푼도 없다고 얘기하고."

"백작의 의견은 어떠십니까?"

"남작께서 제 의견을 모두 믿으시면 곤란합니다. 이건 순전히 나 혼자만의 생각이니까."

"그래도……."

"제 생각엔 옛날 사법관들이나 용병대장들이 모두 그렇듯이 카발칸티 집안도 군대를 지휘했던 일이 있으니 말입니다. 몇 개의 주(州)를 통치하고 있었으니까요. 그러니 제 개인적인 생각엔 그 사람들이 모두 몇백만쯤의 돈을 어느 구석에 파묻어 놓고, 큰아들한테만 그 장소를 일러주어서 대대로 큰아들들만 그걸 알게끔 되어 있을 겁니다. 그 증거로, 그들은 공화국 시대의 피렌체 금화와 똑같이 노랗고 까칠한 얼굴들을 하고 있지요."

"그렇군요." 당글라르가 말했다. "그래서 그 사람들은 토지를 조금도 가지고 있지 않은 거군요."

"토지는 거의 없지요. 저도 카발칸티가 루카에 저택을 가지고 있다는 것 말고는 아는 게 없으니까요."

"아! 대저택을 가지고 있군요?" 당글라르는 웃으면서 말했다. "그것만 해도 굉장한데요."

"그렇죠. 게다가 그 대저택을 대신한테 세놓고, 자기는 작은 집에서 살고 있지요. 전에도 말씀드렸지만 그는 굉장한 구두쇠거든요."

"좋게 안 보시는군요."

"실은 그 사람을 잘 모릅니다. 지금까지 세 번밖엔 만나보지 못했으니까요.

제가 알고 있는 건 부소니 신부와 그 남자한테서 들은 정도입니다. 오늘 아침에 부소니 신부에게서 그 아들에 대한 여러 계획을 들었습니다. 아들은 그 굉장한 자산을 죽은 나라 같은 이탈리아에서 그대로 썩힐 게 아니라, 프랑스나 영국 같은 데로 옮겨서 몇백만씩 벌 수 있도록 이용해 보겠다는 거예요. 저는 부소니 신부를 완전히 신용하고 있지만 어떤 일에도 책임질 수는 없습니다."

"그건 상관없습니다. 아무튼 그런 거래처를 소개해 주셔서 기쁩니다. 훌륭한 이름을 제 장부에 올려놓게 되었으니까요. 제 출납계도 제가 카발칸티 씨 얘기를 해주었더니 아주 좋아하더군요. 그런데 호기심에 여쭈어보는 건데, 이탈리아 사람들은 아들을 결혼시킬 때 재산도 나누어 주나요?"

"아, 그건 경우에 따라 다르지요. 전 이탈리아 귀족 한 사람을 알고 있었는데, 금광이라고 할 정도로 굉장한 부자였지요. 토스카나에서도 이름난 귀족 중 한 사람이었는데, 자식들이 자기가 골라주는 여자와 결혼하면, 몇백만이란 재산을 나누어 주면서도, 자기의 뜻에 맞지 않는 여자와 결혼할 땐 한 달에 매달 30에퀴밖엔 안 주더군요. 만일 안드레아가 아버지 눈에 드는 여자와 결혼한다면 아마 1백이나 2, 3백만은 받겠지요. 게다가 며느리가 은행가의 딸이라면 틀림없이 그 아버지 은행에 돈을 맡길 겁니다. 그러나 마음에 들지 않는 경우엔 다 틀어지는 겁니다. 아버지는 금고 열쇠를 꽉 쥐고 자물쇠를 채울 테니, 안드레아는 파리 태생의 아들들처럼 노름판에서 카드나 주사위로 사기나 치면서 살아가야겠지요?"

"그 청년이라면 바바리아의 왕녀나 페루의 왕녀쯤을 아내로 맞게 되겠지요. 왕가나 막대한 재산가를 원할 테니까요."

"그렇진 않아요. 이탈리아의 대귀족들은 아무것도 아닌 신분의 여자와 결혼하는 경우가 꽤 많거든요. 제우스처럼 신분간의 교류를 좋아하는 거지요. 그런데 그런 질문을 하신다는 건, 누군가를 안드레아 군과 혼인시키고 싶은 생각이라도 있으십니까?"

"실은 그렇습니다." 당글라르가 말했다. "결코 밑지는 장사는 아닐 것 같아서요. 전 투기를 좋아하는 사람이니까요."

"설마 외제니 양은 아니지요? 안드레아 군을 알베르 군의 손에 죽도록 놔두시지는 않으실 거 아닙니까?"

"알베르요?" 당글라르는 어깨를 으쓱해 보이며 말했다. "하긴 그게 좀 신경 쓰이긴 합니다만."
"따님과 약혼한 사이인 줄로 알고 있는데요?"
"네, 모르세르 씨와 저 사이에 가끔 약혼 얘기가 나왔습니다. 하지만 모르세르 부인과 알베르는……."
"설마 그가 좋은 신랑감이 아니란 말씀은 아니겠죠?"
"그럼요. 물론 외제니는 모르세르 집안의 며느리가 될 만하기는 합니다만."
"외제니 양의 지참금이야 틀림없이 어마어마하겠지요? 더군다나 앞으로 전신기사가 또 바보 같은 짓만 하지 않는다면."
"아니, 지참금만의 문제는 아닙니다. 그런데 한 가지 여쭙고 싶은 게 있는데요."
"뭔데요?"
"백작께선 왜 알베르 군과 그 가족을 만찬에 초대하지 않으셨습니까?"
"초대를 하긴 했는데 알베르 군이 어머니와 함께 디에프로 여행을 갔다더군요. 의사가 어머니한테 해변 휴양을 하도록 권했답니다."
"그래요." 당글라르는 웃으면서 말했다. "그 어머니한테는 바다 공기가 좋을 겁니다."
"왜요?"
"젊었을 때 익숙한 공기니까요."
백작은 당글라르의 비아냥거리는 소리를 전혀 눈치채지 못한 척 흘려버렸다.
"알베르 군이 외제니 양만큼 돈은 없지만 가문만은 참 훌륭하죠?"
"그렇죠. 하지만 우리 가문도 나쁘진 않으니까요." 당글라르가 말했다.
"그야 당글라르 남작, 하면 다 통하는 이름이니까요. 작위가 이름을 장식한 줄 알고 있지만, 사실은 이름이 작위를 장식하고 있지요. 남작께선 총명하시니까, 뿌리 뽑을 수 없는 편견이 20년밖에 안 된 귀족보다 500년이나 된 귀족 가문을 더 높이 평가한다는 사실을 알고 계실 겁니다."
"사실을 말씀드리자면 바로 그 때문입니다." 당글라르는 일부러 비아냥거리는 듯한 미소를 보이며 말했다. "그래서 전 알베르 군보다는 안드레아 군이 더 좋습니다."
"하지만 모르세르 집안이 카발칸티 집안보다 못하지는 않을 것 같은데요?"

백작이 말했다.

"모르세르 집안이요?…… 백작, 백작께선 신사이시지요?"

"네, 그렇다고 생각하는데요."

"게다가 문장(紋章)도 보실 줄 아시지요?"

"조금은."

"그렇다면 제 문장을 좀 봐주십시오. 모르세르 집안의 문장보다는 훨씬 더 확고하지 않습니까?"

"어째서요?"

"제가 태어날 때부터 남작은 아니었다 하더라도 적어도 이름만은 원래부터 당글라르입니다."

"그런데요?"

"그런데 그 사람들은 모르세르라는 이름이 아니었거든요."

"설마! 모르세르란 이름이 아니라고요?"

"전혀 아니죠."

"계속해 보세요!"

"저야 세상이 남작으로 만들어주었습니다. 그러니 전 정정당당한 남작이지요. 그러나 그는 자기 손으로 만들어낸 백작이지요. 그러니 그 사람은 백작이 아닙니다."

"그럴 수가!"

"이봐요, 백작." 당글라르는 말을 계속했다. "모르세르는 제 친구입니다. 더 자세히 말하면 30년이나 된 사이입니다. 저야 아시다시피 작위 같은 건 대수롭게 여기지 않습니다. 저 자신의 태생을 늘 잊지 않고 있으니까요."

"굉장히 겸손하시거나, 아니면 굉장히 오만하신 때문이겠죠." 몬테크리스토 백작이 말했다.

"그런데 제가 서기로 있을 때, 모르세르는 한낱 어부에 지나지 않았습니다."

"그때의 이름은?"

"페르낭이었지요."

"그것뿐인가요?"

"페르낭 몬테고였습니다."

"그게 정말입니까?"

"물론이죠! 종종 생선을 사면서 알게 된 사이지요."
"그런데 왜 그런 사람 집에 따님을 주시려고 하셨습니까?"
"그건 페르낭도 당글라르도 모두 벼락부자가 돼서 귀족이 되었으니, 꼭 어울리는 짝이니까요. 다른 점이 있다면, 그쪽엔 어떤 소문이 있지만 이쪽엔 아무런 소문도 없다는 점이지요."
"소문이라니요?"
"뭐, 대단한 건 아닙니다."
"아, 알겠습니다. 이야기를 듣다 보니 페르낭 몬테고라는 이름이 저도 기억나는군요. 그리스에 있을 때 그 이름을 들은 적이 있습니다."
"알리 파샤 사건 때였지요?"
"바로 그렇습니다."
"그건 완전히 수수께끼입니다." 당글라르가 말했다. "그 진상을 다 알아낼 수만 있다면 무슨 짓이라도 하겠는데."
"꼭 알고 싶으시다면 방법이 없지는 않습니다."
"아니, 어떻게?"
"그야 남작께선 그리스에 거래하는 분들이 계시죠?"
"그야 물론이죠!"
"자니나에?"
"어디에나 있습니다."
"그럼 자니나에 있는 거래처 분한테 편지를 보내십시오. 그래서 알리 테벨린이 몰락했을 때, 페르낭이라는 프랑스 사람이 무슨 일을 했는지 물어보면 될 게 아닙니까?"
"그렇군요!" 당글라르는 벌떡 일어서며 환성을 질렀다. "지금 당장 편지를 쓰겠습니다!"
"잘 생각하셨습니다."
"곧 보내겠습니다."
"그런데 만일 무례한 짓을 했다는 답장을 받으시게 되면……."
"백작께 알려드리죠."
"언제라도 그렇게 하세요."
당글라르는 날아가듯 방을 나갔다. 그리고 한걸음에 마차까지 달려갔다.

검사총장실

마차를 열심히 몰고 돌아오는 은행가를 잠시 내버려두고, 아침 산책을 나간 당글라르 부인의 뒤를 따라가 보기로 하자. 앞에서도 말한 대로 부인은 12시 30분이 되자 마차에 말을 매달라고 명하고는, 마차를 타고 밖으로 나갔다.

부인은 마차를 생제르맹 구역 쪽으로 몰아 마자린 거리를 지나서, 퐁네프 다리로 가는 길에 멈췄다. 거기서 내린 부인은 다리를 건넜다. 아침 외출을 나온 품위 있는 여자답게 아주 간편한 옷차림이었다.

게네고 거리까지 오자 부인은 지나가던 마차를 잡아타고 아를레 거리로 가도록 일렀다.

부인은 마차에 오르자마자 주머니에서 상당히 짙은 검은 베일을 꺼내, 쓰고 있던 밀짚모자에 달았다. 모자를 다시 쓰고 손거울을 들여다보며 하얀 피부와 반짝거리는 눈동자밖에 드러나지 않는 자기 모습을 만족스럽게 바라보았다.

마차는 퐁네프를 건너 도핀 광장을 지나 아를레 재판소 안으로 들어갔다. 거기서 마차 문을 열고, 마차 삯을 치렀다. 당글라르 부인은 계단을 가볍게 뛰어올라 대합실 앞까지 왔다.

오전 중의 재판소에는 사건이 많아서 바쁘게 움직이는 사람들도 많았다. 그들은 여자들에게 눈길조차 주지 않았다.

부인은 변호사들을 기다리고 있는 10명 정도의 다른 여자 손님 중 한 사람으로밖엔 별다른 눈길을 받지 않으며 대합실을 지나칠 수 있었다.

빌포르 씨의 응접실은 방문객들로 혼잡스러웠다. 그러나 당글라르 부인은 자기 이름을 댈 필요조차 없었다. 부인이 모습을 나타내자마자 수위가 다가와서 검사와 약속을 했느냐고 물었다.

그렇다고 대답하자, 수위는 부인을 특별한 복도로 안내해서 빌포르 씨의 방으로 데려다주었다.

검사총장은 문을 등지고 의자에 앉아 무언가를 쓰고 있었다. 문이 열리며 "들어가시지요, 부인," 하는 수위 목소리가 들리고, 다시 문이 닫힐 때까지도 그는 꼼짝하지 않았다. 그러다 수위 발소리가 멀어지고 그 소리가 들리지 않게 되자, 갑자기 획 돌아서더니 문에 자물쇠를 채우고 커튼을 내린 뒤 방을 구석구석 살펴보았다. 그는 아무도 방 안을 엿보지도, 엿듣지도 않는다는 것을 확인하더니 그제야 입을 열었다.

"부인, 약속을 지켜주셔서 감사합니다."

그러고는 부인에게 의자에 앉으라고 권했다. 부인은 가슴이 너무 세게 뛰고 숨이 막힐 것만 같았던 터라 얼른 의자에 앉았다.

검사는 부인과 마주볼 수 있게 의자를 반쯤 돌리고 자리에 앉았다. "반갑습니다, 부인. 이렇게 마주보고 얘기하기도 참 오래간만이군요. 그런데 유감스럽게도 꽤 불쾌한 얘기를 드리지 않을 수가 없어서."

"그 얘기는 당신보다도 나한테 더 불쾌한 얘기라고 생각이 돼서 이렇게 찾아온 거예요."

빌포르는 쓴웃음을 지었다.

"사실이 그래요," 그는 당글라르 부인에게라기보다는 자기 자신에게 대답하듯 이렇게 말했다. "우리가 한 행위가 어떤 일은 빛나게, 또 어떤 일은 어둡게 우리 과거에 영원한 흔적을 남겼다는 것만은 부인할 수 없소. 인생에서 우리의 발자취는 모래 위로 뱀이 지나간 자취처럼 자리가 남아 있군요! 슬프게도 많은 사람들에게 그 자취는 자신이 흘린 눈물 자국인 겁니다."

"제가 얼마나 걱정하고 있는지 아시겠죠? 제발 이 이상은 걱정시키지 말아주세요. 수많은 죄인들이 떨면서 들어와 부끄러워하며 스쳐간 이 방!…… 그리고 지금은 제가 떨면서 부끄럽게 앉아 있는 이 의자…… 정신을 똑바로 차리지 않으면, 제가 죄를 진 여자고 거기 앉아 계신 당신은 무서운 재판관이라고 생각하게 될 것만 같아요." 부인이 말했다.

빌포르는 고개를 끄덕이며 한숨을 쉬었다.

"나도 지금 이 자리가 재판관의 자리가 아니라, 꼭 피고석에 앉은 것 같은 생각이 들어요." 그는 말했다.

"당신도요?" 부인이 놀라서 물었다.

"그렇소, 나도."

“당신은 자신의 결벽성 때문에 일을 너무 과장되게 생각하시는 것 같군요.” 당글라르 부인이 말했다. 부인의 그 아름다운 눈 속에서 무언가 반짝거리는 빛이 보였다. “지금 말씀하신 그 과거의 흔적이란 정열적인 젊은이들이면 누구나 다 가지고 있는 거라고 생각해요. 정열의 밑바닥이나 쾌락의 뒷면에는 으레 후회가 숨어 있는 법이니까요. 그래서 불행한 사람들에게 영원한 구원의 샘인 복음서에는 우리 불쌍한 여자들을 격려하기 위해서 죄지은 여자나 간음한 여자에게 그런 고마운 비유를 일러주는 거예요. 그래서 전 젊었을 때 맛본 쾌락을 회상하면 반드시 하느님께서 용서해 주실 거라고 생각해요. 왜냐하면 전 충분히 고통을 맛보고 있으니까요. 그런데 당신은 남자인데, 뭘 그렇게 두려워하세요? 남자들은 여자들의 경우와는 달라서 세상이 너그럽게 봐주고, 소문이 훈장이 되기도 하잖아요?”

"부인, 당신은 내가 어떤 사람인지 잘 알고 있소. 난 위선자는 아니오. 난 적어도 아무 이유 없이 위선적인 행동을 하지는 않소. 내 이마가 엄격해 보인다면, 그건 수많은 불행 때문에 구름이 낀 탓이오. 내 마음이 돌처럼 굳어버렸다면, 그것은 수없이 받는 타격을 견뎌내기 위한 거요. 나도 젊었을 땐 지금 같지 않았소. 마르세유의 쿠르 거리에서 모두 모여 앉아 약혼 피로연을 하던 밤의 나는 결코 이렇진 않았소. 그러나 그 뒤로 나 자신도 내 주위의 모든 것도 완전히 바뀌어버렸소. 난 자신의 생활을 여러 가지 어려운 사건들의 뒤를 좇는 데 모두 소비해버린 거요. 그리고 갖가지 어려움 속에 있으면서 상대가 의식적으로 그런 것인지, 아니면 그것이 자유 의지에 의한 것인지, 우연에 의한 것인지를 알아볼 생각도 못했소. 오직 내 앞길에 방해가 될 만한 사람을 모조리 없애버리는 데 내 생활을 소비했던 거요. 그런데 사람들이 어떻게든 손에 넣으려는 것은 대개의 경우 그것을 가지고 있는 상대도 필사적으로 빼앗기지 않으려고 하는 것이오. 그래서 지금까지 사람들이 저지른 나쁜 짓의 대부분은 필요라는 허울 좋은 가면을 쓰고 있지요. 그런가 하면, 흥분하거나 공포심을 느끼거나 무의식중에 나쁜 짓을 저질렀을 경우, 나중에 생각해보면 살짝 피할 수도 있었을 일들인 때가 많소. 다시 말하면, 당시에는 눈에 아무것도 보이지 않았지만, 나중에 시간이 지나면 그때는 이렇게 했다면 좋았을걸 하고 간단한 방법이 생각나서 후회하는 법이지요. 그런데 여자들은 그와 반대로 후회로 괴로워하는 예가 거의 없지요. 여자들이란 자기 자신이 결심하는 일이 좀처럼 없으니까요. 말하자면 여자들의 불행이란 대체로 남들 때문에 생기는 것이고, 여자들의 과실이란 것도 대부분 타인의 탓이기 때문입니다."

"어쨌든 설령 제가 죄를 하나 지었다 하더라도, 그리고 그 죄가 나 자신으로부터 나온 것이라 하더라도, 제가 어젯밤에 받은 벌은 너무하다고 생각지 않으세요?" 부인은 말했다.

"정말 안됐습니다!" 빌포르는 부인의 손을 잡으며 말했다. "당신에게는 너무 가혹한 벌이었지요. 당신은 두 번이나 쓰러질 뻔했으니까. 그러나……."

"네?"

"그러나! 한 가지 해둘 얘기가 있습니다. 부디 정신을 바짝 차려주시오. 아직 그걸로 끝난 게 아니니까."

"오오!" 부인은 질겁했다. "끝나지 않았다니, 또 무슨 일이 남았나요?"

"부인, 당신은 과거 일밖엔 생각하지 않습니다. 물론 그 과거가 어두운 건 사실이지만 그보다 더 암담한 미래가 있다는 것을 생각해야 할 겁니다. 확실히 무서운 미래, 어쩌면 피 비린내 나는 일이 일어날지도 모르는 미래를 생각하셔야 합니다."

남작부인은 빌포르가 언제나 침착한 사람이란 것을 알고 있었다. 그래서 빌포르의 흥분한 모습은 부인을 더 무섭게 만들었다. 부인은 소리를 지르려고 입을 벌렸으나, 그 소리마저 목구멍에서 꽉 막히고 말았다.

"그 무서운 과거가 어떻게 다시 드러났을까요?" 빌포르가 소리쳤다. "그것이 지금까지 잠들어 있던 무덤 속이나 우리의 가슴속 밑바닥에서 유령처럼 되살아나 우리 얼굴을 새파랗게 질리게 하고, 머리에 피가 몰리게 했을까요?"

"글쎄요! 우연이겠지요." 부인이 말했다.

"우연이라고요?" 빌포르가 말을 받았다. "아니에요, 아니에요, 우연이란 있을 수 없어요."

"우연이에요. 숙명적이긴 하지만, 이런 일이 일어난 건 아마 틀림없이 우연일 거예요. 몬테크리스토 백작이 그 집을 산 것도 우연이 아니겠어요? 그 불쌍한 어린애 시체가 나무 밑에서 나온 것도 우연이 아니고 무엇이겠어요? 아무 죄도 없는 아기가 내 속에서 나왔는데도 한 번 쓰다듬어 주지도 못하고, 그저 울어주는 것밖엔 못해 주었던 내 아기! 아, 백작이 그 어린 것의 뼈가 꽃그늘 밑에서 나왔다고 얘기할 때, 내 마음은……."

"그게 아닙니다. 부인, 그러니 내가 무서운 얘길 하겠다고 말한 겁니다." 빌포르가 낮은 목소리로 말했다. "사실은 꽃그늘 밑에서 어린애 뼈 같은 건 나오지 않았습니다. 어린애가 나오지 않았단 말이에요. 그러니 울 필요 없어요. 가슴 아파할 필요도 없고. 그 대신 두려움에 떨어야 할 거예요."

"그게 무슨 말씀이세요?" 부인은 오들오들 떨며 소리쳤다.

"그러니까 몬테크리스토 백작은 나무 밑을 파헤치긴 했지만, 어린애 뼈도, 금고의 철판도 나오지 않았습니다. 나무 밑엔 아무것도 없었으니까요!"

"아무것도 없었다고요!" 당글라르 부인은 빌포르의 말을 되뇌었다. 빌포르를 뚫어지게 바라보는 여자의 눈동자는 두려움에 질려 무서우리만큼 커져 있었다. "아무것도 없었다고!" 부인은 당장에라도 자기에게서 도망치려는 생각을 말이나 어조로 붙잡아 두려는 듯이 같은 말을 되풀이했다.

"그런 겁니다!" 빌포르는 두 손에 얼굴을 파묻으며 말했다. "그런 거라니까요, 확실히……."

"그럼, 그 아이를 거기에 묻지 않았단 말씀인가요? 그럼 왜 절 속이셨죠? 도대체 무슨 목적으로?"

"아니, 장소는 거기가 틀림없어요. 그런데 부인, 내 말을 좀 들어보세요. 그러면 지난 20년 동안 당신한테는 조금도 내색하지 않고, 나 혼자 괴로움을 겪어 온 걸 동정하게 될 테니."

"어머나! 너무 무섭군요. 하지만 어서 말씀해보세요. 들어볼게요."

"당신도 그 무서운 밤을 기억하고 있으십니까? 붉은 다마스크 천의 그 방에서 침대 위에 누워 있던 당신은 당장에라도 숨이 넘어갈 것만 같았소. 그리고 난 당신 못지않게 숨 가쁘게 당신의 해산을 기다리고 있었지요. 마침내 아이가 태어나서 받아보니 숨도 안 쉬고 울지도 않아서, 우린 죽은 상태로 태어난 줄로만 알았지요."

당글라르 부인은 의자에서 뛰어오르려는 듯한 몸짓을 했다. 그러나 빌포르는 부인에게 주의하라고 애원하는 듯이 두 손을 모으며 부인을 말렸다.

"우리는 아이가 죽은 상태로 태어난 줄로만 알고 있었지요." 빌포르는 되뇌었다. "나는 아이를 관 대신에 금고 속에 넣어서 뜰로 내려가 구덩이를 파고 얼른 묻어버렸어요. 그리고 막 흙을 다 덮었는데, 그 코르시카 사람의 팔이 불쑥 내 앞에 나타났지요. 나는 그림자 같은 것이 일어나며 번갯불이 번쩍하는 것을 보았어요. 갑자기 통증이 느껴졌어요. 소리를 지르려고 했는데, 얼음 같은 떨림이 몸을 흔들어 숨도 쉴 수 없게 되었어요……. 난 죽다시피 해서 그 자리에 쓰러졌소. 죽는 줄만 알았지요. 머지않아 정신을 차리고 계단 앞까지 몸을 끌고 갔을 때, 당신 역시 다 죽어가는 몸이었으면서도 그곳까지 마중 나와 있던 그 대단한 용기를 잊을 수 없소. 그 무서운 사건에 대해선 잠자코 있을 수밖에 없었소. 당신은 유모의 부축을 받으며 집으로 돌아갔소. 그리고 난 그때 받은 상처가 결투에서 맞았다고 해두었지. 걱정하던 것과는 달리, 우리의 비밀은 우리 두 사람 사이에서 끝난 셈이었소. 나는 베르사유로 옮겨졌소. 석 달 동안 생사를 넘나들었지. 그러다가 결국 다시 살아났는데, 남프랑스로 가서 요양을 해야 한다더군요. 남자 넷이 하루 6리씩 걸어서, 파리에서 샬롱까지 나를 운반했지요. 내 아내는 마차를 타고 내가 탄 들것의 뒤를 따라갔지요. 샬롱에 가자, 이번엔 배를 타고 론 강으로 가서 물이 흘러가는 대로 천천히 아를까지 내려갔었죠. 아를에서 다시 들것에 실려서 마르세유로 갔소. 이렇게 해서 회복 기간이 여섯 달이나 걸렸소. 그러니 당신 소문도 들을 수 없었고, 그렇다고 내가 감히 알아볼 용기도 없었지요. 파리로 돌아와서야 드 나르곤 미망인이 된 당신이 당글라르 씨와 결혼했다는 사실을 알았소. 의식을 회복한 뒤에 내가 늘 생각한 것이 무엇인지 아시겠소? 그것은 언제나 아이의 시체 생각뿐이었소. 그것이 매일 밤 꿈에 땅속에서 튀어나와서는 무덤 위를 떠돌아다니며, 무서운 눈과 몸짓을 하고 내게 덤벼들었소. 그래서 파리에 돌아오자마자 곧 조사해보았지요. 우리가 떠나온 뒤로 그 집에는 아무도 살지 않았지만, 얼마 전에 9년 계약으로 세를 놓게 되었다는 사실을 알았지요. 그래서 세를 들겠다는 사람을 찾아갔소. 가서 내 아내의 부모 집이 남의 손에 넘어가는 것을 보고 싶지 않으니, 계약을 파기시켜 주면 손해배상을 해드리겠다고 그랬지요. 그랬더니 6천 프랑을 요구해 오더군요. 난 1, 2만 프랑이라도 줄 생각이었소. 난 그 정도의 현금을 갖고 갔었기 때문에, 당장 배상금을 내고 계약을 파기시켜 버렸소. 그토록 바라고 바라던 집이 내 손에 들어오자, 나는 오퇴유를 향해 말을 달렸지요. 내가 그 집을 떠나온 뒤로 누구 하나 들어갔던 흔적이 없었습니다.

그때가 저녁 5시였소. 나는 그 붉은 방으로 올라가 밤이 오기를 기다렸지요. 그러고 있으니 1년 동안 마음속에서 죽도록 나를 괴롭히던 그 일이 어느 때보다도 더 무섭게 떠오르더군요.

그 코르시카 사람은 나한테 복수하겠다고 선언하고, 님에서 파리까지 내 뒤를 따라왔던 겁니다. 뜰에 숨어서 칼로 나를 찌른 그가, 내가 구덩이를 파고 어린애 묻는 모습을 보았단 말이오. 그러니 그 사나이는 당신을 이미 알고 있는지도 몰라요. 그리고 언젠가는 그 무서운 사건의 비밀을 미끼로 당신을 위협할지도 모르지요. ……내가 그때 칼에 맞아 죽지 않았다는 것을 알면, 그 비밀이야말로 그 사나이에게는 재미있는 복수의 재료가 될 게 아니오. 그런 생각이 들자, 무엇보다도 시급한 것이 어떤 위험을 감수하고라도 그 과거의 흔적을 없애버리지 않으면 안 되었던 거요. 먼저 물적 증거를 인멸하는 것, 그게 가장 위급한 문제였지요. 내 기억 속에 무서우리만큼 너무나 생생하게 남아 있었으니까요. 내가 그 집의 계약을 파기시키기 위해, 그 집으로 달려가 밤이 오길 기다렸던 이유도 다 그 때문이었소.

밤이 되었지요. 나는 주위가 다 깜깜해질 때까지 기다렸습니다. 방 안에 불도 켜지 않아 깜깜하고 바람에 문들이 덜컹거리는데, 꼭 누가 문 뒤에 숨어서 들여다보는 것만 같더군요. 나는 수없이 몸서리쳤소. 등 뒤의 침대에서 꼭 당신의 신음이 나는 것 같았지만, 돌아볼 용기가 나지 않더군요. 조용한 가운데 가슴만 뛰는데, 어찌나 심하게 뛰는지 가슴의 상처가 다시 벌어지는 줄만 알았지요. 이윽고 시골의 여러 소리들이 하나하나 잠들어 갔지요. 이젠 아무것도 두려워할 것이 없었어요. 누구 하나 나를 들여다보는 사람도, 내 소리를 듣는 사람도 없다고 생각하자 아래로 내려가기로 결심했습니다.

들어봐요, 에르민느. 난 내가 누구에게도 지지 않을 만큼 용기 있는 남자라고 생각했어요. 그런데 당신이 금반지에 매달고 싶어 했던, 그리고 우리 둘이 아끼던 그 작은 열쇠를 가슴에서 꺼내 계단 문을 열었을 때, 창문으로 창백한 달빛이 들어와 마치 유령같이 하얗고 긴 줄을 나선형 계단 위로 던지는 것을 보았을 때, 나는 비틀거리며 벽에 몸을 기대고 하마터면 소리를 지를 뻔했지요. 미칠 것만 같더군요.

이윽고 다시 정신을 차린 나는 계단을 한 계단 한 계단 내려갔습니다. 그런데 무릎이 후들후들 떨리는 것만은 어쩔 수가 없었어요. 나는 난간을 붙잡았지요. 난간에서 손을 떼기만 하면 굴러떨어질 것 같았으니까요. 그렇게 해서 아래층 문까지 왔어요. 문밖에 삽 한 자루가 벽에 세워져 있더군요. 나는 초롱불을 가지고 내려갔었지요. 잔디밭 한가운데서 등에 불을 붙이고 다시 걸어가기 시작했어요. 11월도 다 가서 정원에서 푸른빛이라곤 찾아볼 수 없더군요. 나무란 나무들은 모조리 앙상해져서 마치 긴 팔만 내밀고 있는 해골 같았소. 내가 걸어갈 때마다 발밑에서 모래와 함께 낙엽이 요란하게 소리를 내고 있었지요.

숨 막힐 듯이 무서운 나머지, 그 나무 덤불 가까이 가면서 주머니에서 권총을 꺼내 탄환을 넣었소. 나뭇가지 사이로 그 코르시카 놈의 얼굴이 나타날 것만 같아서 말이오.

나는 등불로 숲을 비춰보았소. 물론 텅 비어 있었지요. 다음에는 내 주위를 둘러보았지요. 나 말고는 아무도 없었어요. 밤의 적막을 깨뜨리는 것은 오직 밤의 유령을 부르기라도 하는 듯이 음산한 소리로 우는 올빼미 소리뿐이었지요.

나는 그 1년 전에 구덩이를 파려던 장소에 표지로 정해 두었던 두 갈래로 난 나뭇가지에 등불을 매어놓았소. 그곳에는 여름 동안 풀이 무성히 자라서, 가을이 되었는데도 누구 하나 풀을 깎아주지 않은 채로 있더군요. 그 가운데서 비교적 풀이 적게 난 장소가 눈에 띄었소. 그 자리가 바로 내가 땅을 파고 다시 흙을 덮은 곳이었소. 나는 곧 일을 시작했어요.

마침내 1년 전부터 기다리고 기다리던 때가 찾아온 것이지요!

그러니 얼마나 큰 기대를 가지고, 삽 끝에 무엇이 걸리기만 바라며 잔디 하나하나 사이를 열심히 찾아보았겠느냔 말이오! 그러나 아무것도 없었소. 심지어 나는 구덩이를 지난번보다 두 배나 더 크게 팠소. 내가 장소를 잘못 짚은 줄로 생각했지요. 그래서 방향을 살펴보았소. 나무들을 쳐다보며 전에 눈여겨보았던 세세한 점들을 다 살펴보았지요. 헐벗은 나뭇가지들 사이로 살을 에는 듯한 찬바람이 불어왔지만, 내 이마는 땀으로 흠뻑 젖었죠. 구덩이를 덮으려고 발로 흙을 다질 때, 단도에 찔렸던 일을 떠올려 보았소. 나는 그때 흙을 발로 밟으면서 흑단 나무를 짚고 있었지요. 바로 내 등 뒤에는 산책하는 사람들이 앉아서 쉴 수 있도록 벤치로 사용하던 인조석이 하나 있었고요. 그걸 왜 기억하냐면, 그때 칼을 맞고 흑단 나무를 짚고 있던 손이 미끄러지며 그 차가운 바위에 닿았거든요. 나는 그때와 똑같이 쓰러져보았다가 다시 일어나 땅을 또 파기 시작했소. 구덩이를 더 깊게, 더 넓게 파보았지요. 하지만 아무것도 없었소! 결국 아무것도 나타나지 않았단 말이오. 거기에 금고는 없었소."

"금고가 없었다니요?" 당글라르 부인은 겁에 질려 숨도 잘 못 쉬며 중얼거리듯이 말했다.

"그렇다고 거기서 그만두진 않았소." 빌포르는 말을 이었다. "나는 덤불숲을 모조리 파 보았소. 범인이 금고에 보물이 든 줄 알고 파내서 가져갔다가, 열어보고 보물이 아니니까 아무 데나 구덩이를 파고 묻어버렸으려니 생각했던 것이오. 그래서 숲 전체를 다 파보았지만 아무것도 없었어요. 그러고 나니까 다음번엔, 범인이 왜 그런 생각을 했을까 싶더군요. 그냥 가져가다가 보물이 아니니까 아무 구석에나 던져버렸겠지, 하는 생각이 드는 거요. 만일 그런 거라면 날이 밝기를 기다렸다가 찾으러 가는 수밖에 없었소. 그래서 다시 방으로 올라가 아침을 기다렸지요."

"아, 세상에!"

"날이 밝자 다시 아래로 내려가 보았소. 일단은 덤불숲으로 가보았지요. 밤에 어두워서 안 보였던 것이 이제는 보이지 않을까 생각해서였소. 나는 사방 20평방피트의 땅을 2피트 이상의 깊이로 다시 파보았소. 품삯을 주고 사람을 사서 판다면 하루 종일 걸릴 것을 난 한 시간 만에 다 해냈소. 그러나 역시 아무것도 없었소, 아무것도 나오지 않더란 말이오.

그래서 난 범인이 어딘가에 버렸을지 모른다는 생각에 금고를 찾아보기 시작했소. 틀림없이 그 작은 출입구를 통해 나가는 길에다 버렸을 거라고 생각했지요. 그러나 마찬가지로 헛수고였소. 그래서 답답한 마음으로 아무 희망도 없는 숲으로 다시 돌아왔지요."

"오!" 당글라르 부인이 소리쳤다. "정말 미칠 지경이셨겠군요."

"한때는 그러길 바란 적도 있었소. 그러나 그런 복조차 허락되지 않더군요. 다시 기운을 내고 정신을 차려 생각해 보았지요. 그 사나이가 어린애 시체는 왜 가져갔을까 하고 말이오."

"아까 증거로 삼기 위해서라고 하시지 않았어요?" 당글라르 부인이 말했다.

"아니요. 그런 것 때문이라고만은 볼 수 없소. 1년씩이나 시체를 그대로 가지고 있을 리는 없습니다. 그 안에 재판관에게 보여서 사건을 조사하도록 했겠지요. 그러나 그런 일은 일어나지 않았단 말이오."

"그렇다면……?" 에르민느는 가슴을 두근거리며 물었다.

"그러니 우리에게 그보다 더 무섭고 치명적이고 위험한 일이 있다는 겁니다. 즉, 아이가 살아 있었기에 범인이 그 아이를 살렸다는 것이오."

당글라르 부인은 공포의 소리를 냈다. 그리고 빌포르의 양손을 잡으며 말했다. "아이가 살아 있다고요? 그럼, 당신은 살아 있는 아기를 땅에 묻었단 말인가요? 어린애가 죽었는지 확인해 보지도 않고 매장했다니! 아……."

부인은 벌떡 일어났다. 그리고 검찰총장 앞에 서서 무서운 얼굴을 하고, 부드러운 손으로 그의 손목을 꽉 쥐었다.

"난들 어찌 알겠소? 난 다만 남의 얘길 하듯 그 얘길 했을 뿐이오." 빌포르는 눈을 똑바로 뜨고 말했다. 그 표정은 빌포르처럼 강한 사나이도 이젠 절망과 광기의 한계에 다다랐다는 것을 의미했다.

"아! 내 아기, 불쌍한 내 아기!" 부인은 의자에 털썩 주저앉아 터지는 울음을

손수건으로 막으며 소리쳤다.

빌포르는 다시 정신을 차렸다. 그리고 지금 자신에게 몰아치는 모성애의 폭풍우를 달래기 위해서는 자기가 느끼고 있는 공포감을 부인에게 전해 주는 길밖에 없다고 생각했다.

"만일 그렇다면," 그래서 이번에는 자기편에서 일어나 부인에게 다가서며 낮은 목소리로 말했다. "당신도 알겠지만, 우린 둘 다 파멸이요. 아이가 살아 있고, 그걸 알고 있는 사람이 있소. 누군가가 우리의 비밀을 알고 있단 말이오. 그런데 몬테크리스토 백작이 어린애 시체가 없어진 그 자리에서 어린애를 파냈다는 말을 바로 우리 앞에서 했으니, 그 사람이야말로 우리의 비밀을 알고 있는 놈이란 말이오."

"하느님! 심판의 하느님! 복수의 하느님!" 당글라르 부인이 중얼거렸다.

빌포르는 울부짖는 듯한 소리를 낼 뿐이었다.

"하지만, 그 애는, 그 애는?" 아이 어머니는 집요하게 물었다.

"오, 나는 그 애를 찾으러 다녔소!" 빌포르는 자신의 팔을 뒤틀며 대답했다. "잠 못 이루는 긴긴 밤에 그 아이를 얼마나 불러보았는지 모르오. 그리고 수백만 사람들에게서 수백만 가지의 비밀을 사기 위해서, 그리고 그 비밀을 찾아낼 수 있기 위해 부자가 되기를 얼마나 바랐는지 모르오. 결국 내가 백 번째로 다시 삽을 들었던 어느 날, 그 코르시카 사람이 도대체 어린애를 어떻게 했을까를 내 마음속에 백 번째로 물어보았지요. 어린애는 도망자에게 방해물일 뿐이지. 그러니 어린애가 살아 있는 것을 보고 강에 던져버렸는지도 몰라요."

"오오, 설마!" 부인은 소리쳤다. "복수할 마음으로 사람을 암살할 수는 있겠지만, 어린애를 물에 던져버리지는 않았을 거예요."

"고아원에라도 데려갔을까요?" 빌포르는 말을 이었다.

"그래요! 그래요, 그 아이는 거기 있을 거예요." 부인이 소리쳤다.

"난 고아원으로 가보았지요. 알아보니 9월 20일 그날 밤에 누가 어린애 하나를 문 앞에 버렸다더군요. 어린애는 고급 리넨 천에 싸여 있었는데, 그 천이 고의적으로 그런 것이 분명하게 반이 찢겨나가 있더랍니다. 그리고 그 반쪽짜리 천에는 남작의 표장과 H자가 적혀 있더랍니다."

"그래요, 그래요!" 당글라르 부인이 외쳤다. "내 리넨 옷감에는 전부 그런 표시가 있었으니까요. 드 나르곤 씨는 남작이었고, 내 이름이 에르민Hermine잖아요? 오! 감사합니다! 그 아인 죽지 않았군요!"

"그래요, 죽지 않았지요."

"그게 무슨 소리예요? 난 기뻐서 죽을 것만 같아요. 그런데 그 아이는 어디 있죠? 내 아이는 어디에 있냐고요."

빌포르는 어깨를 으쓱했다.

"난들 어떻게 알겠소?" 그는 말했다. "그걸 알고 있었다면, 극작가나 소설가들처럼 이렇게 그 얘기를 장황하게 늘어놓을 리가 있었겠소? 유감스럽지만 난 모르오. 그 당시로부터 6개월쯤 전에 어느 여자가 그 천의 나머지 반쪽을 가지고 와서 아이를 찾아갔다는 겁니다. 그 여자가 아이를 데려가는 데 필요한 증명을 모두 해 보였기 때문에 아이를 내주었다는군요."

"그럼 그 여자가 누구인지 수소문해 보면 되겠군요. 그 여자를 찾아야 해요."

"내가 어떻게 했는지 아십니까? 범죄 수사를 하는 척하고, 뛰어난 탐정이며

형사며 경찰이 쓸 수 있는 모든 방법을 동원해서 수사했소. 그래서 여자가 샬롱까지 간 흔적은 추적해냈는데, 샬롱에서 놓치고 말았다오."

"놓쳤다고요?"

"그렇소. 영영 놓치고 말았소."

부인은 상황이 변하는 대로, 한숨을 쉬었다가, 눈물을 흘렸다가, 소리를 질렀다가 하며 이야기를 들었다.

"그게 얘기의 전부인가요?" 부인이 물었다. "그래서 그대로 손을 떼고 마셨나요?"

"천만에!" 빌포르는 말했다. "계속 찾아보고, 수사와 탐색과 수소문을 그치지 않았지요. 다만 요즘 2, 3년 동안 잠깐 쉬고 있을 뿐이지요. 그런데 오늘부터는 다시 그 어느 때보다도 열심히 찾는 일을 시작해 볼 생각이오. 그리고 반드시 성공할 거요. 왜냐하면 일이 이렇게 된 이상 이제는 양심의 문제가 아니라, 두려워졌기 때문이오."

"하지만 몬테크리스토 백작은 아무것도 모르고 있을 거예요. 그렇지 않다면 이 정도까지 우리와 친하게 사귀려 하진 않았을 것 아니겠어요?"

"오! 인간의 악의는 깊이를 알 수 없는 거라오. 그것은 하느님의 자비보다도 더 깊고 깊은 것이오. 그 사람이 얘기하고 있을 때 그 눈을 보지 못했소?"

"못 보았어요."

"아니면 적어도 그 사람을 유심히 본 적은 있었지요?"

"그냥 그랬죠. 좀 이상하게 느껴지기도 했지만 뭐 그 정도지요. 단 한 가지 마음에 걸렸던 것은 우리한테 그런 굉장한 진수성찬을 대접하면서도 자신은 손도 대지 않았던 일이에요. 어떤 음식도 먹지 않더군요."

"그렇소. 나도 그걸 눈치챘소." 빌포르가 말했다. "지금 내가 알고 있는 것을 그때 만약 알았더라면, 나도 음식을 입에 대지 않았을 거요. 독살하려는 줄 알았을 테니까요."

"하지만 그건 당신 생각이 틀린 것 같은데요."

"물론이지요. 그러나 그 사람은 다른 계획을 가지고 있을 거요. 그래서 내가 당신을 만나려고 했던 거요. 당신에게 얘길 해서 세상 사람들을, 특히 그 사람을 경계하도록 주의시키고 싶었던 거요. 그런데……." 빌포르는 어느 때보다도 더 부인을 뚫어지게 바라보며 말을 이었다. "우리 관계를 누구한테도 말하지 않았겠지요?"

"절대로, 아무한테도요."

"알겠지요." 빌포르는 부드럽게 다시 물었다. "내가 아무에게도라고 하면, 이렇게 자꾸 말해서 안됐지만, 이 세상 어느 누구한테도라는 뜻이라는 것을요?"

"네, 네, 알고 있어요." 부인은 얼굴을 붉히며 말했다. "절대로 아무한테도 안 했어요. 맹세해요."

"당신은 저녁이면 하루에 생긴 일을 쓰는 버릇은 없나요? 일기를 쓰거나 하진 않나요?"

"안 써요. 제게 있어서 매일 매일이란 종일 하찮은 일로 지나갈 뿐이에요. 나 자신도 잊어버리고 마는걸요."

"자다가 잠꼬대는 안 하시오?"

"전 어린애처럼 잠을 푹 자는걸요. 기억 안 나세요?"

부인의 얼굴이 새빨개졌다. 그리고 빌포르도 얼굴빛이 변했다.

"하긴 그랬소." 그는 간신히 들릴 정도로 중얼거렸다.

"그래서요?"

"이제부터 내가 할 일이 무엇인지 알았소." 빌포르가 말했다. "일주일 내로 몬테크리스토 씨가 어떤 사람인지 알아내야겠소. 그가 어디서 왔는지, 어디로 갈 것인지, 그리고 왜 우리 앞에서 어린애를 뜰에 묻는 얘기를 했는지 다 알아야겠소."

빌포르는 그 한마디를 힘주어 말했다. 백작이 들었더라면, 몸을 떨 정도로 무서운 어조였다. 그리고 나서 그는 부인이 주저하며 내미는 손에 악수를 하고, 정중하게 문 앞까지 바래다주었다.

당글라르 부인은 지나가는 마차를 잡아타고 길을 건넜다. 길 건너편에는 부인의 마차와 마부가 서 있었다. 마부는 주인이 돌아오기를 기다리며, 마차 안에서 태평하게 잠을 자고 있었다.

여름날 무도회

같은 날, 당글라르 부인이 검사실에서 대화를 나누고 있던 그 시간에 사륜마차 한 대가 엘데 거리로 들어와, 27번지 집의 문을 지나 안뜰에서 멈췄다.

문이 열리더니 모르세르 부인이 아들의 부축을 받으며 마차에서 내렸다.

알베르는 어머니를 방까지 모셔다 드리자마자 곧 목욕물과 마차를 준비하라고 일렀다. 그리고 하인의 손을 빌려 몸단장을 한 뒤, 샹젤리제의 몬테크리스토 백작 집으로 갔다.

백작은 여느 때와 같은 미소로 그를 맞았다. 이상하게도 백작의 기분이나 생각은 누구도 들여다볼 수 없다는 느낌이 들었다. 한마디 덧붙인다면, 억지로 그의 마음속에 다가서려는 사람은 영락없이 어떤 벽에 부딪히고 말았다.

모르세르는 두 팔을 벌리고 백작에게 달려갔지만, 막상 백작을 보고는 차마 용기가 안 나서, 백작이 우정어린 미소를 짓고 있었는데도 팔을 거두고 기껏 손을 내미는 것에 그쳤다.

몬테크리스토 백작 쪽에서는 언제나 하는 것처럼 그 손을 잡았을 뿐 꼭 쥐지는 않았다.

"저 왔습니다, 백작!" 알베르가 말했다.

"잘 오셨습니다."

"한 시간 전에 돌아왔습니다."

"디에프에서?"

"트레포르에서요."

"아, 맞아, 그랬었지요."

"오자마자 가장 먼저 찾아뵙는 겁니다."

"이렇게 고마운 일이 있나." 백작은 남의 일에 대해 이야기하듯 말했다.

"그건 그렇고, 그동안 무슨 소식이라도?" 알베르가 물었다.

"소식이라뇨? 외국인인 저한테 그런 걸 물어보시다니요!" 백작이 대답했다.

"그건 저도 알고 있습니다. 제가 무슨 소식을 묻는 것은 혹시 저에 대해 뭔가 해주신 일은 없는지 여쭈는 겁니다."

"그렇다면 혹시 저한테 뭐 부탁하신 일이라도 있었던가요?" 백작은 일부러 걱정스러운 표정을 지으며 물었다.

"자, 자, 그렇게 모르는 척하지 마세요. 기쁜 소식은 먼 곳까지 알려진다고 하잖아요? 전 트레포르에서 전류를 느꼈습니다. 비록 저를 위해서 무슨 일을 해주시진 않았다 하더라도, 제 생각은 해주셨지요?"

"그거야 그렇지요." 백작이 말했다. "난 정말 당신 생각을 했소. 그러나 솔직히 말하면, 내가 가지고 있던 전류가 내 의사와는 관계없이 제멋대로 작용한 셈이지요."

"정말입니까? 그 얘길 해주십시오."

"그야 어렵지 않죠. 당글라르 씨가 우리 집에 와서 만찬을 함께 해주셨소."

"그건 저도 알고 있습니다. 그 사람과 부딪히기 싫어서 어머니와 둘이서 여행을 다녀온 거니까요."

"그런데 그분은 안드레아 카발칸티 씨와 같이 식사를 했지요."

"그 이탈리아 황태자 말인가요?"

"너무 과장하지 마세요. 안드레아 씨가 자기 말로는 자작이라고 소개했어요."

"자기 말로는이라니요?"

"그래요, 자기 말로는."

"그렇다면 사실은 그렇지 않다는 말씀인가요?"

"그건 나도 모르지요. 자기 말로 그렇다니 나도 그런 줄로 알고, 또 세상 사람들도 그렇게 생각하는 거지요. 그러니 그런 거나 다름없는 게 아니겠소?"

"백작께선 정말 특이하시군요. 그래서요? 당글라르 씨가 여기서 식사를 했다고 그러셨죠?"

"그렇소."

"안드레아 카발칸티 자작과 같이 말이죠?"

"안드레아 카발칸티 자작, 그 부친 카발칸티 후작, 당글라르 부인, 호감 가는 빌포르 부부, 드브레 씨, 막시밀리앙 모렐 씨, 그리고 또 누가 있더라…… 아! 샤토 르노 씨."

"거기서 제 얘기가 나왔습니까?"
"아니, 한마디도."
"실망인데요."
"그게 왜요? 제가 생각할 땐 사람들이 당신을 까맣게 잊고 그렇게 행동하는 것이 바로 당신이 원하는 것 같은데!"
"백작, 제 얘기가 전혀 안 나왔다는 것은 내 생각을 많이 하고 있었다는 뜻입니다. 그러니 제가 실망할 수밖에요."
"그건 아무래도 좋습니다. 중요한 건 여기서 당신을 생각하고 있던 사람들 사이에 당글라르 양은 없었다는 사실 아니겠습니까! 아! 자기 집에서는 당신 생각을 할 수도 있겠군요."
"아니요, 그건 절대로 그렇지 않습니다. 설령 제 생각을 했다 하더라도, 그건 제가 그녀에 대해 하는 생각과 똑같은 생각이었을 거예요."
"그렇게 서로 마음이 통한다니 감동적이군요!" 백작이 말했다. "그런데 서로 싫어한다는 겁니까?"
"백작, 만약 당글라르 양이 내가 그녀 때문이 아닌 다른 일로 괴로워하는 걸 동정해서, 양가가 정한 결혼 계약과 관계없이 나를 생각해 준다면 그건 굉장히 기쁜 일이죠. 한마디로 말씀드리면, 당글라르 양은 멋진 연인이 될 수 있을 겁니다. 그러나 아내로선 악마 같다고나 할까요……." 모르세르가 말했다.
"그게 바로 미래의 아내에 대한 당신의 생각이로군요?" 백작은 웃으면서 말했다.
"그렇습니다. 좀 거친 표현인지 모르지만 제 솔직한 생각입니다. 그런데 그런 악몽이 실현되면 안 되죠. 그러니까 당글라르 양이 제 아내가 되어야만 한다는 사실 말입니다. 당글라르 양이 나와 함께 살며, 내 옆에서 생각하고 내 곁에서 노래하며 내 가까이서 시도 짓고 음악도 해야 하는데, 그것도 평생을 그래야 하니 내가 겁이 날 수밖에요. 애인이라면 헤어질 수 있습니다. 그러나 아내라는 존재는 얘기가 전혀 다르지요. 가까이 있건 멀리 있건, 어쨌든 영원히 옆에 붙어 다니는 거니까요. 그러니 당글라르 양의 경우도 설사 멀리 떨어져 있다 해도, 섬뜩해지는 것을 어쩔 수가 없습니다."
"너무 복잡하게 생각하시는군요."
"그렇습니다. 저는 되지도 않을 일을 자주 생각하니까요."

"어떤 것을요?"

"이를테면 제 아버지가 발견한 아내 같은 여자를 나도 찾아낼 수 없을까 하는 생각이죠."

백작은 갑자기 얼굴빛이 변하더니 알베르를 쳐다보며 장난감처럼 만지작거리던 근사한 권총들의 용수철을 잡아당겨 찰깍거리는 빠른 소리를 냈다.

"그래서 부친께선 행복하셨습니까?" 백작이 물었다.

"제가 어머니를 어떻게 생각하고 있는지는 백작께서도 알고 계실 겁니다. 말 그대로 하늘에서 내려온 천사지요. 게다가 아름답고 독실하신, 더할 나위 없는 분이십니다. 저는 트레포르에 갔었습니다. 대부분 아들이 어머니를 모시고 어딜 간다는 것은 호의일 수도 있겠지만 고역일 수도 있겠지요. 그러나 저에게 어머니와 함께 한 나흘은 더 없이 즐겁고, 편안하고, 시적이었습니다. 굳이 말씀드리자면 제가 트레포르에 데려간 사람이 마브 여왕*1이나 티타니아 여왕*2이 아닌가 할 정도였답니다."

"정말 훌륭한 분이십니다. 그런 얘길 들으면 누구나 독신으로 있고 싶어 질 겁니다."

"그래서 그런 겁니다." 알베르는 말을 이었다. "저는 이 세상에 어디 하나 나무랄 데 없는 여자가 있다는 것을 알고 있기 때문에, 당글라르 양과 결혼할 생각이 없다는 겁니다. 생각해 보신 일이 있으신지 모르겠습니다만 이기주의란 놈은 자기가 갖고 있는 모든 것에 놀랄 만큼 화려한 색칠을 하는 법입니다. 마를레나 포생 상점 앞의 진열장에서 반짝이던 다이아몬드도 내 것이 되면 더 반짝여 보이지요. 그런데 만약 다른 곳에 더 순수한 것이 있다는 것을 인정해야 되고, 그보다 못한 다이아몬드를 영원히 몸에 지니고 다녀야만 한다면 그 때의 그 고통을 아시겠습니까?"

"세상을 아는 사람이군!" 백작은 중얼거렸다.

"그래서 만약 외제니 양이 제가 먼지처럼 허약한 남자일 뿐이고, 그쪽은 몇 백만 프랑을 가지고 있는데 비해 저는 겨우 1만 프랑이나 있을까 말까 하다는 것을 알게 되는 날이 온다면, 저는 기뻐서 펄쩍 뛸 것 같습니다."

백작은 빙그레 웃었다.

---

*1 아일랜드에 전해오는 요정의 여왕.

*2 셰익스피어의 《한여름 밤의 꿈》에 나오는 요정의 여왕.

“저는 좀 다른 생각도 해보았습니다.” 알베르는 이야기를 계속했다. “프란츠는 괴상한 것을 좋아하니까, 좀 무리를 해서라도 그 친구가 당글라르 양을 좋아하게 해보자는 생각입니다. 그런데 네 번이나 편지를 써서 갖가지 유혹을 다 해보았는데도 프란츠는 태연하게 이렇게 답장을 해왔습니다. ‘사실 난 괴상한 놈이 틀림없어. 그러나 아무리 내가 괴상해도, 한 번 한 약속만큼은 깨지 않는다네.’”

“충직한 우정인데요! 자기는 애인으로만 사귀겠다는 여자를 남더러 부인으로 데려가라니!”

알베르가 웃었다.

“그런데 그 프란츠가 돌아온답니다. 백작께서야 별 흥미가 없으시겠지만. 당신은 그 친구를 좋아하지 않으시죠?”

“내가요?” 백작이 물었다. “자작, 어딜 봐서 내가 프란츠를 좋아하지 않는다는 겁니까? 난 누구든 다 좋아하는 사람인데.”

“그리고 저도 그 ‘누구든지’에 속해 있군요…… 감사합니다.”

“오! 혼동하시면 곤란한데요.” 백작이 말했다. “난 하느님께서 이웃을 사랑하라고 하신 말씀을 따라 그리스도교 신자다운 마음으로 좋아하고 있습니다. 싫어하는 사람은 불과 몇 사람뿐이고. 자, 프란츠 데피네 씨 얘기로 다시 돌아갈까요? 그 사람이 돌아온다고요?”

“그렇습니다. 외제니 양을 결혼시키려는 당글라르 씨와 마찬가지로, 발랑틴 양을 결혼시키려고 안달 난 빌포르 씨가 부른 거죠. 확실히 나이 찬 딸을 가진 아버지들은 초조하게 마련인가 봐요. 그래서 서둘러 딸을 치워버릴 때까지는 안심하지 못하는 모양이에요.”

“하지만 프란츠 씨는 당신과 달라요. 그 사람은 그러한 재난을 지그시 참고 있으니.”

“참는 정도가 아니라, 아주 심각한걸요. 흰 넥타이를 매고, 벌써부터 자기가 꾸밀 가정에 대해 얘기하고 있으니까요. 게다가 빌포르 집안을 존경하기까지 한답니다.”

“그럴 만한 가치는 있겠지요?”

“그렇죠. 빌포르 씨는 엄격하긴 해도 올바른 사람으로 알려져 있으니까요.”

“잘됐네요!” 백작이 말했다. “최소한 그 사람은 불쌍한 당글라르 씨가 당신한테 당하듯이 취급당하지는 않겠네요."
"그 사람은 딸을 억지로 데려가라고는 안 하니까 그러는 거죠." 알베르는 웃으면서 대답했다.
"정말 당신은 자부심이 하늘을 찌르는군요." 백작이 말했다.
"제가요?"
"그렇소, 자, 담배나 한 대 피우시죠."
"감사합니다. 그런데 어째서 제가 자부심이 대단하다는 말씀이십니까?"
"외제니 양과 결혼하지 않으려고 그렇게까지 발버둥치시니 말입니다. 그런 건 그냥 내버려두면 되는 겁니다. 파혼하겠다고 먼저 나서지 않아도 결국은 그렇게 될 테니까요."
"네?" 알베르는 눈을 크게 뜨고 물었다.
"그렇소, 자작, 당신 목덜미를 잡고 억지로 끌고 가진 않을 거요. 그럼, 한 가지 진지하게 얘기하겠는데," 백작은 어조를 바꾸어 말했다. "정말 정혼을 무르고 싶소?"
"그렇게 할 수만 있다면, 10만 프랑이라도 내겠습니다."
"그렇다면 기뻐하십시오. 당글라르 씨도 그럴 수만 있다면 그 돈의 배라도 내신다고 말씀하셨으니까요."
"그게 정말입니까?" 알베르는 이렇게 말하면서도 그의 이마에 보일 듯 말 듯한 어두운 그림자를 감출 수 없었다. "하지만 백작, 당글라르 씨도 무슨 이유가 있겠죠?"
"보세요. 당신은 정말 오만한 이기주의자로군요! 남의 자존심은 도끼로 찍으면서, 자기 자존심은 바늘에 찔리기만 해도 비명을 지르니까요."
"그렇진 않습니다. 하지만 당글라르 씨가……."
"당신한테 반해 있을 거란 말이라도 하시려는 겁니까? 그런데 당글라르 씨란 사람은 취미가 좋지 못합니다. 당신 이상으로 반한 사람이 있지요……."
"그게 누군데요?"
"그건 나도 모릅니다. 그들의 움직임을 잘 조사하고 관찰해서 사태를 짐작해내야 합니다. 그러고 나서 그걸 이용하십시오."
"알겠습니다. 그런데 어머니께서…… 아니, 어머니가 아니라 아버지입니다. 아버지께서 무도회를 여시겠답니다."

"이런 계절에요?"
"여름 무도회가 유행입니다."
"유행이 아니더라도 백작부인께서 개최하시는 거라면 유행이 되겠지요."
"그게 아주 멋지답니다. 진짜 무도회지요. 7월 여름에 파리에 남아 있는 사람들이야말로 진짜 파리지앵이니까요. 카발칸티 집안의 아버지와 아들에게 보내는 초대장을 백작께 부탁드려도 괜찮겠습니까?"
"그게 도대체 언제인데요?"
"토요일입니다."
"그럼, 카발칸티 소령이 떠나고 난 뒤가 되겠는걸요."
"하지만 그 아들은 남겠지요. 아들을 데리고 와주시겠습니까?"
"그런데 난 그 사람을 잘 몰라서요."
"모르신다고요?"
"그렇습니다. 3, 4일 전에 처음 만나보았을 뿐이니까요. 자신이 없군요."
"하지만 그 사람을 댁으로 오게 하지 않았습니까?"
"그건 얘기가 다릅니다. 어느 훌륭한 신부님에게서 소개받긴 했지만, 그 신부님도 속고 있는지 모르니까요. 원하신다면 직접 초대하시지요. 제가 소개하는 일만은 사양하겠습니다. 나중에 그 사람이 외제니 양과 결혼이라도 하게 되면, 내가 뒤에서 조종이라도 한 줄 알고 결투를 청해 올지도 모르니까요. 게다가 나 자신도 그날 갈 수 있을지 없을지 모르고요."
"어디를요?"
"그 무도회에 말입니다."
"왜 못 오시겠다는 겁니까?"
"우선 아직 정식으로 초대하지도 않으셨고."
"제가 직접 초청장을 전하러 이렇게 오지 않았습니까?"
"정말 친절하시군요. 그러나 아무래도 못 갈 것 같습니다."
"하지만 제가 이 말씀을 드리면 만사를 제쳐놓고라도 오실 겁니다."
"어째서요?"
"제 어머니가 부탁드리는 거니까요."
"모르세르 백작부인께서요?" 백작은 움찔했다.
"백작, 미리 말씀드려 두겠습니다만, 어머니는 제게 무슨 얘기라도 해주십니다. 조금 전에 제가 한 이야기에 공감을 느끼지 않으셨다면, 그것은 그 공감이 백작께는 철저히 부족하기 때문입니다. 왜냐하면 나흘 동안 어머니하고 저는 줄곧 백작 얘기만 했으니까요."

"제 얘기를요? 정말 영광입니다."

"그건 백작께서 특권을 가지고 계시기 때문입니다. 문제의 인물이시니까요."

"아! 어머님께도 제가 문제의 인물이었습니까? 어머니께선 매우 이성적인 분이시기 때문에, 설마 그런 당치도 않은 상상은 안 하실 줄 알았는데."

"워낙 누구에게나 문제의 인물이시니까요. 다른 모든 사람들에게 그렇듯이 제 어머니에게도 그렇죠. 문제의 인물이라는 것은 다 알지만, 어째서 그런지는 추측도 못하고, 그저 수수께끼일 뿐입니다. 그러니 그 점은 안심하십시오. 그저 어머니는 당신이 어떻게 그렇게 젊으시냐고 늘 저에게 물으십니다. G 백작 부인은 당신을 루드벤 경 같은 분이라고 생각하시지만, 우리 어머니는 당신을 칼리오스트로*3나 생제르맹*4 백작 같은 분이라고 생각하고 있지요. 어머니를 만나러 오실 때, 그 점을 확실하게 해주십시오. 백작이라면 그런 것쯤 어렵지 않으실 겁니다. 당신은 칼리오스트로 같은 연금술의 돌과 생제르맹 백작 같은 기지를 가지고 계시니까요."

"미리 가르쳐 주셔서 감사합니다." 백작은 웃으면서 말했다. "그럼, 그런 어머니의 상상에 들어맞도록 해볼까요?"

"그럼, 토요일에 오시는 거죠?"

"어머님의 청이시니……."

"감사합니다."

"당글라르 씨는?"

"그분께는 벌써 세 사람이 초대장을 전했습니다. 제 아버지가 맡으셨으니까요. 게다가 현대의 다게소,*5 빌포르 씨도 모시려고 합니다. 하지만 그쪽은 아무래도 절망적인 것 같아요."

"격언에 따르면, 절망적인 일은 절대로 하지 말아야 합니다."

"백작께선 춤을 추시죠?"

---

*3 18세기 이탈리아의 유명한 의사, 연금술사.

*4 18세기의 유명한 협잡꾼.

*5 18세기 프랑스의 유명한 사법관.

"제가요?"
"네. 백작께서 춤을 추신다고 이상할 건 없지 않아요?"
"그렇군요. 춤을 춘다고 해도 아직 나이가 사십 대는 아니니……. 하지만 난 춤을 추지 않습니다. 춤추는 걸 보기는 좋아하죠. 모르세르 부인께선 춤을 추십니까?"
"어머니도 추지 않으십니다. 두 분이 이야기를 나누시면 되겠군요. 어머니도 백작과 얘기를 해보고 싶어하시니까요."
"그게 정말입니까?"
"물론이죠. 게다가 자세히 말씀드리자면, 어머니가 이 정도로 호기심을 가지신 건 백작이 처음이십니다."
알베르는 모자를 손에 들고 자리에서 일어났다. 백작은 그를 문까지 바래다 주었다.
"아무래도 내가 실수를 한 것 같네요." 백작이 계단 위쪽에 멈춰 서서 알베르에게 말했다.
"무엇을요?"
"내가 경솔했어요. 당글라르 씨 얘기는 하는 게 아니었는데."
"원 별말씀을. 앞으로도 더 해주십시오. 더 자주 늘 그런 식으로 말입니다."
"그렇게 말씀해 주시니 안심입니다. 그런데 데피네 씨는 언제 돌아오시죠?"
"늦어도 5, 6일 안으로는 올 겁니다."
"그럼, 결혼식은요?"
"생메랑 후작부부가 돌아오는 대로 곧 할걸요."
"프란츠 씨가 파리에 오거든 나한테 한번 데리고 와 주십시오. 당신은 제가 그 사람을 싫어한다고 하지만, 저는 만나게 되면 기쁠 것 같습니다."
"알겠습니다. 분부대로 하지요."
"그럼."
"토요일엔 확실히 오시는 거지요?"
"여부가 있습니까! 약속까지 한걸요."
백작은 손을 흔들어 작별인사를 했다. 그는 알베르가 사륜마차에 타자 휙 돌아섰다. 등 뒤에는 베르투치오가 서 있었다.
"왜?" 백작이 물었다.

"그 여자가 재판소에 갔었습니다." 집사가 대답했다.

"오랫동안 있었나?"

"한 시간 반 정도 있었습니다."

"그리고 집으로 돌아갔나?"

"네, 곧장 돌아왔습니다."

"그럼, 베르투치오. 이제부터 노르망디로 가서 언젠가 내가 말한 그 작은 땅이 있는지 없는지 알아보고 오게."

베르투치오는 머리를 숙여 인사했다. 그리고 자신의 의향도 백작의 명령과 똑같았으므로, 그는 그날 밤으로 노르망디를 향해 떠났다.

정보

빌포르 씨는 당글라르 부인과의 약속, 특히 자기 자신에게 한 약속을 지키기 위해, 몬테크리스토 백작이 어떻게 오퇴유 집안 비밀을 알게 되었는지를 알아보기 시작했다.

그는 그날로 전 교도소장이자 승진해서 치안경찰 근무를 보고 있는 보빌 씨에게 편지를 띄워 필요한 정보를 손에 넣을 수 있도록 부탁했다. 보빌 씨는 그 정보를 누구에게서 얻을 수 있을지 찾아보기 위해 이틀간 시간을 달라고 했다.

약속한 이틀이 지나자 빌포르 씨는 부탁한 정보를 보고받았다.

> 몬테크리스토 백작이라는 인물은 가끔 파리에 모습을 드러내며, 현재도 파리에 거주하고 있는 윌모어 경이라는 부유한 외국인과 가까이 지내며, 또한 동양에서 선행으로 이름난 시칠리아의 부소니 신부와도 가까운 사이임.

빌포르 씨는 이 두 외국인에 대한 신속하고 정확한 정보를 손에 넣도록 명령했다. 이튿날 밤, 다음과 같은 보고가 날아왔다.

> 파리에 한 달을 머물 예정인 부소니 신부는 생쉴피스 사원 뒤에 있는 조그만 이층집에 살고 있다. 그 집은 위층과 아래층에 방이 두 개씩 있고, 신부 혼자서 다 쓰고 있다.
>
> 아래층에는 식탁과 의자와 호두나무로 만든 찬장이 놓인 식당이 방 하나를 차지하고 있고, 나머지 방에는 카펫도 시계도 아무런 장식도 없는, 흰 칠을 한 객실이 있다. 그런 점으로 미루어 보아, 신부는 꼭 필요한 것 말고는 사치를 모르는 검소한 생활을 하고 있다고 생각된다.
>
> 신부는 주로 2층 객실을 쓰고 있다. 그 방에는 신학책과 양피지로 만든

책이 가득 있는데, 하인의 말에 따르면 신부는 몇 년이고 그 책들 속에 파묻혀 있기 때문에, 객실이라기보다는 서재라고 해야 옳을 것 같다.

그 하인은 창 너머로 손님들을 내다보는데, 손님이 낯선 사람이거나 얼굴 생김새가 마음에 들지 않으면 신부가 파리에 없다고 대답한다. 그리고 대부분의 사람들은 그 말을 인정한다고 한다. 왜냐하면 신부는 자주 여행을 하고, 또 가끔은 여행이 길어지곤 했기 때문이다.

게다가 신부가 집에 있을 때건 없을 때건, 또는 파리에 있을 때건 카이로에 있을 때건 간에, 늘 사람들에게 나누어 줄 물건만은 잊지 않는다. 그러니까 그 창문은 구호물자를 나누어 주는 창으로 쓰이고, 그 하인이 주인을 대신해서 그 일을 하고 있다.

서재 옆에 있는 또 하나의 방은 침실이다. 커튼도 없는 침대가 하나, 안락의자가 넷, 노란 위트레흐트 벨벳으로 만든 긴 의자가 하나, 그리고 기도대 하나, 이것이 그 방 가구의 전부이다.

한편 윌모어 경은 퐁텐생조르주 거리에 살고 있다. 그는 전 재산을 여행에 다 써버리는 영국인다운 관광객이다. 이 집을 가구까지 덤으로 빌려 쓰고 있는데, 매일 집에서 보내는 시간은 두세 시간뿐이다. 게다가 집에서 자는 일은 거의 없고, 이상한 버릇이 있어 절대로 프랑스어를 사용하지 않는다고 한다. 그러나 사람들의 말에 의하면 프랑스어를 거의 완벽하게 구사할 수 있다고 한다.

이러한 귀중한 보고가 검찰총장 손에 들어온 다음 날, 페루 거리 한 모퉁이에서 어떤 사나이가 마차에서 내리더니 올리브색 문을 두드리고 부소니 신부에게 면회를 청했다.

"신부님께선 아침에 외출하셨습니다." 하인이 대답했다.

"그 말만 듣고 물러갈 수는 없어." 방문객이 말했다. "난 어떤 사람의 심부름으로 왔는데, 그분 말로는 늘 집에 계시다고 했으니까."

"하지만 말씀드린 대로 신부님은 안 계십니다."

"그럼, 나중에 돌아오시거든 이 명함과 봉투에 넣은 편지를 신부님께 전해 다오. 저녁 8시까진 돌아오시겠지?"

"아, 그땐 틀림없겠죠. 하지만 신부님께서 일을 하지 않으셔야지, 일을 하시면 안 계신 거나 마찬가지니까요."

"그럼, 그 시간에 내가 또 한 번 오겠네." 방문객은 말했다.

그러고 나서 그는 돌아갔다.

과연 그 시간이 되자, 그 사나이가 같은 마차를 타고 다시 왔다. 그런데 이번에는 페루 거리 한 모퉁이에 마차를 세우지 않고 올리브색 문 앞에 세웠다. 그는 노크를 했다. 문이 열리고 사나이는 안으로 들어갔다.

하인의 정중한 환영을 받은 사나이는 자기가 놓고 간 편지가 효과가 있었다고 생각했다.

"신부님 계시냐?" 그가 물었다.

"네, 서재에서 일하고 계십니다. 그렇지만 선생님을 기다리고 계셨습니다." 하인이 대답했다.

사나이는 꽤 가파른 계단을 올라갔다. 서재는 온통 어두운데 탁자 위만 넓은 갓을 씌운 램프가 환하게 빛을 비추고 있었다. 그 탁자 앞에 부소니 신부가 신부복을 걸치고, '—우스'로 끝나는 이름*1의 중세 학자들이 쓰던 두건을 쓴 채 앉아 있었다.

"부소니 신부님이십니까?" 방문객이 물었다.

"그렇습니다. 선생은 검찰총장의 명령으로 전 교도소장 보빌 씨가 보내서 오신 분입니까?"

"맞습니다."

"파리의 치안 담당 경찰관이신가요?"

*1 중세의 학자들은 흔히 라틴어 풍의 이름을 가지고 있었다.

"그렇습니다." 방문객은 주저하는 듯이 얼굴까지 살짝 붉히며 대답했다.
신부는 눈뿐 아니라 관자놀이까지 덮는 커다란 안경을 고쳐 썼다. 그리고 다시 자리에 앉아, 손님에게도 앉으라는 손짓을 했다.
"얘기를 들어봅시다." 신부는 강한 이탈리아 억양으로 말했다.
"제가 맡은 임무는," 방문객은 좀처럼 입에서 말이 나오지 않는다는 듯이 한 마디 한 마디에 힘을 주어 말했다. "수행하는 사람에게나 그 대상에게나 모두 신뢰를 기초로 하는 임무입니다."
신부는 고개를 끄덕거렸다.
"그렇습니다." 사나이는 다시 말을 이었다. "신부님께서 성실한 분이라는 것은 검찰총장도 잘 알고 있습니다. 그래서 사법관의 입장으로 치안에 관계된 사건에 대해 여쭤볼 게 있어서 저를 보내셨습니다. 그러니 우정 관계라든가 인간관계에 대해서 숨김없이 다 얘기해주시기 바랍니다."
"물으시는 것이 제 양심에 거리끼지 않는 한 말씀드리죠. 전 종교인입니다. 이를테면 고해성사의 비밀 같은 것은 저와 하느님 사이에서만 지켜지는 것이지, 인간 세계의 정의와는 관계없는 것이니까요."
"안심하십시오. 어떠한 경우에도 양심에 거리낄 만한 일은 없을 겁니다."
그 말을 듣자, 신부는 램프의 갓을 자기 쪽으로 기울여 불빛이 상대를 향하게 했다. 그러자 낯선 이의 얼굴엔 빛이 환히 비춰지고 자기 얼굴엔 그늘이 졌다.
"죄송합니다만, 빛이 너무 강해서 눈이 부시는군요." 사나이가 말했다.
신부는 녹색 갓을 숙여놓았다.
"자, 이제 얘길 해보십시오."
"그럼, 곧장 문제로 들어가겠습니다. 신부님께선 몬테크리스토 백작을 아십니까?"
"자코네 씨 얘길 하시는 겁니까?"
"자코네라! 그 사람 이름이 몬테크리스토가 아닙니까?"
"몬테크리스토란 땅 이름입니다. 아니, 차라리 바위 이름이라고 하는 편이 맞겠군요. 가문의 이름은 아닙니다."
"그건 그렇다 치지요. 이름은 문제가 안 됩니다. 그렇다면 몬테크리스토 씨와 자코네 씨는 동일 인물이란 말인데……."

"그렇습니다. 같은 인물입니다."
"그 자코네 씨 얘길 듣고 싶은데요."
"그러시죠."
"그분을 아시느냐고 묻고 싶습니다만."
"잘 알죠."
"어떤 분입니까?"
"몰타 섬의 유복한 선주 아들이지요."
"네, 그건 저도 알고 있습니다. 다들 그렇게 말하더군요. 그러나 아시겠지만, 경찰에선 그런 소문만으로는 만족하질 않아서요."
"그러나 소문이 정말일 때는 세상 사람들은 그걸로 만족해야만 합니다. 그리고 경찰도 그렇게 하는 수밖에 없겠지요." 신부는 부드러운 미소를 띠며 말했다.
"하지만 지금 하신 말씀에 대해 확신을 가지고 계십니까?"
"뭐라고! 확신을 가지냐고요!"
"한 가지 말씀드려 두겠습니다만, 전 신부님의 성실성에 대해선 조금도 의심하지 않습니다. 다만 '확신을 가지고 계시냐'고 여쭙는 것뿐입니다."
"난 자코네 씨의 아버지를 알고 있었습니다."
"아, 그러시군요?"
"예, 제가 아주 어렸을 때, 그 사람 아들하고 조선대(造船臺) 위에서 가끔 놀았던 적이 있었죠."
"그럼 왜 백작 칭호를 달았죠?"
"아시잖습니까? 그건 돈만 있으면 살 수 있으니까요."
"이탈리아에서요?"
"어디서든지요."
"하지만 소문에는 막대한 부자라고 하던데……."
"아! 그 얘기라면," 신부는 대답했다. "막대하다는 말이 맞습니다."
"얼마나 되겠습니까? 그분을 잘 알고 계시다니."
"분명 연 수입 15만 프랑에서 20만 프랑은 될걸요."
"그 정도라면 납득이 가는군요." 방문객이 대답했다. "그런데 소문에는 3백만이니 4백만이니 하던데요."

"연 수입 20만이라면, 재산이 4백만은 될 수 있습니다."

"아니 연 수입이 3, 4백만이라는 거예요."

"오오! 그건 믿어지지 않는군요."

"그래, 신부님은 그 사람이 가진 몬테크리스토라는 섬을 알고 계십니까?"

"물론이죠. 팔레르모, 나폴리, 로마에서 바다를 통해 프랑스에 온 사람이면 누구나 그 섬을 알고 있습니다. 섬 옆을 지나오니까, 지나면서 섬을 다 보게 되지요."

"사람들 말로는 꽤 살기 좋은 곳이라던데요?"

"바윗덩어리인걸요."

"그렇다면 백작이 왜 바윗덩어리를 샀을까요?"

"백작이 되려고 산 거지요. 지금도 이탈리아에서는 백작이 되려면, 백작령을 가지고 있어야 하니까요."

"자코네 씨 젊은 시절에 대해 많이 들으셨을 텐데요?"

"그 아버지에 대해서 말입니까?"

"아니, 아들 말입니다."

"아, 그 시절의 일은 제가 잘 모릅니다. 그때쯤부터는 그 사람과 만나보지 못했으니까요."

"전쟁에 나갔었나요?"

"군대에는 들어갔던 걸로 압니다."

"육군, 아니면 해군?"

"해군입니다."

"당신은 그 사람의 고해 신부가 아니십니까?"

"아닙니다. 그 사람은 루터파일 겁니다."

"뭐라고요? 루터파요?"

"그럴 거란 말이지 꼭 그렇다고는 말하지 않았습니다. 그리고 프랑스에선 종교의 자유가 있지 않습니까?"

"물론이죠. 그러니까 지금은 신앙에 대해 말씀드리자는 게 아닙니다. 문제는 그 사람의 행동에 있습니다. 검찰총장의 이름으로 묻겠습니다. 그 사람에 대해서 아는 것을 얘기해 주십시오."

"그 사람은 매우 자비심이 많은 사람으로 알려져 있습니다. 로마 교황께서는 그가 근동의 기독교 신자들을 위하여 여러모로 공로가 있었다고 인정하여 '그리스도의 기사' 칭호를 내리셨습니다. 그건 왕족 이외의 사람에게는 거의 주지 않는 칭호지요. 그는 또 여러 왕실과 국가를 위해 봉사한 공로로 대여섯 개의 훌륭한 훈장도 가지고 있습니다."

"그걸 가지고 다니나요?"

"가지고 다니진 않지만 매우 자랑스럽게 생각하고 있습니다. 인류의 살해자들에게 주는 훈장에 비해, 인류를 위한 선행으로 받은 훈장이 훨씬 좋다고 그러더군요."

"그럼 퀘이커 교도이기라도 한 건가요?"

"그렇습니다. 퀘이커 교도지요. 그저 커다란 모자와 밤색 옷을 입지 않았을 뿐이죠."

"친구들도 있나요?"

"네, 그를 알고 있는 사람들은 모두 그의 친구입니다."

"그렇다고는 해도 적도 있겠지요?"

"딱 한 사람 있습니다."

"그게 누굽니까?"

"윌모어 경입니다."

"그 사람은 어디 있죠?"

"지금 파리에 머물고 있습니다."

"그 사람한테 정보를 얻을 수 있을까요?"

"귀중한 정보를 얻을 수 있을 겁니다. 자코네와 같은 시기에 그도 인도에 있었으니까요."

"어디에 사는지 아십니까?"

"쇼세당탱 근처였습니다. 하지만 번지수는 잊어버렸습니다."

"그 영국인과 사이가 나쁘다는 건가요?"

"나는 자코네를 좋아하지만, 윌모어 경은 그 사람을 싫어합니다. 그것 때문에 나와 윌모어 경이 서먹서먹하지요."

"그런데 몬테크리스토 백작은 이번 파리 여행 전에도 프랑스에 왔던 일이 있습니까?"

"아, 그 점은 제가 분명히 말할 수 있습니다. 한 번도 온 일이 없습니다. 지금으로부터 반 년 전에 제게 프랑스에 대해서 여러 가지를 물었을 정도니까요. 그러나 제가 언제 파리로 돌아갈지 몰라서 카발칸티 씨를 소개해 주었습니다."

"안드레아 말씀인가요?"

"아니, 그 아버지 바르톨로메오 말이오."

"그랬군요! 한 가지만 더 여쭈어보면 충분할 것 같습니다. 이건 명예와 인륜과 종교의 이름을 걸고 솔직하게 대답해주시길 부탁드립니다."

"물어보십시오."

"몬테크리스토 백작이 어떤 목적으로 오퇴유의 집을 샀는지 알고 계십니까?"

"알고말고요. 그 사람 입으로 직접 들었으니까요."

"그래, 그 목적이 무엇입니까?"

"피사니 남작이 팔레르모에 세운 것 같은 정신 병원을 거기에 지을 생각이라고 하더군요. 그 병원을 아십니까?"

"얘기는 들어보았습니다."

"굉장히 훌륭한 시설이죠."

여기까지 얘기한 신부는 중단하고 있던 일을 다시 시작하겠다는 듯이, 손님에게 인사를 했다.

손님은 신부의 뜻을 이해해서인지, 물어볼 것을 다 물어보았기 때문인지 자기가 먼저 자리에서 일어섰다.

신부는 그를 문 앞까지 안내했다.

"구호물자를 굉장히 많이 베풀어주신다고 하던데요." 방문객이 말했다. "유복하시다는 건 알고 있지만, 가난한 사람들을 위해 저도 무언가를 좀 내놓고 싶은데, 받아주시겠습니까?"

"뜻은 감사합니다만, 저는 이 세상에서 단 하나의 희망이 있습니다. 그것은 제가 하는 선행이 저의 손을 통해 이루어지기를 바라는 것입니다."

"하지만……."

"이것은 제 평생 변하지 않을 결심입니다. 선생께서도 찾아보시면 나타날 겁니다. 돈 있는 사람이 지나가는 길에는 불쌍한 사람들이 모여들게 마련이니까요."

신부는 문을 열면서 마지막으로 또 한 번 인사를 했다. 방문객도 인사를 하고 밖으로 나갔다.

마차는 그 사나이를 곧장 빌포르 씨 집에 데려다 주었다. 그로부터 1시간 뒤, 다시 나타난 마차는 퐁텐느생조르주 거리로 향했다. 마차는 5번지 앞에서 멈췄다. 그곳은 윌모어 경이 머물고 있는 집이었다.

방문객은 미리 윌모어 경에게 면회를 신청하는 편지를 보내 두었다. 그랬더니 10시에 오라는 회답이 왔다.

그리하여 검찰총장이 보낸 이 사나이가 10시 10분 전에 왔을 때, 정확하게 시간을 엄수하는 윌모어 경은 아직 돌아오지 않았다는 것이었다. 그러나 10시 정각이 되면 틀림없이 돌아올 것이라고 했다.

방문객은 객실에서 기다렸다. 객실에는 이렇다 하게 눈에 띌 만한 것은 없고, 그저 보통 여관의 객실 같았다.

그 무렵 쓰이던 세브르 화병과 활을 당기는 사랑의 신이 새겨진 탁상시계, 그리고 양면 거울이 벽난로 위에 놓여 있었다. 그 거울 양쪽에는 호위병을 데리고 있는 호메로스*2와 동냥하며 걷고 있는 벨리사리우스를 그린 판화가 걸려 있었다. 그리고 회색 무늬가 있는 회색 벽지와, 붉은 바탕에 검은 무늬가 박힌 의자, 이것이 윌모어 경이 쓰는 객실의 전부였다.

방은 뿌연 유리 램프에서 발하는 약한 빛이 밝혀주고 있었다. 그것은 마치 경시총감이 보낸 사자의 피로한 눈을 위한 배려처럼 보였다.

10분쯤 기다리니 탁상시계가 10시를 알렸다. 시계가 다섯 번 울렸을 때, 문이 열리면서 윌모어 경이 모습을 나타냈다. 비교적 키가 크고 갈색 구레나룻이 듬성듬성 나 있었으며, 얼굴이 하얗고 머리는 반백이 된 금발이었다. 그리고 영국풍의 독특한 옷차림, 다시 말해 1811년 무렵 유행했던 금단추에 높은 옷깃이 달린 푸른 프록코트와 흰 캐시미어 조끼를 입고 있었다. 바지는 난징의 무명바지였는데 보통 바지보다 세 치쯤 짧아 무릎까지 올라가지 않도록 같은 천의 끈으로 묶여 있었다.

윌모어 경은 방에 들어오자마자 이렇게 말했다. "아시겠지만, 전 프랑스어는 안 씁니다."

"네, 당신이 프랑스어를 쓰기 싫어한다는 것은 저도 알고 있습니다." 방문객

*2 그리스의 시인. 노년에 장님이 되어 안내인을 데리고 다니며 자작시를 낭송했다고 한다.

은 대답했다.

"그렇지만 당신 쪽에선 프랑스어를 쓰셔도 좋습니다. 나는 프랑스어를 쓰지 않지만, 알아듣기는 하니까요."

그러자 이번에는 방문객이 영어로 말했다.

"저도 회화 정도는 영어로 할 수 있으니까, 그 점은 염려하지 마십시오."

"Hao!" 윌모어 경은 가장 순수한 영국본토 발음 외에는 배워 보지 못한 것 같은 억양으로 말했다.

검찰총장의 사자는 윌모어 경에게 소개장을 건넸다. 그는 영국인다운 냉정한 태도로 편지를 읽더니 알겠다고 영어로 말했다.

질문이 시작되었다.

그것은 부소니 신부에게 한 것과 거의 똑같은 내용의 질문이었다. 그러나 윌모어 경은 몬테크리스토 백작의 적이니만큼, 신부처럼 그렇게 조심하지는 않았으므로 질문은 훨씬 더 대담하게 진행되었다. 그는 몬테크리스토 백작의 젊은 시절을 얘기해 주었다. 그의 말에 따르면, 백작은 10살 때, 영국과 전쟁하던 어느 작은 인도왕국의 편이었다고 한다. 윌모어 경이 처음 그를 만난 것도 전쟁 때였으므로, 두 사람은 서로 적이 되어 싸웠다. 이 전쟁에서 자코네는 포로가 되어 수송선에 실려 영국으로 끌려가다가 도중에 헤엄쳐서 탈주했다는 것이다. 그때 이후로 자코네의 여행, 결투, 정열의 생활이 시작되었다. 그 무렵 그리스에서 반란이 일어나, 그는 그리스군에 들어갔다. 이렇게 해서 군에 종사하고 있는 동안에, 그는 테살리아 산중에서 은광을 하나 발견했다. 그러나 그는 그것을 아무에게도 말하지 않았다. 나바리노 전쟁 뒤 그리스 정부가 확고해지자, 그는 오토 왕에게 은광 채굴의 특권을 신청했고 마침내 허가를 받았다. 그의 막대한 재산은 거기서 나온 것으로 윌모어 경이 보기에는 연 수입이 100만에서 200만에 달할 것 같다고 했다. 하지만 그것은 은광 자체가 고갈하게 되는 날에는 당장에 없어질 수입이라고 덧붙였다.

"그런데 왜 그 사람이 프랑스에 왔는지 아시겠습니까?" 방문객이 물었다.

"철도 사업에 한번 걸어볼 생각이었던 거죠. 게다가 그는 뛰어난 화학자인 동시에, 우수한 물리학자로 신식 전신기를 발명해서 그 응용에 대해 연구하고 있습니다."

"일 년에 어느 정도의 돈을 쓸까요?" 방문객이 물었다.

"한 5, 60만 프랑 정도겠지요. 워낙 인색한 사람이니까." 윌모어 경이 대답했다.

윌모어 경은 분명 증오심을 품고 말하는 것 같았다. 백작을 비난할 거리를 찾고 있다가, 인색하다는 점을 공격했던 것이다.

"그 사람이 산 오퇴유의 집에 대해서 아시는 게 없으신지요?"

"물론 알고 있습니다."

"어떤 걸 알고 계십니까?"

"지금 묻고 계신 건, 무슨 목적으로 그 집을 샀느냐는 게 아닙니까?"

"맞습니다."

"백작은 투기꾼입니다. 그 사람은 여러 일을 해보고, 별의별 꿈을 다 꾸어보다가, 결국 언젠가 파산할 사람이지요. 그의 말로는 자기가 손에 넣은 오퇴유의 집 근처에 바네르, 뤼숑이나 코트레 온천과 경쟁할 만한 광천의 맥이 흐르고 있다는 겁니다. 자기 집을 독일인들이 말하는 온천 여관으로 만들 속셈이지요. 그래서 벌써 두 번인지 세 번인지 그 물줄기를 찾아낸다고 뜰을 파보았답니다. 그런데 아무리 파도 물줄기가 나타나지 않았다는군요. 두고 보십시오, 얼마 안 있어, 자기 집 주위에 있는 집들을 여럿 사고 말 겁니다. 난 그 사람을 좋아하지 않으니, 그 사람이 하는 철도니 전신기니 온천 굴착사업이 모조리 망하길 바랍니다. 그래서 난 어느 날인가 반드시 닥쳐올 그 사람의 파산을 지켜보고 있을 셈입니다."

"그 사람을 어째서 그렇게 증오하시죠?" 방문객이 물었다.

"내가 그를 증오하는 이유는 그 사람이 영국에 와서 내 친구의 부인을 유혹한 적이 있기 때문이죠."

"그 사람을 미워하신다면 왜 그 사람을 혼내 주지 않으셨나요?"

"벌써 결투를 세 번이나 했지요." 윌모어 경이 대답했다. "처음에는 권총으로, 두 번째는 검으로, 세 번째는 양날대검으로."

"그 결과는요?"

"첫 번째는 팔을 다쳤습니다. 두 번째는 가슴을 다쳤죠. 그리고 세 번째 다친 게 바로 이 상처입니다."

윌모어 경은 귀까지 가리고 있는 셔츠의 깃을 내려 상처를 보여주었다. 상처가 붉은 것으로 보아, 오래된 상처 같지는 않았다.

"그래서 나는 그를 매우 증오합니다." 영국인은 말을 되풀이했다. "반드시 내 손으로 죽일 생각입니다."

"하지만 죽일 방법은 생각하지 않으시는 것 같군요." 손님이 말했다.

"허!" 영국인은 말했다. "매일 사격하러 가는걸요. 그리고 하루걸러 한 번씩 그리시에르*3가 내 집에 오고요."

방문객이 알고 싶었던 것은 그것이 전부였다. 아니 그보다도 윌모어 경이 알고 있는 것은 그것이 전부인 것 같았다. 그래서 방문객은 자리에서 일어나 윌모어 경에게 인사했다. 그도 영국인다운 뻣뻣하고 냉정한 태도로 답례했다. 방문객은 그 집을 나왔다.

---

*3 그 당시의 유명한 검도 사범.

한편 윌모어 경은 문 닫히는 소리가 나자 자기 침실로 돌아갔다. 그리고 그는 금발 가발과 적갈색 구레나룻이 붙어 있는 가짜 턱과 상처를 벗어 던졌다. 그러자 몬테크리스토 백작의 검은 머리와 윤기 없는 얼굴빛, 그리고 진주 같은 하얀 이로 되돌아왔다.

물론 빌포르 씨 집으로 돌아온 사나이도 검찰총장이 보낸 사람이 아니라, 빌포르 씨임은 두말할 것도 없었다.

이 두 번의 방문으로 빌포르 씨는 어느 정도 마음이 놓였다. 안심할 만한 근거는 찾아내지 못했지만, 불안해 할 근거도 발견하지 못했기 때문이다. 그리하여 오퇴유에서의 만찬 이래로 그는 처음으로 편안하게 잠을 잤다.

무도회

시간이 흘러, 모르세르 씨 댁에서 무도회가 열리는 토요일이 되었을 때는 7월의 한창 무더울 때였다.

밤 10시였다. 금빛 별들이 총총한 하늘은 쪽빛이었지만, 온종일 몰아치던 폭풍우의 흔적이 하늘가에 감돌고 있었다. 그 하늘을 배경으로 정원에 있는 커다란 나무들이 선명하게 모습을 드러내고 있었다.

아래층 홀에서는 희미하게 음악이 흘러나오고, 왈츠며 갤럽 춤을 추는 소리가 들렸다. 그리고 미늘창 틈 사이로 눈부신 불빛이 새어나오고 있었다. 지금 정원에서는 십여 명의 하인들이 저녁 준비를 하고 있었다. 날씨가 점점 개는 것을 보고, 안심한 백작부인이 만찬을 준비하라는 명령을 내렸던 것이다.

백작부인은 그때까지도 만찬을 식당에서 해야 할지, 아니면 잔디밭에 친 기다란 텐트 아래에서 해야 할지 망설이고 있었다. 그러다 별들이 뿌려져 있는 하늘이 보이자, 잔디밭의 텐트 아래서 만찬을 하기로 결정되었다.

정원의 길목마다 이탈리아식으로 갖가지 색등이 켜져 있었다. 식탁은 식탁의 사치를 아는 나라라면 어디서나 그렇듯 초와 꽃으로 장식했다. 사실 식탁을 완벽하게 장식하고 싶을 때, 이런 식으로 식탁에 사치를 부리는 것은 모든 사치 중에서도 가장 탁월한 방법이었다.

하인들에게 마지막 지시를 내린 모르세르 백작부인은 객실로 들어왔다. 그때 객실은 이미 손님들로 꽉 차기 시작했다. 그들은 백작의 높은 지위 때문에 왔다기보다는 부인의 상냥한 접대에 마음이 끌려 찾아온 손님들이었다. 왜냐하면 오늘 만찬은 메르세데스의 우아한 취향대로 꾸며질 것이기에, 분명 여러 가지로 화제에 오를 만한 것이나 배워둘 만한 것이 있으리라고 생각했기 때문이다.

앞서 일어난 사건 때문에 불안에 휩싸여 있던 당글라르 부인은 그날 아침 자기가 탄 마차가 빌포르의 마차와 마주치게 되자, 모르세르 부인 집에 가야

할지 가지 말아야 할지 망설이고 있었다. 빌포르의 지시로 두 사람의 마차가 서로 다가섰다. 그러자 마차 문 너머로 검사가 물었다.

"모르세르 백작 부인 댁에 가시죠?"

"아뇨." 당글라르 부인이 대답했다. "몸이 좋지 않아서요."

"그건 안 돼요." 빌포르는 의미심장한 눈빛을 담아 말했다. "가시지 않으면 안 됩니다."

"그럴까요?"

"그렇게 생각합니다."

"그렇다면 가지요."

그리고 그들의 마차는 서로 다른 방향으로 달렸다. 당글라르 부인은 타고난 아름다움 위에 눈부시도록 화려한 단장을 하고 나타났다. 부인은 마침 메르세데스가 문을 열고 들어왔을 때 반대쪽 문에 나타났다. 모르세르 부인은 알베르에게 당글라르 부인을 맞이하도록 일렀다. 알베르는 당글라르 부인 앞으로 가서 부인의 아름다운 단장에 적절한 찬사를 보냈다. 그리고 부인이 원하는 자리로 안내하려고 부인의 팔을 잡았다.

알베르는 주위를 둘러보았다.

"우리 딸을 찾고 있어요?" 부인은 웃으면서 말했다.

"그렇습니다." 알베르가 대답했다. "일부러 안 데리고 오신 건 아니시지요?"

"염려 말아요. 그 앤 발랑틴 양을 만나서 같이 오기로 했으니까. 봐요, 저기 내 뒤에 두 사람이 오고 있지 않나요? 하나는 흰 옷에 동백꽃을 들고, 또 하나는 물망초를 들고 있죠. 그런데 한 가지 묻고 싶은 게 있는데……"

"부인께선 누굴 찾으시는데요?" 이번에는 알베르가 웃으면서 물었다.

"몬테크리스토 백작께선 오늘 밤에 안 오시나요?"

"열일곱!" 알베르가 말했다.

"네?"

"굉장하다는 말입니다." 알베르가 웃으면서 말했다. "같은 걸 물으신 분들이 벌써 열일곱 번째라는 말입니다. 백작은 굉장한 분인걸요! 경탄하지 않을 수가 없습니다."

"그러면 당신은 누구에게나 나한테 한 것처럼 이렇게 대답하나요?"

"아! 그러고 보니 그렇게 되었군요. 안심하십시오, 부인. 인기 있는 백작께선 우리에게 나타나실 겁니다. 우린 다 그런 특권을 누리고 있는 거죠."

"당신은 어제 오페라에 갔었나요?"

"안 갔습니다."

"백작은 오셨던데."

"아, 그랬군요! 그런데 그 기이한 분이 무슨 이상한 일이라도 하셨습니까?"

"안 하고 배길 수가 없지요? '절름발이 악마*1' 중에서 엘슬레르가 춤을 추었는데, 그걸 보고 그 그리스 여자가 푹 빠져 버렸지요. 그랬더니 춤이 끝나자, 백작은 꽃다발에 반지를 매달아서 그 아름다운 무희한테 던져주었어요. 3막 때 그 무희는 백작에게 경의를 표하려고, 그 반지를 끼고 무대에 나왔더군요. 그 여자도 오늘 밤에 올까요?"

*1 오페라 이름.

"아니요, 그건 포기하시는 게 좋을 겁니다. 백작 댁에선 그 여자의 신분이 아직 확실히 정해져 있질 않아서요."

"난 이제 괜찮으니, 어서 빌포르 부인께 가서 인사를 드리세요." 당글라르 부인이 말했다. "당신과 얘기하고 싶어 안달이 난 것 같군요."

알베르는 당글라르 부인에게 인사를 하고 빌포르 부인에게로 다가갔다. 부인은 그가 오는 것을 보자 입을 열었다.

"저는……."

빌포르 부인이 말을 하려고 하자 알베르가 먼저 말했다.

"무슨 말씀을 하시려는지 알 것 같은데요."

"어머나! 그래요?" 빌포르 부인이 말했다.

"제 짐작이 맞으면 솔직하게 말씀해 주실 건가요?"

"그러죠."

"맹세하실 수 있나요?"

"하고말고요."

"부인께선 몬테크리스토 백작이 오셨는지, 또는 오실 것인지, 그걸 묻고 싶으신 게 아닌가요?"

"천만에요. 지금 내가 생각하고 있는 건 그분이 아니에요. 프란츠 씨한테서 무슨 소식이 없었느냐고 그걸 물으려던 참이었어요."

"있었습니다, 어제."

"뭐라고 하시던가요?"

"편지를 보내는 동시에 출발하겠다더군요."

"그래요? 그럼, 백작은요?"

"안심하십시오, 백작께선 반드시 오실 겁니다."

"알고 계세요? 그분은 몬테크리스토 백작이라는 이름 말고도 이름이 또 하나 있다면서요?"

"그건 모르겠는데요."

"몬테크리스토는 섬 이름이에요. 그분의 집안 이름이 또 있는 거예요."

"들어 본 적이 없습니다."

"그럼, 내가 훨씬 더 많이 알고 있군요. 그분의 본명은 자코네래요."

"있을 수 있는 일이겠네요."

"몰타 섬 사람이라는군요."
"그것도 있을 수 있는 일이겠고요."
"선주의 아들이래요."
"오! 큰 소리로 그런 얘기를 하시면 인기를 독차지하시겠는데요."
"전에 인도에서 군대 생활을 하다가, 지금은 테살리아에서 은광 사업을 한다는군요. 그리고 오퇴유에 온천 여관을 차리려고 파리에 온 거래요."
"그건 특보인데요!" 알베르가 말했다. "굉장한 뉴스로군요! 그걸 모두에게 얘기해도 괜찮겠습니까?"
"네, 하지만 조금씩 얘기하세요. 하나씩 말이에요. 나한테서 들었다는 말은 하지 말고요."
"왜요?"
"슬쩍 들은 거니까요."
"누구한테서요?"
"경찰한테서."
"그럼, 이 정보는……."
"어제저녁에 검찰총장님 댁에서 들은 거죠. 너무 호사스러운 생활을 해서 파리가 다 들썩거리고 있는걸요. 그래서 경찰이 손을 쓴 거지요."
"그렇군요. 이제 백작이 지나치게 돈이 많다는 이유로 부랑자란 명목 아래 잡아들이기만 하면 되겠군요."
"맞아요. 조사 결과가 좋지 않았더라면 그랬을지도 모르죠."
"백작은 그런 위험한 처지에 있는 걸 눈치채지 못했겠죠?"
"아무래도 그런 것 같아요."
"그럼, 알려드리는 게 좋겠군요. 나타나시면 잊지 않고 얘기하도록 하겠습니다."
바로 그때, 눈이 초롱초롱 빛나고 검은 머리에 매끈한 수염을 한 젊은이 한 명이 빌포르 부인에게 다가와 인사를 했다. 알베르는 그 젊은이에게 손을 내밀었다.
"부인," 알베르가 말했다. "막시밀리앙 모렐 씨를 소개하겠습니다. 아프리카 기병대 대위로 우리나라의 훌륭하고 용감한 장교지요."
"전에 오퇴유의 몬테크리스토 백작 댁에서 뵌 적이 있습니다." 빌포르 부인은 눈에 띄게 차가운 태도로 막시밀리앙의 시선을 피하며 대답했다.
이러한 대답과 특히 말할 때의 차가운 어조에 막시밀리앙은 정나미가 떨어졌다. 그러나 그런 내색을 할 수는 없었다. 문쪽으로 눈을 돌려보니 겉으로는 아무 표정도 드러내지 않았지만, 그 커다랗고 푸른 눈으로 이쪽을 바라보며 천천히 물망초 꽃다발을 입술에 갖다 대는 아름다운 하얀 얼굴이 보였기 때문이었다.
그녀의 인사를 눈치챈 막시밀리앙은 같은 표정으로 자신도 손수건을 입술에 갖다 대었다. 그리고 이 살아 있는 두 조각상은 겉으로는 대리석처럼 차가운 얼굴을 하고 있지만, 속으로는 가슴을 설레며 넓은 홀을 사이에 두고 서로 바라보면서, 잠시 자기를 잊고 있었다. 아니, 방 안에 있는 모든 사람을 잊고 있었다.
그들은 아무도 눈치채지 못한 상태로 그렇게 서로 떨어져서 모든 것을 잊고 좀 더 있을 수도 있었다. 하지만 그때 몬테크리스토 백작이 들어왔다.
앞서도 말했듯이 백작은 의도적으로 노력했기 때문인지, 아니면 자연스럽게 몸에 밴 위엄 때문인지 나타나는 곳마다 사람들의 주목을 끌었다. 그것은 완전무결하게 재단된 것이긴 하지만 그의 간소하고 훈장 하나 달지 않은 검은 예복 때문은 아니었다. 또 수 하나 놓지 않은 흰 조끼 때문도 아니었다. 그렇다고 섬세한 다리 선을 감싸 다리를 가리고 있는 그의 바지 때문도 아니었다. 사람들의 주목을 끄는 것은 그런 것들이 아니었다. 윤기 없는 얼굴빛, 구불구불한 검은 머리, 차분하고도 밝은 얼굴, 깊고 우수에 찬 눈길, 우아하면서도 심한 경멸을 띠고 있는 그 입. 사람들의 시선을 끄는 것은 바로 이러한 모습 때문이었다.
사실 그보다 더 훌륭한 남자들도 있다. 그러나 이런 표현이 적절하다면, 그 사람보다 더 의미 있는 사람은 아무도 없었다. 백작의 말과 행동 하나하나가 무엇인가를 의미하고, 또 그럴 만한 가치가 있었다. 그것은 언제나 유익한 생각을 하는 버릇에서 비롯된 것으로, 백작의 얼굴과 그 표정, 그의 일거수일투족에 이르기까지 비할 데 없는 부드러움과 불굴의 정신이 엿보였기 때문이다.
게다가 파리의 사교계는 이상한 세계여서, 백작의 그런 면 뒤에 거대한 재산으로 장식된 신비스러운 이야깃거리가 없었다면 아마 아무런 관심도 기울이지 않았을 것이다.

백작은 사람들의 시선에 가볍게 답례하면서 모르세르 부인 앞까지 다가갔다. 꽃으로 장식된 벽난로 앞에 서 있던 부인은 문 맞은편에 걸려 있는 커다란 거울 속에 백작의 모습이 나타나자 그를 맞을 준비를 했다.

모르세르 부인은 백작이 자기 앞에 와서 머리를 숙이는 순간, 입가에 미소를 지으며 그를 향해 돌아섰다.

부인은 백작 쪽에서 말을 걸어올 거라고 생각했다. 백작도 부인 쪽에서 먼저 말을 건넬 거라 생각했다. 그러나 두 사람 모두 입을 다물고 있었다. 두 사람 사이에는 상식적인 인사 같은 것은 통하지 않는 듯했다. 서로 인사를 나눈 뒤에 백작은 자기를 향해 손을 벌리며 다가오는 알베르에게로 갔다.

"어머니 만나셨어요?" 알베르가 물었다.

"인사드리고 왔습니다." 백작이 대답했다. "그런데 아버님은 아직 못 뵈었는데요."

"저기서 정치 얘기를 하고 계십니다. 높은 분들 틈에서요."

"그렇군요," 백작이 말했다. "저기 저분들이 다 높은 분들입니까? 몰라봤습니다. 그런데 어떤 면으로요? 높은 분도 종류가 많지 않습니까?"

"우선 저 키 크고 마른 사람은 학자입니다. 로마 교외에서 다른 종보다 척추골이 하나 더 많은 도마뱀을 발견해서 학사원에 보고하려고 돌아온 겁니다. 그것은 오랫동안 의문의 대상이 되어 오던 것인데, 결국 저 키 큰 신사가 이기고 돌아온 겁니다. 이 척추골 문제는 학계에서도 평판이 자자해서, 저분은 지금은 레지옹도뇌르의 5등 훈장밖에 안 되지만, 이번엔 4등 훈장을 받게 될걸요."

"잘됐군요!" 백작은 말했다. "훈장을 주었다는 것이 참 분별 있는 처사로 여겨집니다. 그럼 제2의 척추골을 발견하면 3등 훈장을 주겠군요?"

"아마 그렇게 되겠지요."

"그럼, 저쪽에 녹색으로 수놓은 특이한 푸른색 옷을 입고 있는 분은 누구죠?"

"그분이 그런 옷을 좋아해서 우스꽝스럽게 입은 건 아닙니다. 아시다시피 프랑스 정부가 예술 취향을 좀 가지고 있어서, 학사원 회원 제복을 만들 때 다비드*[2]에게 부탁한 거죠."

---

*2 프랑스의 유명한 화가.

"그렇군요!" 백작이 말했다. "그럼 저분은 학사원 회원이군요?"
"일주일 전부터요."
"저분의 공적은 뭡니까? 전문 분야는?"
"전문 분야요? 토끼 머리에 핀을 꽂아놓거나, 닭에게 꼭두서니를 먹여 보거나, 고래 뼈로 개의 척수를 다시 자라게 하는 일이죠."
"과학 학사원의 회원인가요?"
"아닙니다. 아카데미 회원입니다."
"그런데 아카데미가 그런 일과 무슨 관련이 있을까요?"
"그건……."
"그분의 실험이 과학에 큰 족적을 남겼나요?"
"아니죠. 그분의 문체가 굉장히 훌륭하기 때문이죠."
"그렇군요." 백작은 말했다. "그의 문체가 머리에 핀이 꽂히는 토끼나, 뼈가 빨갛게 염색되는 닭이나, 척수가 다시 자라는 개의 자존심을 달래준다는 얘기가 되는군요."
알베르는 웃음을 터뜨렸다.
"그리고 저기 또 한 분은요?" 백작이 물었다.
"저기 저 분이요?"
"그래요, 세 번째."
"아, 저기 감청색 옷을 입고 있는 분이요?"
"그렇소."
"저분은 아버지의 동료인데, 귀족원 의원에게 제복을 입히는 일에 맹렬하게 반대한 사람입니다. 그 연설의 평판이 대단했습니다. 그때까지는 자유주의계 신문과 사이가 나쁘던 분인데 궁정의 뜻에 당당히 반대한 뒤로는 아주 친해졌지요. 곧 대사로 임명된다는 소문도 있습니다."
"귀족원 의원이 된 명분은?"
"코믹 오페라를 두세 편 썼지요. 그래서 〈세기〉 지에 네댓 편의 글을 발표한 겁니다. 그리고 5, 6년 동안 계속 정부를 지지하는 투표를 했고요."
"자작, 멋집니다." 백작은 웃으면서 말했다. "당신은 정말 근사한 안내자로군요. 그런데 한 가지 부탁이 있는데."
"부탁이요?"

"저분들께 나를 소개하지 말아달라는 겁니다. 그리고 만약 저쪽에서 소개를 청해 오면 미리 나한테 귀띔을 해주셨으면 합니다."

바로 그때 백작은 누군가가 자기 팔에 손을 얹는 것을 느꼈다. 돌아보니 당글라르였다.

"오, 남작, 당신이었군요!"

"어찌 남작이라고 부르십니까?" 당글라르가 말했다. "아시다시피, 전 작위 같은 건 염두에 두지 않는 사람입니다. 그 점은 자작, 당신과는 다르지요. 당신은 작위를 염두에 두고 있으시죠?"

"물론입니다." 알베르가 대답했다. "만약 내가 자작마저 아니었다면 아무 가치도 없었을 테니까요. 당신께서야 설령 남작 칭호를 버리시더라도 어엿한 백만장자이시지만요."

"7월 왕조*3 시대엔 그것도 더할 나위 없는 칭호였지만." 당글라르가 대답했다.

"그런데 불행히도," 몬테크리스토 백작이 말했다. "남작이라든가 프랑스 귀족이라든가 학사원 회원 같은 것과는 달리, 인간은 아무도 평생 백만장자로 있을 수는 없지요. 프랑크푸르트의 백만장자인 프랑크와 풀만 상회가 좋은 예겠지요. 최근에 파산했으니까요."

"그게 정말입니까?" 얼굴빛이 달라지며 당글라르가 물었다.

"정말이고말고요. 오늘 밤에 들어온 소식이지요. 전 그 상회에 100만쯤 맡기고 있었습니다. 그런데 마침 들은 소문이 있어서 한 달 전에 지급 청구서를 냈었지요."

"아! 이런! 그 상회에서 내 앞으로 20만 프랑의 어음을 받아놓은 게 있는데." 당글라르가 후회 섞인 어조로 말했다.

"하지만 이걸로 끝난 거죠. 그 상회의 서명은 이제 5퍼센트의 가치밖엔 없게 되었으니까요."

"그야 그렇죠. 너무 늦게 알았습니다." 당글라르가 말했다. "서명만 믿고 벌써 지급해 버렸으니 말입니다."

"저런!" 백작이 말했다. "그러니 또 20만 프랑이나 손해를 보신 셈이군요……."

---

*3 1830년 7월, 파리 시민의 폭동으로 샤를 10세가 쫓겨나고, 루이 필립이 국왕으로 추대되었다.

그러자 당글라르가 백작 옆으로 바짝 다가서며 말했다.

"쉿! 제발 그 얘긴 하지 마십시오……. 특히 카발칸티 씨 아들 앞에선 말입니다." 그러고는 미소를 지으며 안드레아 쪽을 바라보았다.

알베르는 백작의 곁을 떠나 어머니에게 얘기하러 갔다. 당글라르도 카발칸티의 아들에게 인사하려고 백작 곁을 떠났다. 백작은 잠시 혼자 남게 되었다.

그러는 사이 날은 찌는 듯이 더워졌다.

하인들은 과일과 아이스크림을 담은 쟁반을 들고 객실 안을 돌아다녔다.

몬테크리스토 백작은 땀범벅이 된 얼굴을 손수건으로 닦으면서도 쟁반이 자기 앞으로 오면, 뒤로 한 발 물러서서 절대로 찬 음식에 손을 대지 않았다.

모르세르 부인은 계속 백작을 바라보고 있었다. 부인은 백작이 손도 대지 않고 쟁반을 그대로 보내는 것을 보았다. 그리고 백작이 뒤로 물러서는 동작까지도 놓치지 않았다.

"알베르," 모르세르 부인이 말했다. "눈치챘니?"

"무엇을요?"

"백작이 아버지가 베푸는 만찬에는 한 번도 오려 하지 않았던 것 말이다."

"그랬죠. 하지만 제가 대접하는 오찬엔 와 주셨어요. 그 오찬회가 계기가 돼서 사교계에 발을 들여놓았으니까요."

"너한테 온 것과 아버지한테 온 것은 다르지." 중얼거리듯 메르세데스는 말했다. "난 그분이 여기 오신 뒤로 죽 눈여겨보고 있었다."

"그런데요?"

"그런데 지금까지 아무것도 드시려 하질 않아."

"백작은 심하다 싶을 정도로 적게 드시던데요."

메르세데스는 씁쓸하게 웃었다.

"그분 곁에 가서 쟁반이 앞으로 지나가거든 드시라고 권해 보렴."

"왜요?"

"부탁이니 그렇게 해 주렴." 메르세데스가 말했다. 알베르는 어머니의 손에 입을 맞추고, 백작 옆으로 다가갔다.

또다시 음식을 담은 쟁반이 왔다. 부인은 알베르가 백작에게 마실 것을 권하고, 직접 아이스크림을 들어서 권했는데도 백작이 끝내 거절하는 것을 보았다.

알베르는 어머니 옆으로 돌아왔다. 백작부인은 얼굴빛이 창백해졌다.
"그것 봐라. 역시 거절하셨잖니?"
"그랬어요. 그런데 그런 걸 왜 신경 쓰세요?"
"여자란 묘한 존재란다, 알베르. 백작이 내 집에서 석류 한 알이라도 좋으니 뭘 좀 들어주셨으면 좋겠구나. 아마 프랑스 습관에 익숙지 않으셔서 그런가 보지? 아니면 따로 좋아하시는 게 있거나."
"웬걸요! 이탈리아에선 뭐든지 다 잡숫던데요. 아마 오늘 저녁엔 몸이 좀 안 좋으신 모양이죠."
"게다가 늘 더운 지방에서만 살다 오셔서 다른 사람들보단 더위를 덜 느끼시는 모양이지?" 백작 부인이 말했다.
"그렇진 않은가 봐요. 굉장히 덥다고 그러시던데요. 그리고 창문들을 다 열어 놓았으면서 왜 블라인드창은 열어놓지 않았느냐고 물으시던데요."
"그렇다면 그것도 백작님이 아무 음식도 안 드시는 게 일부러 그러시는 건지 아닌지를 확인해 보는 방법이 되겠구나."
이렇게 말하고 메르세데스는 객실 밖으로 나갔다.
잠시 뒤에 덧창들이 열렸다. 그러자 창가에 놓인 재스민이며 미나리아재비 사이로 등불이 켜진 뜰 전체와 텐트 밑에 준비된 만찬의 식탁이 보였다.
춤추고 있던 남녀며, 카드를 하고 있던 사람들이 일제히 환성을 질렀다. 가슴이 답답하던 사람들 모두 흘러들어오는 신선한 공기를 들이마셨다. 그때 메르세데스의 모습이 홀 안에 다시 나타났다. 밖으로 나갈 때보다 얼굴빛이 더 창백해져 있었으나, 그 얼굴 위에는 종종 나타나던 굳은 빛이 어려 있었다. 부인은 남편을 둘러싸고 있는 사람들 쪽으로 곧장 걸어갔다.
"당신, 이분들을 이렇게 잡아놓으시면 안 돼요." 모르세르 부인이 말했다. "카드를 하지 않는 한은 숨 막히게 여기 계시는 것보다 정원으로 나가서 바람을 쐬고 싶으실 거예요."
"아, 부인!" 한 멋쟁이 노장군이 말했다. 그는 1809년에 '시리아를 향하여*4'를 불렀던 사람이었다. "우리끼리만 가지는 않겠습니다."
"알겠습니다." 메르세데스가 말했다. "그럼 제가 앞장서지요."

*4 당시의 민요.

그리고 몬테크리스토 백작을 돌아보며 말했다. "백작, 팔을 빌려 주시겠어요?"

이 한마디에 백작은 몸이 휘청하는 것만 같았다. 그리고 잠깐 메르세데스의 얼굴을 바라보았다. 스쳐가는 섬광과도 같은 순간이었다. 그러나 부인에게는 그 순간이 백년처럼 느껴졌다. 백작의 눈길에는 그만큼 무한한 뜻이 담겨 있었다.

백작은 부인에게 팔을 내밀었다. 부인은 그 팔에 기대었다. 아니, 그보다는 자신의 작은 손을 가볍게 대고 있었다고 말하는 편이 옳을 것이다. 두 사람은 철쭉과 동백으로 장식된 계단을 내려갔다.

그들의 뒤로 다른 층계를 통해 스무 명 남짓한 손님들이 요란한 환성을 지르며 정원으로 뛰어나왔다.

빵과 소금

모르세르 부인은 백작과 나뭇잎이 지붕처럼 덮인 숲길로 들어갔다. 그곳은 온실로 통하는 보리수 길이었다.

"객실 안은 무더웠지요?" 부인이 말했다.

"그랬습니다. 부인께서 창과 블라인드 창을 열게 하신 것은 참 잘하신 겁니다."

이렇게 말한 백작은 부인의 손이 떨리고 있는 것을 눈치챘다.

"부인께선 이렇게 가벼운 옷에 얇은 스카프 하나만 두르고 계신데 춥지는 않으신지요?" 백작이 말했다.

"지금 어디로 안내하려는지 아시겠습니까?" 부인은 백작의 말에는 대답도 않고 이렇게 물었다.

"모르겠는데요, 부인." 백작이 대답했다. "보시다시피 전 그저 따라가고 있습니다."

"온실로 가는 거예요. 저기를 보세요. 지금 걷고 있는 이 길 맨 끝에 있는 게 온실이랍니다."

백작은 여자에게 뭔가를 묻기라도 하려는 듯 메르세데스 쪽을 바라보았다. 그러나 부인은 아무 말 없이 길을 걸었다. 그래서 백작도 입을 다물고 말았다.

두 사람은 탐스러운 과일들이 가득 열려 있는 온실에 들어왔다. 프랑스는 햇빛이 부족해서 언제나 온실에서 온도를 조절해 주기 때문에, 7월 초인데도 벌써 과일들이 한창 무르익어 있었다. 부인은 몬테크리스토 백작의 팔을 놓고 포도 덩굴 앞으로 가서 사향 포도 한 송이를 땄다.

"이것 좀 보세요," 부인은 눈시울에 눈물이 고이기라도 한 듯 쓸쓸한 미소를 지으며 말했다. "이것 좀 보세요. 프랑스 포도는 시칠리아나 키프로스의 포도와는 비교도 안 되지만, 북쪽 지방 햇빛이 약하다는 것을 생각해서 너그러이 봐 주시지요."

백작은 고개를 숙여 인사했다. 그리고 한걸음 뒤로 물러섰다.

"거절하실 건가요?" 부인은 떨리는 목소리로 말했다.

"부인," 백작이 대답했다. "무례함을 용서해 주십시오. 전 사향 포도를 절대로 먹지 않습니다."

메르세데스는 한숨을 쉬며 포도송이를 바닥에 떨어뜨렸다. 탐스러운 복숭아가 바로 옆 울타리에 열려 있었다. 그것 역시 포도와 마찬가지로 온실의 인공적인 열기로 익은 것이었다. 메르세데스는 벨벳같이 부드러운 그 열매를 땄다.

"그럼, 이 복숭아는 어떠세요."

그러나 백작은 이번에도 똑같이 거절의 뜻을 표시했다.

"어머, 이것도?" 부인은 복받쳐 오르는 울음을 참는 듯한 어조로 말했다. "정말이지 서글프네요."

그러고 나서 긴 침묵이 흘렀다. 복숭아도 포도송이처럼 허무하게 바닥에 떨어졌다.

이윽고 부인은 호소하는 듯한 눈으로 백작을 쳐다보며 말했다. "백작, 아라비아에선 한 지붕 밑에서 빵과 소금을 나누어 먹은 사람들은 영원한 친구가 된다는 감동적인 관습이 있다지요."

"그건 저도 알고 있습니다." 백작이 말했다. "그러나 여긴 프랑스이지 아라비아가 아닙니다. 프랑스에서는 빵과 소금을 나누어 먹지도 않고, 영원한 친구 같은 것도 없습니다."

"하지만," 부인은 두근거리는 가슴을 안고, 백작의 눈을 바라보았다. 그러고는 거의 경련하는 듯이 양손으로 백작의 팔을 붙잡으며 말했다. "우린 친구가 아닌가요?"

백작의 가슴에 피가 울컥 몰려왔다. 처음에는 얼굴빛이 죽은 사람처럼 새파래지더니 곧 피가 심장에서 목구멍까지 올라와 뺨이 빨갛게 물들었다. 그리고 그 시선은 갑자기 방향을 잃은 사람처럼 잠시 허공을 헤매었다.

"물론 우린 친구입니다." 그는 대답했다. "그렇지 않을 리가 있습니까?"

하지만 백작의 말투는 부인이 바라던 것과는 거리가 멀었다. 부인은 고개를 돌려 신음하듯 한숨을 내쉬었다.

"감사합니다." 이렇게 말하고서 부인은 다시 걷기 시작했다. 두 사람은 한마디 말도 없이 정원 안을 한 바퀴 돌았다.

거의 10분 동안이나 말없이 걷고 있다가 부인이 물었다. "백작께서는 많은 것을 보시고, 여행도 많이 하시고, 괴로움도 많이 겪으셨다고 들었습니다. 그게 정말입니까?"

"네, 저는 괴로움을 많이 겪었습니다, 부인." 백작이 대답했다.

"하지만 지금은 행복하시지요?"

"물론입니다." 백작은 대답했다. "아무도 내가 슬퍼하는 소리를 들은 사람이 없으니까요."

"그럼, 행복하시다는 그 말씀은 마음도 편안하시다는 뜻이겠지요?"

"지금의 행복은 지난날 제가 겪었던 불행에 대한 대가라고 할 수 있지요."

"결혼하지 않으셨나요?" 부인이 물었다.

"제가 결혼을요?" 백작은 몸서리치며 말했다. "누가 그런 소릴 하던가요?"
"아무도 하지 않았어요. 하지만 백작께서 오페라 극장에 젊고 아름다운 여자분과 같이 오신 걸 몇 번 보았는걸요."
"그건 제가 콘스탄티노플에서 산 노예입니다. 왕녀였는데, 이 세상에 별로 애정을 줄 만한 것도 없고 해서 제 양녀로 삼았지요."
"그럼, 죽 혼자 사시나요?"
"혼자 삽니다."
"형제나, 자제나…… 아버님도 ……?"
"아무도 없습니다."
"이 세상에 사랑하는 사람 하나 없이 그렇게 어떻게 사시나요?"
"그건 제 탓이 아닙니다. 저는 몰타에서 한 처녀를 사랑했습니다. 결혼하려고 할 때, 갑자기 전쟁이 일어나서 마치 소용돌이에 휩쓸린 것처럼 그 여자와 떨어지게 됐지요. 전 그 여자가 저를 사랑해서 제가 돌아올 때까지 기다려주고, 제가 죽더라도 정절을 지켜줄 거라 생각하고 있었습니다. 그런데 돌아와 보니 그 여잔 이미 결혼을 했더군요. 이런 얘기는 스무 살이 넘은 남자들에겐 그리 신기한 얘기도 아닙니다. 그런데 저는 아마 다른 사람들보다 마음이 약했던 모양입니다. 그런 경우를 당한 다른 사람들보다 저는 몇 배나 더 괴로워했으니까요."
부인은 잠시 발걸음을 멈추었다. 멈추지 않고서는 숨을 쉴 수가 없을 것 같았다.
"그랬군요? 그리고 그 사람을 생각하는 마음이 잊히지 않아서…… 하긴 진정으로 사랑할 수 있는 것은 단 한 번뿐이니까요. ……그 뒤에 그 여자를 다시 만나지 못하셨나요?"
"한번도."
"한번도요!"
"그 여자가 살던 나라에 다시는 발도 들여놓지 않았으니까요."
"몰타에요?"
"그렇습니다."
"그럼 그 여자는 몰타에 있나요?"
"그럴 겁니다."

"당신은 자신을 괴롭힌 그 여자를 용서해 주셨습니까?"
"여자는 용서해 주었습니다."
"그 여자만이군요. 그 여자를 백작 곁에서 빼앗은 다른 모든 사람은 아직도 미워하시는군요?"
부인은 백작 앞에 서 있었다. 손에는 아직도 사향 포도송이에서 떨어진 몇 개의 포도알을 쥐고 있었다.
"좀 드세요." 부인이 말했다.
"전 절대로 사향 포도는 먹지 않습니다, 부인." 몬테크리스토 백작이 말했다. 마치 두 사람 사이에 그런 것은 아무 문제도 되지 않는다는 식이었다. 부인은 절망의 몸짓으로 그 포도송이를 바로 곁에 있는 나무숲에 던져 버렸다.
"단호하시군요!" 부인은 투덜거리듯이 말했다.
백작은 그러한 비난이 자기를 향한 것이 아니라는 듯이 태연한 얼굴이었다.
그때 알베르가 달려왔다.
"어머니! 큰일났어요!"
"뭐?" 모르세르 부인은 꿈에서 현실로 되돌아온 듯이 깜짝 놀라며 물었다. "큰일이라니 대체 무슨 일이 일어났단 말이냐?"
"빌포르 씨가 오셨어요."
"그게 어쨌다는 거냐?"
"부인과 따님을 데리러 오신 거래요."
"왜?"
"파리에 도착하신 생메랑 후작부인 말씀에 따르면, 생메랑 후작께서 마르세유를 떠나시자 곧 돌아가셨대요. 빌포르 부인은 워낙 밝은 분이셔서 그런 우환을 믿으려 하지 않으셨다는군요. 그러나 발랑틴은 후작 얘기가 나오자, 빌포르 씨가 조심스럽게 얘길 하셨는데도 대뜸 모든 사태를 짐작해 버리고 벼락이라도 맞은 듯이 그만 기절하고 말았어요."
"생메랑 후작이 발랑틴 양과는 어떻게 되는데요?" 백작이 물었다.
"외조부에요. 손녀와 프란츠 씨의 혼담을 서두르려고 급히 오시던 참이었지요."
"그랬군요!"
"요번 일로 프란츠 녀석은 결혼이 늦어지겠어요. 생메랑 후작이 외제니 양의

할아버지였다면!"

"알베르! 알베르!" 모르세르 부인은 부드럽게 나무라는 투로 말했다. "그게 무슨 소리냐? 백작, 알베르는 당신을 존경하고 있어요. 그러니 그런 소리를 하는 게 아니라고 좀 꾸짖어주세요."

부인은 몇 걸음 앞으로 나갔다.

그러나 백작이 꿈에 잠긴 듯하면서도 애정 넘치는 표정으로 자신을 바라보고 있는 것을 느끼자, 자기도 모르게 다시 뒤로 돌아왔다.

그때, 부인은 백작의 손과 아들의 손을 잡아 그 두 손을 한데 모으며 말했다.

"우린 친구지요?"

"오! 제가 부인의 친구라니요? 그럴 의도는 전혀 없습니다." 백작이 말했다.

"그러나 부인의 충실한 종이긴 합니다."

부인은 말할 수 없이 슬픈 마음으로 걸어갔다. 그리고 열 걸음도 못 가서, 백작은 부인이 손수건을 눈에 갖다 대는 것을 보았다.

"어머니와 무슨 좋지 않은 일이라도 있었습니까?" 깜짝 놀란 알베르가 물었다.

"그렇지 않아요." 백작이 말했다. "어머니께선 방금 당신 앞에서 우리는 친구라고 하시지 않았소?"

그들이 객실로 돌아왔을 때는 빌포르 씨 부부와 발랑틴은 이미 떠나고 난 뒤였다.

막시밀리앙 또한 그들의 뒤를 이어 떠난 것은 두말할 필요도 없었다.

생메랑 후작 부인

빌포르 씨의 집에서는 정말 비통한 일이 있었다.

아내와 딸이 무도회에 가버리고 난 다음이었다. 사실 빌포르 부인이 무도회에 같이 가자고 아무리 애원해도 남편의 마음을 돌릴 수 없었던 것이다. 검찰총장은 습관대로 자신의 집무실에서 서류철을 앞에 두고 문을 잠그고 있었다. 서류들은 다른 모든 사람들에게는 겁나는 것이었지만, 그의 일상에서는 아무리 해도 질리지 않는 그의 일 욕심을 아주 조금 만족시키는 것에 불과했다.

그러나 지금 그런 서류들은 그저 형식적인 것이었다. 빌포르가 집무실에 틀어박혀 있는 것은 일을 하기 위해서가 아니라 생각을 하기 위해서였다. 그는 문을 잠그고, 중대한 일이 아니면 아무도 들어오지 말라는 명령을 내린 뒤에 안락의자에 앉았다. 그리고 지난 7, 8일 동안 암담한 슬픔과 쓰디쓴 추억의 잔을 넘치게 했던 모든 일들을 다시 한 번 기억 속에서 더듬어보았다.

그는 앞에 쌓여 있는 서류를 보는 대신, 책상 서랍을 열고 그 속에서 자기 노트를 꺼냈다. 그것은 귀중한 서류로, 그 속에는 그의 정치 생활과 금전 관계, 소송관계 혹은 비밀 연애 관계에 이르기까지, 지금까지 그의 적이 되어 버린 사람들의 이름이 자신만 알 수 있는 암호로 기록되고 배열되어 있었다.

그 수가 지금은 놀랄 만큼 많아져서 그는 몸서리치지 않을 수 없었다. 그러나 그 이름들은 아무리 강하고 두려운 것이더라도 그의 얼굴에 수없이 미소를 띠게 하는 것들에 불과했다. 그 미소는 산꼭대기에 올라서서 오랫동안 고생스럽게 기어오른 산봉우리며, 험한 길을 내려다보는 여행자의 미소와도 같은 것이었다.

이러한 이름들을 기억 속에 되새기며, 명단을 다시 한 번 찬찬히 읽고 연구하고 조사해 보더니 그는 고개를 가로저었다.

'그래,' 그는 중얼거렸다. '이 적들이 그 비밀로 나를 파멸시키려고 오늘날까지 참을성 있게 기다리고만 있었을 리 없어. 햄릿이 말한 것처럼 깊이 묻혀 있던 것들이 갑자기 지상으로 춤을 추며 나타나서 도깨비불처럼 둥실둥실 공중을 달리는 수가 있지. 그러나 그런 것은 순간적으로 사람의 눈을 멀게 하고, 스쳐가 버리는 불꽃 같은 것이야. 그 얘기가 분명 그 코르시카 놈의 입에서 신부의 귀에 들어갔을 테고, 그 신부는 또 누구에겐가 그 얘기를 했겠지. 그리고 그 얘기를 들은 몬테크리스토 백작이 진상을 확인하려고…….'

'그런데 왜 그 진상을 확인하려고 했을까?' 빌포르는 잠시 생각하다가, 갑자기 이런 생각이 들었다. '그 몬테크리스토 백작, 몰타 섬 선주의 아들이자 테살리아에 은광을 가지고 있는 자코네 씨가, 태어나 처음으로 찾아온 프랑스에서 무엇 때문에 그런 음산하고 이상한, 아무 소용도 없는 사건의 진상을 확인하려는 것일까? 부소니 신부와 윌모어 경, 그러니까 백작의 친구와 적인 그 두 사람의 얘기는 모두 앞뒤가 맞지 않지만, 단 하나 뚜렷하고 명백한 사실이 있지. 그것은 나와 몬테크리스토 백작은 아무 관계도 아니라는 점이야.'

그러나 빌포르는 혼자 이런 생각을 하면서도 그것을 믿지 못하고 있었다. 발각되는 것도 그에게 가장 두려운 일이 못 되었다. 사실이 아니라고 부인하거나 그런 비슷한 대답을 하면 되기 때문이었다. 그는, 갑자기 벽 위에 '므네, 테켈, 파르신*1'이라는 피로 쓴 글자가 나타났다는 사실을 걱정하는 것이 아니었다. 단지 불안한 것은 그 글씨를 쓴 손의 주인을 알고 있다는 사실이었다.

그가 마음을 가라앉히려 애쓰고 있을 때, 그리고 야망에 불타는 꿈속에서 이따금 얼굴을 내미는 정치적 미래 대신, 오랫동안 잠자고 있던 적이 눈뜨는 것을 두려워하며 화목한 가정까지 파괴되고 말 장래를 생각하고 있을 때, 정원에서 마차 소리가 들려왔다. 그리고 계단 위에 웬 노인의 발소리가 들려오고, 이어서 흐느낌과 비탄의 소리가 들려왔다. 그것은 하인들이 주인의 비탄을 같이 애도하려고 울부짖는 소리였다.

그는 급히 서재의 문고리를 열었다. 그러자 아무 예고도 없이 팔에 숄을 걸치고 모자를 든 노부인이 들어왔다. 하얗게 센 머리 밑으로는 노란 상아처럼 윤기 없는 이마가 드러나 보였다. 눈가엔 깊은 주름이 패어 있었고, 눈은 눈물에 가려져서 거의 보이지도 않았다.

"오! 여보게!" 노부인이 말했다. "아! 여보게, 이런 불행한 일이 생기다니! 나

---

*1 1권 '34와 27호'장 참조.

죽을 것 같네! 오! 그래, 정말 나 죽을 것 같아!"

그러고는 문 앞에 있던 안락의자에 털썩 주저앉아 울음을 터뜨렸다. 하인들은 문지방 앞에 선 채로 더 들어올 엄두도 못 내며, 방금 주인 방에서 난 소리를 듣고 달려온 누아르티에 씨의 늙은 하인만을 바라보고 있었다. 빌포르는 자리에서 일어나 장모에게로 달려갔다. 그 노부인은 바로 죽은 전처의 어머니였던 것이다.

"아니, 이게 웬일이십니까? 무슨 일이 일어났기에 이렇게 불안해하시는 겁니까? 아버님께선 함께 오지 않으셨나요?"

"그 양반이 돌아가셨다네." 노부인은 아무 표정도 없이, 정신 나간 사람처럼 말했다.

빌포르는 한발 뒤로 물러섰다. 그리고 놀란 듯이 두 손을 마주쳤다.

"돌아가셨다고요!……" 그는 중얼거렸다. "그렇게…… 갑자기?"

"일주일 전 일이야." 생메랑 후작부인이 말을 이었다. "우리는 저녁을 먹고 나서 같이 마차를 탔지. 그 양반은 며칠 전부터 건강이 좋지 않으셨지만, 발랑틴을 보게 된다는 기쁨에 몸이 괴로운 것도 무릅쓰고 떠나자고 하셨다네. 마르세유에서 60리쯤 떠나서 늘 드시던 그 환약을 드시고는 깊이 잠에 드셨네. 깨워야 되나 말아야 되나 망설이고 있는데 얼굴빛이 붉어지고 관자놀이 혈관이 보통 때보다 심하게 뛰는 것 같더군. 그러다가 밤이 와서 사방이 어두워지기에 그냥 주무시도록 내버려두었지. 그런데 얼마 안 있어 가위에라도 눌린 사람처럼 답답하고 날카로운 소리를 지르시더니, 별안간 고개가 뒤로 넘어가 버리지 않겠나. 그래서 내가 하인을 불러 마차를 멈추게 하고, 그 양반을 흔들어 깨워서 약을 코에 갖다대 보았는데, 그땐 이미 늦었다네. 죽고 만 거야. 그래서 나는 죽은 사람하고 나란히 앉아 엑스까지 갔다네."

빌포르는 어이가 없어 입도 다물지 못했다.

"물론 의사는 부르셨겠지요?"

"금방 불렀지만, 이미 때가 늦었지."

"그렇지만 후작께서 무슨 병으로 돌아가셨는지 의사한테 들으셨겠지요?"

"오, 하느님! 그래, 의사는 급성 뇌일혈 같다고 하더군."

"그래서 어떻게 하셨습니까?"

"후작은 늘 자기가 파리에서 떨어진 곳에서 죽거든, 유골을 가족 묘지로 옮겨달라고 말씀하셨지. 그래서 유골을 납관(鉛棺)에 넣고, 이렇게 며칠 앞서 온 거네."

"오! 저런, 어머님!" 빌포르가 말했다. "그런 큰일을 당하시고도 그렇게 침착하게 뒤처리를 하시다니요! 더구나 연세도 많으신데!"

"하느님이 끝까지 힘을 빌려주신 거지. 그리고 그 양반도 나를 위해 그렇게 똑같이 해주었을 거라는 생각이 들더군. 거기다 그 사람을 남겨놓고 오니 꼭 미칠 것만 같네. 이젠 눈물도 안 나는군. 이 나이가 되면 눈물도 마른다더니, 그게 정말인가 보네. 하지만 슬프면 다 울게 마련이지. 그런데 발랑틴은 어디 있나? 그 아이를 보려고 올라온 건데. 발랑틴을 불러주게나."

빌포르는 발랑틴이 무도회에 갔다는 대답을 차마 하지 못할 것 같았다. 그래서 어머니하고 외출했으니 곧 알리겠다고만 말했다.

"지금 당장 좀 불러주게나." 노부인이 말했다.

빌포르는 생메랑 부인의 팔을 부축해서 자기 방으로 모셨다.

"좀 쉬십시오, 어머님."

그 말에 후작부인은 고개를 들어 이 남자를 바라보았다. 그를 보면 떠오르는 그토록 그리운 딸은 이제 발랑틴 속에서 살고 있었다. 부인은 어머니라는 호칭에 감격하여 울음을 터뜨리고는, 바닥에 무릎을 떨어뜨리며 안락의자에 그 기품있는 얼굴을 파묻어버렸다.

빌포르가 하인에게 부인을 보살피도록 일렀고, 늙은 하인 바루아는 허둥지둥 자기 주인인 누아르티에 씨의 방으로 달려갔다. 노인들에게 다른 노인들이 죽는 모습을 지켜보는 것보다 무서운 일은 없기 때문이었다. 후작부인이 여전히 무릎을 꿇은 채 깊은 기도에 빠져 있는 동안, 빌포르는 마차를 불러 아내와 딸을 데리고 몸소 모르세르의 집으로 말을 달렸다. 객실 문 앞에 모습을 나타낸 아버지의 얼굴이 몹시 창백한 것을 보고, 발랑틴은 아버지에게 달려가며 외쳤다.

"어머나, 아버지! 무슨 안 좋은 일이라도 생겼어요?"

"외할머니께서 오셨단다." 빌포르가 대답했다.

"그럼, 외할아버지께선요?" 딸은 온몸을 떨면서 물었다.

빌포르 씨는 대답 대신 딸에게 두 팔을 벌렸다.

그때 발랑틴은 갑자기 현기증을 일으키며 몸을 비틀거렸다. 빌포르 부인은 급히 딸을 붙들어 세워 남편과 함께 마차에 태우며 말했다.

"정말 이상하네요! 이럴 줄을 누가 상상이나 했겠어요? 정말 희한한 일이에요!"

그렇게 해서 슬픔에 젖은 빌포르 가족은 모두, 마치 검은 장례식 베일 같은 그들의 슬픔을 걸치고 연회가 남은 자리를 빠져나갔다.

발랑틴은 계단 앞에서 자기를 기다리고 있는 바루아를 만났다.

"할아버지께서 오늘 밤에 좀 보자고 하시는데요." 그는 낮은 소리로 말했다.

"외할머니를 뵙고 나서 금방 찾아뵙겠다고 전해 줘요." 발랑틴은 대답했다.

마음씨 착한 발랑틴은 지금 누구보다도 자기를 필요로 하는 사람이 외할머니 생메랑 부인이라는 것을 잘 알고 있었다.

들어가 보니 침대에 누워 있는 할머니의 모습이 보였다. 말없는 포옹, 아픔으로 터질 것만 같은 가슴, 새어나오는 한숨과 뜨거운 눈물, 두 사람이 만난 광경은 이렇게밖에 표현할 길이 없었다. 빌포르 부인은 남편의 팔에 팔짱을 끼고 적어도 겉으로는 미망인이 된 부인에게 경의를 표하면서 그 자리에 서 있었다.

잠시 뒤 빌포르 부인은 남편의 귀에 대고 소곤거렸다. "아무래도 저는 가보는 게 좋겠지요? 제가 있으면 당신 어머님 마음이 더 아프실 테니까요."

그 말을 생메랑 부인도 들었다.

"그래, 그래," 생메랑 부인은 발랑틴의 귀에 대고 말했다. "네 엄마는 가는 게 좋겠다. 그러나 넌 여기 있어라."

빌포르 부인은 방을 나갔다. 발랑틴만이 혼자 외할머니 곁에 남게 되었다. 검찰총장도 이 뜻하지 않은 불행에 정신이 나가서, 아내 뒤를 따라 방에서 나갔기 때문이다.

그들이 돌아오기에 앞서, 바루아는 누아르티에 씨의 방으로 올라갔다. 앞에서도 말했듯이 노인은 집 안에서 일어나는 소리를 다 듣고서, 상황을 살피기 위해 하인을 내려보냈던 것이다.

바루아가 돌아온 것을 보자, 노인은 지혜로운 눈을 번득이며 물었다.

"오, 큰일났습니다," 바루아가 말했다. "생메랑 마님께서 오셨는데, 생메랑 영감님께서 돌아가셨답니다."

누아르티에 노인과 생메랑 후작은 이렇다 할 깊은 우정으로 맺어진 사이는 아니었다. 그러나 노인들에게는 같은 또래 노인의 죽음이 큰 타격이 아닐 수 없다. 누아르티에는 난처한 사람처럼, 또는 생각에 잠긴 사람처럼 얼굴을 가슴에 파묻었다. 그러고는 한쪽 눈을 깜박여 보였다.

"발랑틴 아가씨 말씀이십니까?" 바루아가 물었다.

누아르티에 씨는 그렇다는 신호를 했다.

"무도회에 가셨지요. 아까 단장을 하고 인사하러 올라오지 않으셨던가요?"

노인은 다시 왼쪽 눈을 감아 보였다.

"만나고 싶으시다는 겁니까?"

노인은 그렇다는 대답을 해보였다.

"곧 모르세르 씨 댁으로 아가씨를 모시러 가실 겁니다. 그럼 제가 내려가서 기다렸다가, 아가씨가 돌아오시면 이리로 올라오시라고 이를까요?"

"그래." 노인이 대답했다.

바루아는 발랑틴이 돌아오기를 기다렸다. 그리고 이미 우리가 아는 바와 같이 그녀가 돌아오자 할아버지의 뜻이 전해졌다.

발랑틴은 외할머니의 손이 닿는 조그마한 테이블 위에 할머니가 좋아하시는 오렌지 주스와 컵을 올려놓고 할아버지 방으로 올라갔다. 부인은 흥분해 있었으면서도 많이 피곤했던지 이내 잠이 들었다.

발랑틴은 할아버지에게 입을 맞췄다. 노인이 자기를 바라보는 눈빛이 너무나 부드러워서, 발랑틴은 그만 또다시 눈물을 쏟고 말았다. 노인은 계속 그녀를 바라보았다.

노인의 눈을 보고 발랑틴이 말했다. "알겠어요. 저한테는 언제까지라도 좋은 할아버지가 계시다는 말씀을 하시려는 거죠?"

노인은 그렇다고 눈으로 대답했다.

"정말 다행이에요." 발랑틴이 다시 말했다. "만일 그렇지 않았다면 저는 어떻게 되었겠어요?"

벌써 새벽 1시였다. 바루아는 너무 졸려서 이렇게 힘든 밤을 보내고 나면 누구든지 휴식이 필요하다며 좀 쉬시라고 권했다. 그에게는 손녀를 보는 것만이 휴식이었지만, 그렇게 말하지는 않았다. 노인은 슬픔과 피로에 잠겨 괴로운 얼굴을 하고 있는 발랑틴을 돌려보냈다.

다음 날 발랑틴이 외할머니 방으로 들어왔을 때, 외할머니는 침대에 누워 있었다. 열이 조금도 가라앉지 않은 데다 눈은 빨갛게 충혈되고 몹시 흥분해 있었다.

"어머! 이런! 할머니 아직도 괴로우세요?" 발랑틴은 할머니의 이런 증상에 놀라서 소리쳤다.

"아니다." 생메랑 부인이 대답했다. "네 아버지를 부르러 보내려고 네가 오길 몹시 기다리고 있었단다."

"아버지를요?" 발랑틴이 불안한 표정으로 물었다.

"그렇단다. 네 아버지에게 할 말이 있어."

발랑틴은 할머니가 아버지를 찾는 이유는 몰랐지만, 할머니의 뜻을 감히 거역할 수는 없었다. 잠시 뒤, 빌포르 씨가 들어왔다.

"자네," 생메랑 부인은 시간에 쫓기기라도 하는 듯 단도직입적으로 말했다. "편지에 이 애 결혼문제를 얘기했던가?"

"네, 그렇습니다." 빌포르가 대답했다. "단순히 얘기만 할 단계는 넘었습니다. 이미 약혼까지 했으니까요."
"그런데 사위 될 사람 이름이 프란츠 데피네라고 그랬던가?"
"네."
"그 사람은 우리 편에 있다가 나폴레옹이 엘바 섬에서 돌아오기 며칠 전에 암살당한 데피네 장군의 아들 아닌가?"
"바로 그렇습니다."
"그분은 자코뱅 당원의 손녀를 아내로 맞이하는 것이 싫을 것 아닌가?"
"다행히 국내에 이제 그런 알력은 없어졌습니다." 빌포르가 말했다. "게다가 데피네는 아버지가 돌아가셨을 때, 아직 어린아이였습니다. 그래서 제 아버지에 대해서도 잘 모릅니다. 좋아한다고는 말할 수 없겠지만, 무관심한 기분으로 만나줄 거라고 생각합니다."
"그래, 합당한 혼담인가?"
"네, 어느 면에서 보나 그렇지요."
"그럼, 그 청년은 어떤가?"
"누구에게나 존경을 받는 사람이죠."
"나무랄 데 없는 사람인가?"
"제가 아는 바에 의하면, 누구보다 훌륭한 사람입니다."
이러한 대화가 오가는 동안 발랑틴은 잠자코 있었다. 생메랑 부인은 잠깐 생각하더니 이윽고 말을 꺼냈다.
"그렇다면 서둘러야겠는걸, 나는 이제 살 날이 얼마 남지 않았으니."
"그게 무슨 말씀이세요?" 빌포르 씨와 발랑틴이 거의 동시에 소리쳤다.
"난 얼마 못 살아." 부인은 다시 말을 이었다. "그러니 어서 서둘러야겠네, 엄마도 없는데 나라도 축복해 줘야지. 이 애의 엄마 쪽으로는 나뿐이니까. 자네는 우리 르네를 벌써 잊어버리고 말았지만."
"오, 어머님!" 빌포르가 말했다. "어머님은 잊으셨습니까? 저는 엄마 잃은 이 불쌍한 아이에게 엄마를 구해주었어야 했습니다."
"하지만 계모는 아무래도 친엄마 같지가 않다네. 어쨌든 문제는 발랑틴이야. 죽은 사람이야 어쩔 수 없지."
이 모든 것이 그렇게 막힘없이 그렇게 강한 어조로 얘기되고 있었고, 그런 것에 뭔가가 들어있는 이런 대화는 마치 정신착란의 초기증세같이 보였다.

"그렇게 하겠습니다." 빌포르가 말했다. "프란츠가 파리에 돌아오는 대로 어머님 뜻을 따르겠습니다."

"할머니," 발랑틴이 입을 열었다. "할아버지께서 돌아가셨는데, 어떻게 금방 결혼식을 올리겠어요?"

"얘야," 할머니는 손녀의 말을 막았다. "바보 같은 사람들이나 앞일을 결정할 때 그런 일로 머뭇거리는 거란다. 그런 것은 이유가 못 된다. 나도 내 어머니가 돌아가셨을 때 결혼했지만, 그것 때문에 불행해지진 않았단다."

"또 불길한 얘기만 하시는군요!" 빌포르가 말했다.

"그럼, 말하고말고, 몇 번이라도 말할 거다. ……난 죽어가고 있어! 그래서 죽기 전에 손주사위를 한번 만나보고 싶은 걸세. 내 손녀를 행복하게 해달라는 부탁을 하고 싶어서. 그 사람이 내 뜻에 따르려는지 알아보고 싶고, 그 사람을 직접 만나서 확인해보고 싶은 거야." 부인은 성난 표정으로 말을 이어갔다. "만약 그 사람이 무책임하고, 못된 짓을 하면 무덤 속에서라도 다시 찾아오려고 그런다!"

"어머님! 너무 흥분하지 마시고 마음을 가라앉히세요. 죽은 사람은 무덤 속에 들어가면 그 속에서 영원히 잠드는 것 아닙니까."

"그래요. 할머니 진정하세요!" 손녀가 말했다.

"아니, 그렇지 않아. 지난밤 아주 무서운 꿈을 꾸었네. 마치 내 영혼이 이미 몸속에서 빠져나가 내 위를 훨훨 날아다니는 듯한 기분으로 잠을 잤어. 눈을 뜨려고 애썼지만 자꾸 감기더군. 자네는 그런 일이 있을 수 없다고 생각하겠지만, 나는 눈을 감은 채 지금 자네가 서 있는 그 자리, 자네 처의 드레스실로 통하는 문 귀퉁이에서 허연 그림자가 슬며시 들어오는 걸 봤다네."

발랑틴은 소리를 질렀다.

"열이 높으셔서 헛것을 보신 거겠죠." 빌포르가 말했다.

"그렇게 생각한다면 어쩔 수 없지. 하지만 난 분명히 흰 그림자를 보았네. 그리고 하느님께서 그것만으로는 불확실하다고 의심할까 봐 그러셨는지, 그 다음엔 내 귓가에 저 컵이 움직이는 소리가 들리더군."

"꿈을 꾸신 거예요."

"그게 꿈이 아니었다는 증거도 있네. 내가 초인종을 누르려고 팔을 뻗었더니 그 그림자는 이내 사라졌어. 바로 그때 하녀가 등불을 들고 들어왔지. 유령이란 보아야 할 사람에게만 나타나는 법이니까. 그건 우리 영감의 영혼이었던 거야. 우리 영감의 영혼이 나를 부르러 왔는데, 어찌 내 영혼인들 내 자식이나 다름없는 손녀를 돌보러오지 않을 수 있겠니."

"오, 어머님!" 빌포르는 자신도 모르게 마음 깊이 감동하여 이렇게 말했다. "그런 불길한 얘길랑 그만두시고 이제 우리와 함께 사시도록 하세요. 앞으로는 사랑과 존경을 받으면서 행복하게 오래오래 사셔야죠. 그리고 그런 생각을 안 하시도록 저희가……."

"아니네! 아니야! 절대로 그러지 않겠네!" 후작부인이 말했다. "그런데 데피네 군은 언제 돌아온다고?"

"오늘이라도 돌아올 겁니다."

"그럼 됐어. 오는 대로 알려 주게. 어서 어서 서둘러야지. 그리고 공증인도 좀 불러 주게나. 우리 재산이 모두 발랑틴에게 상속되도록 확실히 해두어야 하니까."

"오, 할머니!" 발랑틴은 불같이 뜨거운 할머니 이마에 입을 맞추며 말했다. "제가 죽는 것을 보시려고 그러세요? 이렇게 열이 심하시다니! 불러야 할 건 공증인이 아니라 먼저 의사예요."

"의사라고?" 부인은 어깨를 으쓱하며 말했다. "난 아무 데도 아프지 않다. 그저 목이 좀 마를 뿐이야."

"뭘 드시겠어요?"

"늘 마시는 그 오렌지 주스를 다오. 컵은 테이블 위에 있단다."

발랑틴은 오렌지 주스를 컵에 따랐다. 그리고 그것을 할머니에게 주려고 손에 들자 등골이 오싹해졌다. 이 컵은 유령이 만졌다고 한 바로 그 컵이 아니었던가.

후작부인은 주스를 단숨에 들이켰다. 그러고는 다시 베개 위에 머리를 누이며, "공증인! 공증인!" 하고 되풀이했다.

빌포르 씨는 밖으로 나갔다. 발랑틴은 외할머니의 침대 옆에 앉아 있었다. 가엾은 소녀는 자신도 의사가 몹시 필요한 것 같아서 할머니께 의사를 불러야겠다고 한 것이었다. 불꽃 같은 홍조가 양쪽 뺨의 광대뼈까지 물들였고 숨이 차서 헐떡였으며, 맥박은 열병이 났을 때처럼 뛰었다.

발랑틴은 막시밀리앙을 생각하고 있었다. 생메랑 후작부인이 자기편이 되어주는 대신 적이 되어버린 것을 알았을 때 막시밀리앙이 느꼈을 절망을 생각하고 있었기 때문이었다.

발랑틴은 몇 번이고 할머니에게 모든 것을 이야기할까 생각했다. 만약 막시밀리앙 모렐이 알베르 드 모르세르나 라울 드 샤토 르노였더라면 그녀는 망설이지 않고 말했을 것이다. 그러나 막시밀리앙은 평민이었다. 그녀는 기품이 높은 생메랑 후작부인이 신분이 다른 사람을 얼마나 경멸하는지 잘 알고 있었다. 그래서 그녀는 매번 비밀을 털어놓으려고 마음먹는 순간, 금세 포기하고 마음속에 숨겨놓고 말았다.

아버지나 어머니가 알게 되는 날에는 모든 게 다 끝난다는 것을 너무나 잘 알고 있었기 때문이었다.

그러는 사이 거의 두 시간이 지나갔다. 생메랑 부인은 심한 열 때문에 불안한 잠을 자고 있었다. 그때, 하인이 공증인이 도착했다는 말을 전했다.

아주 작은 소리로 전했는데도 불구하고, 생메랑 부인은 자리에서 벌떡 일어나 물었다.

"공증인이라고? 어서 들어오게 해라, 어서."

문 앞에 와 있던 공증인이 방 안으로 들어왔다.

"발랑틴, 넌 좀 나가 있거라. 이분하고만 할 얘기가 있으니." 부인이 말했다.

"하지만 할머니……."

"나가 있어, 나가 있으라니까."

발랑틴은 할머니의 이마에 키스를 하고 눈에 손수건을 갖다 대며 밖으로 나갔다.

문 앞에서 하인을 만난 발랑틴은 지금 객실에 의사가 와 있다는 소식을 전해 들었다.

발랑틴은 서둘러 아래층으로 뛰어 내려갔다. 의사는 그녀의 집안과 아주 가까운 사이로 당대 명의였다. 그는 발랑틴이 세상에 태어날 때 그녀를 받아주었으며, 또 극진히 아껴주었다. 그에게는 발랑틴 또래의 딸이 있었다. 그러나 폐가 나쁜 어머니에게서 태어났기 때문에 의사는 언제나 딸의 건강이 걱정이었다.

"오, 다브리니 선생님!" 발랑틴은 말했다. "선생님을 얼마나 기다렸다고요! 마들렌과 앙투아네트도 잘 있어요?"

마들렌은 다브리니 씨의 딸이고, 앙투아네트는 조카였다.

다브리니 씨는 쓸쓸하게 웃으며 말했다. "앙투아네트는 아주 잘 있단다, 마들렌도 괜찮은 편이고. 그런데 왜 날 부른 거니? 아버지나 어머니께선 건강하신데. 그럼 네가 아픈가 보구나. 신경 계통은 내 분야가 아니라 내가 해 줄 수 있는 건 고민을 너무 많이 하지 말라는 얘기밖엔 없구나."

발랑틴은 얼굴이 새빨개졌다. 다브리니 씨는 늘 기적적이라고 할 만큼 통찰력이 뛰어났다. 그는 언제나 정신적인 측면에서 육체를 치료하려고 하는 의사였다.

"아니에요," 발랑틴은 말했다. "할머니 때문이에요. 저희 집에 문제가 생긴 건 아시죠?"

"아니, 문제라니?"
"실은," 발랑틴은 울음을 참으며 말했다. "외할아버지께서 돌아가셨어요."
"생메랑 후작께서?"
"네."
"갑자기?"
"급성 뇌졸중으로요."
"뇌졸중이라고?" 의사는 되뇌었다.
"네. 그래서 할머니께서는 늘 같이 계시던 할아버지께서 부르셔서 할아버지 곁으로 가야 한다고 자꾸만 그러세요! 선생님! 할머니 좀 보살펴 주세요!"
"어디 계시지?"
"공증인하고 방에 계셔요."
"그런데 누아르티에 씨는?"
"변함없으세요. 여전히 정신은 맑으신데, 몸도 움직이지 못하시고 말도 못하세요."
"너를 사랑해 주시는 마음도 여전하시겠구나?"
"네." 발랑틴은 한숨을 쉬며 말했다. "아주 많이 사랑해 주시지요."
"너를 좋아하지 않을 사람이 어디 있겠니?"
발랑틴이 서글픈 듯이 미소 지었다.
"그래, 할머니 증상은 어떠시니?"
"이상하게 신경이 예민해지셨어요. 주무실 때도 이상한 꿈을 꾸시나 봐요. 오늘 아침에도 주무시는 동안에 영혼이 육체 위를 둥둥 떠다니더라고 말씀하시는 거예요. 착란을 일으키신 것 같아요. 유령이 방 안으로 들어오는 것을 보셨다고 하셨어요. 그리고 그 유령이 컵을 건드리는 소리까지 들었다고도 하셨고요."
"이상하군," 의사가 말했다. "후작부인은 그런 환상에 사로잡히실 분이 아닌데."
"저도 이런 일은 처음이에요." 발랑틴이 말했다. "그리고 오늘 아침엔 할머니 거동이 어찌나 무섭던지, 저와 아버지 모두 할머니께서 혹시 정신이 나가신 건 아닐까 생각할 정도였어요. 선생님도 저희 아버지가 얼마나 다부진 분인지 아시죠? 그런데 아버지께서도 마음이 많이 흔들리시는 것 같았어요."

"어서 가보자." 의사가 말했다. "그 얘긴 아무래도 이상하구나."

공증인이 내려오자, 곧바로 하인이 할머니가 혼자 계시다고 말해 주었다.

"그럼, 올라가 보세요." 발랑틴이 말했다.

"넌?"

"오! 저는 못 가겠어요. 할머니께서 선생님을 부르지 말라고 하셨거든요. 그리고 아까 말씀드린 대로, 전 왠지 불안하고 열도 나고 기분이 좋질 않아서요. 나가서 정원 한 바퀴 돌고 마음을 좀 가라앉혀야겠어요."

의사는 발랑틴과 악수를 했다. 그리고 그는 할머니 방으로 올라가고, 발랑틴은 정원으로 가기 위해 돌계단을 내려왔다. 발랑틴이 정원의 어느 장소를 즐겨 산책하는지 또다시 설명할 필요는 없을 것이다. 그녀는 늘 집 주위를 둘러싸고 있는 화단을 두세 번 돌고 나서, 머리나 허리띠에 장미 한 송이를 꽂고, 벤치가 있는 어둡고 좁은 오솔길로 들어갔다. 그리고 벤치 앞에 이르면 거기서 다시 철문 쪽으로 가곤 했다.

오늘도 발랑틴은 언제나 그렇듯 화단 사이를 두세 번 돌았다. 그러나 꽃은 꺾으려 하지 않았다. 아직 가슴속에 남아 있는 괴로움 때문에 꽃 장식을 할 마음의 여유가 없었던 것이다. 그러고 나서 그녀는 오솔길로 걸어갔다. 걸어 들어갈수록, 꼭 누군가 자기 이름을 부르는 소리가 들려오는 것만 같았다. 발랑틴은 걸음을 멈추었다. 그 소리는 더욱 분명하게 들려왔다. 그것은 막시밀리앙의 목소리였다.

약속

바로 막시밀리앙 모렐이었다. 그는 어제부터 살아 있다는 느낌이 들지 않았다. 연인이나 어머니만이 가질 수 있는 특유의 직감으로, 생메랑 후작부인의 귀경과 후작의 죽음으로 인해 발랑틴을 향한 자기의 사랑에 어떤 일이 일어날 것인지를 통찰하고 있었다. 언젠가 알게 될 일이지만, 그러한 그의 예감은 들어맞았다.

그러니까 그가 이처럼 두려움에 휩싸여 마로니에 울타리 주위를 배회하는 것도 단순한 불안 때문만은 아니었다.

그러나 발랑틴은 막시밀리앙 모렐이 기다리고 있을 줄은 모르고 있었다. 그가 늘 오는 시간이 아니었기 때문이었다. 그녀가 정원에 온 것은 순전히 우연이었다. 아니면 마음이 통했는지도 모른다.

"아니! 어떻게 이 시간에 여길!" 그녀가 말했다.

"그렇소." 그는 대답했다. "나쁜 소식을 듣기도 했고, 들려주기도 하려고."

"여긴 불행의 집인 것 같아요." 발랑틴이 말했다. "이야기해 보세요. 하지만 슬픈 얘긴 이제 지긋지긋해요."

"발랑틴," 막시밀리앙 모렐은 말을 잘 해보려고 흔들리는 마음을 억눌렀다. "내 얘길 좀 들어 봐요. 내가 하려는 이야기는 아주 중요한 거예요. 결혼은 언제 하게 된대요?"

"저는 당신에게 아무것도 감추고 싶지 않아요. 사실 오늘 아침에도 결혼 얘기가 나왔어요. 그런데 제가 믿고 의지하던 할머니가 이 결혼을 찬성하실 뿐만 아니라 몹시 원하셔서, 지금은 데피네 씨가 돌아오기만 하면 그 이튿날 혼인 서약서에 서명하기로 되어 있어요."

청년의 입에서 가슴속 쓰라린 한숨이 흘러나왔다. 그는 발랑틴을 한참 동안 쓸쓸하게 바라보고 나서 낮은 소리로 말했다.

"아, 정말 가슴 아픈 일이군요. 사랑하는 사람의 입에서 '당신이 처형될 날이 정해졌어요. 시간문제지만, 아무렴 어때요. 방법이 없으니 반대는 하지 않을 생각이에요'라는 말이 또박또박 나오다니! 결국 이제 프란츠 군이 돌아오기를 기다려 서약서에 서명만 하면 된다는 말이군요. 그 사람이 돌아오면 당신은 그 다음 날로 그 사람 것이 된다는 얘기고요. 그럼 프란츠 군과의 결혼은 내일이면 이루어지겠네요. 그 사람은 오늘 아침 파리에 도착했으니까."

발랑틴은 그만 소리를 지르고 말았다.

"나는 한 시간 전에 몬테크리스토 백작 댁에 갔었소." 모렐이 말했다. "백작은 당신네 집에 생긴 불행한 일에 대해, 나는 당신의 고민에 대해 이야기했지요. 그때 갑자기 정원에 마차 한 대가 들어오더군요, 난 그때까지는 예감 같은 건 믿지 않았어요. 그런데 이번엔 싫어도 믿지 않을 수가 없게 되었소. 마차 소리를 들으니 몸이 오싹해지더군요. 이윽고 계단에 발소리가 들렸지요. 돈 후안이 사령관의 발소리를 듣고 놀랐던 것도, 내가 그 발소리를 듣고 놀란 것보다는 덜 했을 거요. 마침내 문이 열리더니 알베르가 들어오더군요. 그리고 그 뒤로 한 청년이 들어오는 것을 보고, 백작이 '오, 프란츠 데피네 남작!' 했을 때 나는 내 자신을 의심했습니다. 나는 온몸의 힘과 용기를 내어 겨우 정신을 차렸지요. 아마 그때 나는 얼굴빛이 변하고 몸을 떨었을 겁니다. 그러나 입술만은 미소를 띠고 있었지요. 그렇지만 5분쯤 뒤에 그 방을 나와 버렸습니다. 그 5분 사이에 무슨 말이 오갔는지 하나도 귀에 들어오지 않았어요. 한 대 얻어맞은 기분이었지요."

"가엾은 막시밀리앙!" 발랑틴이 중얼거렸다.

"그래서 내가 왔어요, 발랑틴. 이제 대답해 봐요. 한 남자가 죽느냐 사느냐가 당신 한마디에 달려 있어요. 어떻게 할 생각이오?"

발랑틴은 고개를 숙였다. 고민으로 마음이 괴로웠다.

"이봐요, 발랑틴," 모렐이 말했다. "우리가 이렇게 될 것을 전혀 몰랐던 것도 아니지 않소. 고민만 하고 있을 때가 아니에요. 죽느냐 사느냐 하는 심각한 문제지요. 그런 건 괴로워하거나 눈물 흘리는 것을 즐기는 사람들이나 하는 짓이에요. 나중에 하늘나라에 가면 하느님께선 이 땅에서 그렇게 쉽게 포기한 사람들을 벌하실 거예요. 투쟁 의지를 가진 사람은 한순간도 쉬지 않고, 운명을 헤쳐나가는 법이오. 당신도 불행을 상대로 싸울 만한 의지를 가지고 있소? 난 그걸 물으려고 온 것이오."

발랑틴은 몸을 떨었다. 그리고 당황한 듯한 커다란 눈으로 막시밀리앙 모렐을 바라보았다. 아버지와 할머니, 그리고 온 가족에게 저항한다는 것은 생각조차 못하던 일이었다.

"그게 무슨 뜻이죠?" 발랑틴이 물었다. "투쟁이라니 무슨 말씀이시죠? 무례한 말은 하지 말아주세요. 제가 아버님의 뜻이나, 곧 돌아가실지도 모르는 할머니의 뜻을 거역하다니요! 그럴 수는 없어요."

막시밀리앙 모렐은 몸을 움찔했다.

"당신은 아주 훌륭한 마음을 가지고 계시니까, 제 뜻을 이해해 주시리라 생각해요. 막시밀리앙, 그렇게 가만히 계시는 것만 보아도 제 마음을 이해해 주시고 있다는 것을 알 수 있어요. 싸우다니 말도 안 돼요! 저는 온 마음을 다해 저 자신과 싸우고 있어요. 당신이 말씀하신 대로 눈물도 삼켜 버렸어요. 하지만 할머니의 마지막 순간을 방해하라고 하시니, 그건 못하겠어요."

"당신 말이 맞군요." 막시밀리앙 모렐은 냉담하게 말했다.

"어쩌면 그런 식으로 말씀하세요, 세상에!" 발랑틴은 마음이 상해서 말했다.

"전 단지 당신께 감탄하는 한 사나이로서 말씀드린 것뿐입니다, 아가씨."

"아가씨라고요!" 발랑틴이 소리쳤다. "아가씨라니요! 아, 당신은 정말 이기주의자로군요. 제가 이렇게 마음 아파하고 있는데, 전혀 모르는 체하시다니!"

"그건 오해입니다. 전 당신을 너무도 잘 이해하고 있으니까요, 당신은 아버님을 난처하게 하고 싶지 않고, 할머님의 뜻도 거스르고 싶지 않은 거예요. 그래서 내일 혼인 서약서에 서명을 하겠다는 거지요."

"그럼, 달리 어떻게 할 도리가 있을까요?"

"그런 건 묻지 말아 주십시오. 전 이 문제에 있어서는 올바른 판단을 내릴 수 없습니다. 제멋대로만 생각해서 장님이나 다름없으니까요." 막시밀리앙이 대답했다. 그러나 그 가라앉은 목소리며, 주먹을 꽉 쥔 모습에서 그가 점점 깊은 절망 속으로 빠져들어 가고 있음을 알 수 있었다.

"만약 제가 당신의 말씀대로 하겠다면, 어떻게 하라고 말씀해 주시겠어요? 어서 대답해 주세요. 제 방법이 틀렸다는 말씀은 마시고, 지혜를 빌려주세요."

"진심으로 하는 얘기입니까? 정말 제 생각을 말씀드려도 괜찮겠습니까?"

"물론이죠, 그 의견이 좋다면 따르겠어요. 제가 오직 당신만을 사랑하고 있다는 걸 아시잖아요."

"발랑틴," 막시밀리앙은 이미 덜렁거리고 있던 나무판 하나를 완전히 떼어내며 말했다. "손을 내밀어줘요, 내가 화냈던 것을 용서해 주겠다는 증거로. 아시다시피 내 머릿속은 엉망이에요. 한 시간 전부터 별의별 쓸데없는 생각을 다 했답니다. 만약 당신이 내 말을 거절한다면……."

"어떤 말씀인데요?"

"이런 겁니다."

발랑틴은 하늘을 우러러보며 한숨을 쉬었다.

"난 자유로운 몸이오," 막시밀리앙은 말을 이었다. "우리 둘이 같이 살 수 있을 만큼 돈도 있고, 아직 당신 이마에 키스도 한 번 못해 봤지만, 난 당신을 내 아내라 생각하고 있소."

"전 겁이 나요." 여자가 말했다.

"내 말대로만 해줘요." 모렐은 말을 이었다. "난 당신을 내 누이 집으로 데려갈 생각이오. 그 앤 당신에게도 훌륭한 동생이 될 수 있는 여자지요. 그리고 알제리나 영국, 또는 미국행 배를 타는 거요. 만약 우리가 같이 어느 지방으로 도망가는 게 싫다면 말이오. 사실 그런 곳에 있으면서 파리로 돌아올 기회를 엿보는 거지요. 그동안 우리 친구들이 나서서 당신 가족이 반대를 포기하도록 만들면 되니까요."

발랑틴은 고개를 저으며 말했다. "그런 말씀 하실 줄 알았어요. 그건 무분별한 생각이에요. 그리고 제가 안 된다는 말로 당신을 막지 못한다면 저는 더 무분별한 여자가 되겠지요. 막시밀리앙, 그건 안 되겠어요."

"그럼, 당신은 운명에 몸을 맡기고 그것에 따르겠단 말이오? 싸워볼 생각도 안 하고?" 어두운 얼굴로 막시밀리앙이 말했다.

"네. 그래서 죽게 된다 하더라도!"

"그럼 좋소, 발랑틴," 남자는 이렇게 말했다. "난 또 한 번 당신의 말이 옳다고 말해야겠소. 난 정말 정신이 나갔소. 그리고 당신 때문에 정열이란 것이 얼마나 사람을 바보로 만드는지를 배웠소. 당신에게 감사드리오. 당신은 냉정하게 판단할 줄 아는 사람이니까요. 그래요, 당신은 내일 프란츠 데피네 씨와 형식적으로 약혼하시는 겁니다. 그것도 희극의 마지막 장면에서처럼 부자연스럽게 혼인 서약서에 서명을 하는 게 아니라, 당신 자신의 의지로."

"저를 한 번 더 괴롭히시는군요, 막시밀리앙." 발랑틴이 말했다. "상처 난 곳

을 한 번 더 칼로 찌르시는군요! 만약 당신 동생이 그 계획대로 한다면 당신은 어떠실 것 같으세요?"

"아가씨," 그는 쓰디쓴 미소를 띠며 말했다. "나는 이기주의자입니다. 당신이 그렇게 말했잖아요. 그래서 나는 다른 사람이 내 입장이라면 어떻게 할 것인가는 생각도 해보지 않고, 내가 하고 싶은 대로만 생각했습니다. 나는 지난 일 년 동안 당신이라는 사람을 알게 되었습니다. 그리고 당신을 알고 나서부터 내 행복 모두를 당신에 대한 사랑에 걸었습니다. 그리고 어느 날, 당신도 나를 사랑한다고 말한 적이 있었지요. 그래서 그날 이후로 나는 당신을 갖는 것에 내 모든 희망을 걸었습니다. 그것이 내 생활이었지요. 그러나 이제 아무것도 생각하지 않습니다. 다만 행운의 바람이 방향을 바꿔 겨우 잡았던 행복을 놓쳤다고 생각하고 있습니다. 노름꾼이 자기가 가지고 있던 것은 물론, 손에 없던 것까지도 다 날려 버렸다는 것은 조금도 놀라운 일이 아니죠."

모렐은 침착하게 말했다. 발랑틴은 커다란 눈으로 그를 유심히 살펴보았다. 그러면서도 모렐이 자기 마음속에서 맴돌고 있는 동요를 눈치채지 못하도록 애쓰고 있었다.

"이제 어떻게 하실 건가요?" 발랑틴이 물었다.

"당신께 작별 인사를 드려야겠지요. 그리고 제 말을 들으시고 제 마음속까지 읽어주시는 하느님께, 당신이 앞으로 제 생각 같은 건 나지 않을 만큼 행복하고 충실한 생활을 하도록 기도할 겁니다."

"오!" 발랑틴이 중얼거렸다.

"안녕히 가시오! 발랑틴, 안녕히!" 모렐은 인사를 했다.

"어딜 가시는 거예요?" 발랑틴은 자신의 마음은 이렇게 동요하는데 어떻게 저 사람은 그토록 평온할 수 있을까 의아해 하며 담 너머로 손을 내밀어 막시밀리앙의 옷깃을 잡았다. "어딜 가시는 거예요?"

"더는 당신 집에 폐를 끼치지 않을 생각입니다. 그래서 나 같은 처지의 정직하고 충실한 남자들에게 모범이 될 일을 하려고 합니다."

"가시기 전에, 이제 어떻게 하실 건지 얘기해 주세요."

젊은이는 서글픈 미소를 지었다.

"어서 얘길 해주세요, 제발 부탁이에요!"

"발랑틴, 마음을 바꾸신 거요?"

"마음을 바꿀 수는 없어요! 잘 아시잖아요!" 발랑틴은 소리쳤다.

"그렇다면, 안녕, 발랑틴!"

발랑틴은 온 힘을 다해 철책을 흔들었다. 그리고 막시밀리앙 모렐이 멀어져 가자 두 손을 철책 사이로 내밀었다.

"어떻게 하실 거예요? 가르쳐 주세요! 어디로 가시는 거예요?"

"아, 염려 마십시오." 모렐은 문에서 서너 걸음 걸어가더니 발을 멈추고 말했다. "이 운명이 주는 고통을 다른 사람에게 돌릴 생각은 없소. 다른 사람 같았으면, 프란츠를 찾아가 결투를 신청하고 싸우겠노라고 당신을 위협했을지도 모르지요. 그러나 그건 다 바보 같은 짓이오. 프란츠에게 무슨 책임이 있단 말입니까? 그는 오늘 아침에 나를 처음 보았습니다. 나를 만났던 일도 벌써 잊어버렸을 겁니다. 양가에서 두 사람의 혼인을 결정했을 때도, 그는 나라는 사람이 있다는 것조차 생각해 보지 못한 사람입니다. 그러니 프란츠 군은 나와 아무 관계도 없어요. 그러니 맹세하건데, 난 절대로 그 사람은 원망하지 않아요."
"그럼 누굴 원망하시죠? 저를요?"
"당신을? 천만에! 여자는 신성합니다. 자기가 사랑하는 여자는 신성한 법이지요."
"그럼, 당신 자신인가요?"
"그렇소, 내가 죄인이요, 그렇지 않소?"
"막시밀리앙," 발랑틴은 말했다. "막시밀리앙, 이리 좀 와보세요. 얼굴 좀 보게요."
막시밀리앙은 부드럽게 미소 지으며 다가왔다. 얼굴빛만 창백하지 않았다면, 평소의 그와 다르지 않았다.
"내 얘길 들어봐요, 내 사랑 발랑틴!" 그는 맑고도 엄숙한 어조로 말했다. "우리처럼 세상이나 부모님이나 하느님 앞에서 얼굴을 붉힐 만한 생각을 해보지 않은 사람들은 서로의 마음을 한눈에 읽을 수 있지요. 나는 소설 같은 것을 써본 적도 없고, 나 자신이 우울한 주인공도 아니니까, 만프레드*1라든가 앙토니*2라도 된 듯한 생각은 하지 않아요. 이러쿵저러쿵 잔소리를 한다든가, 시위나 맹세 같은 것은 해본 적 없지만, 나는 당신에게 목숨을 걸었던 것이오. 그런데 그런 당신을 잃게 되었소. 당신이 내게서 떠나는 순간, 발랑틴, 나는 이 세상에 혼자가 됩니다. 내 누이는 남편이 있어 행복합니다. 그러나 그 남편 되는 사람은 사회제도가 내게 인연 지어준 매제일 뿐이오. 이 세상에 이제 나를 필요로 하는 사람은 하나도 없소. 난 당신이 결혼할 때까지 기다릴 생각이오. 우연이라는 가능성에 기대를 걸어 보는 거지요. 왜냐하면 오늘부터 그날까지 프란츠 군이 죽을 수도 있을 테니까요. 당신이 결혼의 제단으로 다가갈 때, 갑자기 제단 위에 벼락이 떨어지지 말라는 법도 없지요. 사형선고를 받은 사람은 무엇이든 다 믿습니다. 목숨을 구할 수 있다면 어떤 기적이건 다 가능하다고 생각합니다. 그래서 나도 최후의 순간까지 기다릴 겁니다. 그랬다가 내 불행이 마침내 확실해지고 더 이상 희망을 걸 수 없게 되면, 매제에게 모든 것을 고백하는 편지를 쓰고 검사에게는 내 계획을 알리는 편지를 보낼 생각이오. 그리고 어느 숲 한구석이나 웅덩이, 또는 강기슭으로 가서 머리에 총을 대고

*1 바이런 시의 주인공.
*2 뒤마의 희곡 앙토니의 주인공. 유부녀인 애인을 죽인다.

쏘아버리겠소. 나는 프랑스에서 이제껏 한 번도 볼 수 없었던 가장 정직한 사람의 아들이니까."

발랑틴은 갑자기 경련하듯 후들후들 몸이 떨렸다. 그녀는 지금까지 잡고 있던 철책에서 손을 떼었다. 두 팔은 축 늘어졌다. 뺨에는 구슬 같은 눈물이 주르륵 흘러내렸다.

젊은이는 침통해 하면서 결심이 선 듯한 모습으로 그녀 앞에 서 있었다.

"오! 제발, 제발 살아 있어 주세요, 네?"

"아닙니다. 명예를 걸고 그렇게 할 겁니다." 막시밀리앙은 대답했다. "그리고 그게 당신에게 무슨 상관이 있단 말입니까? 당신은 의무를 다하기만 하면 됩니다. 거기에 가책 같은 건 없어도 됩니다."

발랑틴은 터질 듯한 가슴을 누르며 무릎을 꿇었다.

"막시밀리앙. 저의 친구이며, 이 세상에서는 나의 오빠이고, 천국에선 제 남편이 되실 막시밀리앙. 제발 저처럼 살아 있어 주세요. 고통을 참고 살다보면 언젠가는 우리가 다시 만날 날이 있을 거예요."

"안녕히, 발랑틴!" 모렐은 다시 한 번 작별 인사를 했다.

"오!" 발랑틴은 거룩한 표정으로 높은 하늘을 향해 두 손을 모으며 말했다. "잘 아시겠지만, 전 순종하는 딸로서 온갖 애를 다 써왔어요. 기도도 하고 애원도 해보고 눈물도 흘렸습니다. 그러나 제 기도도 애원도 눈물도 소용이 없었어요." 소녀는 눈물을 닦고 마음을 가다듬더니 말했다. "전 후회하며 죽고 싶지는 않아요. 차라리 불명예스럽게 죽는 편이 낫겠어요. 막시밀리앙, 죽지 마세요, 막시밀리앙. 오직 당신의 사람이 될게요. 언제부터? 지금 당장? 말씀해 주세요, 명령만 해주세요. 하라는 대로 할게요."

모렐은 이 소리에 다시 되돌아왔다. 그리고 너무 기쁜 나머지 얼굴빛까지 변하여 두근거리는 가슴으로 두 손을 철책 너머 발랑틴에게 내밀면서 말했다. "발랑틴! 그런 말 하면 안 돼요. 날 그냥 죽게 내버려두어야 해요. 내가 당신을 사랑하는 만큼 당신이 나를 사랑해 준다면, 어찌 내가 당신에게 무리한 요구를 할 수 있겠소? 당신은 나를 동정해서 죽지 말라고 하는 거지요? 그게 전부라면 난 차라리 죽는 편을 택하겠소."

"사실," 발랑틴은 중얼거렸다. "이 세상에서 누가 정말 나를 사랑해 줄까? 이 사람뿐이지, 내 괴로움을 위로해 주는 것은 이분뿐이야. 나는 누구한테 희망

을 걸고 있었던 걸까? 그리고 어디로 가야 할지 모르는 내 눈이, 괴로운 내 마음이 누구를 의지하고 있었던 걸까? 언제나 이분뿐이었어. 막시밀리앙 당신 말이 옳아요. 전 당신을 따르겠어요. 아버지의 집과 모든 것을 버리겠어요. 아, 나는 얼마나 은혜를 모르는 여자인가요?" 발랑틴은 흐느껴 울며 소리쳤다. "모든 걸 다! 지금까지 잊고 있었지만, 할아버지까지도."

"안 돼요," 청년은 말했다. "그분 곁을 떠나서는 안 돼요. 누아르티에 씨께선 제게 호의를 가지고 계셨잖아요? 떠나기 전에 할아버지를 뵙고 모든 걸 말씀드리기로 해요. 하느님 앞에 떳떳해지기 위해서라도 할아버지께는 허락을 받아야 하오. 그리고 결혼하면 할아버지를 모셔가도록 합시다. 지금까지 하나밖에 없던 손자가 둘이 생기는 셈이 아니겠소. 당신과 할아버지 사이에만 통하는 말이 따로 있다고 그랬으니, 나도 곧 그 말을 익히도록 하지요. 맹세하겠소!

우리 앞날은 절망이 아니라 행복으로 가득 차게 해주겠다고 말이오."
"오, 막시밀리앙! 당신은 정말 굉장한 힘을 가지고 계시군요. 당신 말만으로 모든 걸 다 믿게 되니 말이에요. 하지만 지금 그 얘기는 경솔한 말씀이에요. 할아버지께선 저를 저주하실 거예요. 전 할아버지를 잘 알아요. 완고하신 분이라서 용서하지 않으실 거예요. 그러니 막시밀리앙, 만약 무슨 수를 쓴다든가, 간청을 한다든가 또는 사고를 일으킨다든가, 교묘한 방법으로 결혼을 연기시킨다면 기다려 주시겠어요?"
"맹세하겠소. 당신도 이 무서운 결혼을, 만일 시장이나 신부 앞에 끌려가더라도, 분명히 싫다고 말하겠다는 약속만 해준다면."
"맹세할게요. 이 세상에서 가장 신성한 존재인 제 어머니의 이름을 걸고."
"그렇다면 우리 때를 기다립시다."
"그래요, 기다려요." 발랑틴이 대꾸했다. "이 세상에는 우리같이 불행한 사람들을 구원하는 길이 반드시 있을 테니까요."
"당신께 맡기겠소, 발랑틴," 청년이 말했다. "당신이 모든 걸 잘해낼 테니까. 그러나 만약 당신의 부탁을 묵살해 버리고, 아버지와 할머니께서 내일 프란츠 데피네 씨를 불러 혼인 서약서에 서명을 하라고 하시면……"
"그러면, 분명히 맹세하겠어요, 모렐."
"서명하는 대신에……"
"저는 당신과 함께 도망갈 거예요. 하지만 앞으로는 하느님을 시험하는 일 같은 건 하지 말기로 해요. 서로 만나지도 말고요. 아직 누구에게도 들키지 않은 것은 기적이고 하느님의 은총이예요. 만약 우리의 만남이 발각되거나 누가 만나는 장소를 알게 되면 모든 게 헛일이 될 테니까요."
"그건 그래요, 발랑틴. 하지만 나한테 어떻게 연락을 해줄 수 있을는지……."
"공증인을 통해서 알려드릴게요, 데샹 씨 말이에요."
"나도 그 사람이라면 알고 있소."
"그리고 저도 편지로 알려드릴게요. 아! 막시밀리앙, 이 결혼은 당신 못지 않게 제게도 가증스러워요."
"알겠어요! 고마워요, 내 사랑 발랑틴." 모렐은 계속해서 말했다. "이제 다 됐군요. 시간만 알려주면 내가 여기로 달려오겠소. 그리고 내가 당신을 안아서 이 담을 넘겨드리겠소. 어렵지 않게 넘어갈 수 있을 거요. 마차를 이 울타리 밖에 대기시켜 놓을게요. 나하고 같이 누이 집으로 갑시다. 거기서는 내키지 않으면 이름을 밝히지 않아도 좋습니다. 우리는 자신의 힘과 의지를 깨닫게 되겠지요. 어쨌든 양 새끼처럼 한숨만 쉬면서 목을 졸리지는 않을 거란 말이오."

"알겠어요." 발랑틴은 말했다. "이번엔 제가 말할 차례예요, 막시밀리앙 당신이 하는 모든 일이 다 잘될 거예요."

"오!"

"어떠세요? 당신의 아내로서 만족하시겠어요?" 소녀는 쓸쓸하게 말했다.

"사랑스런 발랑틴! 그렇다는 대답만으로는 부족할 지경이오."

"그래도 말씀해 주세요."

발랑틴은 앞으로 다가섰다. 그보다는 입술을 가까이 갖다 대었다. 그래서 그녀의 말은 그 향기로운 입김과 함께 막시밀리앙의 입술에 닿았다. 모렐도 그 차갑고 무정한 철책에 그의 입을 갖다 댔다.

"조심히 돌아가세요." 발랑틴은 그 행복에서 몸을 떼어 내는 게 아쉬운 듯이 말했다. "조심히 돌아가세요!"

"꼭 편지해 주시겠죠?"

"네, 꼭 할게요."

"고마워요, 나의 사랑스러운 아내! 그럼, 안녕!"

허공에 입 맞추는 순결한 키스 소리가 울려 퍼졌고, 발랑틴은 보리수 밑으로 달아나 버렸다.

막시밀리앙은 그 자리에 서서 그녀의 옷깃이 소나무를 스치는 소리, 발밑에 모래가 닿는 소리를 들었다. 그러고는 형언하기 어려운 미소를 지으며 하늘을 쳐다보았다. 자기가 이렇게까지 사랑받고 있는 것을 감사하며 그도 자취를 감추었다.

집으로 돌아온 그는 다음 날까지 기다리고 기다렸지만, 아무 소식도 받지 못했다. 마침내 이틀 뒤 아침 10시쯤, 공증인 데샹 씨 집으로 가려고 하는데 편지 한 장이 도착했다. 지금까지 한 번도 발랑틴의 필적을 본 일이 없었지만, 그는 금방 이 편지가 발랑틴에게서 왔다는 것을 알 수 있었다. 편지에는 다음과 같이 쓰여 있었다.

눈물도 흘렸습니다. 애원도 했습니다. 부탁도 해보았습니다. 하지만 아무 소용없었습니다. 어제는 두 시간 동안 생필립뒤룰르 교회에 가서 마음을 다해 하느님께 기도를 드렸습니다. 그러나 하느님께서는 아무런 동정도 보여주시지 않으셨습니다. 혼인 서약서의 서명은 오늘 밤 아홉 시로 결정되었습니다.

마음이 하나밖에 없듯이 제 말도 하나입니다. 그리고 그것은 바로 당신에게 한 약속입니다. 제 마음은 당신 것입니다.

그럼, 오늘 밤 9시 15분 전에 철책 앞에서.

당신의 아내 발랑틴 드 빌포르

추신 : 불쌍한 할머니께선 병세가 점점 나빠지고 있습니다. 어제는 흥분이 착란으로 바뀌고, 그 착란이 오늘은 거의 광기에 가깝습니다.

당신은 저를 사랑하고 계시죠? 그리고 이런 할머니를 두고 떠나는 제 괴로움을 잊게 해주시겠죠?

혼인 서약서 서명을 오늘 밤에 한다는 것을 할아버지께는 모두들 숨기고 있는 것 같아요.

막시밀리앙 모렐은 발랑틴의 편지만으로는 만족이 되지 않아 공증인을 찾아 갔다. 그리고 공증인의 입으로 계약서 서명을 밤 9시에 한다는 것을 확인했다.

다음에는 몬테크리스토 백작에게로 갔다. 거기서도 그것이 사실임을 알게 되었다. 프란츠가 와서 식을 올리게 되었다는 것을 알려왔다고 했다. 한편 빌포르 부인에게서도 편지가 왔다고 했다. 부인은 편지로 백작을 초대하지 못하는 것을 사과하고, 생메랑 후작의 죽음과 후작부인의 병세 때문에 슬픔 속에서 서약식이 거행될 것이며, 자기는 늘 백작이 행복하기를 바라는 마음에서 그 슬픈 의식이 백작의 얼굴을 어둡게 할까 염려되었다며 초대하지 못하는 이유를 전했다고 했다.

프란츠는 그 전날, 생메랑 후작부인과 마주하게 되었다. 후작부인은 그를 소개받기 위해 잠시 침대에서 일어났다가, 소개가 끝나자 이내 다시 자리에 누웠다.

막시밀리앙 모렐은 몹시 흥분해 있었다. 그리고 백작이 그의 이러한 동요를 놓쳤을 리가 없었다. 백작은 어느 때보다도 친절하게 막시밀리앙을 대해 주었다. 그 친절한 태도에, 막시밀리앙은 몇 번이나 백작에게 모든 것을 고백할 뻔했다. 그러나 그는 발랑틴과의 약속을 되뇌며 그 비밀을 가슴에 간직해 두었다.

막시밀리앙은 그날 온종일 발랑틴의 편지를 수없이 읽고 또 읽었다. 그것은 그녀에게서 처음 받아본 편지였다. 그것도 하필이면 이런 때에! 그는 편지를 읽을 때마다 발랑틴을 행복하게 해주어야겠다고 마음속으로 다짐했다. 그렇다, 이렇게 과감한 결심을 하다니 얼마나 굳센 여자인가! 그리고 그런 여자의 모든 희생을 받게 된 사람은 얼마나 충성하고 또 충성해야 하겠는가! 그녀야말로 애인에게 최고의 존경을 받을 만한 존재가 아닌가! 아내이자 여왕인 그녀, 마음 하나만으로는 사랑하고 감사하기에 턱없이 부족할 지경이었다.

모렐은 이루 형언할 수 없는 흥분 속에서 발랑틴이 자신을 데려가 달라고 말하는 순간만을 상상하고 있었다.

그는 도망칠 준비를 다 해놓았다. 손수 끌고 갈 마차도 대기시켜 놓았다. 그는 하인도 데려가지 않고, 불도 밝히지 않을 생각이었다. 불은 첫 번째 길을 돌아선 다음에 켜기로 했다. 왜냐하면 너무 조심하다가 경찰의 눈에 띄면 안 되기 때문이었다.

때때로 그는 몸에 흐르는 전율을 느꼈다. 그는 담 너머로 발랑틴을 받아 안을 때, 이제껏 손만 잡아보고 손가락 끝밖에 닿아보지 못한 발랑틴이 떨면서 자기 팔에 몸을 맡기는 순간을 상상하고 있었다.

그러나 오후가 되어 이윽고 그 시간이 가까워오자 막시밀리앙은 혼자 있고 싶어졌다. 마치 피가 끓어오르는 것 같았다. 친구가 뭔가를 묻거나 목소리를 내기만 해도 신경이 날카로워졌다. 그는 집에 틀어박혀 책을 읽어보려 했다. 그러나 눈은 종이 위를 스쳐갈 뿐 전혀 내용이 머릿속에 들어오질 않았다. 그는 책을 팽개치고 다시 한 번 그 계획과 사다리, 채소밭을 머릿속에 그려보았다.

마침내 시간이 가까워졌다. 사랑에 빠진 남자는 시곗바늘을 그냥 두지 않는 법이다. 막시밀리앙도 괘종시계를 돌려놓아서 실제론 6시인데, 바늘은 8시 반을 가리키고 있었다. 그는 이젠 떠날 시간이 됐다고 생각했다. 서명은 9시지만, 발랑틴이 아무 소용없는 그 시간을 기다리고 있을 리가 없다고 생각했다. 그는 자기 집 괘종시계로 8시 반에 멜레 거리를 나와 생필립뒤룰르 교회의 종이 막 8시를 칠 때 채소밭으로 들어갔다.

말과 마차는 막시밀리앙이 늘 몸을 숨기던 오두막 뒤에 숨겨져 있었다.

날은 점점 어두워졌다. 정원의 수풀들이 수북하고 커다란 덩어리가 되어버렸다.

그때 막시밀리앙은 가슴을 두근거리며 숨어 있던 곳에서 나와 철문 앞으로 갔다. 그러나 아직 아무도 없었다.

8시 반이 울렸다.

기다리는 동안 반시간이 흘러갔다. 모렐은 여기저기를 왔다 갔다 했다. 그리고 빈도를 높여 가며 이따금 멈춰 서서 판자 쪽을 보았다. 정원은 점점 어두워졌다. 그러나 어둠 속에서 아무리 찾아보아도 흰 옷자락을 찾을 수 없었다. 정막이 흐르는 가운데 발소리 같은 것은 들리지도 않았다.

수풀 사이로 보이는 빌포르의 집은 여전히 어두웠다. 결혼 서약서에 서명을 하는 중대사가 있는 집 같지 않았다.

모렐은 자기 회중시계가 몇 시인지 확인해보았다. 회중시계는 9시 45분을 울리고 있었다. 그러나 거의 동시에 공원의 괘종시계는 9시 30분을 쳤고, 그와 같은 소리가 이미 두세 번 들려왔었기 때문에 회중시계가 틀렸다는 사실을 알았다. 발랑틴이 정해 준 시간보다 이미 30분이나 더 기다린 것이다. 발랑틴은 9시라고 했다. 그보다 빠르면 빨랐지 더 늦게 하지는 않는다고 했다.

젊은이에게는 그 순간이야말로 가장 두려운 시간이었다. 일각일각이 납으로 된 망치가 되어 그의 가슴을 내리쳤다.

어디서 잎사귀 소리만 나도, 바람만 스쳐도 귀를 기울였다. 이마에 땀이 났다. 그는 몸을 떨면서 사다리를 세우고 그 위에 발을 올려놓았다.

이렇게 불안과 희망이 엇갈리는 가운데 또다시 교회의 종이 10시를 알렸다.

"오!" 두려움에 떨며 막시밀리앙은 중얼거렸다. "뭔가 뜻밖의 사건이 일어나지 않은 한 혼인 서약서의 서명이 이렇게 오래갈 리가 없어. 모든 경우를 생각하고 수속에 필요한 시간을 계산해 봐도 분명 무슨 일이 일어난 거야."

그는 불안한 마음으로 철책 앞을 왔다 갔다 하다가 불덩이 같은 이마를 차가운 강철에 대보곤 했다. 발랑틴이 서명을 하고 나서 기절이라도 한 건 아닐

까, 아니면 도망치다가 붙잡혔을까? 막시밀리앙이 가정할 수 있는 것은 이 두 경우였다. 그리고 양쪽 모두 절망적이었다. 그러다 문득 발랑틴이 도망치다가 지쳐서 정원의 오솔길 어느 곳에 쓰러지기라도 한 것이 아닌가 하는 생각이 들었다.

"오! 만약 그렇다면," 그는 이렇게 외치면서 사다리 위로 뛰어 올라갔다. "그녀를 잃게 될 거야. 그것도 내 잘못으로!"

이러한 생각을 심어준 악마는 좀처럼 머릿속에서 떠나지 않았다. 처음에는 혹시나 하던 생각이, 논리의 힘에 어쩔 수 없이 확신으로 변하고 말았다. 이러한 집념이 그의 귓가에 맴돌았다. 점점 더 짙어져가는 어둠 속을 보는 그의 눈에 무엇인가가 들어왔다. 캄캄한 오솔길 위에 누군가 쓰러져 있는 것 같았다. 막시밀리앙은 용기를 내어 불러보았다. 그랬더니 확실치는 않으나 신음소리 같은 것이 바람을 타고 들려오는 것만 같았다.

교회에서 또다시 30분을 알리는 종이 울렸다. 더는 기다릴 수 없었다. 그는 여러 가지 일을 상상해 보았다. 관자놀이가 몹시 뛰었다. 눈앞에는 구름이 끼었다. 그는 담을 뛰어넘었다.

막시밀리앙은 지금 빌포르 집에 와 있다. 그는 이러한 행동이 어떤 결과를 가져올까 생각해 보았다. 그러나 이제 와서 되돌아갈 수는 없었다.

그는 곧 빽빽한 나무들 사이를 빠져나왔다. 그랬더니 집 전체가 드러났는데, 환히 불을 밝히고 있어야 할 집은 보이지 않고 회색빛 건물만 덩그러니 놓여 있었다.

때때로 불빛 하나가 당황한 듯이 세 개의 창문 뒤에서 왔다갔다하고 있었다. 그 세 개의 창은 생메랑 후작부인 방의 창이었다.

또 하나의 불빛은 붉은 커튼 뒤에서 움직이지 않고 있었다. 그것은 빌포르 부인의 침실 커튼이었다.

막시밀리앙은 모든 것을 상상할 수 있었다. 그는 전에 발랑틴의 생활을 머릿속에 그려보기 위해 발랑틴에게 수없이 집의 구조를 설명해달라고 했었다. 그래서 한 번도 가보지 않았지만 이 집을 훤히 알고 있었다.

그는 발랑틴이 나타나지 않는 것보다, 집 전체가 이렇게 어둡고 조용한 것이 더 무서웠다.

제정신을 잃고 슬픔에 잠긴 막시밀리앙은 이제 오직 발랑틴을 만나 대체 무슨 일이 일어난 건지 물어보려고 나무 숲을 막 빠져나온 참이었다. 그리고 가려지는 것이 하나도 없는 화단을 되도록 빨리 건너가려고 할 때, 꽤 먼 곳 어디선가 바람에 실려 사람 소리가 들려왔다.

그 소리를 듣자 그는 한 걸음 뒤로 물러섰다. 이미 숲 바깥으로 몸을 반쯤 내밀고 있었던 그는 다시 숲 속으로 들어가 몸을 숨기고 어둠 속에서 숨죽인 채로 있었다.

이미 결심은 돼 있었다. 발랑틴 혼자라면 지나가면서 말을 걸리라. 만일 누군가와 함께 있더라도, 그녀를 본 것에 만족하고 별다른 불행이 없었는지 확인해 보자. 만약 전혀 모르는 사람들이라면 그들의 얘기를 엿들어 도대체 무슨 일인지 알아내리라.

그때 달이 구름을 헤치고 모습을 드러냈다. 그리고 막시밀리앙은 계단 쪽

문에 빌포르와 검은 옷을 입은 사나이가 서 있는 것을 보았다. 그 두 사람은 계단을 내려와 나무 있는 곳으로 가고 있었다. 그들이 몇 걸음 걸어 나오자, 막시밀리앙은 그 검은 옷을 입은 사람이 의사인 다브리니라는 것을 알아보았다.

막시밀리앙은 두 사람이 자기 쪽으로 오는 것을 보고, 기계적으로 숲 가운데 있는 단풍나무 앞까지 물러났다. 거기까지 물러나자 그는 발을 멈추지 않을 수 없었다.

이윽고 그들이 밟던 모래 소리가 뚝 그쳤다. 그리고 검찰총장의 목소리가 들려왔다.

"아! 선생. 이거 원 하늘이 우리 집안에 나쁜 일만 생기게 하는 것 같군요. 이게 웬 뜻하지 않은 불행인가요! 절 위로하실 필요는 없습니다. 상처가 너무

심하고 깊습니다. 죽다니! 그렇게 죽어버리다니!"

막시밀리앙은 이마에 식은땀이 흐르고 이가 떨렸다.

'빌포르 씨 자신이 저주받았다고 한 이 집에서 도대체 누가 죽었을까?'

그러자 의사가 말했다.

"빌포르 씨. 제가 당신을 이리로 모시고 온 것은 위로하기 위해서가 아니라, 실은 그 반대입니다."

막시밀리앙은 그의 말을 들으니 한층 더 무서워졌다.

"그게 무슨 말씀이시죠?" 검찰총장이 깜짝 놀라 물었다.

"사실은 지금 일어난 이 불행보다 더 큰 불행이 있다는 것을 말씀드리려고요."

"오, 하느님! 아니 또 무슨 일입니까?" 빌포르는 두 손을 모으며 중얼거렸다.

"여기 분명 다른 사람은 아무도 없지요?"

"물론입니다. 우리 둘뿐입니다. 그런데 왜 그렇게 조심하시죠?"

"무서운 비밀입니다. 자, 앉읍시다." 의사가 말했다.

빌포르는 벤치 위에 쓰러지다시피 주저앉았다. 의사는 빌포르 어깨에 손을 얹고 그의 앞에 서 있었다. 막시밀리앙은 겁에 질려 몸이 얼어붙은 채 한 손으로는 이마를 짚고 다른 한 손으로는 행여 심장의 고동 소리가 들릴까 봐 가슴을 꽉 누르고 있었다.

'죽은 거야! 죽은 거야!' 막시밀리앙은 마음속으로 되뇌었다. 그 자신도 꼭 죽을 것만 같았다.

"얘길 해보시죠, 들어봅시다." 빌포르가 말했다. "부디 솔직히 말씀해 주십시오. 각오는 하고 있습니다."

"생메랑 후작부인은 나이는 고령이시지만 꽤 건강하셨습니다."

막시밀리앙 모렐은 거의 10분 만에 비로소 안도의 숨을 내쉬었다.

"너무 슬퍼하시다 돌아가신 거지요." 빌포르가 대답했다. "그래요, 너무 서러워하셨지요. 40년이나 후작을 모시고 살아오신 분이니까요."

"빌포르 씨, 슬픔 때문에 돌아가신 게 아닙니다." 의사가 말했다. "간혹 슬픔 때문에 죽는 수도 있긴 합니다만 그런 경우엔 하루 만에, 한 시간, 아니 10분 만에 그렇게 죽지는 않습니다."

빌포르는 아무 대답도 하지 않았다. 다만 이제까지 숙이고 있던 고개를 들어 놀란 눈으로 의사를 쳐다보았다.

"임종하실 때 옆에 계셨습니까?" 의사가 물었다.

"물론이죠." 검찰총장이 대답했다. "당신이 낮은 목소리로 곁을 떠나지 말라고 일러주셨으니까요."

"당신은 후작부인을 돌아가시게 한 그 병의 증세를 다 보셨겠군요?"

"물론입니다. 장모께서는 몇 분 간격으로 발작을 세 번 일으키셨습니다. 한 번 발작을 일으키실 때마다 간격이 점점 잦아지고 도가 심해졌지요. 선생께서 도착하셨을 때엔 이미 몇 분 전부터 숨도 잘 못 쉬고 계셨습니다. 바로 그때 발작을 일으키신 겁니다. 전 단순한 신경성인 줄로만 생각했는데, 어머님께서 목과 팔다리가 뻣뻣해지시더니 침대에서 몸을 일으켰을 때에야 처음으로 겁이 덜컥 났습니다. 그리고 당신의 얼굴을 보고서 병세가 생각보다 훨씬 심하다는 것을 깨달았습니다. 발작이 일어난 뒤에 저는 당신의 눈을 살폈지만, 제대로 마주칠 수 없었습니다. 맥을 짚고 심장의 고동을 세고 계셨으니까요. 그리고 두 번째 발작이 일어났을 때는 첫 번째보다도 더 무서웠습니다. 같은 신경성의 고통이 시작되었지요. 입이 쥐가 난 듯 오므라들고 보랏빛이 되더군요. 그리고 세 번째 발작 때 그만 숨을 거두신 겁니다. 첫 번째 발작 뒤에 저는 경직경련이라는 걸 알았습니다. 선생께서도 그렇게 생각하신다고 그러셨죠?"

"네, 그 자리에 사람들이 모두 있었으니까요. 그러나 지금은 우리 둘뿐입니다." 의사가 말했다.

"그게 무슨 말씀이십니까?"

"경직경련과 식물성 중독증은 증세가 똑같습니다."

빌포르는 벤치에서 벌떡 일어나더니 잠시 꼼짝하지도 못하고 말없이 서 있었다. 그러고는 다시 털썩 주저앉으며 말했다.

"오! 확실한 겁니까?"

막시밀리앙은 꿈인지 생시인지 잘 분간이 안 갔다.

"난 내가 하는 말이 얼마나 중요한지, 내 앞에 있는 상대가 누구인지도 잘 알고 있습니다."

의사의 말에 빌포르가 다시 물었다.

"그건 저에게 사법관으로 대하시는 말씀입니까, 아니면 친구로 대하시는 말씀입니까?"

"친구로서입니다. 지금 경우에는 친구로서만입니다. 경직경련과 식물성 독물에 의한 중독 증세는 매우 흡사해서 만약 내가 한 말에 서명을 해야 한다면, 신중하게 생각하지 않을 수 없습니다. 그러니 다시 한 번 말씀드리겠습니다만, 난 사법관이 아닌 친구에게 얘기하고 있는 겁니다. 돌아가시기 전 45분 동안, 나는 임종의 증상, 경련, 죽음, 이런 것들을 관찰했습니다. 그 결과 확신이 섰습니다. 후작부인이 독살을 당했다는 사실뿐만 아니라, 무슨 독에 의해 돌아가셨는지도 말할 수 있습니다."

"그럴 수가!"

"모든 증세가 다 나타났습니다. 신경성 발작에 의한 중단된 혼수상태, 극도의 흥분 상태, 신경 중독의 마비 상태. 후작부인은 브루신이나 스트리크닌을 다량으로 복용해서 돌아가신 겁니다. 물론 우연이거나, 또는 누가 실수로 드렸던 거겠지요."

빌포르는 의사의 손을 잡았다.

"오! 그럴 수가! 이건 분명 꿈이에요! 오, 나는 지금 꿈을 꾸고 있는 거예요. 당신 같은 분한테서 이런 무서운 소리를 듣다니! 제발 부탁입니다. 잘못 생각하신 거라고 말씀해 주시오!"

"물론 그럴 수도 있죠. 그러나……."

"그러나라니요……."

"잘못 판단했다고는 생각지 않습니다."

"저를 불쌍히 여겨 주십시오. 요 며칠간 온통 끔찍한 일들뿐입니다. 이러다 미쳐 버릴 것만 같아요."

"나 말고 다른 의사가 후작부인을 치료한 일이 있나요?"

"아무도 없습니다."

"나에게 알리지 않고 약방에 가서 약을 지어온 일은 없습니까?"

"없습니다."

"후작부인에게 적이 있었습니까?"

"그건 모르겠습니다."

"부인이 돌아가시게 되면 이익을 얻는 사람은요?"

"말도 안 됩니다. 내 딸만이 그분의 유일한 상속자니까요. 발랑틴이……오! 만약 내가 이런 생각을 한다면, 단 한 순간이라도 그런 생각을 한다면, 내 가슴을 칼로 찔러버려야 할 겁니다."

"오!" 의사가 소리쳤다. "나는 누구도 책망하는 게 아닙니다. 다만 어떤 사고나 실수 같은 것을 얘기하는 겁니다. 그러나 사고든 실수든 그런 게 문제가 아닙니다. 중요한 건 사실 그 자체가 제 양심에 호소하고 있다는 겁니다. 제 양심이 큰 소리로 진실을 밝혀달라고 말하고 있어요. 좀 알아봐 주셔야겠습니다."

"누구를요? 어떻게? 무얼 말입니까?"

"예를 들면 하인 바루아 말입니다. 그 사람이 혹시 자기 주인을 위해서 지어놓은 약 같은 것을 후작부인께 잘못 드렸던 게 아닐까요?"

"제 아버지 약을요?"

"그렇소."

"하지만 아버지 약을 장모께서 마셨다고 해서 돌아가실 리가 있습니까?"

"그럴 수 있지요. 아시겠지만, 병에 따라서는 독약도 약이 되는 법이니까요. 중풍도 그런 병 가운데 하나지요. 누아르티에 씨의 몸과 말을 회복시키려고 온갖 약을 다 써보다가, 3개월 전부터 마지막 방법으로 브루신 요법을 쓰고 있습니다. 이번에 처방한 물약 중에는 6센티그램의 브루신이 들어 있지요. 마비되어 버린 누아르티에의 몸은 이미 독약에 익숙해져 아무 변화도 일으키지 않습니다. 하지만 6센티그램의 브루신을 보통 사람이 마신다면 충분히 죽을 수 있는 양이지요."

"하지만 아버님의 방과 후작부인의 방은 전혀 왕래가 없습니다. 바루아도 장모님 방엔 절대로 드나드는 일이 없고요. 이런 점으로 보아, 당신이 이 세상에서 가장 실력 있고 양심적인 분이라는 것을 알면서도, 모든 경우 당신의 말은 태양빛과 같이 나를 인도해 주는 횃불이라는 것을 확신하면서도 '인간에게 과오가 없으란 법은 없다'는 격언에 한번 의지해 보고 싶군요."

"들어보십시오, 빌포르 씨." 의사가 말했다. "다른 의사들 중에 나 말고도 믿을 수 있는 분이 또 없는지요?"

"그건 왜 물으십니까?"

"그분을 불러주십사 하고요. 그분에게 제가 본 것과 확신한 것을 이야기해 보겠습니다. 그리고 둘이서 함께 연구해 보겠습니다."

"그럼 독물의 흔적을 발견해 낼 수 있다는 말씀입니까?"

"독물이 아닙니다. 그것을 말한 게 아닙니다. 다만, 신경 계통의 흥분 상태를 조사해 보겠습니다. 그리고 의심할 여지가 없는 질식 상태인지 확인하는 겁니다. 그런 다음에 당신께 이렇게 말씀드리겠습니다. '만약 실수로 이런 일이 생겼다면 하인들을 잘 감독하셔야겠습니다. 그리고 만약 원한 때문이었다면 적을 조심하셔야겠습니다.'"

"도대체 그게 무슨 말씀이십니까?" 빌포르는 한 대 얻어맞은 듯이 물었다. "만약 이 비밀을 당신 말고 다른 사람이 알게 되면 저는 싫든 좋든 사건을 수사해야 합니다. 그런데 내 집을 수사해야 하다니 그건 말도 안 됩니다!" 검찰총장은 말투를 바꾸어 불안한 듯이 의사를 바라보며 말을 이었다. "그러나 당신이 굳이 그렇게 해보시겠다면 그렇게 하십시오. 그렇게 하도록 해드리는 게 제 의무겠지요. 제 기질이 그렇게 하라고 명령하고 있으니까요. 하지만 의사 선생, 보시다시피 저희 집은 지금 깊은 슬픔에 잠겨 있습니다. 그런데 거기다 나쁜 소문까지 내야 하다니! 오! 그렇게 되면 제 아내나 딸은 아마 죽고 싶을 만큼 괴로워할 겁니다. 그리고 선생께서도 아시겠지만, 누구도 저 같은 지위에 올라 25년이나 검찰총장을 하다보면 적이 많이 생기게 됩니다. 이런 소문이 퍼지기라도 하는 날엔 놈들은 자기들이 승리한 줄 알고 좋아서 펄쩍펄쩍 뛸 겁니다. 그럼 전 완전히 망신이지요. 이런 세속적인 생각을 하는 것을 용서하십시오. 당신이 성직자라면 감히 이런 소릴 못했을 거예요. 그러나 당신은 한 인간이고, 인간들이 어떤 것인지 잘 알고 계십니다. 선생, 왜 아무 말씀이 없으십니까?"

의사는 마음이 흔들렸다. "빌포르 씨, 저의 첫 번째 의무는 인간을 사랑하는 일입니다. 과학의 힘이 허락했다면 후작부인을 구할 수 있었을 겁니다. 그러나 그분은 돌아가셨지요. 그러니 이제부터 산 사람들에게 공헌하는 것이 제 의무입니다. 이 비밀은 당신과 제 마음속에 묻어 버립시다. 만약 다른 사람들이 이 사실을 알게 된다고 해도, 내가 판단을 잘못한 것으로 그 책임을 돌리겠습니다. 그러나 조사는 계속하셔야 합니다. 사건은 이 정도로 끝날 것 같지 않으니까요. 그리고 범인을 알게 되면, 전 당신에게 사법관이니 마음대로 처벌하라고 말할 생각입니다."

"오! 감사합니다, 감사합니다!" 빌포르는 좋아서 어쩔 줄을 몰랐다. "전 지금까지 당신 같은 친구를 본 적이 없습니다."

이렇게 말한 그는 의사 마음이 변할까 봐 겁이 나는 듯 황급히 자리에서 일어나 집 쪽으로 갔다.
두 사람은 그대로 사라졌다.
막시밀리앙 모렐은 숨이라도 쉬어야 할 것 같아서, 나무 틈으로 고개를 내밀었다. 달빛에 비친 얼굴이 마치 유령 같았다.
그는 생각했다.
'하느님은 나를 분명하긴 하나, 무서운 방법으로 보호해 주신다. 그러나 발랑틴! 불쌍한 발랑틴이 과연 그런 슬픔을 견뎌낼 수 있을까?'
그는 이렇게 중얼거리며, 붉은 커튼을 드리운 창과 흰 커튼이 있는 세 개의 창을 번갈아 보았다.
붉은 커튼의 창에는 불빛이 거의 다 꺼져 있었다. 분명 빌포르 부인이 불을 꺼버렸을 것이다. 그리고 야간램프만이 유리창에 비치고 있었다.
그런데 건물 구석에 있는 흰 커튼이 드리워진 창 세 개 가운데 하나가 열리는 것이 보였다. 벽난로 위에 세워진 촛불에서 창백한 빛이 바깥으로 새어 나왔다. 그리고 그림자 하나가 잠시 발코니로 나와 팔을 괴고 있었다.
막시밀리앙은 몸을 떨었다. 흐느껴 우는 소리가 들리는 것 같았기 때문이다.
평소엔 그렇게 용감하고 똑똑한 그였지만 사랑과 공포라는, 인간 감정 중에서도 가장 강한 두 감정에 휘말려 흥분하고 있는 지금, 어떤 환각에 마음이 흔들려 약해졌다고 해서 놀라울 것은 없었다.
그는 몸을 숨기고 있어 발랑틴이 자기를 알아볼 리가 없건만, 창가의 그림자가 자기를 부르는 것 같다고 느꼈다. 혼란스러운 그의 머리가 분명 그렇게 생각하고 있었다. 이러한 망상은 결국 움직일 수 없는 사실처럼 생각되었다. 그는 젊은 혈기로 지금까지 숨어 있던 곳에서 뛰어나왔다. 사람의 눈에 띄는 것도 잊고, 발랑틴을 놀라게 할지도 모른다는 것도, 발랑틴이 자기도 모르게 소리라도 지르면 사람들의 주목을 끌게 된다는 것도 잊은 채, 그는 화단을 넘어갔다. 화단은 달빛을 받고 마치 호수처럼 희고 넓어 보였다. 집 앞에 늘어선 오렌지 화분들이 있는 곳까지 오자 현관의 계단을 뛰어올라 숨을 내쉬고는 문을 밀었다. 문이 열렸다. 발랑틴에게는 그의 모습이 보이지 않았다. 하늘로 향한 그녀의 눈은 새파란 밤하늘을 흐르고 있는 은빛 구름을 좇고 있었다. 구름은 마치 하늘로 올라가는 혼령의 모습 같았다. 감정이 격해 있는 발랑틴의 눈에는 그 구름이 마치 할머니의 혼령 같았다.

그러는 동안 막시밀리앙은 대기실을 지나 계단의 난간 앞까지 왔다. 계단에 깔려 있는 양탄자 덕분에 발소리가 거의 나지 않았다. 막시밀리앙은 극도로 흥분해 있어서, 빌포르와 마주치게 되더라도 놀라지 않을 정도였다. 그의 결심은 확고하게 서 있었다. 그러니까 빌포르에게 다가가 모든 것을 고백하고, 딸과 자기 사이의 사랑을 용서하고 허락해 달라고 하는 것이다. 막시밀리앙은 제정신이 아니었다.

다행히 그는 아무도 마주치지 않았다. 발랑틴에게 그 집 내부구조를 들어 둔 것이 도움이 되었다. 그는 무사히 계단을 다 올라갔다. 그리고 거기서 잠시 어디로 가야 할지 생각하고 있는데, 조금 전 그 울음소리가 방향을 알려 주었다. 그는 뒤를 돌아보았다. 반쯤 열린 문에서 희미한 불빛과 흐느껴 우는 소리가 들려 왔다. 그는 그 문을 열고 방으로 들어갔다.

침대 한가운데에 흰 시트로 얼굴을 싸고 몸 전체의 선이 그대로 드러난 시체가 누워 있었다. 막시밀리앙은 우연히 비밀을 엿들었기 때문에 더 무섭게 느껴졌다.

침대 옆에는 발랑틴이 무릎을 꿇고 머리 위로 양 손을 꼭 쥔 채, 큰 안락의자 위에 놓인 쿠션에 얼굴을 파묻고서 훌쩍훌쩍 울고 있었다. 온몸이 떨리고 어깨가 들썩였다.

창밖을 바라보던 그녀는 이제 큰 소리로 기도를 올리고 있었다. 그 목소리는 무정한 사람의 마음도 움직일 정도로 처량했다. 발랑틴은 분명치 않은 말들을 빠르게 내뱉고 있었다. 가슴이 타는 듯한 괴로움에 목이 메인 것 같았다.

덧창 사이로 흘러 들어오는 달빛이 촛불을 희미하게 만들어, 이 애처로운 광경을 불길한 색깔로 비추고 있었다. 막시밀리앙은 이러한 광경을 더 이상 지켜보고 있을 수만은 없었다. 그는 신앙심이 깊은 것도 아니고, 감동을 잘하는 성격도 아니었다. 그러나 괴로워하며 팔을 뒤틀면서 우는 발랑틴을 눈앞에서 보고 가만히 있을 수가 없었다. 그는 한숨을 쉬더니 그녀의 이름을 불렀다. 그러자 눈물에 젖어 안락의자의 벨벳 위에 대리석같이 굳어 있는 얼굴, 코레지오*3의 막달레나 같은 작은 얼굴이 모렐 쪽을 돌아보았다.

발랑틴은 그를 보고 별로 놀라는 기색도 없었다. 깊은 절망 속에 빠진 그녀

---

*3 이탈리아 르네상스 화가(1494~1534). 파르마 파의 가장 중요한 화가이다.

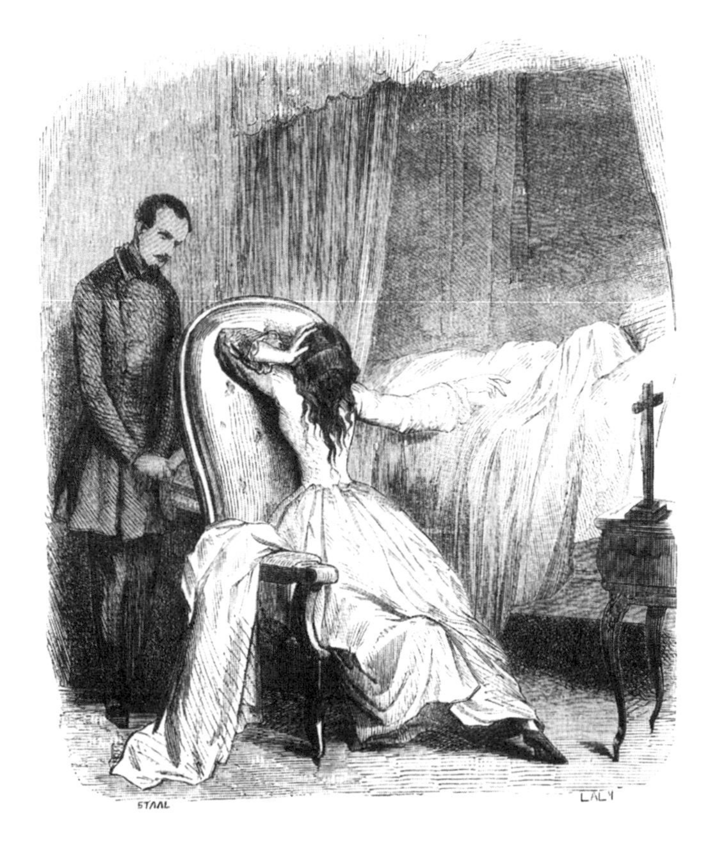

의 마음에는 다른 감정이 끼어들 자리가 없었다.

막시밀리앙은 발랑틴에게 손을 내밀었다. 발랑틴은 그를 만나러 가지 못한 설명의 의미로 시트 아래 누워 있는 시체를 가리켰다. 그러고는 다시 흐느껴 울기 시작했다.

두 사람 모두 이 방 안에서는 입을 열 엄두를 내지 못 했다. 마치 죽음이 방 한구석에 서서 손가락을 입술에 대고 침묵을 명령하기라도 한 것 같았다.

이윽고 발랑틴이 먼저 입을 열었다.

"당신이 어떻게 여길 오셨어요? 사신이 집 문을 열어 놓지 않았더라면 반갑게 맞아드렸을 텐데."

"발랑틴," 막시밀리앙은 두 손을 모으며 떨리는 음성으로 말했다. "난 8시 반부터 기다리고 있었소. 허나, 당신의 모습은 보이지 않았소. 걱정이 돼서 그만 담을 넘어 정원 안으로 숨어 들어왔다오. 바로 그때, 이 괴로운 일에 대해 말하는 소릴 들었소……."
"누가 그런 소릴 했을까요?" 발랑틴이 물었다.
막시밀리앙은 몸을 떨었다. 의사와 빌포르의 이야기가 생각났기 때문이다. 시트 밑으로 뒤틀린 팔과 뻣뻣해진 목과 자줏빛 입술이 보이는 것만 같았다.
"하인들이 하는 얘길 들었소."
"하지만 여기까지 오시다니 이러면 우리 둘 다 파멸하는 거예요." 발랑틴은 별로 놀라거나 화를 내는 기색도 없이 말했다.
"용서해 주시오." 막시밀리앙도 같은 어조로 말했다. "그럼, 난 돌아가겠소."
"안 돼요," 발랑틴이 말했다. "누굴 만나게 될지도 몰라요. 그냥 여기 계세요."
"하지만 만일 누가 이 방으로 오면?"
발랑틴은 고개를 저었다.
"아무도 안 올 거예요. 염려 마세요. 여기 우릴 지켜주시는 분이 계시잖아요."
이렇게 말하며, 그녀는 시트 위로 몸의 모양이 그대로 드러난 시체를 가리켰다.
"그런데 데피네 씨 일은 어떻게 되었소? 부탁이니 어서 얘길 좀 해 봐요." 막시밀리앙이 말했다.
"프란츠가 서명을 하러 왔는데, 바로 그때 할머니께서 숨을 거두셨어요."
"오!"
막시밀리앙은 순간 승자가 된 듯 기분이 좋아졌다. 후작부인의 죽음으로 말미암아 발랑틴의 결혼이 오랫동안 연기될 것이라고 생각했기 때문이다.
그러나 발랑틴은 뜻밖에도 이렇게 말했다.
"하지만 제가 더 슬픈 것은 할머니께서 돌아가시면서 되도록 빨리 결혼하라고 하신 거예요. 할머니께선 저를 위해서 그러셨지만, 저를 오히려 불행에 빠뜨리신 거예요."
막시밀리앙은 벌을 받는 듯한 기분이었다. 그때 갑자기 문이 열리는 소리가 났다.
"쉿!" 막시밀리앙이 말했다.
두 사람은 입을 다물었다.
그러자 이어서 복도의 마루와 계단을 올라오는 소리가 들렸다.
"아버지께서 방에서 나오시는 소리예요." 발랑틴이 속삭였다.

"의사를 배웅하시려고." 막시밀리앙이 덧붙였다.

"어떻게 의사라는 걸 아세요?" 발랑틴이 깜짝 놀라며 물었다.

"아마 그럴 거란 말이오."

발랑틴은 그의 얼굴을 유심히 바라보았다.

이윽고 거리로 난 대문 소리가 들렸다. 빌포르는 다시 정원 뒷문으로 가서 열쇠를 채웠다. 그러고는 다시 계단을 올라왔다. 응접실에 오자, 그는 잠시 멈춰 섰다. 자기 방으로 돌아갈까, 후작부인의 방에 가볼까 망설이는 것 같았다. 막시밀리앙은 서둘러 문 뒤로 숨었다. 발랑틴은 조금도 움직이지 않았다. 비통한 슬픔에 비하면 공포 같은 것은 아무것도 아니라는 듯이.

빌포르가 자기 방으로 돌아간 것을 확인한 뒤 발랑틴이 말했다.

"이젠 대문으로도 뒷문으로도 나갈 수 없게 됐어요."

막시밀리앙은 놀란 듯이 그녀를 바라보았다.

"안전하게 나갈 수 있는 길은 하나밖에 없어요. 할아버지 방의 출구 쪽이죠." 발랑틴이 일어서며 말했다. "이리로 오세요."

"어디로 말이오?"

"할아버지 방으로요."

"내가? 누아르티에 씨 계신 곳엘?"

"그래요."

"그런 생각을 하다니, 발랑틴!"

"전 오래전부터 생각해왔어요. 저에게 친구라곤 이 세상에 할아버지밖에 없어요. 우린 둘 다 그분이 필요해요…… 자, 이쪽으로 오세요."

"발랑틴, 신중해야 하오." 막시밀리앙은 하라는 대로 따르기를 주저하며 말했다. "조심해요. 이제야 눈에 씌었던 게 걷히는구려. 여길 오다니, 내가 정신이 나갔던 거요. 당신은 지금 제정신으로 말하는 거요?"

"물론이죠. 전 말짱해요. 제가 걱정하는 것은 단 한 가지, 할머니를 혼자 두고 가는 것뿐이에요."

"발랑틴. 죽은 사람은 자기 자신을 지킬 수 있는 법이오."

"그렇지요. 게다가 잠깐 다녀오는 거니까요. 자, 이쪽으로 오세요."

발랑틴은 복도를 지나 누아르티에 씨 방으로 통하는 작은 계단을 내려갔다. 막시밀리앙은 발끝으로 조심조심 발랑틴의 뒤를 따랐다. 누아르티에 씨 방 바로 앞 계단까지 오니, 하인 바루아의 모습이 보였다.

"바루아, 문을 닫고 아무도 들여보내지 말아요."

발랑틴은 그렇게 말하고 앞장서서 들어갔다.

누아르티에 씨는 안락의자에 앉아 작은 소리에도 귀를 기울이며, 늙은 하인으로부터 집 안에서 일어나는 일들을 전해 들으면서 방문만 뚫어지게 지켜보고 있었다. 발랑틴을 보자 노인의 눈이 반짝였다.

발랑틴의 태도에는 무엇인가 중대한 일이 있어 보였기 때문에 노인은 가슴이 섬뜩해졌다. 반짝이고 있던 그의 눈이 곧 소녀에게 영문을 물어보았다.

"할아버지," 손녀는 서둘러 말했다. "아시겠지만, 외할머니가 한 시간 전에 돌아가셨어요. 그러니 이 세상에서 할아버지 말고 누가 또 저를 사랑해 주시겠어요?"

노인의 눈은 무한한 애정을 나타냈다.

"그러니까 제 슬픔이나 제 희망은 할아버지한테 밖에는 얘기할 곳이 없다는 걸 아시죠?"

노인은 그렇다고 전했다.

발랑틴은 막시밀리앙의 손을 잡았다.

"그렇다면 이분을 자세히 보아 주세요." 노인은 조금 놀란 듯한 눈으로 막시밀리앙의 얼굴을 유심히 바라보았다.

"막시밀리앙 모렐 씨예요." 발랑틴이 말했다. "마르세유의 그 정직한 실업가의 아드님인데, 할아버지께서도 얘기 들으셨겠죠?"

'그래.' 노인이 대답했다.

"나무랄 데 없는 이름이에요. 그것을 지금 막시밀리앙이 더욱 빛내고 있어요. 서른 살이라는 젊은 나이에 아프리카 기병대의 대위가 되어 레지옹도뇌르 훈장까지 가지고 있으니까요."

노인은 기억난다는 듯한 표시를 했다.

"그런데 할아버지," 발랑틴은 노인 앞에 무릎을 꿇고 한 손으로 막시밀리앙을 가리키며 말했다. "전 이분을 사랑하고 있어요. 그래서 이분이 아닌 다른 사람과는 결혼하고 싶지 않아요! 다른 사람에게 가야 한다면 차라리 죽는 게 나아요."

노인의 눈은 복잡한 마음을 나타내고 있었다.

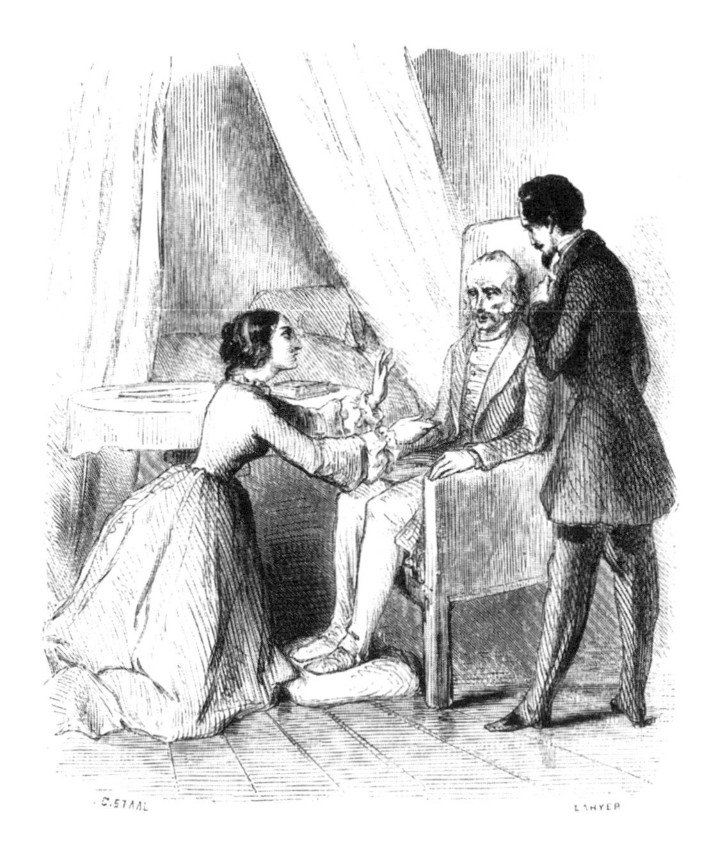

“할아버지께서는 막시밀리앙 씨를 좋아하시죠?” 소녀가 물었다.

‘그래.’ 노인은 손가락 하나 꼼짝 못하며 대답했다.

“그리고 할아버지께선 저희를, 할아버지의 자식 같은 저희를 아버지가 뭐라고 하시든 보호해 주실 거죠?”

누아르티에는 그 지혜로운 눈길을 모렐에게 보냈다. 그것은 마치 이렇게 말하는 것 같았다.

‘상황에 따라 다르단다.’

막시밀리앙도 이해할 수 있었다.

“아가씨,” 그는 말했다. “할머니의 방을 지켜야 할 귀한 의무가 있으니 당신은 가 보아요. 잠깐 할아버님하고만 말씀을 나누어도 괜찮겠습니까?”

‘그래, 그래, 그래.’ 노인의 눈이 말했다.

하지만 금세 불안한 눈으로 발랑틴을 바라보았다.

"할아버지 말씀을 어떻게 저분에게 전하면 좋으냐는 말씀이시죠?"
"그래."
"그건 염려 마세요. 저희는 할아버지 얘기를 자주 했어요. 그래서 이분은 저처럼 할아버지와 이야기를 나눌 수 있어요." 그녀는 슬픔에 싸여 있었지만, 막시밀리앙을 돌아보며 미소 지었다.
"이분은 제가 아는 건 다 알고 있어요." 발랑틴이 말했다.
발랑틴은 일어서서 막시밀리앙에게 의자를 권했다. 그리고 바루아에게 아무도 들여보내지 말라고 일렀다. 발랑틴은 할아버지에게 다정하게 입맞춤을 한 다음, 막시밀리앙에게도 쓸쓸히 인사하고 방을 나갔다.
막시밀리앙은 발랑틴이 자기를 믿고 있으며, 그녀와 할아버지 사이의 비밀을 모두 알고 있다는 것을 알리기 위해, 사전과 펜과 종이를 가져다가 램프가 있는 테이블 위에 놓았다.
"먼저 제가 어떤 사람인지, 어떻게 발랑틴을 사랑하게 되었는지, 그리고 발랑틴을 위해 어떤 계획을 세우고 있는지 말씀드리겠습니다."
'어디 말해보게.' 누아르티에의 눈이 말했다.
겉으로 보기에는 아무 짝에도 쓸모없어 보이는 노인이, 이제부터 세상으로 나가려는 젊고 아름다운데다 군세기까지 한 이 연인들의 유일한 보호자이자 지지자이며 재판관이라는 것은 엄숙한 사실이었다.
놀랄 만한 기상과 위엄을 나타내고 있는 노인의 얼굴을 보며, 막시밀리앙은 위압을 느끼는 듯 떨면서 이야기를 시작했다. 그는 자기가 어떻게 발랑틴을 알게 되었는지, 발랑틴을 얼마나 사랑하고 있는지에 대해 이야기했다. 그리고 고독과 불행 속에 있는 발랑틴이 어떻게 자기의 진심을 받아 주었는지 이야기했다. 또 자신의 출신과 지위와 재산에 대해서도 설명했다. 그는 이야기하는 내내 노인의 눈길을 수없이 살폈다. 그때마다 노인의 눈은 이렇게 대답하는 것 같았다.
'좋아, 계속하게.'
막시밀리앙은 드디어 본론을 말하기 시작했다.
"그럼 발랑틴에 대한 제 사랑과 희망에 관해 말씀드렸으니, 이제 저희 두 사람의 계획을 말씀드려 볼까요?"
'그래.' 노인이 대답했다.

"그럼, 말씀드리겠습니다. 저희 결심은 이렇습니다."

그는 노인에게 모든 것을 털어놓았다. 마차를 울타리 안에 감추어 놓은 일이며, 발랑틴을 자기 누이의 집으로 데려가 결혼한 뒤, 빌포르 씨의 용서를 기다릴 거라는 이야기까지 모두 얘기했다.

'안 돼.' 누아르티에가 대답했다.

"안 됩니까? 그런 방법은 좋지 않다는 말씀이신가요?"

'그래.'

"그럼, 이 계획에 찬성하지 않으신다는 겁니까?"

'아니.'

"그럼 방법이 하나 더 있습니다."

노인이 궁금한 눈빛으로 물었다.

'어떤 방법이지?'

"제가 프란츠 데피네 씨에게 가는 겁니다. 다행히 발랑틴이 자리에 없으니 말씀드리겠습니다. 제가 가서 그 사람이 신사적으로 양보하지 않을 수 없게 만들겠습니다."

누아르티에의 눈은 계속 궁금한 듯 반짝거렸다.

"어떻게 하려는 거냐고 물으신 겁니까?"

'그래.'

"이런 겁니다. 지금 말씀드린 대로 그 사람을 찾아가겠습니다. 그래서 발랑틴과 저의 관계를 얘기하겠습니다. 만일 그 사람이 분별력 있는 사람이라면 스스로 단념하리라고 생각합니다. 그러면 그때부터 그 사람에 대한 우정과 신뢰는 죽을 때까지 계속되겠지요. 그러나 만약 어떤 이해관계나 어리석은 체면 때문에 그것을 거부한다면, 그가 내 아내 될 사람을 억지로 데려가는 것이라는 사실을 깨닫게 해줄 생각입니다. 발랑틴은 나를 사랑하고 있어 나 말고는 누구도 사랑하지 못한다는 것을 얘기하고, 그가 원하는 조건으로 결투를 요구할 생각입니다. 그래서 그를 죽이든가, 내가 죽든가 하는 거지요. 제가 그를 죽이면 그는 발랑틴과 결혼을 못하게 될 테고, 그가 나를 죽이면 발랑틴이 절대로 그와 결혼하지 않을 테니까요."

누아르티에는 말할 수 없이 기쁜 마음으로 이 기품 있고 진솔한 젊은이의 얼굴을 바라보고 있었다. 젊은이의 얼굴에는 그가 말하고 있는 모든 감정이 그대로 드러났다. 수려한 얼굴에 아름다운 표정이 더해져 마치 잘 그려진 스케치 위에 채색을 한 것처럼 돋보였다.

그러나 모렐이 얘기를 마치자 누아르티에는 눈을 여러 번 깜박였다. 그것은 부정의 표시였다.

"그것도 안 됩니까?" 모렐이 물었다. "그럼 두 번째 계획도 찬성 하지 않는다는 말씀이신가요?"

'그래, 찬성 못하겠네.' 노인이 말했다.

"그럼, 어떻게 하면 좋겠습니까?" 모렐이 물었다. "생메랑 후작부인이 마지막으로 말씀하시길 결혼을 지연시키지 말라고 하셨다는데, 그럼 그냥 보고만 있어야 합니까?"

누아르티에는 가만히 있었다.

"알겠습니다. 기다리겠습니다."

'그래.'

"하지만 자칫하면 저희는 끝장입니다. 발랑틴은 아무 힘이 없습니다. 그러니 어린애처럼 하자는 대로 끌려가게 될 것입니다. 저는 기적적으로 이곳에 들어와 할아버님 앞에 서게 되었습니다. 저는 이런 좋은 기회가 또다시 오리라고는 생각지 않습니다. 제발 절 믿어주십시오. 제가 말씀드린 두 가지 방법 말고는 다른 도리가 없습니다. 젊은 혈기로 이러는 것을 용서해 주십시오. 둘 중에 어느 쪽이 더 좋은지 말씀해 주십시오. 제가 발랑틴을 맡는 영광을 허락해 주시겠습니까?"

'아니.'

"그럼 데피네 씨를 찾아가는 것이 낫겠습니까?"

'아니.'

"그럼 하늘의 도움만 바라고 있는 저희는 도대체 누구의 도움을 기대해야 할까요?"

노인은 언제나 하늘 이야기만 나오면 늘 그렇듯 눈가에 미소를 띠었다. 자코뱅 당원이었던 노인의 사상에는 어느 정도 무신론이 깃들어 있었던 것이다.

"우연을 기대하라는 건가요?" 모렐이 또 물었다.

'아니.'

"그럼, 할아버님을?"

'그래.'
"할아버님을요?"
'그래.' 노인은 거듭 대답했다.
"제가 부탁을 드리는 것이 무엇인지 알고 계십니까? 너무 집요하게 굴어서 죄송합니다만, 제 생명은 할아버님의 말씀 한마디에 달려 있습니다. 할아버님께서 저희를 구해 주시겠습니까?"
'그래.'
"정말이십니까?"
'그래.'
"지금 그렇다고 대답하시는 겁니까?"
'그래.'
이렇게 긍정적인 대답을 하는 노인의 눈에는 굳은 결의가 엿보였다. 능력이야 어떻든 의지만은 의심할 여지가 없었다.
"오! 감사합니다, 정말 감사합니다!" 모렐이 소리쳤다. "하지만 말씀도 몸짓도 못하시는 할아버님께서 어떻게 결혼을 반대하시겠단 말씀이십니까."
노인의 얼굴에 밝은 미소가 떠올랐다. 움직이지 못하는 얼굴 위에 눈으로만 보여주는 희한한 미소였다.
"그럼, 저는 기다리고만 있을까요?"
'그래.'
"하지만 혼인 서약서는?"
노인은 또다시 미소 지었다.
"서명을 하게 되지 않을 거라는 말씀이신가요?"
'그래.'
"정말 서명을 안 하게 됩니까!" 모렐이 외쳤다. "오, 용서하십시오. 뜻밖의 행복은 의심할 수밖에 없으니까요. 정말 서약서에는 서명하지 않는 거죠?"
'그래.' 중풍환자가 대답했다.
확실한 대답을 듣고도 모렐은 선뜻 믿기지 않았다. 몸을 못 쓰는 노인의 약속이 의지의 힘에서 나온 것이 아니라 신체의 쇠약에서 온 것이 아닌가 생각했기 때문이다. 자신이 미쳐 있다는 사실을 모르는 미친 사람이 자기 능력 밖의 일을 하겠다고 말하는 것은 그리 드문 일이 아니다. 힘이 약한 사람은 무거운 짐을 들어보겠다고 말하는 법이다. 겁쟁이가 거인과 맞서보겠다고 말하는가 하면, 가난한 사람은 돈 같은 것은 마음대로 벌 수 있다고 말한다. 비천한 농부는 허세를 부리려고 자기가 제우스라며 큰소리를 치는 법이다.

누아르티에는 청년이 주저하는 것을 눈치 챘는지, 아니면 청년의 온순한 태도에 납득이 안 갔는지, 계속 젊은이를 바라보고 있었다.

"어떻게 하라는 말씀이십니까?" 모렐이 물었다. "아무 행동도 안 하겠다는 약속을 다시 한 번 할까요?"

누아르티에의 시선은 움직이지 않았다. 약속만으로는 부족하다고 말하는 듯했다. 노인의 눈이 젊은이의 얼굴에서 손으로 옮겨갔다.

"맹세하라는 말씀이십니까?"

'그래.' 중풍환자는 여전히 엄숙한 표정으로 대답했다. '맹세하게.'

모렐은 노인이 맹세를 중요하게 여긴다는 것을 알았다. 그는 손을 내밀며 말했다.

"제 명예를 걸고, 저는 할아버님께서 결정을 내려주실 때까지 데피네 군을 상대로 아무 짓도 하지 않을 것을 맹세합니다."

'그래.' 노인의 눈이 말했다.

"이제 그만 물러가라고 말씀하시는 겁니까?" 막시밀리앙이 물었다.

'그래.'

"발랑틴을 만나지 말고요?"

'그래.'

모렐은 명령에 따르겠다는 표시를 해보였다.

"그럼 발랑틴이 한 것처럼, 저도 자식으로서 입맞춤을 해드려도 되겠습니까?" 모렐이 말했다.

누아르티에는 허락하겠다는 듯 온화한 표정을 지어 보였다. 젊은이는 노인의 이마 가까이로 가 발랑틴이 입을 맞추었던 그 자리에 입술을 갖다 대었다.

그런 다음 인사를 하고 방을 나왔다.

그는 계단참에서 발랑틴의 명령을 받은 하인을 만났다. 하인은 모렐을 기다리고 있다가, 어두운 복도를 돌아 정원 쪽으로 난 조그만 문 앞으로 그를 안내했다.

정원으로 나온 모렐은 철책이 있는 곳까지 갔다. 그는 소사나무를 딛고 담

위로 올라갔다. 그리고 거기서 사다리를 타고 울타리 안으로 내려갔다. 그곳에는 마차가 기다리고 있었다.

그는 벅찬 감동을 안고 자유로운 기분으로 마차에 올랐다. 자정이 다 돼서 멜레 거리로 돌아오자마자 그는 침대에 몸을 던지고 마치 술에 취한 듯 그대로 깊이 잠들었다.

빌포르 집안 지하 납골당

그로부터 이틀 뒤 아침 10시쯤 빌포르 씨 집 문 앞에 많은 사람들이 몰려들었다. 그리고 생토노레 구역과 페피니에르 거리를 따라 장례 마차가 줄지어 가는 것이 보였다.

그 마차들 중에는, 긴 여행에서 돌아온 듯한 이상한 모양의 마차가 한 대 있었다. 그 검은 마차는 짐차 같아 보였는데, 먼저 온 다른 마차들과 함께 있었다.

사람들은 그 마차에 대해 물었다. 곧 그 마차는 생메랑 후작의 유골을 싣고 온 마차라는 것이 알려졌다. 한 사람의 장례에 온 사람들이 뜻하지 않게 두 유골을 보내게 된 셈이었다.

장례식에는 수많은 사람들이 참석했다. 루이 18세의 충신이며 고관이었던 생메랑 후작에게는 친구들이 굉장히 많았다. 거기다가 사회적으로 빌포르와 관계있는 사람들까지 더해져, 그 수는 놀라울 정도였다.

곧 관계 당국에 장례식을 알렸고, 두 사람의 장례를 동시에 거행하도록 허가가 떨어졌다. 그래서 같은 장례 장식을 한 두 번째 마차가 빌포르 집 앞으로 인도되었다. 관은 운반차에서 그 장례 마차로 옮겨졌다.

두 구의 유골은 페를라셰즈 묘지에 안치하기로 되어 있었다. 그곳은 빌포르 씨가 오래전부터 가족 묘소로 마련해 놓은 지하납골당이 있는 곳이다. 그 묘소에는 가여운 르네의 유해도 안치되어 있었다. 그곳에 지금 10년 만에 그녀의 양친이 묻히는 것이다.

장례식 때면 늘 호기심과 설렘을 억누르지 못하는 파리 사람들은, 전통적 정신의 소유자이자 신뢰할 만한 사람으로 소문이 난 이 귀족 부부가 마지막 처소로 가는 행렬을 그저 경건한 침묵으로 바라보고 있었다.

같은 장의용 마차에 타고 있던 보샹, 알베르, 샤토 르노 세 사람은 거의 돌발적이라고 할 만한 이번 불행에 대해 이야기하고 있었다.

“아마 작년이었지. 알제리에서 돌아오는 길에 마르세유에서 생메랑 후작부인을 만났는데, 굉장히 건강하고 원기가 넘쳐 보였어. 백년은 살 것 같았는데, 연세가 어떻게 되셨더라?” 샤토 르노가 말했다.

“70이셨지,” 알베르가 대답했다. “프란츠 얘기로는 나이 때문에 돌아가신 게 아니래. 후작이 돌아가신 게 너무 슬퍼서 그랬던 거지. 후작이 돌아가신 충격 때문에 이성을 잃으셨다더군.”

“그런데 도대체 무슨 병으로 돌아가신 거지?” 보샹이 물었다.

“뇌출혈이라는 것 같던데. 아니면 돌발성 뇌졸중이거나. 똑같은 거 아닌가?”

“거의 같은 거지.”

“뇌졸중?” 보샹이 물었다. “그건 믿을 수 없는데. 나도 부인을 한두 번 만난 일이 있지만, 체구가 작고 가냘픈 분이던데. 다혈질이라기보단 예민한 분이었어. 후작부인 같은 체질이 슬픔 때문에 뇌졸중을 일으키는 경우는 거의 없다고 보는데."

"어쨌든 후작부인이 병으로 죽었건 의사가 죽였건 그 덕에 막대한 유산을 받는 사람이 생기게 됐지. 그게 빌포르 씨가 될지 발랑틴이 될지, 아니면 우리의 친구 프란츠가 될지는 알 수 없지만 말이야. 1년에 8만 리브르는 될걸." 알베르가 말했다.

"게다가 그 옛날 자코뱅 당원이었던 누아르티에 씨까지 죽으면 배가 되는 거지."

"그런데 그 노인 꽤 근력이 있으신 모양이야." 보샹이 말했다. "버티는 힘이 굉장해. 상속자들이 다 죽기 전에 절대로 죽지 않겠다고 저승사자한테 맹세라도 한 것 같아. 그리고 틀림없이 그렇게 될걸. 1793년 혁명의회 회원으로 여태 살아남았고, 1814년*1에는 나폴레옹에게 이렇게 말했다지. '폐하는 약해지셨습니다. 폐하의 제국은 성장이 너무 빨라 지쳐버린 어린 나무 줄기와 같지요. 앞으로는 공화 정부를 바탕으로 새로운 조직으로 다시 일어나 전쟁터로 갑시다. 제가 50만 병력을 약속하겠습니다. 다시 마렝고*2와 아우스테를리츠*3를 되찾으셔야지요. 폐하, 사상이란 쉽사리 없어지지 않습니다. 잠을 잘 때도 있는 것은 물론이고, 눈을 뜨면 잠들기 전보다 더욱 확고해지는 겁니다.'"

"그 양반은 인간과 사상이 똑같이 보이나봐. 그런데 한 가지 걱정스러운 것은 프란츠가 제 아내가 될 발랑틴 없이는 하루도 못 사는 그 노인과 어떻게 하면 잘 지낼 수 있나 하는 거야. 그런데 프란츠는 어디 있는 거지?" 알베르가 물었다.

"빌포르 씨하고 같이 맨 앞의 마차에 탔지. 빌포르 씨는 그를 벌써 가족처럼 대하니까."

장례행렬을 따르는 어느 마차에서나 이와 비슷한 대화들이 오고 갔다. 모두가 후작부부의 잇따른 죽음에 놀란 것이다. 그러나 그날 밤 다브리니 의사가 빌포르에게 털어놓은 무서운 비밀은 어느 누구도 짐작조차 하지 못했다.

---

*1 나폴레옹이 연합군 앞에 굴복하여 폐위한 해이다.

*2 1800년 나폴레옹군이 오스트리아군에 대해 서 대승리를 거둔 이탈리아의 지역이다.

*3 모라비아의 마을 이름. 1805년 나폴레옹이 오스트리아 러시아 연합군을 크게 무찌른 곳이다.

한 시간 남짓 행진이 있은 뒤, 묘지 입구에 도착했다. 따뜻하면서도 흐린 날씨는 곧 시작될 장례식에 꼭 어울렸다. 가족 묘지로 향하는 사람들 사이에서 샤토 르노는 혼자 이륜마차를 타고 온 막시밀리앙 모렐을 보았다. 그는 사람들에게서 떨어져, 창백한 얼굴로 조용히 양쪽에 주목(朱木)이 늘어선 오솔길을 걷고 있었다.

"오셨군요!" 샤토 르노는 젊은 대위의 팔을 끼며 말했다. "빌포르 씨와 아는 사이셨습니까? 그런데 왜 한 번도 그 댁에서 못 만났을까요?"

"빌포르 씨와는 만난 적이 없습니다." 모렐이 대답했다. "생메랑 후작부인과 아는 사이지요."

바로 그때 알베르가 프란츠와 함께 두 사람 곁으로 다가와 말했다.

"이런 장소에서 소개하기는 좀 그렇지만 우린 미신 같은 것을 안 믿으니 괜찮겠지요. 모렐 씨, 프란츠 데피네 씨를 소개하지요. 제 절친한 여행 친구입니다. 함께 이탈리아를 여행한 친구이지요. 프란츠, 이분이 막시밀리앙 모렐 씨, 자네가 없는 사이에 사귄 친구라네. 앞으로 성실하고 머리가 좋다거나 친절하다는 얘기엔 늘 이분 이름이 나올 걸세."

모렐은 잠깐 당황했다. 자기의 적에게 친절한 인사를 보낸다는 것은 위선이라는 생각이 들었다. 그러나 그는 노인과 한 약속도 있고 또 경우가 경우이니만큼 얼굴에 아무 내색도 나타내지 않으려 애썼다. 그래서 자신을 억누르며 프란츠에게 인사했다.

"발랑틴 양이 많이 슬퍼하시지요?" 드브레가 프란츠에게 물었다.

"네, 뭐라 말할 수 없을 정도로 슬퍼하고 있습니다. 오늘 아침에도 얼굴이 너무 수척해져서 하마터면 못 알아볼 뻔했는 걸요."

겉으로 아무렇지도 않은 척했지만, 모렐은 이 한마디에 마음이 찢어지는 것 같았다. 그럼, 이 남자는 발랑틴을 만났단 말인가? 그리고 그녀와 얘기도 했고?

혈기에 찬 이 젊은이는 맹세를 깨뜨리고 싶은 것을 참느라고 온 힘을 다했다.

그는 샤토 르노의 팔을 잡고, 서둘러 묘지 쪽으로 갔다. 묘지에선 일꾼들이 막 두 개의 관을 내려놓는 참이었다.

"아주 좋은 안식처로군." 무덤을 바라보며 보샹이 말했다. "여름에든 겨울에든 궁전이나 다름없군. 데피네, 자네도 언젠간 여기 묻히게 될 게 아닌가. 곧 이 집 식구가 될 테니까. 하지만 나 같은 철학자는 작은 시골집 울창한 나무 밑 오막살이가 좋지, 내 시체 위에 저렇게 잘 다듬은 돌들을 올려놓는 건 싫어. 죽을 땐 주위에 둘러선 사람들을 향해, 볼테르[*4]가 피롱[*5]에게 '나는 시골로 가노라'라고 썼던 말을 할 생각이야. 그걸로 모든 게 끝나는 거지…… 제기랄! 그런데 프란츠, 기운을 내게. 자네 부인이 재산을 상속받지 않나."

"보샹, 자넨 하는 수 없는 친구로군. 정치를 하더니 매사를 놀리려고만 하니. 정치가란 아무것도 믿으려 하질 않아. 하지만 보샹, 보통 사람하고 만날 때는 제발 정신을 차려 주게. 하원이나 귀족원 창고에 버려두었던 마음을 다시 챙

---

*4 계몽주의를 대표하는 18세기 프랑스 사상가.

*5 18세기 프랑스 극작가. 날카로운 풍자시로 유명하다.

기란 말야." 프란츠가 말했다.

"됐네, 됐어!" 보샹이 손을 내저으며 말했다. "인생이란 게 뭐 있나? 죽음의 대합실에서 잠깐 쉬는 거지."

"난 보샹이 혐오스러워." 알베르는 그렇게 말하고서 드브레와 계속 철학을 논하고 있는 보샹을 남겨두고, 프란츠와 함께 그 자리를 빠져나왔다.

빌포르 집안의 지하납골당은 높이가 약 6미터가량의 흰 돌로 사각형을 이루고 있었다. 내부는 생메랑 집안과 빌포르 집안이 둘로 나뉘어 있었고, 각각 문이 있었다.

그곳에는 다른 무덤처럼, 서랍 속에 유골을 넣고 그 위에 이름표가 있다든가 하는 것은 볼 수 없었다. 청동문에서부터 가장 먼저 눈에 들어오는 것은 어둡고 엄숙한 대기실이었다. 그 방은 진짜 무덤과는 벽으로 막혀 있었다.

벽 한가운데에 조금 전 이야기한 두 개의 문이 열려 있어서, 그 문들이 각기 생메랑 집안과 빌포르 집안의 무덤으로 이어져 있었다.

그곳이야말로 교회 산책이나 밀회를 위하여 페를라셰즈 묘지에 오는 명랑한 산책객들이 노래를 부른다든가, 떠든다든가, 또는 그 주변을 뛰어다니더라도, 무덤 속에 있는 사람들의 조용한 묵상이나 눈물 젖은 기도를 방해하는 일 없이 슬픈 마음을 발산할 수 있는 곳이었다.

두 개의 관이 왼쪽 납골당 안으로 운반되었다. 그곳이 생메랑 집안의 묘지였다. 관들은 미리 준비되어 있었던 나무판 위에 놓여졌다. 묘소 안에는 빌포르와 프란츠, 그리고 몇몇 가까운 친척들만 들어갔다.

장례식은 이미 입구에서 끝나고 따로 추도 연설도 없었으므로 손님들은 곧 흩어졌다. 샤토 르노와 알베르와 막시밀리앙, 이들 세 사람은 저마다 집으로 돌아갈 준비를 했고, 드브레와 보샹도 다른 방향으로 떠났다.

프란츠는 빌포르 씨와 함께 묘소 입구에 남아 있었다. 모렐은 작은 구실을 만들어 잠시 발을 멈추었다. 프란츠와 빌포르 씨가 장의용 마차에서 나오는 것을 보았기 때문이다. 머리를 마주 대고 서 있는 그 두 사람을 보자, 아무래도 예감이 좋지 않았다. 우선 파리로는 돌아왔지만, 막시밀리앙은 샤토 르노와 알베르와 같은 마차를 타고오면서도, 그들의 얘기가 하나도 들리지 않았다.

그의 예측대로 프란츠가 빌포르 씨와 헤어지려고 하자, 과연 그의 예상대로 빌포르는 프란츠를 불러 세웠다.

"남작! 언제 또 만날 수 있겠나?"

"언제든 좋습니다." 프란츠가 대답했다.

"될 수 있는 대로 빨리 만나면 좋겠는데."

"저는 어느 때든지 좋습니다. 저와 같이 돌아가시겠습니까?"

"방해가 안 된다면."

"그럴 리가요."

이렇게 해서 가까운 미래에 장인과 사위가 될 두 사람은 같은 마차에 올랐다. 둘이 함께 지나가는 모습을 보자 모렐은 심한 불안에 사로잡혔다.

빌포르와 프란츠는 생토노레 구역의 집으로 돌아왔다.

검찰총장은 누구의 방에도 들르지 않고, 아내와 딸에게도 말 한마디 없이 젊은이를 자기 서재로 데리고 들어갔다. 그리고 의자를 권하며 말했다.

"데피네 군, 할 말이 있소. 지금 이런 얘기를 하는 것이 꼭 경우에 맞지 않는다고는 생각지 않아요. 왜냐하면 고인의 뜻을 따르는 것은 그분의 관 위에 가장 먼저 바쳐야 할 제물이니까. 후작부인께서 임종하실 때, 발랑틴의 결혼을 지체하지 말라고 하셨소. 알고 있겠지만 고인의 서류는 모두 법적으로 정리되어, 유언에 따라 생메랑 집안의 모든 재산이 발랑틴에게 상속되지. 어제 공증인이 혼인 서약서에 필요한 서류들을 보여 주더군. 남작이 공증인을 만나 내 얘길 하고, 그 서류들을 보았으면 하네만. 공증인은 데샹 씨라고, 생토노레 구역의 보보 광장 쪽에 계시는 분이네."

"하지만," 데피네가 대답했다. "발랑틴 양이 그토록 슬픔에 잠겨 있는데 결혼 같은 것을 생각할 여유가 있겠습니까. 저로서는 좀……."

빌포르가 말을 막았다.

"발랑틴은 할머니의 마지막 뜻을 따르는 것을 기쁘게 생각할 거요. 그러니 그 점은 문제없어요. 그건 내가 책임지지."

"그렇다면 저는 아무 문제 없으니 좋으실 대로 하십시오. 약속한 것이니 기쁘고 행복한 마음으로 따르겠습니다."

"그럼 이제 아무것도 문제될 게 없군. 본디 약혼은 사흘 전에 하도록 되어 있으니 준비는 다 되어 있을 거네. 오늘이라도 하지."

"하지만 상중인데요?" 프란츠가 머뭇거리며 묻자, 빌포르는 그를 안심시키려는 듯이 말했다.

"그건 염려 말게. 그렇다고 우리 집안이 세상의 관습을 무시한다는 얘긴 아니네. 발랑틴을 석 달 동안 생메랑 집안 시골로 보낼까 하네. 그 땅은 이제부터 그 애의 것이니까. 그곳에서 일주일 뒤에 집안끼리만 간소하게 민법상의 결혼식을 올리자는 거지. 거기서 발랑틴을 결혼시키는 게 후작부인의 소원이었네. 결혼식이 끝나면 당신은 파리로 돌아오고, 신부는 상복을 벗을 때까지 제 새어머니와 같이 있으면 되네."

"좋으실 대로 하십시오." 프란츠가 말했다.

"30분만 기다리게, 발랑틴을 객실로 부를 테니. 그리고 데샹 씨도 불러야겠네. 이 자리에서 서약서를 보고 서명하지. 그리고 오늘 밤에라도 집사람한테 발랑틴을 시골로 데려가게 하고, 일주일 뒤에 거기서 혼례를 치르도록 하세."

"그런데 한 가지 부탁이 있습니다."

"뭔가?"
"서명할 때, 알베르 드 모르세르와 라울 드 샤토 르노를 입회시켰으면 합니다. 아시다시피 두 사람은 제 증인이니까요."
"그들을 불러오는데 30분이면 되겠나? 직접 부르러 가겠나, 아니면 누굴 보낼 건가?"
"제가 가지요."
"그럼, 30분 뒤에 기다리고 있겠네. 그때면 발랑틴도 준비가 다 돼 있을 테니."
프란츠는 빌포르 씨에게 인사를 하고 나갔다.
청년이 나가고 대문이 다시 닫히자, 빌포르는 발랑틴에게 사람을 보내어 30분 뒤엔 공증인과 데피네 씨의 증인들이 오기로 되어 있으니, 객실로 내려오라고 일렀다.
생각지도 못했던 이 전갈이 온 집안을 발칵 뒤집어놓았다. 빌포르 부인은 그 사실이 믿기지 않았고, 발랑틴은 벼락을 맞은 듯 정신이 아찔했다.
발랑틴은 누군가에게 도움을 구하려는 듯이 주위를 둘러보았다.
그녀는 할아버지 방으로 가 볼 생각이었다. 그러나 계단에서 아버지와 마주쳤다. 빌포르는 딸의 팔을 붙잡고 객실로 데려갔다.
가는 길에 발랑틴은 바루아를 만났다. 그녀는 이 늙은 하인에게 절망적인 눈길을 보냈다. 발랑틴이 들어가자, 곧바로 빌포르 부인과 에두아르가 들어왔다. 부인은 집안에서 일어난 불행을 슬퍼하는 빛이 역력했다. 얼굴빛이 창백하고 몹시 피곤해 보였다.
부인은 자리를 잡고 에두아르를 무릎 위에 앉혔다. 그리고 이따금씩 거의 경련을 일으키는 듯 아들을 끌어안았다. 마치 그 아이 하나에게 자기의 모든 생명을 맡기고 있기라도 한 듯이.
이윽고 뜰 안으로 들어오는 두 대의 마차 소리가 들렸다. 한 대는 공증인의 것이었고, 또 한 대는 프란츠와 친구 두 명이 타고 온 마차였다. 순식간에 객실에는 사람들이 모였다.
발랑틴은 너무나 창백한 얼굴을 하고 있어서, 눈 주위로 관자놀이의 파란 정맥이 선명하게 드러났다.
프란츠는 깊은 감동을 받았다.

샤토 르노와 알베르는 놀라서 서로 얼굴만 바라볼 뿐이었다. 조금 전에 끝내고 온 장례식도 이제부터 시작하려는 것에 비하면 아무것도 아닌 것 같았다.

빌포르 부인은 벨벳 커튼 뒤 어두운 곳에 있었다. 그리고 아들만 내려다보고 있어서, 무슨 생각을 하는지 표정을 볼 수가 없었다.

빌포르 씨는 여전히 냉담한 얼굴이었다.

공증인은 법률가들이 늘 하는 식으로 서류들을 테이블 위에 펼쳐놓고 안락의자에 앉아 안경을 고쳐 쓰며 프란츠를 향해 물었다. "데피네 남작, 당신이 프란츠 드 케넬 씨입니까?"

"그렇습니다." 프란츠가 대답했다.

몬테크리스토 백작빌포르 집안 지하납골당 공증인은 인사를 했다. "그럼 말씀드리겠습니다. 이건 빌포르 씨에게 들은 말입니다만 당신과 빌포르 양과의 결혼 얘기가 나오자 손녀에 대한 누아르티에 씨의 감정이 돌변해서, 손녀에게 주기로 했던 모든 재산을 없애기로 하셨답니다. 그래서 급히 말씀드립니다만," 공증인은 말을 계속했다. "원래 유언자는 재산의 일부밖에는 처분할 권리가 없습니다. 그러니 재산 전부를 없애는 유언에 대해 이의를 제기할 수도 있고, 그 유언을 무효로 선고할 수도 있다는 것입니다."

"그렇습니다." 빌포르가 말했다. "그러나 이 점은 데피네 군에게 분명히 밝혀 두겠네만, 내가 살아 있는 한 아버지의 유언에 절대 이의는 제기하지 않을 생각이네. 내 신분상 안 좋은 소문을 내고 싶지는 않으니까."

"빌포르 씨," 프란츠가 말했다. "발랑틴 양 앞에서 이런 문제를 꺼낸다는 것을 지극히 유감으로 생각합니다. 전 여태 발랑틴 양의 재산이 얼마나 많은지에 대해 생각해 본 적이 없습니다. 물론 그 재산이 아무리 적어지더라도 제 재산보다야 많겠지요. 하지만 제 가족이 빌포르 씨와 인연을 맺으려고 한 것은 사회적인 명예 때문이고 제가 바란 것은 행복일 뿐입니다."

발랑틴은 눈에 띄지 않게 감사의 뜻을 보였다. 그리고 그녀의 뺨 위로 눈물 두 줄기가 소리 없이 흘러내렸다.

빌포르는 미래의 사위를 향해 말했다.

"게다가 당신 희망의 일부가 사라졌다는 것 말고 이 예기치 못한 유언은 자네에겐 아무런 해가 되지 않네. 그것은 아버님의 몸과 마음이 많이 약해진 결과일 뿐이지. 우리 아버님 기분이 상한 것은 발랑틴이 자네를 남편으로 정한 것 때문이 아니라 발랑틴이 결혼한다는 것 자체 때문이네. 자네가 아닌 그 누구와 결혼을 한대도 아버님은 마찬가지로 마음 아파하시겠지. 노인들은 자기 자신밖엔 모르니까. 발랑틴은 아버님께 더할 나위 없이 좋은 친구이자 손녀였네. 그런데 데피네 남작부인이 되어버리면 이제는 그럴 수 없게 되지. 아버님은 건강이 좋지 않아 정신이 쇠약해져 있었기 때문에 좀처럼 중요한 일은 들려드리지 않고 있네. 지금도 손녀가 결혼한다는 사실은 기억하고 계시겠지만, 손주사위가 될 사람이 누군지는 이름도 잊어버리셨을 것이네."

빌포르가 말을 마치고, 그 말에 프란츠가 인사를 하기 무섭게 객실 문이 열리더니 바루아가 모습을 나타냈다.

"여러분," 그는 이런 엄숙한 자리에서 하인이 주인에게 말하는 것치고는 너무나 당당한 목소리로 말했다. "여러분, 누아르티에 드 빌포르 씨께서 지금 당장 데피네 남작이신 프란츠 드 케넬 씨께 하실 말씀이 있으시답니다."

그는 착오가 있어선 안 된다고 생각하여 공증인이 하는 것처럼 신랑이 될 사람의 칭호를 모두 말했다.

빌포르는 몸을 떨었다. 부인은 아들을 무릎에서 내려놓았고, 발랑틴은 마치 석상처럼 새파랗게 질려 아무 말 없이 자리에서 일어섰다.

알베르와 샤토 르노는 너무 놀라 서로 얼굴만 바라보았다.

공증인은 빌포르의 얼굴만 살폈다.

"안 돼. 데피네 씨는 지금 이곳을 떠날 수 없어." 검찰총장이 말했다.

"그래도 지금 가셔야 합니다." 바루아는 여전히 당당한 어조로 말했다. "누아르티에 영감마님께서 중대한 일로 프란츠 씨와 하실 말씀이 있으시답니다."

"그럼 할아버지가 말을 하게 되셨다는 거야?" 에두아르가 여전히 버릇없는 말투로 물었다.

그러나 이러한 아들의 엉뚱한 질문에도 부인은 미소조차 띠지 않았다. 모두가 숨죽이고 있을 만큼 분위기는 엄숙했다.

"아버님께 가서 그렇게는 할 수 없다고 말씀드리게." 빌포르가 다시 입을 열었다.

"그러면 누아르티에 영감마님께서 몸소 이 방으로 내려오시겠답니다." 바루아가 말했다.

모두의 놀라움은 절정에 달했다.

빌포르 부인의 얼굴에는 미소 같은 것이 비쳤다. 발랑틴은 자기도 모르게 하느님께 감사하기 위해 천장 쪽에 눈이 갔다.

"발랑틴. 도대체 무슨 변덕이 나셨는지 가서 알아보고 오너라."

빌포르의 말에 발랑틴이 서둘러 나가려는데, 갑자기 생각을 바꾸었는지 빌포르가 그녀를 다시 불러세웠다. "잠깐, 나하고 같이 가자."

그러자 이번엔 프란츠가 입을 열었다. "죄송합니다만, 누아르티에 씨께선 저를 부르신 겁니다. 그러니 제가 가서 뵈어야 할 것 같습니다. 더구나 아직 만나뵐 영광을 갖지 못했으니, 기꺼이 찾아뵙고 인사드리겠습니다."

"오! 아니네. 그냥 있게!" 빌포르가 불안해하며 말했다.

"죄송합니다," 프란츠는 마음을 확실히 정한 듯이 말했다. "이 기회에 누아르티에 씨께, 제게 반감을 가지고 계신 것이 오해라는 것을 증명해 드릴 생각입니다. 그리고 어떤 반감이든지 깊은 성의를 보여 드려 오해를 풀어드려야겠습니다."

이렇게 말한 프란츠는 빌포르의 제지를 뒤로 하고 자리에서 일어나 발랑틴을 뒤따랐다. 발랑틴은 마치 조난당한 사람의 손이 바위에 닿았을 때처럼 기쁨에 넘쳐 이미 계단을 내려가고 있었다.

빌포르도 두 사람을 뒤따라갔다.

샤토 르노와 알베르는 지금까지보다 더욱 놀란 눈을 하고 서로 마주보고 있을 뿐이었다.

의사록(議事錄)

노인은 검은 상복을 입고서 안락의자에 앉아 기다리고 있었다. 기다리던 세 사람이 방에 들어오자, 그는 문 쪽을 보았다. 곧장 하인이 문을 닫았다.

"정신 차려야 한다." 빌포르는 기쁨을 감추지 못하는 발랑틴에게 낮은 목소리로 말했다. "만약 할아버지께서 네 결혼을 방해하는 말씀을 하셔도 전혀 못 알아들은 체해야 해."

발랑틴은 얼굴이 붉어진 채 아무런 대답도 하지 않았다.

빌포르는 누아르티에 곁으로 다가갔다.

"프란츠 데피네 씨입니다. 아버님이 부르셔서 이렇게 찾아왔습니다. 진작 이런 자리를 마련하고 싶었습니다. 이렇게 서로 만나 보면, 발랑틴의 결혼에 대해 아버님께서 반대하실 이유가 없다는 것을 잘 아시게 될 겁니다."

노인은 그를 힐끗 쳐다볼 뿐이었다. 그러나 그것을 보고 빌포르는 온몸이 오싹해졌다.

누아르티에 노인은 발랑틴에게 가까이 오라는 눈짓을 했다.

그녀는 언제나 할아버지와 이야기할 때 쓰던 방법이라, 할아버지가 '열쇠'를 의미하고 있다는 것을 금세 알아챘다.

발랑틴은 할아버지의 시선을 살폈다. 노인의 눈은 창과 창 사이 벽에 있는 작은 문갑 서랍을 가리키고 있었다.

서랍을 열어보니, 그 안엔 예상대로 열쇠가 있었다.

노인은 열쇠를 든 손녀에게, 자기가 말하던 게 바로 그것이었다는 눈짓을 해 보였다. 그리고 이번에는 낡은 책상 쪽을 가리켰다. 책상은 긴 세월 동안 사용하지 않아 그 속에는 아무 소용없는 서류들만이 들어 있을 뿐이었다.

"이 책상을 열까요?" 발랑틴이 물었다.

'그래.'

"서랍을 열어요?"

'그래.'

"양쪽에 있는 거요?"

'아니.'

"가운데 서랍이요?"

'그래.'

발랑틴은 그 서랍을 열어, 그 속에서 서류 뭉치 하나를 꺼냈다.

"이건가요?"

'아니.'

그녀는 차례차례 다른 서류들을 모두 꺼내 보았다. 서랍 속에 아무것도 남지 않을 때까지 다 뒤졌다.

"이제 서랍 속엔 아무것도 없어요."

그러고 나서 그녀는 알파벳 문자를 하나하나 외었다. S자에 이르자, 노인은 발랑틴을 막았다. 사전을 펼친 그녀는 'secret(비밀)'이라는 단어에서 멈췄다.

"아! 무슨 비밀이 있는 거죠?"

'그래.' 노인이 대답했다.

"그럼, 그 비밀을 누가 알고 있는데요?"

노인은 하인이 나간 문 쪽을 바라보았다.

"바루아 말인가요?"

'그래.'

"바루아를 부를까요?"

'그래.'

발랑틴은 문 앞으로 가서 바루아를 불렀다.

그사이 빌포르는 이마에 식은땀을 흘리며 초조해했다. 그리고 프란츠는 영문을 몰라 어리둥절할 뿐이었다.

이윽고 하인이 모습을 나타냈다.

"바루아," 발랑틴이 말했다. "할아버지께서 나더러 저 문갑 속 열쇠를 꺼내서 책상 서랍을 열라고 하셨어. 이 서랍에 뭔가 비밀이 있는 모양인데, 그걸 알고 있는 것 같으니 어서 열어 봐."

바루아는 노인을 바라보았다.

'그래.' 노인의 총명한 눈이 말했다.

바루아는 명령에 따랐다. 이중으로 된 서랍 밑을 열어 보니, 그 안에서 검은 리본으로 묶은 서류 한 뭉치가 나왔다.

"찾으시는 게 이것입니까?" 바루아가 노인에게 물었다.

'그래.'

"이 서류를 누구에게 드릴까요? 빌포르 씨입니까?"

'아니.'

"발랑틴 아가씨입니까?"

'아니.'

"그럼, 프란츠 데피네 씨입니까?"

'그래.'

프란츠는 깜짝 놀라며, 한 걸음 앞으로 나왔다.

"저한테요?" 프란츠가 말했다.

'그래.'

프란츠는 바루아로부터 그 서류를 받아 표지를 훑어본 다음, 표지에 써 있는 것을 읽기 시작했다.

내가 죽은 뒤에는 내 친구 뒤랑 장군이 보관하도록. 장군이 사망했을 시엔 이것을 그 아들에게 맡겨, 중요 서류로 보관할 것을 명할지어다.

"하지만 이 서류를 저더러 어떻게 하라는 말씀이십니까?" 프란츠가 물었다.

"물론 봉한 채로 보관하라는 말씀이시죠." 빌포르가 말했다.

'아니, 아니야.' 노인이 강하게 부정했다.

"그럼, 프란츠 씨가 이걸 읽으시게 하라는 건가요?" 발랑틴이 물었다.

'그래.' 노인 대답했다.

"이해하셨지요? 할아버지께선 이 서류를 읽으시라는 거예요."

"그럼, 모두 앉읍시다. 시간이 걸릴 것 같으니까." 빌포르는 초조해하며 말했다.

'앉게.' 노인이 눈으로 말했다.

빌포르는 의자에 앉았다. 그러나 발랑틴은 안락의자에 기대어, 할아버지 옆에 서 있었다. 프란츠도 노인의 앞에 서 있었다.

그는 이 수수께끼 같은 서류를 들고 있었다.

'읽어 주시오.' 노인의 눈이 말했다.

프란츠는 봉투를 뜯었다. 방 안은 쥐 죽은 듯 조용했다. 프란츠는 이 고요함 속에서 서류를 읽기 시작했다.

1815년 2월 5일, 생자크 거리 보나파르트 당 클럽에서 열린 집회 조서 발췌.

프란츠는 읽기를 멈추었다. "1815년 2월 5일! 아, 이날은 아버지께서 암살당한 날입니다!"

발랑틴과 빌포르는 아무 말도 하지 않았다. 노인의 눈만이 분명히 말할 뿐

이었다. '계속하게.'

"아버지는 바로 이 클럽에서 나오시는 길에 행방불명되신 겁니다." 프란츠는 말을 이었다.

노인의 눈은 계속해서, '읽게'라고 말했다.

프란츠는 계속 읽어나갔다.

포병 중령 루이 자크 보르페르와 육군 여단장 에티엔 뒤샹피, 수자원산림국장 클로드 르샤르팔은 아래와 같이 언명한다.

1815년 2월 4일 보나파르트 당 클럽 회원에게 플라비앵 드 케넬 장군을 추천하는 서신을 엘바 섬으로부터 접수했다. 장군은 1804년부터 1815년까지 황제를 받들어 루이 18세로부터 남작 칭호를 받았는데도, 나폴레옹 왕조에게 그의 영지를 모두 바친 충성스런 인물이다.

따라서 케넬 장군에게 이튿날인 5일, 집회에 출석하기를 바라는 서면이 전달되었다. 그 서면에는 집회 장소가 자세히 적혀 있지 않았다. 서명도 없이, 다만 장군에게 준비만 하고 있으면 저녁 9시에 사람을 보내겠다고만 쓰여 있었다.

집회는 저녁 9시부터 자정까지 열렸다.

9시에 클럽 회장은 장군에게 찾아갔다. 소개 조건의 하나로 집회 장소를 절대 알리지 않을 것, 그리고 절대로 엿보지 않을 것을 맹세 받고, 눈을 가리게 했다. 케넬 장군은 그 조건을 수락하고, 명예를 걸고 자기가 가는 방향을 알려고 하지 않을 것을 맹세했다.

장군은 이미 자신의 마차를 준비시켜 놓았다. 그러나 회장은 이를 만류했다. 마부가 눈을 뜨고 마차를 모는 한, 주인이 눈을 가리더라도 아무 소용이 없을 것이라고 생각했기 때문이다.

'그럼, 어떻게 할 겁니까?' 장군이 물었다.

'마차를 가지고 왔습니다.' 회장이 말했다.

'내 마부에겐 비밀로 하는 것을 당신의 마부에겐 알려도 될 만큼 믿을 수 있는 사람인가요?'

'마부도 클럽 회원입니다.' 회장이 말했다. '참의원 의원이 마부 노릇을 하고 있지요.'

'그렇다면 마차가 뒤집힐지도 모른다는 또 다른 위험이 따르는 셈이군요?' 장군이 웃으면서 말했다.

이런 농담을 기록하는 것은, 장군이 강제로 집회에 참석한 것이 아니라 자진해서 참석했다는 사실을 증명하기 위함이다. 마차에 오르자, 회장은 눈을 가리기로 했던 장군과의 약속을 다시 한 번 확인했다. 장군도 이 일에 대해선 조금도 반대하지 않았다. 그리고 미리 마차 안에 준비되어 있던 비단 수건으로 장군의 눈을 가렸다.

도중에 회장은 장군이 눈가리개 밑으로 밖을 내다보려는 것을 눈치채고, 다시 한 번 약속을 당부했다.

'아! 그랬지요.' 장군이 말했다.

생자크 거리에 이르자 마차가 멈추었다. 장군은 회장의 팔에 의지해 마

차에서 내렸다. 그는 회장이 클럽 멤버라는 사실 말고는 그 신분에 대해 아무것도 몰랐다. 두 사람은 길을 건너 계단을 올라 회의실로 들어갔다.

이미 회의는 시작되어 있었다. 회원들은 그날 밤 장군의 소개가 있으리라는 것을 알고 있었으므로 모두 모여 있었다.

회의실 중앙까지 오자 장군의 눈가리개를 풀어 주었다. 그때까지 장군은 존재조차 모르고 있던 이 회합에 아는 사람들이 많이 모인 것을 보고 매우 놀랐다.

사람들은 장군에게 그의 사상에 대한 질문을 했다. 그러나 장군은 '엘바 섬에서 온 편지대로'라고 대답할 뿐이었다.

프란츠가 읽기를 멈추고 말했다.

"아버지께선 왕당파였습니다. 굳이 사상을 물을 필요도 없습니다. 이미 다 알고 있는 사실이니까요."
"그런 점 때문에 부친과 저의 교류가 시작된 거죠. 사상이 같으면 쉽게 가까워지니까요." 빌포르가 말했다.
"계속 읽으시오." 노인의 눈이 여전히 말하고 있었다.
프란츠는 서류를 다시 읽어 나갔다.

회장은 장군에게 보다 분명한 의견을 말해달라고 했다. 그러자 장군은 어떤 대답을 원하는지 알고 싶다고 말했다.
그래서 장군에 대해 충분히 협력을 기대할 만한 인물이라고 추천한 내용의 엘바 섬으로부터 온 편지를 읽어 주었다. 그 서면 첫 구절에는 엘바 섬에서 나폴레옹이 귀환한 사실이 명시되어 있었다. 그리고 파라옹 호가 보다 상세한 연락을 전달할 것이라는 내용도 담겨 있었다. 이 배는 마르세유의 선주 모렐 씨의 소유로, 그 선장은 황제에게 전면적인 충성을 바치고 있는 인물이었다.
그 편지를 읽는 동안, 모두가 형제처럼 신뢰할 수 있을 거라고 생각했던 장군은 반대로 불만과 혐오의 빛을 역력히 드러냈다.
편지를 다 읽고 나자, 장군은 아무 말 없이 미간을 찌푸리고 앉아 있었다.
'어떻게 생각하십니까? 이 편지를?' 회장이 말했다.
'루이 18세에게 서약을 한 지가 얼마 안 돼서요.' 장군은 대답했다. '벌써부터 이전 황제를 위해 그 서약을 깨뜨리는 건…….' 이 대답은 너무나 뚜렷해서, 장군의 사상에 대해 잘못 생각할 여지가 없었다.
회장이 말했다. '장군, 우리에겐 이전 황제가 없다기보다는 루이 18세가 없습니다. 폭력과 배신 때문에 10개월째 이 나라 프랑스에서 추방되신 황제 폐하가 계실 뿐이오.'
그러자 장군이 단호하게 말했다. '실례지만, 여러분. 정말로 여러분들께는 루이 18세가 없을지도 모릅니다. 그러나 내겐 루이 18세가 계십니다. 나를 남작과 장군으로 임명해 주신 이상, 나로서는 그분이 프랑스로 돌아오셨기 때문에, 이 두 가지 칭호를 받았다는 것을 절대 잊을 수가 없습니다.'

회장은 심각한 어조로 말하며 자리에서 일어섰다. '장군, 말조심하십시오. 장군의 말로 미루어 우리가 엘바에서 장군을 잘못 알고 속아왔다는 것이 명백해졌소. 장군께 읽어드린 서신은 장군을 신뢰하고, 존경하는 뜻에서였소. 그러나 그것은 우리의 오해였소. 장군은 작위와 계급 때문에 신정부와 손잡았지만, 우리는 그 정부를 무너뜨리려 하오. 이젠 당신에게 우리와 협력해 달라고 강요하지 않겠소. 우리는 본인의 양심과 의사에 맞지 않는 사람을 동지로 삼지는 않소. 단, 당신이 신사적으로 행동할 것을 요구합니다. 설령 당신 마음에 내키지 않는다 해도 말입니다.'

'당신들이 신사라 부르는 것은, 이런 음모를 알고도 입 밖에 내지 않는 것을 말하는 거겠지요! 나는 그런 걸 공범자라고 부릅니다. 보시다시피, 난 당신들보다 훨씬 솔직합니다…….'

"아, 아버지!" 프란츠는 읽기를 멈추고 이렇게 말했다. "그들이 아버질 암살한 이유를 알겠습니다."

발랑틴은 프란츠를 힐끔 쳐다보지 않을 수 없었다. 자식으로서의 열정에 타오르는 젊은이의 모습은 확실히 훌륭해 보였다.

빌포르는 프란츠의 뒤를 왔다 갔다 하고 있었다. 노인은 눈으로 그 한 사람 한 사람의 표정을 지켜보고 있었다. 그의 태도는 한결같이 엄하고 심각했다.

프란츠는 다시 서류를 읽기 시작했다.

회장이 말했다. '장군, 우리는 장군께 이 집회에 와달라고 부탁했습니다. 결코 강제로 끌고 나온 것은 아닙니다. 눈을 가려달라고 말씀드렸을 때도, 장군께선 승낙하셨습니다. 이 두 가지 부탁을 받아들였을 때, 당신은 우리가 루이 18세를 섬기고 있지 않다는 것쯤은 분명히 아셨을 겁니다. 그렇지 않다면 그렇게까지 경찰의 눈을 피해 다니진 않았을 테니까요. 아시겠지만, 가면을 쓰고 남의 비밀을 알아낸 뒤 다시 그 가면을 벗고 자신을 신뢰한 사람들을 파멸시킨다는 생각은 그럴 듯한 얘깁니다. 아니, 우선 솔직하게 얘기해 봅시다. 당신은 우연히 프랑스 왕좌에 오르게 된 루이 18세 편입니까? 아니면 황제 폐하 편이십니까?'

'난 왕당파요.' 장군이 대답했다. '난 루이 18세께 서약했습니다. 그러니

그 서약을 지켜야지요.'

그 말을 들은 사람들은 잠시 술렁대기 시작했다. 그리고 회원들 대다수가 데피네 장군에게 이 불경한 언행을 취소하라고 요구하는 듯한 시선을 보냈다.

회장은 다시 일어서며 조용히 하라고 명령한 뒤, 장군에게 말했다.

'장군은 신중하고 양식이 있는 분이시니, 지금 서로 직면해 있는 사태의 결과를 충분히 이해하실 거라 생각합니다. 그리고 장군께서 솔직히 말씀해 주셨으니, 우리도 솔직하게 조건을 말씀드리겠습니다. 명예를 걸고, 지금까지 여기서 들은 것에 대해 절대로 입 밖에 내지 않는다고 약속해 주십시오.'

장군은 칼에 손을 대고 소리쳤다.

'당신이 명예를 입에 담으신다면 먼저 그 명예를 잃지 않는 것, 그리고 어떠한 경우에도 폭력으로 강요하면 안 된다는 것부터 알아야 할 겁니다.'

회장은 장군의 노여움보다도 더 무섭게 냉정한 어조로 말했다.

'당신도 그 칼에서 손을 떼시오. 충고합니다.'

장군은 차츰 불안한 듯한 시선으로 주위를 둘러보았다. 그러나 여전히 굴하지 않고, 오히려 힘주어 이렇게 말했다.

'약속 못하겠소.'

'그렇다면 죽어 주셔야겠습니다.'

너무나도 침착하게 그런 말을 하는 회장을 보고 데피네 장군은 얼굴이 새파래졌다. 그는 또 한 번 주위를 둘러보았다. 회원들 몇몇이 수군대더니 외투 밑으로 무기를 찾고 있었다.

회장이 다시 말을 이었다. '장군, 걱정 마십시오. 여기 계신 분들은 모두 명예가 있는 분들이니, 최후의 수단을 쓰기 전에 모든 방법으로 당신을 설득시키려 할 것입니다. 그러나 당신도 아까 말씀하셨듯이, 장군께서는 지금 음모를 꾀하고 있는 사람들 사이에 있습니다. 당신은 우리의 비밀을 알고 있습니다. 그걸 우리에게 돌려주셔야 합니다.'

회장이 말을 끝마치자 의미심장한 침묵이 흘렀다. 그리고 장군이 아무 대답도 하지 않자, 회장이 문지기들에게 명령했다. "문을 닫으시오."

이 말이 떨어질 때까지도 죽음과 같은 침묵은 계속됐다.

그때 장군이 앞으로 나와 있는 힘을 다하여 자신을 억누르며 말했다.

'내겐 아들이 하나 있소. 그러니 이렇게 나를 죽이려는 사람들 앞에서 나는 그 아들을 생각하지 않을 수 없소.'

그러자 회장이 장중한 태도로 말했다. '장군, 한 사람은 50명의 사람을 모욕할 권리를 가지고 있습니다. 그것이 약자의 특권이지요. 그러나 그 특권을 사용하는 것은 잘못입니다. 나를 믿어주십시오. 맹세하십시오. 그리고 우리를 모욕하지 말아주십시오.'

장군은 회장의 위세에 또 한 번 눌린 듯이 잠깐 주저하고 있었다. 그러나 마침내 회장의 테이블 옆으로 걸어갔다.

'그래서 그 형식은?' 장군이 물었다.

'이런 겁니다. '나는 명예를 걸고 1815년 2월 5일 오후 9시부터 10시 사이에 보고 들은 일을 절대로 누설하지 않을 것을 맹세함. 만약 이 맹세를 저버리는 경우, 죽음으로 보상할 것을 서약함.' '

장군은 신경에 전율이라도 흐르는 듯이 잠시 대답을 하지 못하고 있었다. 이윽고 감출 수 없는 혐오감을 억누르며 마지못해 서약서를 낭독했다. 목소리가 너무 작아 들리지 않자, 몇몇 회원들이 더 크고 분명하게 다시 낭독하라고 요구했다.

'그럼, 이만 실례하겠습니다.' 장군이 말했다. '이젠 돌아가도 되겠지요?'

회장은 일어나 장군을 데려다 줄 세 사람을 지명했다. 그리고 장군의 눈을 가린 뒤, 그들과 함께 마차에 올랐다. 그 세 사람 가운데는 아까 장군을 데리고 온 마부도 있었다.

다른 회원들은 그대로 말없이 헤어졌다.

'어디로 모셔다드릴까요?' 회장이 물었다.

'당신 얼굴이 안 보이는 곳이면 됩니다.' 데피네 장군이 대답했다.

'장군, 조심하시는 게 좋을 겁니다. 지금은 회의 장소가 아닙니다. 이젠 일대 일로 상대하는 겁니다. 모욕의 대가를 받고 싶지 않으면 조용히 하시는 게 좋을 겁니다.'

그러나 데피네 씨는 이 말의 뜻을 이해하려고 하기는커녕 이렇게 대답했다.

'당신네들은 마차 안에서도 용감하시군요. 네 사람이 한 사람보단 강하단 거겠지요.'

회장은 마차를 멈추게 했다.

그곳은 오르막길 기슭의 입구였다. 그곳에는 강으로 내려가는 돌계단이 있었다.

'왜 이런 곳에 멈추는 거요?' 데피네 씨가 물었다.

'당신은 한 사람을 모욕했소. 그 사람은 당신의 정중한 사과를 듣기 전엔, 한 발짝도 가지 않을 겁니다.'

'이것도 암살의 한 방법이로군요.' 장군은 어깨를 으쓱해 보이며 말했다.

'만약 당신이 나한테서 조금 전에 말씀하신 비겁자, 즉 자기 약점을 방패로 삼는 비겁자의 대우를 받고 싶지 않다면 쓸데없는 잔소리는 그만두십시오. 당신은 혼자입니다. 이쪽에서도 한 사람이 상대할 것입니다. 당신은 허리에 칼을 차고 있고, 나도 마찬가지입니다. 입회인이 없는 당신을 위해, 이 회원들 중 한 사람을 입회인으로 삼아 드리지요. 자, 이의 없으시면 눈가리개를 푸십시오.'

장군은 즉각 눈가리개를 풀어 버렸다.

'그럼, 내 본분을 다하겠소.' 장군이 말했다.

마차 문이 열렸다. 네 명의 남자가 내렸다…….

프란츠는 여기서 또 한 번 읽기를 멈추었다. 그는 이마에 흐르는 식은땀을 닦았다. 지금까지 모르고 있던 아버지의 죽음에 대해 얼굴이 하얗게 되도록 몸을 떨며 큰 소리로 읽어 내려가는 아들의 모습은 보기에도 처참할 정도였다.

발랑틴은 마치 기도라도 올리듯 두 손을 모으고 있었다. 누아르티에 노인은 엄숙하다고 할 만큼, 경멸과 오만에 찬 얼굴로 빌포르를 바라보고 있었다.

프란츠는 계속 읽어 내려갔다.

때는 앞에서 말한 대로 2월 5일. 3일 전부터 영하 5, 6도까지 떨어져 계단은 꽝꽝 얼어 있었다. 장군은 키가 크고 뚱뚱한 사람이라, 회장은 계단을 내려갈 때 난간 쪽을 양보해 주었다. 두 입회인이 그들의 뒤를 따랐다.

밤은 어둡고, 돌계단에서 강으로 내려가는 땅은 눈과 서리로 젖어 있었다. 검고 깊은 강물 위로 얼음덩이들이 떠내려가는 것이 보였다.

입회인 하나가 석탄배로 가서 등불을 가져왔다. 그 등불 아래서 무기를 조사했다.

회장의 칼은 그가 말한 대로 단장 속에 넣는 칼이어서 상대의 검보다 길이가 짧았다.

데피네 장군은 그 두 자루의 칼을 놓고, 제비를 뽑아 정하자고 했다. 그러나 회장은 자기가 결투를 청한 것이라며, 각자의 무기를 쓸 것을 요구했다.

그래도 입회인들이 무언가 말을 하려고 하자, 회장은 그들에게 침묵할 것을 명령했다.

땅 위에 등불을 세워 놓았다. 두 사람은 저마다 제자리에 가서 섰다. 그리고 드디어 결투가 시작되었다.

불빛에 두 개의 검이 번득였다. 그러나 싸우고 있는 두 사람의 모습은 짙은 어둠에 묻혀 거의 보이지 않았다. 장군은 군대에서도 검의 달인으로 이름이 나 있었다. 그러나 처음부터 공격을 서둘렀던 탓에 공격을 하다가 쓰러지고 말았다. 입회인들은 그가 죽은 줄로 알았다. 그러나 칼에 맞아 쓰러진 것이 아니라는 사실을 알고 있는 상대가 장군에게 손을 내밀었다. 이러한 태도는 장군의 마음을 안정시키기는커녕 화를 돋우었다. 그는 일어나면서 갑자기 상대에게 덤벼들었다.

그러나 상대는 단 한 걸음도 물러서지 않고 얼른 칼로 막았다. 장군은 공격을 너무 서둘렀다고 생각하여, 세 번이나 뒤로 물러나서 다시 공격 태세를 취했다.

세 번째 공격 때, 그는 또다시 넘어졌다.

사람들은 이번에도 그가 아까처럼 얼음판에 미끄러진 줄로 생각했다. 그러나 시간이 지나도 장군은 일어날 생각을 하지 않았다. 입회인들은 장군에게 다가가 그를 일으키려고 허리를 안았다. 그러자 손에 무엇인가 뜨뜻하고 끈끈한 것이 느껴졌다. 그것은 피였다.

그때 거의 정신을 잃고 있던 장군은 다시 정신이 들었다.

'아! 누가 나에게 검객을 보낸 모양이군.'

회장은 그 말에는 대답도 않고, 두 입회인 가운데 등불을 들고 있는 쪽으로 걸어갔다. 그리고 소매를 걷으며, 칼에 두 번이나 맞은 팔을 보여 주었다. 그러더니 이번엔 윗옷 단추를 풀어 옆구리에 맞은 세 번째 상처를 보여 주었다.

그러면서도 그는 소리 한 번 내지 않았다. 데피네 장군에게는 죽음이 다가오고 있었다. 그리고 5분 뒤 장군은 숨을 거두었다.

프란츠는 숨이 막히는 듯, 들릴까 말까 한 작은 목소리로 마지막 구절을 읽었다. 그리고 잠시 눈앞에 낀 구름을 거두려는 듯이 눈을 비볐다.

잠깐 입을 다물고 있다가 또다시 읽었다.

회장은 칼을 제자리에 꽂고 나서 계단을 올라왔다. 떨어지는 핏방울이 그가 걸어가는 대로 자국을 남겼다. 그가 미처 계단을 다 올라가기도 전에,

물속에 무언가 떨어지는 소리가 들려왔다. 입회인들이 장군의 죽음을 확인한 뒤, 시체를 강물에 던진 소리였다.

이렇게 해서 장군은 명예로운 결투 끝에 목숨을 잃은 것이다. 이것은 사람들이 오해하고 있는 것처럼 암살당한 것이 아니었다.

이상의 사실을 바탕으로, 우리는 사건의 진상을 알리기 위해 여기에 서명한다. 즉, 이 무서운 사건에 관계되어 있는 자가 살인이나 명예를 저버렸다는 오명을 쓰지 않기 위해서이다.

서명자 보르페르, 뒤샹피, 르샤르팔

프란츠가 이 가슴 아픈 서류를 다 읽고 나자, 마음에 감동을 받은 발랑틴은 얼굴에 흐르는 눈물을 닦고 있었다. 한편, 방 한쪽에 웅크리고 앉아 떨고 있던 빌포르가 굽힐 줄 모르는 노인에게 애원의 눈길을 보내며 닥쳐오려는 폭풍을 막아보려고 할 때, 프란츠가 말했다. "누아르티에 씨. 당신은 이 무서운 사건에 대해 자세히 알고 있으며, 이 사건을 서명자들에게 훌륭하게 증명시켜 주었습니다. 또 제게는 상처만 주었지만 어쨌든 제게 관심을 가지고 계시다는 걸 알게 되었습니다. 그러니 이 정도에서 그치지 마시고, 그 클럽 회장이라는 자의 이름을 알려 주십시오. 제 아버지를 죽인 자의 이름을 꼭 알고 싶습니다."

빌포르는 미친 사람처럼 문손잡이를 찾았다. 한편, 지금까지 수없이 노인의 팔에 있는 두 군데의 상처를 보아 왔기에 누구보다도 먼저 할아버지의 대답을 알고 있던 발랑틴은 한 걸음 뒤로 물러섰다.

"부탁입니다!" 프란츠는 그렇게 말하고 발랑틴에게 시선을 돌렸다. "제발 당신도 부탁해 주십시오. 저를 두 살 때 고아로 만든 그자의 이름을 알고 싶습니다."

발랑틴은 입을 다문 채 꼼짝도 하지 않았다.

그때 빌포르가 말했다. "자, 이런 무서운 일은 이 이상 알려고 하지 말게나. 게다가 이름도 일부러 가명을 쓴 거니까. 내 아버지께서도 그 회장 이름은 모르네. 혹 그 이름을 아신다 해도 말씀하실 수 없겠지. 사전에 사람 이름은 나와 있지 않으니까."

"오! 이렇게 답답한 일이!" 프란츠가 말했다. "내 몸을 지탱하고 이 글을 끝까지 읽을 수 있었던 것은 오직 아버지를 죽인 사람의 이름을 알아낼 수 있으리라는 한 가지 희망 때문이었습니다. 누아르티에 씨!" 그는 노인 쪽으로 돌아서며 소리쳤다. "부탁입니다! 제발 하실 수 있는 데까지 도와주십시오…… 부탁입니다. 가르쳐 주십시오. 어떻게 좀 알려 주십시오……."

'그래.' 노인이 대답했다.

"오, 아가씨!" 프란츠가 소리쳤다. "할아버지께서 가르쳐 주실 수 있다고 말씀하셨어요……. 당신은 알 수 있을 테니…… 제발 도와주세요."

노인은 사전 쪽을 바라보았다.

프란츠는 떨리는 손으로 사전을 들었다. 그리고 알파벳을 처음부터 하나하나 읽어내려가 M까지 읽었다.

그때 노인은 맞았다는 표시를 해 보였다.

'M!' 프란츠는 되뇌었다. 젊은이의 손가락이 단어 위를 훑어내렸다. 그러나 어느 단어도 노인은 아니라고만 대답했다.
발랑틴은 두 손으로 얼굴을 가렸다.
마침내 프란츠가 Moi(나)라는 단어까지 왔을 때, 노인이 대답했다.
'그래.'
"당신이!" 프란츠가 소리쳤다. 머리카락이 곤두서는 것 같았다. "당신이? 누아르티에 씨가! 당신이 내 아버지를 죽였습니까?"
'그래.' 노인은 위엄 있는 시선으로 젊은이를 응시하며 이렇게 대답했다.
프란츠는 맥없이 의자 위에 주저앉았다.
빌포르는 문을 열고 달아나버렸다. 노인의 소름끼치는 가슴속에 그 얼마 남지 않은 생명을 짓눌러버리고 싶어졌기 때문이었다.

아들 카발칸티의 순조로운 진출

그러는 동안 아버지 카발칸티는 일이 있어서 파리를 떠났다. 단지 오스트리아 황제 폐하의 군대로 가는 것이 아니라, 그가 뻔질나게 드나들던 루카 온천의 도박장으로 가려는 것이었다. 그가 여행 경비는 물론이고, 아버지 노릇을 훌륭히 해낸 대가로 받은 돈을 한푼도 남기지 않고 가지고 간 것은 두말할 나위도 없었다.

안드레아는 출발하기에 앞서, 영광스럽게도 바르톨로메오 후작과 레오노라 코르시나리 후작부인의 아들임을 증명해 주는 모든 서류를 물려받았다.

안드레아가 조금씩 입지를 다져가고 있는 파리의 사교계는 외국인들을 쉽사리 받아들이고, 현재 그들이 처한 상태가 어떠한가 보다는 앞으로 어떤 상황에 놓이게 될 것인가를 고려해서 대우하는 곳이었다.

그런데다가 파리가 한 젊은이에게 요구하는 것은 무엇일까? 프랑스어를 할 줄 알 것, 반듯한 옷차림을 할 것, 게임은 정직하게 하고 돈은 금화를 쓸 것, 이런 것들이었다. 또 파리 사람들이 외국인에게 한결 더 관대하다는 것도 잘 알려진 사실이다. 그래서 안드레아는 약 2주 동안 비교적 당당한 위치를 확보할 수 있었다. 그는 사람들로부터 백작이라는 소리를 들었으며, 연 수입이 5만 프랑이고, 사라베차 광산에 아버지의 어마어마한 보물이 매장되어 있다는 소문도 나돌았다.

이 마지막 얘기가 사실인 양 화제에 올랐을 때, 그 얘기를 들은 어느 학자가 그 광산을 본 적이 있다고 말했다. 그럼으로써 그때까지 반신반의하던 이야기가 그만 사실처럼 되어 버렸다. 파리 사교계가 한창 그런 분위기로 흐르고 있을 때, 어느 날 밤 몬테크리스토 백작은 당글라르 씨 집을 방문했다. 그런데 마침 당글라르 씨는 외출 중이시니 당글라르 부인을 만나보시겠느냐는 것이었다. 백작은 그렇게 하기로 했다.

오퇴유의 만찬회와 뒤이어 일어난 여러 가지 일 탓에, 부인은 몬테크리스토라는 이름만 들어도 등골이 오싹해졌다. 그 이름만 들리고 장본인이 나타나지 않으면 부인은 더욱 불안했다. 반대로 백작이 모습을 나타내어, 그 친근한 얼굴과 반짝이는 눈, 그리고 부인을 대하는 다정한 태도를 보이면 어느덧 공포감은 깨끗이 사라졌다. 그렇게 친절해 보이는 사람이 마음속으로 자기에게 적의를 품고 있으리라고는 생각되지 않았기 때문이다. 게다가 아무리 악한 마음을 가진 사람이라도, 자기에게 아무 이익도 없는데 나쁜 짓을 할 리는 없는 법이다. 어떤 이익도, 이유도 없는 악은 변태라고 할 만한 비정상적인 것이 아닌가.

부인은 이 책의 앞부분에 이미 한 번 소개되었던 부인의 방에서, 딸이 안드레아와 함께 본 다음에 건네주는 몇 장의 그림들을 불안한 눈으로 바라보고 있었다. 그때 몬테크리스토 백작이 방 안으로 들어왔다. 그의 모습은 여느 때와 마찬가지로 그 효과를 발휘했다. 백작의 이름만 들어도 안절부절못하며 불안해하던 부인은 입가에 미소를 띠며 백작을 맞았다.

백작은 방 안 분위기를 한눈에 파악했다. 긴의자에 반쯤 누워 있는 부인 옆에는 딸 외제니가 앉아 있었고, 안드레아 카발칸티는 서 있었다.

안드레아는 괴테 작품에 나오는 주인공처럼 검은 옷과 에나멜 구두에 속이 비치는 하얀 비단 양말을 신고, 잘 가꾸어진 손으로 금발을 쓸어내리고 있었다. 그의 머릿속에서 다이아몬드가 반짝였다. 몬테크리스토 백작이 주의를 주었는데도, 이 젊은 건달은 새끼손가락에 다이아몬드를 끼지 않고는 못 배겼던 것이다.

젊은이는 이런 자세로 뇌쇄적인 시선과 그것과 같은 목적의 한숨을 당글라르 양에게 보내고 있었다.

당글라르 양은 변함없이 아름답고 냉정하고 비웃는 듯한 표정이었다. 그녀는 안드레아의 그러한 시선이며 한숨을 어느 것 하나 놓치지 않고 있었다. 하지만 그것들은 전해져 내려오는 말처럼, 미네르바의 철갑 두른 가슴을 스쳐갈 뿐이었다. 몇몇 철학자들이 주장하기로는 때로는 사포도 둘렀다는 그 철갑 말이다.

외제니는 쌀쌀맞게 백작에게 인사했다. 그러더니 대화가 시작되려는 틈을 타 자기 공부방으로 물러갔다. 얼마 안 있어 그 방에서는 즐겁고 명랑한 두 여자의 목소리가 피아노 소리와 함께 들려왔다. 몬테크리스토 백작은, 당글라르 양이 자기나 카발칸티와 함께 있는 것보다 성악 선생인 루이즈 다르미 양과 같이 있는 것을 더 좋아한다는 사실을 알았다. 그때 백작은 부인과 이야기를 나누며 얘기가 정말 재미있다는 듯한 모습을 보이면서도 사실은 안드레아의 모습까지 주시하고 있었던 것이다. 보니까 안드레아는 음악 소리를 들으려고 열심히 문 앞까지 갔다가 차마 들어가진 못하고 그저 찬사만 보내고 있었다.

곧 당글라르가 돌아왔다. 그는 먼저 몬테크리스토 백작 쪽을 보긴 했으나, 곧 안드레아 쪽으로 눈을 돌렸다.

아내에게는 몇몇 남편들이 자기 부인한테 하는 식으로 인사했다. 그것은 부부 사이에 대한 광범위한 법전이 나오지 않는 한, 독신자들은 생각도 못하는 방식이었다.

"아니, 아가씨들이 같이 음악을 하자고 권하지도 않았습니까?" 당글라르가 안드레아에게 물었다.

"아니요, 유감스럽게도!" 안드레아는 지금까지보다 더 눈에 띄게 한숨을 쉬며 대답했다.

당글라르는 곧 샛문으로 가서 문을 열었다.

두 여자가 피아노 앞에 놓인 의자에 나란히 앉아 있는 모습이 보였다. 둘은 저마다 한 손으로 피아노를 치고 있었다. 언제나 그렇게 치는 데 익숙해져 있었기 때문에, 두 사람의 손은 매우 능란하게 움직이고 있었다.

문틀을 배경으로 그 한가운데에 다르미 양의 얼굴이 있었는데, 마치 독일 사람들이 곧잘 그리는 활인화(活人畵)와도 같았다. 뛰어난 미인이라기보다는 귀염성 있는 얼굴이었다. 요정과도 같이 가냘픈 몸집에, 곱슬곱슬한 금발이 목덜미에 길게 늘어져 페르지노[*1]가 그린 성모 마리아 같은 모습이었고, 그 눈에는 피곤한 기색이 엿보였다. 폐가 약하다는 소문이 있었다. 그래서 《크레모나의 바이올린》에 나오는 안토니아[*2]처럼 노래를 하면서 죽으리라는 소문이 돌았다. 몬테크리스토 백작은 이 여자들의 방을 호기심에 찬 눈으로 보았다. 이 집에 와서, 가끔 얘기만 들었던 다르미 양을 오늘 처음 본 것이다.

"이게 어떻게 된 거냐?" 당글라르가 딸에게 물었다. "우린 빼놓기냐?"

그렇게 말하면서 그는 안드레아를 데리고 그 방으로 들어갔다. 그러자 일부러 그런 건지 우연이었는지는 몰라도 문이 쾅 닫혀 버려, 백작과 당글라르 부

*1 16세기 이탈리아 화가.

*2 호프만의 단편소설 《크레모나의 바이올린》의 여주인공.

인이 앉은 곳에서는 아무것도 보이지 않게 되었다. 그러나 부인은 안드레아가 당글라르를 따라 들어갔기 때문에 별로 신경 쓰지 않았다.

잠시 뒤, 백작의 귀에는 안드레아가 피아노 반주에 맞추어 코르시카의 노래를 부르는 소리가 들려왔다.

그 소리는 노래를 부르는 사람이 안드레아라는 사실을 잊게 만들고, 베네데토를 떠오르게 하기에, 백작은 미소를 머금은 채 듣고 있었다. 그러는 동안 당글라르 부인은 남편의 대담함을 칭찬하고 있었다. 오늘 아침에도 밀라노에서 일어난 파산 때문에, 30, 40만을 손해 보았다는 것이었다.

사실 그 말이 칭찬해 줄 만한 것이었다. 백작이 그렇게 남작부인의 입을 통하거나, 어쩌면 자신이 알아낼 수 있는 모든 방법을 동원하여 알지 않았더라면 알 수도 없을 만큼, 남작의 얼굴에는 단 한 마디도 쓰여 있지 않았기 때문이었다.

'좋아!' 백작은 생각했다. '손해를 본 걸 감추고 있군. 한 달 전만 해도 자랑하더니.'

"하지만 부인," 백작이 입을 열었다. "주인께선 주식시장 일에 정통하시니까, 잃은 건 또 다른 데서라도 되찾으실 겁니다."

"백작께서도 세상 사람들처럼 착각하고 계시는군요." 부인이 말했다.

"착각이라니요?"

"남편은 투기 같은 건 한 적도 없는데, 다들 그렇게 생각하시는 것 같아요."

"그렇군요. 드브레 씨한테서 들은 얘기라…… 그런데 드브레 씨는 요즘 어떻습니까? 요 3, 4일 동안 못 뵈었는데요."

"저도 못 봤어요." 부인은 놀랄 만큼 침착한 어조로 말했다. "그런데 방금 하시려던 얘기가 뭐였죠?"

"무슨 얘기 말입니까?"

"드브레 씨한테 무슨 얘길 들으셨다고 하셨는데요?"

"아, 그랬지요. 부인께서 투기에 열심이시라는 얘기였습니다."

"그랬지요. 전엔 좀 흥미를 가졌었지만, 이젠 그만두었어요."

"그건 좀 그렇군요. 운이란 오늘 있다고 해도 내일은 또 어떻게 될지 모르는 거니까요. 만약 제가 여자로 태어나 운 좋게 은행가의 아내가 되었다면, 전 저대로 따로 재산을 만들려고 했을 겁니다. 설령 남편도 모르는 사람에게 재산을 맡기게 되는 한이 있더라도 말입니다."

당글라르 부인은 자기도 모르게 얼굴이 새빨개졌다.

"글쎄," 백작은 아무것도 못 본 체하며 말했다. "어제도 나폴리 공채에서 크게 한몫 챙긴 사람이 있다고 하더군요."

"전 그런 공채는 갖고 있지 않습니다." 부인이 당황해서 말했다. "그런 건 못 가져 봤어요. 어쨌든 투기 얘기는 그만하지요. 우리가 마치 증권 중개인이기라도 한 것 같으니까요. 그보다 빌포르 씨네 얘기나 하시지요. 큰 불행이 닥쳐서 정말 타격이 컸나 봐요."

"도대체 무슨 일이 있었습니까?" 백작은 정말 아무것도 모르고 있다는 듯이 물었다.

"알고 계실 줄 알았는데요. 생메랑 후작이 여행길에 오른 지 사나흘 만에 돌아가셨는데, 글쎄 이번엔 후작부인이 또 여기 도착하고 사나흘 만에 돌아가셨지 뭡니까."

"아, 그랬지요." 백작은 말했다. "그 얘긴 알고 있었습니다. 하지만 그건 클로디어스가 햄릿에게 말한 대로 자연의 법칙이겠지요. 후작부부도 부모님을 잃고 눈물을 흘렸으니, 이번엔 그분들 본인들이 돌아가셔서 자식들의 눈물을 흘리게 한 거죠."

"그런 것만은 아니랍니다."

"그런 것만은 아니라니요?"

"아시겠지만, 그 집에서는 딸을 결혼시키려던 참이었지요……."

"프란츠 데피네 씨에게 말이죠? 그런데 그 혼담이 이루어지지 않았나요?"

"보아하니 어제 아침에 프란츠가 약혼을 취소한 것 같더군요."

"아! 그렇군요…… 파기된 이유를 아십니까?"

"아니요."

"굉장한 소식을 들려주셨습니다. 그런 일이! 부인…… 그런데 이렇게 연이어 불행을 겪은 빌포르 씨께선 어떡하고 계신가요?"

"늘 그렇듯이 철학자처럼 태연하지요."

그때 당글라르가 혼자 돌아왔다.

"아니," 부인이 말했다. "안드레아 씨를 외제니 옆에 그냥 두고 오셨어요?"

"다르미 양도 같이 있는데, 뭐가 어때서." 그러고는 백작을 돌아보며 말했다. "어떻습니까, 백작, 카발칸티 공작은 꽤 유쾌한 젊은이 아닙니까? 그런데 그는 정말 공작일까요?"

"그건 저도 보증할 수 없습니다." 백작이 대답했다. "그 사람 아버지는 후작이라고 들었습니다. 그렇다면 아들은 백작쯤은 되겠지요. 그런데 그 청년은 그런 칭호 같은 건 별로 내세우지 않는 것 같더군요."

"왜 그럴까요?" 은행가가 물었다. "공작이면서도 그걸 자랑하지 않는 건 잘못이죠. 사람은 누구나 권리를 가지고 있습니다. 난 자기 신분을 감추는 사람은 별로입니다."

"하하, 남작께선 진짜 민주주의자시로군요." 백작이 웃으면서 말했다.

"하지만 어떡하려고 그러세요? 만약 우연히 알베르가 와서, 약혼자인 자기도 못 들어가는 외제니의 방에 안드레아 카발칸티 씨가 있는 걸 보기라도 하면." 부인이 말했다.

"우연이라고 말 한번 잘했소." 은행가는 말했다. "사실 알베르야 잘 오지도 않으니 온다면 그야말로 우연이겠지."

"어쨌든 만약 와서 외제니 옆에 안드레아 씨가 있는 걸 보면 불쾌하게 생각할 거예요."

"알베르가? 모르는 소리. 그럴 리가 없어. 알베르가 외제니 때문에 질투라도 할 줄 알고? 그 정도로 우리 애를 좋아하진 않는단 말이오. 그리고 그 친구가 불쾌하건 말건, 나와는 상관없어."

"하지만 여기까지 얘기가 진행되었는데……."

"여기까지라니, 대체 어디까지라는 거지? 자기 어머니가 열었던 무도회에서도 외제니와 춤도 딱 한 번밖에 안 추었단 말야. 안드레아 카발칸티 군은 세 번이나 추었지. 그런데도 알베르 군은 조금도 신경 쓰지 않더군."

"알베르 드 모르세르 자작께서 오셨습니다!" 하인이 알렸다.

남작부인은 벌떡 일어섰다. 그리고 딸에게 알리려고 공부방으로 가려는데, 남작이 부인의 팔을 잡았다.

"가만있어."

부인은 너무 놀라 남편을 바라보았다.

몬테크리스토 백작은 이런 장면을 못 본 체하고 있었다.

알베르가 들어왔다. 그는 아직 잘생기고 쾌활한 모습이었다. 그는 남작부인에게는 싹싹하게, 남작에게는 친근하게, 그리고 몬테크리스토 백작에게는 정답게 인사를 했다. 그러고는 부인을 돌아보며 물었다.

"당글라르 양도 잘 있습니까?"

"네, 잘 있어요." 부인은 기세 좋게 대답했다. "지금 자기 방에서 안드레아 씨와 음악을 하고 있어요."

알베르는 여전히 침착하고 무관심한 표정이었다. 내심 속으로는 불쾌했을 것이다. 그러나 그는 몬테크리스토 백작이 자기를 지켜보고 있는 것을 의식하고 있었다.

"안드레아 씨는 아주 훌륭한 테너지요." 그가 대답했다. "그리고 외제니 양도 멋진 목소리를 가지고 있는데다가, 탈베르그*3 못지않은 피아노 실력자이니 아

*3 19세기 독일의 유명한 피아니스트.

주 잘 어울릴 겁니다."
그러자 당글라르가 말했다. "사실 두 사람이 잘 어울리긴 하지."
알베르는 이러한 말에는 신경 쓰지 않는 듯했다. 그러나 남편의 그런 무례한 태도에 당글라르 부인은 얼굴을 붉혔다.
"저희 선생님들 말씀에 따르면, 저도 다분히 음악가적인 면이 있다고 그러더군요. 하지만 이상하게도 아직 남과 노래를 불러본 일은 없어요. 더군다나 소프라노하고는요."
알베르의 이 말에 당글라르는 '좋을 대로 생각하시라지!' 하는 듯 씨익 웃기만 했다.
이윽고 당글라르가 마음먹은 얘기를 털어놓으려는 듯 말을 꺼냈다. "그래서 우리 아이와 공께서는 어제 모든 사람들의 격찬을 받았다네. 자넨 어제 안 왔던가?"
"공이라니요?" 알베르가 물었다.
"카발칸티 공 말이네." 당글라르가 대답했다. 당글라르는 카발칸티의 얘기만 나오면 꼭 공이라는 칭호를 붙였다.
"아, 실례했습니다," 알베르가 말했다. "왕족인 줄은 몰랐군요. 어제는 카발칸티 공이 외제니 양과 같이 노래를 불렀나요? 정말 멋졌겠는걸요. 듣지 못한 게 안타깝군요. 어제 샤토 르노 남작부인 댁에서 독일 사람들이 노래를 부른다며 어머니께서 같이 가자고 하신 바람에 부득이 여길 못 왔었습니다."
잠시 침묵이 흐른 뒤 마치 아무 일도 없었던 것처럼 알베르가 말했다. "저, 외제니 양을 좀 만날 수 없을까요?"
"잠시만 기다리게." 알베르를 제지하며 은행가가 말했다. "저들이 하는 기가 막힌 카바티*4가 들리지 않소? 따 따 따 띠 따 띠 따 따. 정말 황홀하군. 이제 곧 끝나요…… 조금만 더. 야, 기가 막히는군! 정말 멋져! 두 사람 모두!"
당글라르는 미친 듯이 손뼉을 쳤다.
"과연," 알베르가 말했다. "정말 놀랍습니다. 카발칸티 공작만큼 자기 나라 음악을 잘 아는 사람도 없을 겁니다. 아까 분명 공작이라고 그러셨죠? 만일 공작이 아니셨더라도 공작이 되셨을 겁니다. 이탈리아에서 그런 일은 흔하니까

*4 기악 반주가 따르는 서정적인 독창곡.

요. 그건 그렇고, 다시 저 멋진 사람들의 얘기로 돌아갈까요. 당글라르 씨, 한 가지 부탁이 있는데요, 누가 와 있다는 얘긴 마시고 외제니 양과 카발칸티 씨에게 다른 노래를 하나 더 불러달라고 부탁드려 주실 수 없을까요? 조금 떨어진 거리에서 어둑어둑한 가운데 아무것도 보지 않고, 또 누구의 눈에도 띄지 않은 채로 노래를 듣는다는 것은 멋진 일이니까요. 그러면 아무도 보지 않으니 음악을 하는 쪽에서도 거리낌 없이 그 재능을 십분 발휘해 감정을 마음껏 표현할 수 있을 겁니다."

알베르의 냉정한 태도에 이번에는 당글라르가 당황했다.

그는 몬테크리스토 백작에게 따로 이야기했다.

"어떻습니까?" 당글라르는 백작에게 물었다. "알베르 군을 어떻게 생각하십니까?"

"글쎄요! 퍽 냉담해 보이는군요. 그렇지만 이제 와서 뭘 어쩌시겠습니까? 이미 약속도 했으니!"

"물론 약속은 했습니다. 하지만 내 딸을 사랑하지도 않는 사람에게 줄 생각은 없습니다. 한번 보십시오. 대리석처럼 냉정하고 오만한 것이 제 아버지를 쏙 빼닮았거든요. 그나마도 카발칸티 집안만큼 재산이라도 많으면 그런대로 눈감아 줄 수 있겠지만. 물론 딸아이의 의견은 아직 물어보지 않았습니다. 그렇지만 그 애도 바보가 아니고서야!"

"오!" 백작이 말했다. "호의를 가지고 있어서 그런지는 몰라도, 제가 보기에 알베르 씨는 훌륭한 젊은이인 것 같습니다. 따님을 행복하게 해줄 거고, 앞으로 큰 인물이 될 거라 생각합니다. 게다가 그 사람 아버지도 굉장한 지위에 있고요."

"글쎄요." 당글라르가 말했다.

"왜 그렇게 못 미더워하십니까?"

"과거라는 게 있으니까요…… 시커먼 과거가."

"하지만 아버지 과거 따위가 아들과 무슨 상관이 있지요?"

"있지요. 틀림없이 있고말고요."

"흥분하지 마세요. 한 달 전엔 이 결혼을 좋게 생각하셨지 않습니까? 제가 좀 난처하게 됐습니다. 안드레아 카발칸티를 아시게 된 것이 바로 저희 집에서였으니 말입니다. 한 번 더 말씀드리겠습니다만, 전 저 사람은 잘 모릅니다."

"전 저 젊은이를 잘 아는데요." 당글라르가 말했다. "그럼 된 게 아닙니까?"
"남작께서 잘 아신다니, 혹시 조사라도 해보셨나요?" 백작이 이렇게 물었다.
"그럴 필요가 있을까요? 어떤 사람인지 한번 보면 알 수 있습니다. 먼저 저 청년은 돈이 많습니다."
"전 장담 못하겠는데요."
"그래도 저 청년에 대한 책임을 지고 계시잖습니까?"
"5만 프랑에 한해서만입니다. 없어도 그만인 돈이니까요."
"대단히 교양 있는 사람이지요."
"흠!" 이번에는 몬테크리스토 백작이 말했다.
"거기다 음악까지 할 줄 알고."
"이탈리아 사람이면 누구나 다 하는 거죠."
"백작께선 저 젊은이한테 전혀 마음이 없으시군요."
"솔직히 그렇습니다. 댁의 따님이 모르세르 군과 약혼한 사이라는 것을 알면서 재산을 무기로 삼아 중간에 끼어드는 게 마음 아픕니다."
당글라르는 웃음을 터트렸다.
"나 참, 그렇게 청교도 같은 말씀을 하시다니요! 그런 일이야 이 세상에 얼마든지 있는 일 아닙니까?"
"하지만 그 정도 일로 파혼은 못하실 겁니다. 당글라르 씨, 모르세르 집안에서는 이 결혼을 당연히 하는 걸로 알고 있으니까요."
"하는 걸로 알고 있다고요?"
"그야 물론이죠."
"그렇다면 그쪽 얘기도 들어 보아야겠군요. 백작께선 그 댁하고 친한 사이시니, 이 일을 그 사람 아버지한테 귀띔해주시면 안 될까요?"
"제가요? 대체 뭘 보고 그런 말씀을 하십니까?"
"그 댁 무도회 때인 것 같군요. 백작부인 말입니다. 그 오만하고 건방진 카탈로니아 태생의 메르세데스가 평소 같으면 옛날 친구한테나 겨우 한마디 건넬 사람인데, 그날 보니 백작과 팔짱을 끼고 정원으로 나가서 오솔길을 산책하며 30분이나 같이 있다가 돌아오시더군요."
"아! 남작님, 남작님," 알베르가 말했다. "음악을 듣는 데 방해가 되는군요. 남작님 같은 음악애호가께서 그렇게 너무 시끄럽게 하시다니요."

"알았어요, 알았어. 비꼬지 마시게나!" 당글라르가 말했다.

그러고는 다시 백작을 향해 말했다.

"이 젊은이 아버지에게 얘기 좀 해주시겠습니까?"

"원하신다면 그러죠."

"그런데 이번만큼은 분명하게 결정적으로 얘기해 주셔야겠습니다. 더군다나 그쪽이 딸을 달라는 입장에 있으니 그쪽에서 시기와 금전상의 조건을 충족시키고, 마지막으로 결혼을 성사시킬 건지 말 건지 분명히 밝히도록 해주십시오. 더 이상 질질 끌지는 않을 테니까요."

"알겠습니다. 알아보도록 하죠."

"즐거운 마음으로 기다리지는 못하겠지만, 어쨌든 기다려는 보겠습니다. 은행가란 자기가 한 말에 충실해야 하는 법이니까요."

그렇게 말하고 나서 당글라르는 바로 30분 전에 카발칸티가 내쉰 것과 같은 한숨을 쉬었다.

"정말 멋져요! 두 사람 모두!" 알베르는 이렇게 아까 당글라르가 한 말을 흉내내며 음악이 끝나자 박수를 보냈다.

당글라르는 알베르를 곁눈으로 살짝 보았다. 그때 하인이 와서 무언가 낮은 소리로 두어 마디 하고 나갔다.

"금방 돌아오겠습니다." 당글라르는 몬테크리스토 백작에게 말했다. "조금만 기다려주십시오. 말씀드려야 할 게 있으니."

이렇게 말하고 그는 방을 나갔다.

남작부인은 남편이 나간 틈을 타서 딸의 방문을 열었다. 문이 열리자마자, 외제니와 함께 피아노 앞에 앉아 있던 안드레아가 용수철처럼 벌떡 일어났다.

알베르는 미소 지으며 외제니 양에게 인사를 했다. 그녀는 전혀 당황한 기색 없이 평소처럼 쌀쌀맞게 인사에 답했다. 카발칸티는 당황한 듯한 표정이었다. 그는 알베르에게 인사를 했다. 알베르는 지극히 무례한 태도로 그에게 답례를 보냈다.

이어서 알베르는 외제니의 목소리를 격찬하며, 전날 밤 음악회에 참석하지 못했던 것을 유감으로 생각한다는 이야기를 늘어놓았다. 외톨이가 되어버린 카발칸티는 몬테크리스토 백작을 한쪽으로 끌고 갔다.

"자!" 남작부인이 이야기에 끼어들었다. "이제 음악 얘기나 칭찬은 그만하시고 이리 오셔서 차를 드시지요."

"이리 와, 루이즈." 외제니가 다르미 양에게 말했다.

모두들 옆방으로 건너갔다. 그곳에는 이미 차가 준비되어 있었다.

그들이 찻숟가락을 영국식 찻잔에 넣으려고 하는 바로 그때, 문이 열리더니 당글라르가 몹시 놀란 듯 허둥지둥 나타났다.

백작은 대번에 이 은행가의 동요를 알아보고 눈으로 까닭을 물었다.

"실은," 당글라르는 말했다. "그리스에서 방금 기별이 왔습니다."

"아! 그래서 부르러 왔군요." 백작이 말했다.

"그렇습니다."

"오토 폐하께선 안녕하십니까?" 알베르가 익살스럽게 물었다.

당글라르는 아무 대답 없이 힐끗 곁눈질만 할 뿐이었다.

몬테크리스토 백작은 안됐다는 듯한 표정을 감추려고 고개를 돌렸다. 그 표정은 이내 사라졌다.

"이만 돌아가지 않으시겠습니까?" 알베르가 백작에게 물었다.

"그럽시다." 백작이 대답했다.

알베르는 당글라르가 왜 자기를 곁눈질해 보았는지 이해가 가지 않았다. 그래서 모든 것을 다 알고 있는 백작에게 물었다. "아까 저 양반이 절 보는 눈빛 보셨지요?"

"네, 보았지요." 백작이 대답했다. "왜요, 쳐다보는 눈빛이 이상하던가요?"

"좀 이상했어요. 그리스에서 온 소식이 어쨌다는 걸까요?"

"그걸 제가 어찌 알겠습니까?"

"왠지 백작님께선 그곳 사정에 훤하실 것 같아서요."

백작은 대답을 피하는 듯 웃음으로 대신했다.

"저것 보세요," 알베르가 말했다. "당글라르 씨가 오고 있잖아요? 난 이제부터 외제니의 카메오 장식을 칭찬해주고 오겠습니다. 그동안 두 분이 말씀을 나누시게 말입니다."

"칭찬을 하려거든 목소리도 좀 칭찬해 주시지 그래요." 백작이 말했다.

"아닙니다. 그런 건 제가 안 해도 세상 사람이 해줄 겁니다."

"자작," 백작이 말했다. "그런 무례한 말씀이 어딨소."

알베르는 미소를 지으며 외제니에게 다가갔다. 그러는 동안 당글라르는 백작의 귀에 속삭였다.

“제게 정말 좋은 걸 가르쳐 주셨더군요.” 그는 말했다. “페르낭과 자니나, 이 두 가지에 대해 매우 무서운 얘기가 있습니다.”

“저런!” 백작이 말했다.

“나중에 말씀드리죠. 먼저 저 친구를 데리고 나가주셨으면 좋겠는데요. 저 친구와 같이 있는 게 영 견디기 힘들어서요.”

“그러려던 참입니다. 제가 데리고 나가죠. 저 사람 아버지를 오시라고 할까요?”

“네, 그렇게 해주시면 감사드리겠습니다.”

“알겠습니다.” 백작은 알베르에게 눈짓을 했다.

두 사람은 여자들에게 인사를 하고 돌아갔다. 알베르는 당글라르 양의 경멸에 찬 태도에 전혀 무관심한 체하고, 백작은 당글라르 부인에게 은행가의 아내로서 장래를 준비하라는 조언을 다시 한 번 되풀이했다. 이렇게 해서 안드레아 카발칸티가 이 싸움의 지배자가 되었다.

하이데

백작의 마차가 대로의 모퉁이를 돌아서자마자, 알베르는 다소 억지스러운 요란한 웃음을 터뜨리며 백작 쪽을 돌아보았다.

"어떻습니까?" 그가 백작에게 물었다. "성 바르톨로메오 학살*1을 감행한 뒤에 샤를 9세가 카트린 드 메디치에게 물었던 것처럼, 저도 한번 물어볼까요? 어떻게 생각하시는지요, 제가 제 역할을 수행했다는 것 말입니다."

"대체 뭘 말이오?" 백작이 물었다.

"제 경쟁자가 당글라르 집안일에 끼어든 일 말이지요……."

"경쟁자라니요?"

"그걸 지금 저한테 물으시는 겁니까? 백작님께서 뒤를 봐주시는 안드레아 카발칸티 군 말입니다."

"천만의 말씀을. 안드레아 군의 뒤를 봐주다니, 왜 내가 그런 짓을 하겠소? 더군다나 당글라르 씨가 있는데 말이오."

"그러시지 않아도 되겠다는 말씀을 드리려던 참입니다. 다행히도 그 사람은 이제 후원이 필요하지 않은 모양입니다."

"그럼, 그 남자가 이미 구혼했다고 생각하십니까?"

"틀림없습니다. 사랑을 호소하는 듯한 시선을 보내는 거며, 홀딱 정신을 빼앗긴 듯한 목소리가 말입니다. 그 사나이는 그 거만한 외제니 양의 손을 그리워하고 있습니다. 이거 제가 너무 시적으로 말했군요. 그러나 이것도 제 탓은 아닙니다. 상관없습니다. 다시 한 번 읊어볼까요? '그 사나이는 그 오만한 외제니의 손을 그리워하고 있습니다!' "

"그게 뭐 어떻다는 겁니까? 외제니 양만 당신을 생각하고 있으면 됐지요."

"백작님, 그런 소린 마십시오. 전 지금 양쪽에서 괴롭힘을 받고 있습니다."

---

*1 1572년 8월 23일 밤, 카트린 드 메디치의 청을 들어 샤를 9세가 명한 구교도들에 의한 신교도 대학살

"양쪽에서라니요?"
"외제니 양은 대답도 잘 안 해주는데다가 외제니의 모든 고민을 들어주는 다르미 양은 아무 말도 없으니까요."
"그렇군요. 하지만 그 여자의 아버진 당신을 굉장히 좋아하는 것 같던데요?"
"그분이요? 천만에요. 그 양반은 제 가슴에 수없이 칼을 꽂았습니다. 물론 칼 같지도 않은 것이긴 하지만, 그래도 칼을 쥔 사람은 날이 잘 서 있는 줄 알고 칼질을 해대지요."
"질투는 사랑한다는 증거입니다."
"그렇죠. 하지만 전 질투 같은 건 하고 있지 않습니다."
"아니, 그래도 그 남자 쪽에서는 질투를 하고 있지요."
"누구를요? 드브레를요?"
"그럴 리가, 알베르 당신을 말입니다."
"저를요? 장담하건대 그건 아닙니다. 일주일 내로 저를 문밖으로 쫓아낼 기세던데요."
"그렇지 않아요."
"그렇게 말씀하시는 증거라도 있습니까?"
"증거를 보여 드릴까요?"
"보여 주세요."
"날더러 당신 아버지께 가서, 당글라르 씨에게 확실한 대답을 하게 해달라고 부탁하더군요."
"누가 그런 부탁을 했단 말씀입니까?"
"당글라르 씨가요."
"오!" 알베르는 한껏 응석을 부리듯이 말했다. "정말 그러실 건 아니시겠죠?"
"잘못 생각하셨소. 난 그 일을 할 생각이요. 약속했으니까."
"그렇다면," 알베르는 한숨을 쉬며 말했다. "절 어떻게든지 결혼시키겠단 말씀이군요."
"난 누구한테나 친절하게 대하려는 겁니다. 그런데 요즘 드브레 씨가 어쩐 일인지 남작부인한테 드나들지 않던데요."
"좋지 않은 일이 있었다는군요."
"부인하고 말입니까?"

"아니, 남편하고요."
"그럼 당글라르 씨가 무슨 눈치라도 챈 게 아닐까요?"
"뭘 새삼스럽게!"
"그럼, 전부터 낌새를 채고 있었다는 건가요?" 백작은 아무것도 모르는 듯이 물었다.
"이런 세상에, 백작님은 도대체 어디서 오셨습니까?"
"콩고에서 왔다고 해둘까요."
"그것도 너무 가까운데요."
"내가 파리 남편들이 무슨 일을 하고 다니는지 어떻게 알겠소?"
"백작님! 남편이란 어딜 가나 다 마찬가지랍니다. 어느 한 나라에서나 한 사람의 인간만 알아보면 나머진 다 알게 되는 게 아닐까요?"
"그렇지만 대체 왜 당글라르 씨가 드브레 씨하고 싸웠단 말입니까? 두 사람은 서로 잘 맞는 것처럼 보이던데." 백작은 이번에도 정말 아무것도 모른다는 듯이 물었다.
"그건 이시스*2의 비밀이라, 저도 아직 잘 모릅니다. 안드레아 카발칸티가 그 집 사위로 들어가거든 그 사람한테 물어보면 되겠군요."
마차가 멈췄다.
"다 왔습니다." 백작이 말했다.
"아직 10시 반이니, 올라가십시다."
"그러죠."
"가실 땐 제 마차로 모셔다 드리지요."
"아니, 괜찮습니다. 제 마차가 뒤따라 왔을 테니까요."
"아, 정말 저기 오는군요!" 백작이 마차에서 내리면서 말했다.
두 사람은 집 안으로 들어갔다. 응접실에는 불이 켜져 있었다. 그들은 안으로 들어갔다.
"바티스탱, 차를 준비해 주게." 백작이 말했다.
바티스탱은 아무 말 없이 방을 나갔다. 그러더니 금세 차가 준비된 쟁반을 들고 다시 들어왔다. 그것은 마치 동화에 나오는 과자처럼 땅에서 솟아나온

*2 의술, 결혼, 농업을 주관하는 이집트의 여신.

것 같았다.

"정말이지," 모르세르가 말했다. "제가 백작을 보고 감탄하는 것은, 백작께서 돈이 많아서가 아닙니다. 백작님보다 더 큰 부자들도 있을 테니까요. 또 재능이 뛰어나서도 아닙니다. 보마르셰*3도 백작님보다 재능이 더 뛰어났다고는 할 수 없더라도 뒤지지는 않았을 테니까요. 제가 감탄하는 것은 아랫사람들을 완벽하게 훈련시켜 놓으셨다는 점입니다. 단 한마디도 대답하지 않고 금세 백작께서 원하는 것을 척척 갖다 바치는 것 말입니다. 벨만 울리면 원하시는 게 다 준비되어 있더군요."

"어느 정도는 사실이죠. 그들은 내 습관을 다 알고 있으니까요. 한번 시험해 볼까요? 차를 마시면서 뭐 원하는 게 없습니까?"

"실은 담배가 피우고 싶습니다."

백작은 벨 쪽으로 가서 벨을 한 번 울렸다.

그러자 조금의 지체도 없이 특별문이 열리더니, 알리가 특상품 라타키에*4가 가득 찬 터키 장죽 두 개를 가지고 나타났다.

"정말 놀랍습니다." 알베르가 말했다.

"뭘요, 아주 간단한 일인데," 백작이 말을 이었다. "알리는 내가 차나 커피를 마시면서 담배를 피운다는 걸 알고 있소. 아까 차를 부탁했으니, 이번에는 담배가 필요할 거라고 미리 짐작했을 겁니다. 그런데 자기네 나라에선 손님을 접대할 때 담배를 내오는 게 관례니, 내가 당신과 함께 있다는 걸 알고 있던 알리는 담뱃대를 하나만 가져오질 않고 손님 것까지 두 개 가져온 것이죠."

"설명을 들으니 특별할 것까진 없네요. 하지만 그것도 당신이 아니면 그렇게 못한다는 게 사실이죠…… 어! 무슨 소리가 들리는데요."

알베르는 문 쪽으로 몸을 기울였다. 그 문으로 기타 소리 같은 것이 들려왔기 때문이다.

"오늘 저녁 자작께서는 음악을 들어야 할 운명이군요. 외제니 양의 피아노 소리에서 멀어졌는가 싶었는데 이번엔 또 하이데의 구즐라*5 연주를 듣게 되었으니."

---

*3 《피가로의 결혼》을 쓴 18세기 프랑스 극작가.
*4 터키산 담배.
*5 기타의 하나.

“하이데라! 참 멋있는 이름이군요! 하이데란 이름이 바이런의 시에만 나오는 줄 알았더니, 어딘가에 정말로 그 이름이 있었군요!”

“있고말고요. 하이데란 이름이 프랑스에는 별로 없지만, 알바니아나 그리스의 이피로스에선 아주 흔한 이름이죠. 순결이라든가 정숙 또는 순진하다는 뜻으로 이른바 파리 사람들이 말하는 세례명이죠.”

“정말 멋지군요!” 알베르가 말했다. “우리 프랑스 여자들도 친절 양이라든가, 침묵 양이라든가, 자비 양 같은 이름을 붙이면 좋겠어요. 당글라르 양에게도 클레르 마리 외제니 양이란 이름 대신에 순결, 정숙, 순진 당글라르 양이라고 한다면, 결혼 공시(公示)*6를 할 때 참으로 근사할 텐데 말입니다.”

---

*6 결혼할 사람들의 이름을 마을의 관청 앞에 공시하던 제도.

"쉿!" 백작이 말했다. "그렇게 큰 소리로 농담하시면 곤란합니다. 하이데가 들어요."

"들으면 화를 낼까요?"

"아니오." 백작은 그 오만한 어조로 말했다.

"그럼 착한가 봐요?" 알베르가 물었다.

"착한 게 아닙니다. 착해야 하는 것이 그 여자의 의무입니다. 노예는 주인에게 화를 낼 수 없으니까요."

"무슨 말씀이십니까? 당신이야말로 그런 농담을 하시다니요. 그리고 지금 세상에 노예라니요?"

"사실입니다. 하이데는 분명 내 노예랍니다."

"과연 백작님께선 하시는 일이나 가지고 계신 게 모두 보통 사람과는 철저하게 다르군요. 몬테크리스토 백작의 노예라면, 프랑스에서는 당당한 지위겠군요. 백작의 돈 씀씀이로 미루어 볼 때, 1년에 10만 에퀴는 받을 게 아닙니까?"

"10만 에퀴라고요? 그 여잔 그보다 더 많은 재산을 가지고 있습니다. 《아라비안나이트》에 나오는 보물들이 무색할 정도로 대단한 재산가의 가문에서 태어났답니다."

"그럼 무슨 왕국의 공주이기라도 합니까?"

"그렇죠. 그것도 정말 대단한 가문의 왕녀이죠."

"예상은 하고 있었지만, 그런데 그런 여자가 어떻게 해서 당신의 노예가 되었나요?"

"폭군 디오니시우스*7가 어떻게 선생이 되었죠? 뜻하지 않은 전쟁 탓이었죠, 운명의 장난이죠."

"그러면 그녀의 이름은 비밀입니까?"

"세상에서는 절대 비밀이죠. 그러나 자작 당신은 예외입니다. 당신은 내 친구요, 또 한 번 침묵을 지키기로 하면 꼭 지킬 분이니까."

"맹세하겠습니다."

"당신은 자니나의 파샤*8 얘길 알고 있죠?"

"알리 테벨린의? 물론이죠. 제 아버지가 그 사람을 섬겨서 재산을 모았으니

---

*7 고대 시라쿠사의 왕. 폭군이었지만 문학 애호가였다.

*8 총독을 뜻하는 존칭.

까요."

"그랬지요. 깜빡 잊고 있었습니다."

"그러면 하이데가 그 알리 테벨린과 어떻게 된다는 겁니까?"

"딸입니다."

"뭐라고요? 알리 파샤의 딸이라고요?"

"그래요. 알리 파샤와 그의 아름다운 아내 바실리키 사이에서 난 딸이죠."

"그런데 그 여자가 당신의 노예가 되었다고요?"

"안됐지만 그렇게 됐소."

"어쩌다가요?"

"어느 날, 콘스탄티노플의 시장을 지나가다가 내가 샀죠."

"굉장한데요! 백작, 당신과 같이 있으면 꼭 꿈을 꾸고 있는 것 같아요. 그런데 이런 얘길 해도 괜찮을지 모르겠습니다만……."
"해보시지요."
"백작님께선 그 여자와 같이 외출도 하시고, 오페라에도 데리고 오시니……."
"그래서요?"
"이런 부탁을 해도 될까요?"
"당신이라면 무엇이든 들어드리지요."
"그럼, 백작. 저를 백작께서 데리고 있는 왕녀에게 인사시켜 주셨으면 해서요."
"그럽시다. 단, 두 가지 조건이 있습니다."
"좋아요. 받아들이겠습니다."
"첫째는 그 여자와 인사했다는 사실을 누구에게도 말하지 말 것."
"알겠습니다. (알베르는 손을 내밀었다) 약속드리죠."
"둘째는, 당신 아버님께서 그녀의 아버지를 모셨었다는 사실을 그녀에게는 비밀로 하라는 것입니다."
"그것도 약속합니다."
"그럼, 좋습니다. 두 가지를 잊지는 않으시겠지요?"
"물론이죠." 알베르가 말했다.
"됐습니다. 신의가 두터운 분이라는 건 알고 있습니다."
백작은 또 한 번 벨을 울렸다. 알리가 모습을 나타냈다.
"하이데에게 가서 내가 커피를 마시러 간다고 전해. 그리고 내가 친구 한 분을 소개하겠다고 하더라고 말하고."
알리는 인사를 하고 방을 나갔다.
"아시겠죠, 직접 무얼 물어보지 마십시오. 묻고 싶은 게 있거든 내게 물어주시오. 그럼 내가 그걸 그녀한테 물어볼 테니까."
"그렇게 하겠습니다."
알리가 세 번째로 모습을 나타냈다. 그는 방 안의 휘장을 걷어들고 주인과 알베르에게 그리로 나가시라는 몸짓을 했다.
"들어갑시다." 몬테크리스토 백작이 말했다.
알베르는 머리를 한번 쓰다듬고 수염을 매만졌다. 백작은 모자를 들고 장갑을 낀 채 앞장서서 방 안으로 들어갔다. 방 앞에는 알리가 보초처럼 서 있고,

미르토의 지휘를 받는 프랑스 시녀 세 명이 방을 지키고 있었다.

하이데는 눈이 휘둥그레져서, 객실로 쓰는 첫 번째 방에서 기다리고 있었다. 왜냐하면 백작 말고 다른 남자가 이 방에 들어온 것은 이번이 처음이었기 때문이다.

그녀는 한쪽 구석에 있는 소파에 다리를 꼬고 앉아 있었다. 그녀는 동양풍의 화려하기 그지없는 줄무늬 자수가 수놓아진 비단옷으로 몸을 감싸고 자기만의 보금자리에 있는 듯했다. 그 곁에는 조금 전에 소리가 들렸던 악기가 놓여 있었다. 여자는 눈이 부실 정도로 아름다웠다.

백작이 들어오는 것을 보자 하이데는 그녀 특유의, 딸 같기도 하고 애인 같기도 한 이중적인 미소를 지으며 자리에서 일어났다. 백작이 가까이 다가가 손을 내밀자, 하이데는 언제나처럼 그 손에 입을 맞추었다.

알베르는 생전 처음 보는, 그리고 프랑스에서는 상상도 못할 이 기이한 미인에게 압도되어 문 옆에 그냥 서 있었다.

"어떤 분과 함께 오셨어요?" 여자는 로마이크어*[9]로 백작에게 물었다. "형제? 친구? 아니면 그냥 아는 분이신가요? 그것도 아니면 적인가요?"

"친구야." 같은 언어로 백작이 대답했다. "알베르 자작, 내가 로마에서 산적으로부터 구해 드린 분이지."

"어느 나라 말로 얘기하면 좋을까요?"

백작이 알베르를 돌아보며 물었다. "근대 그리스어를 아시오?"

"안타깝게도 모릅니다." 알베르가 말했다. "고대 그리스어도 모르는걸요! 호메로스든 플라톤이든 아마 저만큼 실력 없는 학생은 본 적이 없을 겁니다."

하이데는 자기가 한 말에 대해 백작과 알베르 사이에 오간 이야기를 듣고 말했다. "그럼 제게 얘길 하라고 하신다면 프랑스어나 이탈리아어로 할게요."

백작은 잠시 생각하더니 말했다. "이탈리아어가 좋겠군."

그러고는 다시 알베르에게로 시선을 돌렸다. "근대 그리스어와 고대 그리스어를 다 모른다는 건 유감이군요. 하이데는 두 가지 다 아주 잘하거든요. 할 수 없이 이탈리아어로 말해야겠소. 이탈리아어로 그녀가 충분히 이해하기는 어렵겠지만."

백작은 하이데에게 눈짓을 했다.

"제 주인님과 함께 오신 친구 분, 진심으로 반갑습니다." 그녀는 훌륭한 이탈리아어로 말했다. 그 부드러운 로마어는, 단테의 언어*[10]를 호메로스의 언어*[11]만큼이나 낭랑하게 만들어주었다. "알리! 커피와 담배를 가져와!"

그러고 나서 하이데는 알베르에게 가까이 오라는 몸짓을 했다. 한편 알리는 주인의 명령을 받들기 위해 방에서 나왔다.

백작은 알베르에게 두 개의 접이식 의자를 가리켰다. 두 사람은 각기 의자 하나씩을 가져다가 작고 둥근 테이블 앞에 앉았다. 테이블 한가운데에는 담뱃대가 놓여 있었고, 그 밖에 꽃과 그림, 악보 등이 놓여 있었다.

알리가 커피와 담뱃대를 가지고 들어왔다. 바티스탱은 이 방에 들어오는 것이 금지되어 있었다. 알베르는 알리가 내미는 담뱃대를 사양했다.

---

*9 근대 그리스어.

*10 이탈리아어.

*11 그리스어.

"아, 사양하지 마십시오." 백작이 말했다. "하이데는 파리 여자들 못지않게 개방적입니다. 하바나는 좋아하지 않지만요. 그 냄새가 싫다는군요. 하지만 아시다시피 동양의 담배는 향기롭습니다."

알리가 나갔다.

커피가 준비되어 있었다. 알베르를 위해 설탕통도 놓여 있었다. 백작과 하이데는 아라비아식으로 설탕을 넣지 않고 마셨다.

하이데는 분홍빛을 띠는 가는 손가락으로 일본제 찻잔을 들었다. 그리고 마치 어린애가 자기가 좋아하는 것을 먹을 때처럼 기쁨을 감추지 못하며 천진스럽게 잔을 입술에 갖다 대었다. 바로 그때, 두 여자가 아이스크림과 셔벗이 담긴 쟁반 두 개를 가지고 들어와 두 개의 작은 테이블 위에 내려놓았다.

"백작, 그리고 시뇨라." 알베르는 이탈리아어로 말했다. "이렇게 깜짝 놀란 것을 용서하십시오. 놀라는 게 당연하지만요. 여긴 마치 동양 그 자체인 것 같군요. 유감스럽게도 전 동양을 직접 보진 못했지만, 파리 한가운데에서 꿈에 그리던 동양 그대로입니다. 조금 아까만 해도 합승 마차 굴러가는 소리며 레몬 장수의 종소리가 났었는데요. 오, 시뇨라, 제가 그리스어를 못하는 게 안타까울 뿐입니다. 말이 통하면 당신께서는 옛날이야기 같은 분위기와 함께 제게 영원히 잊지 못할 저녁을 만들어주었을 텐데."

"저는 당신과 얘기할 수 있을 정도의 이탈리아어는 할 수 있어요." 하이데가 조용하게 말했다. "그리고 동양을 좋아하신다면 동양의 기분을 느끼실 수 있도록 애써 보겠습니다."

"무슨 얘길 하면 좋을까요?" 알베르는 백작에게 낮은 소리로 물었다.

"뭐든지요. 하이데의 고향이라든가, 어렸을 때 얘기라든가, 여러 가지 추억이라든가. 그리고 원하신다면 로마나, 나폴리 또는 피렌체 얘기도 좋겠죠."

"오!" 알베르가 말했다. "그리스 여성 앞에서, 파리 여성에게 하는 얘길 하다니요. 동양 얘기를 물어보겠습니다."

"그러시죠. 그녀도 그 얘길 아마 가장 좋아할 겁니다."

알베르는 하이데 쪽으로 돌아앉으며 물었다. "몇 살 때 그리스를 떠나셨나요?"

"다섯 살 때요."

"지금도 고향 생각이 나십니까?"

“눈을 감으면 어렸을 때 본 모든 것들이 떠올라요. 우리에겐 두 가지 눈이 있죠, 하나는 육체의 눈, 또 하나는 마음의 눈. 육체의 눈은 가끔 잊어버릴 때도 있지만 마음의 눈은 언제나 기억하고 있지요.”

“그럼 당신이 기억하고 있는 가장 오래된 기억은?”

“겨우 걸음마를 떼기 시작했을 때의 일이죠. ‘왕가의 사람’이라는 뜻으로 바실리키라고 불리던 저희 어머니는,” 소녀는 고개를 들며 덧붙여 말했다. “제 손을 붙잡고 죄수들을 위해 주머니를 들고 동냥을 하러 나갔었지요. 우린 베일로 얼굴을 가리고 있었고, 주머니 속에 가지고 있던 돈을 모두 넣었어요. 동정을 구하며, 우리는 이렇게 말했죠. ‘가난한 이에게 자비를 베푸는 사람은 주님께 꾸어 드리는 것입니다’*12 주머니가 가득 차자, 우리는 궁전으로 돌아왔죠. 사람들이 우리를 걸인으로 알고 준 돈 전부를 아버지껜 아무 말하지 않고 수도원장에게 보내 그것을 수도원장이 다시 죄수들에게 주도록 했답니다.”

“그래, 그때 나이가 몇 살이었나요?”

“세 살이었어요.” 하이데가 대답했다.

“그럼 세 살 때부터의 일은 모조리 기억하고 있단 말씀입니까?”

“네, 모두요.”

“백작님,” 알베르는 낮은 목소리로 백작에게 속삭였다. “시뇨라에게 신상 얘기를 좀 들려달라고 해도 괜찮을까요? 백작께선 제 아버지 얘긴 하지 말라고 그러셨지만, 아마도 얘길 하다 보면 자연히 제 아버지 얘기가 나올 겁니다. 저렇게 아름다운 여자의 입에서 아버지 이름이 나오는 걸 들으면 너무 좋을 것 같아요.”

백작은 말을 조심하라는 표시로 하이데에게 눈썹을 한번 찡끗해 보였다. 그리고 그리스어로 말했다. “네 아버지의 운명은 얘기해도 좋다. 그러나 배신자의 이름이나 배신에 관한 얘긴 절대로 입 밖에 내선 안 돼.” 하이데는 깊은 한숨을 쉬었다. 그녀의 밝은 이마에는 어두운 기운이 비쳤다.

“뭐라고 하셨어요?” 알베르가 조용히 물었다.

“당신은 나의 친구니까 당신에게는 아무것도 감출 필요가 없다는 것을 다시 한 번 일러주었지요.”

---

*12 구약성서 〈잠언〉 19장 17절.

"그럼," 알베르가 하이데에게 물었다. "죄수들을 위해 그 옛날 순례를 하셨던 게 최초의 기억이라면 또 다른 것은 없나요?"

"다른 추억이요? 저는 단풍나무 그늘에 있었죠. 옆에는 호수가 있었고, 나뭇잎 사이로 보이는 거울 같은 수면이 지금도 눈에 선해요. 아버지는 가장 오래되고, 잎이 가장 무성한 고목에 기대어 쿠션을 몇 개 깔고 앉아 계셨지요. 어머니는 아버지 발밑에 누워 있었어요. 그리고 어린 저는 가슴까지 내려온 아버지의 흰 수염과 아버지 허리에 매달린 다이아몬드를 박은 단검을 만지며 놀고 있었고요. 얼마 있자니까 알바니아 사람이 아버지께 와서 무슨 말인가를 하고 갔는데, 전 그 말에 주의를 기울이지는 않았지만, 아버지는 늘 같은 어조로 '죽여!'라고 하거나, 또는 '살려 줘라!'라고 하셨어요."

"그것 참 이상한 일이군요." 이런 말이 무대에서가 아니라 한 소녀의 입에서 나오는 것을 들으면서 그것이 결코 꾸며낸 얘기가 아니라고 생각한 알베르는 이렇게 말했다. "그렇게 시적이고, 놀라운 기억력을 가지신 당신은 이 프랑스를 어떻게 생각하십니까?"
"아름다운 나라라고 생각해요." 하이데가 말했다. "하지만 제가 본 프랑스는 있는 그대로의 프랑스에요. 다시 말하면 여자의 눈으로 본 프랑스지요. 그와 반대로 제 조국은 제가 어린아이의 눈으로 보았기 때문에, 아름다운 나라로 보였을 때를 기억하면 지금도 찬란하게 빛나는 나라로 떠오르고, 제가 몹시 심한 고통을 겪었을 때를 떠올리면 지금도 어두운 안개 속에 싸인 나라로만 보이지요."
"그렇게 어린 나이에 왜 고통을 겪으셨나요?" 알베르는 마침내 자기도 모르게 평범한 질문을 하고 말았다.
하이데는 백작을 돌아다보았다. 백작은 남이 못 알아보게 신호를 해주며 그리스어로 낮게 말했다. '얘길 해도 좋아.'
"최초의 기억만큼 마음 깊숙이 남아 있는 것은 없을 거예요. 지금 말씀드린 그 두 가지 기억 말고도 제 어린 시절 추억은 모두 슬픈 것뿐이지요."
"얘길 해주세요, 시뇨라." 알베르가 말했다. "너무나 듣고 싶습니다."
하이데는 쓸쓸한 미소를 지었다.
"그럼 다른 추억들도 얘기해 달란 말씀인가요?"
"네, 꼭 듣고 싶습니다."
"그럼, 해드리지요. 제가 네 살 때였어요. 어느 날 밤 어머니가 저를 깨우셨습니다. 우리는 자니나의 궁전에 살고 있었지요. 어머니는 이불 위에서 잠들어 있는 저를 안아 일으키셨습니다. 눈을 떠보니, 어머니 눈에 눈물이 가득 고여 있는 것이 보였습니다. 어머니는 아무 말 없이 저를 데리고 나가셨지요. 울고 있는 어머니를 보고 저도 울상이 되어 버렸습니다.
'쉿!' 어머니가 말씀하시더군요.
아이들은 어머니가 달래거나 야단을 쳐도 말을 안 듣는 경우가 많듯이 저도 보통 때는 계속 울기만 했었지요. 그런데 그날은 어머니의 목소리가 무섭게 느껴져 대번에 울음을 뚝 그쳤어요.
어머니는 서둘러 저를 데리고 나갔습니다. 우리는 그때 굉장히 넓은 층계를 내려가고 있었어요. 우리 앞에는, 시녀들 모두가 금고며 자루, 장식품, 보석, 돈주머니 등을 가지고 같은 층계를 내려간다기보다는 뛰어가고 있더군요. 시녀

들 뒤로는 20여 명의 호위병이 뒤따랐습니다. 그들은 장총과 권총을 차고 프랑스에도 잘 알려진, 그리스가 독립국이 된 뒤에 입게 된 옷차림을 하고 있었지요. 무언가 불길한 기분이 들었어요."

하이데는 고개를 저으며 생각만 해도 무섭다는 듯 얼굴빛이 창백해져서 말을 이었다. "노예들과 여자들의 긴 행렬. 이건 제가 선잠을 깨었기 때문에 그렇게 생각한 건지 몰라도, 다른 사람들도 다 잠에 취해 있는 것같이 보였죠. 계단에는 커다란 그림자들이 달리고 있었습니다. 그리고 그것들은 전나무 횃불에 반사되어 천장에까지 어른거렸습니다.

'서둘러!' 복도 구석에서 누군가가 외치는 소리가 들려왔습니다.

그 소리를 들은 사람들은 마치 들판을 지나가는 바람에 밀 이삭들이 넘어지듯 모두들 몸을 숙였습니다.

저는 그 소리에 몸이 떨렸습니다.

그것은 아버지의 목소리였습니다.

아버지는 호화로운 옷을 입고, 이 나라의 황제로부터 받은 소총을 손에 들고 가장 마지막으로 걸어나오고 계셨어요. 그리고 아버지께서 신임하시던 셀림에게 몸을 기대시고, 허둥대는 양 떼를 모는 목자처럼 우리를 재촉하시는 거예요. 아버지는," 하이데는 고개를 들며 말했다. "유럽에서는 자니나의 파샤, 알리 테벨린이라는 이름으로 알려져 있는 유명한 분으로, 터키도 그분 앞에선 벌벌 떨었지요."

알베르는 왠지 모를 위엄이 서려 있는 이 말을 듣고 몸이 오싹해졌다. 그리고 현대 유럽 사람들의 눈에 피투성이로 비쳐진 그 죽음의 기억을 상기시켰을 때, 소녀의 눈에서 무엇인가 음산하고 무서운 것이 번득이는 것처럼 느껴졌다.

계속해서 하이데가 말을 이었다. "이윽고 행렬이 멈췄습니다. 우리는 계단 밑 호숫가에 다다랐죠. 어머니는 저를 꼭 껴안으셨는데 가슴이 두근두근 뛰고 계셨습니다. 그리고 어머니 뒤로 두어 발자국쯤 떨어진 곳에는, 불안한 눈으로 사방을 살피시는 아버지의 모습이 보였습니다.

우리 앞에는 네 단으로 된 대리석 층계가 있었고, 그 맨 밑 계단 앞에 작은 배 한 척이 물 위에 떠 있었지요. 우리가 있는 곳에서 호수 한가운데에 커다란 검은 그림자가 보였는데, 그것이 저희가 가려는 큰 별궁이었죠.

어두운 탓인지 별궁은 꽤 멀리 있는 것 같았어요.

우리는 그 배를 탔습니다. 지금도 기억나지만 노가 물을 헤쳐가는데도 아무 소리도 나지 않았어요. 제가 몸을 구부려 살펴봤더니, 노가 전부 경호병들의 허리띠로 감싸여 있더군요.

배에는 노 젓는 사람들을 제외하면, 여자들과 아버지, 어머니, 셀림, 그리고 저밖엔 없었습니다.

경호병들은 호숫가에서 제일 아래에 있는 계단에 무릎을 꿇은 채, 만약 추격을 당하면 나머지 세 계단을 방패로 삼아 싸울 태세를 취하고 있었습니다.

배는 바람처럼 달렸습니다.

'왜 이렇게 빨리 가요?' 나는 어머니께 물었어요.

'쉿! 조용히 해라.' 어머니가 말씀하셨습니다. '우린 지금 도망가는 거란다.'

나는 이해할 수 없었습니다.

용감무쌍한 영웅이신 아버지, 그 앞에선 누구라도 도망가지 않을 수 없었

던 아버지, '그들은 내가 무서워서 나를 미워하는 거야'라고 말씀하시던 아버지께서 왜 도망을 치시는 걸까?

그러나 아버지는 분명 호수 위로 도망치고 계셨어요. 아버지는 자니나 성의 수비대가 너무 오랜 주둔 끝에 지쳐서……."

여기까지 말하고 하이데는 의미심장한 눈으로 백작을 쳐다보았다. 그 뒤 백작의 눈은 하이데의 눈을 계속 응시하였다. 그래서 그녀는 어떤 대목에서는 이야기를 꾸미는 듯이, 또 어떤 것은 생략하는 듯이 천천히 얘기를 계속했다.

이야기를 주의 깊게 듣고 있던 알베르가 물었다. "아까 말씀이 자니나 성의 수비대가 너무 오랜 주둔 끝에 지쳐서…… 라고 하셨는데요."

"네, 터키 황제가 아버지를 잡아오라고 보낸 사령관 쿠르시드와 수비대가 결탁했던 겁니다. 그래서 아버지는 터키 황제에게 자신이 신임하고 계시던 프랑스 장교를 사자로 보낸 뒤, 벌써 오래전부터 준비해 두신 은신처로 가실 결심을 하신 겁니다. 그곳은 아버지께서 카타피지옹, 그러니까 피난처라고 부르던 곳이었어요."

"그 장교 이름을 기억하십니까, 시뇨라?" 알베르가 물었다.

백작은 번개 같은 눈길을 하이데에게 보냈다. 그러나 모르세르는 그것을 눈치채지 못했다.

"아뇨," 하이데는 대답했다. "그건 기억하지 못합니다. 그러나 언젠가 기억이 날지 모르지요. 그때 얘기해 드릴게요."

알베르가 막 아버지의 이름을 대려고 하는데, 백작이 조용히 손가락을 들어 말하지 말라는 표시를 했다. 젊은이는 아까 자기가 했던 맹세를 떠올리고 입을 다물었다.

"우리는 별궁을 향해 배를 저어가고 있었죠. 1층은 테라스가 물에 잠겨 있고, 아라베스크 무늬의 장식을 한 2층은 호수를 향해 있죠. 이것이 별궁의 모습에서 눈으로 볼 수 있는 것의 전부였지요. 그러나 아래층 밑으로는 지하실이 있었습니다.

지하 창고 같은 넓은 그 지하실로 어머니와 저와 시녀들이 인도되었는데, 그 속에는 6만을 헤아리는 돈주머니와 200개의 통들이 산처럼 쌓여 있었습니다. 주머니 속에는 각각 금화 2천5백만 개가 들어 있었으며, 통 속에는 화약 3만 파운드씩이 들어 있었지요.

그 통들 옆에는 아까 말씀드린, 아버지가 아끼시는 병사 셀림이 있었습니다. 그는 불붙은 도화선이 달린 창을 손에 들고, 밤낮으로 거기서 보초를 서고 있었습니다. 아버지가 신호를 하면 그 안의 모든 것을, 곧 건물이며 파샤며 시녀며 호위병들 그리고 인부들까지 모조리 폭발시키라는 명령을 받고 있었던 거지요. 지금도 생각납니다. 이러한 위험 속에 있다는 것을 안 노예들은, 밤이고 낮이고 기도하고 울부짖었습니다.

저는 창백한 얼굴과 검은 눈의 그 젊은 병사를 잊을 수가 없어요. 죽음의 천사가 제게 내려올 때면, 저는 분명히 그가 셀림이라는 것을 알아볼 수 있을 거예요.

얼마나 오래 그 속에 그렇게 있었는지는 말할 수 없습니다. 그때의 저는 시간에 대한 개념이 없었으니까요. 가끔, 아버지께서 저와 어머니를 테라스로 불러내셨습니다. 지하실 안에서 그저 울고 있는 사람들의 그림자와 셀림이 들고 있는 불붙인 창만 보고 있던 저로서는, 테라스에 나가는 일이 정말 즐거웠습니다. 아버지께선 커다란 문 앞에 앉아 어두운 눈빛으로 먼 수평선만 바라보며, 호수 위에 나타나는 검은 점 하나하나를 살피셨습니다. 어머니는 아버지 곁에서 아버지의 어깨에 머리를 기대고 비스듬히 누워 있었고요. 그리고 전 무엇이나 굉장하게만 보이는 놀란 어린아이 눈으로 수평선 위에 우뚝 서 있는 핀도스 산맥의 절벽들이며, 호수의 푸른 수면에 하얗게 삐죽삐죽 솟아 있는 자니나의 성과 검푸른 숲을 바라보며 놀고 있었습니다. 바위산에 이끼처럼 붙어 있는 그 숲은, 사실 가까이서 보면 굉장히 큰 전나무와 도금양으로 된 울창한 숲이지만, 멀리서 보면 그저 잔잔한 이끼처럼만 보였지요.

어느 날 아침, 우리는 아버지 곁으로 불려갔습니다. 그날 아버지는 침착해 보였지만 여느 때보다 얼굴빛이 창백하셨습니다.

'바실리키, 조금만 더 참으면 되겠소. 오늘로 모든 게 끝나오. 오늘 터키 황제의 칙서가 오기로 되어 있는데, 그러면 운명이 결정되는 거요. 모든 걸 용서받는다면 우리는 자니나로 당당하게 돌아갈 수 있게 되는 것이고, 만약 나쁜 소식이 오면 오늘 밤 안으로 도망쳐야 할 것이오.'

'하지만 만약 달아나지 못한다면 어떻게 하죠?'

'아, 그건 안심해도 좋소.' 아버지는 웃으면서 대답하셨습니다. '셀림과 그가 들고 있는 불타는 창이 그들에게 답할 것이오. 그들은 내가 죽기를 바라겠지만, 나와 함께 죽기는 싫어할 테니까.' 어머니는 이 말이 아버지의 진심이 아닌 위로의 말임을 알고 한숨을 쉬었습니다.

어머니는 아버지께 찬물을 드렸습니다. 아버지는 쉴 새 없이 찬물을 들이켰지요. 왜냐하면 그 별궁에 온 뒤로, 아버지는 엄청난 고열로 고생하셨으니까요. 어머니는 아버지의 흰 수염에 향료를 발라드리고, 담뱃대에 불을 붙여 드렸습니다. 아버진 때때로 담배 연기가 허공으로 사라지는 걸 멍하니 바라보고 계셨지요.

그런데 갑자기 아버지가 몸을 급히 움직이셨습니다. 저는 무서워졌습니다. 그러더니 어느 한곳을 쭉 지켜보고 계시던 아버지께서 망원경을 달라고 하셨습니다.

어머니는 망원경을 아버지께 드렸지요. 어머니의 얼굴은 어머니가 기대고 계시던 흰 벽보다도 더 하얗게 질렸습니다.

아버지의 손이 떨리는 것을 저는 보았습니다.

'배가 한 척! ……두 척……세 척…….' 아버지는 중얼거리셨습니다.

아버지는 권총을 손에 들고 일어나셔서, 지금도 기억나지만, 그 속에 탄환을 넣으셨습니다.

아버지는 와들와들 몸을 떠시면서 어머니에게 말씀하셨죠. '마침내 운명을 결정해야 할 때가 왔소. 이제 30분만 있으면 황제 폐하의 답을 알게 될 거요. 어서 하이데를 데리고 지하실로 돌아가시오.'

'당신 곁을 떠나고 싶진 않아요.' 어머니가 말씀하셨지요. '만약 당신이 돌아가시게 된다면, 저도 따라 죽겠습니다.'

'어서 셀림에게로 가시오!' 아버지는 소리치셨습니다.

'그럼, 안녕히.' 어머니는 아버지의 명령을 거역하지 못하고 마치 죽음이 다가온 듯 몸을 숙이며 중얼거리듯 말씀하셨습니다.

'바실리키를 모셔라!' 아버지는 호위병들에게 명령하셨습니다.

그런데 모두들 나를 잊고 있었기 때문에 저는 아버지께로 달려가 손을 내밀었습니다.

아버지께서 저를 보시고는 몸을 굽혀 이마에 키스를 해 주셨습니다.

오! 그것이 마지막 키스였지요. 그리고 그 키스는 지금까지도 이 이마에 남아 있습니다.

지하실로 내려오면서 우리는 테라스 포도 덩굴 사이로 수면 위에 점점 커다랗게 드러나는 배들을 보았어요. 아까까지만 해도 검은 점으로밖엔 안 보이던 배들이, 갑자기 물결을 스치는 새들처럼 보이더군요.

그러는 동안 별궁 안에서는 아버지 주위에 앉아 있던 20명의 호위병들이 벽 뒤로 몸을 감춘 채, 충혈된 눈으로 배가 다가오는 것을 엿보고 있었습니다. 당장에라도 총을 쏠 태세로 자개며 은과 금을 박은 장총들을 손에 들고 있었지요. 마룻바닥에는 화약통이 어질러져 있었습니다. 아버지께선 계속 시계를 들여다보시며 걱정스러운 듯 왔다 갔다 하셨습니다.

아버지의 마지막 키스를 받은 뒤, 막 아버지 곁을 떠나려던 제 눈에 비친 것은 그러한 것들이었어요.

어머니와 저는 지하실 안으로 들어갔습니다. 셀림은 여전히 자기 자리에 있다가, 우리를 보자 서글프게 미소 지었습니다. 우리는 지하실 한쪽에 있는 쿠션을 가져다가 셀림 곁에 자리를 잡고 앉았습니다. 커다란 위험에 부닥치게 되면 자연스레 서로 의지할 수 있는 사람들을 찾게 되지요. 그때 저는 어리긴 했지만, 무엇인가 커다란 불행이 우리를 위협해 오고 있음을 본능적으로 느낄 수 있었습니다."

알베르는 전에도 종종 자니나 총독의 최후에 대해 그의 아버지가 아닌, 모르는 사람들을 통해 들은 일이 있었다. 또 총독의 죽음에 관해서 쓴 여러 얘기들도 읽었다. 그러나 지금의 이야기는, 하이데라는 사람의 목소리에 담긴 생생하고 비통한 어조로 인해 그의 마음에 뭐라 말할 수 없는 매력과 공포를 자아냈다.

한편 하이데는 이 끔찍한 회상에 잠긴 채 잠시 이야기를 멈추었다. 그녀는 폭풍우를 만난 한 송이 꽃처럼 고개를 떨어뜨리고 있었다. 그리고 초점을 잃은 듯한 그녀의 눈은 먼 수평선 너머 푸른 핀도스 산이며, 방금 얘기한 그 슬픈 정경이 비쳐 거울과도 같은 자니나의 푸른 물을 바라보는 것 같았다.

백작은 뭐라 설명할 수 없는 진지하고도 연민에 찬 표정으로 하이데를 바라보았다.

"계속해요." 그는 하이데에게 그리스어로 말했다.

그녀는 백작의 말에 꿈에서 깨어나기라도 한 듯 고개를 들고 이야기를 계속했다.

"오후 4시였습니다. 밖은 태양이 환하게 빛나고 있었지만 우리는 지하실의 어둠 속에 갇혀 있었습니다.

캄캄한 하늘 저 끝에서 떨고 있는 별처럼, 지하실 안에는 단 하나의 불꽃이 빛나고 있었습니다. 그것은 셀림이 들고 있는 창 끝에서 타오르는 것이었습니다. 어머니는 그리스도교 신자였으므로 기도를 올리고 있었지요.

셀림은 갑자기 생각난 듯이 '하느님은 위대하시다!'는 말을 되풀이하곤 했습니다. 그래도 어머니는 어느 정도의 희망을 가지고 계셨어요. 지하실 계단을 내려올 때, 콘스탄티노플로 보냈던 그 프랑스 장교를 본 것 같았기 때문이었습니다. 그는 아버지께서 굉장히 신뢰하던 사람이었으니까요. 프랑스 황제의 군인은 일반적으로 기품이 있고 마음이 넓다고 생각하셨거든요. 어머니는 두어 발자국 계단 쪽으로 가셔서 귀를 기울이셨습니다.

'그 사람들이 가까이 오고 있어.' 어머니가 말씀하셨습니다. '제발 평화와 생명을 가지고 왔으면 좋으련만.'

'뭘 두려워하고 계십니까, 바실리키?' 셀림은 상냥하고도 의연한 목소리로 어머니에게 말했습니다. '평화를 가지고 오지 않는다면 죽음으로 갚으면 그만입니다.'

이렇게 말하며 그는 마치 고대 크레타 섬의 디오니소스 같은 몸짓으로, 창끝의 불꽃을 다시 불었습니다. 그러나 전 그때 어리고 순진했기 때문에, 그의 그러한 용기를 어리석다고 생각했어요. 그리고 허공으로 솟구쳤다가 불에 휩싸여 죽는 것이 무서웠습니다.

'어머니, 어머니,' 저는 소리쳤습니다. '우린 죽는 건가요?'

제 말을 들은 노예들은 전보다 더 크게 울며 기도했습니다.

어머니는 말씀하셨습니다. '하이데, 하느님께선 지금 네가 무서워하는 죽음을 고통 없이 맞을 수 있게 해주실 거다.' 그러고는 목소리를 낮추어 말씀하셨지요. '셀림, 주인 양반께선 어떤 분부를 내리셨지?'

'단도를 보내주시면, 그건 황제가 용서하지 않았다는 표시니 곧 불을 붙여야 하고, 만약 반지를 보내주시면 그건 용서를 내리셨다는 뜻이니 화약고를 내놓아야 한다고 말씀하셨습니다.'

'셀림,' 어머니는 말씀하셨습니다. '주인의 명령을 전달받았는데 그것이 만약 단도일 땐 우리를 그렇게 끔찍하게 죽이지 말고, 우리가 가슴을 내밀 테니 그 단도로 죽여주시오.'

'알겠습니다, 바실리키.' 셀림이 침착하게 대답했습니다.

그때 갑자기 크게 외치는 소리가 들려왔습니다. 그것은 환성이었습니다. 호위병들의 입에서 콘스탄티노플에 사자로 갔던 프랑스 장교의 이름이 울려나오고 있었습니다. 황제의 회답을 가지고 온 것입니다. 그리고 그 회답은 희소식이었습니다."

"그런데도 당신은 그 프랑스인의 이름이 생각나지 않으십니까?" 모르세르는 상대가 기억해내도록 도우려는 듯이 물었다.

백작은 하이데에게 눈짓을 했다.

"생각 안 나는데요." 하이데가 대답했다. "소리는 점점 더 크게 들려왔습니다. 발소리가 가까워지더니 누군가 지하실 계단을 내려왔습니다. 셀림은 창을 붙잡았습니다.
이윽고 지하실 입구로 흘러 들어오는 햇빛으로 푸르스름한 가운데 그림자 하나가 나타났습니다.
'누구냐?' 셀림이 소리쳤습니다. '누구건 간에. 멈춰라!'
'황제 폐하 만세!' 그 그림자가 말했습니다. '황제께선 알리 파샤를 용서해 주셨다. 목숨만이 아니라 전 재산까지 돌려주셨다.'
어머니는 기뻐서 소리 지르시며 저를 끌어안으셨습니다.
'기다리시오!' 셀림은 밖으로 나가려는 어머니를 막으며 말했습니다. '아시다시피 반지가 있어야 됩니다.'
'그렇군요.' 어머니는 저를 높이 쳐들며 꿇어앉으셨습니다. 그것은 마치 저를 위해 하느님께 기도하면서, 저를 하늘에 바치려는 것 같았습니다."
여기까지 말하자, 또 한 번 가슴이 벅차 하이데는 말을 멈추었다. 창백해진 이마에는 땀이 흐르고 목이 메어 소리가 나오지 않는 듯이 목소리가 잠겨 있었다.
몬테크리스토 백작은 컵에 찬물을 조금 따라 하이데에게 주며 부드러우면서도 명령적인 어조로 말했다. "용기를 내거라, 얘야."
하이데는 눈과 이마를 닦고 나서 다시 말을 이었다.
"그러는 동안 어둠에 익숙해진 제 눈에는, 파샤가 보낸 그 사람이 누구인지 보였지요. 그는 우리 편 사람이었습니다.
셀림도 그 남자를 알아보았습니다. 그러나 그는 다만 명령에 복종하는 것밖엔 모르는 사람이었습니다.
'누구의 이름으로 오셨소?'
'우리의 주인 알리 테벨린의 이름으로 왔소.'
'알리 테벨린의 사자라면 내게 줄 물건이 있을 텐데.'
'그렇소. 여기 반지를 가져왔소.'
그렇게 말하며 그는 머리 위로 손을 높이 올렸습니다. 그러나 너무 멀리 떨어져 있는 데다 어두웠기 때문에, 셀림은 그가 내민 물건을 알아볼 수가 없었습니다.
'잘 보이질 않는데.' 셀림이 말했습니다.
'그럼 가까이 오시오. 나도 그리로 갈 테니.'

'그건 우리 둘 다 안 되오. 지금 당신이 있는 햇빛이 비치는 그 자리에 물건을 놓고, 내가 그걸 볼 때까지 물러나 있으시오.'

'알겠소.'

그 사나이는 가져온 물건을 지정된 자리에 놓고 뒤로 물러섰습니다.

우리는 가슴이 몹시 뛰었습니다. 왜냐하면 그 물건이 정말 반지 같아 보였기 때문입니다. 문제는 그게 정말 아버지의 반지냐 하는 것이었지요.

셀림은 손에 불을 들고 입구 쪽으로 가더니, 햇빛을 받으며 허리를 굽혀 그 물건을 집어들었습니다.

'주인님의 반집니다!' 그는 반지에 입을 맞추며 말했습니다. '맞습니다!' 그러고 나서 도화선을 바닥에 던지고, 발로 밟아 불을 꺼버렸습니다.

심부름 온 사나이가 환성을 지르며 손뼉을 쳤습니다. 그 소리가 나자마자, 사령관 쿠르시드의 부하 넷이 달려왔고, 셀림은 단도에 다섯 군데나 찔려 쓰러졌습니다. 그들 다섯이 한 번씩 찌른 것이었습니다.

겁에 질려 창백한 얼굴을 하고 있으면서도 자기들이 저지른 살인에 도취된 병사들이 지하실 안으로 쳐들어왔습니다. 그러고는 어디 불이 있지 않나 찾으면서 돈 주머니들 위를 뒹굴었습니다.

그러는 동안 어머니는 저를 품에 안고 재빨리 우리만 알고 있던 구불구불한 길을 지나 별궁의 비상계단까지 왔습니다.

아래층 방에는 쿠르시드의 부하들, 즉 우리의 적들로 꽉 들어차 있었습니다.

어머니가 작은 문을 열려고 하는 순간, 아버지의 무섭고도 위협적인 목소리가 울려왔습니다.

어머니는 널빤지 틈으로 들여다보았습니다. 마침 제 앞에도 틈새가 있어 저도 들여다보았지요.

'뭘 어쩌자는 거냐?' 아버지는 황금 글씨로 쓰인 서류 한 장을 들고 있는 사람들에게 말했습니다.

'황제 폐하의 뜻을 전하려는 거요.' 그중 한 사람이 대답했습니다. '이 친서가 보이는가?'

'보인다.'

'그럼, 읽어보시지! 폐하께선 당신의 목숨을 원하는 거요.'

아버지께선 껄껄 웃으셨습니다. 그 웃음소리는 조금 전 호통 치실 때보다 더

무섭게 들렸습니다. 그 웃음소리가 미처 끝나기도 전에 아버지의 손에선 총알 두 발이 발사되어, 그중 한 사람이 쓰러졌습니다.

아버지의 주위에서 마루에 얼굴을 대고 엿듣고 있던 호위병들이 그 소리에 일제히 일어나 발포했습니다. 방 안은 총성과 불길, 그리고 연기로 자욱해졌습니다. 그때, 저쪽에서도 발포가 시작되어 우리를 둘러싸고 있던 벽에도 구멍이 뚫렸습니다.

오! 그때 아버지의 모습은, 총알이 빗발치는 가운데 반월도를 찾으며 화약 연기에 시커메진 얼굴로 서 있던 아버지, 제국의 재상 알리 테벨린의 모습은 정말 훌륭하고 위대해 보였습니다. 적들은 앞다투어 도망갔습니다.

'셀림! 셀림!' 아버지는 외치셨습니다. '자, 불을 맡은 셀림, 임무를 수행해라!'

'셀림은 죽었습니다.' 별궁 저 아래서 나오는 듯한 목소리가 대답했습니다.

'그리고 당신의 운명도 이젠 다했습니다.'

그와 동시에 땅을 뒤흔드는 듯한 소리가 들려오더니 아버지 주위의 마루가 산산조각이 나며 날아갔습니다.

터키 병사들이 마루 밑에서 발포한 것이었습니다. 호위병 서너 명은 포탄에 온몸이 찢겨 나가떨어졌습니다.

아버지께선 분노의 소리를 지르시더니 탄환으로 뚫린 구멍에 손을 넣어 마루 한 장을 뜯어내셨습니다. 그런데 바로 그때 그 구멍에서 무수한 총성이 울리며 불길이 화산처럼 치솟아 커튼에 옮겨 붙더니 대번에 모든 것을 삼켜 버렸습니다.

이러한 소동과 무시무시한 아우성 속에서도 특히 분명하게 들려온 두 번의 총성, 그리고 모든 비명들 속에서 특히 날카롭게 두 번 들려온 외침에, 저는 두려워서 몸이 얼어붙었습니다. 그 두 번의 총성이 아버지를 쓰러뜨렸고, 두 번의 부르짖음은 아버지가 지르신 비명이었습니다.

그러면서도 아버지는 창문에 기대어 서 계셨습니다. 어머니는 아버지와 함께 죽으려고 문을 두드리셨습니다. 그러나 문은 안으로 잠겨 있었습니다.

아버지 주위에는 호위병들이 숨이 끊어지는 경련에 몸을 뒤틀고 있었습니다. 부상을 당하지 않았거나, 가벼운 부상을 입은 군인 두세 명이 창문을 뛰어넘고 있었지요. 마루 전체가 무너지며 폭삭 내려앉았습니다. 아버지는 털썩 주저앉으셨습니다. 그러자 칼이며 권총, 단검을 든 손들이 한꺼번에 아버지 한 사람을 향해 무기를 휘둘렀습니다. 그래서 아버지는 지옥문이 발밑에서 열린 듯, 이 미친 악마들이 일으키는 불길 속으로 사라져버리셨습니다.

제 몸이 땅바닥을 구르는 것이 느껴졌습니다. 어머니께서 정신을 잃고 쓰러지셨기 때문이었지요."

하이데는 신음 소리를 내며 백작 쪽을 보더니, 자기가 백작의 말대로 한 것에 만족하는지 묻는 듯한 눈빛을 보내며 두 팔을 힘없이 늘어뜨렸다.

백작은 자리에서 일어나 그녀에게로 가서 손을 잡고는 그리스어로 말했다.

"가서 좀 쉬도록 해. 그리고 배반자를 벌하는 신이 계시다는 걸 명심하고, 기운을 내도록 해 보아라."

"정말 끔찍한 얘기로군요." 알베르는 하이데의 새파랗게 질린 얼굴을 보고 놀라며 말했다. "제가 무례하게 그런 말씀을 부탁해서 정말 죄송합니다."

"아닙니다." 백작이 대답했다.

그러고는 소녀의 머리에 손을 얹으며 말을 이었다. "하이데는 정말 용감한 여자요. 가끔 그런 괴로웠던 날의 이야기를 하며 마음에 위안을 얻기도 하지요."

"왜냐하면," 하이데가 날카롭게 말했다. "저의 괴로웠던 기억이 백작님의 친절을 상기시켜주기 때문이지요."

알베르는 호기심 어린 눈으로 하이데를 바라보았다. 왜냐하면 그가 가장 알고 싶던 이야기, 그러니까 어떻게 해서 하이데가 백작의 노예가 되었는지에 대해 아직 듣지 못했기 때문이다.

하이데는 백작의 눈과 동시에 알베르의 눈에서 같은 염원이 떠오르는 것을 보았다. 그래서 그녀는 얘기를 계속했다.

"어머니가 제정신이 드셨을 때, 우리는 사령관 앞에 있었습니다.

'나를 죽이시오. 그러나 알리의 아내라는 명예만은 지키게 해주시오.' 어머니는 말씀하셨습니다.

'그건 나한테 할 얘기가 아니야.' 쿠르시드가 대답하더군요.

'그럼, 누구한테 해야 하지?'

'너의 새 주인한테.'

'그게 누구냐?'

'여기 계신 이분이야.'

그렇게 말하며 쿠르시드는 거기 있는 남자들 중에서 아버지를 죽이는 데 가장 공헌을 많이 한 사나이를 가리켰습니다." 심한 분노를 억누르며 하이데가 말했다.

"그럼," 알베르가 물었다. "당신들을 그 남자가 차지하게 됐단 말입니까?"

"아니에요," 하이데가 대답했다. "그 사람은 감히 우리를 손에 넣을 수가 없었지요. 그래서 콘스탄티노플로 가는 노예 상인에게 우리를 팔아버렸습니다. 우리는 그리스를 지나 거의 반쯤 죽어가는 상태로 터키 황궁의 정문까지 갔습니다. 구경꾼들이 모여 있다가 우리가 지나가려니까 길을 비켜주더군요. 그때 어머니가 갑자기 구경꾼들의 시선이 가는 방향을 따라 눈을 돌리시더니, 소리를 지르시며 문 위에 있는 머리 하나를 저에게 가리키시고는 쓰러지고 마셨습니다.

그 머리엔 이런 글이 씌어 있었지요.

'자니나의 파샤, 알리 테벨린의 머리'

저는 울면서 어머니를 일으키려고 했지만, 어머니는 이미 숨을 거두신 상태였습니다.

저는 시장으로 끌려갔습니다. 어느 돈 많은 아르메니아 사람이 저를 사갔는데, 그 사람이 저를 교육시키고 여러 선생님을 붙여주었습니다. 그리고는 제가 열세 살이 되었을 때 마흐무드 왕에게 팔렸지요."

"전에도 얘기했지만, 그 왕한테서 내가 하이데를 다시 산 거죠. 해시시 환약을 넣어둔 통과 똑같은 크기의 에메랄드를 주고 말이오." 백작이 말했다.

"오, 당신은 정말 친절하고 훌륭한 분이세요!" 백작의 손에 입을 맞추며 하이데가 말했다. "당신의 소유가 되어서 저는 얼마나 행복한지 몰라요."

지금까지의 얘기를 다 들었을 때, 알베르는 정신 나간 사람 같은 상태였다.
"자, 어서 커피를 드시지요," 백작이 말했다. "이걸로 얘긴 끝이니까."

이희승맑시아
고려대학교 불어불문학과 대학원에서 불문학 석사학위를 받았다. 19세기 사실주의와 자연주의의 과도기적 사조에 대해 연구하였다. 공쿠르 문학상 창립자인 공쿠르 형제의 문학을 한국에서 처음으로 심도 있게 연구하고, 그들의 소설 《필로멘느 수녀》를 또한 국내 최초로 번역하였다. 옮긴책에 하위징아의 《중세의가을》 등이 있다.

세계문학전집060
Alexandre Dumas père
LE COMTE DE MONTE-CRISTO
몬테크리스토 백작Ⅱ
알렉상드르 뒤마/이희승맑시아 옮김
동서문화창업60주년특별출판
1판 1쇄 발행/2016. 11. 30
1판 3쇄 발행/2023. 12. 1
발행인 고윤주
발행처 동서문화사
창업 1956. 12. 12. 등록 16-3799
서울 중구 마른내로 144(쌍림동)
☎ 546-0331~2 Fax. 545-0331
www.dongsuhbook.com
잘못된 책은 구입하신 곳에서 바꾸어드립니다.
*

사업자등록번호 211-87-75330
ISBN 978-89-497-1525-4 04800
ISBN 978-89-497-1515-5 (세트)